Marion Johanning
Was uns durch die Zeiten trägt

Das Buch

Das mitreißende Porträt einer jungen Frau in Zeiten des Umbruchs und ein bewegender Roman über die Liebe von Bestsellerautorin Marion Johanning.

Niederschlesien, 1943: Es sind schwere Zeiten in dem kleinen Dorf Lindenau. Auf dem Hof der Familie Reich müssen alle mit anpacken, auch die junge Luise. Sie schwärmt heimlich für den drei Jahre älteren Wolfgang, ihre Verzweiflung ist groß, als er an die Front muss.
 In seiner Abwesenheit und gegen den Willen der Eltern freundet sie sich mit dem polnischen Kriegsgefangenen Marian an, der der Familie als Arbeitskraft zugeteilt wurde.
 Alle im Dorf warten sehnsüchtig auf den Frieden, aber niemand ahnt, dass es ihre Heimat dann nicht mehr geben wird …

Die Autorin

Marion Johanning lebt als freie Autorin in der Nähe von Köln. Schon lange begleiten sie zwei Leidenschaften: Schreiben und das Interesse für Geschichte. Für ihre historischen Romane recherchiert sie sorgfältig und bereist, wenn immer möglich, die Originalschauplätze. Ihre »Rhein-Trilogie« wurde zur Bestseller-Serie. »Was uns durch die Zeiten trägt« ist der erste Band ihrer neuen Serie »Luise und Marian«.

Marion Johanning

WAS UNS DURCH DIE ZEITEN TRÄGT

ROMAN

Deutsche Erstveröffentlichung bei
Tinte & Feder, Amazon Media EU S.à r.l.
38, avenue John F. Kennedy, L-1855 Luxembourg
Juli 2021
Copyright © der deutschsprachigen Ausgabe 2021
By Marion Johanning
All rights reserved.

Umschlaggestaltung: zero-media.net, München
Umschlagmotiv: © Rekha Arcangel / ArcAngel; © pashabo / Shutterstock
1. Lektorat: Ute Köhler
2. Lektorat: Rainer Schöttle
Korrektorat: Manuela Tiller/DRSVS
Gedruckt durch:
Amazon Distribution GmbH, Amazonstraße 1, 04347 Leipzig /
Canon Deutschland Business Services GmbH, Ferdinand-Jühlke-Straße 7, 99095 Erfurt /
CPI books GmbH, Birkstraße 10, 25917 Leck

ISBN 978-2-49670-711-3

www.tinte-feder.de

Die Nachtigall

Das macht, es hat die Nachtigall
Die ganze Nacht gesungen;
Da sind von ihrem süßen Schall,
Da sind in Hall und Widerhall
Die Rosen aufgesprungen.

Sie war doch sonst ein wildes Blut;
Nun geht sie tief in Sinnen,
Trägt in der Hand den Sommerhut
Und duldet still der Sonne Glut
Und weiß nicht, was beginnen.

Das macht, es hat die Nachtigall
Die ganze Nacht gesungen;
Da sind von ihrem süßen Schall,
Da sind in Hall und Widerhall
Die Rosen aufgesprungen.

(Theodor Storm)

In diesem Roman sind die Namen der meisten Orte geändert worden. Sie hießen nicht »Lindenau« oder »Fichtenfeld«, aber sie haben reale niederschlesische Dörfer aus den 1940er-Jahren zum Vorbild. Nur Hirschberg und Breslau durften ihre Namen behalten.

Sämtliche Personen dieses Romans sind fiktive Figuren, die eingebettet sind in historische Ereignisse. Doch sind diese Romanfiguren den Schicksalen zahlloser Menschen nachempfunden, die in dieser Zeit des Dritten Reichs gelebt haben.

KAPITEL 1

Lindenau in Niederschlesien, September 1943

Nachdem sie vom Feld zurückgekommen war, lief Luise sofort zum Aussichtsposten. So nannte sie den kleinen Flecken in den Büschen hinter der Scheune ihres Hofes, von wo aus sie unbemerkt das Nachbarhaus beobachten konnte. Aufgeregt schob sie die Sträucher beiseite und spähte hinüber. Die warme Spätsommersonne schien auf Reihen von Rotkohl, Möhren und Lauch im Gemüsegarten des Lehrerhauses. Dahinter wehte helle Wäsche an der Leine im leichten Wind und warf ihre Schatten auf die Wiese.

Luise blinzelte gegen die Sonne. Handtücher, Unterhemden, die Nachthemden der Lehrersfrau. Ein blauer Schlafanzug von Lehrer Steidler. Aber keine Wäsche von Wolfgang.

Trotz ihrer Enttäuschung musste sie schmunzeln. Es hatte seine Vorteile, gleich neben dem Lehrer zu wohnen. Sie kannte sämtliche seiner Schlafanzüge. Wenn er in der Klasse wieder einmal sein missbilligendes »Luiiisee!« stöhnte, weil sie ihre Schulaufgaben nicht erledigt hatte, brauchte sie sich nur seine verwaschenen Schlafanzüge vorzustellen und musste immer lächeln. Das ließ ihn dann verständnislos den Kopf schütteln. Nachmittags sah sie ihn oft auf seiner Gartenbank sitzen und lesen, während seine Frau den Gemüsegarten bestellte oder Äpfel erntete. Sie ahnten sicher nicht, dass Luise sie von ihrem Aussichtsposten oft heimlich beobachtete, nachdem sie von der Feldarbeit zurückgekommen war.

Aber jetzt war niemand im Garten. Klein und friedlich lag das Wohnhaus in der Sonne, als wäre es im Laufe der Jahre mit dem hohen Gras verwachsen. In seinen grauen Mauern lagen winzige, weiß umrandete Fenster unter dem verwitterten Holz des Dachfirstes. Das Gehöft war das Altenteilhaus ihres Nachbarn, dessen Hof weiter unten an der Dorfstraße lag. Vor einigen Jahren waren die Steidlers von der Lehrerwohnung in der Schule hierhergezogen. Eigentlich war es kein angemessenes Haus für den Dorfschullehrer und Kantor, fand Luise, aber die Steidlers schienen die Abgeschiedenheit des alten Bauernhauses der lauten Lehrerwohnung, die über den Klassenräumen lag, vorzuziehen. Es war auch sehr gemütlich eingerichtet. Luise war ein paar Mal drüben gewesen, früher, als sie noch kleiner war. In den besseren Zeiten.

Missmutig blies sie sich eine Locke aus der Stirn. Wo blieb Wolfgang denn nur? Er hätte schon längst wieder da sein müssen. Am nächsten Sonntag war Erntedank. Bis dahin *musste* er wieder da sein! Sie ließ die Äste zurückschnellen und stapfte über die Wiese zur Scheune. Die Tür im großen Tor stand halb offen, und Luise trat hinein. Es roch nach dem Korn, das in den Bansen lagerte. Bald würde es gedroschen werden. Heute hatten sie Wintergerste gesät. Durch eine angelehnte Tür in der gegenüberliegenden Scheunenwand konnte sie hören, wie ihr Vater im Hof die Pferde tränkte. In das Geräusch mischte sich das Kindergeschwätz ihres kleinen Bruders.

Luise fuhr geistesabwesend mit den Fingern über eine Roggenähre, die sie gerade aufgehoben hatte. Wolfgang würde sicher zu Erntedank wieder da sein, beruhigte sie sich. Er war schon seit Februar beim Reichsarbeitsdienst. Eine schrecklich lange Zeit. Wie er jetzt wohl aussehen würde? Sie konnte ihn sich nicht einmal mehr richtig vorstellen. Sosehr sie sich auch bemühte, sich sein Bild in Erinnerung zu rufen, es wollte ihr nicht gelingen. Seufzend lehnte sie sich an den Erntewagen, presste ihre Stirn gegen das kühle Holz und kämpfte eine Weile gegen ihre Sehnsucht. Sie stellte sich vor, wie sie zu Erntedank ihr bestes Kleid tragen würde – das Kleid, das sie sich nach ihrer Konfirmation im letzten Jahr von dem geschenkten Geld gekauft hatte.

Sie hörte Schritte, die sich von der Dreschmaschine her näherten, und fuhr herum. Aus dem Halbdunkel der Scheune tauchte die große Gestalt eines jungen Mannes auf. Der Schrecken fuhr ihr durch alle Glieder, als sie ihn erkannte. Was um Himmels willen tat Borislaw hier?

Ihr erster Impuls war, wegzurennen. Ihre Eltern hatten ihr eingeschärft, ihm aus dem Weg zu gehen und auf keinen Fall mit ihm allein zu sein, seitdem er vor ein paar Wochen einmal mit ihrem Vater aneinandergeraten war. Doch dann zögerte sie. Warum sollte sie wegrennen? Es war *ihre* Scheune, *ihr* Elternhaus. Er war nur ein russischer Kriegsgefangener, und er sollte nicht merken, dass sie Angst vor ihm hatte. Außerdem war sie wütend auf ihn. Den ganzen Tag auf dem Feld hatte er sie angestarrt, wenn ihr Vater mit anderem beschäftigt war, Grimassen geschnitten und obszöne Zeichen gemacht. So, wie er es auch immer tat, wenn er aus seinem Zimmer kam und sie sich zufällig im Hausflur begegneten. Sie runzelte die Stirn und starrte ihn herausfordernd an.

»Was machst du hier?«, zischte sie. »Stinktier!« Er würde sie sowieso nicht verstehen.

Er stellte sich vor das Licht, das durch die Lochsteine in der Scheunenwand hereinkam, sodass sein Schatten auf sie fiel.

Sie konnte das Grinsen auf seinem rundlichen Gesicht erkennen. Er sagte etwas auf Russisch, das sie nicht verstand. »... kleine Ratte«, hängte er in seinem unverkennbaren Akzent an. »Kleiinee Raattee!«

So hatte er sie immer schon genannt, den ganzen Sommer lang, den er nun schon auf ihrem Hof arbeitete. Ihre Mutter war die *große Ratte* und sie und ihre Schwester die *kleinen Ratten*. Er schlürfte frische Hühnereier aus, und einmal hatte sie ihn dabei erwischt, wie er im aufgeschlagenen *Beobachter* auf die Anzeigen der gefallenen deutschen Soldaten getippt und bei jeder gerufen hatte: »Gutt! Gutt! Gutt!!«

»Mistkerl!« Luise wandte sich um und stapfte hastig am Erntewagen vorbei zur Tür, die zum Hof führte, wobei sie beinahe gegen die Deichsel prallte. Doch der Gefangene holte sie ein. Er packte ihren Arm, riss sie herum und schleuderte sie gegen den Erntewagen. Mit der ganzen Kraft seiner jungen, von einem Sommer schwerer Feldarbeit muskulösen Arme hielt er sie fest und drückte sie gegen die Holzumrandung.

Sie schnappte nach Luft und spürte einen heftigen Schmerz im Rücken. Das Gesicht des jungen Mannes, das jetzt vom Sonnenlicht erhellt wurde, kam näher. Eigentlich hätte es erhitzt und von der Sommersonne gebräunt sein müssen, aber es schimmerte bleich und sahnefarben. Luise fragte sich, was sie sich noch nie gefragt hatte: Wie alt Borislaw wohl wäre. Irgendwas zwischen zwanzig und fünfundzwanzig, schätzte sie. Dann bemerkte sie das Glitzern in seinen Augen, als er sie mit einem kalten, hasserfüllten Blick ansah. Seine Lippen, die sich zu einem zornigen Grinsen verzogen hatten, kamen näher. Sie roch seinen Schweiß, der nicht nur von einem Tag Feldarbeit stammte. Auf einmal spürte sie, wie sein kräftiger Körper sich gegen ihre Strickjacke und den Stoff ihres Kleides drückte, so heftig, dass ihr Rücken schmerzte. Etwas Hartes zwischen ihnen presste sich gegen ihren Unterleib.

Eine Welle des Ekels stieg in ihr auf. »Papa!«, schrie sie, »Paaapaaa!«, bevor Borislaw ihr mit seiner Pranke Mund und Nase zudrückte. Sie bekam keine Luft mehr. Die Gewissheit, dass sie sterben würde, stand einen Wimpernschlag lang deutlich in ihrem leer gefegten Kopf. Er würde sie umbringen. Sie würde jetzt sterben. Mit der freien Hand schlug sie gegen seinen Arm und wand sich mit aller Macht aus seinem Griff. Doch es war zwecklos, er war einfach zu stark. Als sie bereits glaubte, gleich ohnmächtig zu werden, trat sie ihm mit voller Wucht auf seinen fleckigen Schuh.

Das wirkte. Er nahm die Hand von ihrem Gesicht, sodass sie wieder Luft holen konnte. Aber dann riss er ihr das Kopftuch herunter und packte ihren Hinterkopf so fest, als wollte er ihn zerquetschen.

»PAAAPAAAAA!«, schrie Luise.

Borislaw stieß ein paar unverständliche Worte hervor und zerrte an ihren langen, dunklen Zöpfen. Er wollte sie hinter den Wagen ziehen. Luise sträubte sich und schrie aus Leibeskräften. Da wurde die Tür zur Scheune aufgestoßen. Ein Luftzug kam herein und wirbelte ein paar Strohhalme auf. In der Tür stand Bauer Alfred Reich und hielt eine Mistgabel in den Händen. Mit einem Blick erfasste er, was los war, rannte zum Gefangenen und hielt ihm die Gabel an die Brust. Borislaw ließ Luise los und wich nach hinten aus. Ihr Vater setzte ihm nach und scheuchte ihn gegen die Bretterwand der Banse. Er hob die Mistgabel, sodass ihre Zinken bedrohlich vor dem Hals des jungen Mannes auftragten.

Luise rannte zu ihrem Vater, der Borislaw nicht aus den Augen ließ. »Lauf zur Mama, sie soll das Gewehr holen«, befahl er, ohne sie anzusehen.

Luise zögerte. Sie konnte sich nicht vorstellen, wie ihr Vater den Russen, der gut einen Kopf größer war als er, allein in Schach halten könnte. »Nun geh schon!«, herrschte ihr Vater sie an.

Da beeilte sich Luise und lief aus der Scheune. Auf dem Hof prallte sie beinahe gegen ihre jüngere Schwester Helene, die dem Vater neugierig gefolgt war. »Da gehste jetzt nicht rein!« Sie nahm die Hand des erstaunten Mädchens und riss es mit sich fort. Energisch zerrte sie die widerstrebende Helene über den sonnenbeschienenen Hof zum Haus, das nicht weit von der Scheune entfernt stand – ein großes Bauernhaus mit einem Pferde- und Kuhstall auf der einen und den Wohnräumen auf der anderen Seite.

»Ist die Mama in der Küche?«

Helene nickte nur.

Luise rannte, ihre Schwester hinter sich herziehend, ins Haus. Sie lief durch den Flur, der den Stall vom Wohntrakt trennte, und fand ihre Mutter hinten in der Wirtschaftsküche am Arbeitstisch, wo sie gerade einen Kuchen mit Pflaumen und Streuseln belegte. Ihre Oma stand daneben und belegte einen weiteren Blechkuchen. Zum Glück war ihr kleiner Bruder Manfred bei ihnen. Er saß auf dem Tisch und formte mit seinen Händchen eine Teigkugel.

»Mama, hol das Gewehr! Der Papa ist mit Borislaw in der Scheune!«

Oma starrte sie an. »Johanna, mach schon!«

Ihre Mutter ließ die Pflaume sinken und streifte sich die Hände an der Schürze ab.

Es schien, als hätte sie damit gerechnet, dass sie eines Tages das Gewehr für ihren Kriegsgefangenen brauchen würden. Ein finsterer Ausdruck flog kurz über ihre ebenmäßige Miene, um sich dann in einen entschlossenen zu verwandeln. Sie straffte ihre schlanke Gestalt, schob Luise und Helene beiseite und hastete an ihnen vorbei aus der Wirtschaftsküche in den hinteren Flur. Luise sah sie die Treppe ins Obergeschoss hinauflaufen. Kurz darauf kam ihre Mutter wieder zurück, das alte Jagdgewehr ihres verstorbenen Vaters fest vor der Brust haltend. Sie herrschte alle an, im Haus zu bleiben, und rannte durch den Flur hinaus. Luise sah ihr durch die offene Haustür hinterher, wie sie mit flatterndem Kleid über den Hof eilte. Ihre Mutter nannte das Kleid *Mitternachtskleid*, weil es dunkelblau und mit unzähligen weißen Tupfern gesprenkelt war, die an einen abendlichen, sternenklaren Himmel erinnerten. Mit weichen Knien trat Luise mit Helene vor die Tür und presste sich an die Hauswand, wobei sie die Hand ihrer Schwester fest umklammert hielt. Ihre Oma war ihnen mit Manfred auf dem Arm gefolgt, blieb aber sicherheitshalber im Flur und beobachtete alles durch die offene Tür.

Alfred Reich hatte Borislaw inzwischen vor die Scheune getrieben. »Was hast du mit meiner Tochter gemacht?« Er hob drohend die Gabel.

Der Gefangene wandte sein blasses Gesicht ab und tat, als ginge ihn das alles nichts an. »*Svinji*«, sagte er nur und spie auf den Boden.

Durch den Lärm aufgeschreckt, erhob sich der Hofhund von seinem Sonnenplatz vor der Hütte und begann ein ohrenbetäubendes Gebell.

Johanna Reich ging zu ihrem Mann und gab ihm das Gewehr. Die Mistgabel fiel krachend zu Boden. Luise war sich sicher, die Waffe würde geladen sein. Ihre Mutter, die Tochter des alten Kleinbauern und Jägers Friedrich Gottwald, hatte schon als Kind ihrem Vater dabei helfen müssen, Schrotladungen herzustellen.

»Mistkerl!«, knurrte ihr Vater und lud das Gewehr durch. Der Gefangene sah scheinbar teilnahmslos an ihm vorbei zu den Feldern hinauf, auf denen er am Nachmittag noch gearbeitet hatte. Langsam hob er die Hände.

Luises Vater hielt ein paar Meter Abstand zu ihm. Sein Mittelfinger schloss sich um den Abzug. Er konnte den Zeigefinger seiner rechten Hand nicht krümmen. Er war Linkshänder und hatte sich als junger Mann beim Holzhacken den rechten Zeigefinger so verletzt, dass dieser danach steif geblieben war – eine kleine, aber entscheidende Behinderung, die ihn vor dem Kriegsdienst bewahrt hatte.

»Los, dawai!«, rief er. Der Gewehrlauf zuckte.

Borislaw warf einen hasserfüllten Blick auf ihn, ballte die Faust und hob sie drohend gegen ihn und seine Familie. Er rief etwas auf Russisch.

Ihre Oma schrie auf. Luise hielt den Atem an. Sie umklammerte Helenes Hand mit eisernem Griff. Sie sahen, wie ihre Mutter die Mistgabel aufhob und etwas zu ihrem Vater sagte, das im Gebell des Hofhundes unterging.

Ihr Vater hob sein Gewehr. »Los, geh! *Dawai!*«, wiederholte er.

Endlich wandte sich Borislaw um und ging in die Richtung, die Luises Vater ihm mit dem Gewehr wies, am Löschteich und an den beiden hohen Linden vorbei hinunter zur Dorfstraße, wo sie hinter den Sträuchern am Zaun verschwanden. Kaum waren sie weg, ließ Luises Mutter die Mistgabel fallen und lief ihnen hinterher. Die anderen folgten ihr. Hinter dem Zaun blieben sie stehen und starrten den Männern nach, wie sie die Straße zum Niederdorf entlangliefen, wo die Ortspolizei ihren Sitz hatte. Nachdem sie hinter der Biegung verschwunden waren, wandte Johanna sich an Luise. »Was ist passiert?«, fragte sie mit scharfer Stimme.

Luise starrte auf den mitternachtsblauen Stoff mit den winzigen weißen Punkten, unter dem sich die Brust ihrer Mutter rasch hob und senkte. Das bedeutete nichts Gutes. Sie atmete tief und nahm sich mit Mühe zusammen. »Der Borislaw ist auf einmal in die Scheune gekommen«, begann sie. »Als ich allein da war. Er hat … er hat …« Ihre Unterlippe bebte bei der Erinnerung an den Vorfall. Sie konnte nicht mehr weitersprechen.

Das Gesicht ihrer Mutter wurde kalkweiß. Etwas zuckte um ihre Mundwinkel, als würde sich eine Schlange hinter den ebenmäßigen Gesichtszügen regen und gleich hervorbrechen. »Was hat er?«, fragte sie mit tonloser Stimme.

»Er hat mich gepackt und gegen den Wagen geschleudert«, fuhr Luise fort. »Dann hat er sich gegen mich gedrückt und wollte … er wollte …« Hilflos starrte sie ihre Mutter an. Sie wusste nicht, was der Gefangene eigentlich von ihr gewollt hatte, was er getan hätte, wenn ihr Vater nicht gekommen wäre. Sie musste an sein Gesicht so nah vor ihrem denken, an den harten Gegenstand an ihrem Unterleib, und der Ekel überrollte sie wieder. »Ich hab mich aber gewehrt«, stieß sie hervor.

Ihre Mutter starrte sie an. Zorn flammte in ihren grauen Augen. Ein Windstoß trieb ihr eine Strähne ihres langen hellen Haares ins Gesicht, die sich aus ihrem Knoten gelöst hatte, aber sie achtete nicht darauf. »Du solltest doch nicht allein mit ihm sein!«, fuhr sie sie an. »Ich hab dir gesagt, er ist gefährlich.«

»Aber was hätt ich denn machen sollen? Er war auf einmal da«, beteuerte Luise.

Ihre Mutter holte aus und schlug Luise auf die Wange. Dann wandte sie sich um und ging mit langen Schritten den Weg zum Hof zurück. Helene folgte ihr. Luise blickte den beiden nach, sah das Mitternachtskleid ihrer Mutter hin- und herschwingen und Helenes hellbraune Zöpfe in der Sonne glänzen, und die Tränen stiegen ihr in die Augen.

Ihre Oma, die mit Manfred auf dem Arm bei ihr geblieben war, tätschelte mitleidig ihren Arm. »Sie meent es nee asu«, sagte sie.

Kapitel 2

Als sie am nächsten Tag für die Aufführung probten, die am Erntedank-Wochenende stattfinden sollte, erfuhr Luise mehr Anteilnahme. Die Mädchen ihrer kleinen Dorfmädelschaft umringten sie in dem Klassenraum ihrer Schule, der ihnen für ihre Heimnachmittage zur Verfügung stand, und trösteten sie. Es hatte sich natürlich sofort herumgesprochen, dass der russische Gefangene vom Reich'schen Hof die Luise bedroht hätte, woraufhin Alfred Reich den Russen zum Ortspolizisten brachte. Selbstverständlich erwarteten die Mädchen, dass Luise ihnen den Vorfall genauestens schilderte, doch Luise kam ihrem Wunsch nur halbherzig und ausweichend nach. Sie wollte nicht mehr daran denken.

»Sei froh, dass ihr den endlich los seid«, meinte ihre Freundin Inge. »Der hat euch doch nur Ärger gemacht. Ist der nicht neulich noch auf deinen Vater losgegangen?«

Die Mädchen hielten den Atem an und sahen gespannt zu Luise hinüber. Sie verzog gereizt den Mund. Sie hasste es, wenn Inge Sachen ausplauderte, die sie ihr unter dem Siegel der Verschwiegenheit anvertraut hatte. Außerdem wollte sie nicht, dass ihr Vater als Feigling erschien, der nicht gegen einen russischen Kriegsgefangenen ankommen konnte.

»Wie, der hat ihn angegriffen?«, fragte ihre Mädelschaftsführerin Christel Moor mit scharfem Unterton in der Stimme.

»Na ja, nicht so richtig«, wiegelte Luise ab. »Der hat ihn mal geschubst, als mein Vater mit ihm schimpfte, weil er *Ratte* zu meiner Mutter gesagt hat. Mein Vater hat ihn danach weggesperrt, aber er brauchte ihn ja wieder auf dem Feld.«

Dieser Zwischenfall hatte sich vor ein paar Wochen ereignet, und sie war fest davon überzeugt, dass Borislaw sich mit dem Angriff auf sie an ihrem Vater hatte rächen wollen.

»Die Russen sind wilde Tiere, du kannst ihnen nicht trauen«, sagte Christel. Sie war ein Jahr älter als die anderen und schon letztes Jahr aus der Schule entlassen worden. Seitdem half sie ihrem Vater, dem Bäckermeister Moor, im Geschäft. Ihr Vater war vor Kurzem auch Bürgermeister ihres Dorfes geworden, nachdem der alte Bürgermeister gefallen war.

»Aber die Franzosen sind anders«, meinte Inge. »Oh, là, là!« Sie lächelte ein übertrieben schwärmerisches Lächeln. Erika und Fanny, rechte und linke Hand Christels, nickten beide. Die Kriegsgefangenen, die den Bauern als landwirtschaftliche Helfer zugeteilt waren, übernachteten an den Wochenenden im Gasthof *Zur Krone*, von wo aus sie montags zur Arbeit zu den Bauern gingen und den Mädchen oft Bemerkungen hinterherriefen. »Ich versteh nicht, warum die Franzosen unsere Erbfeinde sein sollen«, sagte Erika. »Die sind so freundlich.«

Christel winkte ab. »Das sagst du nur, weil dir mal einer hinterhergepfiffen hat«, versetzte sie und genoss es sichtlich, dass Erika errötete. Erika war nicht gerade eine Schönheit, der die Männer hinterherpfiffen. Mit ihrer pummeligen Figur und ihrer teigigen Haut erinnerte sie Luise immer ein wenig an ein Milchbrötchen. Doch als Tochter des Ortsbauernführers und Besitzers des größten Hofes im Dorf würde sie sicher eines Tages eine gute Partie für einen jungen Mann sein.

»Seid nicht so blauäugig«, warnte Christel. »Es heißt noch lange nicht, dass einer gut ist, wenn er nur mal pfeift. Die Männer wollen doch alle nur dasselbe von uns Mädchen. Aber wir suchen uns natürlich nur die Besten aus.«

»Was wird jetzt aus dem Russen?«, wollte Inge wissen.

Eine Weile herrschte Schweigen. »Nun, er wird sicher in ein Arbeitslager kommen«, erklärte Christel. »Dein Vater hat alles richtig gemacht, Luise. Wir müssen den bolschewistischen Tieren mit aller Härte begegnen.« Sie rutschte von der Bank und klatschte in die Hände. »Lasst uns einmal trocken proben, bevor der Kantor kommt.«

Die Mädchen gehorchten und stellten sich auf dem freien Platz zwischen Lehrerpult und Klavier auf. Erika sah niedergeschlagen aus, doch Luise atmete heimlich auf, weil das Gespräch beendet war und sie nicht mehr über den Vorfall reden musste. Sie wollte die Erinnerung daran in die hinterste Ecke ihres Gedächtnisses verbannen.

Ihre Familie war erleichtert, dass er nun fort war, auch wenn am gestrigen Abend eine bedrückte Stimmung beim Essen geherrscht hatte. Ihre Oma, mit der sie sich das Schlafzimmer teilte, hatte ihr den Rücken mit ihrer Salbe eingerieben und sie mit ihrem üblichen »Woart och, munne ist's wieder besser« getröstet. Luise hatte ihre Eltern noch lange in ihrem Zimmer reden hören. Nachdem ihre Oma eingeschlafen war, hatte sie sich rausgeschlichen und an der Tür gelauscht, aber sie hatte nichts verstehen können.

Die Mädchen fassten sich an den Händen. »Eins, zwei, drei …«, zählte Christel, und sie begannen mit dem Tanz, den sie am Samstag im Gerichtskretscham aufführen wollten. Wegen des Krieges gab es keine große Kirmes mehr im Dorf wie früher zu Erntedank, sondern stattdessen nur einen Heimatabend mit einer Aufführung des Theatervereins und Musik- und Tanzeinlagen des Schützenvereins und der

Dorfjugend. Dafür übten sie in ihrer Mädelschaft schon lange Tänze und Lieder ein, was viel mehr nach Luises Geschmack war als die öden Heimnachmittage, die sie sonst immer gemeinsam mit der Mädelschaft aus Fichtenfeld verbrachten. Die dortige Mädelschaftsführerin legte besonderen Wert auf eine Gestaltung der Nachmittage nach den Mappen, die ihr in regelmäßigen Abständen aus der Geschäftsstelle in Hirschberg zugeschickt wurden. Das bedeutete Einpauken von Liedtexten, langweiliges Lesen von Passagen aus dem Buch des Führers, *Mein Kampf,* und anschließendes Reden darüber, wobei Luise sich vor Christels scharfen Augen immer den Anschein geben musste, aufmerksam zu sein.

Endlich erschien Herr Steidler. Sie hatten ihren Kreistanz gerade einmal durchgetanzt, als er den Klassenraum betrat. »Heil!« Er hob kurz den rechten Arm zum Gruß, der wie immer nur angedeutet war. Nie sprach er das »Heil Hitler« in seiner ganzen Länge aus, worüber Christel sich oft aufregte.

»Er sollte ein Vorbild für uns sein und den Gruß ordentlich ausführen und nicht so nachlässig«, hatte sie sich oft beklagt, aber offenbar hatte es niemand für nötig gehalten, den Lehrer deswegen bei der Ortsgruppenleitung anzuschwärzen. Jetzt ließ Christel es sich nicht nehmen, vorzutreten und Herrn Steidler mit ausgestrecktem Arm und einem strammen »Heil Hitler« zu begrüßen.

Er quittierte dies mit einem kurzen Zucken seiner Mundwinkel. »Habt ihr schon ohne mich angefangen?« Er hinkte, ohne eine Antwort abzuwarten, zum Klavier, klappte den Deckel auf und breitete sein Notenheft aus. Dann setzte er sich auf den Schemel und ließ seinen Blick durch seine silbergefasste Brille hindurch kurz über ihre Reihe gleiten. Luise kam es so vor, als würde er sie ein wenig länger als sonst ansehen, und sie fürchtete schon, er würde sie nach dem gestrigen Vorfall fragen, doch dann sah er weiter zu Inge. Sie atmete auf.

»Wir haben einmal trocken geübt, Herr Kantor Steidler«, antwortete Christel.

»Gut, dann jetzt mit Musik.« Er griff in die Tasten. So war er, er verlor nie Zeit. Sie begannen zu tanzen. Luise sah die aufrechte Gestalt ihres Lehrers in dem dunkelgrauen Anzug immer wieder auftauchen, als sie sich mit den anderen im Kreis drehte. Sie wusste, dass er sie alle während des Spiels beobachtete, denn er konnte mühelos zwei Dinge auf einmal tun. Im Unterricht bemerkte er immer, wenn jemand schummelte, selbst wenn er in die Korrektur ihrer Schulhefte vertieft war. Aber anders als in Rechnen und Raumlehre würde er jetzt nichts an ihr auszusetzen haben. Im Turnen und Tanzen war sie gut, sie wusste, dass jeder Schritt ebenso tadellos saß wie ihr blauer Rock und ihre geblümte Bluse, auf die ihre sorgfältig geflochtenen braunen Zöpfe fielen (ihre Uniformen wollten die Mädchen bis zur Aufführung sauber halten). Sie wollte einen guten Eindruck auf Herrn Steidler machen, schließlich war er Wolfgangs Vater.

Sie hatten für die Aufführung zwei angemessene Tänze ausgewählt. Nachdem sie sie getanzt hatten, kamen die Lieder an die Reihe. Die Mädchen hatten sich für das beliebte Riesengebirgslied entschieden. Herr Steidler spielte eine kurze Einleitung und sah zu ihnen hinüber, während er weiterspielte, und sie holten tief Luft und begannen zu singen.

»Blaue Berge, grüne Täler,
mittendrin ein Häuschen klein.
Herrlich ist dies Stückchen Erde
und ich bin ja dort daheim ...«

Luise sang aus Leibeskräften. Sie wusste, dass ihr heller Sopran die schönste Stimme ihrer kleinen Mädelschaft war. So erntete sie denn auch den anerkennenden Blick des Lehrers, der sie über viele niederdrückende Rechen- und Raumlehrestunden hinüberretten würde. Sie sah Herrn Steidlers Hände über die Tasten gleiten. Sein Ehering drückte seinen Ringfinger ein, der mit den Jahren wohl zu dick geworden war. Sein Anzug, den er außer sonntags immer trug, saß jedoch tadellos, obwohl er sicher noch aus den Zwanzigerjahren stammte. Als Einzige in ihrer Mädelschaft kannte Luise auch die ausgebeulten Hosen und verwaschenen Hemden, die er zu Hause trug, wenn er im Garten seine Bücher las, und sie freute sich darüber.

>*... Riesengebirge, deutsches Gebirge,*
meine liebe Heimat du!«

Ihr Gesang verklang in der Stille des Klassenraums. Tief atmete Luise die muffige, nach Holz riechende Luft ein.

Herr Steidler nickte zufrieden. »Gut«, lobte er. »Das brauchen wir nicht mehr zu üben.« Er klappte den Deckel über die Tasten und erhob sich. »Wir sehen uns am Samstag. Und denkt dran, immer schön Pfefferminztee trinken, keine Milch.«

»Aber Herr Kantor Steidler, wir haben doch noch ein Lied!«, protestierte Christel.

»So? Ach ja, das habe ich ganz vergessen ... Danke, Christel.« Er ließ sich umständlich wieder auf dem Schemel nieder, wie es ihm sein beschädigtes Bein erlaubte – das Resultat einer Schusswunde aus dem letzten Krieg, die ihm diesen Krieg erspart hatte. Er sah Christel mit finsterem Blick an, als er den Deckel wieder öffnete und das nächste Lied anstimmte:

>*»Was uns die Väter einst geschenkt*
und uns so sehr am Herzen hängt
ist unser Vaterland
denn mit starker Hand
beschirmen wir es in der Not
wenn ringsumher der Feind ihm droht

*und sind zu jeder Zeit
zu sterben gern bereit ...«*

Er ging weniger inbrünstig mit als zuvor, ja, einmal verspielte er sich sogar ausgerechnet an der Stelle, wo vom Sieg die Rede war.

Christel runzelte ihre feine Stirn. »Herr Kantor Steidler«, sagte sie laut in die Stille hinein, als sie geendet hatten. »Wir müssen das Lied noch mal proben. Ich glaube, es klingt noch nicht so gut wie unser Riesengebirgslied.«

Der Lehrer musterte sie durch seine silbergefasste Brille. »Ich finde, ihr habt das sehr gut gesungen. Es ist nicht nötig, es noch mal zu üben.« Er klappte den Deckel zu und erhob sich.

Christel trat vor ihn hin. »Ich habe den Eindruck, dass Sie dieses Lied nicht mit uns üben *wollen*«, sagte sie mit lauter, klarer Stimme.

Herr Steidler bedachte sie mit einem raschen Blick. »Wie kommst du denn darauf? Ihr könnt das sehr gut, und du wirst sehen, Samstag wird es auch klappen. Ich muss jetzt weg, die Lieder für den Gottesdienst am Sonntag proben. Wenn ihr wollt, singt es doch noch mal für euch allein.« Er hinkte an Christel vorbei durch den Klassenraum zur Tür.

Christel stemmte die Hände in die Hüften und starrte ihm hinterher. »Auf Wiedersehen, Herr Kantor Steidler!«, rief sie mit eisiger Stimme. Er wandte sich zu ihr um, hob kurz die Hand zum Gruß. »Auf Wiedersehen, Kinder, bis Samstag.« Dann hinkte er hinaus.

Die Mädchen schweigen, bis die Tür hinter ihm ins Schloss gefallen war. Keines wagte, etwas zu sagen. Alle warteten auf Christel.

»Und dafür setzen unsere Väter und Brüder an der Front jeden Tag ihr Leben aufs Spiel«, sagte sie und schüttelte missbilligend ihren kurzen, dunkelblonden Bubikopf, den sie sich im letzten Jahr nach ihrer Schulentlassung hatte schneiden lassen.

Die Mädchen sahen betreten drein. »Er ist alt«, wagte Inge schließlich zu Herrn Steidlers Verteidigung vorzubringen.

»Ja, und er war schon im letzten Krieg«, setzte Erika hinzu und erntete dafür einen giftigen Blick von Christel.

»Außerdem muss er doch die Lieder für Sonntag spielen«, meinte Inge, nun offenbar noch mutiger geworden.

»Das war doch nur gelogen«, fuhr Christel sie prompt an. »Er brauchte eine Ausrede, um das Lied nicht zu spielen. Er mag *unsere* Lieder nicht.«

Nun wagten die Mädchen es nicht mehr, ihren Lehrer zu verteidigen. Nicht nur, weil sie Angst hatten, dass Christel es ihrem Vater, dem Bürgermeister, erzählen würde, sondern auch, weil sie wussten, dass Christel recht hatte. Lehrer Steidler spielte am liebsten Kirchen- und Volkslieder und nicht die Lieder der Nationalsozialisten. Luise hörte ihn abends sogar noch manchmal ganz andere Melodien spielen, fremd klingende Melodien, die sie noch nie gehört hatte, doch das würde sie Christel niemals verraten.

Sie entdeckte Herrn Steidlers Notenheft auf dem Klavier. »Er hat sein Notenheft vergessen, ich bring's ihm nach«, rief sie, nahm das Heft und lief hinaus, ehe noch irgendwer etwas sagen konnte. Draußen sah sie Herrn Steidler den Weg zur Dorfstraße hinunterhinken, wobei er sein versehrtes Bein mit raschen, entschlossenen Bewegungen hinterherzog. An der Kirche holte sie ihn ein.

»Herr Kantor Steidler, Sie haben das hier vergessen«, sagte sie und reichte ihm das Notenheft.

»Danke, Luise.« Er stopfte es in die große Tasche seiner Anzugjacke. »Du hättest es mir aber auch vorbeibringen können.«

Luise schnappte nach Luft. Ja, warum war sie nicht selbst darauf gekommen? Sie hätte es als willkommenen Anlass nehmen können, im Nachbarhaus vorbeizuschauen und zu erfahren, ob Wolfgang schon wieder da wäre.

»Ja, Herr Kantor«, sagte sie ärgerlich und biss sich auf die Lippen.

Herr Steidler bedachte sie mit einem gutmütigen, aber leicht spöttischen Lächeln, das er nur für sie reserviert zu haben schien. »Ist noch was?«

»Ja, Herr Kantor.«

»Was denn? Raus damit, Luise.« Er zuckte ungeduldig mit dem Arm.

Luise, die sich an schmerzhafte Erfahrungen mit dem Rohrstock erinnerte, der dieser Geste manchmal gefolgt war, wich ein wenig zurück. Dann nahm sie all ihren Mut für die Frage zusammen.

»Ist Wolfgang denn schon wieder da?«

Zu ihrem Erstaunen wich der Spott aus Steidlers Miene, und sie nahm einen ernsten, besorgten Ausdruck an. Er schüttelte den Kopf. »Wir erwarten ihn jeden Tag zurück.«

Luise schluckte hastig. Sie mochte nicht einsehen, dass selbst Wolfgangs Vater nicht mehr wusste als sie. »Hat … hat er denn nicht geschrieben, wie's ihm geht?«

Herr Steidler sah sie erstaunt an. »Natürlich hat er geschrieben, und es geht ihm gut, das weißt du doch, Luise.« Er klopfte ihr kurz auf den Arm und hinkte dann weiter. Sie stand noch eine Weile da und beobachtete, wie er den Weg hinunter zur Straße hinkte. Es kam ihr auf einmal so vor, als würde ihm das Vorwärtskommen viel leichter fallen.

KAPITEL 3

Luise konnte ihre Aufregung kaum noch im Zaum halten. Am Samstag, dem Tag der Aufführung, hörten sie früher mit der Feldarbeit auf, dann badeten alle nacheinander. Weil sie die Älteste war, durfte Luise als Erste der Geschwister in den Holzzuber, der in der Wohnküche für sie bereitstand. Dann durften Helene und Manfred baden. Die Mutter warf einen Blick auf Luises Bluterguss auf dem Rücken, der sich inzwischen in einen breitflächigen dunkelgrünen Fleck mit pflaumenfarbenen Maserungen verwandelt hatte, und rieb ihn schweigend mit der Salbe von Luises Oma ein. Luise wusste, dass ihre Mutter ihr eine Mitschuld an dem Vorfall mit dem Russen gab. Sie hätte nicht mit ihm allein bleiben dürfen, hatte sie noch einmal gesagt.

Aber Luise hatte aufgehört, sich darüber zu ärgern. Ungeduldig wartete sie, als ihre Mutter ihr die langen braunen Haare zu Zöpfen flocht, und warf prüfende Blicke in den Handspiegel. Sie hatte keine Ähnlichkeit mit ihrer Mutter. Alle Reich'schen Kinder kamen nach dem Vater und hatten seine dunklen Haare und Augen geerbt. Luise war kleiner als ihre Mutter und hatte nicht deren gertenschlanke Statur. Schon jetzt zeichnete sich ab, dass sie zwar schlank, aber breiter in den

Hüften sein würde mit dem leicht rundlichen, gut geschnittenen Gesicht ihres Vaters. Als einziges der Kinder aber hatte sie die grauen Augen ihrer Mutter geerbt. Aber bei ihr hatten sie noch einen warmen braunen Kranz um die Iris, der ihnen eine leuchtende Wärme verlieh – ein Kleinod, auf das sie ganz besonders stolz war. Sie wusste, dass sie die meisten Menschen damit in ihren Bann schlagen konnte, und nutzte das auch oft aus.

Nachdem ihre Mutter die Haarspangen an ihren Zöpfen befestigt hatte, schlüpfte Luise in ihre sauber gewaschene Uniform – dunkelblauer Rock, weiße Bluse, schwarzes Halstuch mit Lederknoten. Dazu trug sie flache Schuhe mit hellen Söckchen. Eine passende Uniformjacke hatte sie noch nicht, weil ihre Eltern sie sich nicht leisten konnten. Also zog sie ihre Strickjacke an, erhaschte in der Wirtschaftsküche, die der Wohnküche vorgelagert war, ein Stück frischen Mohnkuchen und rannte hinaus. Gern wäre sie noch einmal zum Aussichtsposten gelaufen und hätte nachgesehen, ob Wolfgang inzwischen zu Hause wäre, wie gut ein Dutzend Mal in den letzten Tagen, aber dazu blieb ihr nun keine Zeit mehr. Sie lief schnell, weil sie es eilig hatte, aber auch, um nicht zu frieren. Obwohl die Nachmittagssonne warm auf sie herunterschien, wehte schon ein kühlerer Wind an diesem frühen Oktobertag, der den nahenden Herbst ankündigte.

Die Dorfstraße zog sich lang hin mit Bauernhäusern auf beiden Seiten, hinter denen die abgeernteten Felder an den Berghängen lagen. Lindenau war ein Straßendorf, das sich wie viele andere Dörfer durch die Täler des Riesengebirges zog. Sein Name deutete darauf hin, dass es einst eine Aue war, die die ersten Siedler gerodet und urbar gemacht hatten. Im Mittelalter, so hatte ihnen Herr Steidler in einer unendlich heißen und langweiligen Schulstunde im Hochsommer erklärt, seien die ersten Siedler aus dem römisch-deutschen Reich nach Schlesien gekommen, hätten sich hier niedergelassen und lang gestreckte Hufendörfer angelegt und Bergstädte gegründet. Ihr Vater meinte, seine Vorfahren seien einst aus Franken gekommen, ihre Mutter behauptete, ihre kämen aus der Pfalz.

Wie auch immer, Luise war es herzlich gleichgültig, als sie die Straße zum Niederdorf hinunterlief, ja beinahe rannte. Sie wusste, dass ihre Vorfahren schon immer hier gelebt hatten, und das reichte ihr.

An der Kirche traf sie auf Inge, die dort auf sie wartete.

»Wurde aber auch Zeit«, maulte ihre Freundin. »Ich warte schon zwanzig Leute lang! Jedem muss ich erzählen, was wir heute machen, obwohl's doch überall steht.« Sie deutete auf den Aushängekasten vor der Kirche, in dem neben den Gottesdienstzeiten und kirchlichen Mitteilungen auch ein Plakat des Heimatabends hing.

»Tut mir leid«, sagte Luise. »Musste noch baden.«

»Sieht man«, versetzte Inge und deutete auf Luises Zöpfe, die noch feucht waren, wodurch sich das Braun ihrer Haarfarbe in ein glänzendes Schwarz verwandelte. »Mit nassen Haaren raus hätte meine Mutter mir nicht erlaubt. Dass du dir nur nichts holst.«

»Ach was.« Luise winkte ab. Sie wollte Inge nicht sagen, dass sie jetzt noch länger auf dem Feld hatten arbeiten müssen, nachdem der Russe fort war. Ihre Freundin, die Tochter des Tischlers Kühnel, hatte nicht solche Sorgen, denn dessen Werkstatt musste sich nicht nach dem Wetter oder Pflanzzeiten richten. Außerdem war es bei Kühnels zu Hause, in der kleinen Wohnung neben der Werkstatt, immer sauber und ordentlich. Die Wohnzimmerkissen lagen stets sorgfältig geknickt auf den Sesseln, der Gemüsegarten war geharkt und Inge besaß ein eigenes Zimmer, in dem sie ihre Schularbeiten an einem Tisch erledigen konnte, den ihr Vater für sie geschreinert hatte. Luise war oft und gern bei Inge, auch wegen des schönen Zimmers und weil sie dort ungestört miteinander reden konnten. Ihre Eltern kannten sich ebenfalls gut, was den Freundinnen so manches erleichterte.

Luise hakte Inge unter, und sie legten den Rest des Weges zum Gerichtskretscham zurück. Ein nachlässiger Beobachter hätte sie für Schwestern halten können – zwei Mädchen, vier Zöpfe, beide schlank vom Turnen und der Feldarbeit. Doch Inge war etwas größer als Luise, mit hellerer Haut und zarten Sommersprossen auf der Nase.

Nach einiger Zeit kamen sie zum winzigen Dorfplatz im Niederdorf. Hier lagen die Bäckerei, ein Kolonialwarenladen, der größte Bauernhof von Lindenau und der Gerichtskretscham mit der uralten Dorflinde. Letzterer war ein wuchtiges altes Gebäude, in dem einst das Ortsgericht getagt hatte. Nun beherbergte er die größte Gaststätte von Lindenau mit einem Saal und einer Theaterbühne. Unter dem Fachwerk über seinem Eingang wehte die rote Hakenkreuzfahne im leichten Herbstwind. Christel, Erika und Fanny warteten mit ein paar Jungs aus der örtlichen Kameradschaft vor der Tür in der Sonne.

Luises Blick überflog erwartungsvoll ihre Reihe, aber Wolfgang war nicht da. Enttäuscht seufzte sie in sich hinein.

»Da sind ja unsere Nachzüglerinnen«, sagte Christel spitz und blickte demonstrativ auf ihre Armbanduhr. »Dann können wir endlich mit dem Schmücken beginnen.«

Die Jungs grinsten, und Luise bemerkte, wie sie sie verstohlen musterten, vor allem Horst Henschel, der mit ihr in eine Klasse ging.

Sie und Inge erwiderten nichts und folgten den anderen durch den Flur in den Saal, wo ein paar Männer gerade das Klavier auf die Bühne rollten. Die Stühle waren bereits aufgestellt. Befehlsgewohnt verteilte Christel die Aufgaben unter ihnen: Fahnen aufstellen, Plakate an den Türen aufhängen, Herbstblumenkränze, die die Mädchen gebunden hatten, an den Längsseiten des Saales anbringen und – der Höhepunkt des Ganzen, eine Aufgabe, die sie sich selbst und dem Kameradschaftsführer vorbehalten hatte – ein großes Bild mit dem Landschaftspanorama des Riesengebirges auf der Bühne anbringen. Vorsichtig nahm Christel die Decke ab, in die das Bild gehüllt war. Es stammte, wie alle wussten, aus dem Geschäft des Bäckermeisters.

»Was für ein guter Einfall, es mitzubringen«, sagte Fanny, die nur selten etwas sagte.

»Ja, richtig gut«, bestätigte Wolfgangs Freund Werner. Er war im selben Alter wie Wolfgang und der größte der Jungs. »Komm, lass es uns aufhängen.«

Doch Christel zögerte. »Wo bleibt Wolfgang denn nur?«

Werner zuckte mit den Schultern. »Ich kann auch mit Hammer und Nagel umgehen.«

Er lächelte gewinnend, bis Christel nickte, und sie gingen mit noch einem Jungen zur Bühne, um das Bild anzubringen. Luise wäre ihnen am liebsten hinterhergerannt und hätte Werner nach Wolfgang gefragt, aber das verkniff sie sich. Keiner sollte erfahren, wie sehr sie sich danach sehnte, Wolfgang wiederzusehen. Stattdessen hängte sie nun mit Horst Henschel Blumenkränze auf und ertrug seine stummen, bewundernden Blicke. Als sie später hinten im Saal arbeiteten, hielt sie inne und sah zur Bühne hinüber. Von hier aus war das große Landschaftsbild des Bäckermeisters nur ein verschwommener Fleck.

»Das Bild ist zu klein!«, rief sie. Christel und Werner, die es gerade zufrieden betrachteten, nachdem sie es an die Wand gehängt hatten, wandten sich zu ihr um. »Was sagst du?«, rief Christel.

»Das Bild ist zu klein! Man kann's von hier hinten nicht sehen.«

Ihre Mädelschaftsführerin stemmte die Arme in die Hüften und starrte Luise stirnrunzelnd über die Stuhlreihen hinweg an. Dann winkte sie ab. »Ach, du bist kurzsichtig, Reich.«

»Nein, sie hat recht, Christel. Obwohl ich gute Augen hab, kann ich auch nichts auf dem Bild erkennen.« Luise fuhr herum. Wolfgang war unbemerkt hereingekommen, trat neben sie und warf ihr ein kleines Lächeln zu. Luise erstarrte. Sie mochte nicht glauben, dass er wirklich da war nach all den Monaten. Sie sah auf seine Gestalt, seine korrekt sitzende Uniform – die hüfthohe schwarze Hose, das hellbraune Hemd mit dem schwarzen Halstuch und den Schulterklappen eines Kameradschaftsführers.

Der Scheitel über seinen anrasierten Haaren verlief schnurgerade und trennte den längeren Teil seiner Haare ab, die dick und dunkelblond waren, ohne eine Spur von Wellen. Er schien etwas größer geworden zu sein, auch muskulöser, was sicher den letzten Monaten im Reichsarbeitsdienst zuzuschreiben war. Das Besondere aber war seine Haltung, die Selbstsicherheit erkennen ließ, und sein verschmitztes Lächeln, mit dem er sie oft angesehen hatte und auch jetzt wieder ansah. Ein Lächeln, das Gemeinschaft schuf, ein ›Wir gegen den Rest der Welt‹-Lächeln, mit dem er sie vor langer Zeit für sich gewonnen hatte.

Sie erwiderte es. »Wolfgang!« Sie ging zu ihm und gab ihm förmlich die Hand, obwohl sie ihm am liebsten um den Hals gefallen wäre. »Ich hab dich gar nicht kommen sehen.«

»Ich bin ja auch erst seit heute wieder da«, erklärte er. »Und gleich in die Uniform und ab zu euch.«

Er ließ seinen Blick von oben herab – denn er war einen Kopf größer als sie – über Luise gleiten. Dann kamen die anderen und scharten sich um ihn, begrüßten ihn und bestürmten ihn mit Fragen. Seit wann er wieder da wäre, wie es beim Arbeitsdienst gewesen wäre, warum sie ihn so lange dabehalten hätten.

»Warst du Flakhelfer?«, fragte Christel.

»Nein, wir hatten Spatendienst, mussten Wassergräben im Wald sauber machen, dann in einer Glasfabrik arbeiten.«

Christel sah enttäuscht aus.

»Sie haben uns aber eine militärische Grundausbildung verpasst. Ich kann jetzt schießen«, fügte er stolz hinzu. »Später haben sie Leute für den Dienst als Offizierordonanzen in Ludwigstal gesucht. Ich hab mich beworben und wurde genommen.«

»Was musstest du denn da machen?«, wollte Inge wissen.

»Alles, was den Herren Offizieren bei ihrer schweren Arbeit das Leben erleichtert.«

»Jetzt weiß ich, warum du erst so spät wiedergekommen bist: Sie haben dich nicht gehen lassen«, schmeichelte Christel.

Wolfgang lächelte, und Luise sah zu ihrem Erstaunen, dass Christel errötete. Das hatte sie noch nie bei ihr gesehen.

»Nächstes Jahr muss ich bestimmt zu den Mädeln nach Hermannsdorf«, sagte Christel seufzend.

Wolfgang deutete auf die Bühne. »Wollen wir nicht das Bild nach vorn holen? Dann kann man's vielleicht bis hier noch erkennen.«

Christel und Werner wandten sich um und sahen zum Bild hinüber. »Du hast recht, man sieht nichts«, gab Christel schließlich zu. »Das wäre zu schade.« Sie ging nach vorn zur Bühne, und Wolfgang und Werner folgten ihr. Dort nahmen sie das Bild ab und lehnten es gegen einen Kasten am Bühnenrand. Es war nun besser zu sehen, aber all das wäre nicht nötig gewesen, dachte Luise, denn jeder im Dorf kannte es, weil es offen hinter der Verkaufstheke in der Bäckerei hing.

Bald füllte sich der Saal. Ein paar alte Feuerwehrmänner, die nicht zum Krieg eingezogen worden waren, kamen und begrüßten die Jungs ihrer Kameradschaft, die der freiwilligen Feuerwehr angegliedert war. Die wenigen alten oder kriegsversehrten Männer des Schützenvereins, die man als untauglich für den Kriegsdienst angesehen hatte, bauten ihre Instrumente auf, die Frauen des Theatervereins kamen und belegten den kleinen Raum neben der Bühne, um sich umzuziehen.

Es würde nur eine kleine Veranstaltung werden, nichts im Vergleich zur früheren Kirmes, die man zu Erntedank veranstaltet hatte, mit Tänzen in jeder Gaststätte, einem Rummelplatz für Kinder, Besuchen der Taufpaten und einem großen Abschlusskonzert der Hirschberger Jägerkapelle. Dieser Abend würde nur ein wenig Ablenkung für die Witwen und verwaisten Mütter sein, für die Frauen, die mit der Ungewissheit über das Schicksal ihrer Männer und Söhne leben mussten.

Nachdem Bürgermeister Moor alle Anwesenden begrüßt und der Ortsgruppenleiter ein paar Worte gesprochen hatte, trat der Schützenverein auf, dann kam die Dorfjugend an die Reihe. Die Jungs sangen ein paar Lieder. Die Tänze und Lieder der Mädelschaft klappten gut, auch das *Was uns die Väter einst geschenkt*, das Kantor Steidler nun fehlerlos spielte. Beim Riesengebirgslied sah Luise hier und da Tränen aufblitzen. Inges Mutter, Frau Kühnel, die gleich neben ihren Eltern saß, wischte sich verstohlen die Augen. Bei der Aufführung des Theaterstücks versuchte man zu lachen.

Luise saß vorn neben den anderen und konnte dem Stück kaum folgen. Immer wieder sah sie unauffällig zu Wolfgang hinüber, der ein paar Plätze weiter neben Werner saß.

Als alles zu Ende war, sammelten sie sich vor der Gaststätte. Wolfgang hatte eine Flasche Bier besorgt, die er großzügig in ihrer Runde kreisen ließ. »Mann, ich kann gar nicht mehr singen«, sagte er nach einem großen Schluck. »Meine Stimme war auf einmal weg, mitten im *Heilig Vaterland*, auf einmal nur noch ...« Er röchelte ein paar Laute. Alle lachten.

»Wie kann die denn weg sein, wenn sie noch nie da war?«, feixte Werner und erntete prompt ein paar Ellenbogenstöße von Wolfgang. Er protestierte. »Stimmt doch, wie in der Schule, da musste ich auch immer für dich mitsingen. Total unbegabt, der Kerl, und das bei *dem* Vater! Da sag noch mal einer, der Apfel fällt nicht weit vom Stamm.«

Werner bekam wieder ein paar Seitenpüffe von Wolfgang und tat, als würde er von der Bank rutschen, gegen die er sich gelehnt hatte. Die Mädchen kicherten.

Wolfgang spielte mit dem Verschluss der Bierflasche, der an einer Metallvorrichtung an der Flasche befestigt war. »Können ja nicht alle so 'ne Stimme wie Luise haben«, meinte er und sah sie unverwandt an. Alle blickten zu ihr hinüber.

Sie lächelte stolz. Wie ungewöhnlich, dass er sie vor allen anderen ansprach! Früher, bevor er zum Arbeitsdienst gekommen war, hatten sie immer nur ein paar unverfängliche Worte gewechselt, wenn sie allein waren.

»Naturtalent«, sagte Werner.

»Habt ihr noch eure Schaukel, Luise?«, fragte Wolfgang.

»Unsere Schaukel? Äh … ja«, meinte sie hastig und wunderte sich, warum er das fragte. Er hätte sie doch sehen müssen, schließlich wohnte er gleich nebenan.

Er grinste. »Dann haben wir ja schon einen Treffpunkt für morgen Nachmittag.« Er leerte die Bierflasche und stellte sie geräuschvoll auf die Tischplatte zurück. »Wir sehen uns morgen Nachmittag an der Schaukel«, sagte er, erhob sich, nickte ihnen zu und verschwand mit seinen Jungs in der Dunkelheit.

Die Mädchen starrten ihnen hinterher und kicherten. Christel verdrehte die Augen. »Jungs«, meinte sie nur und schüttelte den Kopf. Aber Luise entging ihr kleines Lächeln nicht.

Sie hätte heulen können vor Glück. Er hatte ein Treffen vorgeschlagen, gleich morgen! Bei *ihr*!

Sie schafften es gerade noch rechtzeitig zurück zum Hof, bevor die Laternen ausgingen und die Verdunkelung begann. Luise dachte an nichts anderes als an Wolfgang. Gedankenversunken stieg sie ins Obergeschoss hinauf, zog sich in ihrer dunklen Kammer aus, wo ihre Oma schon im Nachbarbett schlief, und kroch aufgeregt in ihr Bett. Lange konnte sie nicht einschlafen. Immer wieder tauchte Wolfgangs Bild auf. Endlich war es nicht mehr verschwommen wie in den letzten Monaten, sondern klar wie neu gemalt und mit Veränderungen, durch die er ihr noch besser gefiel als früher. Nun wusste sie wieder, was sie so an ihm mochte. Warum sie sich vor Monaten plötzlich in ihn verliebt hatte, obwohl sie sich schon so lange kannten. Es war die Art, wie er sie ansah, sein Lächeln, die Sicherheit, die er ihr vermittelte und mit der er seine Jungs aus der Kameradschaft anleitete. Er wusste immer genau, was zu tun war. Das bewunderte sie schon lange.

Luise wagte kaum zu hoffen, er könnte ebenfalls in sie verliebt sein. Aber wenn doch, wenn dieses Wunder wahr würde – was wäre mit einem Mann wie ihm alles möglich? Einem Lehrersohn, der es auf die Oberschule geschafft hatte, mit nur zwei anderen aus seinem Jahrgang. Er könnte später irgendwo eine gute Anstellung finden oder sogar studieren.

Wenn nur endlich dieser furchtbare Krieg vorbei wäre! Wenn die Deutschen sich nur endlich mehr Lebensraum im Osten erobert hätten, dann könnte man überall hingehen. Sie würde den elterlichen Hof sowieso nicht übernehmen, das würde ihr Bruder Manfred tun. Von den Mädchen wurde erwartet, dass sie heirateten. Luise hoffte, dass der Krieg bald enden würde, und schlief mit dem Gedanken an Wolfgang ein.

Kapitel 4

Als Familie Reich am nächsten Tag vom Gottesdienst zurückkam, wurde sie von zwei Männern aus der Partei am Hoftor erwartet. Sie hatten einen jungen Mann bei sich.

»Heil Hitler!« Sie streckten ihre Arme zum Gruß aus.

Familie Reich erwiderte den Gruß.

»Da seid ihr ja endlich«, rief der ältere der beiden Männer. »Ich dachte schon, ich komm gar nicht mehr zum Frühschoppen. Guten Morgen, Alfred.« Er grinste und klopfte Luises Vater auf die Schulter. Er war dick, hatte eine rötliche Haut und einen schütteren hellgrauen Haarkranz. Luise kannte ihn, er hieß Paul Weidlich, war Ortsbauernführer von Lindenau und Erikas Vater.

»Paul!« Ihr Vater legte ihm kurz die Hand auf die Schulter. »Bringt ihr mir heute am Sonntag schon einen?« Er deutete auf den jungen Mann, der neben dem anderen Parteimann wartete und eine schäbige Jacke und eine ausgebeulte Hose trug.

»Für Volk und Vaterland arbeiten wir immer, auch am Sonntag«, erwiderte Weidlich. »Du kannst doch Hilfe gut gebrauchen. Mit dem wirst du bestimmt fertig.« Er lachte und deutete auf den schmächtigen jungen Mann, der in die Sonne blinzelte. Er war etwas kleiner als Luises Vater, hatte ein blasses

Gesicht und einen kahl geschorenen Kopf. Im Licht konnte man deutlich den dunklen Ansatz seiner Haare erkennen.

»Ist er Russe?«, fragte Luises Vater.

»Nein, Pole. Spricht ein bisschen Deutsch.«

Luises Vater nickte und musterte den jungen Mann, der nicht den Kopf senkte, sondern ihn seinerseits aufmerksam ansah.

»Du etwas Deutsch, nicht?«, fragte Paul Weidlich laut, und der Gefangene nickte. »Wie ist dein Name?« Weidlich tippte gegen die Jacke des jungen Mannes. »*Naame??*«

»Marian.«

»Marian«, wiederholte Luises Vater nachdenklich. »Weißt du, ob der schon mal auf 'nem Hof gearbeitet hat?«

Weidlich seufzte. »Mann, Alfred, was weiß denn ich? Wir kriegen die von wer weiß woher. Nimm den und versuch's. Wenn er nichts taugt, bringst 'n halt wieder zurück.«

Als Luises Vater noch zögerte, sagte der Ortsbauernführer: »Gut, dann probierst du ihn eben jetzt aus.« Er ergriff den Arm des Gefangenen, und gemeinsam schritten sie den Weg zum Hof hinauf, wobei Luise mit ihrer Mutter, ihrer Oma und ihren Geschwistern schweigend den Männern folgte. Luise starrte auf die roten Hakenkreuzbinden an den Armen der Männer. Ihre Mutter hatte sie oft ermahnt, bei allen Parteifunktionären vorsichtig zu sein. Nur korrekt grüßen, nie mit ihnen reden. Das Reden den Erwachsenen überlassen. Falls man von ihnen etwas gefragt wird, immer höflich sein und niemals etwas verraten. Nicht verraten, dass sie Mehl und Kartoffeln versteckten und dass ihre Oma heimlich von ihrer frischen Kuhmilch Sahne abschöpfte und daraus in einer Flasche Butter herstellte, obwohl es verboten war. Sonst kämen die Kontrolleure. Aber was, wenn sie nun die Erdmieten zur heimlichen Lagerung entdecken würden, die ihr Vater erst vorgestern ausgehoben hatte?

Luise starrte auf Paul Weidlichs rot gebrannte Halbglatze und fragte sich, ob er seinen Besuch bei ihnen nutzen würde, um einen überraschenden Kontrollgang über ihren Hof zu machen. Den anderen Mann kannte sie nicht, er musste aus Fichtenfeld stammen. Als sie auf dem sonnigen Hof angelangt waren, hielten sie inne. Luise bemerkte, wie Marian sich unauffällig umsah.

»Also, wo willst du ihn ausprobieren?«, fragte Weidlich.

Ihr Vater überlegte.

»Nun?«, drängte Weidlich.

»Kommt mal mit.« In seinem schönen sauberen Sonntagsanzug schritt Luises Vater ums Haus herum und führte die Männer zum Misthaufen. Der Rest der Familie zögerte erst, doch dann siegte ihre Neugier und alle folgten ihnen, hielten aber Abstand. Die beiden Parteimänner stellten sich am fliegenumschwirrten Dunghaufen auf. Luises Vater nahm eine Gabel, lud mit geübtem Griff einen Haufen Mist auf und warf ihn auf einen bereitstehenden Wagen, dass es krachte. Danach reichte er dem jungen Polen die Gabel und nickte ihm auffordernd zu.

»Junge, Junge, du willst es aber wissen«, meinte Weidlich und kratzte sich am Kinn. Er stupste den Gefangenen leicht in die Seite.

»Komm, mach's kurz, es stinkt!« Die Männer lachten, und Luise fragte sich, ob dies nicht ein kluger Schachzug ihres Vaters war, um die beiden Männer von einem Kontrollgang über ihren Hof abzuhalten.

Sie hielt den Atem an und beobachtete, wie der junge Pole die Gabel ergriff. Er sah nicht so aus, als würde er eine vierzinkige Gabel voll schwerem Mist leicht stemmen können. Die Tuchjacke war ihm zu groß, auch die Hose schlotterte um seine Beine. Er lud sich etwas weniger Mist als ihr Vater auf und hob ihn mit Mühe auf den Wagen.

Weidlich schüttelte missbilligend den Kopf. »Mann, Mann, Junge, streng dich an! Ich will sehen, wie du den Wagen vollmachst.«

Luise sah die Verzweiflung auf dem Gesicht des jungen Polen und wünschte sich, er würde es schaffen. Sie wusste, dass ihre Mutter in der Lage war, eine Gabel voller Heu aufzunehmen und auf den Dachboden über den Schuppen zu wuchten. Es war nur eine Frage der Übung. Aber dieser Marian schien in keiner guten Verfassung zu sein. Mühevoll hob er die nächste Gabel voll Dung und lud sie auf den Wagen.

Paul Weidlich bot Luises Vater eine Zigarette an. Sie rauchten schweigend und beobachteten, wie der Gefangene Gabel um Gabel Dung auf den Wagen lud.

»Siehst du, Alfred, da kannste morgen schon Mist fahren«, sagte Weidlich grinsend. »Bin mal gespannt, wie lange der durchhält.«

Luises Vater zuckte mit den Schultern und beobachtete den jungen Polen, der schweigend mit verbissenem Gesichtsausdruck und zusammengezogenen dunklen Brauen arbeitete. Schweiß glänzte auf seiner bleichen Stirn. Die Gabel zitterte ein wenig, ehe er sie in den Misthaufen stieß. Laut krachte die nächste Gabel voll Mist auf die Ladefläche.

Die Männer sprachen derweil über die Ernte und ihre Abgaben für die Kriegswirtschaft, während die anderen schweigend dabeistanden. Luises Vater versuchte herauszufinden, ob noch einmal eine Zählung ihres gesamten Viehbestandes – der Pferde, Kühe, Schweine und sogar der Hühner – erfolgen würde, aber aus Weidlich war nichts herauszubekommen. Nach einer Weile hielt Marian inne und wischte sich den Schweiß von der Stirn. Sein blasses Gesicht war rot vor Anstrengung. Er warf einen schnellen Blick zu Weidlich hinüber, doch ehe der etwas sagen konnte, machte er weiter. Schwerfällig hob er die Gabel, und einen Augenblick sah es so aus, als würde er sie wieder sinken lassen. Aber dann stemmte er sie doch hoch und wuchtete sie mit Mühe auf den Wagen. Luise hoffte, dass die Männer dieses Spiel bald enden lassen würden. Sie mochte nicht mehr weiter zusehen.

»Tja, er scheint mir ja doch ein bisschen schwach in den Armen zu sein«, meinte Weidlich und trat seine Zigarette aus. »Muss wohl einer aus Hermannsdorf sein, die kriegen in der Fabrik nicht viel zu essen. Wenn du willst, dann nehme ich ihn wieder mit.«

»Nein, Paul, ich probier's mit ihm«, erwiderte ihr Vater. Er ging zu Marian, nahm ihm die Gabel ab und stieß sie zurück in den Misthaufen. Dann kam er zurück zu ihnen.

Der Ortsbauernführer klopfte ihm auf die Schulter. »Gute Entscheidung, Alfred. Hast ja grad genug Felder zu bestellen, auch noch die der Nachbarn. Wie gesagt, wenn er gar nichts taugt, bringst du ihn wieder zurück. Heil Hitler!« Er streckte den Arm aus, wandte sich um, schenkte Luises Mutter ein aufgesetztes Lächeln, nickte den Übrigen zu und stapfte am Haus vorbei zurück. Der andere Mann folgte ihm wortlos. Aber dann hielt er noch mal inne und wandte sich um. »Ach ja, nicht vergessen: Am neunten November ist Fackelumzug.«

Luises Vater nickte und streckte den Arm für den Gruß aus. Sie warteten, bis die Männer den Hof verlassen hatten, dann sagte ihre Mutter: »Warum schicken die uns den heute schon? Die wollen ihn wohl in der *Krone* nicht beköstigen.«

Er machte eine wegwerfende Handbewegung. »Wir haben genug«, meinte er nur und warf einen Blick auf den schmächtigen jungen Mann.

»Hoffentlich ist er's auch wert«, gab sie schmallippig zurück.

»Wart's ab, ich werd mir den schon ranziehen«, versicherte er.

Helene ging zu Marian und sah zu ihm auf. »Sagst du auch wieder *kleine Ratte* zu mir?«

Er sah verdutzt auf sie herunter, und alle lachten. Ihre Mutter befahl Luise, mit ihr das Kutscherzimmer für den Gefangenen herzurichten, und während sie die Treppe ins Obergeschoss hinaufstiegen, wo ihre Schlafräume lagen, fühlte Luise Erleichterung darüber aufsteigen, dass der neue Kriegsgefangene nicht so groß und kräftig war wie der vorige. »Er scheint freundlich zu sein«, sagte sie zu ihrer Mutter, als sie das Bett neu bezogen. »Nicht so wie Borislaw.« Sie meinte, dass Borislaws Schweißgeruch immer noch in diesem Raum hing, in dem er geschlafen hatte.

Ihre Mutter zuckte mit den Schultern, während sie den Bezug über das Oberbett streifte. »Das werden wir sehen. Hauptsache, er kann arbeiten.« Sie schüttelte das Oberbett auf, breitete es sorgfältig aus und strich es glatt. Dann ging sie zum Fenster und stieß es weit auf. Frische Luft strömte in das kleine Zimmer. Es trug seinen Namen, weil es immer schon das Zimmer der Knechte des Hofes gewesen war. Seitdem es keine Knechte mehr gab, weil alle Männer im Krieg waren, diente es als Unterkunft für die Gefangenen, die auf ihrem Hof halfen. Hier gab es nicht viel – das Bett mit der Strohmatratze, einen Schrank und ein Nachttischchen. Die Sonntagsgeschirre der Pferde hingen an Haken an der Wand.

Ihre Mutter wandte sich zu Luise um. »Aber du hältst dich von ihm fern!« Ihre Stimme durchschnitt die Luft wie ein Messer.

Luise hörte den Vorwurf, der darin mitschwang, und zuckte zusammen. »Ich hab den Borislaw nicht gereizt«, beteuerte sie. »Ich hab nichts gemacht, der kam von ganz allein.«

Ihre Mutter erwiderte nichts, sondern sah sie nur mit einem ungläubigen Ausdruck auf ihrem schönen Gesicht an. Das war schlimmer, als wenn sie etwas gesagt hätte.

Luise holte Luft, doch ihre Mutter kam ihr zuvor. »Wir müssen uns jetzt ums Essen kümmern.« Sie sah sich noch mal um, betrachtete zufrieden ihr Werk und ging hinaus.

Luise schluckte ihre Erwiderung hinunter. Wütend starrte sie auf den blauen Rock ihrer Mutter, der beim Hinuntergehen raschelte, den seidigen Chiffon ihrer Bluse, die über ihren schlanken Rücken floss, den sorgfältig hochgesteckten Haarknoten. Warum konnte ihre Mutter sie nicht verstehen? Sie hatte sie noch nie verstanden. Nur Helene bekam das weiche Lächeln, die sanfte Miene der Mutter. Sie niemals.

Beim Essen war sie schweigsam und hörte halbherzig den Gesprächen der Eltern und dem Geplapper von Helene zu. Manchmal spähte sie durch den Türspalt in die angrenzende Wirtschaftsküche, wo der neue Gefangene auf der Bank am Arbeitstisch saß, denn die Kriegsgefangenen durften nicht mit den deutschen Familien an einem Tisch sitzen. Aber sie konnte ihn nicht sehen. Sie sah nur beim Abräumen, dass er nicht einen Soßenrest auf seinem Teller hinterlassen hatte.

Als sie später in die gute Stube gingen, spielte ihr Vater seinen geliebten Nordseewalzer auf dem Klavier. Er wollte, dass Luise dazu sang, aber sie lehnte ab. Sie war nicht in der Stimmung. Heimlich verfolgte sie den goldenen Zeiger der Standuhr, bis er endlich Viertel vor drei anzeigte, dann ging sie unter einem Vorwand nach draußen.

Doch Helene folgte ihr. »Wo gehst du hin?«, wollte sie wissen.

»Hast du doch gehört, nach draußen«, sagte Luise knapp und ging an ihr vorbei, doch Helene blieb ihr auf den Fersen. »Kann ich mit?«

»Nein, kannst du nicht. Bleib zu Hause und lass mich in Ruhe.«

Sie ließ ihre Schwester stehen und ging die Auffahrt hinunter. Sie konnte noch hören, wie Helene wieder ins Haus lief.

Luise hoffte inständig, ihre Schwester würde nicht so bald wieder aus dem Haus kommen und ihr folgen.

Auf der abschüssigen Wiese unter der Scheune, die man vom Hof aus nicht sehen konnte, wuchsen zwei hohe Linden. Die eine war dick und sicher mehrere Hundert Jahre alt, die andere wesentlich jünger. Wie Zwillinge standen sie so eng zusammen, dass Luises Vater vor Jahren einen Fichtenstamm quer in ihre hohen Astgabeln legen und an langen Ketten eine Schaukel daran befestigen konnte, zur Freude von Luise, Helene und vieler Kinder aus der Nachbarschaft. Nun saß Wolfgang rittlings auf der Schaukel. Er hatte die Arme vor der Brust verschränkt, den Rücken an eine der Ketten gelehnt und gab sich lässig mit einem Fuß Schwung, sodass die Schaukel leicht hin- und herschwang.

Luise hielt inne. Sie konnte ihr Glück kaum fassen, dass er allein war. Einen Augenblick kostete sie das Bild aus, das er ihr bot. Dann ging sie zu ihm und wagte ein Lächeln. »Grüß dich, Wolfgang.«

Er sah sie kurz unverwandt an, wie er sie gestern schon angesehen hatte. Sein Blick huschte über ihre Gestalt. Sie war froh, dass sie ihr Sonntagskleid trug, das schöne geblümte, das unten noch ein paar Volants hatte und das er noch nicht kannte. Eigentlich war es zu dünn für diese Jahreszeit, aber sie trug noch ihre Strickjacke, und es war ein warmer Tag.

Er lächelte. »Tag, Luise. Hast du Helene abgeschüttelt?«

Sie stutzte und fragte sich, ob er vielleicht ihren Wortwechsel mit Helene mit angehört hatte, doch nein, man konnte unmöglich von hier aus die Hofgespräche verstehen. Er musste es erraten haben. Sie nickte. »Sie wird wohl gleich hier sein, wie ich sie kenne.«

»Dann müssen wir uns überlegen, wie wir sie loswerden«, meinte er ernst, doch seine Augen leuchteten belustigt. »Hast du eine Idee?«

»Hm, wird schwierig. Sie ist furchtbar neugierig.«

»Weiß ich doch.« Er grinste. »Weißt du noch, wie wir uns früher immer auf eurem Heuboden über dem Schuppen versteckt und ihr erzählt haben, wir wären im Himmel?«

Luise lachte leise. Dass er sich daran noch erinnerte! »Sie hat unten vorm Schuppen gestanden und sich gefragt, wo wir sind. Bis sie's rausgekriegt hat und hochkommen wollte.«

»Von da an musste ihr Angriff mit anderen Mitteln abgewehrt werden. Aber unsere Waffen waren zu schwach.«

»Ja, nur ein paar Steinchen und Stöckchen.« Luise musste an die Ohrfeige denken, die sie sich dafür von ihrer Mutter eingehandelt hatte. Ein kleines Mädchen von oben aus mit Steinen und Stöcken zu bewerfen! Dass sie sich nicht schämte!

Wolfgang hielt die Schaukel an. Heute trug er keine Uniform, sondern ein weißes Hemd mit einem gestrickten Pullunder über seiner Hose. »Der Feind ist uns körperlich hoffnungslos unterlegen«, stellte er fest. »Sie kann einfach weggetragen und festgebunden werden. Weit genug entfernt, damit sie uns nicht belauschen kann.« Um seine Mundwinkel zuckte es, und er sah kurz an Luise vorbei zum Hof hinüber, ob Helene dort vielleicht schon auftauchen würde. Luise starrte auf seinen schmalen Mund, sein hübsches Gesicht mit den hellen, wachen Augen. Die Haare an der kürzer geschnittenen Seite seines Scheitels waren oben etwas länger und standen ein wenig ab, was seinem Kopf ein kantiges, aber auch pfiffiges Aussehen verlieh. Sie wusste nicht, was sie sagen sollte. Sie hätte ihn stundenlang nur ansehen können.

Er rutschte vom Brett und erhob sich. »Willst du schaukeln? Ich geb dir Schwung.«

Nur zu gern! Beinahe feierlich ließ sie sich auf dem Brett nieder, das noch warm von ihm war. Er gab ihr Schwung, bis sie auf die Dächer von Baumerts Hof gegenüber blicken konnte.

Luise lachte. Wolfgang war ein Zauberer. Im Nu konnte er sie fröhlich stimmen. Begeistert gewahrte sie jedes Mal seine Hände auf ihrem Rücken, wenn er sie anschubste.

»Morgen mach ich mit Werner eine Radtour«, berichtete er. »Er hat sich extra einen Tag freigenommen. Willst du übermorgen mit zu den Falkensteinen?« Er hörte auf, ihr Schwung zu geben, und trat neben die Schaukel. Sie sah seine Gestalt verschwinden und wiederauftauchen, während sie auf- und abschaukelte und er auf ihre Antwort wartete. Sie musste sich auf die Lippen beißen, um nicht vor Freude zu jubeln. Viele Gründe fielen ihr ein, warum sie eigentlich nicht konnte. Die Schule, die Feldarbeit. Ihr Vater, der sie brauchte, weil der neue Gefangene noch eingewiesen werden musste. Ihre Mutter, die es ihr niemals erlauben würde. Sie würde sich etwas einfallen lassen müssen.

»Ja, ich komm mit«, rief sie. »Aber ich kann erst nach der Schule.«

»Klar. Ich pack uns was ein.«

»Ich nehme auch was mit.« Sie wagte nicht zu fragen, ob sie allein wären. Sicher wären sie das. Hätte er sie sonst gefragt, bevor alle anderen gleich hier am Treffpunkt dazukämen? Vielleicht war er sogar extra deswegen eher hier gewesen, um sie zu fragen.

Er trat wieder hinter die Schaukel. »Willst du noch mehr Schwung?«

»Ja«, rief sie. Er tat ihr den Gefallen und schubste sie an, bis die Kette im Balken knarrte und sie glaubte, gleich in Baumerts Busch gegenüber zu landen. Sie wurde erst wieder ernst, als sie Christels Bubikopf hinter den Sträuchern am Zaun auftauchen sah. Dicht hinter ihr gingen Erika und Fanny.

Christel runzelte die Stirn, als sie Wolfgang und Luise zusammen sah. »Wie ich sehe, hat sich die Nachbarschaft schon zusammengeschart«, meinte sie schmallippig und wartete ab, bis Luise ihr die Schaukel überließ. Sie hatte sich nach dem Kirchgang noch mal umgezogen, wie Luise feststellte, trug ein weißes Kleid mit einem schwarzen Gürtel, das ihre schlanke Figur betonte. Wolfgang gab auch ihr Schwung und scherzte mit ihr, während sich die anderen, die nach und nach dazukamen, um sie herum an der Schaukel versammelten. Später setzten sie sich alle ins Gras und ließen sich von der Sonne bescheinen, und wenn Wolfgang nicht mit Christel sprach, dann sprang sofort sein Freund Werner ein, während sich die jüngeren Mädchen mit Horst Henschel und den jüngeren Jungs unterhielten.

Luise triumphierte. Es machte ihr nichts aus, dass Wolfgang sich nun hauptsächlich mit Christel abgab. Sie waren eben beide älter, beide die Anführer ihrer Kameradschaften. Er konnte, nein, er durfte Christel natürlich nicht übergehen. Aber nur sie, Luise, würde mit ihm übermorgen zu den Falkensteinen wandern.

Später kam Helene wie erwartet noch zu ihnen, und Wolfgang und Werner wirbelten sie abwechselnd herum, bis sie vor Freude quiekte und ihre Zöpfe flogen. Luise genoss jeden Augenblick, und als ihr Vater erschien und seine Töchter zum Abendessen hereinrief, folgte sie ihm glücklich zurück ins Haus. Übermorgen würden Wolfgang und sie sich sehen. Allein.

Kapitel 5

Zu Luises großer Erleichterung stellte Marian sich gut an, sodass sie kein schlechtes Gewissen haben musste, ihren Vater für einen Tag bei der Feldarbeit allein zu lassen. Sie gab vor, am nächsten Tag für eine Klassenarbeit gemeinsam mit Inge üben zu müssen, und erhielt die Erlaubnis. Dafür musste sie Inge ins Vertrauen ziehen, was sie wegen Inges Geschwätzigkeit nur ungern tat, doch die Freundin versprach, nichts zu verraten.

Wolfgang wartete im Oberdorf an der Bergschänke auf sie, wo der Fußweg nach Fichtenfeld abzweigte. Er lehnte am Zaun vor der leeren Aussichtsterrasse der Schänke, hatte die Arme vor der Brust verschränkt und sonnte sich mit geschlossenen Augen. Von der gestrigen Radtour hatte sein Gesicht eine frische Farbe bekommen. Luise nutzte den Augenblick, um ihn still zu betrachten. Er trug sein weißes Hemd vom Sonntag und eine Strickjacke darüber, dazu Wanderschuhe und einen Rucksack. Seine Hände waren braun und kräftig. Sie schlich sich näher, um ihn zu erschrecken, doch als ihr Schatten auf ihn fiel, schnellte seine Hand nach vorn und packte ihren Arm.

»Erwischt!« Er lächelte triumphierend und hielt sie noch eine Weile in erstaunlich festem Griff, ehe er sie losließ und sich vom Zaun abstieß. Seine Berührung verursachte einen wohligen Schauer bei ihr. Sie suchte nach Worten, mit denen sie ihre Verlegenheit überspielen konnte. »Wartest du schon lange?«

Er zuckte mit den Schultern. »Nein, nicht so schlimm. Ich hatte doch ein schönes sonniges Plätzchen.« Er deutete auf den Zaun.

Luise mochte ihm nicht verraten, wie sehr sie sich beeilt hatte. Erst auf den letzten Metern war sie langsamer gegangen, denn er sollte nicht merken, dass sie außer Atem war.

»Hoffentlich hat mein Vater euch nicht zu viel mit algebraischen Formeln gequält«, meinte Wolfgang, als sie den Feldweg zum Gutshof hinaufschritten.

»Nein, hat er nicht.« Sie musste daran denken, dass diese Formeln ein Grund mit dafür waren, warum sie nicht nach ihrer Konfirmation im letzten Jahr die Schule hatte beenden können, sondern das Schuljahr wiederholt hatte. Herr Steidler hatte das ihren Eltern wegen ihrer schlechten Noten geraten. Ausgerechnet das letzte Jahr! Sie hatte erst gedacht, dass es reine Schikane von ihrem Lehrer gewesen war, weil er sie für dumm hielt, doch wenn sie ehrlich war, musste sie zugeben, dass sie die Schularbeiten immer schon nur allzu gern vernachlässigt hatte – selbst die Feldarbeit war ihr lieber gewesen als die öde Lernerei. Ob Herr Steidler seinem Sohn erzählt hatte, wie schlecht sie war? Sie warf Wolfgang einen raschen Seitenblick zu, konnte aber nichts in seiner Miene erkennen. »Wir hatten Geschichte in der letzten Stunde«, sagte sie. »Die schlesischen Kriege zwischen Friedrich dem Großen und Kaiserin Maria Theresia von Österreich, und wie Schlesien zu Preußen kam.«

»Oh, du hast aufgepasst.« Wolfgang grinste.

»Wenn's spannend ist, dann pass ich immer auf. Nur diese Formeln, die kann doch kein Mensch behalten. Wofür brauch ich die überhaupt?«

»Mein Vater unterrichtet gern über den normalen Unterrichtsstoff hinaus«, erklärte Wolfgang. »Er sagt immer, was man in jungen Jahren lernt, behält man sein Leben lang. Ich war in der Oberschule froh, etwas mehr Rechnen als üblich in der Volksschule gehabt zu haben. Auch Werner sagt, dass er jetzt in seiner Lehre zum technischen Zeichner alles gut gebrauchen kann.«

»Ja, sicher.« Luise wollte ihm nicht sagen, dass sie die algebraischen Formeln längst wieder vergessen hatte und den Tag fürchtete, an dem sie sie wiederholen müsste.

Er hielt inne. Sie waren jetzt am Waldrand angelangt, oberhalb des Gutshofes, der zur Herrschaft der Grafen von Schaffgotsch gehörte und von einem Pächter bewirtschaftet wurde. »Siehst du den Tannenberg?« Er deutete auf den bewaldeten Berg gegenüber. »Da haben die protestantischen Buschprediger zur Zeit der Verfolgung gepredigt«, erklärte er. »Die Zeit unter den Habsburgern war schlecht für Schlesien. Alles war rückständig, und dann die Gegenreformation … Erst unter dem Alten Fritz sind wir aufgeblüht, es hat uns richtig gutgetan, dass wir zu Preußen gekommen sind. Du wirst sehen, dasselbe passiert jetzt mit den Polen. Die wissen noch gar nicht, was für ein Glück sie hatten, dass sie von uns erobert wurden.«

Als Luise nichts sagte, wandten sie sich wieder um und gingen den Weg weiter, der jetzt bergauf in den Wald führte. »Es ist doch klar, dass eine niedrige Kultur eines Tages von der höherstehenden Kultur übernommen wird«, fuhr Wolfgang fort. »Das liegt in der Natur des Menschen, er strebt immer zum Besseren. Wir werden sehen, eines Tages blüht der Garten, den der Führer im Osten anlegen will.«

Eine Weile stapften sie schweigend den Weg weiter, der jetzt steil bergan ging. Luise hörte auf ihre raschen Atemzüge und dachte, dass sie nun etwas erwidern müsste, aber ihr fiel nichts ein. Sie hatte über so etwas noch nie nachgedacht. »Hoffentlich ist der Krieg bald vorbei«, sagte sie schließlich.

»Das wird von unserer Stärke abhängen«, meinte Wolfgang. »Wir Deutschen sind ein starkes Volk, wir lassen uns nicht unterkriegen. Goebbels hat gesagt, wenn die deutsche Wehrmacht die Gefahr aus dem Osten nicht bannen kann, wäre unser Reich und bald auch ganz Europa dem Bolschewismus verfallen. Das will doch niemand.«

Luise schüttelte den Kopf, obwohl sie sich unter *Bolschewismus*, dem Wort, das der Propagandaminister so oft in den Mund nahm, nichts Genaues vorstellen konnte, wenn sie ehrlich war. Sie wusste nur, dass er gefährlich war, eine rote, russische Gefahr aus dem Osten, die sie sich in etwa so vorstellte wie den Drachen aus ihrem Märchenbuch. Wenn jedoch alle Russen so wären wie Borislaw, dann wollte sie lieber mit allen Kräften gegen sie kämpfen, als ihnen ihr Land zu überlassen. Aber sie hatte schon seit Monaten ein schlechtes Gefühl, nachdem sie gehört hatte, dass die 6. deutsche Armee in Stalingrad kapituliert hatte und im Sommer viele deutsche Städte bombardiert worden waren. Sie hätten nur Glück, dass die feindlichen Bomber nicht hierhinkämen, weil sie hier im Gebirge so abgelegen wären, hatte ihr Vater gesagt, und wenn, dann würden sie gewiss nicht so ein kleines Dorf wie Lindenau bombardieren. Nicht einmal Breslau hatte es bisher erwischt, dafür aber Köln und viele andere Städte, wo die englischen Bomber leicht hinkämen. Und Hamburg erst in diesem Sommer.

»Wir dürfen nicht kriegsmüde werden«, mahnte Wolfgang. »Der Feind will uns innerlich zersetzen und unsere Kampfmoral schwächen, aber das wird ihm nicht gelingen.«

Luise war beeindruckt von seinen klugen Worten und fragte sich, ob er das wohl von den Offizieren gehört hätte, denen er während seiner Zeit beim Arbeitsdienst zugeteilt gewesen war, aber sie wagte es nicht, ihn danach zu fragen. Sie hatten nun den restlichen Anstieg geschafft und waren oben angelangt. Stolz bemerkte Luise, dass sie nicht mehr außer Atem war als Wolfgang, obwohl sie schnell gewandert waren. Die Baude, ein lang gestrecktes Fachwerkhaus mit dem Schild *Zu den Steinen* über der Tür, hatte wochentags geschlossen. Die Bänke davor standen leer in der Sonne, und die Wege, die sonst von Wochenendausflüglern überflutet wurden, waren nun menschenleer.

Wolfgang deutete auf die Falkensteine, die sich hinter der Baude erhoben. »Lass uns erst hochgehen. Danach können wir ja hier in der Sonne was essen.«

Luise war einverstanden. Wolfgang kletterte über den Zaun neben dem verschlossenen Eintrittskartenhäuschen und half ihr nachzukommen. Sie fühlte aufgeregt seine warme Hand, als er sie stützte, damit sie auf dem Brett des Holzzauns nicht abrutschte. Nun war sie froh, dass sie sportlich war und ihm nicht plump wie ein nasser Sack in die Arme fallen musste. Obwohl sie es natürlich gern getan hätte.

Gemeinsam stiegen sie die Treppe zum Aussichtsturm hinauf. Neben ihnen ragten die Falkensteine auf – eine vorzeitliche Felsformation, die sich aus einem Urmeer gebildet hatte, wie ihnen ein Schild an der Baude erklärt hatte. Der Turm war ein hölzerner, mehrstöckiger Kasten, den man auf den Steinen errichtet hatte und in dem es umso mehr zog, je höher sie kamen. Aber als sie oben angelangt waren, wurden sie mit einem herrlichen Rundblick belohnt.

Lindenau lag klein im Tal, mit winzigen Spielzeughäusern an der Straße, eingebettet in die sanften Erhebungen des Vorgebirges, die in der Ferne blau schimmerten. Unten am Felsen rauschten Fichten im leichten Herbstwind.

Luise folgte Wolfgang an die Reling der Aussichtsplattform und sah auf die Ruine einer mittelalterlichen Burg, die auf einem Berg ganz in der Nähe vor dem malerischen Gebirgspanorama lag.

»Seid ihr auch mit der Klasse auf dem Kynast gewesen?«, fragte er.

»'türlich«, meinte Luise. Ein Schulausflug zur Burgruine war schon für die unteren Klassen üblich. Im Frühjahr schmückten die Bauern ihre Pferdewagen und brachten die Kinder zur Burgruine, wo sie mit Klettern und Wandern einen abenteuerlichen Tag verbrachten.

»Mein Vater hat uns gefahren«, sagte sie. »Aber wir hatten Pech mit dem Wetter und sind nass geworden.«

»Wir hatten so ein Wetter wie heute«, meinte Wolfgang. »Sogar noch wärmer. Siehst du die Schneegruben?« Er deutete auf ein paar weiße Mulden in den Bergen, wo auch im Sommer der Schnee nie taute. »Und da hinten die *ale Gake*!« Sein Zeigefinger verlor sich im blassen Blau des Herbsthimmels, an dem nur ein paar Wolken über den fernen Bergen schwebten. Dort erhob sich die Schneekoppe, der höchste Gipfel des Riesengebirges und von allen nur *ale Gake* genannt.

Luise kniff die Augen zusammen und konnte mit Mühe den winzigen dunklen Punkt der Wetterwarte auf dem Gipfel erkennen. Der kühle Wind fuhr ihr durch Bluse, Pullover und Strickjacke, blähte ihren Rock und ließ sie frösteln, obwohl sie extra dicke Strümpfe angezogen hatte. Sie zog die Strickjacke enger, lehnte sich gegen die Brüstung und rückte etwas näher an Wolfgang heran.

Er sah eine Weile schweigend in die Ferne. »Schöne Weitsicht heute, nicht? Auf der *alen Gake* ist sie sicher noch besser.« Er rieb sich die Hände und sah auf Luise hinunter. »Dir ist ja ganz kalt.« Er streckte seinen Arm aus und legte ihn um Luises Schultern.

Luise erstarrte. Reglos stand sie da und fühlte die Wärme seines Körpers durch die Wolle seiner Jacke hindurch. Ihr Herz schlug schneller. Als er sie weiter festhielt, wagte sie es endlich, den Kopf zu heben. Sein Gesicht war nah bei ihrem. Er sah sie mit einem Ausdruck liebevoller Besorgtheit an, der ihr wie ein warmer Strahl durch den Körper fuhr. Er rieb ihren Arm und zog sie noch näher zu sich heran. Sie hing an seinen Augen. Der Wind spielte mit seinen kurzen Haaren hinten am Scheitel und richtete sie auf. Luise sah auf seinen schmalen Mund, der immer näher kam und sich dann sanft auf ihren legte. So verharrten sie eine Weile. Dann wurde der Druck seiner Lippen stärker, presste sich gegen ihren Mund, bis sie ihm nachgab. Erstaunt gewahrte Luise, wie sich ihre Zungen begegneten und seine auffordernd mit ihrer spielte, sich um sie drehte, als wollte er mit ihr tanzen. Diese Berührung überraschte sie so, dass sie zurückfuhr und den Mund schloss.

Wolfgang lächelte. Er nahm sie in die Arme, und sie legte ihr Gesicht an seine kratzige Jacke. Sie hörte seinen pochenden Herzschlag und konnte nicht glauben, dass er sie gerade geküsst hatte. Trotz der Kälte war ihr nun warm.

»Lass uns wieder runtergehen«, meinte Wolfgang und ließ sie los. Enttäuscht dachte Luise, dass sie nun alles verdorben hätte, aber er nahm ihre Hand und zog sie mit sich fort. Erleichtert folgte sie ihm den zugigen Aussichtsturm und die Treppe hinunter, die über die Felsen zum Fuß der Steine führte. Ein alter Mann saß nun im Eintrittskartenhäuschen und wartete auf sie. Wahrscheinlich war er der Pächter der Baude. Er hatte das Tor im Zaun geöffnet, sodass sie zwar nicht mehr über den Zaun klettern, aber den Eintritt nachlösen mussten. Er verlangte zwei Biehma von jedem, und Wolfgang zahlte großzügig für beide.

»Is a schiener Tag heut«, sagte der Mann.
»Ja, wunderschön«, bestätigte Wolfgang.
»Wullt ihr 'ne Limonade?«

Wolfgang nickte, und der Alte kam hinaus, verriegelte die Tür und ging mit ihnen den Weg zur Baude hinunter. Er bot ihnen einen Platz auf den Bänken an, die vor der Baude in der Sonne standen, und ging ins Haus. Er hinkte ein wenig, eins seiner Beine schien kürzer zu sein als das andere. Wolfgang und Luise setzten sich auf die Bank, die gleich am Haus stand und warm von der Sonne war. Sie packten ihren Proviant aus – Luise ihren Mohnkuchen, Wolfgang Käsebrote und zwei Würstchen. Der Alte kam wieder und brachte ihnen Limonade, und wieder bezahlte ihn Wolfgang.

»Danke«, sagte Luise, als der Alte verschwunden war, doch Wolfgang winkte nur ab. Schweigend aßen sie und warfen sich hin und wieder verstohlene Blicke zu. Es war etwas Neues zwischen ihnen, etwas Fremdes, über das sich keiner zu reden traute. Nachdem sie die Brote und die Würstchen gegessen hatten und beim Kuchen angelangt waren, lastete das Schweigen schon wie ein Felsbrocken auf ihnen. Luise spürte, wie Wolfgang sie von der Seite ansah, und begegnete seinem Blick. Er sah so ernst aus, dass sie erschrak.

Sie schluckte den Bissen Mohnkuchen hinunter und richtete sich auf. Warum hatte sie ihn oben nur nicht weitergeküsst? Jetzt würde er wahrscheinlich nichts mehr von ihr wissen wollen. Monatelang schon dachte sie nur an ihn, und nun hatte sie den schönsten Augenblick verdorben.

»Ich muss dir etwas sagen, Luise«, begann er.

»Ja?« Sie hörte ihre leise Stimme und erwartete, dass er ihr nun sagen würde, der Kuss sei nur ein Versehen gewesen, ein einmaliger Ausrutscher. Sie würden sich schon so lange kennen, dass nichts aus ihnen werden könnte, außerdem sei sie ja viel jünger als er und überhaupt … Was danach kam, wagte sie nicht zu denken, nämlich, dass sein Vater sie nie akzeptieren würde, weil sie nur ein Bauernmädchen wäre – keine passende Frau für seinen klugen Sohn.

»Ich habe mich bei der Panzertruppe für die Offizierslaufbahn beworben«, sagte Wolfgang. »Sie haben mich genommen. Nächste Woche beginnt meine Ausbildung beim Panzerregiment in Erfurt.«

Seine Worte hallten in ihr nach. Zuerst fühlte sie sich erleichtert, weil er nicht das gesagt hatte, was sie erwartet hatte. Er lehnte sie nicht ab, bereute den Kuss nicht. Sie musste lächeln, ehe sie allmählich den Sinn seiner Worte begriff.

»Du ... musst wieder weg?«

»Ja, ich fahre am Sonntag nach Erfurt.«

»Am Sonntag schon?«

Wolfgang nickte. Er sah betrübt aus.

Sonntag, hämmerte es in ihrem Kopf. Er wäre nur noch ein paar Tage hier. Aber dann – als hätte etwas in ihrem Gemüt den kalten Wasserstrahl seiner Worte zunächst abgewehrt – sickerte die Bedeutung seiner Worte Tropfen für Tropfen in ihr Bewusstsein. »Du gehst ganz weg, für Monate, und willst Offizier werden?«, fragte sie mit dünner Stimme.

Nun lächelte er stolz. »Ja, sie haben mich genommen, stell dir vor! Ich hab doch Abitur und kann Offizier werden.«

»Aber ... warum denn? Du bist doch viel zu jung«, entfuhr es ihr. Sie konnte sich nicht vorstellen, dass ein kaum Achtzehnjähriger wie er erwachsene Männer kommandieren könnte. Doch sie bereute ihre Worte sofort, als sie Wolfgangs Miene sah.

Er schob die Brotdose beiseite und beugte sich nach vorn. »Wir müssen jetzt alles für unseren Sieg in die Waagschale werfen«, meinte er ernst. »Wer sollte das tun, wenn nicht wir jungen Männer?«

Er sah sie so eindringlich an, dass sie ein wenig vor ihm zurückwich. Aber es dauerte noch einen ganzen Atemzug, bis die letzte, furchtbare Gewissheit in ihr Gehirn tröpfelte, und sie fühlte sich wie Gift an. »Du gehst in den Krieg«, sagte sie.

Wolfgang nickte. »Ich wäre sowieso eingezogen worden. Wäre in irgendeiner Kaserne ein bisschen geschliffen worden und hätte dann an die Front gemusst. So aber bekomme ich wenigstens noch genug beigebracht, um Offizier zu werden.«

Obwohl es vernünftig und überzeugend klang, spürte Luise die drohende Gefahr in seinen Worten. »Das haben dir die Offiziere beim Arbeitsdienst erzählt, nicht?«, hörte sie sich sagen.

»Ja, haben sie.« Er lächelte ein kleines trotziges Lächeln. »Einer war so nett, und er hat recht.« Er erhob sich und packte schweigend seine leere Brotdose in den Rucksack. »Lass uns gehen.«

Luise beobachtete ihn und dachte, dass nun alles verloren wäre. Das, was als zartes Pflänzchen oben auf dem Aussichtsturm begonnen hatte, war nun ausgerissen und zertreten worden, bevor es hatte wachsen können.

Die Sonne schien immer noch, aber Luise war es nun kalt geworden, und sie fror noch mehr, als sie schweigend den Weg hinunter durch den Wald zurückgingen. Die ganze Zeit kämpfte sie gegen ihre Tränen an. Wenn dieser verfluchte Krieg nur endlich vorbei wäre!

Sie trennten sich im Oberdorf, weil Wolfgang noch zu Werner wollte. Zum Abschied strich er Luise mit dem Finger über die Wange. »Wir sehen uns«, meinte er nur, ehe er sich umwandte und verschwand. Luise sah ihm hinterher und hätte am liebsten sofort losgeheult, aber sie musste sich beherrschen.

Mit Mühe stand sie das gemeinsame Abendbrot mit der Familie durch, ehe sie abends im Bett endlich ihren Tränen freien Lauf lassen konnte.

Doch ihre Oma hörte sie, stand auf und strich ihr über die Haare. »Madl, flenn och nee asu. Woas is lus?«

»Nichts, Oma.«

Ihre Großmutter setzte sich aufs Bett zurück und verharrte dort eine Weile, wohl unschlüssig, was sie nun tun sollte. Luise hörte auf zu schluchzen.

»Brauchst keene Angst hoan, hust doch genug gelernt. A wird dir a Kop schun ne obreißa.«

Luise erinnerte sich an ihre Ausrede und fühlte sich schäbig. »Ich hab keine Angst vor der Klassenarbeit. Oma«, sagte sie nach einer Weile. »Was meinst du, wie lang dauert der Krieg noch?«

In der Dunkelheit hörte sie die alte Frau seufzen. »Madl, doas weeß doch niemand. Der letzte dauerte vier Juhre.«

Luise musste an das Foto des jungen Mannes in der Uniform denken, das unten in der guten Stube über dem Klavier hing – Omas Sohn, der im letzten Krieg als Zwanzigjähriger gefallen war. Er war der ältere Bruder ihrer Mutter gewesen. Nach seinem Tod war nur noch ihre Mutter als einziges Kind von Klara Gottwald übrig geblieben, die damals schon Witwe war. Als ihre Mutter in den Reich'schen Hof eingeheiratet hatte, war Klara ihrer Tochter gefolgt.

»Vier Jahre sind doch jetzt schon um«, meinte Luise hoffnungsvoll.

»Ich glebe, doas dauert länger«, sagte ihre Oma.

Luise zog fröstelnd ihr Federbett höher und starrte in die Dunkelheit. Sie wartete, bis sie die regelmäßigen Atemzüge der alten Frau hörte. Erst dann weinte sie wieder.

Lindenau, den 10. Oktober 1943

Liebes Tagebuch,
nun habe ich Dich neu begonnen. Ich habe niemanden, mit dem ich reden kann. Der Inge kann ich nichts anvertrauen, weil sie alles weitersagt.

Wolfgang und ich haben uns geküsst! Gestern auf den Falkensteinen. Mir war kalt, und da hat er mich in die Arme genommen und da ist es passiert. Ich war ganz überrascht. Aber es war so schön. Dann hat er mir gesagt, dass er Offizier werden will. Am Sonntag muss er nach Erfurt zur Panzertruppe. Nächsten Sonntag schon! Ich weiß nicht, ob er mich auch liebt und wir jetzt ein richtiges Paar werden. Ich hoffe es!

Ich würde auf ihn warten. Meine Eltern würden es mir bestimmt nicht erlauben, jetzt schon mit einem Jungen befreundet zu sein. Aber wenn Wolfgang mich auch liebt, wäre mir das egal.

Ich habe mich schon vor Monaten in ihn verliebt, bevor er zum Arbeitsdienst kam. Es war im Januar, als ich mit den Mädels aus unserer Gruppe rodeln war. Werner und er kamen mit ihren Skiern dazu. Wir hatten so viel Spaß. Als es dunkel wurde, gingen Wolfgang und ich zusammen nach Hause. Wir unterhielten uns wie zwei Erwachsene. Er erzählte mir von seiner Schule und dass er nun zum Arbeitsdienst muss. Abends lag ich aufgeregt in meinem Bett, und da wusste ich, dass ich mich in ihn verliebt hatte. Dabei kenne ich ihn doch schon so lange. Steidlers zogen zu uns ins Nachbarhaus, da war er acht und ich fünf, also vor zehn Jahren. Werner und er spielten manchmal bei uns auf dem Hof, wenn sie grade nichts Besseres zu tun hatten. Manchmal, ganz selten, ließen sie uns mitmachen, wenn sie uns für Gruppenspiele brauchten.

Am Abend nach dem Rodeln hat er sich das erste Mal richtig ernsthaft mit mir unterhalten. In der Gruppe macht er ja immer viel Blödsinn und führt oft das große Wort, aber wenn man sich näher mit ihm unterhält, hat er ganz vernünftige Ansichten. Und jetzt geht er in den Krieg. Wir haben nur noch vier gemeinsame Tage, bis Samstag. So lange haben wir Zeit, um ein richtiges Paar zu werden.

KAPITEL 6

Als Luise am nächsten Tag von der Schule nach Hause kam, fand sie in der Wirtschaftsküche nur einen Zettel vor: *Sind am Hainberg Mistbreiten. Komm nach* stand dort in der akkuraten, bei den Großbuchstaben leicht verschnörkelten Schrift ihrer Mutter. Sie aß die Reste der Bratkartoffeln in der Wohnküche, dann ging sie durch den Flur in den Stall und schlüpfte in ihre Arbeitskleidung: ein altes, verwaschenes Kleid aus festem Baumwollstoff, Schürze, schmutzige, derbe Halbschuhe. Zum Schluss band sie sich das Kopftuch um. Verdrossen schnappte sie sich die letzte Gabel und stapfte zu den Feldern hinauf. Zum Reich'schen Hof gehörten achtzig Morgen Land – Getreidefelder, Kartoffeläcker, Rüben- und Kleefelder, Heuwiesen und etwas Brachland um die *Alte Stelle* herum. So nannten sie jene Stelle, wo einst der Hof von Alfred Reichs Vorfahren gestanden hatte, bis sein Vater den neuen Hof gebaut hatte, in dem sie nun lebten. Luises Vater hatte alles nach dem Tod seiner Eltern übernommen, nachdem seine Schwester nach Görlitz geheiratet hatte.

Die frische Herbstluft kühlte Luises Gesicht, und sie dachte in einem Anfall von grimmigem Spott daran, dass die miese Arbeit, die ihr nun bevorstünde, doch gut zu ihrer Stimmung passen würde. Schon von Weitem sah sie ihre Mutter und ihre Oma mit Helene und Marian auf dem Feld, während ihr Vater weiter oben auf dem Hainberg damit begonnen hatte, mit dem Pferdegespann den bereits verteilten Mist unterzupflügen.

»Wie war die Rechenarbeit?«, erkundigte sich ihre Mutter, als sie zu ihnen kam. Luise wich ihrem Blick aus und begann sofort mit der Arbeit. Sie hatte beinahe vergessen, dass sie gestern vorgegeben hatte, mit Inge für eine Klassenarbeit zu üben. Zum Glück würden sie in der nächsten Woche tatsächlich eine Arbeit in Raumlehre schreiben, deren Ergebnis sie dann präsentieren könnte.

»Ganz gut«, meinte sie knapp, während sie einen Haufen Mist verteilte, den ihr Vater vom Wagen geworfen hatte. Es stank entsetzlich, aber dennoch hatte sie sich bald daran gewöhnt. Da sie keine Lust auf ein Gespräch mit ihrer Mutter hatte, ging sie weiter zu dem jungen Polen und arbeitete neben ihm. Sie beobachtete, wie er geschickt mit der Gabel hantierte. Ihm schien die leichtere Frauenarbeit, den Mist nur zu verteilen, besser von der Hand zu gehen. Wahrscheinlich hatte er in der Gefangenschaft seine Kraft verloren. »Hast du schon mal bei einem Bauern gearbeitet?«, fragte sie und sah auf seine kräftigen, aber doch schmalen Hände. Er hielt inne, richtete sich auf und sah sie fragend an.

»Er versteht dich nicht«, meinte Helene, die in der Nähe Steine in ihrem Korb sammelte. »Nicht, Marian? Du kein Deutsch.« Sie blickte zu dem Gefangenen auf, der auf sie herunterlächelte und nickte.

»Das kapier ich selbst!«, fuhr Luise sie an. Sie entschloss sich zu einem neuen Versuch. »Marian, bist du Bauer?«

Er zögerte, fuhr sich mit der Hand über seinen kahl rasierten Kopf. Er trug die Arbeitsjacke von Borislaw, in der seine schmächtige Gestalt ganz versank. »Bauer, ja«, sagte er und nickte. »Fabrik schlecht.«

»Warst du in Hermannsdorf? In der Munitionsfabrik?«
Er nickte. »Ja, Hermannsdorf. Große Fabrik.«
»Ich heiße übrigens Luise. Luise Reich.«
»Ich wissen.«
Luise fand, dass er eine schöne weiche Stimme hatte. »Du kannst ja doch ein bisschen Deutsch.« Sie zeigte auf ihre Mutter, dann auf ihren Vater, der mit seinem Wagen weit hinten am Hainberg war. »Johanna und Alfred Reich.«
»Ich wissen.«
»Das heißt nicht: ich wissen, sondern: ich weiß.«
»Ich weiß«, wiederholte er.
Sie nickte zufrieden, weil er so schnell begriff. »Ich weiß«, sagte sie und tippte sich mit dem Finger an die Brust. »Du weißt.« Sie zeigte auf ihn.
Er dachte ein wenig nach. »Du weißt«, wiederholte er und deutete auf sie.
»Gut«, lobte Luise. Sie fand Gefallen daran, ihm mehr zu erklären. Sie wandte sich um und deutete auf ihre Großmutter, die etwas weiter hinter ihnen arbeitete. »Klara Gottwald. Meine Oma.«
Er hob die Schultern und schüttelte den Kopf.
»Meine Oma.« Sie sprach lauter, als würde er sie dann besser verstehen.
»Ah.« Nun überzog ein erhellendes Lächeln sein Gesicht. »Oma«, wiederholte er.
»Genau.«
»Polen: *Babcia*«, erklärte er.
»*Babcia*«, wiederholte Luise. Was für ein merkwürdiges Wort. »Polnisch ist eine schwere Sprache.«
»Nein, Deutsch schwer. Sehrr schweer.« Er rollte das R so, dass sie trotz ihrer schlechten Laune lachen musste.
Ein lautes, scharfes »Luise!« und ein strenger Blick ihrer Mutter von der anderen Feldreihe her brachte sie

zum Verstummen. Sie wusste, dass man sich von den Kriegsgefangenen fernzuhalten hatte. Man sollte keinen Umgang mit ihnen haben. Luise wagte keinen Protest. Sie wollte nicht schon wieder wegen eines Gefangenen mit ihrer Mutter aneinandergeraten. Außerdem war sie viel zu müde für einen Streit.

Am späten Nachmittag, noch bevor die Sonne hinter den Bergen unterging, gab sie vor, Schularbeiten machen zu müssen. Sie rannte zurück zum Hof, schrubbte sich in der Emailleschüssel in der Wohnküche Hände und Gesicht, zog sich Rock, Bluse und Strickjacke an und rannte zu den Linden. Schon seit einiger Zeit hatte sie ein Kribbeln im Bauch, eine vage Hoffnung. Und tatsächlich – auf der Schaukel saß Wolfgang und las ein Buch. Als er sie sah, klappte er das Buch zu und richtete sich auf. »Luise!« Er lächelte, seine hellen Zähne blitzten.

Sie ging zu ihm und erwiderte sein Lächeln, doch sie achtete darauf, ihm nicht zu nahe zu kommen, weil sie Angst hatte, nach Mist zu riechen.

»Wie geht es dir? Ich meine – was hast du gemacht?«, fragte er.

»Das Übliche«, sagte sie ausweichend. »Schule, dann Feldarbeit. Und du?«

»Ach, ich hab nur gelesen.«

Luise deutete fragend auf sein Buch. »Was denn?«

»Einen alten Karl May.« Er ließ das Buch ins Gras fallen, als würde es ihm nichts bedeuten. »Nur Zeitvertreib, weißt du? Werner muss ja arbeiten und kann sich nicht jeden Tag freinehmen. Er bekommt übrigens Lehrzeitverkürzung.«

»Ach. Dann muss er wohl auch in den Krieg.«

Wolfgang nickte.

»Aber ... er ist doch erst siebzehn!«

Wolfgang zuckte mit den Schultern und bedachte sie mit einem ernsten Blick. Er trug wieder seine Jacke von gestern, darunter sein weißes Hemd, das sich hell von seiner gebräunten Haut abhob. Auf einmal sprang er von der Schaukel und kam zu ihr. Er nahm ihre Hände, hielt sie fest. Er schien nach Worten zu suchen, während er mit den Daumen über ihre Handrücken strich. »Gestern, das hätte nicht so ausgehen dürfen. Tut mir leid.« Langsam hob er den Blick und forschte in ihrem Gesicht, wie sie seine Worte wohl aufnähme. Luise schmolz dahin wie Schnee in der Sonne. Sie schluckte heftig und fühlte, wie ihr Herz zu pochen begann. Seine Berührung und seine Nähe ließen ihr Blut schneller kreisen, und sie spürte Wärme aufsteigen.

»Es tut mir leid, dass ich wegmuss«, fuhr er fort und sah dabei aus wie ein reumütiger Schuljunge. »Aber ich *musste* es dir doch sagen.«

»Stimmt«, sagte sie leise. So kleinlaut hatte sie ihn noch nie erlebt.

Er blickte mit halb geschlossenen Lidern auf sie herunter. Dann hob er die Hand und strich mit einem Finger über ihre Lippen. »Dein Mund, er … darf ich dich noch mal küssen?«

Luise vergaß jeden Gedanken an ihren Geruch und nickte. Ohne ein weiteres Wort senkte er seine Lippen auf ihre. Dieses Mal öffnete sie bereitwillig ihren Mund für den Kuss.

Wolfgang war nun zurückhaltender. Vorsichtig begegneten sich ihre Zungen und tasteten sich langsam weiter bis zu einem schönen gemeinsamen Tanz, den Luise herzklopfend auskostete. Sie lehnte den Kopf an seine raue Jacke und atmete schnell und glücklich. Wolfgang hielt sie fest, strich mit einer Hand über ihr Haar. Wenn sie nach Mist riechen sollte, dann ließ er sich jedenfalls nichts anmerken. Doch plötzlich rutschte seine Hand von ihrem Rücken. Luise hörte Schritte, die die Hofzufahrt von der Straße heraufkamen.

»Entschuldigt bitte die Störung«, erklang eine bekannte Stimme hinter ihnen. Luise fuhr herum und erblickte Christels dünne Gestalt in der Dämmerung, gefolgt von Fanny und

Erika. Sie trug ihr weißes Sonntagskleid, und ihr Bubikopf sah wellig aus, als hätte sie ihn mit der Brennschere bearbeitet. »Ich habe noch etwas mit unserem Kameradschaftsführer zu besprechen.« Ihre Stimme klang höher als sonst und hörte sich ein wenig zittrig an. Sie starrte Luise an, als wäre sie ein russischer Soldat. Luise ließ Wolfgang los.

Wolfgang lächelte verlegen. »Was gibt's denn, Christel?«

Christel vermied es, die Wiese zu betreten, als wäre diese vermintes Gelände. Sie blieb auf dem Weg stehen. »Mein Vater hat den Brief fertig. Für Erfurt ... Wie wir es besprochen haben.«

Wolfgang lächelte und ging über die Wiese zu ihr. »Hast du ihn dabei?«

Christel schüttelte den Kopf. »Mein Vater möchte mit dir sprechen.«

»Wann denn?«

»Jetzt.«

»Oh. Ja dann ... komme ich.« Er wandte sich zu Luise um und hob kurz die Hand zum Abschied. Christel grüßte Luise nicht mehr. Mit versteinerter Miene warf sie ihr einen kalten Blick zu, ehe sie sich umwandte und mit Wolfgang und den Mädchen den Hof verließ.

Luise hatte das Gefühl, beraubt worden zu sein. Sie stand da und starrte in die rosafarbenen Streifen, die der Sonnenuntergang hinter den gegenüberliegenden Bergen hinterlassen hatte. Kühle Luft kam auf und kroch ihr unter den Rock. Ihr Blick fiel auf einen hellen Fleck im Gras. Wolfgang hatte sein Buch vergessen. Sie hob den Karl-May-Band auf, strich über seinen Einband. Gleich morgen, dachte sie, würde sie ihm das Buch zurückbringen.

»Bist du traurig, weil er weg ist?«

Luise fuhr herum. Helene kam hinter dem dicken Stamm der alten Linde hervor, setzte sich auf die Schaukel und gab sich mit den Füßen Schwung. »Warum habt ihr euch denn *geküsst*?«

Luise schlang ihre Hände um Wolfgangs Buch. »Sag nicht, du hast alles mitgekriegt!«

Helene nickte nur und stellte ihre Füße wieder auf den Boden. »Schubst du mich an?«

Luise funkelte ihre Schwester an. »Warum bist du nicht auf dem Feld? Bist du mir etwa nachgegangen?«

Helene antwortete nicht. Sie sah an ihr vorbei und begann, schweigend zu schaukeln. Luise fühlte Zorn aufsteigen. Ihre Schwester ging mittlerweile in die dritte Klasse. Warum suchte sie sich nicht endlich eigene Freundinnen, anstatt ihr dauernd an den Fersen zu kleben? Sie ließ das Buch fallen, ging zur Schaukel, packte die Kette und hielt sie an. Sie nahm Helenes weiches, pausbäckiges Gesicht in den Zangengriff und drückte zu. »Neugieriges Luder du! Hör auf, mir nachzuspionieren.« Sie drückte, bis Helenes Unterlippe sich wie bei einem Karpfen nach vorn schob. »Wenn du der Mama auch nur ein Wort sagst, verhau ich dich.«

Helene begann zu jammern, aber Luise lockerte ihren Griff nicht. »Hast du verstanden?«

Als Helene nickte, ließ Luise sie los. »Jetzt musst du mich aber anschubsen«, beharrte Helene und begann wieder zu schaukeln, als wäre nichts gewesen.

»Nein.« Luise hob das Buch auf und ging über die Wiese hinauf zum Hof. Konnte man denn nirgends allein sein? Nun wussten also schon die Mädelschaft und ihre Schwester von dem Kuss, und bald würde es wahrscheinlich das ganze Dorf wissen. Und – viel schlimmer noch – Helene würde es ihren Eltern verraten. Es wäre nur eine Frage der Zeit. Luise wandte sich zu ihrer jüngeren Schwester um. »Nun komm schon!«

Sie wartete, bis Helene vom Brett gerutscht und langsam herangekommen war, dann packte sie sie und zog sie mit sich fort. Sie hätte sie am liebsten in das kühle Wasser der Pferdetränke geworfen.

* * *

Am nächsten Morgen in der Schule fragte sich Luise, ob Herr Steidler wüsste, dass sie seinen Sohn geküsst hatte. Die ganze Zeit saß sie reglos auf der Bank, starrte abwechselnd auf Herrn Steidlers grauen Anzug, das Bild des Führers an der Wand hinter dem Lehrerpult oder aus dem Fenster und versuchte, sich hinter Erikas breitem Rücken zu verstecken. Dies war nicht weiter schwer, denn sie saß sowieso weit hinten, in der hintersten Mädchenreihe vor den Jungs. Neben ihnen schrieben die kleinen Kinder der fünften und sechsten Klasse einen Aufsatz, während Herr Steidler die siebte und achte Klasse unterrichtete. Deutsch. Schlesische Dichter. Horst Henschel hatte sich erhoben und leierte die auswendig gelernten Namen herunter. »… Martin Opitz, Friedrich von Logau, Christian Hoffmann von Hoffmannswaldau, Angelus Silesius, Johann Christian Günther, Karl von Holtei, Joseph von Eichendorff, Gerhart Hauptmann …«

»Danke.« Steidler nickte Horst Henschel zu, der seine magere Gestalt daraufhin wieder in die Bank sinken ließ. »Ich hatte euch ein Gedicht von Joseph von Eichendorff aufgegeben«, fuhr Herr Steidler fort. »Welchem Zeitalter ist dieser Dichter zuzuordnen?«

Viele Zeigefinger schnellten hoch. »Ja?«

Erika erhob sich ungelenk. »Dem Zeitalter der Romantik.«

Herr Steidler verschränkte die Arme hinter dem Rücken. »Kannst du mir seine Lebensdaten sagen?«

Sie räusperte sich. »1788 bis 1857.«

»Danke, Erika, setz dich. Joseph von Eichendorff war einer der bedeutendsten Dichter der Romantik. Aber was ist denn überhaupt Romantik?« Sein scharfer Blick hinter der silbernen Brille glitt durch ihre Reihen. Luise rutschte unmerklich so hinter Erika, dass Herr Steidler sie nicht sehen konnte. Sie hatte keine Zeit für die Schulaufgaben gehabt. Sie wusste nichts. Zum Glück meldete sich Rita Vogt, Tochter des Pfarrers und Klassenbeste. »Die Romantik ist eine Kulturepoche und dauerte von 1800 bis 1835. Sie umfasste die Kunstgattungen Malerei, Musik und Dichtung. Die romantischen Dichter suchten ihre Vorbilder nicht mehr in der klassischen Antike, sondern in der deutschen Vergangenheit.«

Steidler straffte sich ein wenig, legte den Kopf in den Nacken und musterte Rita Vogt mit halb geschlossenen Augenlidern – eine Geste, die Luise an Wolfgang erinnerte. »Gut, Rita. Aber ist denn Romantik nicht nur ein Gefühl? Eine Schwärmerei von Träumern und Fantasten, die der Welt entfliehen wollten?«

Einige lachten leise. Luise rutschte noch tiefer. Aber Rita Vogt ließ sich nicht beeindrucken. »Wie ich schon sagte, war es eine Epoche der Kultur«, fuhr sie sachlich fort. »Die Gebrüder Grimm zum Beispiel sammelten Volkssagen und Märchen und haben damit dem deutschen Volk einen großen Dienst erwiesen. Die Maler der Romantik erschufen herrliche Landschaftsbilder. Die Künstler besannen sich wieder auf die eigenen deutschen Wurzeln im Mittelalter.«

Herr Steidler nickte ihr zu und wandte sich an die anderen. »Kennt jemand Beispiele dafür?«

Nur Horst Hentschel meldete sich wieder. »Die Oper von Richard Wagner: *Der Ring der Nibelungen.*«

»Sehr gut. Danke, Horst.« Herr Steidler hinkte durch den Gang in der Mitte, der sie von den jüngeren Schülern trennte, und beugte sich über den Aufsatz eines Mädchens. »Nun, ihr hattet ein Gedicht zu lernen. Wer sagt es mir auf?« Er richtete sich wieder auf und spähte durch die hinteren Reihen. Da er nun fast hinten stand, konnte sich Luise nicht mehr hinter

Erika verstecken. Sie blieb stocksteif sitzen und wich seinem Blick aus. Wenn er sie jetzt drannähme, würde sie nichts sagen können. Sie würde sich eine Rüge einhandeln. Sie hielt die Luft an, während sie glaubte, seinen Blick zu spüren. Plötzlich war sie sich sicher, dass er alles von Wolfgang und ihr wusste, dass sie, anstatt ihre Schulaufgaben zu machen, mit seinem Sohn auf den Falkensteinen gewesen war. Sie heftete ihren Blick auf Erikas dicke Zöpfe, als könnte sie das unsichtbar machen. Zu ihrer großen Erleichterung sah sie aus den Augenwinkeln, wie Inge neben ihr aufzeigte. »Ja, Inge?«

Inge erhob sich. »*Mondnacht.* Von Joseph von Eichendorff«, begann sie und legte eine kurze Pause ein. Dann atmete sie tief und sprudelte das Gedicht aus ihrem Gedächtnis hervor, wie sie es sich wohl gestern in ihrem aufgeräumten Zimmer mit Blick in den Garten Zeile für Zeile eingebläut hatte. Atemlos hörte sie auf und lächelte erleichtert, dass sie es geschafft hatte. Ein paar der Kleineren hoben die Köpfe und sahen zu ihr hinüber.

Herr Steidler sah aus, als hätte er in einen sauren Apfel gebissen. »Danke«, sagte er steif und befahl ihr, sich zu setzen. Dann hinkte er nach vorn zum Klavier, ließ sich auf dem Schemel nieder und klappte den Deckel auf. »Dieses Gedicht ist eins der schönsten Gedichte der Romantik«, sagte er und ließ seine Hände über die Tasten gleiten. »Es wurde von Robert Schumann vertont, einem der bedeutendsten Komponisten dieser Zeit.« Er spielte einige Töne weiter, während er seltsam abwesend wirkte, um dann abrupt aufzuhören und den Deckel zuzuknallen. Die jüngeren Schüler hielten im Schreiben inne, hoben ihre Köpfe und sahen zu ihm hinüber.

»In diesem Gedicht lebt ein eigener Zauber. Es ist eine vollkommene Verschmelzung aus Natur, Gefühl und Melodie. Wenn wir es aufsagen, dann sollten wir es richtig *betonen*.«

Seine Stimme verhallte im stillen Klassenraum. Niemand wagte es, sich zu bewegen. Inge saß steif auf der Bank und senkte den Blick.

»Wer will es noch mal versuchen?« Steidler ließ seinen auffordernden Blick durch ihre Reihen wandern. Rita Vogt wagte es als Einzige, sich zu melden. Sie erhob sich. »*Mondnacht*. Von Joseph von Eichendorff«, begann sie und wartete eine Weile, bis alle ruhig waren.

> *»Es war, als hätt der Himmel*
> *die Erde still geküsst,*
> *dass sie im Blütenschimmer*
> *von ihm nun träumen müsst ...«*

Sie sprach langsamer und betont. Die älteren Schüler hörten still zu. Die Schüler der fünf und sechs beugten sich wieder über ihre Aufsätze und schrieben weiter. Ihre Federn schabten über das Papier der Hefte. Luise starrte aus dem Fenster auf die Felder und klopfte mit den Fingern abwechselnd auf ihren Oberschenkel, bis Rita ihren Vortrag beendet hatte. Herr Steidler sah auffordernd in die Gesichter der Besten, von denen er sich wohl am ehesten eine Antwort erhoffte. »Habt ihr die Melodie gehört?«

Einige nickten eilfertig, doch niemand zeigte auf.

»Ja«, platzte es aus Luise heraus.

»Luise!«, rief Herr Steidler verwundert. »Was immer du uns sagen willst, steh auf.«

Luise erhob sich langsam. Die Mädchen, die vor ihr saßen, wandten sich zu ihr um, selbst Erika und Fanny, die sie doch in jeder Pause sah. Luise konnte förmlich spüren, wie sich die Blicke der Jungs in ihren Rücken bohrten. Herr Steidler hatte sich erhoben und war an die vorderste Bankreihe getreten, von wo aus er sie überrascht und ein wenig belustigt betrachtete. Wie immer. Auf einmal erinnerte er sie an Wolfgang. So wie er würde Wolfgang in dreißig Jahren aussehen. Wenn er dann noch lebte. Wären sie dann verheiratet, Mann und Frau, oder war sie nur eine flüchtige Liebelei für ihn?

Luise schluckte. »Der Zweitakt«, stieß sie hervor.

Herr Steidler verschränkte die Arme vor der Brust und senkte kurz den Kopf. »Ja? Kannst du mir bitte in ganzen Sätzen antworten?«

Einige lachten. Ein paar von den Mädchen musterten sie abschätzig. Manche grinsten. Sie wissen es bestimmt, durchfuhr es Luise. Alle wussten, dass sie Wolfgang Steidler geküsst hatte. In ihrem Dorf blieb nie etwas geheim. Sie fühlte, wie ihr Gesicht vor Verlegenheit heiß wurde. Sie sah zu Rita Vogt hinüber, die sie mit einem Ausdruck ruhiger Nüchternheit betrachtete, erwartungsvoll, aber nicht hämisch. Dieser Blick gab ihr Kraft für die Antwort.

»Das Gedicht … seine Melodie ist ein Zweitakt«, sagte sie.

»Ein Zweitakt?« Herr Steidler hob überrascht die Augenbrauen. »Kannst du uns das genauer erklären?«

Luise spürte, dass ihr Gesicht noch heißer wurde. Ihr Herz pochte. Himmel, was hatte sie nur getan? Sie war aufgestanden, obwohl sie das Gedicht nicht auswendig konnte. Wie sollte sie es nun erklären? Sie räusperte sich und versuchte, sich an die erste Zeile zu erinnern.

»Es war, als hätt der Himmel … da ist ein Rhythmus drin, ein Zweitakt. Tatamm, tatamm, tatamm …« Ihr Satz ging in Gelächter unter, und Luise stand da und lächelte verlegen.

Die ausladende Armbewegung ihres Lehrers ließ das Gelächter verstummen. »Es stimmt, was Luise uns auf musikalische Art erklärt hat«, sagte er und warf ihr ein flüchtiges Lächeln hinauf. »Dieses Gedicht hat einen Zweitakt als Melodie. Aber wie kommt dieser Takt zustande?«

Rita Vogts Zeigefinger schnellte wieder nach oben. Herr Steidler nahm sie dran, und Luise ließ sich erleichtert auf die Bank zurücksinken. »Es liegt an dem Wechsel von betonten und unbetonten Silben«, erklärte Rita.

»Richtig.« Herr Steidler nickte zufrieden, hinkte zur Tafel und schrieb die erste Zeile des Gedichtes an. »Es war, als hätt der Himmel …«

»Was ich hier unterstrichen habe, sind die betonten Silben«, erklärte er. »Wie ihr seht, beginnt die Zeile mit einer unbetonten Silbe, dann folgt die betonte, und das ist in diesem Fall der Jambus, wie man in der Verslehre sagt …«

Luise schickte einen dankbaren Blick zu Rita, die in der zweiten Reihe neben ihrer Freundin saß, aufmerksam wie immer, während Herr Steidler über Metrik, Verslehre und Versfüße redete und Luise ihm kaum noch zuhörte. Was sie verstand, war, dass Gedichte ihre eigenen Melodien besaßen, die durch den Wechsel von betonten und unbetonten Silben zustande kamen. Sie hatte etwas gesagt, das Herrn Steidler gefallen hatte. Obwohl sie das Gedicht nicht gelernt hatte, war sie ihm positiv aufgefallen, im Gegensatz zu Inge. Aber das schien Inge ihr übel zu nehmen.

»Du hast's doch nicht gekonnt«, maulte sie, als sie nach der Schule gemeinsam zum Oberdorf zurückgingen. »Und ich lern und lern und kriege jetzt bestimmt eine schlechte Note.«

Luise kaute auf ihrer Unterlippe herum. »Ich hab eben Glück gehabt«, verteidigte sie sich. »Ist doch selten genug, dass ich mal was weiß.«

»Stimmt«, versetzte Inge missmutig. »Am liebsten hätt ich dem Steidler gesagt, dass du das Gedicht nicht konntest.«

Luise blieb stehen. »Du bist doch meine Freundin und *darfst* mich nicht verraten.«

Inge erwiderte nichts, sondern stapfte schweigend weiter die Dorfstraße hinauf, an Häusern mit Gärten voller blühender

Herbstblumen hinter Holzzäunen vorbei. Luise seufzte und folgte ihr. Also war Inge wieder bockig, wie sie es manchmal war. Luise musste sie beschwichtigen. Man müsse es mit Liebe versuchen, sagte ihre Oma immer. Also lieber einlenken als sich zerstreiten. Bei Inge klappte das meistens.

Luise ging schneller und holte sie ein. »Ich versteh ja, dass du wütend bist. Aber es ist eben passiert. Du hättest das Gedicht nicht so runterleiern dürfen.«

Inge hielt inne und funkelte Luise an. »Das sagst *du* mir, wo du's erst gar nicht gelernt hast? Treibst dich lieber in der Gegend rum, statt Schularbeiten zu machen, belügst deine Mama.« Ihre Stimme war heiser, als würde sie ihr gleich wegbleiben. Das war ihre Wutstimme, ein höchstes Alarmzeichen.

»Hast ja recht«, meinte Luise kleinlaut. »Ich musste arbeiten und war mit Wolfgang bei den Falkensteinen. Meine Mutter hätte mir den Ausflug nie erlaubt.«

Inge brummte etwas, wandte sich um und ging weiter. Luise holte sie wieder ein, und eine Weile gingen sie schweigend nebeneinanderher. »Erika hat erzählt, dass Wolfgang dich geküsst hat«, meinte Inge. »Davon hast du mir gar nichts gesagt.« Es klang beleidigt.

Daher wehte also der Wind! Luise seufzte in sich hinein. »Wann hätt ich dir das denn sagen sollen? Wir waren doch nie allein in den Pausen. Und vor der Schule ging es nicht.« Sie erinnerte sich daran, dass sie am Morgen zu spät gekommen war und in den Pausen nur das seltsame Gebaren der Freundinnen über sich hatte ergehen lassen müssen, die sie behandelten, als wäre sie eine Neue.

»Die Christel muss ziemlich wütend sein«, fuhr Inge fort. »Die hat denen gesagt, du wärst nichts für Wolfgang und das wäre bestimmt nichts Ernstes. Außerdem wäre er ja am Sonntag sowieso weg, und wenn er wiederkäme, hätte er dich bestimmt vergessen.«

Luise schnappte nach Luft. »Das sagt die doch nur, weil sie neidisch ist! Die hatte doch immer schon ein Auge auf Wolfgang. Weißt du, wie die mich gestern angeguckt hat bei uns auf dem Hof?«

Inge schüttelte den Kopf und blickte Luise erwartungsvoll an.

»Als wollte sie mich auf der Stelle erschießen.«

Inge runzelte die Stirn. Dass sie nichts erwiderte, machte es für Luise nur noch schlimmer. Eine seltsame Unruhe ergriff sie. Warum sagte die Freundin nichts? Sollte sie nicht Anteil nehmen und fragen, wie es ihr ging? Wie es mit Wolfgang gewesen war? Stattdessen lastete das brütende Schweigen zwischen ihnen.

Luise blieb stehen. »Denkst du etwa auch so wie Christel?«

Auch Inge hielt inne. Obwohl es ein bewölkter Tag war, sah ihre Haut im fahlen Mittagslicht noch blasser aus als sonst. »Wer weiß, wie lange er weg ist und was danach sein wird. Vielleicht wollte er nur noch mal küssen.«

»Dann denkst du also auch, dass er es nicht ernst meint?«, fragte Luise.

»Er ist drei Jahre älter als du.«

»Na und?«

Inge hob die Schultern. »Ich mein ja nur, dass du vorsichtig sein sollst. Meine Mutter sagt immer, wir sollten uns vor den älteren Jungs in Acht nehmen.«

»Das sagt meine auch immer.«

»Siehst du? Aber du hörst nicht auf sie.«

Luise seufzte. Wie könnte sie Inge nur erklären, was sie für Wolfgang fühlte? Dass diese Gefühle stark genug waren, um sich über jegliches Verbot hinwegzusetzen, konnte Inge nicht verstehen, denn sie war ja noch nie verliebt gewesen. »Wolfgang und ich kennen uns schon so lange«, sagte sie. »Ich glaube, dass er es ernst meint.«

In Inges Miene zuckte etwas schnell und heftig. »Wie du meinst«, erwiderte sie nur. Ihre Stimme klang dunkel und immer noch wütend.

Luise erwiderte nichts mehr. Sie war nun auch beleidigt. Inge verstand sie nicht und gab offenbar mehr auf die Warnungen von Erwachsenen und auf Christels Worte als auf ihre. Sie schwieg verdrossen, bis sie sich an der Abzweigung, die zu Inges Haus führte, einsilbig trennten.

Luise fühlte sich allein und unverstanden. Dann dachte sie an Wolfgang und daran, dass sein Buch wie eine Trumpfkarte in ihrer Nachttischschublade lag. Sie würde es ihm wiederbringen, gleich heute. Sie musste jeden Tag ausnutzen, den er noch hier war.

Kapitel 7

Aber als sie die Zufahrt zum Hof hinaufschritt, hörte sie schon von Weitem den Krach der Dreschmaschine. Ihr fiel wieder ein, dass ihr Vater gestern Abend angekündigt hatte, mit dem Dreschen beginnen zu wollen. Die Feldarbeit war wegen des wochenlangen guten Wetters bereits erledigt. Außerdem würde das Wetter umschlagen.

Wie immer hatte er recht behalten mit seinen Wettervorhersagen, denn den ganzen Tag war es schon bewölkt. Über den bewaldeten Bergkuppen hingen schwere Regenwolken. Luise hielt inne und seufzte tief. Hätte ihr Vater nicht noch ein paar Tage warten können? Nun würde sie noch bis zum Abendessen arbeiten müssen, dann die Schularbeiten erledigen und könnte Wolfgang, wenn überhaupt, erst danach sehen.

Ärgerlich ging sie zum Haus und aß in der Wohnküche den Kartoffelsalat, den man ihr hingestellt hatte. Sie überlegte, ob sie Wolfgang jetzt schon den Karl May bringen sollte, doch dann entschied sie sich anders. Wenn sie nicht bald in der Scheune auftauchte, würde man nach ihr suchen. Sie ging in den Stall und zog sich ihre übliche Arbeitskleidung an. Dorle, Vaters Lieblingspferd, sah sie mit großen dunklen Augen an. Sie strich der Stute über den Hals. »Wenigstens du brauchst heute nicht zu arbeiten«, sagte sie.

Dann ging sie zur Scheune. Kaum hatte sie sie betreten, umfing sie der Lärm der Dreschmaschine, die an einer Kopfseite der Tenne hoch aufragte. Oben auf einer Empore standen ihre Mutter und ihre Oma an dem Dreschtisch und fütterten die Maschine mit den Korngarben. Ihr Vater stand unten an der Strohpresse und band das Stroh zu Bunden. »Wird auch Zeit«, rief er, nachdem er Luise einen kurzen Blick zugeworfen hatte. »Hilf oben beim Kornholen.«

Luise nickte und stieg die schmale Holztreppe hinauf. Sie wusste auch so, was ihre Aufgabe war, schließlich hatte sie es oft genug gemacht – die Garben aus den Bansen zu holen und sie ihrer Mutter anzureichen, damit diese die mit Fäden gebundenen Garben aufschneiden und auf dem Tisch für Luises Oma ausbreiten konnte, die sie wiederum in die Dreschmaschine schob. Die Bansen oben waren immer als Erstes leer, und je länger sie arbeiteten, desto weiter wurden die Wege, die sie mit den Garben zurücklegen musste. Doch nun half auch Marian, der die Garben abwechselnd aus den Bansen holte und bei den Frauen oben auf der Empore stapelte oder unten Luises Vater zur Hand ging. Dies machte er selbstständig, je nachdem, wo er gerade mehr gebraucht wurde, ohne dass ihr Vater ihm etwas hätte sagen müssen. Manchmal lächelte er ihr zu, wenn er ihr die Garben weiterreichte, und Luise dachte, dass er gar nicht so übereifrig hätte sein müssen, denn er bekäme doch sowieso sein Essen bei ihnen. Sie war froh, dass er da war, denn so musste sie nicht alles allein machen. Aber sie wagte es nicht mehr, in Gegenwart ihrer Eltern mit ihm zu reden.

Nach einiger Zeit ging er wieder nach unten, um ihrem Vater beim Auswechseln der gefüllten Kornsäcke zu helfen. Helene kam und langte in ihre Schürzentasche. »Sieh mal, was ich habe!« Sie grinste triumphierend, während sie eine zappelnde

Maus am Schwanz vor Luise in die Höhe hielt. Doch Luise stapfte nur ungerührt an ihr vorbei und warf eine Korngarbe in die Nähe ihrer Mutter. »Lass sie frei«, rief sie und sah auf die Tenne hinunter. »Wo ist Manfred?«

Helene deutete nach unten.

Luise suchte mit Blicken die leere Tenne ab. »Nein, da ist er nicht.« Sie packte Helene am Arm. »Kannst du nicht einmal tun, was man dir gesagt hat? Hör auf, Mäuse zu jagen, und pass auf deinen Bruder auf!« Helenes rundes Gesicht verzog sich, als wollte sie in Tränen ausbrechen. Luise zog ihre Schwester zur Treppe und bugsierte sie hinunter. Sie suchten die ganze Tenne ab, doch der Junge war nirgends zu sehen. »Manfred!«, brüllte Luise.

Auf einmal wurde es still. Ihre Mutter hatte die Dreschmaschine abgestellt. Die beiden Frauen auf der Empore hielten inne und sahen zu ihnen hinunter.

»Was ist los?«, fragte ihre Mutter.

»Wir suchen Manfred«, gab Luise zurück. »Hier ist er nicht.«

Ihre Mutter wischte sich die Hände an der Schürze ab und eilte so schnell die schmale Holzstiege hinunter, dass diese knarrte und wackelte. »Solltest du nicht auf ihn aufpassen, Helene? Wo ist er denn hin?«

Helene antwortete nicht. Sie stand mit hängenden Schultern da und senkte den Kopf, während der Staub um sie herum langsam niedersank. »Der ist bestimmt rausgelaufen«, meinte ihr Vater, während er ein Band um einen vollen Kornsack wickelte. »War ihm zu laut hier drinnen.«

Die grauen Augen von Luises Mutter warfen Eisblicke auf Helene. »Na los, suchen wir ihn. Schnell!« Sie stieß die Tür auf und rannte über den Hof zum Haus. »Manfred! Maanfreeed!«

Helene rannte zum Schuppen, der dem Wohnhaus gegenüberlag, während Luise ihrer Mutter folgte. »Ich seh im Stall nach.« Sie öffnete die Tür, die von außen in den Stall führte, lief an der Reihe von Kühen vorbei und verließ den Stall durch die Hintertür. Manfred war nirgends zu sehen.

Ihr fiel ein, dass ihr Bruder vielleicht zur Pferdekoppel gelaufen sein könnte, wo er immer gern war. Sie lief hinter dem Haus am Gemüsegarten vorbei über die Obstwiese zur Koppel. Vor ihr dehnte sich das feuchte dunkelgrüne Gras, darüber ragten Bäume auf. Inzwischen hatte ein leichter Nieselregen eingesetzt, und feine Tropfen perlten von den Grashalmen. Von Manfred keine Spur.

In Luises Magen bohrte ein seltsames Gefühl. Sie hörte die Rufe ihrer Mutter und von weiter her auch die ihres Vaters und der Oma, die Manfred wohl auf der Wiese an der Scheune suchten. Sie wurden nur von Stille beantwortet. Luise dachte daran, wo ein kleiner Junge auf einem Bauernhof überall hineingeraten könnte. Helene war als kleines Mädchen in die Pferdetränke gefallen und beinahe ertrunken, wenn ihr Vater sie nicht zufällig entdeckt hätte. Sie selbst wäre einmal fast in den Löschteich gerutscht. Oder war Manfred vielleicht zu den Feldern hinaufgelaufen? Als sie noch überlegte, fiel ihr eine weitere Möglichkeit ein, wo er sein könnte, und dieser Gedanke ließ sie erschauern.

Mit wackligen Knien lief sie über die Obstwiese zurück zum Haus. Dort, vor einem zweiten Gemüsegarten hinter dem Schuppen, befand sich ein Kalkloch. Es war eine Vorrichtung zum Auffangen des frischen Kalks, mit dem der Hof früher immer geweißelt worden war. Vor dem Krieg, als es noch Kalk gegeben hatte. Normalerweise war dieses Loch mit Brettern abgedeckt, doch nun stand es aus irgendeinem Grund offen. Wahrscheinlich wollte ihr Vater dort etwas für den Winter lagern und hatte es noch nicht wieder abgedeckt.

Luise sah Marian vor der Öffnung knien. Er hatte die Arme in die Grube gesenkt und zog etwas herauf – ihr Herz blieb beinahe stehen, als sie ihren nassen kleinen Bruder erkannte. Sie rannte zu ihnen. Manfred weinte, seine braunen Locken glänzten vor Nässe, aber er konnte stehen. Luise hockte sich vor ihn hin.

»Manfred!« Sie betastete vorsichtig seine Gestalt, seinen Kopf, sah nach, ob er irgendwo blutete. Er schien unversehrt zu sein. »Manfred!« Erleichtert schloss sie ihn in die Arme, und er weinte jetzt umso lauter.

Marian deutete auf das Kalkloch. »Er … fallen hinein. Ich hören ihn weinen, ziehen ihn raus.«

»Du hast ihn gefunden«, stellte Luise fest und sah ihn verwundert an. Das gute Essen bei ihnen schien schon Wirkung zu zeigen, sein Gesicht hatte andere Konturen bekommen. Es war zu einem schmalen, gut geschnittenen Männergesicht geworden. Seine Brauen lagen wie zwei dunkle, außen leicht nach oben führende Striche in der blassen Haut, was seinem Gesicht einen freundlichen Ausdruck verlieh. Seine Augen waren von einem schönen Hellbraun. Luise fragte sich, wie alt er wohl wäre. Ihr schien, als gehörte er zu denen, die jünger aussahen, als sie tatsächlich waren. Vielleicht war er schon zwanzig, auf jeden Fall älter als Wolfgang. Sie drückte seine Hand. »Danke.«

Er lächelte stolz.

Luise presste ihren weinenden Bruder an sich. »Du darfst nicht mehr weglaufen, hörst du? Hast du dir wehgetan?«

Der Junge schüttelte den Kopf und schniefte. Luise zog ein Taschentuch aus ihrer Schürzentasche und ließ ihn schnäuzen. Vom Haus her erklang ein hoher Schrei. Luises Mutter hatte sie entdeckt. Sie lief über die Obstwiese zu ihnen, hockte sich vor ihren Sohn und riss ihn in die Arme. »Junge, was machst du denn nur?«, sagte sie, während sie ihm einen Kuss auf seine feuchten Locken drückte.

Er deutete mit seinem kleinen Zeigefinger auf das Kalkloch. »Ich bin da reingefallen«, sagte er, und es klang fast ein wenig stolz.

»Marian hat ihn wieder rausgezogen«, sagte Luise.

In dem schönen Gesicht ihrer Mutter zuckte es.

Langsam erhob sie sich, ohne Manfred loszulassen. Marian und Luise erhoben sich ebenfalls. Eine Weile sahen sie sich schweigend an, während der Regen in langen Bindfäden auf sie herunterfiel.

Johanna Reichs Mundwinkel zogen sich kaum merklich nach oben, und sie nickte Marian zu. Dann wandte sie sich um und ging mit Manfred an der Hand zurück zur Scheune. Luise blieb neben Marian, während sie den beiden folgten, als wollte sie sich für das Verhalten ihrer Mutter entschuldigen. Aber sie wagte es nicht, ihn anzusehen.

* * *

Es dämmerte schon, als sich Luise nach dem Essen auf den Weg zum Lehrerhaus machte. Sie verließ den Hof, ging zur Straße und lief den Weg zum Altenteilhaus wieder hinauf. Sie hätte auch einfach über den Zaun klettern können, aber sie wollte sich nicht schmutzig machen. Sie hatte sich sorgfältig gewaschen, alle Strohhalme aus ihren Zöpfen entfernt und sich ihre Schulsachen wieder angezogen.

Vom Nachbarhof her erklang das Gebell des Hofhundes, und Luise hörte seine Kette klirren. Als sie weiterging, zog er sich wieder in seine Hütte zurück. Der Regen hatte zum Glück aufgehört, aber in der Dämmerung roch es nach feuchter Kühle. Grau und klein lag das Lehrerhaus im Halbdunkel. Aus einem Fenster im Erdgeschoss drang etwas Licht aus einem Vorhangspalt heraus. Luise fühlte ihr Herz schneller klopfen. Wo war Wolfgang nur den ganzen Tag gewesen? Ob er an der

Schaukel auf sie gewartet hatte, während sie beim Dreschen helfen musste? Ob er genauso oft an ihre Küsse hatte denken müssen wie sie? Sie trat vor die Haustür und atmete tief. Wieder stieg ihr der Geruch nach altem Holz in die Nase, den das Haus ausströmte. Sicher kam das von der Holzverkleidung unter dem Dachfirst, von den hölzernen Decken und von den alten Balken, die dieses uralte Haus in seinem Inneren stützten. Wahrscheinlich gab es ein Heer von Mäusen, das in den Wänden, unter den Fußböden und auf dem Dachboden lebte und dessen Rascheln und Nagen Herrn Steidlers Schlaf begleitete. Luise musste lächeln. Da hörte sie Stimmen durch eins der Fenster. Sie ließ ihre Hand sinken, mit der sie gerade gegen die Tür pochen wollte, ging zum Fenster und lauschte.

Sie hörte Herrn Steidlers und Wolfgangs Stimmen in einem lauten Wortwechsel.

»… das sieht ihm ähnlich! Zu glauben, dass wir es nötig haben. Sieh dir den Brief an, er ist voller Rechtschreibfehler! Den kannst du nicht vorzeigen«, rief Herr Steidler. »Wie kommt der überhaupt dazu, dir so etwas zu schreiben?«

»Ich glaub, das war Christels Idee«, erwiderte Wolfgang. »Sie hat's mir vorgeschlagen, und ich dachte, kann doch nicht schaden, ein Empfehlungsschreiben vom Bürgermeister. Der kennt mich doch von klein auf.«

Sein Vater lachte verächtlich. »Ja, und wir kennen den auch. Ich weiß noch, wie der den Baumann hat abholen lassen. Seinen eigenen Gehilfen! Der hat ihn einfach ins offene Messer laufen lassen. Und seine Bäckerei ein kriegswichtiger Betrieb – dass ich nicht lache! Der macht doch seit Monaten nur noch das Nötigste, der macht sich nur was beiseite. Ein elendes Frassa-Os ist der!«

»Aber Vater, das wissen wir nicht. Du kannst ihn doch nicht einfach schlechtmachen.«

Ein leichtes Poltern erklang, als wenn eine Flasche auf den Tisch zurückgestellt würde. »Schlecht bleibt schlecht, und der ist ein schlimmer Kerl, genau wie unser Führer.«

»Vater!«

»Diese Mischpoke wird unser Land noch in den Abgrund führen.«

Eine Weile war es still. »Du hast sie doch damals gewählt«, sagte Wolfgang schließlich. »Hast immer wieder gesagt, die Reparationszahlungen wären eine Frechheit und der Hitler würde denen schon die Stirn bieten. Aber jetzt, wo es mal schlechter geht, fällst du einfach von ihnen ab.«

»Nein, Wolfgang. Es stimmt, ich habe sie gewählt, vor vielen Jahren mal. Aber ich wollte den Krieg nie, das weißt du. Zu glauben, man könnte Russland im Handstreich nehmen wie Frankreich, ist Irrsinn. Als hätte es Napoleons Russlandfeldzug nicht gegeben.«

»Nun, jetzt ist's zu spät, Vater«, versetzte Wolfgang mit kalter Stimme. »Der Führer hat nie einen Hehl daraus gemacht, was er wollte. Steht alles in *Mein Kampf*. Hättest du lesen können.«

Ein tiefer Seufzer antwortete ihm. »Ich habe es gelesen, aber da war es zu spät.«

Sie schwiegen wieder lange, und Luise beugte sich näher ans Fenster heran, um ihre leiser gewordenen Stimmen besser verstehen zu können.

»Du hast nichts dagegen, dass ich Offizier werden will«, sagte Wolfgang. »Du fandest den Vorschlag des Leutnants sogar gut.«

»Ja, ist er auch. Sie hätten dich sowieso einberufen. Ich bin überzeugt davon, dass du Menschen führen kannst, Junge. Es ist besser, die Männer zu befehligen, als im Schützengraben zu liegen, glaub mir. Aber deine Mutter und ich, wir hoffen und beten, dass es bald zum Waffenstillstand kommt. Nicht wahr, Martha?«

Eine kurze Pause entstand. Frau Steidler antwortete nicht.

»Es wird keinen Waffenstillstand geben«, versetzte Wolfgang. »Es gibt Sieg oder Niederlage. Ihr alten Männer seid doch nur kriegsmüde, und wir jungen müssen es richten.«

»Du weißt nicht, wovon du sprichst«, stieß Herr Steidler hervor.

Ein langes Schweigen folgte. »Hört auf zu streiten«, sagte Martha Steidler endlich.

Luise hörte, wie ein Stuhl nach hinten geschoben wurde, dann Schritte. Sie tauchte blitzschnell neben das Fenster, das geräuschvoll verschlossen wurde. Lange verharrte sie so in der Dämmerung und horchte auf ihren schnellen Herzschlag. Sie hatte das Gefühl, etwas Verbotenes getan zu haben, Zeugin von etwas geworden zu sein, das sie nichts anging. Gleichzeitig freute sie sich über ihr Wissen. Als einzige Schülerin in der Klasse, ja als einziges Mädchen in der Schule und wahrscheinlich sogar im ganzen Dorf wusste sie nun, dass Herr Steidler kein überzeugter Nationalsozialist war, dass er nichts vom Krieg hielt und Bürgermeister Moor verabscheute. Das, was man immer schon merken konnte, wenn er nur halbherzig grüßte, was vielleicht viele ahnten, aber niemand ihm übel nehmen wollte, hatte er nun selbst bestätigt.

Sie bewunderte Wolfgang. Wie mutig er doch war, seinem Vater so die Stirn zu bieten. Sie würde sich das bei ihrer Mutter niemals trauen. Sie war nun bereit zu glauben, dass er ein guter Offizier werden würde, auch wenn es ihr nicht gefiel, dass er in den Krieg ging. Aber sein Vater und er hatten recht – er wäre bald sowieso einberufen worden, wie alle jungen Männer.

Luise spürte, wie sich ihr Herzschlag allmählich beruhigte, und lauschte, ob noch etwas von drinnen zu hören wäre. Aber es war leise bis auf das leichte Rauschen des Windes.

Sicher wäre jetzt kein guter Zeitpunkt, das Buch zurückzugeben. Aber sie wollte, ja, sie *musste* Wolfgang sehen. Sie hatten nur noch zwei gemeinsame Tage. Sie durfte keine Zeit mehr verlieren. Sie wartete noch ein paar Minuten ab, dann ging sie zur Tür und klopfte. Nach einer Weile öffnete Frau Steidler.

»Luise«, sagte sie erstaunt. Sie war eine kleine dunkelhaarige Frau mit einem gütigen Gesicht.

»Guten Abend, Frau Steidler.« Luise umklammerte den Karl May. »Ich möchte gern Wolfgang sprechen. Er hat etwas bei uns liegen lassen.« Sie hob das Buch ein wenig höher, sodass Frau Steidler es im Halbdunkel sehen konnte.

Die Lehrersfrau sah es kurz an und nickte. »Ach ja, komm doch rein.«

Luise folgte ihr ins Haus. Ein schmaler Flur zog sich lang hin bis zu einer Treppe, die ins obere Geschoss führte. Luise wusste, dass sich dort oben nur noch Wolfgangs Zimmer und das Schlafzimmer seiner Eltern befanden sowie ein winziger Spitzboden, den man durch eine Luke erreichen konnte. Als Kinder hatten sie dort einmal gespielt.

»Ich geh ihn holen«, sagte Frau Steidler und schenkte Luise ein kleines, fahriges Lächeln. Sie war sicher noch in Gedanken wegen des Streits vorhin.

Luise verfolgte geistesabwesend, wie sie den Flur entlangschritt, und bemerkte, dass ihr Kleid ein wenig zu lang war. Obwohl Frau Steidler um einiges jünger war als ihr Mann, kleidete sie sich ebenso altmodisch wie er.

Im Flur roch es nach Sauerkraut und würziger Soße. Luise dachte, dass es sicher zu spät für einen Besuch wäre, sonst hätte Wolfgangs Mutter sie in die gute Stube gebeten, in dem es einen wuchtigen Kachelofen gab, ein Bücherregal, den Esstisch mit der Häkeldecke, das Sofa mit dem feinen Stoffbezug und den geschwungenen Armlehnen, Herrn Steidlers Klavier. Die Stube strahlte eine einladende Behaglichkeit aus. Luise konnte sich gut vorstellen, wie die Steidlers dort sonntagsmittags aßen und anschließend lasen oder Gäste bewirteten.

Nach einer Weile kam Wolfgang aus der Küche. »'n Abend, Luise«, sagte er erstaunt und deutete auf sein Buch. »Bringst du mir den Karl May wieder?«

Sie nickte und hielt das Buch fest umschlungen, während sie ihn anstarrte. Er trug wieder sein weißes Hemd, das er an den Ärmeln aufgekrempelt hatte, und eine dunkle Hose. Hastig fuhr er sich durch seine Haare, nahm ihr das Buch ab und fasste sie am Ellenbogen. »Komm, wir gehen nach draußen.«

Seine Nähe und die Berührung ließen ihr Herz noch schneller schlagen. Als er durch den Flur nach hinten zur Treppe ging, um das Buch auf einer Stufe abzulegen, verfolgte sie jeden seiner Schritte. Er war schlank ohne ein Gramm Fett zu viel. Die Monate im Arbeitsdienst hatten seine Figur noch männlicher werden lassen, mit einem kräftigen Oberkörper und einer schmalen Hüfte.

Luise seufzte leise vor unterdrückter Aufregung. In diesem Augenblick kam Herr Steidler aus der Küche. »Guten Abend, Luise«, sagte er ohne Überraschung. Sicher hatte seine Frau ihm bereits gesagt, dass sie hier war. Auch er trug nur Hemd und Hose, trotzdem wirkte seine Gegenwart immer noch beeindruckend auf Luise. Er trat zwischen Wolfgang und sie und starrte sie eine Weile mit ernstem, etwas gerötetem Gesicht an. Dann kam er näher.

Sie wich ein wenig vor ihm zurück. Würde er nun seiner Verärgerung über die späte Störung Luft machen oder gar von ihr fordern, sie solle die Finger von seinem Sohn lassen? Oder würde er ihr offenbaren, er wüsste genau, dass sie das Eichendorff-Gedicht nicht gelernt hatte? Tapfer hielt sie seinem Blick stand, während sie damit rechnete, dass das übliche spöttische Lächeln wieder in seine Miene treten und er eine schneidende Bemerkung machen würde.

Aber er blieb ernst. »Möchtest du in unseren Kirchenchor kommen? Wir könnten eine gute Sopranstimme gebrauchen.«

Sie schluckte überrascht. Von allem, was er ihr hätte sagen können, hatte sie damit am wenigsten gerechnet.

»Er ist ja mit der Zeit immer kleiner geworden«, setzte er hinzu. »Würde mich freuen.«

Er würde sich freuen. Luise schwirrte der Kopf. Ihr Lehrer würde sich freuen, wenn sie in den Kirchenchor käme.

»Das ist doch bestimmt was für dich«, meinte Wolfgang, der näher herangekommen war und sich hinter seinen Vater gestellt hatte.

Luise blickte von einem zum anderen. Wie ähnlich sich die beiden doch sahen. Sie hatten beide den Scheitel auf derselben Seite, Herr Steidler trug sein graues, dünnes Haar nur etwas länger als Wolfgang. Früher war es bestimmt genauso dick und blond gewesen wie das seines Sohnes.

»Überleg's dir«, sagte Herr Steidler. »Wir proben jeden Donnerstagabend.« Er nickte ihr zu und ging in die Wohnstube.

»Ja, ich überleg's mir!«, rief Luise hinter ihm her.

Wolfgang nahm ihren Arm und führte sie nach draußen vor die Tür. Mittlerweile war es fast dunkel geworden. Das nachbarliche Bauerngehöft zeichnete sich schwarz gegen den Himmel ab.

Wolfgang führte sie ein paar Schritte den Hang hinauf zu den Feldern. Luise spürte ein aufgeregtes Kribbeln in der Magengegend. »Und, machst du es?«, fragte er.

»Was?«

»Na, der Kirchenchor. Gehst du hin?«

»Ich weiß es nicht. Vielleicht, wenn Mutter es erlaubt.« Der Gedanke, dass sie singen würde, während Wolfgang in einer Kaserne für den Kriegsdienst gedrillt werden würde, erschien ihr befremdlich. Überhaupt, dass er in dieser Woche aufbrechen und wieder für Monate fort sein würde, konnte sie noch nicht wirklich begreifen.

Schweigend gingen sie den Feldweg hinauf. Wolfgang schien mit den Gedanken woanders zu sein. Luise dachte, dass er sicher noch mit dem Streit von vorhin beschäftigt war. Sie hätte gern mit ihm darüber gesprochen, doch er sagte nichts. Frierend ging sie neben ihm her und hoffte, er würde ihre Hand fassen, sie in die Arme nehmen und vielleicht sogar wieder küssen wie am Vortag, doch er hatte die Hände in die Taschen gesteckt.

Warum fragte er nicht, wie ihr Tag gewesen war? Warum erzählte er nicht, was er getan hatte? Warum erwähnte er ihren Kuss mit keinem Wort? Angst stieg in ihr auf, und sie begann zu plappern. Sie erzählte ihm von der Schule, dass sie die Romantiker und die Verslehre durchgenommen hätten, dass sie zu Hause mit dem Dreschen begonnen hätten, dass der neue polnische Gefangene ihren kleinen Bruder aus dem Kalkloch gezogen hätte. Als er nur einsilbig antwortete, fragte sie, was er den ganzen Tag über getan habe. »Gelesen«, antwortete er knapp.

Luise fühlte sich schrecklich. Sie musste an ihren Streit mit Inge denken, an das, was die Freundin ihr von Christel Moor erzählt hatte – dass es mit ihr und Wolfgang bestimmt nichts Ernstes wäre. Vielleicht hatte er es sich nun wirklich anders überlegt. Vielleicht war ihm klar geworden, dass er nichts für sie empfand.

Luise schluckte gegen die Trockenheit in ihrer Kehle an. Ihr war schwindelig vor Angst. Sie wollte auf keinen Fall hören, wie er das ausspricht. Aber etwas anderes in ihr wollte Klarheit.

»Wolfgang, was ist mit dir los?«, fragte sie mit hoher leiser Stimme und fühlte sich klein wie eine Maus, die bald zertreten werden würde. Die Sekunden, die es dauerte, bis er antwortete, wurden zur Qual.

»Ach, Luise«, sagte er. »Ich werde euch vermissen.«

Sie waren stehen geblieben. Luises Herz flatterte wie ein fiebriger kleiner Vogel. *Euch* vermissen? Vermisste er nicht vor allem *sie*?

Sie trat näher und schmiegte sich an ihn. Sie legte ihr Gesicht an seine Brust, fühlte seine Wärme durch sein Hemd hindurch. Er roch nach den Essensdünsten und einem Hauch Schweiß. Sie hob ihren Kopf in der Hoffnung, dass er sie wieder küssen würde, doch er schob sie sanft von sich fort.

»Lass gut sein, Luise.« Er hielt ihre Hände noch einen Wimpernschlag fest, ehe er sie losließ.

Es kam ihr so vor, als ob sie fallen und hart auf dem Boden aufschlagen würde. »Warum denn nicht?«, fragte sie leise.

»Weil es keinen Sinn hat. Ich bin doch übermorgen weg.«

Keinen *Sinn*? Seit wann hatte Liebe denn keinen Sinn?

»Aber – dann haben wir doch noch einen Tag«, sagte Luise hilflos.

Wolfgang starrte sie eine Weile wortlos an, dann schüttelte er den Kopf. »Es tut mir leid. Der Kuss – das war ... ich hab das alles nicht so gemeint.«

»Er war ein Versehen«, sagte sie mit tonloser Stimme und glaubte ihren eigenen Worten nicht.

»Nein, so auch wieder nicht, aber ...«

»Aber was...?« Eine Liebelei, hämmerte es in ihrem Kopf. Er meinte es nicht ernst. Er fand sie zu jung, zu dumm, zu ... sie war eben nur eine Bauerstochter und er der Sohn des Lehrers.

»Vielleicht war es der falsche Zeitpunkt. Es lohnt sich doch nicht.«

Luise fühlte sich wie betäubt. Seine Worte hörten sich fremd an und erreichten sie wie von fern. Es lohnt sich nicht. Sie wusste, was das bedeutete. Er liebte sie nicht. Nicht so, wie sie ihn liebte. Sonst hätte er anders gehandelt. Er hätte jede

Minute ihre Nähe gesucht. Er wäre nicht so wortkarg gewesen. Er hätte sie wieder geküsst.

Sie verschränkte die Arme vor der Brust, weil sie fror, aber sie spürte das Frieren nicht. Sie war in einen merkwürdigen gefühllosen Zustand geraten. Nur eins drang in ihr Bewusstsein, und das erschien ihr wichtiger denn je: Sie musste weg von ihm, bevor sie die Fassung verlöre. Jedes weitere Wort von ihm würde sie in einen Zustand bringen, in dem sie ihren Stolz vergessen und sich in ein weinendes, flehendes Etwas verwandeln würde, das sie nicht werden wollte.

»Wenn das so ist …«, hörte sie sich mit rauer Stimme sagen. »Dann wünsche ich dir alles Gute, Wolfgang. Leb wohl.«

Sie sah ihn noch einmal an und versuchte, sich sein Gesicht einzuprägen, bemerkte das Erstaunen auf seiner Miene. Aber er machte keinen Versuch, sie zurückzuhalten. »Leb wohl«, sagte er nur, und sie fühlte, dass er ihr hinterhersah, als sie den Weg hinunterlief. Unten an der Straße, als er längst außer Sichtweite war, machte sie Halt und hielt sich an einer Laterne fest, die wegen der Verdunklung nicht leuchtete.

Seine Worte brannten in ihrem Inneren. Es lohnte sich nicht. Er liebte sie nicht, sonst hätte er das nie gesagt. Vielleicht würde er sterben und sie würde ihn nie wiedersehen. Sie musste ihn vergessen.

Der Schmerz brach mit Wucht über sie herein und riss sie mit sich fort. Sie weinte. Erst nach einer Weile beruhigte sie sich so weit, dass sie ins Haus zurückgehen konnte.

* * *

Zu Hause musste sie beim Abwasch in der Wohnküche helfen und war froh, dass keiner aus der Familie von ihrem wahren Gemütszustand Notiz zu nehmen schien. Alle waren einfach zu beschäftigt, und außerdem richteten sie ihre Aufmerksamkeit auf Manfred und sein munteres Geplapper. Luises Vater berichtete stolz von seinem Auftrag, am Samstag ein Königsdorfer Hochzeitspaar mit dem Landauer zur Kirche zu fahren. Dass er Luise erlaubte, ihn zu begleiten, hätte sie unter normalen Umständen sehr gefreut, doch nun verdross es sie nur. Ein glückliches Hochzeitspaar zu sehen, würde ihren Kummer nur noch verschlimmern.

»Kann Helene nicht mitfahren?«, fragte sie ihren Vater, und Helene bettelte sofort, doch er bestand darauf, dass Luise mitfuhr. »Wenn du besser auf deinen Bruder aufpasst, darfst du bald auch mal mit«, versprach er Helene, nahm seine Pfeifenutensilien und verschwand nebenan in der guten Stube. Helene zog ein trauriges Gesicht und wurde sogleich von ihrer Mutter in den Arm genommen und getröstet. Luise ging durch die angelehnte Tür in die Wirtschaftsküche, wo Marian noch aß.

»Möchtest du noch was?«, fragte sie ihn, als sie seinen blank geputzten Teller abräumte. Er nickte, und sie ging in die Küche zurück und schmierte ihm noch ein Butterbrot. Obwohl ihre Mutter mit Helene beschäftigt war, bemerkte sie es. »Ist das für den Polen? Der frisst uns noch die Haare vom Kopf«, sagte sie mit scharfer Stimme.

»Er hat Manfred gerettet. Ich finde, das hat er sich verdient«, versetzte Luise, nahm den Milchkrug und goss Milch in seinen Becher. Ihre Mutter presste die Lippen zusammen und erwiderte nichts mehr.

Luise brachte Marian die Milch und das Brot. Sie versuchte ein Lächeln, aber es misslang. Marian stutzte, als er sie ansah. »Du sein traurig?«, fragte er leise.

»Nein.« Sie sah auf das Brot hinunter. Sie hatte keine Lust, ihn jetzt zu verbessern.

»Du müssen freuen, Bruder leben.«

Da hob sie den Kopf und begegnete seinem Blick. Seine Augen waren ein wenig gerötet von der Arbeit in der staubigen Tenne. Aber er hatte sich zum Essen umgezogen, trug ein altes Hemd und eine Hose ihres Vaters. »Essen sehrr gut«, lobte er und lächelte.

Luise nickte und ging wieder in die Wohnküche zurück. Sie dachte, dass er der Einzige war, der ihr etwas angemerkt hätte.

Später weinte sie erst, nachdem ihre Oma eingeschlafen war, bis sich eine gnädige Stumpfheit auf ihr Gemüt legte. Vielleicht, dachte sie, wollte Wolfgang ihr mit seinem Verhalten auch nur Kummer ersparen. Vielleicht wollte er ihr nicht wehtun. Er wusste ja nicht, dass sie schon lange in ihn verliebt war, denn sie hatte es ihm nie gesagt. Ihr Stolz hatte es nicht zugelassen. Vielleicht würde sich seine Haltung ändern, wenn sie ihm eines Tages ihre Liebe gestehen würde.

Sie hörte auf das leise Schnarchen ihrer Oma und starrte in die Dunkelheit. Dieser verdammte Krieg! Wenn er nicht wäre, würde Wolfgang kein Offizier werden, er könnte hierbleiben und eine Lehre in einer der nahen Fabriken beginnen. Sie könnten sich dann vielleicht eines Tages verloben, wenn sie alt genug wäre. Aber sosehr sie das auch hoffte, konnte Luise nicht glauben, dass der Krieg bald vorbei wäre.

Kapitel 8

An Wolfgangs letztem Tag in Lindenau fuhr sie mit ihrem Vater im Landauer nach Königsdorf, wo sie das Brautpaar abholten und zur Kirche brachten. Es war ein schöner Herbstmorgen, und ein fahlblauer Himmel mit Schleierwolken spannte sich über ihnen, als die fünf Kutschen mit der Hochzeitsgesellschaft über die Dorfstraße fuhren. Sie hatten die Ehre, das Brautpaar fahren zu dürfen im letzten Wagen, der den Abschluss des kleinen Zuges bildete. Die Menschen, auf die sie unterwegs trafen, blieben stehen, winkten ihnen zu und bestaunten die Kutschen und die Pferde.

Sie mussten beeindruckend aussehen. Ihr Vater war stolz auf seinen schwarz glänzenden, geschlossenen Landauer, den er sich erst im letzten Jahr gebraucht gekauft hatte. Die beiden Stuten Dorle und Zara trugen ihr Sonntagsgeschirr, das mit leuchtenden Herbstblumen verziert war, und ihre Hufe glänzten vor Schuhfett, mit dem er sie eingerieben hatte. Er selbst trug seinen Wintermantel, seinen Sonntagsanzug, Zylinder und weiße Handschuhe. Luise hatte eine Spange mit einer weißen Seidenblume im Haar, wie immer, wenn sie ihren Vater bei einer Hochzeitsfahrt begleitete. Sie trug ihren guten Mantel mit dem Fischgrätmuster, darunter ein Winterkleid. Obwohl eine Decke über ihren Knien lag und sie ihre warmen Strümpfe anhatte, war es kalt oben auf dem Kutschbock. Luise hätte lieber im Landauer gesessen, auf den königsblauen Polstersitzen, auf denen jetzt das Brautpaar saß. Sie war froh, als der Wagen die Auffahrt zur Kirche hinauffuhr, wo er zunächst warten musste, bis die anderen Kutschen nach und nach vorgefahren und die Hochzeitsgäste ausgestiegen waren.

Die Glocken läuteten, und viele Schaulustige hatten sich vor der Kirchentür versammelt und erwarteten gespannt die Ankunft des Brautpaares. Luise wusste, dass dies der Augenblick war, den ihr Vater am meisten liebte – wenn alle Augen auf seinen Landauer gerichtet waren. Er wusste, dass man tuscheln und die Fachkundigen ihre Urteile fällen würden, und dass diese oft genug zu seinen Gunsten ausgefallen waren, bewiesen die Aufträge, die er bekommen hatte.

Die Glöcknerin, die das Amt für ihren gefallenen Mann übernommen hatte, kam und öffnete den Wagenschlag, half den Blumenkindern und der Brautmutter hinaus. Dann folgte das Brautpaar – der Bräutigam war ein hochgewachsener Soldat in der Ausgehuniform eines Hauptfeldwebels, die Braut trug ihren Schleier, ein bodenlanges weißes Kleid und ein Blumensträußchen am Kragen. Nach der Trauung würden sie für die Hochzeitsfeier zurück zum Hof der Brauteltern fahren. Luise beobachtete, wie der Bräutigam seiner Braut einen zärtlichen Blick schenkte, ehe er ihr seinen Arm darbot, und spürte einen heftigen Stich im Herzen. Sie sah dem Paar hinterher, wie es gemeinsam zur Kirche schritt, und wünschte sich nichts sehnlicher, als dass sie und Wolfgang eines Tages so zur Kirche schreiten würden – als Paar, das für immer zusammenblieb.

»Siehst du, Luise, das wirst du auch eines Tages haben«, hörte sie ihren Vater sagen. Sie spürte, wie er sie von der Seite ansah, und wandte erstaunt den Kopf. Sein vertrautes Gesicht wirkte ungewöhnlich unter dem Zylinder, aber der Hut stand ihm. In seinen kurzen braunen Haaren glitzerte es silbern in der Sonne.

Luise dachte, dass ihr Vater gut ein vornehmer Mann hätte sein können, der immer so aussah – ein reicher Industrieller vielleicht oder ein Adliger, der seine Tage müßiggängerisch in der Abgeschiedenheit seiner Sommerfrische verbrachte.

»Nur mit dem richtigen Mann«, erwiderte sie.

»Den wirst du später finden, aber jetzt bist du noch zu jung.«

Luise starrte ihren Vater an. Wusste er von Wolfgang und ihr? Hatte Helene verraten, dass sie sich an der Schaukel geküsst hatten? Seine Miene verriet nichts, Luise sah nur Zuneigung und ein wenig Sorge darin. »Was ist, wenn man den Richtigen aber schon früher kennenlernt?«, fragte sie trotzig. »Vielleicht schon mit fünfzehn und nicht erst im Heiratsalter? Oder wenn man ihn schon ganz lange kennt ...«

»Wenn er ein Mädchen dazu bringt, so verheult auszusehen, ist er sicher nicht der Richtige«, versetzte ihr Vater.

Luise starrte auf das karierte Muster ihrer Wolldecke hinunter. Ihr Vater wusste also Bescheid. Helene hatte gepetzt, und ihre Familie hatte gestern Abend doch etwas bemerkt. Geistesabwesend verfolgte Luise, wie sich die Kirchentür hinter dem letzten Besucher schloss. Die Glocken hörten auf zu läuten.

»Deswegen wolltest du mich also mitnehmen. Damit ich den ganzen Tag unterwegs bin und ihn nicht mehr sehen kann, bevor er abfährt«, sagte sie.

Ihr Vater betrachtete sie mit besorgter Miene. »Helene ist noch zu klein. Und du bist ein Kind, das noch nicht mal die Schule beendet hat. Junge Männer wollen alles ausprobieren. Ich kenn das doch! Halt dich von denen fern, Madl.«

Er stieg vom Kutschbock und tätschelte die Hälse seiner Stuten. Ein Mann kam und brachte Wasser für die Pferde, und er nahm einen Eimer von ihm entgegen und tränkte Dorle. Luise stieg ebenfalls vom Kutschbock.

»Für Jungs in dem Alter ist das nur Tändelei«, fuhr er fort. »Aber *du* stehst später vielleicht mit einem Kind da, wenn du nicht aufpasst, und das hast du dann ein Leben lang.« Er warf ihr einen mahnenden Blick zu und wechselte mit dem Eimer zu Zara.

Luise biss sich auf die Unterlippe. Weil sie auf einem Bauernhof groß geworden war, wusste sie mehr als gleichaltrige Mädchen, aber dennoch hatte sie nur eine verschwommene Ahnung davon, wie Kinder entstanden. Der Gedanke, ein eigenes Kind zu haben, erschien ihr fremd und erschreckend. Verschämt sah sie auf den Boden.

»Da kommst du schneller dran, als du denkst«, warnte ihr Vater. »Spiel nicht mit dem Feuer.«

»Du brauchst keine Angst zu haben, Papa«, sagte sie mit vor Verlegenheit heiserer Stimme.

Er sah sie noch mal eindringlich an. Dann stellte er den Eimer weg, holte zwei gefüllte Futtersäcke vom Kutschbock und reichte ihr einen davon. Schweigend hängten sie den Pferden die Futtersäcke um.

»Du bleibst bei den Pferden, ja?«, befahl ihr Vater, nahm den Eimer und brachte ihn dem Mann zurück. Bald stand er mit den anderen Kutschern zusammen, rauchte, lachte und fachsimpelte mit ihnen. Aus der Kirche erklang jetzt Orgelmusik. Ein paar Schaulustige kamen den Weg herauf und gingen weiter zur Kirche. Luise fragte sich, ob sich das Paar wohl schon das Jawort gegeben hatte. Hatte ihr Vater recht und sie war nur eine Tändelei für Wolfgang? Hatte Wolfgang wirklich nur ausprobieren wollen, wie es war, sie zu küssen?

Luise seufzte und strich über die Blumen an Dorles Geschirr. Ja, ihr Vater hatte recht, und sie war zu jung. Vielleicht würden Wolfgang und sie erst später heiraten, in ein paar Jahren, wenn er aus dem Krieg zurückkehrte. Wenn der Krieg zu Ende und sie volljährig wäre. Einundzwanzig. Das erschien ihr ungeheuer alt. Selbst Wolfgang war ja schon alt.

Gedankenverloren beobachtete sie zwei ältere Frauen, die den Weg zur Kirche heraufkamen. Sie trugen Körbe und Kopftücher. Ihre Röcke waren altmodisch knöchellang. Wahrscheinlich waren es Krämerinnen, die Andenken an die Hochzeitsgäste verkaufen wollten. Die Frauen versuchten es erst bei den Kutschern, und als die nichts kaufen wollten, gingen sie zu den Schaulustigen an der Kirche. Eine kam zu Luise und bot ihr ihren Korb dar. »Andenken gefällig, junge Dame? Vielleicht einen Glücksbringer?« Es war die ältere und kleinere von beiden. Unter ihrem geblümten Kopftuch lugte weißes Haar hervor. Aber ihre Stimme klang erstaunlich jung.

Luise spähte in den Korb, in dem auf einem bestickten Tuch die üblichen Kleinigkeiten lagen – geschnitzte Rübezahlfiguren, winzige Püppchen in Trachtenkleidern und -anzügen, Kräutersäckchen, Lederbänder mit schlichten Holzkreuzen. Die Kreuze gefielen ihr, und sie überlegte, ob sie sich eine Kette kaufen sollte. Aber dann musste sie an das Goldkreuz zu Hause in ihrem Schmuckkästchen denken, das sie letztes Jahr zu ihrer Konfirmation von ihren Eltern bekommen hatte. »Nein danke«, sagte sie.

Die Frau ließ den Korb sinken. Sie sah Luise eine Weile wortlos an, dann hellte sich auf einmal ihr Gesicht auf. »Wenn du willst, kann ich dir die Zukunft aus der Hand lesen«, bot sie an. »Für dich nur drei Biehma.«

Luise legte die Hand an den warmen Hals der Stute. Sie brauchte etwas, um sich festzuhalten, denn die Frau machte ihr Angst. Wie konnte die Alte wissen, dass sie sich nichts mehr wünschte, als die Zukunft zu erfahren?

»Ich ... weiß nicht«, stammelte sie und sah zu ihrem Vater hinüber.

Die Frau war so klein, dass sie zu Luise aufschauen musste. Ihre Augen leuchteten hellblau und lebendig aus ihrem braunen, faltenlosen Gesicht heraus. »Nutze die Gelegenheit, junge Dame, die kommt so schnell nicht wieder.«

»Ich … hab kein Geld.« Luise spähte noch mal Hilfe suchend zu ihrem Vater hinüber, der immer noch mit den Kutschern redete.

»Oh, doch, du hast Geld.« Die Alte zwinkerte ihr lächelnd zu. »Denk nach, junge Dame!«

Luise überlegte. Die Frau hatte tatsächlich recht, sie könnte ihren Vater bitten, ihr jetzt schon ihren Lohn für den Tag zu geben. Es wären genau drei Biehma. Wie konnte die Frau das wissen? »Warten Sie, ich hole etwas«, sagte sie kurz entschlossen und rannte zu den Kutschern. Sie bat ihren Vater um die drei Biehma, indem sie vorgab, sich eine Kette kaufen zu wollen. Ihr Vater sah zu der Alten hinüber und nickte. Er wühlte in seiner Hosentasche und gab Luise das Geld.

»Siste, do wirschte dei Geld glei wieder lus, Alfred«, unkte einer der Kutscher, und alle lachten.

Er winkte ab und schenkte Luise ein gutmütiges Lächeln. Zögernd ging sie wieder zum Landauer zurück. Ein ungutes Gefühl beschlich sie, doch die alte Frau war sehr freundlich. Sie ließ die Münzen in ihre Rocktasche gleiten und führte Luise hinter die Pferde, dorthin, wo ihr Vater sie nicht sehen konnte, und forderte sie auf, ihr ihre Schreibhand zu geben.

Luise hielt ihr ihre rechte Hand hin, und die Alte bog diese ein wenig und beugte sich darüber. Luise spürte die raue Hand der Frau und atmete tief. Was tat sie hier nur? Sie spähte am Kopf der Stute vorbei zu ihrem Vater hinüber, der mit einem Mann eine der Kutschen begutachtete.

»Du bist sehr gesund«, sagte die Alte, »gesund und stark, ohne Krankheiten. Du kannst dich glücklich schätzen.«

Sie blickte rasch auf. Luise lächelte gezwungen.

»Das ist wichtig fürs Leben, obwohl du es jetzt nicht hören willst, nicht wahr? Du willst wissen, wie es mit der Liebe steht, junge Dame.«

Luise nickte heftig. Die Alte beugte sich wieder über ihre Hand, und Luise wartete gespannt auf ihre Worte. Sie starrte auf das Blütenmuster ihres Kopftuches hinunter. Rosen, gemischt mit Margeriten.

»Du hast ein großes Herz«, murmelte die Frau. »Ich sehe viel Gefühl. Dein Herz leitet dich mehr als dein Kopf.« Sie fuhr mit ihrem rauen Finger über eine feine Linie unter Luises Mittelfinger. »Was für ein schöner Bogen … ja, du bist gesegnet!« Sie sah kurz zu Luise auf und zwinkerte ihr zu, und Luise lächelte zurück, obwohl sie sie nicht verstand.

»Wollen wir doch mal nach der Liebe sehen.« Die Alte drehte ihre Hand etwas und nickte. »Hab ich's mir doch gedacht, bei dieser Herzlinie muss es so sein«, murmelte sie und bog mit einer raschen, festen Bewegung Luises Hand an den Fingern nach hinten. »Ich sehe zwei Männer in deinem Leben. Du wirst tun müssen, was du nicht willst. Aber du wirst dem Weg des Herzens folgen«, murmelte die Alte.

Auf einmal zogen sich ihre hellen Brauen zusammen, sie leckte sich schnell mit der Zunge über ihre dünnen Lippen. Sie sah wieder auf, und für einen kurzen Moment begegneten sich ihre Blicke. In den Augen der Alten lagen Verwunderung, Befremden und ein Hauch Wut.

Luise erschrak. »Was steht da?«, fragte sie.

Die Frau ließ ihre Hand los. Sie schlug kurz die Augen nieder, ehe sie rasch wieder eine geschäftsmäßige Miene aufsetzte. »Du bist eine wunderschöne Herz-Dame. Freue dich! Viel Glück.« Sie tätschelte kurz Luises Arm, hob ihren Korb wieder auf und wandte sich zum Gehen, als hätte sie es plötzlich eilig, wegzukommen.

Doch Luise fühlte sich betrogen, das alles war ihr zu schnell gegangen. Die Alte hatte ihr doch etwas verschwiegen! Sie folgte ihr, holte sie mit ein paar Schritten ein und hielt sie an ihrem dünnen Arm fest. »Warten Sie! Sie haben mir nicht alles gesagt. Werde ich heiraten?«

Die Frau blieb stehen und zog ihren Arm fort. Sie sah nun nicht mehr freundlich aus. Ihre hellen Augen funkelten Luise an. »Du willst wissen, was ich gesehen habe? Überleg dir das gut, mein Kind«, sagte sie mit schriller Stimme. »Erst ist's nur Neugier, aber dann wird es eine Bürde sein.«

»Was wird eine Bürde sein? *Was* haben Sie gesehen?«

Die Alte starrte sie eine Weile mit gerunzelter Stirn an. Sie schien nachzudenken. Dann stellte sie ihren Korb ab, trat näher an Luise heran, hob ihre Hand und beschrieb ein paar Mal mit der flachen Hand Kreise vor Luises Gesicht. Dabei murmelte sie ein paar unverständliche Worte. Sie ließ ihre Arme sinken, schloss die Augen und legte ihre Arme gekreuzt über ihre Brust, sodass ihre Hände die Schultern berührten.

»Was soll das?«, fragte Luise ängstlich.

Die Frau öffnete wieder die Augen. Sie sah nicht mehr wütend aus. »Eigentlich hätt ich dafür noch mal drei Biehma nehmen müssen, aber ich weiß, dass du das Geld nicht hast.«

»Wofür?«

»Ich hab versucht, dir den Fleck wegzuwaschen.«

»Welchen Fleck?«

»Ich weiß nicht, was es ist, Kind. Ein Schatten. Vielleicht eine Schuld.«

Luise durchfuhr ein gewaltiger Schrecken. »Aber – ich habe doch nichts Schlimmes getan«, beteuerte sie. Oder meinte die Frau etwa die Mäuse, die sie mit den Fallen getötet hatte?

»Manchmal laden wir Schuld auf uns, ohne es zu wissen«, sagte die Alte. »Viel Glück, mein Kind.« Sie nahm ihren Korb, wandte sich um und ging zur Kirche. Dort hatte sich soeben die Tür geöffnet, und das Brautpaar trat heraus. Die Blumenmädchen streuten Herbstblumenblüten. Luise sah die Wahrsagerin zwischen den Schaulustigen verschwinden, die sich vor der Kirche versammelt hatten. Ihr Vater kam wieder zur Kutsche zurück und stutzte, als er Luise sah. »Was ist mit dir? Du siehst blass aus.«

Luise zwang sich ein Lächeln ab. Sie nahmen den Pferden die Futtersäcke ab und stiegen auf den Kutschbock. Jemand warf Blumen auf das Hochzeitspaar. Die Braut hatte offenbar geweint. Von ihrer erhöhten Position aus beobachtete Luise, wie das Paar langsam zwischen den Schaulustigen und Hochzeitsgästen hindurchschritt, Glückwünsche entgegennahm und winkte. Luise wünschte sich so sehr, eines Tages die Braut an Wolfgangs Seite zu sein, dass es wehtat. Daneben stand die graue Wahrheit. *Es lohnt sich doch nicht*, hatte er gesagt. Er liebte sie nicht. Vielleicht würde er nicht mehr aus dem Krieg zurückkehren wie viele Männer aus Lindenau. Die Toten- und Vermisstenliste ihres Dorfes wurde immer länger. Vielleicht würde die Ehe dieses glücklichen Brautpaares auch nur einen Heimaturlaub lang dauern. Vielleicht bedeutete der zweite Mann aus der Prophezeiung der Alten, dass Wolfgang nicht zurückkäme und sie einen anderen heiraten würde. Das konnte sie sich nicht vorstellen.

Die Worte der Wahrsagerin hatten sie in einen merkwürdigen Zustand versetzt: Sie konnte an nichts anderes mehr denken, während sie kaum noch etwas wahrnahm, was um sie herum passierte. Das Geruckel und Geschaukel der Kutsche auf der Rückfahrt zum Hof der Braut, der feierliche Empfang des Brautpaars am geschmückten Bauernhof, das Warten, als ihr Vater in der Küche mit den anderen Kutschern noch einen Schnaps trank, nachdem die Hochzeitsgesellschaft zum Essen hineingegangen war – alles verschwamm zu einem Film, der hinter einer beschlagenen Fensterscheibe lief.

Luise konnte sich beim besten Willen nicht an etwas erinnern, mit dem sie sich hätte schuldig machen können. Sie erschlug ja noch nicht einmal Wespen und hasste es, Mausefallen aufzustellen, ja, sie mochte selbst die Klebestreifen nicht sehen, an denen in der Küche im Sommer die vielen Fliegen klebten.

Die Alte musste verrückt sein. Obwohl sie noch so jung gewirkt hatte, war ihr Geist bestimmt schon verwirrt, und sie sagte den Menschen ungeheuerliche Dinge. Das gab es ja manchmal. Fannys Großmutter war auch immer verrückter geworden, bevor sie im letzten Jahr gestorben war. So musste es auch mit dieser Frau sein. Sie war auf eine Verrückte hereingefallen.

Damit beruhigte sie sich und stieg erleichtert vom Landauer, nachdem sie endlich nach Hause zurückgekehrt waren, half ihrem Vater noch bei den Pferden und lief dann zu ihrem Aussichtsposten hinter der Scheune. Friedlich lag das Lehrerhaus in der späten Nachmittagssonne. Die Wäscheleine hing leer, die Gartenbank harrte verlassen. Keine Spur von Wolfgang. Aus dem Fenster zur guten Stube, das einen Spaltbreit offen stand, erklang eine schöne, aber traurige Melodie. Herr Steidler spielte Klavier. Luise ließ die Äste los und sank im Gebüsch auf die Knie. Sie wartete und lauschte, dann weinte sie leise, bis die Sonne hinter den Berggipfeln über Baumerts Haus untergegangen war. Als die Kühle heraufstieg und ihr unter den Mantel kroch, erhob sie sich und ging ins Haus.

Ihre Oma musste ihr etwas angemerkt haben, denn sie fragte abends, als sie allein in ihrem Schlafzimmer waren, was los sei. Da Luise ihr nichts von Wolfgang erzählen wollte, erzählte sie ihr von der alten Frau und ihrer Vorhersage.

»Sie hat gesagt, ich hätte Schuld auf mich geladen. Das hat sie dann versucht, wie einen Flecken wegzuwischen«, schloss sie.

Sie hörte, wie das Nebenbett knarrte, und wunderte sich, als die Lampe auf dem Nachtschränkchen angemacht wurde.

Ihre Oma saß auf dem Bettrand und starrte Luise mit gerunzelten Brauen an. Ihr immer noch volles dunkles, von grauen Strähnen durchzogenes Haar war in einen lose geflochtenen Zopf gefasst, der ihr seitlich auf die Schulter fiel. Die Beine unter ihrem langen Nachthemd waren weiß und hatten ein paar Altersflecken. Ihre Füße steckten in Pantoffeln. Ihre grauen Augen, die Luise von ihr geerbt hatte, lagen unter schweren Lidern. Sie musste in ihren jüngeren Jahren eine schöne Frau gewesen sein. Noch keine zwanzig war sie gewesen, als sie von dem wesentlich älteren Kleinbauern und Jäger Friedrich Gottwald verführt und geheiratet worden war. Ihr Mann starb früh und ihr einziger Sohn fiel im Krieg, und so war sie schließlich ihrer Tochter gefolgt, nachdem diese in den Reich'schen Hof eingeheiratet hatte.

»Madl, woas huste denn bluß gemacht? Du sullst dich doch nee uff suwoas eilohn!« Ihre Großmutter schüttelte missbilligend den Kopf.

»Meinst du, sie hat die Wahrheit gesehen, Oma?«, fragte Luise ängstlich.

»Ach woas, doas woar olles tummes Zeug.«

»Aber wenn es nun doch die Wahrheit war?«

Ihre Oma stand auf, kam an ihr Bett und strich Luise über den Kopf. »Um besta, du vergisst olles. Denk oa die Schule und half dem Papa.«

Luise ahnte, dass ihre Großmutter nicht nur von der Krämerin sprach. Wie ihr Vater wusste sicher auch sie, dass Wolfgang und sie sich geküsst hatten. »Es ist aber so schwer«, sagte sie mit rauer Stimme.

»Doas wird schun wieder.« Ihre Oma tätschelte ihr die Schulter, ehe sie sich wieder ins Bett legte und das Licht löschte. Luise starrte in die Dunkelheit und dachte an Wolfgang. Morgen würde er zur Bahnstation nach Hermannsdorf laufen und später den Zug nach Erfurt nehmen. Sie rief sich sein

Bild in Erinnerung, wie er sie angesehen hatte, oben auf dem Aussichtsturm der Falkensteine. Es war ganz klar.

Lindenau, den 15. Oktober 1943

Liebes Tagebuch,
Wolfgang ist weg! Ich habe ihn nicht mehr gesehen. Wir haben uns letzte Woche verabschiedet, und da hat er mir gesagt, dass er keine Freundschaft mit mir will, so kurz vor seinem Weggang. Obwohl er mich ja vor dem Abend noch mal geküsst hat. Aber vielleicht wollte er es nur ausprobieren. Vater sagt, die Jungs wollen nur rumtändeln und ich sollte mich von denen fernhalten. Aber es kann doch sein, dass Wolfgang nur so abweisend zu mir war, um mich zu schützen. Er will nicht, dass ich mir Hoffnungen mache, denn es kann ja sein, dass er im Krieg fällt. Was mache ich denn jetzt nur? Wenn man die Liebe einfach abschütteln könnte! Wenn man baden könnte und sie bliebe im Badewasser zurück wie alter Dreck.

Heute bin ich bei Inge gewesen und wir sind ein Stück spazieren gegangen. Ich habe ihr aber nicht erzählt, dass Wolfgang mich abgewiesen hat. Weil sie doch so eine Tratschtante ist. Sie soll es der Christel nicht sagen, damit die nicht ihren Triumph hat. Die Christel will den Wolfgang bestimmt auch und hat sich Chancen ausgerechnet, weil sie älter ist als ich. Aber ich habe es so aussehen lassen, als wäre bis zuletzt alles gut gewesen zwischen Wolfgang und mir. Ich habe Inge sogar endlich von unserem Ausflug auf die Falkensteine und unserem ersten Kuss erzählt und wie traurig ich wäre, dass er nun weg ist. Soll sie es doch der Christel weitererzählen. Soll die doch denken, dass Wolfgang und ich ein Paar sind. Sie hat so hässlich über uns geredet, die dumme Kuh. Ich mag sie nicht.

Ich habe auch das Gefühl, dass die Inge gar keine richtige Freundin mehr ist. Sie ist so gezwungen mir gegenüber, als ob sie nur noch wegen unserer Eltern mit mir befreundet ist. Das ist alles sehr traurig.

Ich könnte nur noch heulen, liebes Tagebuch. Aber ich muss mich ja zusammennehmen, morgen geht's wieder in die Schule. Ach so, mir ist noch etwas anderes passiert, aber darüber schreibe ich nicht. Oma hat gesagt, ich soll es vergessen, und das will ich auch. Ich muss so vieles vergessen, am besten nur noch an die Schule denken. Aber das kann ich nicht.

Kapitel 9

Nachdem sie ihre Tagebucheintragung beendet hatte, half Luise ihrem Vater, den Straßenstaub vom Landauer zu waschen, ehe er an seinen angestammten Platz im Schuppen kam und sorgfältig abgedeckt wurde. Zum Glück fragte ihr Vater nicht nach der Kette, die sie sich angeblich gekauft hatte, und er gab ihr noch einen Biehma für ihre Hilfe. Dafür musste sie die guten Geschirre der Pferde zurück ins Kutscherzimmer bringen.

Marian übernachtete wie alle Gefangenen sonntags im Gasthof, sodass sie ungestört sein Zimmer betreten konnte. Sie hängte das Pferdegeschirr zurück an den Haken. Ein neuer, frischer Geruch hing in dem Raum. Sie hätte nicht sagen können, was es war – eine Mischung aus Leder, Holz und Waschmittel. Aber da war noch mehr.

Luise trat an das Bett. Die Decke lag ordentlich gefaltet und glatt gestrichen auf der Matratze, das Kissen war aufgeschüttelt worden. Marian machte also sein Bett, im Gegensatz zu Borislaw.

Luise wurde neugierig. Sie hob das Kopfkissen hoch und sah zu ihrem Erstaunen ein kleines Stoffsäckchen dort liegen. Eins von Omas Lavendelsäckchen! Überrascht und gerührt nahm sie es hoch und roch daran. Der Lavendel war frisch und roch stark. Dass Marian ihn sich unter das Kopfkissen gelegt hatte, wunderte sie. Welcher junge Mann tat denn so etwas? Sie ging zum Schrank und öffnete ihn. Auch hier strömte ihr wieder Lavendelgeruch entgegen. Ein zweites Stoffsäckchen lag in einem Fach, sonst war nicht viel im Schrank. Ein wenig Unterwäsche, ein paar Socken, ein dünn gewaschenes Handtuch. An der Kleiderstange hing eine zweite, saubere Arbeitsgarnitur – Hose, Hemd und eine Jacke, die an mehreren Stellen geflickt war. Es waren ein paar alte Sachen ihres Vaters.

Luise schloss den Schrank wieder, aber ihre Neugier war noch nicht befriedigt. Sie ging zum Nachtschränkchen und zog die Schublade auf. Auf dem dunklen Holz lag ein geknicktes, abgegriffenes Stück Papier. Sie nahm es heraus, strich es glatt. Es war ein altes Foto, eine verblasste Aufnahme, die offenbar viele Male in die Hand genommen und betrachtet worden war. Eine Familie vor einem Kamin – Vater, Mutter und drei Kinder, zwei Jungen und ein kleines Mädchen. Der Vater trug einen schwarzen Sonntagsanzug, darunter ein weißes Hemd und eine akkurat gebundene Krawatte. Sein Gesicht unter den schwarzen, kurz geschnittenen Haaren sah streng aus und hatte Ähnlichkeit mit Marian. Er saß in einem Ohrensessel, seine Frau auf der Armlehne und neigte sich ein wenig zu ihm hinunter. Sie war hübsch, hatte halblanges, brünettes Haar und trug ein tailliertes Kleid mit einem weißen Kragen. Das Paar wurde umringt von seinen Kindern. Auch die kleine Tochter trug ein Kleid mit einem weißen Kragen, die beiden Jungs schwarze Hosen und weiße Kniestrümpfe. Sie trugen Hemden aus demselben karierten Stoff, aus dem das Kleid des Mädchens genäht war. Marian war der ältere der beiden Jungs. Er hatte schwarze Haare, die sich vorn ein wenig wellten.

Auf die Rückseite des Fotos hatte jemand ein polnisches Wort geschrieben. Sie betrachtete die Aufnahme lange, dann legte sie sie wieder in die Schublade zurück.

Wo Marian wohl herkam? Ob seine Familie noch lebte? Wie war er in Gefangenschaft geraten? Viele Fragen stürmten auf sie ein. Sie würde sie nicht beantworten können, weil sie nicht mit ihm reden durfte. Sie fühlte Bedauern aufsteigen. Sie hätte gern noch mehr über ihren neuen, ruhigen Gefangenen erfahren, der ihren Bruder gerettet hatte und so ganz anders als sein Vorgänger war. Seufzend sah sie sich noch einmal um und verließ das Zimmer.

Aus der Wohnküche drang Geschrei zu ihr ins obere Stockwerk. Luise ging hinunter. Im Flur kam ihr Vater ihr mit zornigem Gesicht entgegen und stapfte wortlos mit seiner Zigarettendose hinaus. Er schlug die Tür hinter sich zu. Sie ging in die Wohnküche. Helene lag auf dem alten Sofa und heulte, ihre Mutter tröstete sie. Ihre Oma saß mit Manfred auf dem Schoß am Küchentisch.

»Was ist passiert?«, fragte Luise.

»Der Papa hat Helene eine Ohrfeige gegeben«, sagte ihre Mutter.

»Warum?«

»Sie hat im Landauer Braut gespielt und ein Loch in den Sitz gerissen.« Sie strich Helene über das Haar. »Warum hast du das getan? Du weißt doch, dass du nicht in den Landauer darfst.«

Helene antwortete nicht. Schluchzend vergrub sie ihr Gesicht im Sofakissen. Ihre Mutter seufzte und erhob sich, setzte sich zurück an den Tisch. Luise sah auf Helene hinunter und fühlte kein Mitleid. Ihre Schwester konnte tun, was sie wollte, sie wurde immer von ihrer Mutter getröstet. Wut stieg in ihr hoch.

»Ich geh noch mal raus«, sagte sie, wandte sich um und lief aus der Küche. Im Flur warf sie sich den Mantel über, verließ das Haus und stapfte den Weg hinauf. Sie lief bis zu den Feldern am Hainberg. Von hier aus konnte man ihren Hof nicht mehr sehen, nur noch die Berge, die von Dunst umhüllt waren. Das Wetter war seit dem Vortag, an dem sie das Brautpaar gefahren hatten, umgeschlagen. Luise lehnte sich an einen Baum und sah hinunter ins nebelige Tal. Ob Wolfgang jetzt schon in Erfurt war? Wie würde es sein für ihn in der fremden Kaserne, in einer fremden Stadt mit neuen Kameraden? Wie würde sie es schaffen, nicht mehr an ihn zu denken? Ob es bald zu einem Waffenstillstand käme, wie Herr Steidler hoffte, oder konnte der Krieg nur mit Sieg oder Niederlage enden, wie Wolfgang sagte? So viele Länder waren inzwischen gegen Deutschland. Luise konnte sich nicht vorstellen, dass Deutschland den Krieg verlieren würde. Was wäre dann? Bei ihrem Mädelschaftstreffen durfte sie nicht darüber sprechen. Für Christel stand außer Frage, dass Deutschland den Krieg gewinnen würde, und gegenteilige Meinungen erregten nur ihr Misstrauen. Luises Laune besserte sich nicht, als sie an den morgigen Heimabend dachte.

Am nächsten Tag saßen die Mädchen der Mädelschaft von Lindenau in ihrem Klassenraum und bastelten Handpuppen für ausgebombte Kinder. Das trübe Licht eines regnerischen Nachmittags fiel durch eins der großen Fenster auf den Tisch, den sie sich extra dorthin gerückt hatten, um das Tageslicht auszunutzen. Der Tisch, auf dem sonst die Bücher standen, die Herr Steidler für den Unterricht zweier Klassen benötigte, war übersät von Wollknäulen, Nähzeug und den Stoffrohlingen, die Fannys Mutter, die Schneiderin war, für sie genäht hatte.

Luise war froh, dass ihre Heimnachmittage im Herbst und Winter hier stattfanden und sie nicht mit den Fahrrädern nach Fichtenfeld fahren mussten. Christel, die sich mit der dortigen Mädelschaftsführerin nicht gut verstand und ihre eigene Gruppe leiten wollte, hatte das erfolgreich verhindern können. Luise mochte es, Gesichter auf die Puppen zu sticken, sie anzukleiden und sich dabei vorzustellen, welches Kind wohl später damit spielen würde. Sie hatte den Lärm der Dreschmaschine noch in den Ohren und genoss jetzt die Stille, wenn es auch eine gedrückte Stille war. Dass Christel anfangs eine Schweigeminute für den »für Führer, Volk und Vaterland« gefallenen Maurer Schindler befohlen und hervorgehoben hatte, dass dessen Frau nun allein mit drei Mädchen zurückgeblieben war, hatte sie betrübt. Nachdem sie auch noch Wolfgangs Weggang erwähnt und darauf hingewiesen hatte, dass auch Werner seinen Einberufungsbescheid bekommen hätte, waren die Mädchen vollends traurig. Nun wären bald alle Kameradschaftsführer im Krieg, und einige der jungen Männer in den Jahrgängen über ihnen, die sie kannten, waren bereits gefallen. Wenn ältere Männer aus ihrem Dorf starben, wie der Maurer oder der Schuhmachermeister, dann war das traurig. Es war traurig zu sehen, wie deren Frauen mit versteinerten Mienen durch das Dorf liefen und weinten, wenn Kantor Steidler in der Kirche das *Morgenrot* spielte. Aber mit dem Tod der jungen Männer, die kaum älter als sie selbst waren, rückte der Krieg für sie in beängstigende Nähe. Sie überlegten, wie sie Frau Schindler helfen könnten.

»Wir schenken ihr Handpuppen für die Mädchen«, schlug Inge vor. »Die Kleine geht doch noch in die vierte Klasse, nicht?«

»Ja«, bestätigte Erika. »Die könnte noch damit spielen.«

Christel schnitt eine Grimasse. »Das ist doch lächerlich. Von Handpuppen werden die nicht satt.«

»Sicher, aber es ist bestimmt eine gute Ablenkung für die Kleine, damit sie nicht dauernd an ihren toten Vater denken muss.«

Stille breitete sich zwischen ihnen aus. Fanny wischte sich hastig über die Augen und lenkte damit Christels Aufmerksamkeit auf sich. »Fanny, du weißt doch, wie es ist, den Vater zu verlieren. Hättest du dich über ein Spielzeug gefreut?«

Alle starrten Fanny an. Sie hatte ihren Vater schon in den ersten Kriegstagen verloren. Damals war sie elf Jahre alt gewesen. Fanny starrte ins Leere. Sie hatte aschblonde Zöpfe und musste eine Brille tragen. Alles war flach und farblos an ihr, sie gehörte zu den Mädchen, die schon im jungen Alter wie ältere Frauen aussahen. Sie senkte den Kopf und sah auf ihre Bastelarbeit.

»Der Tod deines Vaters war sicher so traurig für dich, dass dich auch ein Spielzeug nicht hätte trösten können, nicht wahr?«, fragte Christel mit sanfter Stimme.

Fanny antwortete nicht. Sie presste die Wollfäden so heftig auf den Puppenkopf, dass ihre Fingerkuppe weiß wurde.

Christel runzelte die Stirn. »Magst du nicht antworten?«

»Ich glaube nicht«, entfuhr es Luise.

Christel starrte sie mit eisiger Miene an. »Wir sollten Frau Schindler einen Esskorb schenken«, schlug sie vor. »Davon hat die Familie wenigstens was. Die werden mit ihrer kleinen Landwirtschaft nicht weit kommen. Wenn ihr unbedingt wollt, legen wir zwei Handpuppen mit rein.«

»Gute Idee, Christel«, lobte Inge. Erika nickte.

»Wir werden das Brot beisteuern. Luise, ihr habt doch bestimmt genug Obst und Gemüse.« Christel sah Luise auffordernd an.

Luise musste an ihre Erdmieten zu Hause denken. Mit dem, was sie hatten, würden sie selbst gerade über die Runden kommen. »Ich muss erst meine Eltern fragen«, sagte sie ausweichend.

»Ach komm schon, das bisschen ist doch nicht mehr als eine gute Geste. Das wird die Familie sowieso nicht satt machen«, drängte Christel. »Ihr habt doch genug, ihr backt noch Mohnkuchen, wie ich gehört habe.« Ihre Miene war immer noch unbeweglich, nur ihre hellen Augen funkelten angriffslustig.

Luise ließ ihre Handpuppe sinken. Woher wusste Christel, dass sie Mohnkuchen gebacken hatten? Sie hatte ihn zu ihrem Ausflug auf die Falkensteine mitgenommen. Hatte Wolfgang ihr etwa davon erzählt? Nein, dachte sie, es musste Inge gewesen sein, der sie auf ihrem gestrigen Spaziergang vom Ausflug erzählt hatte, weil Inge auf einmal doch neugierig geworden war, und sie musste Christel alles weitererzählt haben, womöglich noch am selben Tag, mit allen Kleinigkeiten. Kein Wunder, dass Christel wütend auf Luise war. Aber Luise würde lieber diese Wut ertragen als Schadenfreude. Wie gut, dass sie Inge nichts davon erzählt hatte, dass Wolfgang und sie kein Paar geworden waren.

Aber Christel konnte sich nun ausrechnen, dass ihre Familie heimlich butterte, und ihnen die Kontrolleure auf den Hals schicken.

»Ich frage meine Eltern«, beharrte sie dennoch. »Wir müssen sehr haushalten, denn wir sind viele.«

Die steile Falte auf Christels Stirn vertiefte sich. Sie beugte sich nach vorn. »Ich verstehe nicht, warum du dich wegen dieser Kleinigkeiten so anstellst. Aber vielleicht bist du ja so zögerlich wie dein Vater. Soweit ich mich erinnere, hat er seine Parteiuniform erst abgeholt, als er dazu aufgefordert worden ist.«

Alle schwiegen. Luise starrte Christel in das herzförmige Gesicht. Christels Bubikopf war wieder glatt wie immer. Sie hatte nichts Außergewöhnliches an sich. Aber in ihrem Inneren lebte ein steinernes Wesen, hart, kalt und mit der Wucht einer Panzerfaust.

Luise dachte an den heftigen Streit zurück, der vor einiger Zeit zwischen ihren Eltern entbrannt war, nachdem ihr Vater seine Parteiuniform abgeholt hatte. Ihre Mutter hatte ihm heftige Vorwürfe gemacht, aber er hatte gesagt, Ortsbauernführer Paul Weidlich hätte ihm Folgen angedroht, wenn er seine

Uniform nicht endlich abholen und beim nächsten Marsch mitmarschieren würde. Er hätte es tun müssen, zum Schutz seiner Familie.

»Wir wissen ja, dass dein Vater für den Kriegsdienst ungeeignet ist«, fuhr Christel fort. »Doch andere Männer kämpfen an der Front für Volk und Vaterland. Deshalb kann ich nicht verstehen, dass du dich bei solchen Kleinigkeiten so anstellst.«

Luise bekam es mit der Angst zu tun. »Ich sagte doch nur, dass ich erst meine Eltern fragen wollte. Aber sie werden sicher nichts gegen eine Spende für die Maurersfrau haben«, lenkte sie hastig ein.

Christel lächelte ein kurzes freudloses Lächeln. »Warum nicht gleich so? Warum müsst ihr Reichs immer gedrängt werden, wenn es darum geht, etwas für die Gemeinschaft zu tun?«

Luise holte tief Luft. »Was du sagst, ist nicht wahr! Mein Vater bestellt seit Monaten die Felder der Nachbarinnen mit, deren Männer im Krieg sind«, entgegnete sie. »Er arbeitet von früh bis spät. Du kannst ihm nicht vorwerfen, nichts für die Gemeinschaft zu tun.«

»Ach nein? Was ich kann und was nicht, ist immer noch meine Sache«, erwiderte Christel schroff. »Aber vielleicht kannst *du* ja noch etwas mehr tun.«

»Was willst du damit sagen?«, fragte Luise.

Christel stickte weiter an ihrem lächelnden Puppenmund und ließ sich Zeit mit der Antwort. »Wie ihr vielleicht wisst, musste eine unserer Aushilfen neulich zum Arbeitsdienst. Ich habe meinen Vater gefragt, ob nicht eine von uns Mädels als Ersatz für sie einspringen könnte. Er ist einverstanden. Wäre das nichts für dich, Luise?«

Luise glaubte, nicht richtig zu hören. »Was meinst du? Ich soll bei euch im Laden helfen?«

Christel nickte.

»Warum ich? Ich geh doch noch zur Schule.«

»Natürlich nicht jeden Tag, Dummerchen«, versetzte Christel. »Ein Nachmittag in der Woche reicht aus. Die Arbeit ist nicht schwer. Kannst dir auch was dazuverdienen.« Sie lächelte wieder.

Luise verspürte den Wunsch, ihr das heuchlerische Lächeln aus dem Gesicht zu schlagen. Sie hatte nicht im Mindesten Lust, zusätzlich zu ihrer Arbeit zu Hause noch in Moors Bäckerei zu arbeiten, unter den Augen des Bürgermeisters und in Christels Nähe. Sie war davon überzeugt, dass Christel sie nur gefragt hatte, weil sie wütend war wegen Wolfgang und ihr.

»Ich werde zu Hause gebraucht«, sagte sie. »Mein Vater braucht mich jeden Tag.«

Christel ließ ihre Puppe sinken. »Oh, ich bin mir sicher, dass er einen Nachmittag zugunsten unseres kriegswichtigen Betriebs auf dich verzichten kann«, beharrte sie. »Das wäre eine gute Gelegenheit für dich, etwas für die Gemeinschaft zu tun.«

Luise konnte Christel kaum ansehen, ohne Gefahr zu laufen, sie zu packen und ihr die Haare aus dem Pagenkopf zu reißen. »Du hast keine Ahnung, wie viel auf einem Bauernhof zu tun ist«, sagte sie.

Christel nahm die Schere und schnitt den Faden ab. »Oh, ich kann mir durchaus vorstellen, wie viel Arbeit das ist. Dafür habt ihr ja auch einen Polen bekommen. Wir haben nur den alten Schneiders Fritz in der Frühe, obwohl wir das ganze Dorf mit Brot versorgen.«

Inge und Erika nickten und sahen Luise erwartungsvoll an. Sie wollten natürlich ihre Zustimmung. Sie waren sicher erleichtert, dass Christel nicht sie gefragt hatte.

Luise fühlte sich ohnmächtig vor Wut. »Warum fragst du mich, obwohl du weißt, dass ich meinem Vater jeden Nachmittag helfen muss?«, brach es aus ihr heraus. »Warum nicht Erika oder Inge?«

Christels Mundwinkel zuckten. Es sah fast so aus, als würde sie sich über Luises Antwort freuen. Sie seufzte laut. »Da sehen wir wieder den Reich'schen Gemeinschaftssinn!«, rief sie. »Müssen wir jetzt alles wiederholen? Wie du weißt, leistet Erikas Vater als Ortsbauernführer unserem Dorf große Dienste und Inges Vater ist über fünfzig und außerdem unabkömmlich. Erika muss zu Hause auf dem großen Hof helfen und Inge ihrem Vater im Betrieb.«

Luise wusste, dass dies gelogen war, zumindest, was Inge betraf. Inge setzte selten einen Fuß in die Tischlerwerkstatt ihres Vaters. Christel wollte sie, das war offensichtlich. Sie öffnete den Mund, um etwas zu sagen, als sie Inges warnenden Blick auffing. Sie schloss den Mund wieder.

Als sie nichts erwiderte, fuhr Christel fort: »Wenn du willst, kann mein Vater mit deinem sprechen. Vielleicht gefällt dir die Arbeit ja sogar besser als die Feldarbeit.«

»Was meinst du damit?«, fragte Luise.

»Na ja«, begann Christel und suchte auf dem Tisch nach Wollfäden für ihr Puppenhaar, »du bist doch im letzten Schuljahr und da könntest du doch schon mal an deine spätere Stellung denken.«

»Nach der Schule muss ich mein Pflichtjahr machen«, versetzte Luise. Sie hatte keine Lust, in einer Bäckerei zu arbeiten, und schon gar nicht würde sie bei den Moors in Stellung gehen.

»Natürlich«, sagte Christel. »Es ist doch nur ein gut gemeintes Angebot. Wenn du nicht mit deinem Vater reden willst, kann mein Vater das machen.«

»Nicht nötig«, sagte Luise. »Ich rede mit meinem Vater.« Sie stieß die Nadel in das Gesicht der Puppe und wünschte sich, es wäre Christel. Das Gespräch ging nun mit einem anderen Thema weiter – erst zögernd, dann immer unbekümmerter, als hätte ihr Streit wie ein Gewitter die Luft gereinigt. Ihr Gefühl hatte Luise nicht getrogen, was ihre Freundschaft zu Inge betraf.

Inge hatte sie verraten. Sie hatte sie gestern ausgehorcht und dann Christel alles weitererzählt. Und die rächte sich jetzt. Auch wenn er schlecht auf ihre Hilfe verzichten konnte, würde ihr Vater nicht ablehnen, wenn der Bürgermeister ihn um die Hilfe seiner Tochter bitten oder womöglich damit drohen würde, ihn noch mal zur Tauglichkeitsstelle zu schicken. Das durfte auf keinen Fall geschehen.

Luise sagte bis zum Ende des Heimabends kein Wort mehr. Mit Mühe hielt sie ihre Wut zurück, bis sich alle verabschiedet hatten und sie mit Inge allein ins Oberdorf nach Hause ging.

»Du hast Christel alles von meinem Ausflug mit Wolfgang erzählt«, brach es aus ihr heraus. »Warum?«

»Du hast mir nicht verboten, es weiterzusagen.«

»Kannst du nicht mal was für dich behalten? Wenn ich dir was anvertraue, sollst du doch nicht gleich alles ausplaudern. Dann könnt ich's doch sofort allen verraten.«

Inge seufzte gereizt. »Wenn du mir sagst, es ist geheim, dann erzähl ich auch nichts weiter«, verteidigte sie sich. »Du hast mir gestern aber nicht gesagt, dass es geheim ist. Du hast so vom Ausflug geschwärmt, da hab ich gedacht, es wär nicht schlimm, wenn die anderen das auch wüssten.«

Luise holte tief Luft vor Wut. Aber eigentlich, so musste sie sich eingestehen, hatte Inge recht. Sie hatte ihr auf ihre Fragen hin nur zu gern alles erzählt und es so dargestellt, als wären Wolfgang und sie noch ein Paar, um Christel den Triumph nicht zu gönnen. Sie hatte ja nicht ahnen können, was daraus entstehen würde.

»Aber du hast ihnen sogar verraten, dass ich Mohnkuchen mitgenommen hab«, rief sie. »Wenn der Moor uns nun die Kontrolleure schickt?«

Irgendwo hinter einem Zaun begann ein Hund zu bellen, und sie gingen eine Weile wortlos weiter. »Das macht der bestimmt nicht«, beschwichtigte sie Inge.

»Hoffentlich nicht. Die Christel hat jetzt, was sie wollte.«

»Was meinst du damit?«

Luise seufzte. Sie kannte Inge seit Kindertagen, aber sie rätselte manchmal immer noch, ob die Freundin wirklich so ahnungslos war, wie sie tat. »Na, dass ich bei denen helfen muss! Mein Vater wird mir die Ohren lang ziehen. Das hat die doch nur gemacht, weil sie wütend ist wegen Wolfgang und mir.«

Inge antwortete nicht sofort. Luise warf ihr einen raschen Seitenblick zu, doch sie konnte in der herabsinkenden Dunkelheit nur wenig vom Gesicht der Freundin erkennen. Die Laternen brannten wegen der Verdunkelung nicht, und sie hatten allein das Licht der Sterne und des fast vollen Mondes, der über den Bergen stand.

»Reg dich nicht so auf«, meinte Inge. »Vielleicht ist deine Hilfe in der Bäckerei doch eine gute Sache. Du hörst immer den neuesten Dorfklatsch und verdienst dir was dazu.«

»Wie kannst du nur so etwas sagen? Du weißt doch genau, wie viel bei uns zu tun ist. Das ist nur Schikane von der Christel.«

»Das glaub ich nicht. Du solltest nicht so eingeschnappt sein.«

»Ich! Eingeschnappt?« Luise kochte vor Wut. Sie fühlte ihre Halsschlagader pochen. Warum verstand Inge sie nicht oder tat so, als ob sie sie nicht verstünde? Warum war sie in letzter Zeit immer gegen sie? Frau Kühnel half ihnen stets bei der Ernte auf ihrem Hof. Inge wusste, wie viel bei ihnen zu tun war.

Luise blieb stehen. »Wenn es so gut ist, warum willst *du* dann nicht bei den Moors arbeiten?«, fauchte sie. »Dann wärst du auch gleich mehr mit deiner neuen Freundin Christel zusammen.«

»Sie ist nicht meine neue Freundin«, gab Inge, die nun auch stehen geblieben war, zurück. »Und wenn du mal drüber nachdenkst, kommst du vielleicht drauf, dass sie recht hat. Jeder muss was in die Gemeinschaft einbringen. Warum hast du dich nur so angestellt wegen dem Gemüse? Dann hätte sie dich vielleicht nicht gefragt.«

Inges Stimme klang jetzt auch wütend, wie Luise mit Genugtuung feststellte. Endlich verlor auch sie ihre Beherrschung und zeigte, dass sie nicht so unbeteiligt war, wie sie bis jetzt getan hatte.

»Oh nein, Christel hat von Anfang an vorgehabt, mich zu fragen. Das war ihr Plan«, entgegnete sie. »Sie wartete nur auf eine passende Gelegenheit.«

»Glaub ich nicht«, versetzte Inge und ging weiter.

Luise schnappte nach Luft. Wie konnte ihre Freundin nur so kaltschnäuzig sein? Sah sie denn nicht, was Christel für ein Spiel trieb? Sie holte Inge mit ein paar hastigen Schritten ein. »Ich glaub, die hat irgendwas vor. Die will mir schaden.«

Inge schüttelte den Kopf. »Nun übertreibst du aber! Warum sollte sie das machen? Wir sind in einer Mädelschaft und halten zusammen.«

»Ich hab doch gesagt, wegen Wolfgang.«

»Sie hat nicht mit einem Wort gesagt, dass sie in Wolfgang verliebt ist«, entfuhr es Inge.

»Habt ihr euch getroffen?«

»Wir, äh, ja, vor der Stunde eben. Du kamst ja wieder später.«

»Weil ich beim Dreschen helfen musste«, erwiderte Luise. Ihre Wut war auf einmal verraucht. Sie begann zu frieren. Sie stellte sich vor, wie Inge vor Beginn ihres Heimabends allen genüsslich von ihrem Ausflug mit Wolfgang erzählt hatte. Sie hatte nun keinen Zweifel mehr daran, dass die Arbeit in der Bäckerei Christels Rache wäre.

Traurigkeit und Enttäuschung stiegen in ihr auf. Warum war Inge nur so zu ihr? Seit wann hielt sie mehr zu den anderen als zu ihr? Sie durfte ihr nichts mehr erzählen. Aber was hatte eine Freundschaft dann noch für einen Sinn?

Sie hatten nun die Abzweigung zu Inges Haus erreicht und blieben stehen. Luise versuchte, in ihrer Miene eine Gefühlsregung zu erkennen – irgendetwas, das zeigen würde, dass sie nicht unbeteiligt war. Aber Inge wich ihrem Blick aus. »Bis morgen in der Schule«, sagte sie nur, wandte sich um und lief den Weg hinunter zur Tischlerwerkstatt.

Luise sah ihr nach. War das noch dieselbe Freundin, mit der sie als Kind auf den Taubenboden geklettert war? Mit der sie später die Kleider ihrer verstorbenen Großmutter anprobiert und feine Damen gespielt hatte? Die seit einem Jahr in der Schulbank neben ihr saß, seitdem sie die Klasse wiederholen musste?

Andererseits – hatte Inge nicht schon immer versucht, sich bei den anderen mit ihren Geschichten interessant zu machen?

Luise merkte, dass sie schon viel zu lange auf die leere Stelle starrte, wo ihre Freundin gestanden hatte. Sie gab sich einen Ruck und ging langsam zurück zu ihrem Hof. Nach diesem Abend war sie froh, wieder zu Hause zu sein.

Kapitel 10

»Wie war der Heimabend, Luise?«, erkundigte sich ihre Mutter beim Abendbrot. »Du hast noch gar nichts erzählt. Was habt ihr gemacht?«

Luise schluckte den Bissen Brot hinunter und wappnete sich. Sie hatte gehofft, dass das Thema erst nach dem Essen aufkommen würde. »Wir haben Handpuppen für ausgebombte Kinder gebastelt.«

»Ein guter Einfall. Ist Christel darauf gekommen?«

»Nein, Inge.«

Ihre Mutter nickte. Sie nahm sich eine Scheibe Brot vom Brett und bestrich sie dünn mit Schmalz. Luise beobachtete sie und musste daran denken, dass Christel von dem Mohnkuchen wusste und ihnen vielleicht die Kontrolleure schicken würde. »Wir wollen der Frau Schindler einen Esskorb machen«, fuhr sie hastig fort. »Können wir dafür Gemüse haben?«

Ihre Mutter wechselte mit ihrem Vater einen raschen Blick. Ihre Mundwinkel zogen sich kaum merklich nach unten. »Wenn es ein kleiner Korb ist.«

»Nein, es wird wohl ein Brotkorb aus der Bäckerei sein. Die Moors geben das Brot dazu«, antwortete Luise.

Die Mundwinkel ihrer Mutter zogen sich weiter nach unten. Sie nickte widerstrebend. Luise fand, dass ihre Mutter eigentlich recht gute Laune hatte. Das würde die Sache vielleicht erleichtern. Sie musste sich trotzdem überwinden, ihren Eltern von Christels Vorschlag zu erzählen, einen Nachmittag in der Bäckerei zu arbeiten. »... ich weiß nicht, warum sie ausgerechnet auf mich gekommen ist«, endete sie.

Ihre Eltern waren ein paar Augenblicke sprachlos. »Du hast ihr doch hoffentlich gesagt, dass wir hier jede Hand brauchen«, sagte ihr Vater.

»Ja klar. Aber sie wollte nichts davon hören.«

»Hm.« Ihr Vater lehnte sich auf dem Stuhl zurück und spielte nachdenklich mit der Gabel. Ihre Mutter erhob sich, räumte ihre Brettchen ab und stellte die Schüssel mit den Resten vom Blaubeerkompott auf den Tisch, das es gestern gegeben hatte. Sie trug wieder ihr Mitternachtskleid, darüber eine dunkle Strickjacke. Ihre Mundwinkel waren bedrohlich weit nach unten gesunken.

»Was hast du wieder gemacht, dass sie ausgerechnet dich aussucht?« Ihre grauen Augen sahen Luise mit einer Mischung aus Vorwurf und Traurigkeit an. Luise blickte rasch auf ihren Löffel hinunter. Natürlich gab ihre Mutter ihr wie immer die Schuld. Aber sie konnte nicht noch mehr Streit an diesem Abend vertragen, schon gar nicht mit ihrer Mutter. Sie sah aus den Augenwinkeln, wie ihr Vater ihrer Mutter kurz die Hand auf den Arm legte. Das gab ihr Kraft für die Antwort. »Fannys Vater ist gefallen und Weidlichs haben den großen Hof, wo Erika helfen muss«, sagte sie mit rauer Stimme. »Inge ... ich weiß nicht, warum sie die nicht gefragt hat.«

Sie macht sich bei Christel lieb Kind, hätte Luise am liebsten gerufen, indem sie ihr erzählt, was sie wissen will.

Sie hob den Kopf, vermied es aber, ihre Mutter anzusehen. »Ich habe keine Lust, bei denen zu arbeiten! Papa, kannst du nicht mit Herrn Moor reden, dass sie jemand anders nehmen? Vielleicht will sich eins der Schindlermädchen was dazuverdienen.«

»Sie wollen dich bezahlen?«, horchte ihre Mutter auf.

»Na ja, so ganz umsonst soll ich's nicht machen. Ich weiß nicht, wie viel sie mir geben wollen. Sicher nicht viel.«

Sie bekam mit, wie Helene sich beeilte, die Kompottschüssel zu leeren. Ihre Oma schob Manfred hin und wieder einen Löffel in den Mund, denn er kam mit seinen kurzen Armen nicht an die Schüssel. Aber Luise hatte keinen Hunger mehr.

Ihr Vater nahm sich einen großen Löffel. Wieder tauschten ihre Eltern Blicke. Doch ehe er etwas sagen konnte, meinte ihre Mutter: »Vielleicht wäre es nicht schlecht, wenn du in der Bäckerei arbeitest. Es ist ja nur für einen Nachmittag in der Woche. Du würdest mal rauskommen, etwas dazulernen und wir bekämen sicher mal Brot von denen.«

Luise schluckte. Sie hätte nicht gedacht, dass ihre Mutter das sagen würde. Hilfe suchend sah sie zu ihrem Vater hinüber.

»Ich glaube, deine Mutter hat recht«, bestätigte er. »Der Marian packt hier gut mit an. Du wirst das schon hinkriegen. Kannst Mamas Rad nehmen.«

Luise seufzte enttäuscht. »Aber die Moors sind so ... so ...« Ihr fiel das passende Wort nicht ein. »Und ich mag die Christel nicht.«

»Ich weiß, wie die Moors sind«, erwiderte ihr Vater. »Du wirst dich gut in Acht nehmen und die lieber reden lassen, Madl. Du weißt ja: Ohren auf und Mund zu.« Er drückte ihr kurz den Arm, erhob sich, nahm seine Zigarettendose vom Küchenschrank und ging nach draußen.

Die Frauen räumten den Tisch ab. Luise ging nach nebenan in die Wirtschaftsküche, um Wasser für die Spülschüssel zu holen, als sie Marian im trüben Licht sitzen sah. Sofort fühlte sie Gewissensbisse, weil sie ihn ganz vergessen und ihm nichts von dem Blaubeerkompott gebracht hatte. Nun war nichts mehr übrig.

»Möchtest du noch ein Schmalzbrot?«, flüsterte sie. Er nickte, und sie freute sich, dass er inzwischen das Wort Schmalzbrot verstand. Als ihre Mutter sich an den Tisch setzte, um Kartoffeln für den nächsten Tag zu schälen, schnitt sie hastig eine dicke Scheibe Brot für Marian ab. »Man sollte so was nicht rundheraus ablehnen, Luise«, nahm ihre Mutter das Gespräch von vorhin wieder auf. »Vielleicht ergibt sich etwas daraus. Denk dran, du gehst nächstes Frühjahr von der Schule und brauchst irgendwas nach dem Pflichtjahr.«

Luise strich Schmalz auf das Brot. »Ich geh' bestimmt nicht zu den Moors in Stellung.«

»Brauchst du ja auch nicht. Aber vielleicht hörst du was oder der kann ein gutes Wort für dich einlegen, wenn du dich gut anstellst.«

Luise brummte etwas. Sie dachte, dass Christel sicher kein gutes Haar an ihr lassen würde. Sie würde ihr die Wahrheit über Wolfgang und sich sagen müssen. Doch sie sträubte sich gegen diesen Gedanken. Sie konnte Christel diesen Triumph auf keinen Fall gönnen. Lieber würde sie die Arbeit in der Bäckerei ertragen.

Sie wickelte das Brot in ihr Taschentuch, verbarg es unter ihrer Strickjacke und wandte sich um. Ihre Mutter stand vor ihr.

»Ach, hat da wieder jemand lange Seiten? Der junge Mann hat aber einen guten Hunger«, sagte sie und deutete auf das Schmalzbrot unter Luises Jacke. »Spar dir die Heimlichkeiten! Ich weiß, dass du ihm immer noch was bringst.«

»Seine Portionen sind zu klein«, versetzte Luise.

»Er isst mehr als dein Vater.«

»Vielleicht braucht er es, Mama. Wer weiß, wo er vorher war!«

Ihre Mutter schüttelte missbilligend den Kopf. »Er hat dich schön um den Finger gewickelt.« Sie drückte ihr den vollen Kartoffeltopf in die Hände. »Hol Wasser! Gib ihm das Brot, aber ab morgen gibst du ihm nichts mehr, er bekommt genug. Verstanden?«

Luise nickte. Sie verschwand mit dem Topf in der Wirtschaftsküche, froh, das Brot für Marian gerettet zu haben. Er wickelte es sofort aus und biss hinein. Sie beobachtete, wie er hungrig aß. Sein dunkler Haaransatz war selbst im trüben Licht noch gut zu erkennen. Er beschrieb in der Mitte der Stirn einen Bogen und wich an den Ecken etwas zurück, um dann zu den Ohren hinunterzulaufen. Sie stellte sich vor, wie Marian mit längeren Haaren aussehen würde. Sicher so wie auf dem Foto, das sie in seiner Schublade gefunden hatte. Er hatte sich wie immer zum Essen gewaschen und umgezogen, trug nun wieder das alte Hemd und die Hose ihres Vaters. Die Sachen waren ihm zu weit, weshalb er auch dessen Hosenträger anhatte. Luise fand es komisch.

Offenbar bemerkte er, dass sie ihn beobachtete, und hob den Kopf. »Danke, Luise.«

Sie nickte, nahm hastig den Topf und lief zurück in die Küche.

Später, als sie vom Toilettenhäuschen über den Hof zurück zum Haus ging, traf sie ihn wieder. Sie erschrak, als er plötzlich in der Dunkelheit vor ihr auftauchte. Aber auch er schien überrascht zu sein. »Nicht erschrecken, Luise«, sagte er.

Sein Schatten zeichnete sich im matten Licht des Stubenfensters ab, das auf den Hof fiel. Ihre Eltern hatten die Vorhänge noch nicht zugezogen. Die Radiostimme eines schlesischen Bauchredners, der vor Publikum seine Scherze machte, drang selbst durch das geschlossene Fenster nach draußen. Ihre Eltern und ihre Oma würden sie sofort hören. »Ich war in Stall«, erklärte er. »Gleich gehen nach oben.«

Luise beruhigte sich. Eine Weile stand sie unschlüssig herum und überlegte, was sie tun sollte.

»Du haben Streit mit Eltern«, erklang seine leise Stimme.

»Du hast«, verbesserte sie ihn.

»Gut. Ich vergessen. Ich nicht gut Deutsch.«

Luise atmete überrascht die kühle Luft ein. »Aber ... du kannst doch Deutsch?«

Er legte seinen Finger auf die Lippen. »Bitte, nicht sagen«, bat er in seinem unverkennbaren polnischen Akzent. »Ich Deutsch lernen in Schule ein paar Jahre. Aber nicht gut.«

»Ein paar Jahre?« Überrascht ließ Luise die Luft zwischen den Zähnen entweichen. »Dann verstehst du uns?«

»Bitte, nicht sagen«, bat er erneut. »Sonst ich müssen essen im Stall.«

»Ich muss«, verbesserte Luise.

»Ich muss.«

»Warum hast du nicht gesagt, dass du uns verstehst?«

Er ließ seine Hände in die viel zu großen Taschen der Hose gleiten. Da ihr Vater größer war als er, war sie unten umgeschlagen. Er war nicht groß, kaum größer als Luise. »Ich nicht viel verstehen. Deine Mutter streng. Vielleicht schicken ... sie schickt mich weg.«

»Du meinst, sie würde dich wegschicken, wenn sie weiß, dass du Deutsch kannst?«

Er nickte. Luise wusste, dass er recht hatte. Aber dann musste sie daran denken, was er bereits alles mit angehört hatte, und fühlte Verlegenheit aufsteigen. Ob er wohl mit den anderen Gefangenen am Wochenende im Gasthof *Zur Krone* über sie reden würde? Ob sie sich über die Familien austauschten und klatschten wie die Mädels bei ihren Heimabenden – gute Familie, schlechte Familie, viel zu essen, wenig zu essen, streng oder freundlich? Wusste er vielleicht sogar, was sie über die Moors dachten? Vielleicht hatte er nicht alles verstanden, beruhigte sie sich.

»Bitte verraten mich nicht!« Seine Stimme klang weich und gleichzeitig eindringlich durch die Dunkelheit.

Luise ging ein paar Schritte weiter zur Hauswand, wo die kleine Bank stand, auf der sie tagsüber manchmal saßen. Hier konnte man sie vom Fenster aus nicht sehen. Marian folgte ihr. Sie wusste nicht, was sie sagen sollte. Der Gedanke, dass er ihre Gespräche beim Essen mithörte, gefiel ihr nicht. Aber ihr gefiel ebenso wenig, dass ihre Mutter ihn wegschicken könnte. Was würde dann aus ihm werden?

»Du musst versprechen, dass du nichts von uns verrätst«, verlangte sie. »Nichts zu den anderen Gefangenen im Gasthof!«

Er nickte.

»Versprich es. Heb die Hand und schwör es!«

Er hob seine rechte Hand. »Ich schwören auf heilige Mutter Maria, ich nichts verraten von euch.«

Luise nickte zufrieden. »Bist du katholisch?«

»In Polen alle Menschen katholisch.«

»In Polen *sind* alle Menschen katholisch, heißt das«, belehrte sie ihn. »Hier sind viele evangelisch, in unserem Dorf die meisten. In Schlesien gibt es viele Protestanten, verstehst du mich?«

Er nickte. »Danke, du mich nicht verraten, Luise«, sagte er.

Sie mochte es, wie er ihren Namen aussprach. Sie hörte ihn gern Deutsch reden. Es klang rau und gleichzeitig weich. »Unter dem Alten Fritz ist Schlesien zu Preußen gekommen«, fuhr sie fort. »Er hat uns unseren Glauben erlaubt.«

»Wer ist Alte Fritz?«

Luise lachte leise über seinen Akzent. »König Friedrich von Preußen. Er hat Schlesien von Kaiserin Maria Theresia von Österreich gewonnen.«

»Ich verstehe.«

»Gut.« Luise fühlte sich plötzlich stolz, weil er sie eingeweiht hatte. Es schadete ihm sicher nicht, wenn er etwas von ihr lernte. Je mehr er über Deutschland wusste, desto besser würde er sich später im Großdeutschen Reich zurechtfinden können, wenn der Krieg erst vorbei wäre. Sein Heimatland Polen war ja bereits verloren.

»Luise, du können mir ein deutsches Buch …« Er suchte nach dem passenden Wort.

»Leihen?«, ergänzte sie. »Du möchtest ein deutsches Buch lesen?«

»Ja. Kinderbuch, wenn gehen.«

Sie musste lächeln. Sie fand es immer noch lustig, wie er das R rollte. »Ich kann dir eins geben, aber man darf es nicht bei dir finden.«

»Nein. Ich aufpassen. Gut verstecken.«

Im Lichtschein des Fensters sah sie ihn lächeln. Sie fühlte sich auf einmal merkwürdig dabei, hier allein mit ihm zu stehen. Man durfte sie auf keinen Fall zusammen erwischen. Hatte ihre Mutter recht und er hatte sie bereits um den Finger gewickelt?

Nein, dachte sie. Er hatte Manfred gerettet, und außerdem war er fleißig. Er hatte es verdient, dass sie ihm half. »Ich geb dir ein Buch«, versprach sie. »Gute Nacht.« Sie ging an ihm vorbei ins Haus zurück.

An diesem Abend ging sie früh ins Bett. Lange noch dachte sie über alles nach, was am Tag geschehen war, dann musste sie an Wolfgang denken. Wie es ihm wohl ergangen war an seinem ersten Tag in der Kaserne? Eigentlich, dachte sie, hatte er es viel schwerer als sie, so weit weg von der Heimat mit neuen fremden Kameraden. Und er wollte freiwillig Offizier werden, alles nur aus Liebe zu seinem Land.

Was bedeutete es dagegen schon, einen Nachmittag in der Woche in der Dorfbäckerei zu helfen? So könnte sie wenigstens beweisen, dass auch sie etwas für die Gemeinschaft tat, und Wolfgang später davon erzählen, wenn er wieder da wäre.

Mit diesem Gedanken schlief sie ein.

Doch die nächsten Tage in der Schule wurden schlimmer als erwartet. Der Streit lag wie ein unsichtbarer Graben zwischen Inge und ihr. Sie redeten kaum miteinander, und die Mädchen aus ihrer Mädelschaft, mit denen sie in den Schulpausen immer zusammen waren, merkten das natürlich. Sie schlugen sich auf Inges Seite. So wurde Luise zu ihrer schweigenden Mitläuferin, die nur noch geduldet war. Tag für Tag kam sie niedergeschlagen aus der Schule, aß und half beim Dreschen. Sie konnte nicht mit Inge Raumlehre üben und verpatzte die Klassenarbeit am Mittwoch, weil Inge sie auch nicht abschreiben ließ.

Zu ihrem großen Verdruss begann sich auch noch das Bild von Wolfgang in ihrer Erinnerung aufzulösen. Wann er wohl schreiben würde? Wenn, dann sicher nicht an sie, dachte sie traurig. Sie musste einen Weg finden zu erfahren, wenn Briefe von ihm ankamen und wie es ihm ging. Ihr fiel Herrn Steidlers Angebot mit dem Kirchenchor wieder ein. Auf einmal erschien es ihr nicht mehr so abwegig, hinzugehen. Sie hätte ein wenig Abwechslung, und außerdem konnte sie singen.

Sie fragte ihre Eltern, die es ihr zu ihrem Erstaunen sofort erlaubten, ohne viele Fragen zu stellen. Sie musste nur versprechen, die Schularbeiten nicht zu vernachlässigen.

Schon am nächsten Tag ging sie nach dem Dreschen die Dorfstraße hinunter zur Kirche, wo die Chorproben im Gemeinderaum stattfanden. Auf dem Weg erfasste sie Wehmut, weil Inge nicht wie sonst neben ihr ging; sie hatte auch am Morgen nicht auf sie gewartet. Wieder grübelte Luise darüber nach, warum Inge ihr nun die kalte Schulter zeigte, wo doch sie viel mehr Grund hatte, auf Inge wütend zu sein. Dass die anderen Mädchen sich an Inge hielten, wunderte sie nicht, denn sie waren von jeher Inges Freundinnen gewesen. Luise war erst letztes Jahr zu ihnen gekommen, weil sie das Schuljahr wiederholen musste, während ihre frühere Schulfreundin ihr Abschlusszeugnis erhalten hatte und entlassen worden war. Bisher hatte sie geglaubt, gut in ihre kleine Mädchengruppe zu passen. Sie hatte nicht damit gerechnet, dass man sie aus dem Nest hinauswerfen könnte.

Luise kämpfte gegen ihre Enttäuschung an, als sie den Weg zur Schule hinaufschritt, die gleich neben der Kirche und dem Gemeindehaus lag. Sie war fast schon zu spät. Herr Steidler und sein Chor hatten sich bereits versammelt, als sie den schmucklosen Gemeinderaum betrat.

»Guten Abend.« Sie blieb an der Tür stehen. Die Sänger hatten sich schon aufgestellt. Luise kannte alle von den sonntäglichen Gottesdiensten. Der einst so große Chor der Lindenauer Kirchengemeinde, der früher an die dreißig Mitglieder gezählt hatte, Männer wie Frauen, war zu einem kümmerlichen Häuflein geschrumpft. Gerade mal zehn Leute blickten ihr erwartungsvoll entgegen, darunter drei Männer. Luise erkannte den alten Schuster, den Gastwirt der *Krone*, der wohl wegen einer Krankheit untauglich war, und Horst Henschel. Zwischen den Frauen entdeckte sie Frau Schindler mit ihren beiden älteren Töchtern, gleich daneben die Glöcknerin. Vor dieser wiederum – genau wie in der Schule in der vorderen Reihe – stand Rita Vogt, die Klassenbeste.

»Willkommen, Luise!« Herr Steidler winkte sie heran. »Ich freue mich, dass du hier bist.«

Sie trat neben ihn.

»Du möchtest also heute mal mitmachen?«

Luise nickte.

»Gut, dann stell dich am besten da vorn neben Rita.«

Luise gehorchte. »Ich habe die Luise zu einer Probestunde eingeladen«, erklärte Herr Steidler. »Vielleicht möchte sie ja bleiben. Wir könnten einen neuen Sopran gut gebrauchen.« Das erste Mal überhaupt betrachtete er sie mit so etwas wie Wohlwollen. Luise war überrascht. Sie fing einen Blick von Rita auf, die ebenfalls überrascht zu sein schien. Es fühlte sich seltsam an, gleich neben ihr zu stehen, besonders, als Herr Steidler mit ein paar Lockerungsübungen begann und sie mit den Schultern rollen und den Kopf drehen mussten. Dabei wandten Rita und sie einmal gleichzeitig die Gesichter zueinander. Rita hatte schwarze Zöpfe und so dunkle Augen, dass man bei ihr nicht die Pupille von der Iris unterscheiden konnte. Wie immer trug sie einen schlichten Pullover und ihren unmodernen Rock, der lang an ihr herunterfiel. Jedes andere Mädchen hätte vielleicht gelächelt, aber nicht Rita. Sie sah Luise einfach nur an, still und aufmerksam, wie sie es neulich in der Deutschstunde schon getan hatte.

Also lächelte auch Luise nicht. Sie fragte sich, ob Rita wohl gleich am nächsten Tag ihrer Freundin erzählen würde, dass Luise nun auch im Chor war. Sicher würde sie das, und bald würde es die ganze Gemeinde erfahren. Ihre Freundinnen würden sich fragen, warum Luise in den Chor ginge, in dem doch nur die Streber der Klasse wären, und Christel würde ihre feinen Augenbrauen hochziehen und fragen, was sie denn in diesem Pfaffenverein zu suchen hätte.

Aber das war ihr gleichgültig. Sie musste sich bei den Lockerungsübungen das Lächeln verkneifen. Wie merkwürdig, neben Rita Vogt zu stehen, sich mit den Händen über den Kiefer zu streichen und laut »Aaaaaaa...« und andere Vokale zu singen!

Als sie dann begannen, sich mit den Tonleitern warm zu singen, hörte Luise ihre helle Stimme zwischen den anderen. Wenigstens heute Abend brauchte sie sich nicht irgendwo hinten auf einer Bank zu verstecken wie sonst in der Schule, sondern konnte vorn neben der Klassenbesten mitmachen. Nach dem Warmsingen verteilte Herr Steidler die Notenblätter und wiederholte mit ihnen *Ein feste Burg ist unser Gott*, das sie am folgenden Sonntag im Gottesdienst singen wollten. Danach machten sie eine kurze Pause, tranken und aßen Äpfel, die die Frau des Schusters mitgebracht hatte.

»Wir wussten gar nicht, dass du heute kommst, Luise«, meinte sie, als alle sie neugierig umringten. »Wo hast du denn so gut singen gelernt?«

»Na, bei Herrn Steidler«, erwiderte Luise. »Aber bei uns zu Hause wird auch viel gesungen. Mein Vater spielt Klavier und ich singe dazu.«

»Tanzt du dann auch?«, fragte der alte Schuster. Er schnippte mit den Fingern und machte ein paar Tanzschritte. Es sah so komisch aus, dass alle lachen mussten.

»Nein.«

»Hat dein Vater dir Klavierspielen beigebracht?«, wollte Rita wissen. Sie sah von ihrem Notenblatt auf, in das sie sich vertieft hatte. Offenbar machte es ihr keine Schwierigkeiten, zu lesen und gleichzeitig zuzuhören.

»Nein, hat er nicht.« Luise musste daran denken, dass die ältere Schwester ihres Vaters, die ihm das Klavierspiel beigebracht hatte, schon vor langer Zeit nach Görlitz gezogen war. Seine verstorbenen Eltern hatten sich teure Klavierstunden nicht leisten können. Ihr Vater beherrschte nur wenige Lieder, die er immer wieder spielte, vor allem seine geliebten Walzer.

»Hättest du es denn gern gelernt?«, fragte Rita weiter.

Luise sah sie überrascht an. Machte sie sich über sie lustig? In der Klasse würde niemand glauben, dass sie Klavier spielen wollte. Aber in Ritas Miene war kein Zeichen von Belustigung zu sehen, sie schien ihre Frage ernst zu meinen.

»Ich ... ich kann ein bisschen Klavier spielen«, gestand sie. »Aber leider hatte mein Vater immer zu wenig Zeit, es mir richtig beizubringen.«

Rita nickte. »Ich kann's auch nicht. Ich hätte gern Geige gelernt, aber mein Vater wollte es nicht. Er meinte, das würde mich nur vom Lernen abhalten.«

Luise wusste nicht, was sie darauf erwidern sollte. Sie stellte sich vor, wie Rita jeden Nachmittag zu Hause im Pfarrhaus saß, Schulaufgaben erledigte und lernte. Vielleicht fragte der Pfarrer sie danach sogar selbst ab.

In diesem Augenblick beendete Herr Steidler die Pause. »Wir üben noch mal *Ein feste Burg ist unser Gott*, damit es am Sonntag auch gut sitzt«, forderte er sie auf. »Nächste Woche beginnen wir dann mit den Advents- und Weihnachtsliedern.«

Gemurmel entstand. »Können wir die *Stille Nacht* nicht wieder so wie früher singen?«, fragte der alte Schuster. »Mit dem alten Text, wie wir es immer gesungen haben?«

»Oh bitte!«, rief seine Frau. »Wie wir's schon immer kennen!«

Herr Steidler sah auf sein Klavier hinunter. Einen Augenblick sah er so mutlos aus, wie Luise ihn noch nie gesehen hatte. Dann straffte er sich wieder. »Es tut mir leid. Wir müssen den Text aus dem Gesangbuch nehmen.«

Das Schusterehepaar verstummte. Herr Steidler stimmte das Lied an und gab ihnen das Zeichen zum Einsatz. Sie übten Luthers Lied weiter, bis die Dämmerung herabsank.

»Also bis Sonntagmorgen«, verabschiedete sie Herr Steidler am Ende der Stunde. »Seid bitte rechtzeitig da. Luise!«

Luise, die gerade zur Tür ging, wandte sich um. Herr Steidler hatte sich erhoben und verstaute die Notenblätter in seiner abgegriffenen Aktentasche. Sie ging zu ihm zurück. Als sie vor ihm stand, hielt er inne und musterte sie durch seine silbergefasste Brille. »Hat es dir gefallen?«

Luise nickte und dachte wieder, wie viel Ähnlichkeit Wolfgang doch mit ihm hatte. Sie fand es tröstlich, bei Herrn

Steidler zu sein, als wäre sie durch seine Nähe auch Wolfgang nahe. Sie nickte. »Es hat mir sehr gefallen.«

»Gut, dann können wir ja damit rechnen, dass du zu uns kommst.«

»Ja, Herr Steidler.«

Er lächelte kurz. »Wenn du möchtest, kannst du am Sonntag in der Kirche gern mitsingen, Luise. Es hat heute schon recht gut geklappt. Du solltest das Lied nur noch ein paar Mal vorher üben. Das Notenblatt mit deiner Stimme hast du ja.«

Sie nickte begeistert. »Ich komme, Herr Kantor Steidler.«

»Hast du etwas Schwarzes zum Anziehen?«

»Ich … weiß nicht … aber bestimmt.«

»Ja, Schwarz hat doch jeder, muss man ja heutzutage haben.« Er lächelte grimmig, nahm seine Tasche und wünschte ihr noch einen schönen Abend. Sie folgte ihm unauffällig, denn sie hatten ja den gleichen Weg, doch dann sah sie, wie er zum hell erleuchteten Pfarrhaus hinkte. Sicher mussten der Pfarrer und er noch über den Gottesdienst am Sonntag sprechen.

Beim Abendessen musste sie alles über ihre erste Chorstunde erzählen, was sie auch bereitwillig tat. Ihre Mutter schlug vor, sie könne ihren alten Konfirmationsrock anprobieren, ob er noch passte, und bot ihr ihre eigene schwarze Trauerbluse an, die sie bei der Beerdigung von Luises Großvater getragen hatte. Ihr Vater versprach, das Lied gleich heute noch mit ihr zu spielen.

Als sie mit dem Abwasch fertig war und ihre Mutter Manfred und Helene ins Bett gebracht hatte, ging sie nach oben. Marians Platz in der Wirtschaftsküche war leer. Mit Bedauern dachte sie daran, dass sie ihm kein Brot mehr geben durfte, und fragte sich, ob er deswegen schon fort war. Was hatte er wohl von ihren Erzählungen über den Chor mitbekommen?

Im Obergeschoss ging sie am Kutscherzimmer vorbei und sah Licht unter dem Türspalt herausscheinen. Sicher lag er schon im Bett und las *Puckis erstes Schuljahr*.

Luise musste lächeln. Sie ging in die Stube ihrer Mutter, wo diese vor dem geöffneten Kleiderschrank ihre Trauerbluse begutachtete. Sie hielt sie ihr sofort an. »Könnte passen. Schau selbst.«

Luise nahm die Bluse und trat vor den großen Standspiegel. Das Kleidungsstück war schwarz und hatte weit geschnittene dreiviertellange Ärmel mit Locharbeiten. Es gefiel Luise. Sie würde darin bestimmt sehr fraulich aussehen.

»Das war mal eine grüne Sonntagsbluse«, erklärte ihre Mutter. »Wir haben sie umgefärbt, als Vater starb. Zieh sie an, ich hole deinen Konfirmationsrock.« Sie verließ das Zimmer.

Luise schlüpfte aus ihren Sachen, bis sie nur noch ihr Leibchen trug, welches mit Strumpfhaltern an den Strümpfen befestigt war. Weil es schon empfindlich kalt geworden war, trug sie seit ein paar Tagen ihre Wollstrümpfe, die sie im letzten Winter nach Anleitung ihrer Mutter gestrickt hatte. Sie nahm die Bluse vom Sofa, aber dann zögerte sie und legte sie wieder hin. Ihr Spiegelbild war interessanter. Sie dachte, dass ihr der Konfirmationsrock nicht mehr passen würde, weil sie zu breit in den Hüften geworden war. Ihre Brüste füllten das Leibchen inzwischen aus und auch ihre Oberschenkel hatten ein wenig an Umfang zugenommen, aber zu dick war sie auf keinen Fall. An ihr war nichts eckig. Sie hatte ein rundliches Gesicht, runde Schultern und einen ebensolchen Po.

Luise drehte sich ein wenig, um ihn zu betrachten. Sie wusste, es war eitel und gehörte sich nicht, aber ihre Neugier überwog. Sie schenkte ihrem Spiegelbild ein zufriedenes Lächeln. Da erblickte sie das Gesicht im Türspalt hinter ihr. Marian stand dort und betrachtete sie schweigend. Er hatte die Hände tief in den Hosentaschen vergraben. Er trug nur ein weißes Unterhemd mit Hosenträgern über der viel zu weiten Arbeitshose. Seine Haut schimmerte hell und glatt im sanften Licht. Seine Haare waren nun fast einen Zentimeter lang, schwarz und dicht gewachsen wie seine Brauen.

Luise spürte, wie ihr Gesicht heiß vor Verlegenheit wurde. Sie schnappte sich ihre Bluse und presste sie sich vor die Brust. Als sie erneut zum Türspalt blickte, war er wieder verschwunden. Sie hörte, wie er die Treppe nach unten ging. Kurz darauf näherten sich die Schritte ihrer Mutter. Hastig streifte sie sich die Bluse über.

»Was ist?«, fragte ihre Mutter.

»Nichts.« Luise nahm ihren Konfirmationsrock und hielt ihn sich an. Ihre Mutter und sie betrachteten ihn im Spiegel und schüttelten beinahe gleichzeitig den Kopf. Er war eine Handbreit zu eng geworden. Enttäuscht wollte Luise ihn wieder ausziehen, aber ihre Mutter hielt sie zurück. »Wir könnten von der Schneiderin etwas Stoff dransetzen lassen«, schlug sie vor. »Hier, an beiden Seiten.« Sie deutete auf Luises Hüften und blickte in den Spiegel.

»Das sieht doch nicht aus! Kann ich nicht deinen Rock haben?«

»Der wird dir zu lang sein.« Ihre Mutter ging zu ihrem Sekretär, der gleich neben dem Sofa stand, und nahm etwas aus einem der Schubfächer. »Hier.« Sie gab ihr einen Geldschein. »Damit gehst du zur Schneiderin und lässt ihn ändern. Vielleicht schafft sie's noch bis Sonntag.«

»Danke, Mama.«

Ihre Mutter nickte und hängte die Trauerbluse zurück auf den Bügel. »Wir wollen doch, dass du in der Kirche einen guten Eindruck machst. Streng dich an.« Sie schloss den Schrank und ging aus der Stube zurück nach unten.

Luise zog sich wieder um. Sie war erleichtert, dass ihre Mutter Marian nicht bemerkt hatte. Wenn sie nur etwas früher aus ihrem Zimmer gekommen wäre! Was hatte er sich nur dabei gedacht, sie einfach so anzustarren? Bei dem Gedanken daran wurde sie schon wieder rot. Wie konnte sie nun wieder unbefangen mit ihm sprechen? Vielleicht hatte ihre Mutter recht und sie sollte sich von ihm fernhalten. Vielleicht täuschte er sie nur mit seiner sanften Art. Sie musste vorsichtig sein.

Andererseits spürte sie etwas, das sie sich nicht einmal selbst eingestand. Eine heimliche Freude, weil er sie angesehen hatte. Zeigte das doch, dass sie für Männer interessant wurde, sogar für Männer, die noch älter waren als Wolfgang. Luise seufzte und lächelte.

Ihr Vater erwartete sie schon in der guten Stube am Klavier, wo sie mit ihm das Lied üben wollte. Ihre Mutter und ihre Oma hatten sich auf der Ofenbank niedergelassen, strickten und stopften.

»Ah, ich hab's gefunden«, sagte ihr Vater, »*Ein feste Burg ist unser Gott*. Ich muss es erst mal allein spielen, ich hab's schon lange nicht mehr geübt.«

Luise stellte sich neben ihn und wartete, bis er sich eingespielt hatte. Sie war ein bisschen aufgeregt. Den scharfen Augen und Ohren ihrer Mutter und Oma würde nichts entgehen, da konnte sie sicher sein. Aber sie mochte es, ihre Aufmerksamkeit ganz allein für sich zu haben. Sie liebte die Abende allein mit den Erwachsenen, wenn ihre kleinen Geschwister im Bett waren. Das erinnerte sie an früher, als Helene noch nicht geboren war.

»Nun, fangen wir an«, sagte ihr Vater lächelnd. Offenbar freute er sich, dass sie wieder zusammen musizierten. Sie verständigten sich kurz mit Blicken, dann begannen sie das Lied.

> *»Ein feste Burg ist unser Gott,*
> *ein gute Wehr und Waffen.*
> *Er hilft uns frei aus aller Not,*

die uns jetzt hat betroffen.
Der alt' böse Feind
mit Ernst er's jetzt meint;
groß Macht und viel List
sein grausam Rüstung ist,
auf Erd ist nicht seinsgleichen ...«

Luise gab sich alle Mühe, alles umzusetzen, was sie in ihrer ersten Chorstunde gelernt hatte, achtete auf ihren Stand, auf ihre Haltung und sang aus voller Kehle. Den Text des Liedes kannte sie bereits seit ihrer Konfirmation auswendig. Nach der dritten Strophe wagte sie einen Blick auf die beiden Frauen.

Ihre Oma lächelte stolz. Ihre Mutter lächelte nicht, aber ihr schönes Gesicht zeigte einen Ausdruck, den Luise noch nie gesehen hatte – Überraschung und etwas anderes. Freude? Ergriffenheit? War ihre Mutter womöglich sogar stolz auf sie? Luise war überrascht. Aber nein, das konnte nicht sein, ihre Mutter war niemals stolz auf sie.

»... *Gut, Ehr, Kind und Weib:*
Lass fahren dahin,
sie haben kein Gewinn,
das Reich muss uns doch bleiben.«

Die Musik verklang. Klara Gottwald hatte die Stopfarbeit weggelegt und klatschte. »Gut, Madl.«

»Bist richtig im Chor«, bemerkte ihr Vater.

Ihre Mutter, die sich wieder über ihre Strickarbeit gebeugt hatte, hob den Kopf. »Heißt das nicht *sie habens kein Gewinn*?«, fragte sie.

Luise sah auf ihr Notenblatt. »Ja, hast recht, Mama, da kommt ein S dran«, bestätigte sie mit rauer Stimme.

»Dann musst du's noch mal üben, bis es sitzt«, sagte ihre Mutter und beugte sich wieder über ihr Strickzeug.

Luise fühlte einen Kloß im Hals. Richtig, sie hatte sich nicht getäuscht. Ihre Mutter konnte unmöglich stolz auf sie sein. Sie war nie zufrieden. Hastig sagte sie allen Gute Nacht und lief hinaus. Im Flur machte sie Halt. Von drinnen hörte sie die Stimmen ihrer Eltern. »Was hat sie denn jetzt schon wieder?«, zischte ihre Mutter. »Habe ich was Falsches gesagt?«

»Ich weiß es nicht«, sagte ihr Vater.

»Sei nee asu streng mit ihr«, meinte ihre Oma. »Versuch's och lieber im Guda.«

»Jaja.« Ihre Mutter seufzte gereizt. »Ich war doch nicht streng mit ihr! Ich habe ihr nur gesagt, dass sie noch mal üben soll. Sie ist viel zu empfindlich.«

»Das sind die Entwicklungsjahre«, erklärte ihr Vater. Er griff in die Tasten und spielte eine kleine Melodie.

Luise nahm sich den Mantel von der Garderobe, zog ihn sich über und ging leise hinaus. Der Hof lag in völliger Dunkelheit, nur durch einen Spalt im Vorhang des Stubenfensters drang etwas Licht nach draußen. Sie hielt kurz inne und lauschte, doch sie hörte nur das leichte Rauschen des Windes im Nussbaum auf dem Hof und eine leise, traurige Melodie, die ihr Vater spielte. Die Kette des Hofhundes klirrte, als er aus seiner Hütte kam, aber er schlug nicht an. Luise lief zum Nussbaum, der oberhalb der Scheune wuchs. Es war ein mächtiger alter Walnussbaum, dessen Früchte jedes Jahr im Herbst Säcke füllten. Sie lehnte sich an seinen Stamm, rutschte ins Gras hinunter und begann zu weinen.

Was wäre gewesen, wenn Helene und nicht sie gesungen hätte? An *ihrem* Gesang hätte ihre Mutter bestimmt nichts auszusetzen gehabt.

Luise weinte, bis sie das kalte Gras und den harten Baumstamm in ihrem Rücken wieder spürte. Sie hörte jemanden Klavier spielen, aber es kam nicht von ihrem Hof her. Sie erhob sich. Durch die Sträucher am Zaun sah sie einen schwachen Lichtschein hinter den Vorhängen in Steidlers Stube, als würde dort nur eine Kerze brennen. Die gedämpften Klänge eines melancholischen, leicht lässigen Liedes drangen zu ihr hinüber. Es klang traurig und fremd. Wie mochte es den Steidlers gehen, jetzt, wo Wolfgang weg war? Wie mochte es erst all den Frauen gehen, deren Männer oder Söhne gefallen waren? Wie ging es den Mädchen, deren Väter gestorben waren? War sie nicht viel zu egoistisch, nur ihren eigenen kleinen Kummer zu sehen und so viele Tränen wegen dieser Kleinigkeiten zu vergießen? Warum konnte sie nicht stärker sein? Luise starrte in die Dunkelheit und fühlte, wie die kühle Luft allmählich ihr Gesicht trocknete. Nein, sie würde nicht mehr heulen. Ab heute *würde* sie stärker sein.

Sie zog ein Taschentuch aus ihrer Manteltasche und schnäuzte sich die Nase, als sie ein Geräusch hinter sich hörte. Sie wandte sich um und spähte am Baumstamm vorbei in die Dunkelheit. Ein Ästchen knackte. Das Gras raschelte, als jemand hindurchging und direkt auf sie zukam. »Papa?«

»Nicht erschrecken, ich bin es, Luise.« Marians Stimme. Im Mondlicht sah sie die Umrisse seiner Gestalt.

»Was machst du hier?«

»Bitte, keine Angst haben, ich nichts tun.«

»Ach nein?« Am liebsten hätte sie ihn gefragt, warum er sie vorhin so angestarrt hatte. »Was suchst du hier so spät draußen?«

»Dich.«

»Und was willst du von mir?«, fragte sie schroff. Wenn sie nur ein Wort zu ihrem Vater sagte, dass er hier herumschlich, wäre er die längste Zeit auf dem Hof gewesen.

»Bitte, du können mir noch ein Buch leihen? Ich habe Buch gelesen.«

»Wirklich?«

»Ja.«

»Hast du es verstanden?«

Er nickte. »Pucki kleines Mädchen. Besser Jungenbuch.«

Sie musste wider Willen lächeln. Sie hatte Försters Pucki auch nicht gemocht. »Wir haben kein Buch für Jungen. Ich kann dir den Struwwelpeter geben, wenn du willst.«

»Wie bitte?«

»Den Struwwelpeter. Ein Bilderbuch mit Geschichten über ungezogene Jungen.«

»Den Struw-wel…?«

»Struw-wel-pe-ter.«

Er wiederholte das Wort noch einmal. »Was ist ein Struwwelpeter?«

Luise musste über seine merkwürdige Aussprache lächeln, aber er lernte schnell. »Ein Junge, der sich nie kämmt und sich nie die Haare und Fingernägel schneidet. Seine Haare sind durcheinander … eben strubbelig.«

»Ah. Wir Haare wegen kleine Tiere ganz kurz.« Er fuhr sich mit der Hand über seinen Kopf.

»Du meinst Läuse.«

»Was?«

»Na, die kleinen Tiere. Es sind Läuse.«

Er nickte, und sie schwiegen eine Weile. Der Wind spielte mit den Blättern des Nussbaums. Sie fragte sich, wer ihm wohl die Haare entlaust hatte und wo, aber dann wollte sie es lieber doch nicht wissen. Sie wollte jetzt keine traurige Geschichte hören.

»Danke, du mit mir reden, Luise. Ich freuen. Ich können … ich kann besser Deutsch lernen.«

»Gut, dass du noch mehr Deutsch lernen willst. Wo ist denn die Schule, wo du es gelernt hast?«

»Zu Hause … in meine Schule. Liceum.«

»Du warst auf der Oberschule? Dann bist du ja klug.« Verwundert sah sie auf seine verschattete Gestalt.

Er lachte ein leises bitteres Lachen. »Ja, ich klug. Ich arbeite auf Bauernhof.«

»Besser als in der Fabrik«, meinte Luise. »Hast du selbst gesagt.«

»Ja, stimmt.« Auf einmal klang seine Stimme sehr traurig.

»Wo ist denn dein Zuhause?«, fragte Luise. »Wo kommst du her?«

Sie hörte ihn leise seufzen. »Mein Zuhause weit weg. Weiter im Osten, Polen. Stadt heißt Lwów.«

»Luf?«

»In Deutsch heißt Lemberg. Dort war Liceum. Unser Haus nahe Stadt.«

»Du kommst aus Lemberg?« Sie hatte diesen Namen noch nie gehört. »Ist das eine große Stadt?«

»Ja, große Stadt, sehr groß. In Galizien, im Osten von Polen. Viele Menschen dort. Polen, Ukrainer, Juden.« Er schwieg eine Weile und deutete zu Steidlers hinüber. »Musik schön, Jazz. Gute Klavier.«

Luise stieß überrascht einen leisen Pfiff aus. Herr Steidler spielte also verbotene Jazzmusik. »Kennst du dich mit Musik aus?«

Er nickte. »In meine Stadt viel Musik.«

Ihre Neugier war nun geweckt. »Haben die Deutschen die Stadt eingenommen?«

»Ja, zuerst kamen Deutsche, vor vier Jahren. Ich neunte Klasse. Dann kamen Russen, und Deutsche zogen ab. Wegen Pakt Hitler mit Stalin. Russen blieben. Vor zwei Jahren kamen Deutsche wieder, mit Hilfe Ukrainer, übernahmen Stadt. Ich nicht mehr Schule, sondern Soldat.«

»Und dann haben sie dich gefangen genommen.«

»Ja. Russen schlecht. Deutsche noch schlechter.«

»Warum denn? Sie haben dich nicht getötet.«

»Nein, mich nicht. Aber viele, viele Menschen. Juden.«

»Sie haben viele Juden getötet?«

Marian nickte. »Männer, Frauen, Kinder.« Seine leise Stimme verklang im Rauschen des Windes. Luise fühlte sich unwirklich, als würde er nicht mit ihr, sondern mit einer zweiten, fremden Luise reden. »Was sagst du da? Sie bringen Kinder um? Wer?«

»Deutsche Soldaten.«

Luise schüttelte den Kopf. Sie konnte sich nicht vorstellen, dass ihre Landsleute so etwas tun würden. Niemand könnte so grausam sein, unschuldige Kinder zu töten. Wenn das die Wahrheit wäre, hätte sie bestimmt davon gehört. Diese Wendung des Gesprächs gefiel ihr ganz und gar nicht. Wie konnte er ihr mit seiner sanften Stimme nur solche Ungeheuerlichkeiten sagen? Bestimmt wollte er sie nur gegen ihre eigenen Landsleute aufhetzen, indem er ihr solche Lügen erzählte. Immerhin war er ein Pole. Sie durfte sich nicht mehr mit ihm abgeben.

Sie trat ein paar Schritte beiseite und spähte zum Nachbarhaus hinüber. Von dort war keine Musik mehr zu hören. Herr Steidler hatte aufgehört zu spielen.

»Du lügst«, sagte sie mit rauer Stimme. »Deutsche Soldaten töten doch keine Kinder!«

»Doch, Luise«, beharrte er.

Sie schüttelte energisch den Kopf. »Das glaub ich dir nicht. Ich muss jetzt ins Bett.« Noch ehe er etwas erwidern konnte, wandte sie sich um und stapfte zurück zum Haus.

KAPITEL 11

Luise übte das Lied noch ein paar Mal. Sie ging zu Fannys Mutter, die ihren Konfirmationsrock änderte. So konnte sie am folgenden Sonntag angemessen gekleidet mit dem Kirchenchor im Gottesdienst das Lied vortragen. Herr Steidler lächelte zufrieden, und selbst ihre Mutter hatte nichts mehr auszusetzen. Nach dem Mittagessen spielte ihr Vater *Tief hinterm Böhmerwald* auf dem Klavier, und sie sangen gemeinsam dazu.

In der folgenden Woche begann sie ihren Dienst in der Bäckerei. Ihre Mutter lieh ihr ihr Rad, mit dem sie ins Niederdorf fuhr. In einem Korb hinten auf dem Gepäckträger transportierte sie das Obst und Gemüse, das sie der Frau des Maurers morgen überreichen wollten.

Die Bäckerei lag in der Mitte des Dorfes nicht weit von Kirche und Schule entfernt. Wenn das große Fenster und das Schild mit der Aufschrift *Bäckerei Moor* nicht gewesen wäre, hätte man es für ein normales Wohnhaus halten können. Im Schaufenster hingen getrocknete Brezeln an roten Bändern, darunter lagen einige Brote auf rot-weiß karierten Servietten. Die Tür stieß gegen ein Glöckchen, als Luise den Laden betrat.

Christel stand hinter der Ladentheke und bediente eine Frau. Sie trug eine ordentlich gebügelte weiße Schürze.

»Geht's Ihrem Sohn wieder besser?« erkundigte sie sich, während sie der Frau ein Brot über die Theke reichte. Luise kannte die Kundin flüchtig, sie war die Frau des Stellmachers und im Theaterverein.

»Wir haben ihn gestern aus dem Krankenhaus in Hirschberg abgeholt«, sagte die Stellmacherfrau. »Er … er hat noch Heimaturlaub, bis er … bis er …« Ihre Stimme erstarb. Sie ließ das Brot sinken und starrte an Luise vorbei aus dem Fenster. Christel und Luise folgten ihrem Blick, aber draußen war nichts Außergewöhnliches zu sehen.

»Unsere Männer erholen sich doch in der Heimat am besten, nicht wahr?«, sagte Christel rasch, doch die Frau hörte nicht auf sie. Geistesabwesend sah sie weiter hinaus. »Ich weiß noch, wie er hier über den Dorfplatz radelte, mein kleiner Junge«, sagte sie. »Er war so stolz, als er es gelernt hatte! Und jetzt …«

Ein ungemütliches Schweigen entstand. Christel räusperte sich und strich sich mit den Händen über die Schürze. »Aber es geht ihm doch bestimmt wieder besser, oder?«, fragte sie.

Die Stellmacherfrau warf ihr einen Blick zu und ließ das Brot in ihre Tasche fallen. »Was heißt hier besser? Wenn's besser geht, muss er wieder an die Front«, stieß sie mit erstickter Stimme hervor. Sie schluchzte auf, wandte sich hastig um und lief an Luise vorbei hinaus. Das Glöckchen klingelte, und die Tür fiel laut ins Schloss. Durch das Schaufenster konnten sie sehen, wie die Frau mit großen Schritten über den Dorfplatz eilte. Christel lief zum Fenster und sah ihr eine Weile nach. »Die ist aber angegriffen«, meinte sie, während sie immer noch hinaussah. »Ihr Sohn ist an der Ostfront schwer verwundet worden. Diese verdammten Russen.«

»Ist bestimmt schwer, wenn es ihr einziger Sohn ist«, erwiderte Luise.

Christel wandte sich zu ihr um. Sie hob ihre Mundwinkel kurz zu einem freudlosen Lächeln und wies auf den Korb. »Ah, du hast alles mitgebracht, sehr schön. Ich hatte auch gar keinen Zweifel daran, dass deine Eltern uns etwas geben würden.« Sie nahm Möhren, Kartoffeln, Zwiebeln, Rot- und Weißkohl, Äpfel, Birnen und Walnüsse aus dem Korb und legte alles in einen anderen, mit einem rot-weiß karierten Tuch ausgeschlagenen Korb der Bäckerei.

Luise verkniff sich eine Bemerkung darüber, dass dies bei ihrem letzten Treffen ganz anders geklungen hatte. Stattdessen sagte sie: »Frau Schindler wird sich bestimmt freuen, obwohl das alles ja auch in ihrem eigenen Garten wächst.«

»Je mehr sie haben, desto besser«, entgegnete Christel, ging zum Regal hinter der Verkaufstheke, holte ein Brot und legte es in den Korb. »Wir werden den Korb schön schmücken. Jedem, der danach fragt, werden wir von unserer guten Tat erzählen. So haben wir auch eine hervorragende Reklame für unsere Gruppe.« Sie nahm ein rotes Band, verknotete es am Henkel des Korbes und band eine Schleife. »Wenn du Augen und Ohren aufsperrst und gut zuhörst, kannst du hier viel lernen. Zum Beispiel, wie man am besten die Waren ausstellt.«

Sie zupfte die Schleife am Korb zurecht und trat einen Schritt zurück, um ihr Werk zu betrachten. »Wie findest du es?«

»Gut«, meinte Luise knapp.

Christel schüttelte ihren glatten Bubikopf. »Ja, es ist ganz gut. Aber es könnte noch besser werden.« Sie ging, nahm alle Sachen wieder aus dem Korb und schichtete sie erneut hinein, bis alles gefälliger und voluminöser aussah. »Siehst du?« Sie warf Luise einen triumphierenden Blick zu. »So macht man's noch besser. Die Kunst ist, aus wenig viel zu machen, gerade jetzt im Krieg.«

Luise dachte, dass ihre Familie das meiste beigesteuert hatte und die Moors nur ein Brot, das noch dazu in der Mitte des

Korbes steckte und nun vorteilhaft vom Gemüse und Obst umrahmt wurde.

Sie musste Christel widerwillig Respekt zollen.

»Ich sehe, ich habe recht«, sagte Christel, die sie genau beobachtete. Sie ging in einen kleinen Nebenraum und kam mit einer zweiten Schürze zurück, »Hier.« Sie schwang sie so weit, bis Luise einen Zipfel zu fassen bekam. »Ist von meiner Mutter. Sie hatte ungefähr die gleiche Figur wie du. Meine wäre dir zu klein.« Sie warf Luise einen raschen Blick zu. Luise ärgerte sich über die kleine hässliche Bemerkung, was ihr offenbar anzusehen war. Christel grinste zufrieden.

Luise band sich die Schürze um. Sie war aus verwaschenem weißem Leinen und viel zu breit und zu lang für Luise. »Deine Mutter war breiter und größer als ich.«

Christel zuckte mit den Schultern. »Ich hatte gedacht, du passt rein. Wir haben keine andere. Für einen Nachmittag in der Woche wird's wohl gehen.«

Luise dachte, dass sie mit der übergroßen Schürze bestimmt lächerlich aussehen würde. »Wollt ihr nicht, dass die Verkäuferinnen passende Schürzen tragen? Was ist mit der von der Aushilfe?«

Christel seufzte gereizt. »Die hat sie mitgenommen, es war ihre. Jetzt stell dich nicht so an.«

Luise glaubte ihr kein Wort. Christel würde sie bestimmt schikanieren, wo es immer ging. Widerwillig hörte sie zu, als Christel ihr den Laden zeigte und ihr alles erklärte. »Es ist ganz einfach. Die Brote gibt's auf Lebensmittelkarten, da brauchst du nur an der richtigen Stelle auszustreichen. Lesen kannst du ja. Bei den Kuchen musst du das Wechselgeld richtig rausgeben, das braucht etwas Übung. Deswegen bleibe ich hier, bis du's begriffen hast und es allein kannst. Fehlt was in der Kasse, musst du es ersetzen.«

Luise erschrak. Sie wollte etwas einwenden, doch Christel redete immer weiter. »Keine Angst, das passiert schon nicht, das ist bisher noch nie passiert. Mit der Zeit wirst du dich daran gewöhnen, mit mehr Geld als bisher umzugehen. Und es steht natürlich außer Frage, dass du dich nicht in der Kasse bedienst.«

»Natürlich! Das würde ich nie …«

Christel winkte ab. »Was noch wichtig ist: Sei unbedingt und immer freundlich zu den Kunden. Selbst wenn sie sich beschweren, musst du immer noch freundlich sein. Zum Glück kommt das nur selten vor. Sieh zu, wie ich es mache.«

Den restlichen Nachmittag konnte Luise das dann tun. Christel war tatsächlich ausgesprochen höflich zu den Kundinnen. Sie begrüßte sie freundlich, sprach sie mit ihren Namen an, bediente sie zuvorkommend. Oft scherzte sie mit ihnen oder verwickelte sie in Gespräche, bei denen sie eine Menge erfuhr. Wie ein kleiner, aufrechter Zinnsoldat arbeitete sie hinter der Ladentheke und entlockte den Frauen ihre Kümmernisse, Familienereignisse und Neuigkeiten, von denen sie manche auch gleich wieder weitererzählte. Wer fragte, bekam immer eine ausführliche Antwort, von wem und für wen der Korb wäre, und die meisten Frauen zeigten sich gerührt und lobten den Einsatz ihrer Mädelschaftsgruppe.

»Hab ich's dir nicht gesagt, was für eine tolle Reklame das ist?«, meinte Christel abends, als sie den Laden abschloss. »Wenn wir Glück haben, melden sich bald noch ein paar Mädels für unsere Gruppe an. Wir sind sowieso viel zu wenig.«

Sie nahm das Geld aus der Schublade, zählte es, packte es in eine eiserne Kassette und verschloss sie. Dann winkte sie Luise heran. »Komm! Ich stell dich meinem Vater vor.«

Luise, die keine Lust hatte, dem Bürgermeister unter die Augen zu treten, zögerte. »Er hat doch bestimmt keine Zeit.«

»Aber sicher, er will dich kennenlernen«, beharrte Christel.

Luise zog die Schürze aus und hängte sie an den Haken. Dann folgte sie Christel durch die Backstube hindurch in einen hinteren Flur, der mit Dielenbrettern ausgelegt war. Durch ein kleines Fenster neben dem Hintereingang fiel dämmriges Licht herein. Männerstimmen drangen durch eine geschlossene Tür hindurch zu ihnen. Sie wurden still, als Christel klopfte. »Ja?«, rief jemand von drinnen.

»Ich bin's.«

Ein unwirsches »Komm rein!« erklang.

Christel trat ein. »Ich bring die Kasse, Papa. Und ich habe die Luise Reich hier.« Sie winkte Luise ungeduldig heran. Luise betrat ein winziges Zimmer, dessen Wände bis auf Schulterhöhe mit dunklem Holz verkleidet waren. Bürgermeister Moor saß an einem wuchtigen Schreibtisch, der fast den ganzen Raum ausfüllte. Er hatte seine weiße Bäckerkleidung noch an. Neben ihm stand Ortsgruppenleiter Teschner in seiner Parteiuniform und studierte eine große Kladde. Eine gewaltige Qualmwolke, die von zwei brennenden Zigarren im Aschenbecher kam, erfüllte das Zimmer. Luise machte einen kleinen Knicks und grüßte die beiden Männer.

Der Bäckermeister musterte sie von oben bis unten. Wortlos nickte er ihr zu. »Die kleine Reich hilft uns jetzt im Laden«, erklärte er dem erstaunt aussehenden Ortsgruppenleiter, der Luise über den Rand seiner Brille hinweg ansah. Herr Teschner war ein blasser, schmächtiger Mann, dessen kantiger Kopf mit getreidekornkurzen grauen Haaren besprenkelt war.

»Warum?«, fragte er, ohne Luises Gruß zu erwidern.

»Na, weil die Hedwig doch jetzt beim Arbeitsdienst in Hermannsdorf ist«, erwiderte Moor. »Meine Christel ist ja eine Fleißige, aber Haushalt und Laden sind zu viel für sie. Also haben wir beschlossen, dass sie den Laden ganz übernimmt und wir für den Haushalt eine Hilfe einstellen.« Er sah mit einem abwesenden Blick auf seine Tochter, nahm seine Zigarre und machte mehrere Züge. Sein breites Gesicht verschwand für einen Augenblick hinter dicken Qualmwolken.

»Gibt's denn keine Ukrainermädchen mehr?«, fragte Teschner.

»Ich will keins von denen, die sind zu dreckig. Ich bleib lieber bei unseren Frauen«, erwiderte Moor. »Für den Haushalt hatte ich an Frau Schindler gedacht. Was hältst du davon?«

»Guter Einfall, Josef.« Herr Teschner legte die Kladde auf den Schreibtisch zurück, nahm seine Zigarre und tat ebenfalls ein paar Züge, dann drückte er sie aus.

»Nun, und da meine Tochter nicht immer nur im Laden stehen kann, hilft Luise Reich ihr für einen Nachmittag in der Woche. Dann kann die Christel auch mal zum Friseur.« Er lachte über seinen eigenen Scherz, und der Ortsgruppenleiter lächelte dünn. Christel trat an den Schreibtisch und stellte die Geldkassette vor ihren Vater. Er nahm sie und schwenkte sie hin und her, sodass die Münzen darin klimperten. »Hört sich gut an«, meinte er.

»Ein ganz normaler Mittwoch«, erwiderte Christel.

»Die Christel ist noch besser als meine Frau«, schwelgte der Bäckermeister. »Seitdem sie im Laden ist, gibt's immer mehr in der Kasse. Ich weiß nicht, wie sie das macht, aber irgendwie zieht sie den Leuten das letzte Geld aus der Tasche bei den Kuchen, die sie nicht auf Lebensmittelkarten kriegen.«

Luise, die wenig Lust hatte, sich die Lobeshymnen auf Christel anzuhören, nutzte den Augenblick, sich unauffällig im Zimmer umzusehen. Die Holzvertäfelung verdunkelte den Raum und verwandelte ihn in eine kleine Höhle. Die Wände oberhalb der Vertäfelung waren gelb vom Zigarrenqualm. An der Wand hinter Herrn Moor hing eine vergilbte Fotografie des Führers, in der Ecke daneben ein ausgestopfter Greifvogel in einem Glaskasten. Gleich hinter Herrn Teschner stand ein kompakter schwarzer Schrank, der kaum drei Handbreit Platz zum Schreibtisch ließ. Für Herrn Moor war der Durchgang bestimmt zu schmal. Luise stellte sich vor, wie sich der dicke Bürgermeister jeden Tag an seinem Schrank vorbeiquetschte, um zu seinem Arbeitsplatz am Schreibtisch zu gelangen. Da drang Moors Stimme in ihr Bewusstsein.

»Nun, Luise, du lächelst so, hat's dir hier gefallen?«

»Ja, hat es, Herr Moor.«

»Schau dir gut an, wie's meine Christel macht, da kannst du noch viel lernen. Wie geht's deinen Eltern?«

»Gut. Sie lassen schön grüßen.«

Der Bürgermeister nickte, rauchte und stieß eine kleine Qualmwolke in die dunkle Höhle seines Arbeitszimmers. Das Licht der Schreibtischlampe fiel auf sein Gesicht und beleuchtete seine wässrig blauen Augen und die dicken Tränensäcke darunter. »Ich hab sie lange nicht mehr gesehen. Aber wir sehen deinen Vater ja nächste Woche beim Umzug. Grüß deine Eltern schön von mir. Und nicht vergessen: Kerzen ins Fenster stellen, ja?« Er hob einen Zeigefinger und lächelte, wobei er Zähne mit breiten Lücken entblößte.

»Ja klar«, sagte sie leichthin, als hätte sie an nichts anderes gedacht, aber erst jetzt fiel ihr der Umzug wieder ein, den die Partei jedes Jahr zu Ehren ihrer alten Kämpfer veranstaltete, die vor zwei Jahrzehnten bei einem Putschversuch getötet worden waren. Christel hatte ihn noch letzte Woche erwähnt, und es hing auch wieder ein Plakat im Schaukasten an der Kirche, aber Luise hatte ihn vollkommen vergessen. Dieses Jahr würde es ein abendlicher Fackelumzug sein. Ihre Mädelschaftsgruppe würde nicht mitlaufen, aber natürlich als Zuschauerinnen erwartet werden. Luise dachte, dass sie ihren Vater unbedingt daran erinnern musste.

Herr Moor lächelte ein aufgesetztes Lächeln, das Luise an Christel erinnerte, und wünschte ihr einen guten Abend. Christel brachte sie noch bis zur Tür und erinnerte sie an den nächsten Tag, an dem sie der Schindlerfrau den Korb übergeben wollten.

»Da ist noch was«, sagte sie, als Luise ihr Rad aufschloss. »Bist du jetzt wirklich im Kirchenchor?« Es klang wie erwartet wenig begeistert.

Luise richtete sich auf. Sie holte tief Luft und warf ihr ein lautes, festes »Ja!« entgegen. Dann schwang sie sich auf ihr Rad und fuhr los, ohne eine Antwort abzuwarten. Sie fühlte, wie Christel ihr hinterhersah, und stellte sich ihr Gesicht vor – die kleine Falte auf der Stirn zwischen den zusammengezogenen Brauen, ihre beleidigte Miene –, und ihre Wut verschwand und wich Freude.

Kapitel 12

Der Fackelzug fand am Abend des neunten November statt. Er zog sich wie eine leuchtende Schlange durch ihren Ort bis zur Bergschänke ins Oberdorf. Zuerst marschierten die Jungs vom Jungvolk mit den Fahnen, dann folgten die Männer, die noch im Dorf verblieben waren – alte, für untauglich oder unabkömmlich befundene, allen voran Bürgermeister Moor, Ortsgruppenleiter Teschner und Ortsbauernführer Weidlich. Luise, die den Zug mit den anderen Mädels vom Straßenrand aus beobachtete, fand, dass der Umzug traurig wirkte. Ihm fehlte nicht nur die Musik, sondern auch das Fröhliche und Schwungvolle früherer Jahre. Still zogen die Männer durch Lindenau, als wollten sie nach den Rückschlägen im Krieg ihren zähen Durchhaltewillen demonstrieren, doch ihr Schweigen hatte auch etwas Bedrohliches an sich.

Luise hatte das noch nie so empfunden. Sie hatte sich immer über die früheren Umzüge gefreut, vor allem über die Musik, die sie mitgerissen hatte, und natürlich auch über ihre anschließenden Gruppentreffen mit den Jungs. Nun schnitten sie die Mädels in der Schule, und Wolfgang war weit weg. Nie hätte sie gedacht, dass der Kirchenchor einmal ihr einziger Trost werden würde. Am ersten Adventssonntag sangen sie *Macht hoch die Tür* in der Kirche, und den ganzen Herbst hindurch übten sie Weihnachtslieder für den Gottesdienst am Heiligen Abend. Jedoch sangen sie *Stille Nacht* nicht so, wie das Schusterehepaar es wollte und wie auch Luise es von zu Hause her kannte, sondern mit dem anderen, offiziellen Text, der im Liederbuch stand und den die Partei vorgegeben hatte.

An einem Abend nach der Chorprobe sprach Luise mit Rita darüber. Irgendwann hatte Rita Luise nach einer Probe angesprochen, und sie hatten ein wenig miteinander geredet. Seitdem begleitete Luise Rita immer die paar Schritte zum Pfarrhaus, bevor sie mit dem Rad nach Haus fuhr.

»Kennst du den alten Text von *Stille Nacht*?«, wollte Luise wissen.

»Ja sicher«, sagte Rita. Es klang ein wenig traurig.

»Singt ihr ihn auch immer noch zu Hause?«

Rita blickte sich rasch um, dann nickte sie.

»Ich finde den alten Text viel besser«, fuhr Luise freimütig fort. »Wie schade, dass wir den nicht mehr singen dürfen.«

Rita legte den Zeigefinger auf ihre Lippen. »Sag das bloß nicht zu laut.«

»Ach, der Inge kann ich das ruhig sagen, die singen das zu Hause auch so. Ich glaub, Herr Steidler würde auch am liebsten das alte Lied in der Kirche spielen. Der neue Text hat doch einen ganz anderen Sinn.«

Rita nickte. Wieder sah sie sich um, ob jemand in der Nähe wäre. Aber alle waren schon nach Hause gegangen. Der Gemeinderaum lag im Dunkel, nur aus dem Pfarrhaus drang Licht.

»Er darf es nicht«, sagte sie leise. »Es gibt Leute, die tragen das bis zum Ortsgruppenleiter, denk nur an Herrn Opitz.«

Herr Opitz war der Lehrer der unteren Klassen und ein überzeugter Nationalsozialist. Er hatte vor Kurzem einen

Jungen geschlagen, der ihm auf der Straße nicht den richtigen Gruß entboten hatte.

»Stimmt«, meinte Luise. »Der auf jeden Fall.«

»Deine Mädelschaftsgruppe auch. Sag ihnen nichts, auch nicht der Inge«, warnte Rita leise.

»Mach ich nicht«, versprach Luise. »Mit der Inge ist's sowieso nicht mehr wie früher. Und die Mädels sind wie Schafe und machen nur, was Christel will.«

Rita sah sie eine Weile eindringlich an, als wollte sie erforschen, ob sie die Wahrheit sagte. »Die Inge tratscht alles weiter«, klagte Luise leise. »Sie erzählt alles den anderen. Das ist doch keine Freundin, oder?«

»Nein, ist es nicht.«

Sie blieben an der Mauer stehen, die das Pfarrhaus umgab. Hinter dem eisernen Törchen dehnte sich der Vorgarten, in dem ein paar späte Rosen im kalten Herbstwind zitterten. Luise kam es seltsam vor, mit Rita, die sie immer bewundert hatte, hier zu stehen und zu reden, ihr solche Dinge anzuvertrauen.

»Gerade deswegen solltest du Inge nicht verraten, dass ihr zu Hause die alten Weihnachtslieder singt«, warnte Rita. »Erzähl ihr am besten gar nichts mehr.«

Luise schüttelte den Kopf. »Du hast recht. Sie redet ja sowieso kaum noch mit mir.«

»Dann ist sie keine Freundin. Freundinnen halten zusammen, egal was passiert.«

Luise nickte traurig. »Du und Emma – ihr seid richtige Freundinnen, nicht?«

Rita schwieg eine Weile, dann schüttelte sie den Kopf. »Wir sind nur in der Schule zusammen. Für nachmittags hat sie eine andere.« Sie räusperte sich. »Herr Steidler *muss* sich nach dem neuen Liederkanon richten. Sonst könnte unser Chor verboten werden«, nahm sie den Gesprächsfaden wieder auf.

»Das wäre schrecklich!«, rief Luise. Das Singen im Chor machte ihr mittlerweile sehr große Freude.

»Fände ich auch«, gab Rita zu. Eine Weile sah sie abwesend aus. Sie legte ihre Hand auf die Mauer und betrachtete sie nachdenklich. »Weißt du, es hat seinen Sinn, dass sie unsere Lieder ändern«, sagte sie mit gesenkter Stimme. »Sie wollen uns die Religion nehmen und durch eine andere ersetzen. Sie wollen Sonnenwendfeiern und das germanische Julfest. Wir sollen alle wieder Heiden werden und der Führer unser Gott.«

Luise steckte ihre kalten Hände in die Ärmel ihres Wintermantels. Sie musste an die seltsame Weihnachtsfeier zurückdenken, die sie letztes Jahr gemeinsam mit der Fichtenfelder Mädelschaftsgruppe veranstaltet hatten. Sie hatten Kerzen entzündet und feierlich Gedichte aufgesagt, in denen Mütter als Gebärerinnen neuer Helden gehuldigt wurden. Aber das wollte sie Rita nicht sagen.

»Es ist falsch, den Führer wie einen Gott zu verherrlichen«, fuhr Rita fort. »Auch wenn er unser Führer ist, so ist er trotzdem nur ein Mensch, und der Herr steht über ihm. Unser Herrgott steht über allen Menschen, sagt Vater.«

Luise wusste nicht, was sie darauf erwidern sollte. Mit Inge hätte sie nie über so etwas geredet. Es war sicher verboten, so zu sprechen.

»Nur Gott kann uns den Sieg schenken«, sagte Rita. »Nicht der Führer.«

»Betest du dafür?«, fragte Luise.

Rita strich über die rauen Steine der Mauer. »Nein«, sagte sie schließlich.

»Nein?« Luise zog verwundert die kalte Luft ein.

»Ich finde, der Führer sollte sich um einen Waffenstillstand bemühen. Russland ist viel zu groß, um es im Handstreich zu nehmen. Wir kämpfen an so vielen Fronten! Das werden wir nicht schaffen.«

»Du meinst – wir verlieren den Krieg?« Luises leise Stimme verklang bebend in der kalten Luft.

»Das ist gut möglich.«

Luise fühlte Angst aufsteigen. Nach Herrn Steidler war Rita nun der zweite kluge Mensch, der am Sieg Deutschlands zweifelte. Wenn die beiden so dachten, musste etwas daran sein, denn sie hatten sicher ihre Gründe. Vielleicht dachte auch Ritas Vater, der Pfarrer, ebenso. Aber Wolfgang war ebenfalls klug und dachte anders. Er war von Deutschlands Sieg überzeugt. Vielleicht gehörten Herr Steidler und Rita einfach nur zu den Kriegsmüden, die das Vaterland mit ihrer Mutlosigkeit in den Abgrund führen würden.

»Nein, Deutschland darf nicht verlieren«, entfuhr es ihr. »Warum betest du nicht für unseren Sieg?«

»Ich bete darum, dass der Führer so klug ist, einen Waffenstillstand zu schließen. Damit der Krieg aufhört.«

»Ich will auch, dass der Krieg aufhört«, sagte Luise. Damit Wolfgang wieder zurückkäme, setzte sie in Gedanken hinzu. »Aber der Führer, der macht bestimmt keinen Waffenstillstand. Der will den Sieg.«

»Ja, und damit wird er unser Land ins Verderben führen«, orakelte Rita düster.

»Nein.« Luise mochte sich nicht vorstellen, dass Deutschland untergehen und von seinen Feinden besetzt werden könnte. Dass die Russen kämen. Sie hörte Rita leise seufzen.

»Wie auch immer, sag den Mädeln nichts hiervon, ja?«

»Nein, hab ich doch gesagt. Du kannst dich darauf verlassen.« Im Gegensatz zu Inge konnte sie sehr wohl etwas für sich behalten. Natürlich durfte Christel von Ritas Zweifeln nichts hören. Auf einmal begriff sie, was für ein großes Vertrauen Rita in sie setzte.

»Wenn du willst, komm doch mal zu uns«, bot Rita ihr an. »Wir könnten zusammen Schularbeiten machen.«

»Wirklich?« Luise glaubte, nicht richtig gehört zu haben. Wollte die kluge Rita, die immer alles wusste und jeden aus der Klasse – sogar Horst Henschel – in den Schatten stellte, tatsächlich mit ihr Schularbeiten machen? »Aber ich bin …«

»Was?«, fiel ihr Rita ins Wort.

… viel schlechter als du, wollte Luise den Satz vollenden, tat es aber nicht. »Das wäre … sehr schön«, sagte sie stattdessen.

Rita nickte. »Vielleicht nächste Woche, dann können wir für die Deutscharbeit noch üben.«

»Ja, gut.« Luise strahlte. Sie verabschiedeten sich, und Luise trat kräftig in die Pedale, als sie die dunkle Dorfstraße zurück ins Oberdorf fuhr. Zum ersten Mal nach Wolfgangs Weggang war sie richtig froh, und sogar der Gedanke an eine mögliche Niederlage Deutschlands im Krieg konnte nicht die Freude darüber dämpfen, dass sie bei Rita Vogt eingeladen war.

Diese Freude blieb ihr auch in den nächsten Tagen erhalten und half ihr über die Ablehnung durch die Mädchen hinweg. Wenn Rita mit ihr üben würde, würde sie bestimmt eine bessere Arbeit schreiben. Auch ihre Eltern zeigten sich beeindruckt, dass Luise die Tochter des Pfarrers besuchen wollte. »Der Chor ist gut für dich«, meinte ihr Vater nur, und selbst ihre Mutter hatte nichts dagegen, dass sie noch einen weiteren Tag beim Dreschen fehlen würde.

Ritas Worte über die veränderten Texte der Weihnachtslieder und die neue Religion gingen Luise nicht aus dem Kopf. Sie mahlten dort beständig wie ein Mörser, der sich allmählich tiefer in den Stein grub. Sie waren neu und fremd für sie, aber sie fühlten sich gut an.

Es reizte sie, die Weihnachtslieder mit den gewohnten alten Texten zu üben. Sie wollte *Kyrie* und *Halleluja* wieder hören.

Gleich am nächsten Tag, als alle nach dem Mittagessen in der Scheune arbeiteten, beendete sie schnell die Schularbeiten und ging in die Stube. In einer Schublade im Schrank, wo ihr Vater seine Notenblätter aufbewahrte, wühlte sie nach den Weihnachtsliedern und fand ein altes abgegriffenes Heft, aus dem die losen Seiten herausfielen. Sie setzte sich auf die Bank vor das Klavier und blätterte vorsichtig, bis sie *Stille Nacht* gefunden hatte.

Ob sie es spielen könnte? Sie legte ihre Finger auf die Tasten, spielte eine Tonleiter, die ihr Vater ihr gezeigt hatte. Dann sah sie auf das fleckige Blatt hinunter und versuchte, die Noten zu spielen.

»Sti-hi-le Nacht, heilige Nacht ...«

Die Finger ihrer rechten Hand drückten ungelenk die Tasten. Wenn ihr Vater ihr doch nur mehr beigebracht hätte! Leise summte sie die Melodie zum Spiel.

»Alles schläft, einsam wacht ...«

Sie hielt inne und seufzte missmutig. Ihr Blick glitt zu den Fotos an der Wand – ihrem jung verstorbenen Onkel und ihren verstorbenen Großeltern, die ernst auf sie heruntersahen. Missbilligend, wie ihr schien. Sie hörte auf das ferne Geräusch der Dreschmaschine und dachte, dass sie besser in die Scheune gehen sollte. Man würde sie bald vermissen. Da hörte sie eine Bodendiele im Flur knacken und fuhr herum. Marian stand im Spalt der halb geöffneten Tür. Offenbar war er auf dem Weg zum Stall gewesen. Ein paar Strohhalme klebten an seiner Arbeitsjacke. Seine kurzen dunklen Haare glänzten. Schweigend, mit einem undeutbaren Ausdruck auf seinem Gesicht, sah er sie an. Es war derselbe Blick, mit dem er sie neulich angesehen hatte, als sie in der Stube ihrer Mutter vor dem Spiegel gestanden hatte. Ruhig. Aufmerksam, aber nicht neugierig.

»Stehst du immer so rum und guckst heimlich die Leute an?«, fauchte sie.

»Entschuldige«, sagte er und verschwand. Sie hörte seine Schritte auf dem Flur und dann, wie die Stalltür knarrend geöffnet und wieder geschlossen wurde. Sie seufzte, legte erneut die Finger auf die Tasten und spielte die Tonfolge. Dazu sang sie diesmal aus voller Kehle.

»Sti-h-le Nacht, heilige Nacht!
Alles schläft, einsam wacht
nur das traute, hochheilige Paar.
Holder Knabe im lockigen Haar,
schlaf in himmlischer Ruh,
schla-haf in himmlischer Ruh.«

Bei den letzten Zeilen hatte sie aufgehört zu spielen und nur noch gesungen. Sie sang sämtliche Strophen des Liedes aus voller Inbrunst und fühlte, wie die Freude sie durchströmte. So und nur so stimmte der Text. Wie sie ihn von Kindesbeinen an immer gesungen hatte.

Zwischendurch hörte sie die Stalltür wieder knarren, störte sich aber nicht daran. Marian war sicher zur Scheune zurückgekehrt. Aber dann spürte sie, wie jemand sie ansah, und wandte sich um. Marian war nicht zurückgegangen. Er stand im Türrahmen und hörte ihr zu. Sein Blick glitt an ihr vorbei auf das Klavier. In ihm lag eine kaum zu übersehende Begehrlichkeit. Ehe sie etwas einwenden konnte, kam Marian in die Stube. »Darf ich?« Er deutete auf die Bank.

Sie erhob sich hastig. Sie dachte, dass es sicher nicht gut wäre, mit ihm allein zu sein. Wenn er ihr etwas tun wollte, würde sie dieses Mal niemand schreien hören.

Doch dann war sie gefangen von dem Anblick, wie er in seinem zu großen, fleckigen Arbeitsanzug leichtfüßig durch ihre gute Stube ging und sich auf der Klavierbank niederließ. Das hatte etwas sehr Schwungvolles, beinahe Elegantes, und als er seine Hände ausstreckte, die langen Ärmel seiner Jacke hochzog und auf die Tasten blickte, war es, als würde er sie wie eine Raubkatze ihre Beute in Besitz nehmen. Er legte seine Hände auf die Tasten und strich darüber, während er ihnen eine schöne kleine Melodie entlockte. Beim Spielen wiegte er sich leicht hin und her, als würde er ganz mit der Musik verschmelzen. Ein glücklicher, selbstvergessener Ausdruck lag auf seinem Gesicht.

Luise starrte auf seine schlanken kräftigen Hände hinunter. Ihr wurde klar, warum seine Hände so aussahen, und dass nur solche Hände einem Klavier derartige Melodien entlocken konnten.

Marian hob den Kopf und sah sie an. Er lächelte. Langsam, als würde er sich nur schwer davon trennen können, ließ er die Melodie verklingen und legte die Hände in den Schoß.

Luise schwieg eine Weile. »Wo ... woher ... ich meine ... wer hat das Lied ...«

»Chopin«, sagte er. »Kam auch aus Lemberg.«

»Oh.«

»Aber du singen Weihnachtslied.«

»Ja. *Stille Nacht*. Kennst du es?«

Marian blickte auf das Notenheft und runzelte die Stirn. Dann nickte er. »Ich kennen. Ich kann spielen, wenn du willst.«

Luise spähte hastig zum Fenster hinüber, ob jemand käme. Sie würden sich sicher bald fragen, wo sie bliebe und wann Marian zurückkäme. Aber die Verlockung war zu groß. Sie willigte ein.

Er strahlte. Seine Finger glitten über die Tasten, und er spielte die Melodie an und nickte ihr zu. Sie begann das Lied zu singen. Erst leise und verhalten, weil sie dachte, dass es verboten war und jeden Augenblick jemand kommen könnte, dann immer lauter und freier, als sie hörte, wie gut er sie auf dem Klavier begleitete. Zum Schluss dachte sie nur noch an den Text und die Melodie. Mit Bedauern hörte sie den letzten Ton verklingen.

»Das war schön«, sagte sie seufzend.

Marian erhob sich. »Ich muss zurück. Sie mich sonst suchen.«

»Wo hast du nur so Klavierspielen gelernt?«

Er schloss den Deckel des Instruments widerstrebend, als könnte er sich nur schwer davon trennen. »Zu Hause in Lemberg, in Schule. Ich Student.«

»Student? Du hast Musik studiert?«

Er nickte.

»Aber du hast gesagt, du warst Soldat.«

»Ja, auch. Später.«

Sie sahen sich eine Weile schweigend an. In seinen hellbraunen Augen lag wieder der ruhige, aufmerksame Blick von vorhin. Sein Gesicht war nicht mehr so schmal wie anfangs und hatte eine gesündere Farbe bekommen. Luise dachte, wenn er ein Deutscher wäre, ein Bekannter der Familie vielleicht, würde sie ihn sicher sehr mögen.

Sie schenkte ihm ein kleines Lächeln. »Gut, dann … wir sehen uns gleich in der Scheune.«

»Du nichts verraten bitte.«

»Nein.«

Er nickte ihr noch einmal zu, dann verließ er die Stube mit raschen Schritten, als wollte er möglichst schnell wegkommen.

Kapitel 13

In der folgenden Woche besuchte Luise Rita im Pfarrhaus und übte mit ihr für die Deutscharbeit. Das wirkte sich sofort gut aus, denn sie bekam nach langer Zeit einmal wieder eine Zwei. Einige Wochen später war das Getreide endlich fertig gedroschen, und kurz vor Weihnachten kam wie jedes Jahr der Dorffleischer auf ihren Hof, schlachtete ein Schwein, und es wurde eingekocht, gepökelt, gewurstet und geräuchert. Luise und Marian mussten Blut rühren für die Wurst. Sämtliche Nachbarn und Kühnels bekamen Wurstbrühe, und die Würste wurden zum Räuchern in die Vorrichtung über dem Backofen in der Wirtschaftsküche gehängt.

Luise freute sich wie ein Kind auf das Weihnachtsfest, denn sie hatte von Herrn Steidler erfahren, dass Wolfgang Weihnachtsurlaub bekommen hätte. Nun fieberte sie dem Wiedersehen entgegen, wenn auch ihre Vorfreude nicht mehr so ungetrübt war wie im Sommer. Sie lief nur einmal zu ihrem Aussichtsposten, als er am Tag vor Weihnachten immer noch nicht da war, und als sie nichts sah, stieg sie auf das Rad und fuhr ins Niederdorf zur Bäckerei.

Sie konnte mittlerweile allein im Laden arbeiten, aber an diesem Tag herrschte so viel Betrieb, dass Christel ebenfalls blieb. Gemeinsam gaben sie Brote auf Lebensmittelkarten heraus und verkauften Plätzchen, Apfelkuchen und schlesische Baben – trockenes Hefegebäck mit Rosinen. Immer wieder läutete das Glöckchen an der Tür, so viel wie sonst nie. Erika und Fanny kamen, kauften Kuchen und scherzten anschließend mit Christel in einer Ladenecke, während Luise die nächste Kundin bediente.

Luise hörte nicht hin, was sie sagten, aber trotzdem schnappte sie einige Worte auf. »… Pfarrers Töchterlein«, verstand sie, »Chor-Bonus« und »… bald zweite Klassenbeste«. Die Mädchen kicherten und spähten zu ihr hinüber. Luise wurde es warm vor Wut. Sie bediente die Kundin zu Ende und ging zu den anderen in die Ecke. »Sagt's doch einfach laut!«, fuhr sie die überraschten Mädchen an. Einen Augenblick überlegte sie, ob sie die alte Schürze ausziehen und Christel vor die Füße werfen sollte, dann entschied sie sich anders. Zitternd vor Wut presste sie ihre Hand gegen die Wand.

Die Mädchen starrten sie an. Christel war eine Spur blasser geworden. Erikas dicke Zöpfe fielen auf ihr kariertes Kleid. Sie lächelte amüsiert. Nur Fanny sah betroffen aus.

»Was gibt's denn da zu grinsen?«, fauchte Luise Erika an. »Du bist doch nur froh, dass Christel jetzt auf mir rumhackt und nicht mehr auf dir, du fette Wachtel!« Die Worte polterten aus ihrem Mund wie Steine, die im Lauf der letzten Wochen zu Felsbrocken angewachsen waren. Sie konnte sie nicht aufhalten. Es war ihr auch egal, dass Erika die Tochter des Ortsbauernführers war.

Erikas Lächeln erstarb. Sie stemmte die Hände in ihre flüligen Hüften und trat ein paar Schritte vor. »Du bist frech und faul, Reich«, blaffte sie. »Der Steidler nimmt dich bei den Schularbeiten nie dran, weil du seine Nachbarin bist. Jetzt bist du auch noch in seinem Chor, wie schön für dich! Mit Ritas Hilfe hast du das letzte Schuljahr schon in der Tasche!«

Luise ballte die Fäuste. Erikas runder Mund, der solche Hässlichkeiten hervorstieß, tanzte vor ihren Augen wie ein gläserner Ball, in dem die Zähne herumwirbelten. Sie stellte sich vor, wie der Ball einen Abhang hinunterrollte und die Zähne herausfielen.

»Du lügst!«, schnaubte sie. »Alles Lügen.« Mehr brachte sie nicht hervor, weil ihr vor Wut die Luft wegblieb. Stattdessen streckte sie die Hände aus und stieß sie gegen Erikas weiche Schultern unter dem karierten Kleid. Erika taumelte nach hinten und prallte gegen Fanny, die an der Wand stand. Triumphierend sah Luise den Schrecken in Erikas Gesicht und dachte, dass sie sie jetzt in die Mangel nehmen würde. Sie setzte nach, um Erika zu Boden zu ringen, als Christel schnell dazutrat und sie festhielt. »Lass es«, zischte sie. »Was soll denn das?«

Luise wollte sie abschütteln, doch Christel verstärkte ihren Griff. »Wir Mädels streiten uns nur mit Worten, nicht mit Schlägen«, rief sie. »Habt ihr verstanden?«

Luise hörte ihr Herz heftig schlagen, während das Blut in ihrem Kopf rauschte. Christels Worte drangen wie von Ferne in ihr Bewusstsein. Erika starrte sie bestürzt an. Wie ein verängstigtes Kind hatte sie die Arme schützend vor ihren Körper gehoben. Das gab Luise Genugtuung, aber ihre Wut war noch nicht verraucht.

»Ach, musst dich hinter Mami verstecken?«, giftete sie. »Hast wohl Angst, was?«

Erika gab einen Ton von sich, der an ein verletztes Tier erinnerte.

Christel ließ Luise los und stemmte die Hände in die Hüften. »Hör endlich auf, Luise! Bist du verrückt geworden?«

»Nein. Meint ihr, ich hör nicht, wenn ihr über mich redet?«

In diesem Augenblick läutete das Glöckchen. Alle fuhren herum.

Ein Soldat kam herein und trat sich sorgfältig auf der Matte die Schuhe ab. Dann hob er den Kopf und sah die Mädchen erstaunt an. »Grüß euch, Mädels!«

Luise starrte Wolfgang an, und ihr Herz schlug noch schneller – diesmal vor Überraschung. Er sah fremd und ungewöhnlich aus, trug einen langen grauen Mantel mit dunklem Kragen und schwarzem Gürtel. Auf seiner Feldmütze glänzte das silberne Abzeichen des Reichsadlers, der das Hakenkreuz in seinen Klauen hielt. Seine Haare verschwanden fast ganz unter der Mütze, man sah nur noch die anrasierten Schläfen. Nur sein Gesicht sah wie immer aus – aufmerksam und neugierig –, und ein kleines selbstsicheres Lächeln umspielte seinen Mund. Mit raschem Blick erfasste er alles. »Weihnachtlicher Mädelstreff in der Bäckerei! Störe ich?«

Erika ließ die Hände sinken und starrte Wolfgang an. Luise öffnete den Mund, um etwas zu sagen, da ging Christel ihm schon entgegen. »Wolfgang!« Sie schlang die Arme um seinen Hals und drückte ihm zwei Küsse auf die Wangen. Ihr Körper bewegte sich ein wenig hin und her, als sie sich an ihn schmiegte. Es war nur ein Augenblick, doch er reichte, um Luises Wut wieder anzufachen, doch dieses Mal war das Gefühl schneidend und eisig und ließ sie verstummen.

»Natürlich störst du nicht«, zwitscherte Christel. »Wir haben uns nur ... angeregt unterhalten. Schön, dass du da bist!« Sie hielt seine Hände ein wenig länger fest als nötig, während sie ihn musterte, als wollte sie ihn in Besitz nehmen. Er schluckte und grinste, als sie ihn losließ. »Schöne Begrüßung! Da hat's sich ja schon gelohnt, dass ich gleich vom Bahnhof hierhin gekommen bin«, scherzte er und sah zu Luise, die es Christel nachtat und schlafwandlerisch auf ihn zuging. Sie bemerkte, wie er sie rasch abschätzend musterte, und fühlte sich schrecklich in der alten, zu großen Schürze und mit den fettigen Haaren, die sie sich noch nicht gewaschen hatte. Als sie ihm einen Kuss auf seine kalte Wange hauchte, versteifte er sich und sah fort. Sie merkte es und ließ ihn los. »Ich freu mich, dass du da bist«, sagte sie leise und fühlte sich auf einmal todunglücklich.

»Luise!« Er lächelte, streckte eine Hand aus und kniff sie in die Wange.

Luises Lächeln gefror. Hastig wich sie vor ihm zurück. Täuschte sie sich oder war da tatsächlich ein heimtückischer Zug um seinen Mund? Sie fing einen eisigen Blick von Christel auf und spürte, wie ihr Lügengebäude in sich zusammenfiel. Wenn er sie begrüßte, als wäre sie seine kleine Schwester, würde ihr niemand mehr glauben. Ihre Lüge war aufgeflogen. Die Mädchen würden sie zu Recht als Lügnerin bezeichnen.

»Wie geht's dir denn? Wie war's in Erfurt? Erzähl uns doch, wie's war!«, bestürmte ihn Christel, während Erika und Fanny ihn ehrfürchtig musterten.

»Du, mach ich gleich«, versicherte er. »Ich wollte eigentlich zu deinem Vater. Ist er hier?«

»Nein, er ist bei Teschner.«

»Oh, ja dann ...« Wolfgang sah enttäuscht aus. »Wann kommt er denn zurück?«

»Nicht vor fünf. Wenn die erst mal zusammensitzen, kann das länger dauern.«

Er seufzte. »So lange kann ich leider nicht warten, ich hab nur wenig Zeit.«

»Wie lang bist du denn hier?«

»Ich hab zwei Tage Heimaturlaub.«

»Ach du lieber Himmel!«

»Ich kann froh sein, dass ich überhaupt Urlaub bekommen habe.«

»Was willst du meinem Vater denn sagen? Ich kann's doch ausrichten«, bot Christel ihm an.

Wolfgang überlegte einen Moment. »Gut. Dann sag ihm bitte, dass ich mich für sein Empfehlungsschreiben sehr bedanke. Es war goldrichtig, zum Panzerregiment zu gehen. In Erfurt ist alles so … es ist genau das Richtige für mich.«

»Ach ja? Das freut mich«, sagte Christel. »Ich werd's ihm ausrichten. »Aber nun erzähl doch endlich!«

Er setzte sich auf einen niedrigen Tisch neben einen Korb mit Dekorationsbrezeln und tat ihr den Gefallen. »Ich bin in einer Ausbildungsabteilung. Die wiederum ist einer Panzerdivision unterstellt. Und die, die war schon überall«, erzählte er. »Die waren sogar in Stalingrad! Fast die ganze Division ist da eingeschlossen und aufgerieben worden. Aber die Bolschewiken haben nicht alle erwischt. Mit den Überlebenden und neuen Männern haben sie unsere Division aufgestellt. Die Division lebt weiter!« Er nickte und sah stolz in die Runde, und die Mädels schwiegen beeindruckt.

»Die ist dann nach Frankreich gekommen und später nach Italien«, fuhr er fort. »Eine richtig starke Truppe ist das! Die hat sich schon an allen Fronten des Reichs bewährt. Leider sind sie alle wieder an die Ostfront gezogen, kurz bevor ich kam.« Er schwieg einen Augenblick und starrte betrübt vor sich hin.

»Du bist in der Division, die in Stalingrad war?«, hauchte Christel ehrfürchtig.

»Na ja, wie ich schon sagte, meine Ausbildungsabteilung ist ihr unterstellt«, erklärte Wolfgang. »Aber es sind viele alte Kämpfer dabei, die schon in Stalingrad waren. Auch einige mit Eichenlaub.«

»Oh. Und was erzählen die so? Die Russen sind doch bestimmt furchtbar, oder?«

»Die Ostfront ist die schlimmste von allen. Aber die Russen sind nicht unschlagbar«, sagte Wolfgang und lächelte sein gewohntes selbstsicheres Lächeln. »Durch kluge Taktiken und Manöver sind wir ihnen meistens überlegen. Nur haben sie schwere Panzer, den T-34. Dagegen haben wir jetzt aber den neuen Panther. Ich hab Glück und kann gleich auf dem lernen. Da muss ich nicht umlernen wie die alten Hasen.«

Luise lief ein kalter Schauer über den Rücken, als sie sich vorstellte, wie Wolfgang einen Panzer durch das Gelände steuerte. Sie schluckte beklommen.

Wolfgang erhob sich und rieb sich die Hände. »Aber jetzt muss ich weiter, Mädels. Meine Eltern warten.« Er ging zur Tür. »Vergiss nicht, das deinem Vater auszurichten«, ermahnte er Christel.

»Natürlich nicht«, versicherte sie, doch ihre Stimme klang dünn. »Sehen wir uns in der Kirche?«

»Ja klar.« Er nickte ihnen zu, tippte mit dem Finger gegen seine Feldmütze und verließ den Laden. Luise beobachtete, wie er mit energischen Schritten durch den Schnee zum Oberdorf hinaufging.

Kein Wort, nicht mal einen Blick zum Abschied. Als hätten sie sich nie geküsst, ja als wäre er nicht einmal ihr Nachbar. Ob das neue Leben als Soldat ihn so veränderte, dass er nichts mehr für sie übrighatte?

Zum Glück kam eine neue Kundin, die sie bedienen musste, sodass sie nicht mehr darüber nachdenken konnte. Den restlichen Nachmittag fiel Luise in eine Art Starre, in der sie mechanisch funktionierte. Das vorwurfsvolle Schweigen der Mädchen, die bald nach Wolfgang den Laden verließen, und auch Christels bedrückende Anwesenheit perlten an ihr ab, als steckte sie in einer Hülle. Dieses dumpfe Gefühl wurde jäh durchbrochen, als Christel das Schild an der Ladentür hinter der letzten Kundin auf *Geschlossen* drehte.

Sie wandte sich zu Luise um. Ihre Fassadenmiene war verschwunden, ihr Mund war ein Strich, ihre hellen Augen schleuderten Blitze. Sie hob den Kopf und stemmte die Hände in die Hüften. »So, ihr seid also ein Paar?« Sie lachte höhnisch auf.

Luise wich ihrem Blick aus. Nach dem Streit mit Erika und dem traurigen Wiedersehen mit Wolfgang fühlte sie sich kraftlos. Sie wollte nur noch nach Hause. Sie zog sich die Schürze aus und hängte sie in einer Nische an den Haken.

»Er hat sich ja *sehr* gefreut, dich wiederzusehen«, höhnte Christel, während sie Luise folgte. »Er konnte es kaum erwarten, dich in seine Arme zu schließen! Nun wissen wir alle, wie *groß* eure Liebe ist.«

Luise versuchte, sie nicht zu beachten, während sie sich ihren Wintermantel überstreifte. Sie wollte nicht noch einen Streit.

Doch Christel ließ nicht locker. »Es hat also nicht geklappt mit dem angehenden Offizier«, sagte sie mit gespieltem Bedauern. »Ihr seid wohl doch zu verschieden.«

Luise setzte sich ihre Mütze auf. Sie spürte, wie die Wut wieder in ihr hochstieg. »Freu dich doch, jetzt hast du freie Bahn bei ihm«, schnaubte sie und ging an Christel vorbei zur Tür.

»Du hast gelogen, Reich!«

Luise hielt inne und wandte sich zu Christel um. »Warum? *Ich* hab nicht gesagt, dass wir ein Paar sind, falls du das meinst.«

Über Christels Wangen zog sich ein rötlicher Hauch. »Tu nicht so ahnungslos. Du wusstest genau, dass Inge alles weitererzählt. Du hast sie glauben lassen, du und Wolfgang wärt ein Paar.«

»Ich weiß nicht, was Inge euch erzählt hat.« Luise öffnete die Tür.

Christel setzte ihr nach wie ein kleiner flinker Soldat. »Sie hat uns natürlich alles erzählt, und du wusstest es«, zischte sie. »Du wolltest dich nur wichtigmachen.«

Luise zögerte. Sie stellte sich vor, dieses kleine Luder an der Kehle zu packen und zuzudrücken. Christel müsste langsam sterben, nicht wie eine Taube, der man schnell den Hals umdrehte.

Sie atmete tief. »Soll ich mich jetzt etwa entschuldigen für das, was Inge euch weitergetratscht hat? Das kann doch wohl nicht dein Ernst sein!«

Christel starrte sie einen Augenblick schweigend an.

»Hör endlich auf!«, fauchte Luise. Sie wandte sich um und zog die Ladentür hinter sich zu. Das Glöckchen läutete laut.

Luise streifte sich ihre Handschuhe über und stapfte durch den Schnee die Dorfstraße zurück.

Zu Hause schimmerte ihr mattes Licht aus dem Wohnzimmerfenster entgegen. Unter dem sternenklaren Himmel zeichneten sich die Umrisse der beiden Linden ab, davor lag der zugefrorene Löschteich. Luise ging an der Scheune vorbei und stapfte durch den unberührten Schnee zu ihrem Aussichtsposten. Es war ihr egal, dass sie Spuren hinterließ. Sie bog die Sträucher auseinander und sah hinüber zu Steidlers Haus.

Ein schwacher Lichtschein drang aus der guten Stube. Einige Gartensträucher ragten trocken aus dem Schnee. Die Wäscheleine harrte leer in der kalten Winterluft.

Fast meinte Luise, das Besteck auf den Tellern klirren zu hören und würzige Suppe riechen zu können. Was Wolfgang seinen Eltern jetzt wohl erzählte? Was hatte er erlebt? Sie schloss die Augen und stellte sich vor, mit ihnen am Tisch zu sitzen und alles zu hören. Sie würde ihr Winterkleid tragen, das die Schneiderin aus den Stoffen genäht hatte, die ihre Mutter neulich auf dem Markt in Hermannsdorf gekauft hatte. Sie würde erzählen, wie sehr ihr das Singen im Chor gefiel. Vielleicht würden sich Wolfgangs und ihr Knie heimlich unter dem Tisch berühren, und sie würden sich zulächeln. Luise seufzte.

Sie ließ die Zweige los und stapfte zum Nussbaum, der sich über der glatten weißen Fläche erhob. Nicht mal Manfreds kleine Fußspuren waren hier. Um den Stamm herum ragten einige hohe Grasbüschel aus dem Schnee heraus.

Sie lehnte sich gegen den Stamm und atmete tief die kalte Luft ein. Schneeluft. Sicher würde diese Nacht wieder Schnee fallen, und morgen wäre die Dorfstraße so zugeschneit, dass sie mit den Skiern zur Schule fahren könnte. Aber zum Glück war morgen keine Schule, sondern Heiligabend. Sie würde in der vollbesetzten Kirche mit dem Chor die lange eingeübten Weihnachtslieder singen. Wolfgang und alle anderen wären auch da. Hübsch würden sie aussehen in ihren schwarzen Kleidern. Ein kleiner Hoffnungsschimmer glomm auf. Aber dann übermannte Luise erneut die Traurigkeit. Sie schluckte den Kloß im Hals herunter. Sie musste zum Essen, ihre Eltern würden sich schon fragen, wo sie bliebe.

Sie wollte gerade gehen, als Marian vom Hof herüberkam. Mit großen Schritten kam er schnell näher und hinterließ lange Spuren im Schnee. Sein hastiger Atem verursachte kleine graue Wölkchen in der Luft. »Luise, da bist du!« Im hellen Licht der Sterne und des Schnees konnte sie sehen, dass er erleichtert aussah. »Deine Eltern sich fragen, wo du bleibst.«

Sie musste über seinen Eifer lächeln. Seitdem er sie auf dem Klavier begleitet hatte, hatte sie keine Angst mehr vor ihm. Sie hütete dieses Erlebnis vor allen anderen wie ein wertvolles Geheimnis. Schade, dass er sie morgen im Gottesdienst nicht singen hören könnte. Auf einmal bedauerte sie, dass er mit den anderen Gefangenen – meist Polen und Ukrainern – den Heiligen Abend im Gasthof *Zur Krone* verbringen musste.

»Die Bäckerei war noch länger offen, weil so viel los war«, log sie.

Marian legte seine Hand an den Baumstamm. Er trug eine alte Winterjacke ihres Vaters, die ihm zu weit war. »Du sehen traurig aus«, meinte er.

Sie wich seinem forschenden Blick aus und sah zu den Sträuchern am Zaun hinüber, hinter denen das Licht aus Steidlers Fenstern in der Dunkelheit leuchtete. Tränen schossen ihr in die Augen. »Kennst du das auch, dass Freunde dich enttäuschen? Dass sie nicht so sind, wie du denkst? Du glaubst, sie wären deine Freunde, weil du sie schon lange kennst, doch in Wahrheit sind sie Fremde, die einfach ihren eigenen Weg gehen, ohne sich um dich zu kümmern.«

»So was tun wahre Freunde nicht«, sagte Marian. »Wahre Freunde dich nicht allein lassen.«

Luise nickte und schluckte. Sie wischte sich hastig eine Träne ab. »Ich hatte Streit«, erklärte sie. »Es gibt ein paar Mädchen im Dorf, die – sind nicht meine Freundinnen.« Sie wich seinem Blick immer noch aus und sah stattdessen auf die graue Atemwolke, die ihren Mund verließ. Sie wollte gar nicht daran denken, wie ihre künftigen Mädelschaftstreffen aussehen würden. Sie musste sich etwas einfallen lassen, um nicht mehr hinzugehen.

»Kleine Dorf, immer schwer mit Freunde, wenn nicht verstehen«, sagte Marian. »Große Stadt einfacher. Finden viele Freunde.«

»Du meinst, wenn man sich hier zerstreitet, ist es schwerer, sich aus dem Weg zu gehen?«

Er nickte. Sie wandte den Kopf und sah ihn an. Der Schatten eines Asts fiel auf sein Gesicht, sodass sie es nicht sehen konnte. Sie sah nur die Umrisse seiner Gestalt im Schnee. »Wie war es eigentlich bei dir zu Hause? Du hattest sicher viele Freunde, oder?«

»Viele … kennen, aber nur einen Freund.«

»War er auf deiner Schule?«

»Ja, Freund in Liceum. Später studieren … er … Lehrer, ich Musik. Andere Schulen.«

»Dann hast du ihn sicher schon lange nicht mehr gesehen.«

Marian steckte die Hände in die Jackentaschen. Er schüttelte den Kopf. »Später wir beide Soldaten, aber er … andere Einheit. Ich weiß nicht, wo er ist.«

»Und deine Familie?«, fragte sie.

»Familie …« Er sah nach unten und wischte mit seinem Stiefel den Schnee beiseite. »Familie zu Hause in Lwów. Vater, Mutter, Bruder, Schwester. Süße Mädchen … dunkle Haare. Wie du.«

Er hob den Kopf, aber sein Gesicht war verschattet. Luise schluckte. Sie musste an das Foto denken, das sie bei ihm gefunden hatte.

»In Lwów Deutsche töten … Professoren. Aber Vater nicht. Wir hatten Glück.«

»Die Deutschen haben eure Professoren getötet?«

»Ja. Professoren und … alle Juden.«

Wieder sagte er so ungeheuerliche Dinge! Luise wollte etwas Barsches erwidern, ließ es aber dann. Sie wollte noch mehr über seine Familie erfahren. »Wie heißt du eigentlich ganz, Marian? Wie ist dein Nachname?«

»Mein Nachname? Familienname? Nowak.«

»Nowak«, sagte sie nachdenklich. »Klingt deutsch. War dein Vater auch Soldat?«

»Nein, nur ich Soldat. Mein Vater arbeiten im Krankenhaus.«

»Ist er Arzt?«

Marian nickte.

»Hast du etwas von deiner Familie gehört? Weißt du, wie es ihr geht?«

Er schüttelte den Kopf. Er hatte den Fuß gewechselt und wischte nun mit dem anderen Stiefel den Schnee beiseite.

Luise fühlte Mitleid aufsteigen. Wie mochte es sein, getrennt von der Familie zu sein und nicht zu wissen, wie es ihr ging? Weihnachten in der Fremde zu verbringen, weit weg von der Familie? Wenn der Krieg doch nur endlich vorbei wäre!

Sie spürte den Wunsch, ihm etwas Tröstliches zu sagen, und erinnerte sich an Herrn Steidlers und Ritas Worte. »Deiner Familie geht es bestimmt gut«, versicherte sie. »Sie denken sicher oft an dich. Dieses hier ... der Krieg wird ja nicht ewig dauern. Vielleicht gibt es bald einen Waffenstillstand und dann kannst du wieder nach Hause.«

Marian hob den Kopf. Er stand nun nicht mehr unter dem Ast, sodass das Mondlicht auf sein Gesicht fiel. Seine dunklen Brauen waren zusammengezogen. »Hitler keinen Waffen... er machen keinen Frieden, niemals. Er Polen teilen mit Stalin. Aber jetzt ... er wollen Polen ganz. Stalin wollen Polen ganz ...« Er brach ab und hackte mit der Ferse ein Loch in den Schnee.

Luise beobachtete ihn überrascht. Eigentlich glaubte sie selbst nicht, dass Hitler sich mit einem Waffenstillstand zufriedengeben würde. Sie hatte Marian nur trösten wollen, aber offenbar war er nicht zu trösten. Das ganze Gerede über den Krieg machte sie beide nur noch trauriger. »Wie auch immer«, sagte sie seufzend. »Morgen ist Weihnachten. Vielleicht gibt's dann überall ein bisschen Frieden.«

Sie musste an die Soldaten denken, die Weihnachten an der Front waren, an deren Familien zu Hause. An Frau Schindler und ihre Töchter, die Weihnachten ohne Mann und Vater verbringen mussten. Ein kalter Schauer überlief sie.

Marian erwiderte nichts.

»Ich singe übrigens Morgen *Stille Nacht* im Kirchenchor«, sagte Luise. »Wir singen auch *Ihr Kinderlein kommet* und *Es ist ein Ros' entsprungen*. Kennst du die Lieder?«

Er schüttelte den Kopf.

»Nun, sie sind sehr schön«, fuhr sie fort, wobei sie ihm verschwieg, dass sie die Lieder mit den neuen Texten singen würden. Es wäre ihm sicher egal.

»Du haben bestimmt gute Weihnachten«, sagte Marian. Im Mondlicht konnte sie erkennen, dass der wütende Ausdruck in seinem Gesicht verschwunden war und ein wehmütiges Lächeln seinen fein geschwungenen Mund umspielte.

Luise musste schlucken. »Tut mir leid«, sagte sie. »Es wäre schöner, du wärst bei deiner Familie.«

Er hatte aufgehört, das Loch zu hacken. Eine Weile stand er still da, die Hände tief in die Taschen vergraben, und betrachtete sie schweigend. Ein Ausdruck, den sie nicht deuten konnte, lag auf seinem Gesicht. »Zu Hause am Heiligen Abend wir essen immer sehr viel, mehrere Gänge«, sagte er dann. »Messe erst spät in Nacht, zwölf Uhr.«

»Um Mitternacht.«

»Ja. Wir auch singen viele Lieder. Meine Mutter immer einen leeren Teller auf Tisch, für toten Großvater.«

»Ah. Wir gehen früher in die Kirche. Dann essen wir und dann gibt's Bescherung«, erklärte sie, froh darüber, dass ihr Gespräch eine andere Wendung genommen hatte.

Er sah sie fragend an. »Besch…?«

»Be-sche-rung. Das ist, wenn man Geschenke bekommt.«

»Be…sche…rung«, wiederholte er.

»Genau. Helene und Manfred sind schon ganz wild darauf.«

»Und du?«

Sie zuckte mit den Schultern. »Ich bin ja schon älter«, sagte sie, während sie daran dachte, dass sie wahrscheinlich wieder ähnliche Sachen bekommen würde wie letztes Jahr – einen selbst gestrickten Pullover oder eine Jacke, Strümpfe von ihrer Tante aus Görlitz und den neuen Federhalter, den sie sich gewünscht hatte. Da fiel ihr etwas ein. »Wenn du morgen zur Gaststätte musst – willst du noch Bücher mitnehmen?« Das Lesen könnte ihn vielleicht ablenken und die Feiertage erträglicher machen. »Die Kinderbücher hast du ja durch. Ich könnte dir noch ein oder zwei Bücher von meiner Mutter besorgen. Sie merkt es bestimmt nicht.«

»Ich nehme Bücher gern mit«, sagte er. »Danke, Luise.«

Sie mochte es, wenn er ihren Namen aussprach. »Dein Deutsch ist besser geworden«, lobte sie. »Aber es könnte noch besser werden.«

Er seufzte leise. »Es wird sicher besser, wenn ich noch lange hier.«

Sie wusste nicht, was sie darauf erwidern sollte. Also wünschte sie ihm einfach einen schönen Abend und ging. Sie spürte, dass er ihr hinterhersah, als sie über die zugeschneite Wiese zum Hof ging.

Kapitel 14

Der Gottesdienst am Heiligen Abend wurde sehr feierlich. In der vollbesetzten Kirche sang Luise mit dem Chor die eingeübten Weihnachtslieder, und Herr Steidler begleitete sie dabei an der Orgel. Manche waren so ergriffen, dass sie Tränen in den Augen hatten. Wolfgang saß in einer der vorderen Reihen und starrte Luise an, und es schien ihr, als wäre er überrascht, aber sie hatten keine Gelegenheit mehr, miteinander zu sprechen. Er suchte sie auch nicht. Am zweiten Feiertag ging er wieder fort, ohne sie noch einmal gesehen zu haben.

Luise nahm heimlich zwei Bücher aus dem Besitz ihrer Mutter – einen biografischen Roman über Anna Magdalena Bach und eine alte Liebesschmonzette, die in der neuen Schrift gedruckt war, und gab sie Marian. Außerdem stahl sie noch ein Stück vom frisch gebackenen Sandkuchen, wickelte ihn ein und legte ihn zu den Büchern. Stolz beobachtete sie, wie Marian mit seiner alten Tasche den Hof verließ, um zur Gaststätte ins Niederdorf zu gehen.

Als er nach Weihnachten wiederkam, hatte er die beiden Bücher gelesen. In der nächsten Zeit lieh Luise ihm immer mehr Bücher. Im Frühjahr des folgenden Jahres, als die alliierten

Truppen Berlin bombardierten, las er sämtliche Liebesromane ihrer Mutter, und im Sommer 1944, als die Alliierten in der Normandie landeten, las er einen historischen Roman über den Grafen von Cilly und ein Buch ihres Großvaters über die Jagd. Nach dem gescheiterten Attentat des Grafen von Stauffenberg auf Hitler hatte er sämtliche Bücher in Luises Haus gelesen, und sie begann, ihm Bücher aus dem Pfarrhaus, in dem sie nun regelmäßig zu Gast war, zu leihen. Als im Herbst der Aufruf zum deutschen Volkssturm kam, las Marian schon Berichte über die Erforschung der Polargebiete, und zu Beginn der Ardennenoffensive im Winter wagte er sich sogar an die deutsche Musikgeschichte.

Rita lieh Luise, die vorgab, selbst zu lesen, bereitwillig Bücher aus dem großen Bestand des Pfarrhaushalts. Mit ihrer Hilfe schloss Luise die Volksschule erfolgreich ab und kam auf die örtliche Berufsschule, wo sie bei Fräulein Dietrich einmal in der Woche in Kochen und Handarbeit unterrichtet wurde. Ihr Pflichtjahr im Reichsarbeitsdienst konnte sie auf dem elterlichen Hof als landwirtschaftliche Hilfe ableisten. Die lästige Schule mit den vielen Schularbeiten war somit zwar weggefallen, dafür musste sie ihrem Vater nun mehr helfen.

Horst Henschel und Jungs aus Luises Klasse waren bereits seit dem Herbst im Reichsarbeitsdienst, und nun wurden auch die Jüngeren, die jetzt noch in der Schule waren, für den Volkssturm im Gebirge an den Waffen ausgebildet. Anfang Januar 1945 bekam auch Luises Vater seinen Stellungsbefehl für den Volkssturm.

Es war ein sonniger, eisig kalter Wintertag im Januar, als sie ihn nach Hermannsdorf zum Bahnhof brachten. Da die Abkürzungen über die Feldwege alle zugeschneit waren, mussten sie die Straße nach Königsdorf nehmen, die der Schneepflug freigeräumt hatte. Luise ging schweren Herzens hinter ihren Eltern her, die sich an den Händen gefasst hatten.

Sie sah auf die schlanke Gestalt ihrer Mutter, die in einem langen grauen Wollmantel steckte. Die schwarze Mütze ließ ihre Mutter seltsam aussehen, wie eine fremde Frau, die Luise nur erkannte, wenn sie sich zu ihnen umsah und dabei ihr vertrautes Gesicht zeigte. Ihr Vater trug seinen Rucksack mit dem Proviant und eine weiße Armbinde über dem Mantel, die ihn als Volkssturmmann kennzeichnete.

Ein feiner kalter Wind blies und schnitt in Luises Gesicht, sodass sie sich den Schal bis zur Nase gezogen hatte. Weil es so kalt war, trug sie ausnahmsweise ihre Skihose über den langen Strümpfen, die fest in ihren Stiefeln steckte. Über ihnen spannte sich ein tiefblauer Winterhimmel, an dem nur wenige zarte Wolkengespinste schwebten. Auf den zugeschneiten Feldern glitzerte der Schnee in der Sonne, und Luise blinzelte mit tränenden Augen gegen das Licht. Durch ihren Wollhandschuh spürte sie den dicken Handschuh und die warme Hand ihrer Schwester, die neben ihr ging. Ihren Bruder hatten sie zu Hause bei der Oma gelassen, für ihn wäre der weite Fußweg zu lang geworden. Helene war außergewöhnlich schweigsam und artig, Luise hatte sie nicht mal mit irgendwelchen Spielen ablenken müssen, damit sie weiterlief. Die unvermeidliche Frage »Wann sind wir denn da?« stellte sie erst kurz vor Hermannsdorf.

»Nicht mehr lange.« Luise deutete auf die Ansammlung von Häusern im Schnee. »Siehst du, da vorn schon. Der Bahnhof liegt noch vor dem Dorf.«

Tatsächlich brauchten sie nur noch wenig zu laufen, bis sie den Bahnhof erreichten. Er war nur sehr klein. Von hier aus führte die Bahnlinie zu den Fremdenverkehrsorten des Riesengebirges und zur Kreisstadt. Ihr Vater würde den Zug nach Hirschberg nehmen und dort in einen Schnellzug Richtung Breslau umsteigen. Luise hatte den Namen des Ortes vergessen, wo er sich melden musste. Sie hatte nur begriffen, dass es Richtung Osten ging, zur Front.

Auf dem Bahnsteig wehte ein kalter Wind. Sie zogen sich in den Schutz der Mauer zurück, aber sie wollten nicht in den Warteraum, weil der Zug auf der Anzeigetafel schon angeschlagen war. Die Kälte legte sich auf Luises Gemüt und fror es ein. Sie wollte den Vater festhalten, ihn an sich festbinden, sodass er nicht wegkonnte und mit ihr zurückgehen musste. Stattdessen stand sie wortlos und frierend da und vergrub ihr Kinn tief im Schal. Sie beobachtete, wie ihre Eltern sich immer wieder ansahen, während ihr Vater noch eine Zigarette rauchte. Auch sie musterte ihren Vater lange und versuchte, sich sein Bild einzuprägen, damit sie es bloß nicht vergaß. Mit ihm sollte es ihr nicht gehen wie mit Wolfgang, an dessen Bild sie sich kaum noch erinnern konnte. Sie hatte ihn im letzten Jahr nur noch einmal kurz gesehen, als er ein paar Tage Heimaturlaub in Lindenau verbracht hatte, bevor er zur Waffenschule nach Wischau fuhr, das im Protektorat Böhmen und Mähren lag, wie er ihr erklärt hatte.

»Hast du auch die Brote nicht vergessen?«, fragte ihre Mutter. Es war nun mindestens schon die dritte Frage, die sie innerhalb der letzten fünf Minuten stellte.

Ihr Vater nickte seufzend. »Ich habe alles dabei, Schatz«, sagte er und legte seiner Frau beruhigend die Hand auf den Arm. Sie aber sah alles andere als beruhigt aus. »Hast du die Zahnbürste dabei? Geld?«

»Jaja.«

Luise beobachtete die anderen Menschen auf dem Bahnsteig. Es waren einige Männer dabei, die die weißen Armbinden des Volkssturms trugen. Ob alle Frauen ihre Männer einem Verhör unterzogen wie ihre Mutter ihren Vater? Sie sah, wie eine kleine Frau in einem dunkelblauen Mantel mit Pelzkragen neben einem älteren Mann wartete. Er trug eine Fellmütze, eine silbergefasste Brille und die weiße Armbinde an seinem Wintermantel.

»Herr Steidler«, rief sie überrascht und lief, ohne nachzudenken, zu ihm. Sie bekam noch mit, dass ihre Mutter sie zurückhalten wollte, aber da stand sie schon vor dem Lehrerehepaar.

»Ich wusste gar nicht, dass Sie auch zum Volkssturm müssen, Herr Kantor Steidler.«

»Konntest du auch nicht. Ich habe meinen Stellungsbefehl erst vor zwei Tagen bekommen, Luise«, sagte er und schenkte ihr ein mildes Lächeln. Er sah so blass und ernst aus, dass sie erschrak.

»Aber ... ich hätte nicht gedacht, dass Sie ... dass man Sie ...«

»Dass man mich zum Volkssturm schicken wird?« Er klopfte auf sein Bein und lachte bitter auf. »Oh, sie können mich gut gebrauchen, schließlich habe ich ja schon im vorigen Krieg Erfahrungen gesammelt.«

»Müssen Sie auch nach ... äh ... Richtung Breslau fahren?«

Herr Steidler nickte.

»Dann sind sie vielleicht in derselben Kompanie wie mein Vater«, sagte Luise und deutete auf ihre Familie, die etwas weiter entfernt wartete. Ihre Eltern grüßten freundlich herüber, und die Steidlers grüßten höflich zurück.

»Ja, vielleicht«, sagte Herr Steidler.

»Aber ... was wird denn jetzt aus dem Chor?«, fragte Luise.

»Fräulein Dietrich wird ihn leiten, solange ich weg bin. Sie unterrichtet auch die unteren Klassen in der Schule. Für die oberen fällt der Unterricht leider aus, denn Herr Opitz muss auch zum Volkssturm. Es tut mir leid, dass ich mich nicht mehr von euch verabschieden konnte.«

Er klopfte ihr auf die Schulter, und sie dachte, dass dies wohl das Zeichen für sie wäre, sich nun höflich zu verabschieden. Aber sie wollte noch etwas wissen. »Wie geht es Wolfgang in der Waffenschule?«

Kaum hatte sie die Frage ausgesprochen, verschattete sich die Miene des Kantors. »Wolfgang ist nicht mehr auf der Waffenschule. Er ist jetzt an der Front. Als Oberfähnrich.«

Luise nickte. Ein kalter Schauer durchfuhr sie und ließ sie zittern. »Ich wünsche ihm und Ihnen alles Gute«, sagte sie leise. »Auf Wiedersehen, Herr Kantor Steidler.«

»Auf Wiedersehen, Luise.«

Sie verabschiedete sich rasch von Frau Steidler, ehe sie wieder zu ihrer Familie zurücklief. »Was machst du denn nur?«, schalt ihre Mutter sie leise. »Die wollen sich in Ruhe verabschieden und du störst sie so lange.«

Luise steckte die Hände in die Ärmel ihres Mantels. Natürlich musste ihre Mutter wieder an ihr herumnörgeln. Aber dieses Mal glitten die Vorwürfe an ihr ab. »Den Chor leitet jetzt Fräulein Dietrich«, sagte sie nur. Dass Wolfgang jetzt an der Front war, verschwieg sie.

»Die halten sich doch immer abseits«, sagte ihre Mutter missbilligend und warf einen kurzen Blick zu den Steidlers hinüber. »Selten mal, dass ich mit ihr über den Zaun geredet hab.«

»Warum nimmt man ihn denn nur?«, fragte Luise. »Man kann ihn doch gar nicht brauchen. Ist er nicht schon über sechzig?«

»Ich glaube nicht«, erwiderte ihr Vater. »Vielleicht gerade mal über fünfzig.«

»Hm. Warum nehmen sie nicht die anderen, gesunden Männer wie Herrn Moor zum Beispiel? Der ist wenigstens nicht kriegsversehrt.«

»Leise, Luise!«, warnte ihre Mutter.

»Nun, manche sind eben unabkömmlich. Weil sie kriegswichtige Fabriken oder Läden am Laufen halten«, erklärte ihr Vater.

»Der Zug kommt!«, rief Helene, die an die Gleise gelaufen war und Ausschau gehalten hatte. Sie warf sich in die Arme ihres Vaters. Auch Luise ging zu ihm, und so drückte er beide Töchter gleichzeitig. »Seid artig und helft der Mama«, ermahnte er sie, und beide versprachen es.

Luise atmete tief seinen leicht rauchigen Geruch ein. »Pass auf dich auf, Papa! Lass dich nicht von den Russen schnappen.«

»Versprochen.« Er lächelte und bekräftigte sein Versprechen mit dem Siegeszeichen. Dann ließ er sie los und umarmte ihre Mutter. Traurig beobachtete Luise, wie sie sich küssten, als auch schon der Zug heranstampfte und zischend zum Halten kam.

Ihr Vater stieg ein und schob ein Fenster herunter, reichte ihrer Mutter die Hand. »Ich versuch, Urlaub zu kriegen und rechtzeitig wieder da zu sein, wenn die Fohlen kommen«, versprach er. »Mach dir keine Sorgen.«

Ihre Mutter kämpfte gegen die Tränen an. Luise beobachtete, wie Frau Steidler ihrem Mann einen Handkuss zuwarf. Sie würde nun ganz allein zu Haus sein.

Als alle im Zug waren und das Gepäck verstaut war, ertönte der laute Pfiff, und der Zug setzte sich langsam in Bewegung. Ihr Vater winkte, und sie winkten zurück. Sie sahen ihm noch nach, bis sein Kopf im Abteil verschwand und sein Zug in der Ferne immer kleiner wurde. Ihre Mutter wischte sich die Tränen aus den Augenwinkeln und nahm ihr Taschentuch, um Helene die laufende Nase zu putzen. Helene weinte. Auch Luise war zum Heulen zumute, aber sie beherrschte sich. Sie war die Ältere, von ihr wurde erwartet, dass sie sich zusammennahm.

»Mama, sollen wir Frau Steidler nicht anbieten, mit uns zu gehen?«, fragte sie und deutete auf die Lehrersfrau, die verloren und allein am Bahnsteig stand.

Ihre Mutter warf einen kurzen Blick zu ihr hinüber. »Lass sie, sie will bestimmt allein sein.«

Energisch schob sie Helene ins Bahnhofsgebäude und dann durch den Warteraum zurück. Luise folgte ihr enttäuscht. Frau Steidler tat ihr leid. Warum war ihre Mutter nicht hilfsbereiter? Sie hätten zusammen zurückgehen und miteinander reden können. Schließlich waren die Frauen in derselben Lage, vielleicht hätten sie sich gegenseitig etwas aufmuntern können. Aber offenbar mochte ihre Mutter Frau Steidler nicht. Auch trennten unsichtbare Gräben die Frau des Kantors und Lehrers von der Frau des Bauern, und ihre Mutter achtete sehr darauf.

Helene beruhigte sich erst auf dem Rückweg. Luise und ihre Mutter hatten sie in die Mitte genommen und ihr das Versprechen abgenommen, Manfred nichts zu verraten. Für ihren kleinen Bruder wäre der Vater nur verreist.

Als sie zum Hof zurückkamen und Manfred beim Kochen mit der Oma antrafen, fragte er sofort nach dem Vater. »Du weest doch, doas a verrest is«, sagte die Oma.

»Wann kommt er denn wieder?«, wollte Manfred wissen.

»In ein paar Wochen«, erklärte Luises Mutter.

Aber für den Sechsjährigen waren ein paar Wochen ein unvorstellbar langer Zeitraum. »Wenn der Schnie taut, kimmt'a wieder«, erklärte seine Oma.

Er zog ein langes Gesicht. Die Frauen und Helene scharten sich um ihn, um ihn zu trösten.

Luise lief hinaus. Sie wollte weg von der gedrückten Stimmung und eine Weile allein sein. Sie ging in den Schuppen, wo der abgedeckte Landauer neben dem Schlitten stand. Vor einigen Wochen waren sie das letzte Mal mit dem Schlitten ausgefahren, danach hatte ihr Vater nur noch kleinere Fahrten unternommen, weil er die trächtige Dorle schonen wollte. Zara war nicht trächtig geworden.

Luise ging zum Landauer und schob die Plane beiseite. Vorsichtig strich sie mit den Fingern über den polierten Lack der Tür und dachte an die Hochzeitsfahrten im letzten Sommer. Nun war ihr Vater weg, und er fehlte schon überall. Er fehlte hier, er fehlte im Stall, er würde gleich beim Essen fehlen. Sie würde ihn jeden Tag, den er weg war, vermissen.

Sie seufzte, ließ die Plane zurückfallen und lief zum Stall hinüber.

Der Pferdestall war vom Kuh- und Hühnerstall durch eine Wand abgetrennt. Dorle und Zara standen in ihren Boxen. Marian hatte den Stall bereits ausgemistet und neues Stroh ausgestreut. Nun war er gerade dabei, Zara zu bürsten. Er sah auf, als Luise hereinkam, und bedachte sie wie immer mit dem ihm eigenen, aufmerksamen Blick.

Sie sah kurz zu der Stalltür hinüber, die in den Hausflur führte, und überzeugte sich, dass sie geschlossen war. Dann lehnte sie sich gegen einen Holzträger und beobachtete, wie Marian Zaras Kopf festhielt und sanft mit der Bürste über ihre Blesse strich. Ihr Vater hatte Marian schon seit einiger Zeit in die Pferdepflege eingewiesen. Es war schön zu sehen, wie ruhig und sanft er mit den Stuten umging. Es beruhigte Luise, ihm zuzusehen, und tröstete sie auf eine eigentümliche Art. Sie sah auf seine Hände, während er Zara in langen, ausholenden Bewegungen den Rücken bürstete. Seine Arbeitsjacke war hochgerutscht und gab den Blick auf seinen Unterarm frei, auf dem ein feiner Haarflaum wuchs. Seine Haare waren gewachsen und wellten sich ein wenig vorn an der Stirn – wie auf dem Foto, das sie in seinem Zimmer gefunden hatte.

Durch das Jahr Feldarbeit bei ihnen waren sein Oberkörper und seine Arme muskulöser geworden.

»Du machst das gern mit den Pferden, nicht?«, meinte Luise. »Man sieht, dass du es gern machst.«

Er hielt inne und legte seine Hand auf Zaras Rücken. »Ja, ich bin nun Pferdeknecht«, sagte er lächelnd. »Es sind wunderbare Tiere.«

Luise erwiderte sein Lächeln und dachte stolz, dass er mittlerweile ein fast fehlerfreies Deutsch sprach. Hätte er nicht seinen typischen polnischen Akzent, hätte man ihn fast für einen Deutschen halten können. Das war zu einem großen Teil ihr Verdienst.

»Pferde sind unruhig«, fuhr er fort. »Müssen bewegt werden.«

»Ja, Mutter will morgen nach Fichtenfeld. Dann kannst du uns Zara vor den Schlitten spannen«, sagte Luise, nahm eine Möhre aus dem Korb und ging zu Dorle, die in ihrer Box Heu fraß. Es war der Stute nun deutlich anzusehen, dass sie trächtig war. Ihr Vater hatte vorausschauend die Trennwand zu der weiteren, für ein drittes Pferd vorgesehenen Box entfernt, damit Dorle mehr Platz für sich und ihr Fohlen haben würde. Luise strich der Stute über den Hals und sprach leise zu ihr. Sie nahm die Möhre und gab sie ihr zu fressen. Marian kam zu ihr in Dorles Box und sah ihr zu.

»Mein Vater will versuchen, Urlaub für die Geburt zu bekommen«, sagte Luise. »Dorle hat schon einen ziemlich dicken Bauch. Ich weiß nicht, ob er es schafft, rechtzeitig wieder hier zu sein.« Sie wandte den Kopf und sah Marian fragend an. Er verschränkte die Arme hinter dem Rücken und lehnte sich an die Trennwand.

»Dein Vater hat mir alles erklärt. Ich weiß, was ich muss machen.«

»Aber du hast es noch nie getan.«

»Nein.«

Sie sahen sich eine Weile an. Zwischen ihnen tanzten Staubkörner im Sonnenlicht, das durch ein winziges Fenster hereinfiel. Luise musste daran denken, wie sie im letzten Jahr ein paar Mal heimlich miteinander musiziert hatten. Einmal im Frühjahr, als Marian krank gewesen war und ihre Familie auf dem Feld beim Kartoffelpflanzen. Sie war unter dem Vorwand, Schularbeiten machen zu müssen, nach Hause gegangen und hatte Marian am Klavier angetroffen. Sie hatte ihm wieder zugehört, wie er Chopin gespielt hatte. Dann, ein weiteres Mal, hatte sie Weihnachtslieder mitten im Sommer gesungen, als ihre Eltern mit Helene nach Hirschberg gefahren waren und ihre Oma mit Manfred ins Niederdorf gegangen war. Im Herbst schließlich hatte er ihr Text und Melodie eines polnischen Kinderliedes beigebracht, das sie seitdem immer mal wieder gesungen hatte – natürlich nur, wenn ihre Eltern nicht in der Nähe waren. Die hatten von all dem nichts mitbekommen. Es war ihr gemeinsames Geheimnis.

»Es wird bestimmt gut gehen«, versicherte Luise und strich Dorle über den breiten Rücken. »Es ist nicht ihr erstes Fohlen. Der kleine Max ist nach Königsdorf gekommen.« Sie dachte an das staksige braun-schwarze Hengstfohlen und musste lächeln.

»Dein Vater kommt sicher zurück«, meinte Marian. »Er ist ein kluger Mann, er wird es schaffen.«

Luises Augen füllten sich mit Tränen. Sie wandte sich rasch ab und kraulte Dorle zwischen den Nüstern. »Die Russen … sie …«

Sie konnte nicht in Worte fassen, was sie sagen wollte. Dass ihr Vater wegen seines Fingers nicht schießen konnte. Dass er zwar früher mal bei der Grenzwehr gewesen war, bevor er sich in den Finger gehackt hatte, aber kein Soldat, der kämpfen konnte.

Sie konnte sich nicht vorstellen, dass er nicht mehr wiederkäme. »Du sagtest mal, die Russen wären schlimm, aber wir Deutsche wären schlimmer«, begann sie und hielt inne, um tief Luft zu holen.

Er betrachtete sie nachdenklich, während er an der Boxenwand lehnte. Seine dunklen Haare bildeten einen scharfen Kontrast zu seiner hellen Haut. »Das hast du behalten?«

»Ja, natürlich.« Sie versuchte, ihre Gedanken zu ordnen. Wie könnte sie so etwas vergessen? Sie hatte oft über seine

Worte nachgedacht und sich gefragt, ob er gelogen oder vielleicht doch die Wahrheit gesagt hatte. »Uns hat man immer gesagt, die Bolschewisten seien die Schlimmsten überhaupt. Was die mit den Frauen machen ...« Sie musste schlucken. »Wenn aber *Unsere* noch schlimmer sind, dann heißt das, dann bedeutet das ...«

»... dass die deutschen Soldaten schlimmer sind als die Russen«, vollendete er ihren Satz.

Sie schwieg bedrückt. Was er sagte, klang immer noch unglaublich. Sie war nur deshalb bereit, es zu glauben, weil es die kleine Hoffnung für sie bedeutete, die Bolschewiken wären vielleicht doch nicht so schlimm, wie immer behauptet wurde. Gerade jetzt, wo die Russen ihre Winterschlacht an der Ostfront eröffnet hatten und immer weiter vordrangen. Ihr schauderte es bei dem Gedanken, dass Borislaw wiederkommen und sich an ihr rächen könnte.

»Aber die Russen sind auch schlimm«, sagte Marian. »Krieg ist schlimm, er macht alles kaputt.«

Luise überlief ein kalter Schauer. Schon hatte er ihre kleine Hoffnung mit ein paar Worten zerstört! »Ich hab gehört, sie haben Warschau, Krakau und Lodz eingenommen. Freut dich das nicht?«

Marian runzelte die Stirn. »Warum sollte mich das freuen?«

»Na, weil Polen doch jetzt vom deutschen Joch befreit wird.«

»Ich weiß nicht, ob Besetzung durch Stalin besser ist als durch Hitler. Zwei Dinge wie Pest und Cholera.«

»Ja, sicher. Wir Deutschen sind die Pest für euch«, sagte sie spitz.

Marian verschränkte die Arme vor der Brust. »Polen schon immer kleine Land zwischen großen Nachbarn und oft besetzt. Wir wollen nur frei sein.«

»Dann macht euch stärker«, versetzte Luise. »Wir konnten euch in ein paar Tagen überrollen. Spricht nicht gerade für eine starke Armee.«

Marian rührte sich nicht. Düster funkelte er sie unter seinen dunklen zusammengezogenen Brauen an. Dann stieß er sich von der Boxenwand ab und kam zu ihr. »Als Deutsche kamen, ich hörte auf zu studieren und wurde Soldat. Es war zu spät. In meiner Stadt haben deutsche Soldaten an einem Tag Tausende Juden erschossen«, erwiderte er barsch. »Wir natürlich froh, wenn Deutsche weg sind.«

»Ja, das hast du schon mal gesagt.« Luise seufzte. Sie bereute ihre scharfen Worte über die polnische Armee bereits, doch ob wirklich Tausende Juden an einem Tag von den Deutschen erschossen worden waren? Ein entsetzlicher Gedanke! »Ich dachte, die Juden kämen in spezielle Lager, die schlimmer sind als normale Gefängnisse. Damit sie abgesondert werden, weil sie doch unsere Volksfeinde sind. Aber dass man sie umbringt ...«

Marian sah sie ernst an. »Was hast du gedacht, was man dort mit ihnen macht?«

Luise wich ein wenig vor ihm zurück. Sie hatte ihn noch nie so erlebt. »Ich ...« Sie brach ab. Sie wollte nicht zugeben, dass sie bisher über diese Frage nicht sonderlich viel nachgedacht hatte.

Er sagte etwas auf Polnisch und wandte sich ab.

Sie öffnete den Mund, um etwas zu sagen, als die Stalltür, die zum Hausflur führte, aufflog. Ein kalter Luftschwall strömte herein und wirbelte winzige Strohschnipsel auf. Dorle hob unruhig ihren Kopf und bewegte die Ohren. Luises Mutter kam in den Stall und baute sich vor Dorles Box auf. Sie sah blass aus. Ihre Mundwinkel fielen nach unten, als sie Luise und Marian zusammen sah. »Luise, komm zum Essen«, befahl sie, ohne Marian eines Blickes zu würdigen.

Luise sah Marian noch einmal an, ehe sie die Box verließ und ihrer Mutter in die Wohnküche folgte. Dort hielt ihre Mutter inne.

»Mach die Tür zu!«, zischte sie leise.

Luise gehorchte und schloss die Tür zur Wirtschaftsküche, in der Marian immer aß, und wandte sich langsam um.

Ihre Mutter stemmte die schmalen Hände so energisch in die Hüften, dass ihr ganzer Körper federte. »Warum spricht er so gut Deutsch?« Sie deutete mit dem Kinn auf die geschlossene Tür.

Angst stieg in Luise hoch. Sie sah zur Oma hinüber, die mit Helene und Manfred am Küchentisch saß und den Kindern Nudelsuppe auf die Teller füllte. Aber ihre Oma tat, als hörte sie nichts.

Luise schluckte. »Er hat sich's wohl von uns abgehört«, sagte sie. »Er isst doch immer nebenan.«

»Ah, abgehört!« Ihre Mutter hob die Brauen und machte ein Geräusch, das ihren Zweifel deutlich zum Ausdruck brachte. Luise hielt ihrem Blick tapfer stand.

»Mit uns redet er kaum«, fauchte ihre Mutter. »Aber ihr – mein Gott, was redet ihr alles!«

Luise blickte auf das Muster der Schürze, die ihre Mutter über dem karierten Winterkleid trug, dann wieder zum Tisch hinüber. Endlich hatte ihre Oma den Kopf gehoben und sie begegnete ihrem Blick, aber er war zu ihrem Erschrecken nicht beschwichtigend wie sonst, sondern ernst.

»Hast du uns belauscht?«, fragte Luise trotzig.

Ihre Mutter trat einen Schritt vor. Ihr Arm zuckte, aber sie hielt sich zurück. »Es war nicht zu überhören. Wie lange geht das schon mit euch?«

»Was meinst du, Mama?«

»Stell dich nicht dumm! Du weißt genau, was ich meine.«

»Da ist nichts zwischen Marian und mir«, gab Luise mit gedämpfter Stimme zurück.

Ihre Mutter machte ein Geräusch, das sich wie ein Brummen anhörte. »Glaubst du, ich merke nicht, wie er dich ansieht? Wenn er dich dick macht, stellen sie dich an die Wand.«

Luise wurde rot. Ihre Mutter kam noch näher und baute sich drohend vor ihr auf. Sie senkte ihre Stimme zu einem Flüstern. »Nimm dich in Acht vor ihm! Ein Wort von mir zu Weidlich und er geht wieder zurück ins Arbeitslager.«

Stille breitete sich in der Küche aus. Die Kinder starrten betreten auf ihre Teller hinunter. Ihre Oma ließ den Löffel sinken. Luise atmete tief den Geruch nach Nudelsuppe und Bratkartoffeln ein. Normalerweise hätte er sie hungrig gemacht, doch jetzt war ihr jeglicher Appetit vergangen. »Das kannst du nicht! Wir brauchen ihn doch jetzt, wo der Papa nicht da ist.«

»Ich will keinen polnischen Bastard in der Familie«, zischte ihre Mutter leise und drohend.

»Ich hab doch gesagt, dass ich nichts mit ihm hab! Das schwöre ich! Du kannst ihn nicht einfach wegschicken! Hast du denn überhaupt kein Herz?«

Ihre Stimme versagte, als eine Welle der Wut und Angst ihr den Atem nahm. Sie sah in die grauen, strengen Augen ihrer Mutter und in einem Winkel ihres Hirns dachte sie, dass sie wieder einmal als Ventil für die Traurigkeit ihrer Mutter herhalten musste. Sie musste dafür büßen, dass ihr Vater weg war. Sie wandte sich um, öffnete die Tür, knallte sie hinter sich zu und stapfte durch die Wirtschaftsküche über den Flur nach oben in ihr Zimmer.

Marian war nirgends zu sehen.

Kapitel 15

Luise fühlte sich auch noch am nächsten Tag schlecht, als sie am Nachmittag in Moors Bäckerei arbeiten musste. Alles war schon schlimm genug. Warum musste ihre Mutter es noch schlimmer machen? Sie wusste doch, was für eine wertvolle Stütze Marian für sie war. Dass Vater ihm seine geliebten Pferde anvertraute, bewies, wie hoch er ihn schätzte. Hatte ihre Mutter immer noch nicht erkannt, was für ein guter Mensch Marian war? Wahrscheinlich nicht.

Luise seufzte, als sie sich die große Schürze umband und den Laden aufschloss. Christel war zum Glück nicht da, sie besuchte jemanden im Dorf. Seitdem Bürgermeister Moor ihren Pflichtdienst bei den Mädels in Hermannsdorf hatte abwenden können, hatte sie nun genügend Zeit für ausgedehnte Besuche und war an dem Nachmittag, an dem Luise in der Bäckerei aushalf, nur noch selten im Geschäft. Sie vertraute Luise längst so weit, dass sie sie allein ließ. Luise fertigte die ersten Kunden ab und brütete weiter dumpf vor sich hin. Ihre Mutter konnte nicht erkennen, was für ein Mensch Marian war, weil sie ihn nicht kannte. Für sie war er nur der Pole. Vielleicht war sie auch eifersüchtig auf ihn, weil ihr Vater so gut mit ihm auskam. Sie war auf jeden eifersüchtig, den ihr Vater mochte.

Luise überlegte, wie sie sie dazu bringen könnte, Marian an ihren Tisch zu holen. Wenn er endlich mit ihnen gemeinsam essen könnte, würde sie ihn besser kennenlernen. Aber es war verboten, und ihre Mutter würde sich daran halten.

Luise ging zum Schaufenster, hauchte auf die Eisblumen und starrte auf die Dorfstraße, die erst am Morgen vom Schneepflug freigeräumt worden war. Auf den Dächern der Nachbarhäuser lag dicker Schnee, auf den Fensterscheiben blühten Eisblumen. Ihre Mutter hatte bestimmt nur damit gedroht, Marian wegzuschicken, damit Luise zu ihm auf Abstand ging. Mama wusste, dass sie ihn nicht wegschicken konnte, weil sie einen Mann im Haus brauchten. Aber Luise würde sich von ihm fernhalten müssen, um ihre Mutter zu beruhigen.

Sie wandte sich vom Fenster ab und ging zurück hinter die Ladentheke, um die Brote im Regal zurechtzurücken. Da hörte sie schwere Schritte an der Tür, die zum hinteren Flur führte. Sie wandte sich um. Eine Wolke von abgestandenem Zigarrengeruch strömte herein, als Josef Moor den Laden betrat. Er trug eine Fellmütze und einen Wintermantel.

»So, Luischen, ich geh zu Teschner«, sagte er und schloss die Tür. »Du hältst hier die Stellung wie immer.« Er warf ihr einen abschätzenden Blick zu, während er den Laden durchquerte, als müsste er sich immer noch davon überzeugen, dass sie dazu auch wirklich in der Lage war.

»Natürlich, Herr Moor«, versicherte sie und sah in sein breites Gesicht unter der Fellmütze, in dem die wasserblauen Augen wie zwei klare Seen lagen. Seine dicken, trockenen Lippen verzogen sich zu einem kleinen Lächeln. »Sehr schön, Luischen. Bin auch bald wieder zurück. Es dauert nicht lange.«

»Ja, gut, Herr Moor.« Luise hasste es, wenn er sie so ansprach. Sie war stolz auf ihren schönen Namen, und er verhunzte ihn. Wenn er ihr wenigstens den Lohn für die letzten Monate zahlen würde! Aber er glaubte wohl, sie sei es ihm schuldig, kostenlos für ihn, den Bürgermeister, zu arbeiten. Wo sie doch schon ihr Pflichtjahr in der Landwirtschaft zu Hause verbringen durfte.

Das Glöckchen ertönte, als Moor nach draußen ging. Sie beobachtete, wie er die Dorfstraße überquerte, und fragte sich, was er wohl in seiner Aktentasche bei sich trug. Teschner und er hatten es sehr dicke miteinander. Entweder weilte der Ortsgruppenleiter hier oder Moor ging zu ihm. Was hatten die beiden eigentlich immer miteinander zu besprechen? Luise wurde neugierig.

Ihr fiel wieder ein, was Herr Steidler über Herrn Moor gesagt hatte. Vielleicht könnte sie nun etwas über seine Machenschaften erfahren. Sie nahm das Bin-gleich-zurück-Schild aus der Schublade und befestigte es an der Tür, dann schloss sie den Laden ab. Sie würde nicht lange brauchen. Wenn Christel wiederkommen sollte, könnte sie ihr vormachen, in der Toilette hinter dem Haus gewesen zu sein. Luise gab sich einen Ruck und ging durch die Nebentür hinaus. Licht fiel durch das kleine Fenster in den Flur, als sie sich über die Dielen zu Moors Büro schlich. Eine Bodendiele knarrte so laut, dass sie erschrak. Sie spähte die Treppe hinauf. Ob Christel doch schon wiedergekommen und in ihr Zimmer gegangen war, ohne dass sie es bemerkt hatte?

Sie lauschte ein wenig, aber es war still im Haus. Sie war allein. Sie ging zur Bürotür und drückte die Klinke hinunter. Zu ihrer Verwunderung sprang die Tür sofort auf. Es roch nach abgestandenem Zigarrenrauch. Der Aschenbecher auf dem Schreibtisch quoll über von Zigarrenstummeln. Daneben hing auch Moors eigener Geruch im Raum. Eine seiner alten Strickjacken hing über der Lehne des Schreibtischstuhls.

Luise zögerte. Was tat sie nur hier? Wenn Christel jetzt käme oder, schlimmer noch, Herr Moor? Sie überlegte, ob sie wieder umkehren sollte, doch dann entschied sie sich dagegen.

Sie mochte weder Christel noch ihren Vater. Sie war sich sicher, dass alle beide sie nur ausnutzten und Moor hier irgendwas verbarg.

Sie atmete tief durch und schloss die Tür. Zuerst ging sie zum Schrank und versuchte, seine Türen zu öffnen, doch er war abgeschlossen. Hinter dem Schrank lehnten ein paar alte Bilder in verstaubten Rahmen. Luise betrachtete sie neugierig. Es waren zwei Ölbilder, die einen alten Bauernhof und eine Stadtansicht von Breslau zeigten, und eine Radierung der Stabkirche Wang. Wie alt sie wohl waren? Wo hatte Herr Moor sie her?

Luise ließ die Bilder los und blickte sich suchend um. Sie musste den Schrankschlüssel finden. Auf dem Schreibtisch herrschte ein unübersehbares Durcheinander an Papieren und Heften, dazwischen gab es freie Stellen, die mit Tintenflecken und Aschenresten übersät waren. Ein Stapel Kladden ragte an einer Seite des Tisches auf, ein Stapel ihrer Heimatzeitung, der *Beobachter im Iser- und Riesengebirge*, lag gleich daneben. Die ältesten Ausgaben unten waren schon ganz vergilbt. In der Mitte des Tisches lag eine große, aufgeschlagene Kladde – wohl ein Rechnungsbuch, wie Luise wegen der vielen Zahlen darin annahm. Daneben hingen Stempel an einem eisernen Rondell.

In der Schreibtischschublade steckte ein Schlüssel. Bestimmt lag der Schrankschlüssel in der Schublade. Sie lauschte noch mal, ob sich jemand näherte, dann zog sie vorsichtig die Schublade auf. Ein muffiger Geruch strömte ihr entgegen. Es roch nach Papier, altem Holz und etwas Süßem. In einer geöffneten Blechdose lagen Bonbons, daneben eine angebrochene Schokolade. Sie nahm sie heraus und atmete tief ihren Geruch ein. Woher um alles in der Welt bekam man jetzt noch Schokolade? Der Bürgermeister musste wirklich gute Beziehungen haben, wenn er so etwas Kostbares besaß. Sie konnte nicht widerstehen, brach sich ein Stück ab und verschlang es gierig. Dann dachte sie, dass noch genug Schokolade da wäre, um sich unbemerkt mehr zu nehmen, und brach sich ein weiteres Stück ab. Aber jetzt beherrschte sie sich und aß die Süßigkeit Stückchen für Stückchen und behielt sie lange im Mund. Während sie aß, zog sie die Schublade weiter heraus. Aus einem offenen, zerknitterten Briefumschlag schimmerten ihr Reichsmarkscheine entgegen. Luise schluckte die Schokolade hinunter und leckte sich die Finger ab. Sie nahm den Umschlag, zog die Geldscheine heraus. Es waren mehrere Hunderter und Fünfziger, sorgfältig sortiert, abgegriffen und teilweise fleckig. Sicher waren sie schon durch unzählige Hände gegangen. Wie musste es sein, so viel Geld zu besitzen? Ob das die Kassenüberschüsse waren, die Christel erwirtschaftet hatte? Eigentlich sollte sie sich etwas wegnehmen, den Lohn, der ihr zustand und den Moor ihr seit Monaten schuldig war. Er würde wahrscheinlich sowieso nicht merken, wenn ein Schein fehlte. Oder doch? Mit Mühe widerstand sie der Versuchung und legte den Umschlag wieder zurück.

Sie tastete weiter über Papiere – alte Rechnungen und Briefe –, als sie gegen etwas Hartes stieß. Neugierig zog sie den kleinen Gegenstand hervor. Es war ein alter Messingkamm, der am Rücken mit einem Pferdegespann verziert war. Ein antiker Pferdekamm. Er hatte ein paar Flecken, war aber sonst noch gut erhalten. Luise fand noch einen zweiten Kamm aus Horn, mit einer Öse zum Aufhängen. Wozu brauchte Herr Moor Pferdekämme, wenn er gar keine Pferde hatte?

Sie legte die Kämme wieder zurück in die Schublade. Dabei fiel ihr Blick auf ein amtlich aussehendes, graues Papier, auf dem der Reichsadler abgebildet war. *Deutsches Reich Kennkarte* stand darauf. Sie traute Moor ohne Weiteres zu, seine Kennkarte achtlos in die Schublade zu werfen. Wie er wohl früher ausgesehen hatte? Neugierig drehte sie das Ausweispapier um. Aber das Foto zeigte nicht Herrn Moor, sondern einen jungen Mann, der freundlich lächelnd in die Kamera blickte. Zwei Hakenkreuz-Stempel verbanden das Foto mit dem amtlichen Dokument. Fingerabdrücke bezeugten die leibliche Existenz des Fotografierten, und ein weiterer Stempel auf der Gebührenmarke bestätigte die ordnungsgemäße Zahlung von drei Reichsmark für die Ausstellung der Kennkarte durch den Bürgermeister als Ortspolizeibehörde. *Baumann Hans* hatte jemand sorgfältig in altdeutscher Schrift auf das Dokument geschrieben und als Geburtsdatum den 12. April 1923 vermerkt. Unter Beruf stand *Bäckereigehilfe*. Ein großes, verschnörkeltes, gelblich schimmerndes J prangte auf der linken Seite der Kennkarte und zog sich über den Vornamen bis hin zu den unveränderlichen Kennzeichen. Ins Feld für Bemerkungen, in dem zunächst jemand in schnörkeliger Handschrift *keine* geschrieben hatte, hatte später jemand einen mächtigen Stempel *EVAKUIERT* gesetzt und handschriftlich auf der dafür vorgesehenen Linie *18.2.1942* vermerkt.

Luise starrte auf die Karte. Sie kannte den jungen Mann, hatte ihn ein paar Mal kurz gesehen, als sie mit ihrer Mutter früher in der Bäckerei Brot gekauft hatte, wenn sie keine Zeit zum Backen gehabt hatten. Er hatte manchmal die frischen Brote aus der Backstube in den Laden gebracht. Sie erinnerte sich an sein freundliches Lächeln.

EVAKUIERT.

Sie zuckte ein wenig zusammen. Steidlers Worte über Moors Gehilfen fielen ihr wieder ein, dass er ihn ins offene Messer habe laufen lassen. Wenn Moors Gehilfe evakuiert worden war, dann bedeutete das, er war als Jude in eins dieser Lager gekommen. Ein Arbeitslager, schlimmer als ein Gefängnis, und Moor hatte seine Kennkarte hierbehalten. Vielleicht hatte er sie in der Unordnung seiner Schublade einfach vergessen.

Luise hörte ein Geräusch vom Laden her. Sie legte die Kennkarte zurück, schob die Schublade wieder zu und verließ schnell das Büro. Leise schloss sie die Tür hinter sich und eilte zurück in den Verkaufsraum. Christel stand vor der Tür, schirmte ihr Gesicht mit den Händen ab und spähte in den Laden.

Natürlich musste sie ausgerechnet jetzt kommen! Luise straffte sich und schloss die Ladentür auf.

»Warum machst du zu?«, fauchte Christel und bedachte sie mit einem ärgerlichen Blick.

»Dein Vater ist bei Teschner und ich musste ins Häuschen«, log Luise.

Christel machte ein unwilliges Geräusch und rauschte mit eisiger Miene an ihr vorbei zur Hintertür. Sie hatte ihren neuen Wintermantel an, ein traumhaft schönes Stück mit Pelzkragen und Pelzbesatz an den Ärmeln. Dazu trug sie eine gefütterte Wollmütze und Stiefel.

»Ich komm gleich wieder«, sagte sie nur und verschwand im Haus. Die Tür schnappte geräuschvoll hinter ihr zu.

Luise fragte sich, wie lange sie wohl schon vor der verschlossenen Tür gewartet hatte. Hoffentlich nicht zu lange. Sie musste wieder an Baumann denken. Wie es ihm jetzt wohl ging? Was hatte man mit ihm gemacht? Hoffentlich hatte man ihn nicht erschossen wie die anderen Juden, von denen Marian ihr erzählt hatte. Ein schlechtes Gefühl bohrte in ihrem Magen.

Sie hätte nicht in Moors Büro gehen sollen. Sie versuchte, sich von den kreisenden Gedanken abzulenken, indem sie wieder die Brote im Regal verrückte und dann sogar begann, abzustauben. Sie war gerade dabei, das Landschaftsbild des Riesengebirges abzustauben, als Christel im Laden erschien. Wortlos band sie sich die Schürze über ihr hübsches Winterkleid, setzte sich auf den Hocker hinter der Theke und begann sofort, den Kassenstand zu prüfen. »Ist mein Vater schon lange weg?« Sie hob nur kurz den Kopf. Mit der Zeit – vor allem, seit sie wegen ihrer Pflichtjahre nicht mehr zusammen in der

Mädelschaftsgruppe waren – sprach Christel nur noch das Nötigste mit ihr.

»Noch nicht lange«, antwortete Luise und wich ihrem Blick aus. Christel war aufmerksam und bemerkte immer sofort, wenn etwas nicht stimmte oder wenn sie traurig war. Sie nutzte das dann stets, um Luise mit ihren Sticheleien noch mehr zu ärgern.

»Hm.« Christel konzentrierte sich wieder auf die Abrechnungen. Sie nahm die Scheine aus den Fächern der Schublade und zählte sie, dann zählte sie die Münzen und schichtete sie in kleinen Stapeln auf.

»Es war kaum was los«, sagte Luise und legte das Staubtuch weg.

»Natürlich war kaum was los«, meinte Christel, ohne von ihren Abrechnungen aufzusehen. Sie nahm die Münzstapel und schichtete sie in die Geldkassette. Sie schien schlecht gelaunt zu sein. Luise fragte sich, bei wem sie wohl gewesen war und was sie so verärgert hatte, aber sie würde sich eher die Zunge abbeißen, als Christel danach zu fragen. »Kann ich gehen?«, fragte sie stattdessen.

Christel hob den Kopf, starrte sie eine Weile mit einem abwesenden Gesichtsausdruck an und nickte dann. »Jaja, geh nur, ich mach den Rest allein.«

Überrascht zog sich Luise die Schürze aus und ihren Wintermantel an. Es war der mit dem Fischgrätmuster, den sie jetzt den zweiten Winter trug. Sie streifte sich die Halbschuhe ab, die sie nur im Laden trug, stopfte sie in ihre Tasche und schlüpfte in die gefütterten Winterstiefel. Ehe sie sich die Wollmütze und ihre Handschuhe überzog, hielt sie inne. »Sag mal – was ich dich schon immer fragen wollte …« Sie zögerte, bis Christel aufsah. »Was ist eigentlich mit eurem Gehilfen damals passiert, dem … na, ich komm nicht mehr auf seinen Namen …«

»Hans Baumann«, sagte Christel. Ihre hellen Augen flackerten erstaunt.

»Ja, der immer so nett gelächelt hat.«

Das Kinn in Christels herzförmigem Gesicht sank nach unten. »Na, der ist weggekommen«, sagte sie in einem Tonfall, als wäre es das Selbstverständlichste auf der Welt. »Der war doch Jude.«

Luise schluckte. »Ach so, das wusste ich nicht.«

Christel streifte sie kurz mit einem missbilligenden Blick, schüttelte ihren Bubikopf und beugte sich wieder über die Geldkassette.

Luise verspürte auf einmal Lust, sie zu ärgern. »Meinst du, dass er tot ist?«

Christel rührte sich sekundenlang nicht. Dann warf sie den Deckel der Kassette zu und erhob sich. »Meine Güte, Reich, was weiß ich denn! Ich hab, ehrlich gesagt, nicht mehr nachgefragt, wie es unserem Volksfeind jetzt geht.«

»Wie lange war er denn bei euch?«

»Ich weiß nicht, zwei Jahre?« Christel wich ihrem Blick aus und sah aus dem Fenster, wo ein paar Jungs lärmend die Straße entlangliefen. Sie wandte sich wieder um. »Warum fragst du das alles? Hat die Pfarrerstochter dir etwa einen Floh ins Ohr gesetzt?«

»Ich wollt's nur mal wissen«, sagte Luise und setzte ihre Mütze auf. Draußen rollte jetzt ein hoch beladenes Fuhrwerk über die Straße, das von zwei Pferden gezogen wurde. Ihm folgte ein einspänniger, voll beladener Wagen.

Luise trat ans Fenster. Sie hatte noch nie so hoch beladene Pferdewagen gesehen. Die Tiere taten ihr sofort leid. Hinter den Wagen stapften Frauen durch den Schnee. Sie hatten Kinder an der Hand und zogen vollgepackte Handwagen, Kinderwagen oder kleine Schlitten hinter sich her.

»Ach du lieber Himmel«, entfuhr es Christel, die neben sie getreten war. »Wie die aussehen! Das sind bestimmt Flüchtlinge. Wo die wohl herkommen?«

Luise sah in das verfrorene, magere Gesicht einer alten Frau, die oben auf einem der Karren saß, und ihr war, als griffe eine kalte Hand nach ihrem Herzen.

Sie beobachteten, wie sich eine Frau aus dem Zug löste und auf ihren Laden zulief. Aber noch ehe sie die Bäckerei erreicht hatte, verriegelte Christel die Ladentür und drehte das Schild auf *Geschlossen* um. Sie packte Luise am Arm. »Du gehst am besten durch die Hintertür raus.«

Luise sah das erst hoffnungsvolle, dann enttäuschte Gesicht der Frau und wie sie sich umwandte, um wieder zu den anderen zurückzugehen. Sie wand sich aus Christels Griff und blieb stehen. »Warum schließt du den Laden ab?«

Christel hielt inne. »Das fehlt mir noch, dass die hier alle reinstürmen und mir im Nu den Laden leer machen.«

Luise schnappte nach Luft. »Wir müssen ihnen Brote geben«, sagte sie, als sie sich wieder gefangen hatte. »Wer weiß, wie lange sie schon unterwegs sind. Sie haben bestimmt Hunger.«

»Ich darf die Brote nicht einfach so abgeben«, erwiderte Christel. »Unsere Dorfbewohner kriegen sie auch nicht umsonst.«

»Die Brote werden heute sowieso nicht mehr gebraucht, wir können sie den Leuten geben«, hörte Luise sich mit rauer Stimme sagen. »Es sind *Landsleute*!«

Christel schob ihr Kinn trotzig nach vorn. Luise sah, wie sie hastig schluckte. »Das darf ich nicht«, beharrte sie.

Luises Herz hämmerte. Sie wusste in diesem Augenblick, dass sie die Brote auch gegen Christels Willen nehmen und an die Menschen verteilen würde. Sie baute sich drohend vor Christel auf und starrte sie an. »Gib mir die Brote! Im Namen des Führers!« In dem Augenblick, wo sie die Worte aussprach, wurde ihr die Merkwürdigkeit der Situation bewusst. Nie hätte sie so etwas normalerweise gesagt. Doch der Zweck heiligte schließlich die Mittel, und sie hoffte, so Christels Widerstand brechen zu können.

In Christels Gesicht zuckte es hektisch. Wortlos ging sie, holte einen Korb, legte ein paar Brotlaibe hinein und drückte ihn Luise in die Hand. Dann packte sie Luises Arm und drängte sie durch den Flur und die Hintertür hinaus. Ohne auch nur ein weiteres Wort zu sagen, knallte sie die Tür hinter ihr wieder zu. Luise konnte nicht fassen, dass dies gerade stattgefunden hatte. Sie brauchte eine Weile, um sich zu beruhigen. Als ihr Atem wieder langsamer ging, fühlte sie sich besser, weil sie sich gegen Christel durchgesetzt hatte.

Es waren überwiegend Frauen und Kinder jeden Alters. Manche Frauen hatten sich gegen die Kälte Kopftücher unter die Mützen gebunden. Mit bleichen, von Erschöpfung gezeichneten Gesichtern stapften sie müde über den festgefrorenen Schnee der Dorfstraße, gefolgt von ihren rotgesichtigen Kindern. Vielen sah man an, dass sie kaum noch laufen konnten.

Luise verteilte die Brote an ein paar Frauen, die sie ihr aus der Hand rissen. Fuhrwerke bogen ab und fanden Unterkunft für die Nacht in Ställen und Scheunen, manche Türen blieben aber auch verschlossen. Dennoch hatte sich der Treck, als er das Oberdorf erreichte, schon fast aufgelöst. Als Luise zu ihrem Hof zurückkam, baten dort zwei Frauen mit ihren Kindern um Unterkunft für die Nacht. Sie hatten vollgepackte Hand- und Kinderwagen dabei. Ihre Mutter bot ihnen an, im Haus zu übernachten, aber das lehnten sie ab. Ihnen würde die Scheune reichen, sie hätten sich mittlerweile an die Kälte gewöhnt, sagte die ältere von beiden, eine dunkelhaarige, derb aussehende

Frau, mit einem bitteren Lächeln. Die Scheune wäre warm genug für sie.

Ihrer Mutter gefiel das nicht, wie Luise an ihren herabgezogenen Mundwinkeln sah, doch sie gab nach und ließ Marian Strohlager für die Familie herrichten und Strohbunde vor das Tor schichten. Sie gab ihnen Wolldecken und Kissen und erhitzte Wasser für sie in der Wirtschaftsküche, mit dem sie sich wuschen und wo sie ihre Sachen trocknen konnten. Die beiden Frauen, die sich als Else und Margarete Jentsch aus Breslau vorstellten, nahmen alles dankbar an. Vor allem Else, die dunkelhaarige und ältere von beiden, taute nach dem warmen Fußbad auf und gab sich gesellig und gesprächig, während die jüngere, eine zierliche, unscheinbar aussehende Frau, kein Wort sagte.

Else Jentsch hatte zwei Kinder, einen zehnjährigen Jungen, den Helene schnell in Beschlag nahm, und ein etwa fünfjähriges Mädchen, das den Daumen in den Mund schob und seiner Mutter nicht von der Seite wich.

Luises Mutter tischte das Essen schnell auf, weil sie sah, dass die Kinder müde waren. Es gab Nudelsuppe vom Vortag, Bratkartoffeln, eingemachte Kirschen. »Ich kann Ihnen gar nicht genug danken«, sagte Else Jentsch, als Luises Mutter ihr Bratkartoffeln auf den Teller lud. »So was ist nicht selbstverständlich. Viele Leute wissen gar nicht, was Hilfsbereitschaft ist. Wir mussten oft so lange laufen, bis wir an offene Türen kamen, das kann ich Ihnen sagen! Manchmal gab's nur den Stall und ein Stück Brot, nicht, Margarete?«

Die jüngere Frau nickte und sah stumm auf ihren Teller hinunter. »Sehen Sie's ihr nach«, meinte Else Jentsch und ermahnte ihren Sohn, der mit Helene unter dem Tisch herumalberte.

»Wie lange sind Sie schon unterwegs?«, erkundigte sich Luises Mutter.

»Seit dem zwanzigsten Januar.« Else Jentsch spießte mehrere Kartoffelscheiben gleichzeitig auf. »Wie lange ist das her? Eine Woche?«

Luises Mutter nickte, und Frau Jentsch fuhr fort: »Gauleiter Hanke hat uns nach dem russischen Luftangriff rausgetrieben. Frauen, Kinder, alte Leute, alle mussten die Stadt verlassen. Wir wollten erst nicht, aber dann kamen die von der Ortsgruppenleitung und haben uns die Hölle heißgemacht. Was haben die uns ausgemalt, was die Bolschewiken mit uns Frauen und Mädchen machen würden. Und dann sagten sie, wir würden keine Lebensmittelkarten mehr kriegen und sie würden sogar unsere Häuser sprengen, wenn wir nicht gingen.«

Niemand sagte etwas. Die Kinder hatten aufgehört zu scherzen und sahen still auf ihre Teller hinunter. Else Jentsch kaute wütend und spießte weitere Kartoffeln auf. »Alle Männer mussten zur Stadtverteidigung bleiben«, fuhr sie fort. »Wir sind Schwägerinnen, wissen Sie? Unsere Männer sind Brüder. Der Hanke will die Stadt zur Festung machen, und dafür mussten wir raus. Aber wir konnten gar nicht weg, weil alle Bahnhöfe überfüllt waren. Was meinen Sie, was da los war! Das können Sie sich nicht vorstellen! Die wollten ja alle weg. Wir mussten also zu Fuß weiter. Wir sind bis nach Königszelt gelaufen, weil wir dachten, von da kommen wir mit dem Zug weiter, aber da war auch schon alles so voll, dass wir nicht mehr mitkamen.«

Es war still am Tisch geworden. Das Geräusch der Gabel, mit der Frau Jentsch die Kartoffeln aufpickte, mischte sich mit dem Ticken der Pendeluhr.

»Sie sind also den ganzen Weg von Breslau bis hierhin zu Fuß gekommen?«, fragte Luises Mutter. »Bei dieser Kälte?«

»Ja, und das ist noch nicht das Schlimmste«, erzählte Frau Jentsch. »Breslau war schon voll mit Flüchtlingen aus dem Osten. Die sind in die Stadt gekommen, als der Iwan auf die Oder vorrückte. Viele aus dem Westen, aus den ausgebombten

Städten, waren ja auch schon da. Die mussten alle raus, alle weg.« Sie nahm einen großen Schluck Wasser. »Viele sind erfroren, die haben die kalte Nacht nicht überlebt.«

Luise stockte der Atem. Sie bemerkte, wie Margarete Jentsch ihre Gabel zurück auf den Teller legte. Sie hatte kaum etwas gegessen.

Ihre Oma sah bestürzt aus. Sie legte ihre Hand auf Manfreds kleine Hand. Helene stieß unter dem Tisch gegen das Bein des Jungen, der laut »Aua!« rief.

Luises Mutter ermahnte sie und erhob sich, um Bratkartoffeln nachzufüllen. »Es tut mir sehr leid, was Sie alles durchmachen mussten«, sagte sie. »Nun essen Sie erst mal ordentlich. Möchten Sie noch?«

Else Jentsch ließ sich bereitwillig erneut den Teller füllen. Ihre Schwägerin schob ihren Teller weg und bot ihrer kleinen Nichte von ihrem Essen an. Luises Mutter legte auch dem Jungen noch mal nach. »Also stehen die Russen schon vor Breslau?«, fragte sie und setzte sich wieder hin. Ihre Lippen sahen blass und trocken aus.

»Sie versuchen, über die Oder zu kommen. Wir mussten alle nach Süden weg«, sagte Frau Jentsch.

»Wissen Sie, mein Mann ist beim Volkssturm«, sagte Luises Mutter mit leiser Stimme.

»Wo denn?«

»In Frankenstein.«

»Ist das nahe bei Breslau, Mama?«, fragte Luise.

»Nein.«

»Das ist noch 'ne ganze Wegstrecke davon weg«, beruhigte sie Frau Jentsch. »Da muss der Iwan lange für kämpfen, bis er da ist.« Sie kratzte ihren Teller leer und lächelte Luise kurz über den Tisch hinweg an. Als Letzte legte sie die Gabel nieder.

»Wo wollen Sie hin?«, fragte Luises Mutter, die sich wieder erhoben hatte, um die Teller abzuräumen.

»Weiter in die Tschechei. Unsere Männer haben da Verwandte, da können wir erst mal unterkommen. Alle in diesem Treck wollen weiter in die Tschechei. Was soll'n wir sonst machen?«

»Gut, gut.« Luises Mutter stellte die Schüssel mit den Kirschen auf den Tisch und verteilte kleine Schüsseln für den Nachtisch.

»Leider haben wir kein Geld, mit dem wir Sie bezahlen können«, bedauerte Frau Jentsch. »Wir können Ihnen nur noch mal vielmals für Ihre Großzügigkeit danken.«

»Aber bitte, keine Ursache.«

»Ich werd mich revanchieren, wenn das alles vorbei ist und wir wieder zurückkönnen«, versprach Frau Jentsch und zog ihre kleine Tochter hoch, die zu ihr auf den Schoß wollte.

»Schon gut«, meinte Luises Mutter.

Eine Weile war nur das Ticken der alten Pendeluhr zu hören. Luise fand es merkwürdig, dass nun Else Jentsch mit ihrer müden Tochter auf dem Platz ihres Vaters saß. Aber sie war ihr dankbar dafür, dass sie sie beruhigt hatte. Sie wusste nun, dass ihr Vater nicht in der Nähe von Breslau und somit nicht in gefährlicher Frontnähe war. Aber die erfrorenen Menschen gingen ihr nicht aus dem Kopf. Sie verfolgten sie noch den ganzen Abend, als sie mit ihrer Oma den Abwasch erledigte, während ihre Mutter sich davon überzeugte, dass die Frauen ein warmes Lager hatten. In ihrer Entsetzlichkeit erschienen ihr die Erzählungen unwirklich wie jene Schauermärchen, die die Oma ihr früher erzählt hatte, nach denen sie sich wohlig in ihr Bett gekuschelt hatte mit dem Gedanken, alles wäre nur eine Geschichte.

Aber es war die Wahrheit.

Kapitel 16

Früh am nächsten Morgen hörten sie jemanden schreien. Luise war gerade in den Stall gegangen, um die Kühe zu melken, als der Schrei laut und unwirklich über den Hof gellte, den Hund aus seiner Hütte trieb und ihn ununterbrochen bellen ließ. Luise sprang vom Melkschemel auf und sah aus dem Fenster, konnte aber wegen der Eisblumen nichts erkennen. Sie ging hinaus und spähte in den dämmrigen Morgen.

In der Nacht hatte es Neuschnee gegeben. Marian war gerade dabei, ihnen die üblichen Wege zur Scheune, zum Schuppen und zum Toilettenhäuschen freizuschaufeln, doch nun hielt er inne. Als er sie sah, deutete er auf die Scheune.

Die Scheunentür sprang auf, und Frau Jentsch stürzte barfuß, nur mit ihrem Nachthemd bekleidet, hinaus in die Kälte und erbrach sich im Schnee. Luises Mutter, die gerade auf dem Weg zum Schweinestall an der Scheune war, um die Tiere zu füttern, stellte ihre beiden Kartoffeleimer auf den Boden und eilte zu Frau Jentsch. Auf dem Weg fuhr sie den Hofhund an, er solle still sein. Sie hatte sich einen Mantel über die Schürze geworfen und war in ihre Winterschuhe geschlüpft, ohne sie zu schnüren. Sie fragte Frau Jentsch, was los wäre. Luise hörte die Frau schluchzen und etwas sagen, das sie nicht verstand.

Aber sie begriff auch so, dass etwas Furchtbares passiert sein musste. Ihre Mutter legte den Arm um Frau Jentsch und sprach beruhigend auf sie ein, und Luise verstand etwas von »Mantel anziehen« und »ins Warme gehen«, aber Frau Jentsch schüttelte nur den Kopf. Ihr Schluchzen klang herzerweichend in den kalten Morgen.

Luise sah, wie ihre Mutter sich straffte, als müsste sie sich zu etwas überwinden. Sie überließ es der Oma, die ihr gefolgt war, Frau Jentsch weiter zu trösten, und ging in die Scheune. Luise folgte ihrer Mutter. Ihre Oma wollte sie an der Scheunentür aufhalten, aber sie hörte nicht auf sie. Sie war die dritte Frau im Haus. Was immer sie erwarten würde – sie würde ihrer Mutter beistehen.

Aber sie hatte nicht mit dem gerechnet, was sie nun sehen musste.

Ihre Mutter war gleich hinter der Tür neben dem Erntewagen stehen geblieben. Aufrecht wie ein Soldat der alten Reichswehr stand sie da und strich mechanisch über die Haare von Elsa Jentschs Kindern, die ihre Köpfe gegen ihren Mantel pressten und weinten.

Luise sah hinüber zur Kopfseite der Tenne, wo sich die Dreschmaschine erhob. An einem Seil, das um einen Träger der Empore geschlungen war, hing der reglose Leichnam von Margarete Jentsch. Sie trug ein dickes, geblümtes Nachthemd und Socken. Ihr Kopf war zur Seite geneigt, ihr aschblondes Haar floss dünn und strähnig auf ihre Schultern. Offenbar war sie auf die Empore gegangen, hatte von dort aus das Seil befestigt, war über die Brüstung geklettert und dann in den Tod gesprungen.

»Ist ja schon gut, schon gut.« Die Stimme ihrer Mutter, die die Kinder tröstete, drang in Luises Bewusstsein. »Wo habt ihr denn eure Mäntel? Holt eure Sachen, ihr könnt euch im Haus anziehen.«

Die Kinder liefen zu ihren Schlaflagern an den Bansen und suchten schluchzend ihre Sachen zusammen, ohne die Tote anzusehen. Von draußen drang das Geheul von Elsa Jentsch herein. »Jetzt bin ich ganz allein mit den Kindern. Sie hat mich allein gelassen! Sie hat mich allein gelassen!«

Luises Mutter war blass geworden, ihr Mund fest zusammengepresst. Ohne einen weiteren Blick auf die Tote zu werfen, führte sie die Kinder aus der Scheune. »Luise, ich hab Frau Jentschs Sachen vergessen. Hol sie bitte, damit sie sich was anziehen kann. Und sieh nicht hin.« Sie deutete vage zur Empore hinüber.

Luise schluckte. Ihr war ganz flau im Magen. Mit wackeligen Knien ging sie zu den Strohlagern der Frauen und fragte sich, welches wohl das von Else Jentsch war. Vor einem der Lager standen die Stiefel der Toten. Sie waren ihr gestern aufgefallen, weil sie hübsche Riemchen mit Schnallen zur Verzierung an den Schäften hatten. Ihr Mantel lag am Fußende, offenbar hatte sie ihn als zusätzliche Decke benutzt. Luise blickte auf die zerwühlten Decken hinunter. Unter dem Kissen, das ihre Mutter am Vortag vom Sofa ihrer eigenen Stube genommen hatte, lugte etwas hervor. Es sah aus wie ein Papier. Hatte die Frau etwa einen Abschiedsbrief hinterlassen? Luise hob es auf. Es war kein Brief, sondern eine geknickte Fotografie, eine gute Aufnahme, wie man am Papier erkennen konnte.

Luise klappte sie auf. Vor einer blumengeschmückten Balustrade, die der Fotograf als Hintergrund gewählt hatte, stand ein junges Paar. Der Mann war um einiges größer als seine Frau. Margarete Jentsch sah auf dem Foto jünger aus. Sie hatte weiche Gesichtszüge und von der Brennschere gewellte Haare. Stolz sahen die Eltern auf das Kind in ihren Armen, von dem nur das Köpfchen in einem weißen, gerüschten Bündel von Taufkleid und Kissen zu sehen war.

Luise ließ die Fotografie sinken. Margarete Jentsch hatte ein Kind gehabt, ein kleines Kind. Wo war es? Was war mit ihm geschehen?

Sie merkte, dass jemand die Scheune betreten hatte, und fuhr herum. Vor dem Licht, das durch die Tür hereinfiel, zeichnete sich Marians schlanke Gestalt ab. Er sah zu der Toten hinüber und zuckte erschreckt zusammen, hielt inne und bekreuzigte sich. Dann murmelte er etwas, das Luise nicht verstand. Schnell kam er zu ihr. »Luise, was machst du hier?« Er deutete auf den Leichnam. »Nicht gut, mit Toten allein zu sein. Bringt Unglück.«

Luise musste gegen das Licht blinzeln. Sie gab ihm die Fotografie. »Frau Jentsch hatte ein kleines Kind. Es ist nicht hier. Sie haben uns gestern erzählt, dass alle Frauen und Kinder aus Breslau vertrieben wurden, weil der Gauleiter die Stadt zur Festung machen will. Dabei sind viele erfroren. Vielleicht war ihr Kind dabei.«

Marian betrachtete die Aufnahme. Er schüttelte den Kopf und gab ihr das Foto zurück. »Das ist traurig«, sagte er ernst. »Aber du musst erst hören, ob Kind wirklich erfroren. Vielleicht ist es schon früher gestorben.«

»Nein, es ist auf der Flucht erfroren, ich bin mir sicher«, meinte Luise. »Du hättest sie gestern beim Essen sehen sollen. Sie hat kein Wort gesagt und kaum was gegessen. Hätte ich gewusst, dass sie so traurig war!«

»Du konntest es nicht verhindern. Sie wollte es tun. Sie will bei Kind sein.« Er deutete wieder vage auf den Leichnam, ohne diesen anzusehen.

Luise schauderte es. Wie schlimm musste es sein, sein kleines Kind zu verlieren und es dann im Schnee zurückzulassen! Es nicht beerdigen zu können! Weiterzumüssen, um das eigene Leben zu retten. Doch wofür?

Luise fühlte, wie ihre Augen feucht wurden. Sie sah noch einmal auf das Foto, dann schob sie es wieder unter das Kissen zurück.

Als sie sich aufrichtete, merkte sie, dass Marian sie immer noch ansah. Er hob die Hand und wischte ihr sanft mit dem Finger die Tränen von den Wangen. »Nicht weinen.«

Überrascht starrte Luise ihn an. Seine Augen, die im Sonnenlicht braun leuchteten, sahen jetzt, in der dämmrigen Scheune, dunkel aus. Er sah sie besorgt an.

»Nicht traurig sein.«

Sie spürte, wie ihr Gesicht heiß wurde. Verlegen strich sie sich über den rauen Stoff ihres Arbeitskleids und verfolgte, wie er die Hand wieder sinken ließ. Er hatte sie noch nie berührt. Seit ihre Mutter sie gemeinsam im Stall entdeckt hatte, hatte er sich von ihr ferngehalten. Sicher hatte er die Vorwürfe ihrer Mutter mit angehört und wusste, was für ihn auf dem Spiel stand. Aber jetzt …

»Ich … danke«, stammelte sie, während sie seinem Blick auswich. Sie sah auf seine schlanken Hände hinunter, die unter den zu langen Ärmeln der alten Winterjacke ihres Vaters hervorlugten, und wünschte sich, wieder von ihnen berührt zu werden. Erschreckt schob sie den unangemessenen Gedanken sofort beiseite.

Von draußen drang die Stimme ihrer Oma herein, die Helene daran hinderte, in die Scheune zu stürmen und die Tote zu sehen.

»Ich muss die Sachen von Else Jentsch ins Haus bringen«, sagte Luise mit rauer Stimme.

»Ich helfe dir«, erklärte Marian. Gemeinsam suchten sie Stiefel, Strümpfe, Skihose, zwei dicke Pullover und den Mantel von Frau Jentsch zusammen und packten alles in einen leeren Getreidesack.

Luise war froh, dass Marian neben ihr ging, als sie an dem Leichnam von Margarete Jentsch vorbei die Scheune durchquerten. Sie vermied es, die Tote anzusehen, blickte stattdessen auf Marians Hand hinunter. Sie hätte sie am liebsten genommen und festgehalten.

Luise hatte recht gehabt. Else Jentsch erzählte ihnen, dass ihre Schwägerin ihr Kind auf der Flucht verloren hatte. Es war ein kleines Mädchen gewesen, gerade ein Jahr alt. Nachdem sie sich angezogen und etwas beruhigt hatte, erzählte ihnen Else Jentsch stockend in der Wohnküche mehr von dem Schicksal ihrer Schwägerin. »Als der Gauleiter, der verfluchte Hanke, den Befehl zum Verlassen der Stadt gab, war die Kleine krank«, berichtete sie weinend. »Margarete hat sich geweigert zu gehen. Sie wollte warten, bis die Kleine wieder gesund wäre. Aber dann kamen die von der Ortsgruppenleitung und haben ihr gedroht und sie furchtbar eingeschüchtert. Als dann das Fieber der Kleinen sank, sind wir losgegangen. Sie hat ihr Mädchen natürlich gut eingepackt, das können Sie sich ja vorstellen. Aber trotzdem ... trotzdem ...«

Alles ging in Else Jentschs Schluchzen unter.

Luises Mutter räusperte sich. Ihr Mund war ein nach unten gezogener Halbmond. In den Augen ihrer Oma schwammen Tränen. Sie erhob sich von ihrem Platz am Küchentisch, an dem sie saßen, und legte ihre faltigen Hände auf Else Jentschs Schultern.

»Doas Kleene is beim Herrgott und die Mutter au.«

Else Jentschs Schultern zuckten, so schluchzte sie. »Ihr armer Mann wird das nicht verkraften«, weinte sie. »Der wird sich auch umbringen, wenn er das erfährt.«

»Machen Sie sich keine Sorgen, Sie können bleiben, bis Ihre Schwägerin beerdigt ist«, sagte Luises Mutter.

»Aber Morgen geht der Zug weiter!«, rief Frau Jentsch. »Ich kann nicht allein mit den Kindern weitergehn. Ich kenn doch gar nicht den Weg.«

»Sprechen Sie mit dem Leiter des Zugs, vielleicht wartet er noch bis zur Beerdigung.«

Frau Jentsch schüttelte den Kopf. »Ach, der will nur weiter, und alle anderen auch. Ich kann die nicht wegen Margarete aufhalten.« Sie trank einen Schluck Kaffee, den Luises Mutter ihr eingeschenkt hatte, und starrte vor sich hin.

Am Vormittag fand sie immerhin die Kraft, zum Leiter des Flüchtlingstrecks und zu Pfarrer Vogt zu gehen und mit ihnen zu sprechen.

Luise, die das Gefühl hatte, etwas tun zu müssen, holte auf Anweisung ihrer Mutter Herrn Teschner und Herrn Weidlich. Die Männer begutachteten den Leichnam, hörten sich ihre Geschichte an, schüttelten den Kopf. Schließlich musste Marian helfen, die Tote abzunehmen. Sie betteten sie auf ein Strohlager in der Scheune, und Else Jentsch brachte es später sogar fertig, an ihrem Lager zu beten. Luise ging mit ihr und ihrer Mutter am Nachmittag zu Kühnels wegen eines Sargs. Zu ihrer Verwunderung traf sie Inge in der Tischlerwerkstatt an, wo sie ihrem Vater half, einen Handwagen für eine Flüchtlingsfamilie zu reparieren.

Sie hatten schon lange nicht mehr miteinander gesprochen. Inge leistete ihr Pflichtjahr im Krankenhaus von Hirschberg ab, das nun als Kriegslazarett diente. Sie war seit Weihnachten nicht mehr in der Kirche gewesen. Sie hatte sich einen Pony schneiden lassen, der ihr lang und mit der Brennschere gewellt ins Gesicht fiel. Während die Erwachsenen zuhörten, wie Else Jentsch die traurige Geschichte ihrer Schwägerin erzählte, stellte Luise sich neben Inge.

»Sieht gut aus.«
»Was?«

»Na, der Pony. Warst du in Hermannsdorf beim Friseur?«
»Nein, in Hirschberg.«
Sie schwiegen wieder und hörten eine Weile den Erwachsenen zu. Herr Kühnel zeigte Frau Jentsch und Luises Mutter die Bretter, aus denen er den Sarg zimmern würde.
»Schrecklich, nicht?«, meinte Inge. »Die arme Frau.«
»Sie sind alle arm dran, alle Frauen und Kinder, die jetzt fliehen müssen.«
»Ja, das werden wohl nicht die letzten gewesen sein. Da kommen noch mehr«, meinte Inge.
»Habt ihr auch welche im Haus?«
»Nein, zum Glück ist der Kelch an uns vorübergegangen.«
Luise schwieg und atmete den Geruch nach Holz und Sägespänen ein, den sie mochte. Es hatte etwas Tröstliches, hier zu sein, in der Werkstatt, die sie von klein auf kannte. Wo alles seinen gewohnten Lauf nahm, wo Inges Vater seiner Arbeit nachging, als wäre nichts geschehen.
»Ihr müsst euch überlegen, ob ihr noch mal welche aufnehmt nach dieser Geschichte«, sagte Inge.
»Das war nur ein unglücklicher Zufall. Hätte jeden treffen können.«
»Bleibt sie zur Beerdigung?« Inge deutete mit dem Kopf auf Else Jentsch.
»Ich glaube nicht. Sie muss morgen früh mit dem Zug weiter. Es sei denn, die schaffen es heute noch, ein Grab auszuheben bei den Temperaturen.«
Inge sah sie zweifelnd an. »Dann wird sie euch also auf der Leiche sitzen lassen.« Sie schüttelte missbilligend den Kopf.
Luise beobachtete, wie Else Jentsch über eine Sperrholzplatte strich und sich mit dem Taschentuch die Tränen aus den Augen wischte. »Sie hat erzählt, dass viele erfroren sind, nicht nur Kinder. Ein Verbrechen, was der Hanke getan hat.«

»Wie kannst du nur so was sagen!«, rief Inge. »Das hat der zum Schutz der Stadt getan. Man kann doch nicht so viele Leute durchfüttern bei einer Belagerung. Breslau muss gehalten werden, es ist die Hauptstadt Schlesiens.«

Luise wollte etwas entgegnen, aber sie hielt sich mit Mühe zurück. Sie war inzwischen viel zu vorsichtig geworden, um Inge ihre wahren Gedanken zu verraten. Sie hatte schon zu viel gesagt.

»Was meinst du, was ich jeden Tag im Lazarett zu sehen kriege?«, fuhr Inge fort. »Unsere Männer sterben für Deutschland. Ich sag dir, wir können froh sein, dass wir Frauen sind und nicht an die Front müssen.«

Luise nickte. Aber mit dem Auftauchen der Flüchtlinge hatte der Krieg sie nun eingeholt. Sie hatte Angst davor, aber sie würde mit Rita darüber reden, nicht mit dieser jungen Frau, die ihr fremd geworden war. Mit ihr wollte sie nichts mehr austauschen.

Zu ihrer Überraschung stellte Luise fest, dass sie nicht mehr enttäuscht war. Auf einmal konnte sie alles nüchtern sehen: Sie hatte mit Inge nichts mehr gemein, hatte sie vielleicht nie gehabt. Vielleicht war das Mädchen, mit dem sie in dieser Werkstatt gespielt und oben im Zimmer Schularbeiten gemacht hatte, schon immer anders gewesen, und sie hatte es nur nicht gemerkt oder nicht merken wollen. Jetzt aber stand es ihr klar vor Augen, und sie wunderte sich darüber, dass es ihr nichts mehr bedeutete.

Als sie gingen, verabschiedete sie sich von ihr wie von einer Fremden. Herr Kühnel versprach, den Sarg bis zum nächsten Morgen fertigzustellen.

* * *

Else Jentsch bekam noch mit, wie ihre Schwägerin am nächsten Morgen in den Sarg gelegt wurde. Sie zog doch noch ein Bündel

Geldscheine hervor, mit dem sie Herrn Kühnel bezahlte und Luises Mutter etwas für die Beerdigung daließ. Sie käme sicher wieder zum Grab ihrer Schwägerin, sagte sie, wenn der Krieg vorbei wäre. Ihr Schwager käme bestimmt auch, er müsste doch sehen, wo seine Frau beerdigt wäre. Sie umarmte alle zum Abschied, bedankte sich mehrmals bei Luises Mutter und ging dann mit ihren Kindern den freigeschaufelten Weg hinunter zur Dorfstraße.

Luise beobachtete, wie der Junge mühsam den vollgepackten Kinderwagen hinter sich herzog, und dachte, dass er nicht lange durchhalten würde. Sie würden Sachen zurücklassen müssen.

Zwei Tage später, nachdem es den Arbeitern gelungen war, ein Loch in den gefrorenen Boden zu brennen und zu hacken, wurde Margarete Jentsch auf dem Dorffriedhof von Lindenau beerdigt. Die Friedhofsarbeiter – zwei alte Männer, die noch im Dorf waren – hoben den Sarg vom Schlitten der Reichs und trugen ihn auf den Friedhof. Er war nicht schwer. Die beiden Männer reichten, um den dünnen Sperrholzsarg zu tragen und herabzulassen. Es gab eine dürftige Zeremonie, der nur Luise, ihre Mutter und Rita Vogt beiwohnten. Der Pfarrer sprach ein paar Worte, und dann zerstreuten sich alle.

Luise ging mit Rita anschließend ins Gemeindehaus zur Chorprobe. Sie freute sich über die willkommene Ablenkung. Die letzten beiden Tage, als die Tote in ihrer Scheune gelegen hatte, waren sehr bedrückend gewesen. Ihre Oma – sonst stets freundlich und friedlich – hatte sich darüber aufgeregt, dass Frau Jentsch nicht zur Beerdigung ihrer Schwägerin geblieben war, während Luises Mutter dafür Verständnis äußerte. Luise hingegen fragte sich, ob sie jemals wieder ihre Scheune betreten könnte, ohne Margarete Jentschs Leichnam dort hängen zu sehen. Ob die Seele der Verstorbenen nun wirklich beim

Herrgott war, wie ihre Oma sagte, vereint mit der ihres Kindes? Eine tröstliche Vorstellung, die Luise gern glauben wollte.

Mit Inbrunst sang sie während der Chorstunde neben Rita die Lieder, zu denen sie ihre Handarbeitslehrerin Fräulein Dietrich auf dem Klavier begleitete. Ihr Chor war noch kleiner geworden, seitdem Herr Steidler, Horst Henschel und der Schuster zum Volkssturm eingezogen worden waren. Sie hatten nur noch den Bariton des großen Gastwirts der *Krone*. Dafür strengten sich die Frauen umso mehr an. Voller Eifer folgten sie den Anweisungen des Fräuleins und sangen *Ein feste Burg ist unser Gott* in den staubigen Gemeinderaum, als hinge ihr Leben davon ab.

»Ich freu mich schon auf den Gottesdienst am Sonntag, wenn wir wieder singen können«, sagte Luise zu Rita, als sie nach der Chorstunde ins Pfarrhaus gingen. Sie liebte das Singen, und es ließ sie etwas weniger an ihren Vater und ihr gemeinsames sonntägliches Musizieren denken und ihn vermissen.

Rita lächelte. Sie öffnete das eiserne Törchen zum Vorgarten. Sie trug eine helle Mütze, die gut zu ihren dunklen Zöpfen passte. Ihre schwarzen Augen glänzten. »Es war aber auch schwer für euch«, sagte sie. »Ich frag mich manchmal, warum Gott uns so prüft.«

Sie gingen über den freigeschaufelten Pfad durch den Garten zum Pfarrhaus. Die Vorhänge hinter den Fenstern waren zugezogen. »Welche Prüfung musste erst Margarete Jentsch bestehen«, sagte Luise seufzend. »Es war sehr großzügig von deinem Vater, sie hier auf dem Friedhof zu beerdigen. Wo sie doch eine Selbstmörderin war.«

Rita winkte ab und schloss die mächtige Haustür auf. Dahinter dehnte sich ein Flur mit einer hohen Decke, von der eine Lampe herabhing. Der gewohnte Geruch nach Holz und alten Mauern schlug ihr entgegen. Er wurde überlagert von dem Geruch nach deftigem Eintopf, der aus dem hinteren

Teil des Flurs kam. Eine abgetretene Treppe führte ins obere Geschoss. Rita ging zur Garderobe unter der Treppe, zog sich Mantel, Schal und Mütze aus. Sie forderte Luise auf, dasselbe zu tun, doch Luise lehnte ab. »Ich kann heut nicht bleiben«, sagte sie bedauernd. »Muss Mama helfen.«

»Verstehe«, sagte Rita. Sie deutete auf einen Korb Wäsche, der unter der Garderobe im Flur stand. »Wir haben auch viel zu tun. Das hier wartet auf mich.« Sie verzog ihr Gesicht und schlüpfte in ihre Pantoffeln.

»Wie viele waren bei euch?«, fragte Luise. Sie gab Rita einen kleinen Sack Kartoffeln, den diese mit einem dankbaren Lächeln entgegennahm. »Zwei Familien. Vier Frauen und sechs Kinder aus Breslau.«

»Ach du meine Güte.«

»Noch mal werden wir das nicht können, sagt Vater. Die essen uns sonst die Haare vom Kopf.«

»Wir haben auch erst mal genug.«

»Kann ich verstehen.« Rita bedachte sie mit einem mitfühlenden Blick und legte die Kartoffeln neben den Wäschekorb. Sie gingen in die Bibliothek, wo es ein Regal gab, das sich über die Länge einer ganzen Wand hinzog und bis zur Decke reichte. Auf einem Tisch zwischen zwei Korbstühlen brannte eine Leselampe. Luise hatte die vielen Bücher anfangs bewundert und bestaunt, sich durch ihre Besuche im Pfarrhaus aber mittlerweile an sie gewöhnt, sodass sie sie jetzt nicht mehr beachtete. »Ob das jetzt so weitergeht mit den Flüchtlingen?«, fragte sie und merkte, dass ihre Stimme ein wenig zitterte. Ob vor Kälte oder vor Angst, darüber wollte sie jetzt nicht nachdenken.

Rita hielt inne und betrachtete sie mit ihrem ruhigen, aufmerksamen Blick. Sie trug ihre dicke, zu weite Strickjacke, darunter ihren langen unmodischen Winterfaltenrock. »Ja, das wird wohl so sein«, sagte sie traurig.

»Die Front kommt immer näher, nicht?« Luise hatte Mühe, ihr Zittern im Zaum zu halten. Es war mehr eine Feststellung als eine Frage. Dass Rita nur traurig nickte, machte es nicht besser. »Die Russen sind in Schlesien. Ich weiß nicht, ob wir sie noch aufhalten können.«

»Sollten wir dann nicht besser auch fliehen?«, fragte Luise schaudernd, obwohl sie sich nicht vorstellen konnte, bei dieser Kälte ihr Haus zu verlassen und über die Berge in eine ungewisse Fremde zu ziehen. Sie hoffte, dass Rita ebenso dachte, dass sie sie in ihrer nüchternen Klugheit bestätigen würde. Und tatsächlich sagte Rita, dass sie hier im Gebirge doch ziemlich abgelegen wären und die Hauptmarschrichtung der Russen sicher Berlin wäre. »Vater und ich bleiben hier, bis ein Räumungsbefehl kommen sollte oder das Radio verkündet, dass die russischen Panzer auf Hirschberg vorrücken«, sagte sie.

Luise nickte erleichtert, obwohl Ritas nüchterne Worte auch etwas Erschreckendes hatten. Sie mochte sich nicht vorstellen, dass die Russen in die Nähe ihrer Kreisstadt kommen könnten. Vielleicht konnte doch noch alles abgewendet werden. Eifrig klammerte sie sich an diesen Gedanken. »Ich glaube, meine Mutter wird auch nicht weggehen, solange der Papa noch nicht wieder da ist«, sagte sie und unterdrückte mit Mühe, dass ihre Zähne aufeinanderschlugen. Ihr war kalt, obwohl sie ihren dicken Wintermantel trug.

Rita drückte ihr beruhigend den Arm. »Ich hab was für dich«, sagte sie und ging über die knarrenden Dielenbretter zu einem kleinen Schreibtisch, an dem sie immer ihre Hausaufgaben erledigte, und wühlte in einem Korb. »Wo war der denn nur?«, murmelte sie, während sie einen Stapel Briefe durchsah.

Luise beobachtete sie und dachte, dass Rita bestimmt eine gute Lehrerin wäre. Sie konnte alles hervorragend erklären, sodass sie es verstand. Sogar Raumlehre. Wie schade, dass die

Oberschule in Hirschberg seit einigen Wochen geschlossen hatte und Rita nichts mehr lernen konnte. Sie war doch so wissbegierig!

Luise war immer noch stolz darauf, dass die Pfarrerstochter sich ausgerechnet mit ihr befreundet hatte. Sie hatte sie einmal auf ihren Hof mitgenommen, im Sommer, und Rita hatte sich alles angesehen. Sie hatte Dorle und Zara bestaunt, Kaninchen gestreichelt und über die Hühner gelacht. Sie war sogar mit ihnen aufs Feld gegangen und hatte beim Heuwenden geholfen. Die Erinnerung an diesen Tag kam Luise nun sehr fern und fremd vor.

»Ah, da ist er.« Rita zog einen Umschlag aus dem Stapel, umrundete den Schreibtisch und gab ihn Luise. »Ein Brief vom Pfarrbüro an Frau Steidler. Kannst du ihn ihr geben?«

»Ja sicher.« Luise steckte den Brief in ihre Manteltasche. »Ich geh gleich morgen bei ihr vorbei. Hab sie schon lange nicht mehr gesehen.«

»Ich seh sie auch nur in der Kirche. Muss schlimm für sie sein.«

Luise nickte. Sie hatte ein schlechtes Gewissen, weil sie bisher so wenig an Frau Steidler gedacht hatte. Sie war zu sehr mit sich selbst beschäftigt gewesen. »Gut, dass ich ihr den Brief bringen kann«, sagte sie. »So hab ich einen Grund, sie zu sehen und zu fragen, ob sie etwas von ihrem Mann und Wolfgang gehört hat.«

»Herr Steidler hat einen Brief an meinen Vater geschrieben. Es geht ihm gut. Sie müssen hinter der Front Panzersperren bauen.«

Luise biss sich auf die Lippen. Sie selbst hatte noch nichts von ihrem Vater gehört. »Weiß er ... hat er vielleicht auch meinen Vater erwähnt?«

Rita schüttelte den Kopf und sah Luise erstaunt an. »Hat dein Vater denn noch nicht geschrieben?«

»Nein«, sagte Luise mit gepresster Stimme.

»Das macht er bestimmt noch. Ich glaube, im Augenblick kommen einfach keine Briefe mehr durch.«

Luise seufzte. »Wir warten jeden Tag darauf.«

»Es geht ihm sicher gut. Mach dir keine Sorgen«, tröstete sie Rita.

Luise nickte. Sie ließ sich von der Freundin zur Tür begleiten, wo sie sich verabschiedeten und sich für Sonntag in der Sakristei verabredeten.

Auf ihrem Weg zurück ins Oberdorf beschloss Luise, sofort zu Frau Steidler zu gehen. Als sie vor der Tür des alten Hauses stand, war es schon dunkel. Ein viereckiger Lichtschein fiel aus dem Küchenfenster auf den Schnee. Luise wollte klopfen, doch sie zögerte. Vielleicht würde Frau Steidler nicht öffnen, weil sie allein war. Sie sollte gehen und morgen früh wiederkommen, wenn es hell wäre.

Aber nun war sie schon mal hier, also könnte sie es auch versuchen. Sie musste zweimal klopfen, ehe sich drinnen endlich etwas regte. Die Tür sprang einen Spaltbreit auf und Frau Steidler lugte vorsichtig hervor.

»Entschuldigen Sie die späte Störung«, sagte Luise hastig. »Ich hab was für Sie.« Sie zog den Brief aus ihrer Manteltasche und reichte ihn der Lehrersfrau.

Frau Steidler schob die Tür weiter auf, nahm den Brief und hielt ihn weiter von sich weg, um den Absender lesen zu können.

»Er ist vom Pfarrbüro«, erklärte Luise und sah auf den Rocksaum der Lehrersfrau hinunter, deren Füße in samtschimmernden, gefütterten Pantoffeln steckten.

Frau Steidler hob den Kopf. »Danke, Luise. Willst du nicht reinkommen?«

Luise war überrascht. Sie hatte nicht mit diesem Angebot gerechnet.

»Nein danke, ich muss zum Essen nach Haus. Aber … ein andermal gern.«

»Wenn du möchtest, komm ruhig mal vorbei«, bot Frau Steidler ihr an. »Ich mache uns einen Blaubeertee.«

»Vielen Dank.« Luise sah an ihr vorbei in den Flur. Ihr schien, als würden Wolfgang und sein Vater jeden Augenblick dort auftauchen. Auf einmal sehnte sie sich so heftig nach dem Abend zurück, an dem sie sie zuletzt dort zusammen gesehen hatte, dass es wehtat. Sie schluckte und zwang sich, in das freundliche Gesicht der kleinen Frau zu sehen. »Ich … wie geht es Ihnen denn überhaupt, Frau Steidler?«

»Ach ja, es muss.«

»Haben Sie … etwas von Wolfgang gehört?«

Frau Steidler nickte. Sie sah bekümmert aus. »Vor zwei Wochen kam ein Brief. Er ist jetzt bei einer Fallschirm-Panzer-Division.«

»Oh.« Luise sog die kalte Luft ein. »Das klingt so … so … besonders.«

»Ist es auch«, sagte Frau Steidler stolz.

»Wo ist er denn jetzt?«

»In Ostpreußen. Jedenfalls war er dort, als er den Brief schrieb.«

Luise nickte. Natürlich, Wolfgang könnte jetzt schon wieder ganz woanders sein. Oder tot. Auf einmal wurde sie sich der Kälte wieder bewusst, und sie musste sich sehr beherrschen, um nicht mit den Zähnen zu klappern. Eine leise Ahnung stieg in ihr auf, was es für Frau Steidler bedeuten musste, nicht zu wissen, wo ihr Sohn war und wie es ihm ging.

»Ich hoffe, es geht ihm gut«, sagte sie beklommen. »Wenn Sie ihm schreiben …« Sie brach ab. Sie hatte ihm Grüße ausrichten wollen, doch auf einmal wollte sie es nicht mehr. »Schon gut«, sagte sie stattdessen.

»Ihr habt früher immer so schön zusammen gespielt«, sagte Frau Steidler wehmütig. Luise nickte. »Ich muss jetzt nach Hause. Einen schönen Abend noch.«

»Ja, und danke, Luise. Komm mal vorbei.«

»Mach ich.«

Die Tür wurde wieder geschlossen. Luise stapfte am Bauernhof des Nachbarn vorbei den Trampelpfad hinunter zur Dorfstraße. Sie sah die dunkle Laterne im Schnee aufragen. Das letzte Mal hatte sie hier gestanden, nachdem Wolfgang ihr gesagt hatte, dass er keine Freundschaft mit ihr wolle.

Ihre Wut auf ihn war längst vergangen. Sie fragte sich, wie es wohl wäre, ihn wiederzusehen. Wie er jetzt aussehen würde? Was hätte er nicht alles zu erzählen! Wie würde sie ihm heute gefallen, wo sie ein Jahr älter geworden war? Ihr Spiegelbild zeigte ihr jeden Tag, dass sie sich nicht zu ihrem Nachteil entwickelt hatte.

Manchmal betrachtete sie sich lange und stellte sich vor, eine Schauspielerin zu sein, eine der berühmten Ufa-Stars aus Berlin, die sie einmal in einem Film gesehen hatte, als sie mit den Mädchen im Kino in der Kreisstadt gewesen war. In ihrer Vorstellung wäre sie die Hauptdarstellerin in einem Film. Dieser würde *Kampf um Schlesien* oder *Die Verteidigung von Breslau* heißen und später im Großdeutschen Reich gezeigt werden. Man würde sie sehen, wie sie am Küchentisch saß und Frau Jentsch Mut zusprach. Niemand wäre erfroren und niemand hätte sich in ihrer Scheune erhängt. Frau Jentsch und ihre Schwägerin würden getröstet mit den Flüchtlingen weiterziehen. Später, wenn der Krieg vorbei wäre, würden sie zu Besuch wiederkommen und sich an die schweren Zeiten erinnern, als Deutschland beinahe den Krieg verloren hätte. Zuletzt würde man sie und Wolfgang sehen, in Großformat. Er würde seine Offiziersuniform tragen und ihr einen Heiratsantrag machen. Dann würden sie sich küssen, und das Wort *Ende* würde in Schnörkelschrift unter der Begleitung schöner Musik erscheinen.

Luise seufzte wehmütig. Langsam ging sie durch den Schnee die Anhöhe hinauf zu ihrem Hof.

Lindenau, den 5. Februar 1945

Liebes Tagebuch,
neulich habe ich Dich wiedergefunden, ganz hinten in der Nachttischschublade. Ich muss wieder mehr hier eintragen. Ich will etwas von dem festhalten, was hier gerade geschieht. Ein großes Unheil kommt auf uns zu. Die Russen rücken immer weiter vor. Durch unser Dorf ziehen immer wieder Flüchtlinge. Sie sind oft in einem furchtbaren Zustand und kommen von weit her, die meisten aus Breslau und Umgebung. Unser Ortsgruppenleiter Herr Teschner hat die Räume im ersten Stock unserer Schule für sie herrichten lassen, denn dort gibt es eine Küche und einen großen Kachelofen. Nun habe ich keine Berufsschule mehr. Das ist nicht schlimm, ich hatte sowieso nur noch einmal in der Woche Kochen und Handarbeit bei Fräulein Dietrich. Sie unterrichtet nun die unteren Klassen. Die oberen Klassen haben schon seit ein paar Wochen keine Schule mehr, denn unsere beiden Lehrer sind beim Volkssturm, Papa auch. Gestern kam endlich ein Brief von ihm an! Mama hat geweint, so froh war sie. Es geht ihm gut. Er ist jetzt so eine Art Truppführer, und Herr Steidler gehört zu seinen Männern.

Er schreibt, wir sollten auf keinen Fall fliehen, es wäre alles voller Flüchtlinge. Er würde versuchen, so bald wie möglich wiederzukommen. Aber wir wären sowieso nicht ohne ihn weggegangen. Draußen würden wir nur erfrieren. Während ich dieses schreibe, pfeift ein eiskalter Wind ums Haus.

Kapitel 17

Im Februar kam ein älteres Ehepaar aus Oberschlesien, das mit einem Pferdewagen geflohen war, auf ihren Hof. Es bat darum, sich ein paar Tage bei ihnen ausruhen zu dürfen. Luises Mutter erlaubte es und brachte die beiden in dem alten Schlafzimmer der Reich'schen Großeltern unter, in der noch deren altes Ehebett stand. Abends nach dem Essen befahl sie Luise, ihre Geschwister ins Bett zu bringen, und schickte auch sie früh hinauf, während sie und die Oma noch lange mit dem Paar in der Küche beisammensaßen. Am nächsten Morgen hatte Luises Mutter rot geränderte Augen.

Marian kümmerte sich um das Pferd der Flüchtlinge. Da er nicht die Box der trächtigen Dorle verkleinern wollte, kam das Gastpferd mit in den Kuhstall, wo er eine Abtrennung zu den Kühen zimmerte. Er war mittlerweile sehr geschickt darin geworden. Jeden Tag begutachtete er Dorle, und als er glaubte, dass ihre Zeit bald kommen würde, übernachtete er im Stall. Luise hoffte, ihr Vater würde doch noch rechtzeitig zur Geburt des Fohlens zurückkehren, aber als er nicht kam, bat sie Marian, sie zur Geburt auf jeden Fall zu rufen.

Eines Nachts klopfte er an die Tür ihres Schlafzimmers. »Es geht los!«, raunte er, warf einen kurzen Blick auf ihr Nachthemd und verschwand wieder. Aufgeregt schlüpfte Luise in ihre Sachen, wobei sie darauf achtete, ihre Oma nicht zu wecken. Sie zog ihre Ski-Keilhose an, warf sich einen dicken Pullover über und stieg in ihre Schuhe. Leise schloss sie die Tür und schlich sich durch das stille Haus die Treppe hinunter in den Stall.

Draußen war es tiefdunkel. Dicke Schichten von Schnee hatten sich an den Stallfenstern gesammelt. Eine funzelige Lampe verbreitete ein wenig Licht, das auch in Dorles Box fiel. Die Stute lag mit ausgestreckten Beinen auf der Seite und atmete heftig. Marian wartete am Eingang der Box und ließ sie nicht aus den Augen.

»Es dauert nicht mehr lange«, meinte er. »Sie ist schon länger unruhig. Hoffentlich ist Fohlen nicht zu groß.«

Sie beobachteten, wie Dorle aufstand und ruhelos in der Box herumging. Aus ihrem Körper ragte hinten etwas heraus, das aussah wie eine weiße Blase. Luise schlug sich die Hände vor den Mund. »Es kommt ja schon! Es ist gleich da!«

»Schschscht«, machte Marian. »Du wecken alle auf.«

»Und wenn's zu groß ist? Weißt du, was du dann machen musst?«

»Dein Vater hat es mir erklärt.«

Luise nickte und schluckte. Sie hatte eine ganz trockene Kehle. Sie beobachtete, wie die offensichtlich von Wehen geplagte Stute sich ein paar Mal hinlegte und wieder aufstand.

»Kannst du ihr nicht helfen?«

Marian schüttelte den Kopf. »Nein, das macht sie allein, so ist Natur. Sie ist starkes Tier.«

Luise presste ihre Hände gegeneinander. Zara hatte sich nebenan in ihrer Box erhoben und sah zu Dorle hinüber. Dorle schwitzte und schnaufte schwer. Sie legte sich hin und blieb liegen, während die Presswehen ihren Leib erschütterten. Luise und Marian beobachteten, wie sie sich in den Geburtswehen quälte. Luise drückte ihre Hände fester, als könnte sie dadurch der Stute den Schmerz abnehmen. »Kann man ihr denn nicht helfen?«, rief sie wieder.

»Nein. Muss Pferd in Ruhe lassen, sagt dein Vater. Ist besser. Aber dauert nicht mehr lange.«

Luise seufzte. Sie mochte auf einmal gar nicht mehr zusehen. Sie blickte unauffällig zu Marian hinüber, der das Tier ruhig beobachtete. Im matten Licht schimmerte seine Haut hell, und auf seiner Stirn glänzte Schweiß. Er trug einen alten, verwaschenen Winterpullover ihres Vaters, der noch in besseren Tagen an den Ellenbogen mit Lederstücken verziert worden war. Er bemerkte ihren Blick, sah zu ihr hinüber, und ihre Blicke begegneten sich. Er lächelte sie aufmunternd an. Sie lächelte zurück und wandte sich rasch wieder ab.

Dorle lag auf dem Stroh der Box und hatte alle viere von sich gestreckt. Ihr Körper spannte sich, und sie gab einen fiependen Laut von sich, während sich die weiße Blase langsam weiter aus ihrem Leib herausschob. Danach blieb sie schwer atmend liegen. Nach einer Weile versuchte sie sich aufzurichten, doch der Schmerz streckte sie erneut nieder. Aus ihrem zuckenden, keuchenden Leib kam allmählich etwas hervor, das wie zwei Beine aussah, die in einer weißen Hülle steckten. Dorle kämpfte. Ihr Leib zuckte wieder in der Wehe, doch das Fohlen kam nicht weiter.

Marian murmelte etwas auf Polnisch und ging zu ihr. Er fuhr sich mit den Händen durch die dunklen Haare. Nervös starrte er auf die beiden Vorderhufe, die aus Dorles Leib ragten.

»Steckt es fest?«, fragte Luise.

»Ich glaube ja.« Er hockte sich hinter die Stute ins Stroh und wartete. Als die nächste Presswehe folgte, ergriff er beherzt das Bein des Fohlens und zog vorsichtig daran, bis der Kopf zum Vorschein kam.

Dorle fiepte. Ihr dicker Leib blieb schwer atmend liegen. Der Kopf des Fohlens steckte in einer gallertigen Hülle, die

Marian vorsichtig entzweiriss. Dann ging er zurück zu Luise und lehnte sich neben sie an die Boxenwand, während er Dorle nicht aus den Augen ließ.

»Hat mein Vater dir erklärt, wie man das macht?«

Er nickte. »Wenn es feststeckt, vorsichtig ziehen. Hülle einreißen, wenn sie nicht selbst kaputtgeht, damit Fohlen atmen kann«, wiederholte er die Worte ihres Vaters. »Er hat's mir dreimal erklärt, um sicher zu sein, dass ich's verstanden habe. Aber ich habe es auch selbst gesehen.«

»Was hast du gesehen?«

»Geburt von meiner Schwester, zu Hause. Sehr schwierig und … lange. Wir wollten Hebamme holen, aber dann kam Kind. Ich musste Vater helfen.«

»Du warst bei der Geburt deiner Schwester dabei?«

»Ja. Es war ein … großes Erlebnis.«

»Das glaube ich.«

Eine Weile schwiegen sie und beobachteten gebannt, wie sich der Körper des neuen Wesens in einer nächsten Wehe weiter aus dem Leib der Mutter schob. »Mein Vater wollte, dass ich auch Arzt werde«, fuhr Marian fort. »Aber ich wollte lieber Musiker werden, Klavierspieler. Wie sagt man in Deutsch?«

»Oh … äh …« Luise fiel das passende Wort nicht ein. »Wolltest du Konzerte spielen? Oder Klavierlehrer werden?«

Marian winkte ab. »Jetzt egal. Jetzt kann ich nichts mehr werden. Alles kaputt durch Krieg.« Seine weiche Stimme klang bitter.

»Aber du kannst doch weitermachen, wenn der Krieg vorbei ist«, entgegnete sie. »Wenn endlich Waffenstillstand ist … die Deutschen sind ja auf dem Rückzug.« Sie durfte gar nicht daran denken, was nach dem Krieg sein würde. Sie wollte nur, dass er endlich aufhörte.

»Krieg verändert alles«, sagte Marian. »Geburt ist gut, aber Krieg ist Tod für so viele Menschen.«

Sie warf ihm einen raschen Seitenblick zu. Er hatte die Arme auf dem Rücken verschränkt und sah nicht auf Dorle, sondern starrte düster vor sich hin. Seine Brauen waren zusammengezogen. Seine schwarzen Haare waren vorn an der Stirn ziemlich durcheinander. Was ging eigentlich in ihm vor? Was hatte er von ihr und ihrer Familie gedacht in all den Monaten, die er nun bei ihnen war? Sie hatte nie ein böses Wort von ihm gehört, nie eine hässliche Bemerkung. Immer hatte er die Arbeiten, die ihr Vater ihm aufgegeben hatte, widerspruchslos ausgeführt. Ob er wohl im Geheimen fluchte und schimpfte, abends im Kutscherzimmer, wenn er allein war? Wie sehr musste er seine Familie und seine Freunde vermissen!

»Hasst du uns, Marian?«

Er antwortete nicht sofort. Vom Kuhstall her war das Schnauben einiger Kühe zu hören, die wohl von dem ungewöhnlichen Lärm im Stall erwacht waren. »Ich hasse dich nicht, Luise«, sagte er mit rauer Stimme.

»Aber du hasst uns Deutsche, nicht wahr? Dafür, dass wir Polen eingenommen haben. Dein Land.«

Wieder sagte er lange nichts. »Du willst nicht ehrliche Antwort hören«, erwiderte er endlich.

»Doch. Würde ich sonst fragen? Ich möchte es wissen.«

Er zögerte. Sie merkte, wie er sie rasch von der Seite ansah, als wollte er prüfen, ob sie die Wahrheit sagte.

»Du kannst mir trauen, ich verrat nichts, das weißt du«, versicherte sie.

»Ich hasse Hitler«, sagte er. »Er ist ein böser Mann. Und deutsche Soldaten, die Männer, Frauen und Kinder erschießen. Deshalb wurde ich Soldat. Mein Vater wollte es nicht, aber ich musste gehen. Dann kam ich in Gefangenschaft, erst andere Fabrik in anderer Stadt, dann Munitionsfabrik in Hermannsdorf. Wir mussten immer nur arbeiten, von morgens bis abends. Ich hatte Glück. Es kamen Männer, die suchten ein paar aus für Bauern.«

Luise räusperte sich. Sie verfolgte abwesend, wie das Fohlen Dorles Körper verließ. »Ich bin froh, dass du hier bist«, hörte sie sich sagen. »Deine Familie ... du wirst sie bestimmt eines Tages wiedersehen.« Sie biss sich auf die Lippen, während sie dachte, dass sie im umgekehrten Fall alle Polen zutiefst hassen würde.

Marian antwortete nicht, sondern starrte gebannt auf Dorle und ihr Neugeborenes. Still lag das Fohlen auf dem Stroh. Es war braun wie seine Mutter, nur mit einer schmaleren Blesse. Endlich öffnete es sein Maul und gab einen leisen, quäkenden Laut von sich.

Luise jubelte. Sie wäre am liebsten zu Dorle gelaufen und hätte sie umarmt. Marian seufzte erleichtert und sagte etwas auf Polnisch. Er stieß sich von der Boxenwand ab und klatschte. »Es hat geklappt!«, rief er strahlend. »Es hat geklappt.«

Sie lachten. Die ernste Stimmung von vorhin war wie ausgeschaltet.

Auf einmal lagen sie sich in den Armen. Luise spürte Marians kräftigen Körper an ihrem. Sie legte ihre Hand auf den Pullover ihres Vaters, der ihr so vertraut war. Auch Marian war ihr vertraut. Sie ließen sich nicht sofort los, sondern beobachteten, wie Dorle sich aufsetzte und zum ersten Mal ihr Fohlen erblickte. Sie sah wieder weg, als wüsste sie nicht, was sie damit anfangen sollte.

»Schau mal«, rief Luise und deutete auf das Fohlen, das sich schüttelte und seine dünnen Vorderbeine ausstreckte. Endlich erhob sich die Stute und beschnupperte ihr Fohlen. Vorsichtig begann sie, ihm die Reste der Hülle abzulecken.

»Wie schön«, jauchzte Luise. Sie warf Marian einen raschen Seitenblick zu. Er sah stolz und zufrieden aus. Seine Hand lag immer noch auf ihrer Taille. Er wandte den Kopf und sah sie an. Seine Augen leuchteten.

Luise schluckte. Sie fühlte ihr Herz klopfen. Auf einmal wurde ihr bewusst, was sie taten, wie nah sie ihm war. Allein, mitten in der Nacht. Sie trat einen Schritt nach vorn, und er nahm seine Hand fort. »Das hast du sehr gut gemacht«, lobte sie ihn. »Vater wird sich freuen, wenn er wiederkommt.«

Seine Brauen zogen sich zusammen, und sein Mund wurde ein Strich. »Ja, und ich kriege Extraportion zu essen.« Er stieß sich von der Wand der Pferdebox ab, nahm ein Strohband und band Dorle die Eihäute hoch. Das tat er so geschickt und schnell, als hätte er es schon immer getan.

Luise wartete an der Holzwand und beobachtete ihn. War er jetzt wütend? Sie hatte ihn noch nie so erlebt. Sie beobachtete, wie er ein Tuch nahm und dem Fohlen sanft die Nüstern abwischte. Plötzlich wünschte sie sich, das Fohlen zu sein.

Marian ließ das Tier los. Es ließ sich auf die Brust sinken, streckte die Vorderbeine aus und versuchte aufzustehen. Dorle senkte den Kopf zu ihm hinunter und stupste es sachte an.

»Sie hilft ihm«, rief Luise.

Marian stemmte die Hände in die Hüften und beobachtete das Geschehen schweigend. Sie fühlte ein unbestimmtes Bedauern aufsteigen. Wie er wohl als Deutscher wäre? Wenn er irgendein Mann aus Lindenau wäre oder aus dem Nachbardorf, ein Bauernsohn vielleicht, und es den Krieg nicht gäbe – was wäre dann? Sie schob diesen Gedanken nicht sofort weg.

Eine Weile verfolgten sie schweigend, wie das Fohlen versuchte, aufzustehen. Seine Mutter biss es sanft in den Hals, stupste es wieder an. Das Fohlen kämpfte. Bald gelang es ihm, sich zu erheben, und es kam auf seinen staksigen Beinen zu stehen, wobei es seine Vorderbeine weit von sich spreizte.

»Es steht!«, rief Luise.

»Das ist besser als Klavierkonzert«, meinte Marian. »Wir müssen nachsehen, was es ist.«

Und er sah nach, während das Fohlen seine staksigen Gehversuche durch das Stroh unternahm.

»Na, bist du Stella oder Fritz?«

Luise beobachtete, wie er sich vor das Fohlen kniete, und musste lächeln. Sie fühlte wieder Bedauern und noch etwas anderes, das sie nicht benennen konnte. Warum hatte sie ihn bisher nie gesehen, wie er war? Wie er *wirklich* war?

»Es ist Hengstfohlen«, stellte Marian fest. Er richtete sich auf und kam zu ihr zurück. »Kleiner Fritz.« Er grinste und lehnte sich wieder an die Boxenwand.

»Hat mein Vater die Namen bestimmt?«, fragte sie, um irgendetwas zu sagen.

»Ja, Vater hat bestimmt. Schöne Namen.«

»Finde ich auch.« Sie schwiegen wieder und beobachteten, wie Fritz auf seinen wackeligen Beinen durch die Box stakste. Es fühlte sich ein bisschen so an, als wären sie beide Eltern geworden.

Marian streckte die Hand aus und berührte Luise am Arm. »Geh ins Bett. Du musst schlafen. Sie dürfen dich nicht bei mir sehen. Ich bin Pole.«

Die Berührung ließ Luise zusammenzucken. Sie wandte den Kopf. Marian lächelte schwach, er sah müde und angestrengt aus.

Sie nickte hastig. Dann wandte sie sich um und ging durch den Stall zurück in den Wohnteil des Hauses. Im Bett starrte sie lange ins Dunkle, lauschte auf das leichte Schnarchen ihrer Oma und auf ihren eigenen aufgeregten Herzschlag. Sie konnte lange nicht einschlafen, und die ganze Zeit musste sie an Marian denken.

* * *

Am nächsten Morgen zog das Ehepaar aus Oberschlesien weiter, es wollte nach Dresden. Nur wenig später machten im

Dorf beklemmende Gerüchte die Runde, dass Oberschlesien von der Roten Armee eingenommen worden wäre. Der Feind drang weiter nach Mittelschlesien vor. Liegnitz sei gefallen, hieß es, die Russen hätten Königszelt erreicht und würden weiter auf den Bober vorrücken. Die Festung Breslau wäre nun von Feinden umspült. Von Kühnels hörten sie, dass das Lazarett in Hirschberg geräumt worden sei. Der Bahnhof in Hirschberg wäre voller Flüchtlinge aus den umkämpften Gebieten.

Das Gesicht von Luises Mutter wurde immer schmaler und blasser, ihre Mundwinkel schienen in einem Halbmond festgezurrt zu sein und gruben Falten in ihre Wangen. An den Abenden beriet sie sich lange mit ihrer Mutter. Dann traf sie doch Vorbereitungen für eine Flucht. Sie packte ein paar lebenswichtige Sachen für sich und die Kinder zusammen und befahl Marian, den Wagen zu schmieren. Jeden Tag lief sie zur Dorfstraße hinunter und hielt Ausschau nach ihrem Mann, als könnte ihn das zurückbringen. Sie rupfte und schlachtete Tauben, buk Brot aus Teig mit Mehl und weich gekochten Kartoffeln. Sie redete mit sämtlichen Nachbarinnen, ob sie etwas gehört hätten, ja, sogar mit Frau Steidler redete sie, aber auch die hatte nichts mehr von ihrem Mann gehört. Wahrscheinlich kamen keine Briefe mehr durch.

Ortsgruppenleiter Teschner ordnete die Befestigung des Dorfes an. Marian musste mit anderen Gefangenen und den zurückgebliebenen Männern der Heimatfront Fichten in den Wäldern fällen und Panzersperren errichten. Er war nun jeden Tag fort und kam immer erst spät zurück.

Eines Abends, nachdem Luise Helene und Manfred ins Bett gebracht hatte und in die Küche zurückgekehrt war, sah sie ihre Mutter am Tisch das alte Jagdgewehr ihres Vaters putzen.

Ihre Oma saß daneben, strickte einen Pullover für Manfred und warf immer wieder missbilligende Blicke auf die Waffen.

Aus dem Radio ertönte die helle Stimme von Joseph Goebbels mit den üblichen Durchhalteparolen.

»… hier uff, Madl«, sagte ihre Oma. »Die Flinte gehiert ei a Teich.«

Luises Mutter hob den Kopf, als Luise die Küche betrat, und gab ihr das Zeichen, die Tür zu schließen. »Schlafen die Kinder?«, flüsterte sie.

»Ja.«

»Ist Marian oben?«

Luise nickte. Sie hatte Licht aus dem Kutscherzimmer dringen sehen. Sie starrte auf das, was noch vor ihrer Mutter auf dem Küchentisch lag: eine kleine alte Pistole mit hölzernem Griff.

»Mama, was hast du vor?«

Ihre Mutter legte das Jagdgewehr beiseite und lehnte sich zurück. Das Licht der Küchenlampe fiel auf ihre rot geränderten Augen.

Ihre Oma beugte sich vor. Ihre grauen Augen wirkten klein unter den schweren Lidern. In ihren vollen Haaren schimmerten nun noch mehr graue Strähnen. »Die missa beede weg!«

»Warum? Da oben sind noch Kugeln genug. Die reichen für viele Russen.«

»Johanna! Wenn die Russen kumma an doas finda, giehts ins schlecht.«

Luises Mutter schubste das Gewehr mit einer trotzigen Handbewegung fort, sodass es über die verkratzte Tischplatte rutschte. Sie starrte verdrossen vor sich hin. Luise setzte sich auf einen Stuhl. »Sind die geladen?«, wollte sie wissen.

»Natürlich nicht«, erwiderte ihre Mutter.

Oma legte die Hand auf den Arm ihrer Tochter. »Mir sulln se besser ei a Teich schmeißa.«

Luises Mutter schüttelte den Kopf.

»Sulln se ins denn olle imbrenga? Denk oa die Kinder.«

»Noch nicht.« Sie erhob sich. »Das Gewehr bleibt hier, solange Alfred weg ist. Die Pistole nehm ich mit.« Sie nahm die Pistole und steckte sie sich in die Schürzentasche. »Komm mit, Luise.«

Luise erhob sich und folgte ihrer Mutter unter den besorgten Blicken der Oma in den Flur. Ihre Mutter zog sich den Wintermantel über und schlüpfte in ihre Schuhe. Sie befahl ihr, dasselbe zu tun, und Luise gehorchte. Wenig später stapften sie durch den Schnee zum Weg, der hinauf zu den Feldern führte. Ein kalter Wind fuhr durch die kahlen Äste der Bäume. Nachdem es ein paar Tage frühlingsmild gewesen war, hatte es wieder Neuschnee gegeben, und die Luft biss in ihre Gesichter. Sie sprachen die ganze Zeit kein Wort.

Am Querweg, der durch die Felder führte, hielt ihre Mutter inne. Sie trat an die Mauer, die den Weg begrenzte, und fuhr mit ihrer Hand über die feuchten Steine, als suchte sie etwas. Nach einer Weile ertastete sie einen lockeren Stein in der Mauer und zog ihn vorsichtig heraus. Dahinter dehnte sich ein Loch.

Sie lächelte zufrieden, nahm eine Handvoll Schnee und wischte damit das Loch aus. »Merk dir die Stelle«, sagte sie.

Luise nickte. Ihre Mutter nahm die Pistole aus ihrer Schürzentasche und legte sie in das Mauerloch. Sie nahm den Stein wieder und verschloss mit ihm die Öffnung. Dann nahm sie einen auffälligen, rötlichen Stein vom ausgefahrenen Feldweg und legte ihn vor die Mauer. Zufrieden rieb sie sich die Hände. »Also hier, ja? Wo der Stein liegt. Sag auf keinen Fall der Helene etwas.«

»Nein.« Zum ersten Mal teilte Luise mit ihrer Mutter ein Geheimnis, von dem ihre Schwester nichts wusste. Wie merkwürdig, dass erst ein Krieg kommen musste, um dies zu bewerkstelligen. Luise dachte, dass es ihr anders lieber gewesen wäre.

»Ich hab's grad wegen der Oma nicht gesagt, aber die Pistole ist doch geladen«, verriet ihre Mutter. »Man kann sie sofort gebrauchen. Du weißt, wie es geht.«

Luise nickte und dachte an jenen Abend vor ein paar Tagen zurück, an dem ihre Mutter sie auf dem Dachboden kurz in den Gebrauch der Pistole eingewiesen hatte.

»Nur im äußersten Notfall, ja?« Ihre Mutter hatte sich vor Luise aufgebaut und sah sie eindringlich an. »Nur, wenn es nicht anders geht.«

Luise nickte und schluckte schwer. Ihr Mund war trocken.

»Mama, meinst du, dass wir den Krieg verlieren?«, fragte sie.

Ihre Mutter sah an ihr vorbei zu den bewaldeten Kuppen von Baumerts Busch gegenüber, die sich schwarz vor dem Abendhimmel abzeichneten. Unter ihnen ragte das Schieferdach ihres Hofes wie ein dunkler Fleck aus dem Schnee.

Ihre Mutter seufzte leise. »Wir sollten auf alles vorbereitet sein. Was meinst du, warum wir das hier machen? Verrate niemandem etwas von der Pistole, hörst du? Kein Wort zu Marian!«

Luise versprach es. Sie begann zu zittern. »Sollen wir nicht doch lieber fliehen? Noch können wir weg.«

Ihre Mutter schüttelte energisch den Kopf. »Der Papa hat im Brief geschrieben, wir sollen auf jeden Fall bleiben. Ich geh nicht ohne ihn. Wir bleiben, bis ein Räumungsbefehl kommt.«

Luise überlief ein kalter Schauer. »Aber wenn die Russen kommen? Die Front rückt doch immer näher.«

»Willst du bei dieser Kälte fliehen? Raus zwischen alle anderen Flüchtlinge und hungern, weil uns die Vorräte ausgehen? Es ist doch schon längst kein Durchkommen mehr.«

Luise schwieg. Ein dicker Kloß saß in ihrer Kehle. »Aber Papa kommt doch bald zurück, nicht? Er wollte schon längst hier sein.«

»Er darf bestimmt im Frühling zur Feldbestellung zurück. Er kommt bald wieder«, versicherte ihre Mutter. Es klang wie eine Beschwörung, als wollte sie sich selbst beruhigen. Doch Luise hörte die Verzweiflung in ihren Worten. Sie brach in Tränen aus.

Ihre Mutter legte ihr die Hände auf die Schultern. »Reiß dich bitte zusammen, Luise! Du musst jetzt stark sein.«

Luise nickte, und ihre Mutter ließ sie los. Langsam gingen sie den Feldweg zurück zum Hof, doch Luise konnte nicht aufhören zu weinen.

Ihre Mutter seufzte. »Es wäre besser, wenn du dir nicht immer alles so zu Herzen nimmst. Dann kommst du leichter durchs Leben, glaub mir.«

Luise glaubte, nicht richtig zu hören. Deutschland verlor den Krieg, ihr Vater war noch im Volkssturm, und sie sollte sich das alles nicht zu Herzen nehmen?

»Nimm dich mehr zusammen. Du hast kleine Geschwister. Die sollen nicht merken, wie schlimm es steht.«

Luise hörte auf zu schluchzen. Wieder einmal ging es ihrer Mutter nur um Helene. Luise kümmerte sie nicht. »Und was ist mit mir?«, entfuhr es ihr.

Ihre Mutter seufzte wieder. »Du bist die Älteste und hast die Einsicht. Deswegen musst du vernünftig sein. Sei stark! Versuch es wenigstens.«

Luise fühlte Wut aufsteigen. *Versuch es wenigstens.*

Sie schluckte ihre Tränen hinunter. Es hatte keinen Sinn, in Gegenwart ihrer Mutter zu weinen. »Ich bin stark, Mama«, versicherte sie mit rauer Stimme.

Ihre Mutter nickte zufrieden. Sie gingen wortlos zurück zum Hof. Luise sagte, sie wolle noch nach Fritz sehen, und ging in den Pferdestall. Dorle lag neben ihrem schlafenden Fohlen in der Box im Stroh. Luise lehnte sich an die Boxenwand und beobachtete lange das friedliche Bild. Im Geheimen hatte sie gehofft, Marian hier anzutreffen, aber er war schon oben im Kutscherzimmer. Wahrscheinlich war er erschöpft von der harten Arbeit in der Kälte. Obwohl er nun jeden Tag im Dorf Panzersperren bauen musste, kümmerte er sich immer noch um die Pferde. Überall sah man seine Arbeit: Die Tiere waren gefüttert, in ihren Boxen lag frisches Stroh. In der Ecke neben der Einbuchtung für die Hundehütte stand die Futterkiste mit Hafer, Siede und dem Scheffel. Die Geschirre hingen ordentlich an der Wand.

Luise ließ sich neben die Futterkiste sinken. Seit Fritz' Geburt schien Marian immer Möglichkeiten zu finden, ihr aus dem Weg zu gehen. Er wäre Pole, hatte er gesagt. Aber sie musste sich eingestehen, dass sie ihn vermisste. Sie wollte nicht, dass er ihr aus dem Weg ging. Sie war daran gewöhnt, dass er immer da war. Sie mochte seine beruhigende Nähe und ihre heimlichen Gespräche.

Hoffte er darauf, dass Deutschland den Krieg verlor? Mied er sie deshalb – weil er nicht mit ihr darüber reden wollte? Was würde dann aus ihm werden? Wahrscheinlich käme er frei und könnte endlich zu seiner Familie zurück. Das, was sie am meisten fürchtete – Deutschlands Untergang –, wäre sein Gewinn. Sie vertraute ihm, und doch war er nach wie vor ihr Feind.

Luise fühlte sich so allein wie schon lange nicht mehr. Zum ersten Mal in ihrem Leben betete sie ehrlich und voller Inbrunst zu Gott und bat um seine Hilfe. Sie flehte ihn an, ihren Vater wieder zurückkommen zu lassen. Sie bat darum, Deutschland den Krieg doch noch gewinnen zu lassen. Doch als wollte Gott ihre Bitten verhöhnen, erklang von Ferne ein dumpfes Grollen. Die Front! Sie hörten sie jetzt immer öfter. Luise ging nach oben in ihr Zimmer, obwohl es eigentlich noch keine Schlafenszeit war. Auf dem Weg sah sie Licht durch den Türspalt des Kutscherzimmers leuchten, und sie stellte sich vor, wie Marian im Bett lag und las. Diese Vorstellung tröstete sie ein wenig.

Lindenau, den 7. März 1945

Liebes Tagebuch,
gestern kam endlich wieder ein Brief von Papa! Wir waren alle so erleichtert, dass es ihm gut geht. Wir sollen unbedingt bleiben, schreibt er noch mal, er käme bald wieder. Aber wir haben selbst trotz aller Gefahr schon entschieden, so lange wie möglich hierzubleiben. In den letzten Tagen hat es wieder geschneit. Sollen wir das Flüchtlingselend auf den Straßen noch vergrößern? Mittlerweile ist kein Durchkommen mehr, alle Straßen sind mit Flüchtlingen und Militär verstopft. Hier haben wir alles, aber draußen haben wir nichts, nur Kälte. Obwohl es schwer ist, hierzubleiben, wo einige aus unserem Dorf schon weggegangen sind. Die Fanny aus unserer Mädelschaftsgruppe mit ihrer Mutter. Außerdem die Frau Schindler, die Frau des Maurers, mit ihren Töchtern. Hoffentlich kommen sie alle durch.
Kühnels sind noch hier, und auch Rita. Der Pfarrer muss ja schließlich die Stellung halten. Mutter sagt, wir können als kriegswichtige Landwirtschaft auch bis zum Schluss bleiben. Die Front ist jetzt wohl bei Lauban stehen geblieben, aber man hört die feindlichen Flieger brummen, vor allem nachts. Ich habe große Angst! Ich habe Angst davor, dass Borislaw wiederkommt und das mit mir macht, was er vor anderthalb Jahren machen wollte.

Kapitel 18

Später im März kehrte der Frühling zurück und spannte sich verschwenderisch über das Land. Es gab seidenblaue Himmel und erstes Sprießen und Knospen überall. Ungeachtet des Krieges spielte die Natur ihre ureigene Symphonie nach dem immer gleichen Plan.

Luise war gerade an einem warmen Tag mit ihrer Mutter und Helene im Garten, als ein Mann die Auffahrt zum Hof heraufkam. Er trug eine weiße Armbinde und eine Schlägermütze. Ihre Mutter ließ die Schaufel fallen, rannte ihrem Mann entgegen und warf sich in seine Arme. Er umfing sie und drückte sie lange an sich, ehe er seine Arme für alle ausstreckte. »Ich darf die Felder bestellen«, sagte er lachend und umfing Luise. Er gab ihr einen Kuss auf den Scheitel. Luise drückte sich an ihn und roch erleichtert den Geruch seiner Lieblingszigaretten, der seinem Mantel entströmte. Ihre Mutter trat beiseite und machte Helene Platz, und dann kam Manfred angerannt, gefolgt von der Oma.

»Papa, du bist zu spät, der Schnee ist doch längst weg«, sagte er vorwurfsvoll, und der Vater lachte und fuhr seinem Sohn durch die Locken.

Später beim Essen in der Wohnküche erzählte er, wie sie Panzersperren bauen mussten, die aber nichts genützt hätten, wie er später gehört hätte. »War alles sinnlos«, meinte er, während er hungrig aß. »Die Panzer haben alles überrollt.« Er brach ab, nachdem Luises Mutter ihm durch einen Blick auf die Kinder zu schweigen bedeutet hatte, und wechselte das Thema. »Was gibt's hier Neues?«

Als niemand antwortete, sagte Luise: »Die Dorle hat ein Fohlen bekommen.«

»Und was ist's?«

»Ein kleiner Fritz. Ist alles glattgegangen. Marian hatte alles im Griff.«

Ihr Vater strahlte. »Das muss ich mir gleich ansehen. Bin ich froh, wieder hier zu sein!« Er lehnte sich seufzend auf dem Stuhl zurück und sah sie alle nacheinander an. Er sah erschöpft und müde aus. Sein Gesicht war kantiger geworden, mit feinen Linien und Fältchen, die von Anstrengung und Schlafmangel zeugten. Aber seine dunklen Augen leuchteten und schweiften lebendig umher wie immer.

Luise wollte ihn noch viel mehr fragen, doch sie begriff, dass er das meiste später erzählen würde, wenn die Kleinen im Bett wären. Oder auch erst, wenn er mit ihrer Mutter allein wäre. Aber eine Frage brannte ihr vor allen anderen auf der Zunge. »Wie geht's Herrn Steidler?«

Die Frage verhallte in der Küche und schien an ihrem Vater abzuprallen. Er hatte sich wieder über seinen Teller gebeugt und aß an den letzten Resten der Klöße, die es heute zum Wiedersehen gab. Lange war nur das Ticken der Pendeluhr zu hören, bis er endlich aufsah. »Herr Steidler ist tot«, sagte er ernst. »Er hat einen Flaksplitter abbekommen, ein mächtiges Ding. Da war nichts mehr zu machen.«

Luise ließ ihre Gabel sinken. Sie glaubte, nicht richtig gehört zu haben. »Wann?«

»Vor ein paar Tagen. Sie haben ihn schon beerdigt. Als sein Truppführer muss ich es gleich seiner Frau sagen«, meinte er seufzend. »Der Kurier wird ja wohl nicht durchgekommen sein, oder?«

»Ach du meine Güte«, entfuhr es Luises Mutter.

Ihre Oma faltete die Hände und sprach ein kurzes Gebet. Luise musste an ihren Lehrer denken, wie er unten vor ihnen an der Tafel gestanden und ihnen Raumlehre erklärt hatte. Wie er ihnen von Maria Theresia, Friedrich dem Großen und ihren Kriegen um Schlesien erzählt hatte. Wie er sie im Chor, in der Kirche und zu den Mädelstreffen am Klavier begleitet hatte. Wie er im Sommer abends mit einem Buch auf der Gartenbank gesessen und gelesen und manchmal abends verbotenen Jazz gespielt hatte.

Wolfgangs Vater.

Es schien, als wäre er schon immer da gewesen – ein Berg in ihrem Dorf, unverrückbar und unzerstörbar. Und nun war er tot. Luise konnte es nicht glauben.

Am Nachmittag, nachdem ihr Vater lange allein mit ihrer Mutter gesprochen hatte und dann zu Frau Steidler ging, schlich sich Luise zu ihrem Aussichtsposten hinter der Scheune. Sie bog die Sträucher auseinander und spähte zum Steidler'schen Gehöft hinüber. Auf der Leine hing helle Wäsche wie eh und je – Nachthemden von Frau Steidler, Leinentücher, Bettwäsche. Wahrscheinlich rechnete die Lehrersfrau jeden Tag mit der Rückkehr ihres Mannes. Vor der Wiese am Haus stand die Gartenbank, auf der Herr Steidler manchmal gesessen hatte. Sie hatte durch den strengen Frost im Winter gelitten, denn ihr verwittertes Holz war an manchen Stellen morsch und zerfressen. Luise sah ihren Vater kommen. Er trug immer noch seinen dunklen Wintermantel mit der Armbinde. Er klopfte an der

Tür, und als ihm geöffnet wurde, nahm er seine Mütze ab und sprach leise mit Frau Steidler. Dann verschwand er im Haus.

Luise ließ die Sträucher zurückschnellen. Sie rannte über die Wiese, an der Scheune vorbei und über den Hof zum Stall. Die Tür zum Pferdestall stand weit offen, doch die Boxen waren leer. Sie lief durch den Kuhstall und dann durch die Hintertür hinaus über die Obstwiese und sah, wie Marian gerade Zara zur Koppel führte. Gott sei Dank. Wie gut, dass die Sicherungsarbeiten im Dorf erledigt waren und er wieder den ganzen Tag bei ihnen auf dem Hof war. Sie folgte ihm zur Koppel. Atemlos blieb sie vor ihm stehen und beobachtete, wie er das große Tor aufschob und Zara auf die Weide führte, auf der Dorle und Fritz bereits grasten. Luise folgte ihm und schloss das Tor hinter ihnen.

»Marian!«

Er ließ Zara los und wandte sich zu ihr um. Vor Kurzem hatte er sich sein Haar schneiden lassen. Es war nun an den Seiten kurz, während es in der Mitte länger wuchs und ihm vorn wellig in die Stirn fiel. Es glänzte in der Frühlingssonne wie Krähengefieder. Er musste blinzeln, hob die Hand zum Schutz gegen die Sonne, um Luise besser sehen zu können. »Was ist?« Langsam kam er auf sie zu. Ein überraschtes Zucken überlief sein helles Gesicht. Aber sie konnte seine Augen nicht sehen, die unter seiner Hand verschattet lagen.

»Ich ...« Sie schluckte den Kloß in ihrem Hals hinunter. »Mein Lehrer ist gefallen.«

Sie trat näher an ihn heran und sah auf seine Hand hinunter. Konnte er sie nicht wieder trösten, wie er es im Januar getan hatte, nachdem sie Margarete Jentschs Leichnam in ihrer Scheune gefunden hatten? Auf einmal war es mit ihrer Beherrschung vorbei. Die Tränen schossen ihr in die Augen und rannen ihr die Wangen hinunter.

Marian ließ die Hand, die seine Augen beschattete, sinken. Er trat zu ihr und nahm sie wortlos in die Arme. Sie legte ihr Gesicht an seine raue Arbeitsjacke. Ein Staudamm in ihr brach, und alles, was sich in den letzten Wochen in ihr gesammelt hatte, kam hervor. Sie weinte.

Er legte seinen Arm um sie. »Schschschscht«, machte er nah an ihrem Ohr und murmelte etwas auf Polnisch, das sie nicht verstand. »Schon gut, ist ja schon gut.«

Langsam beruhigte sie sich. Sie blinzelte und beobachtete, wie Fritz neben seiner Mutter herlief. Sein Kopf reichte der Stute inzwischen bis zum Schulterblatt, und er trug schon ein kleines Halfter.

Luise schluchzte erleichtert auf. Sie spürte Marians Wärme durch den rauen Stoff seiner Arbeitsjacke hindurch und hörte sein Herz rasch klopfen. Sie fuhr zurück. Verlegen lächelnd suchte sie in der Tasche ihres Kleides nach einem Tuch und schnäuzte sich die Nase. »Ich … ich wollte nicht …«

»Schon gut.« Er zog die Brauen ein wenig zusammen. Sein Blick lag fragend auf ihrem Gesicht. Schließlich deutete er mit dem Kopf in Richtung der Felder. »Komm, gehen wir nach hinten.«

Luise nickte, und sie gingen zu den Obstbäumen hinten an der Koppel, wo man sie vom Hof aus nicht sehen konnte. Dort lehnten sie sich an den Zaun. Schweigend beobachteten sie die Pferde.

Luise steckte sich eine lose Strähne hinter das Ohr und hörte, wie ihr Herzschlag allmählich wieder langsamer wurde. Vorsichtig sah sie zu Marian hinüber.

Er hatte die Hände tief in die Taschen seiner Hose vergraben und warf ihr einen kurzen Blick zu. Seine dunklen Brauen waren immer noch zusammengezogen.

Sie spürte, wie sie rot wurde. »Bist du … jetzt böse?«, fragte sie zaghaft.

»Nein, warum? Du wolltest nur Trost. Ich weiß, ich bin nur polnischer Gefangener.«

Sie sah ihn rasch von der Seite an. Seine Mundwinkel zogen sich etwas nach oben, aber seine Stimme hatte bitter geklungen. Wurde er jetzt sarkastisch? Das passte doch gar nicht zu ihm.

Sie seufzte tief. Sie war verwirrt und aufgewühlt und wusste nicht, was sie sagen sollte.

»Er war bestimmt guter Lehrer, wenn du so um ihn weinst«, sagte Marian.

»Ja, mein Lehrer und unser Nachbar. Seine Frau ist jetzt allein, weil ihr Sohn ... auch im Krieg ist.« Sie mochte ihm nicht sagen, dass ihre Traurigkeit nicht nur an Herrn Steidler lag. Es lag auch an Wolfgang, an den vielen Flüchtlingen, an den Panzersperren im Dorf. Am Krieg. Die Welt, wie sie sie kannte, wankte gerade unter ihren Füßen mit jeder neuen Erschütterung, die sie von der fernen Front vernahmen.

»Ich hatte auch guten Lehrer in Liceum«, sagte Marian. »Ein Lehrer mit Herz für jeden von uns.«

»Wo ist er jetzt?«

Er zuckte mit den Schultern. Er drehte sich um, legte die Arme auf den Zaun.

Sie wandte den Kopf, und ihre Blicke begegneten sich. Er sah sie mit dem ihm eigenen, aufmerksamen Blick an. Etwas, das sich wie ein Schrecken oder auch Erkennen anfühlte, durchfuhr sie und sank in ihrem Inneren nieder. So hatte er sie noch nie angesehen. Oder hatte er das getan und sie hatte es bisher noch nie gemerkt?

Hastig sah sie weg in die Apfelbäume, deren Zweige ihr erstes zartes Grün trugen. Sie stieß sich vom Zaun ab und ging zu den Pferden. Sie begann, Fritz ausgiebig zu kraulen. Das Hengstfohlen ließ sich das gern gefallen, während seine Mutter neben ihm weitergraste. Hinter sich hörte sie die Schritte von Marian im Gras und sah zu ihm hinüber.

Er war ihr gefolgt und beobachtete sie. Seine dunklen Brauen waren zusammengezogen. Sie spürte, wie ihr Gesicht vor Verlegenheit wieder warm wurde. Sie wandte den Kopf, als sie ein Geräusch hörte. Ihr Vater kam vom Tor herauf zu ihnen. Er hatte den Wintermantel gegen einen seiner Arbeitspullover ausgetauscht. Ein überraschter Ausdruck flog über sein Gesicht, als er sie mit Marian auf der Koppel sah. »Was machst du hier?«, fragte er und warf Marian einen kurzen Blick zu.

»Ich wollte nach Fritz sehen.« Sie schob sich hastig wieder die Strähne hinters Ohr.

Ihr Vater schien nicht zu bemerken, wie aufgewühlt sie war. Er ging zu Fritz und kraulte ihm ausgiebig den Hals. »Was für ein aufgeweckter kleiner Bursche das ist«, sagte er. »Bist froh, dass du draußen bist, nicht? Schön in der Sonne bei Mama, du kleener Kerl du.« Er kraulte ihm Hals und Nacken. Fritz genoss es offensichtlich.

»Du bist schnell wieder zurück«, stellte Luise fest. »Wie geht es Frau Steidler?«

»Was glaubst du wohl, Madl? Hätte das lieber nicht gemacht. Vielleicht gehst du morgen mal zu ihr rüber. Die Mama hat's ja nicht so dicke mit der.«

»Ja, mach ich.« Sie beobachtete, wie ihr Vater mit kleinen, kräftigen Bewegungen den Rücken des Fohlens massierte. »Sollten wir nicht besser irgendwem Bescheid sagen? Sie ist doch ganz allein.«

»Sie sagte, ihre Schwester kommt morgen aus Hermannsdorf zu ihr rüber.«

»Gut.« Luise versuchte, den Gedanken an die Steidlers zu verdrängen. Sie wollte sich nicht ausmalen, wie es Frau Steidler wohl gerade ging. »Ich bin froh, dass du wieder da bist, Papa«, sagte sie.

Ihr Vater ließ das Fohlen los und richtete sich auf. »Ich auch.« Er ging zu Marian und klopfte ihm auf die Schulter. »Hast du gut gemacht mit den Pferden.« Er kramte seine Zigarettendose aus der Tasche, nahm die letzte Zigarette heraus und gab die Dose Marian. Die Blechdose war lange genug offen, dass Luise das Fünf-Reichsmark-Stück darin sehen konnte. Marian starrte ungläubig darauf. Dann klappte er die Dose zu und ließ sie in seine Hosentasche gleiten. Er lächelte stolz. »Danke, Herr Reich.«

»Und nichts davon meiner Frau oder irgendwem sonst sagen, ja?«

Marian schüttelte den Kopf.

»Mach schon mal im Stall weiter, Junge. Ich komm gleich nach.« Luises Vater zündete sich die Zigarette an, lehnte sich an den Zaun und beobachtete, wie Marian über die Koppel zum Tor ging und über die Obstwiese verschwand. Er tat einen tiefen Zug. »Der ist schlau«, sagte er, während er langsam den Rauch ausblies. »Der versteht jedes Wort.«

Luise, die sich neben ihren Vater gestellt hatte, presste ihre Hände gegen den Zaun. »Ja, er hat in dem Jahr bei uns viel gelernt.«

»Ganz sicher.« Er warf ihr einen raschen Seitenblick zu.

Ihre Hand umklammerte den Zaunpfahl. Hatte Mutter ihm schon gesagt, dass sie sich mit Marian unterhalten hatte? Sicher hatte sie das. Luise erwiderte nichts und wartete ab, bis ihr Vater den nächsten Zug geraucht hatte. »Ich frag mich nur, wie er das so schnell gelernt hat.«

Sie blickte auf die Wiese hinunter. Ihr Atem ging schneller, aber sie versuchte, sich ihre Angst nicht anmerken zu lassen.

»Vielleicht hat er Deutsch schon in der Schule gelernt und kann's jetzt noch besser.«

»Hm.« Er rauchte nachdenklich. »Deine Mutter hat mir erzählt, dass sie euch im Stall miteinander reden gehört hat. Bei mir radebrecht er nur.«

»Ah ja?« Luise presste die Lippen fest aufeinander, um ja nicht zu viel zu sagen. Auf keinen Fall durfte sie verraten, dass sie Marian heimlich deutsche Bücher beschafft hatte. »Vielleicht hat er Angst, mit euch zu reden.«

Ihr Vater tat den letzten Zug, ließ die Zigarette fallen und trat sie aus. »Klar hat er Angst, zuzugeben, wie gut er Deutsch kann. Wer weiß, wo er herkommt? Er könnte ein Spion sein.«

»Natürlich. Ein Spion in einer deutschen Bauernfamilie«, hörte Luise sich sagen.

Ihr Vater lächelte. Er stellte sich vor sie und sah sie direkt an. »Die deutschen Armeen versuchen gerade, die Russen aufzuhalten. Jeden Tag sterben unsere Männer an der Front. Viele desertieren, aber jeder Deserteur, den sie erwischen, wird sofort erschossen. Was glaubst du, was der Teschner mit einem Madl macht, das sich mit einem polnischen Kriegsgefangenen abgibt?«

Luise wurde es flau im Magen. »Da ist nichts mit Marian«, sagte sie mechanisch. »Wir haben nur … ein bisschen miteinander gesprochen.«

Ihr Vater starrte sie an. Er sah blass und müde aus. In seinen braunen Haaren glitzerten jetzt mehr silberne Strähnen als früher. Er hob seinen unversehrten Zeigefinger. »Tu es nicht!«

Sie hielt seinem Blick stand. »Ehrlich, da ist nichts, Papa«, wiederholte sie leutselig.

Ihr Vater ließ die Hand sinken und stemmte die Hände in die Hüften. »Er ist ein fleißiger Bursche, aber wenn er dich anpackt, ist er sofort weg«, drohte er.

Luise nickte. Sie hatte verstanden. Traurig sah sie zu den grasenden Pferden hinüber. »Wenn die Russen kommen, Papa … sollten wir nicht besser auch weggehen?«

Er erwiderte nichts, ging zu Dorle, begutachtete sie und strich ihr über den Hals. Sie folgte ihm. Er wandte sich zu ihr um, zog ein zerknittertes Stück Papier aus seiner Hosentasche und gab es ihr. »Du bist alt genug, um die Wahrheit zu erfahren.«

Sie entfaltete es und las. »*Lesen und handeln! Jetzt oder nie!*« stand dort in dicken Buchstaben auf dem Papier.

»Was ist das?«, fragte Luise.

»Ein Flugblatt von den Russen. Habe ich von einer Flüchtlingsfrau. Sie haben es im März über Breslau abgeworfen.«

»Hm.« Luise runzelte die Stirn und las weiter. »*Deutsche Soldaten und Offiziere! Der Moment ist gekommen, wo Ihr endgültig über Euer eigenes Schicksal und das Schicksal Eurer Frauen und Kinder entscheiden müsst. Jetzt oder nie!*«

Luise zögerte. »Lies weiter«, forderte sie ihr Vater auf.

Sie gehorchte. »*Während ihrer Winteroffensive von 1945 ist die Rote Armee von Warschau bis Frankfurt a. O., von Sandomir bis Breslau, von Tarnow bis Ratibor vorgestoßen.* Wo ist Ratibor, Papa?«

»In Oberschlesien.«

Sie nickte und las weiter. »*Die Sowjettruppen haben fast ganz Ostpreußen besetzt, sind tief in Schlesien, Brandenburg und Pommern eingedrungen, haben die Oder in breiter Front überschritten und befinden sich an den Grenzen Sachsens, auf halbem Wege von Breslau nach Dresden. Das Donnern der schweren russischen Artillerie ist bereits in Berlin zu hören. Die deutsche Wehrmacht hat nicht wiedergutzumachende Niederlagen erlitten. Es gibt keine Kraft, die imstande wäre, den siegreichen Vormarsch der Roten Armee aufzuhalten. Wer Widerstand leistet, wird erbarmungslos vernichtet. Die deutsche Ostfront ist zusammengebrochen. Rückzugsmöglichkeiten habt Ihr nicht, der Tod ereilt Euch überall. Abwarten und Widerstand leisten bedeutet Selbstmord – und das so kurz vor Kriegsende, wo doch bereits in wenigen Monaten alle Kriegsgefangenen zu ihren Familien heimkehren werden. Die*

Zeit zum Handeln ist gekommen! Jetzt oder nie! Gebt Euch bei der ersten Möglichkeit der Roten Armee gefangen. Dadurch beschleunigt Ihr das Ende des Krieges, rettet Euer Leben und bewahrt Eure Heimat vor der Verwüstung. Entscheidet Euch: Jetzt oder nie!«

Luise ließ das Flugblatt sinken. Sie atmete tief die frische Luft ein. Das Zwitschern der Vögel klang auf einmal falsch in ihren Ohren, als wollte die Natur sie verhöhnen. »Das ... sind doch nur Lügen der Bolschewiken«, hörte sie sich sagen. »Sie wollen die deutschen Soldaten zum Aufgeben bringen.«

»Nein, es ist das, was ich selbst gehört und gesehen habe«, entgegnete ihr Vater. »Es ist die Wahrheit. Wir verlieren den Krieg. Glaube mir, ich habe viel Elend gesehen. Wir haben Glück, dass wir hier im Gebirge so weit abgelegen sind. Es ist besser, wir bleiben hier und ergeben uns. Hier haben wir wenigstens zu essen.« Er wandte sich ab und strich Dorle über den Rücken.

Luise wurde es kalt. Die Russen kommen, hämmerte es in ihrem Kopf. Dass ihr Vater es sagte, bedeutete für sie die letzte Gewissheit und ließ ihre heimliche winzige Hoffnung, es könnte doch noch anders kommen, endgültig zerspringen.

»Zur Not ziehen wir in die Wälder«, hörte sie ihn sagen. »Nun geh und hilf der Mama.«

Luise gehorchte. Mit weichen Knien lief sie über die Obstwiese zum Hof hinüber und half ihrer Mutter bei der Wäsche. Der restliche Nachmittag verschwamm in einer Grauzone ihres Gehirns, in der ihre Hände mechanisch alle Arbeiten verrichteten.

* * *

Am nächsten Tag ging Luise mit ihrer Mutter und ihrer Oma zu Frau Steidler hinüber. Luises Mutter hatte gesagt, sie würde selbstverständlich kondolieren, auch wenn sie sonst kaum miteinander gesprochen hätten, schließlich sei Frau Steidler ihre Nachbarin und die Frau des Lehrers und Kantors.

Es hatte sich wie ein Lauffeuer im Dorf herumgesprochen, dass ihr Lehrer tot war. Frau Steidler empfing die Reichs und viele andere aus dem Dorf in der guten Stube ihres Hauses. Steif und mit verweinten Augen saß sie auf dem Stuhl neben dem verwaisten Klavier, auf dem ein holzgerahmtes Foto ihres Mannes stand – eine schöne Sommeraufnahme, die ihn lächelnd in einem hellen Anzug zeigte. Es musste eine alte Aufnahme sein, denn er trug eine andere Brille und hatte dunkelblondes Haar wie Wolfgang. Luise zuckte zusammen, als sie ihren Lehrer wiedersah. So fröhlich und ausgelassen hatte sie ihn noch nie gesehen.

Sie zog sich in eine Ecke des Wohnzimmers zurück und verfolgte still, wie Frau Steidler die Beileidsbekundungen entgegennahm. Der Raum um sie herum schien zu verschwimmen. Sie roch den Geruch nach altem Holz und sah sich wieder mit Wolfgang und den anderen Kindern die Treppe nach oben laufen. Sie sah Wolfgang und Herrn Steidler wieder im Flur stehen und mit ihr reden. Schließlich hielt sie es nicht mehr aus, presste sich zwischen den Leuten hindurch und rannte nach draußen. Vor der Tür atmete sie tief die frische Frühlingsluft ein. Sie sah auf das Bauernhaus weiter unten am Hang, dahinter die Berge. Nebenan, hinter dem Zaun und den Büschen, lag ihr versteckter Aussichtsposten, dahinter erhob sich ihre Scheune.

Luise rang nach Luft. Das Bild der kleinen Lehrersfrau in ihrem schwarzen Kleid mit dem Blumensträußchen über dem Herzen wollte ihr nicht aus dem Kopf. Sie versuchte, es mit Macht zu verdrängen. Langsam beruhigte sie sich ein wenig. Sie dachte daran, dass ihr Vater bald Kartoffeln pflanzen wollte. Rita, die mit ihrem Vater ebenfalls kondoliert hatte, kam aus dem Haus, und sie gingen gemeinsam hinunter zur Dorfstraße.

»Sie tut mir leid«, sagte Rita nach einer Weile. »Sie hat nicht mal ein Grab, an dem sie trauern kann.«

»Und sie ist allein und weiß nicht, ob ihr Sohn noch lebt«, ergänzte Luise. Sie zog ihre Strickjacke enger. Obwohl es ein warmer Tag war, fror sie.

»Wir müssen morgen im Chor für das Totengedenken am Sonntag üben«, sagte Rita. »Schließlich soll es doch besonders schön sein. Alle Gefallenen werden noch mal verlesen.« Es klang traurig.

Luise bemerkte, wie ihre Freundin sich verstohlen eine Träne aus dem Auge wischte. »Warum lässt Gott eine Frau so allein?«, fragte sie. »Warum tut er ihr das an?«

»Warum?« Rita hob ihre Schultern. Sie sah ratlos und traurig aus. »Es ist eine Prüfung Gottes. Vater sagt, wen Gott liebt, den prüft er.«

Luise nagte an ihrer Unterlippe. Das erschien ihr eine sehr merkwürdige Art von Liebe zu sein. Margarete Jentsch das Kind wegzunehmen, Frau Steidler den Mann – was sollte Gott davon haben, wenn er die Menschen so quälte? Und warum quälte er den einen mehr und den anderen weniger?

»Ich kann das nicht verstehen«, erwiderte sie.

»Sieh es mal so: Durch die Prüfungen Gottes haben wir die Möglichkeit, zu wachsen und zu lernen«, erklärte Rita. »Wir werden reifer und stärker und können besser den Weg zu Gott finden und seine Liebe erlangen.«

»Aber Margarete Jentsch hat sich umgebracht! Sie hat es nicht verkraftet, es war zu viel für sie.«

Rita seufzte. »Sie ist jetzt in den Händen Gottes.«

Luise brütete schweigend vor sich hin. Die frommen Gedankengänge ihrer Freundin erschienen ihr fremd und überzeugten sie nicht.

Sie waren jetzt unten an der Laterne angelangt. Sie wollte das Thema wechseln und etwas anderes fragen, das ihr auf dem

Herzen lag. »Wenn die Russen kommen … sie sind doch alles Ungläubige … hast du keine Angst? Ich meine, wollt ihr nicht doch lieber fliehen, du und dein Vater?«, fragte sie.

Rita starrte sie verwundert an. »Fliehen? Nein, das kommt für uns nicht infrage. Mein Vater ist doch der Pfarrer. Außerdem würde er nie vom Grab meiner Mutter weggehen, und ich auch nicht.«

Luise atmete erleichtert auf. Sie hatte gehofft, dass Rita so etwas sagen würde. Wenn Rita hierbliebe, würde es ihr selbst auch leichter fallen zu bleiben. »Wir werden auch bleiben«, sagte sie.

Rita nickte. Sie sah ebenfalls erleichtert aus. Sie verabredeten sich für den nächsten Tag im Chor und gingen nach Hause.

Nachmittags ging sie noch einmal zu ihrem Aussichtsposten und sah auf die leere Gartenbank am Steidler'schen Haus. Sie würde Herrn Steidler nie mehr Klavier spielen hören. Wolfgang würde seinen Vater nie mehr sehen. Prüfungen Gottes hin oder her – war es nicht eher die Schuld der Menschen, dass ihr Lehrer tot war? Menschen, die den Krieg entfacht und Herrn Steidler dorthin geschickt hatten, obwohl er schon so alt war, im letzten Krieg gekämpft hatte und sicher nicht mehr hatte kämpfen wollen? War das nicht viel wahrscheinlicher, als dass es einen Gott gäbe, der die Menschen prüfte?

Luise starrte auf die verwitterte Bank, als könnte die ihr eine Antwort auf ihre Fragen geben. Früher hatte sie nie über so etwas nachgedacht, aber jetzt schon.

Sie hatte viel von Herrn Steidler gelernt. Sie wusste, dass ihm trotz seines Spotts immer auch an ihr gelegen war, dass sein Herz nur einen Millimeter unter seiner Haut und seinem Anzug entfernt gewesen war, als er ihr und allen anderen Schülern Dreiecke oder Gedichte erklärt oder mit ihnen musiziert hatte.

Er war ein guter Lehrer gewesen, einer mit einem Herz für jeden von ihnen, wie Marian gesagt hatte. Sie würde ihn nicht vergessen.

Dieser Gedanke tröstete sie. Sie wischte sich ihre Tränen ab und lief zurück zum Haus.

Beim Gottesdienst am Sonntag sangen sie mit dem Chor wieder das *Morgenrot* in der Kirche, die bis an die kranzgeschmückte obere Empore voll besetzt war. Pfarrer Vogt würdigte Herrn Steidler in seiner Trauerrede als guten Lehrer und aufrechten Mann Gottes. Als er das sagte, blickte er demonstrativ in Richtung des Ortsgruppenleiters, der ungewöhnlicherweise mit einigen weiteren Männern aus der Partei in die Kirche gekommen war. Außer Herrn Moor ließen sie sich hier normalerweise nicht blicken. Herr Teschner saß zwischen Herrn Moor und Herrn Weidlich gleich vorn unter dem Kronleuchter. Weidlich und er trugen ihre Parteiuniformen, Moor einen schwarzen Anzug. Der Ortsgruppenleiter saß mit verschränkten Armen in der Kirchenbank und starrte abwesend vor sich hin, als würde er nicht zuhören.

»… die wahre Freiheit aber weilt im Herzen eines jeden Menschen, und wer mit dem Herrn wandelt, der wird erlöst sein«, schmetterte Vogt in die stille Kirche. »Denn *sein* ist das Reich und die Kraft und die Herrlichkeit in Ewigkeit. Amen.«

Teschner verharrte mit unbewegter Miene. Bürgermeister Moor sah auf sein Gesangbuch hinunter. Irgendwo in den Reihen hinter ihnen entdeckte Luise Christels dunkelblonden Pagenkopf. »Gelobt sei der Herr täglich. Gott legt uns eine Last auf, aber er hilft uns auch«, rief der Pfarrer. »Wir haben einen Gott, der da hilft, und den Herrn, der vom Tode errettet.«

Frau Steidler weinte still. Ihre Schwester, die aus Hermannsdorf gekommen war, drückte ihr die Hand. Herr Vogt gab dem Chor das Zeichen, und sie sangen eine Kantate von Bach. Luise war erleichtert, wieder singen zu können, auch wenn es nur ein weiteres Trauerlied war. Ihre Eltern blickten von ihren Plätzen auf dem Balkon gegenüber zu ihr hinüber. Beide sahen stolz aus.

KAPITEL 19

Im April, während Deutschland von allen Seiten zerrissen wurde und Berlin im Todeskampf lag, pflanzte Luises Vater mit ihr und Marian Kartoffeln. Luise bekam mit, dass er auch seine Parteiuniform an einem dieser Abende verbrannte. Er versteckte das Geld und die Sparbücher der Familie irgendwo im Haus und vergrub ihre Flaschen mit der Arnikatinktur und die restlichen Schnapsflaschen, die sie von Luises Tante aus Görlitz bekommen hatten, im Garten. Eines Abends ging er mit Luise und Helene auf den Hainberg bis an den Waldrand, wo ihnen das Land nicht mehr gehörte, und vergrub mit ihnen eine Blechdose voller Münzen in der Erde. Luises Mutter warf das Jagdgewehr ihres Vaters samt Munition in den Löschteich.

Der Tag der deutschen Kapitulation am 8. Mai 1945 setzte dem dumpfen Geschützdonner endlich ein Ende. Stille kehrte ein. Sie lastete über Lindenau und wirkte noch bedrohlicher als der Geschützdonner zuvor. Manche im Dorf beluden ihre Wagen und flohen in die nahen Wälder. Doch dann verbreiteten Flüchtlinge die Nachricht, die Russen seien bereits in Hirschberg und würden alle Deutschen, die sie in den Wäldern fänden, als Partisanen behandeln. So kehrten alle wieder zurück und spähten voller Angst auf die Straße nach Hermannsdorf.

Der 9. Mai war ein trockener, warmer Tag. Die Reichs wagten sich nicht weit vom Haus weg. Luise arbeitete gerade in ihrem neuen Gemüsegarten, als sie von der Dorfstraße her lautes Dröhnen hörte. Kurz darauf erklang das Geräusch zerberstender Baumstämme. Sie ließ das kleine Weißkohlpflänzchen, das sie mit den anderen in Saatkisten vorgezogen hatte und nun einsetzen wollte, aufs Beet fallen und sprang auf. Das Dröhnen wurde lauter und mischte sich mit dem unheimlichen Geräusch rasselnder Ketten. Sie erstarrte und lauschte einen Augenblick dem ungewohnten Lärm, als ihre Mutter im Garten erschien.

»Sie kommen«, sagte sie nur. »Wir gehen ins Feld. Los!«

Luise wischte sich die schmutzigen Hände an ihrem Kleid ab. Sie trug ein Kopftuch, ein uraltes weites Wickelkleid ihrer Oma und dreckige Schuhe. Sie nahm die Saatkisten und folgte ihrer Mutter in die Küche, wo diese schnell ein paar Brote, eine Flasche Wasser und die Kanne mit dem restlichen Morgenkaffee zusammenraffte, Manfred packte und Helene anherrschte, sie solle sich beeilen. Helene lachte und alberte mit ihrem Bruder herum.

»Seid still!«, fuhr ihre Mutter sie an. »Wir gehen jetzt rauf aufs Feld zum Papa.« Sie fasste Manfreds kleine Hand fester.

»Und du?«, fragte Helene ihre Oma, die gerade den Hefeteig für einen Blechkuchen knetete. »Kommst du nicht mit, Oma?«

Ihre Oma knetete ungerührt weiter. »Ihr kinnt giehn, ich bleib hie.«

»Aber Oma! Das kannst du doch nicht machen! Komm mit uns! Bitte!«

»Ich bleib hie«, beharrte ihre Oma, ohne von ihrem Tun abzulassen. »Mir ala Frau wan se schun nischt tun.«

»Lass sie«, sagte Luises Mutter. »Wir gehen jetzt. Mama …«

Klara Gottwald hielt inne, und die beiden Frauen sahen sich einen Augenblick an. Luises Mutter nickte ihr zu, dann wandte sie sich zum Gehen.

»Aber Mama, wir können sie doch nicht dalassen«, protestierte Luise, als sie den Weg zu den Feldern hinaufgingen. »Sagst du nicht immer, wir sind eine Familie, wir halten zusammen?«

»Ja, und genau deshalb ist deine Oma auf dem Hof geblieben«, versetzte ihre Mutter. »Sie will es so.«

Luise protestierte nicht mehr. Mechanisch setzte sie einen Fuß vor den anderen und starrte auf ihre erdverkrusteten Schuhe. Die Angst hielt sie gefangen. Die legte sich auch kaum, als sie ihren Vater und Marian am Roggenfeld erblickte. Die Männer hatten das Pferdefuhrwerk mit Dorle und Zara hinter einem Gebüsch abgestellt. Ihr Vater winkte sie heran und deutete nach unten. Von hier aus konnte man bis zur Straße blicken, die von Lindenau über die Nachbardörfer nach Hirschberg führte. Eine unglaublich lange Kolonne von Panzern und Lastautos bewegte sich langsam auf ihr Dorf zu. Ihr Vater sah sehr blass aus. »Wir gehen ins Kornfeld.« Er deutete auf den gut kniehohen, dunkelgrünen Roggen. Luise legte sich neben ihren Vater ins Feld. Zum Glück war das Getreide hoch genug. Hier waren sie weit genug vom Hof entfernt, um von dort aus nicht gesehen zu werden, aber noch nah genug dran, um zu hören, was dort vor sich ging.

Das Dröhnen wurde immer lauter. Es dauerte nicht mehr lange und die ersten Panzer rasselten unten an ihrem Hof die Dorfstraße entlang, an ihrem Hof vorbei. Luise fühlte, wie die Erde unter ihrem Gewicht erbebte. Vorsichtig spähte sie zwischen den Halmen hindurch. Auf den Panzern saßen Soldaten, drohend ragten die Kanonen vor. Ihnen folgten ein paar Jeeps mit roten russischen Fahnen, die im Wind flatterten. In den Jeeps saßen Männer in Ledermänteln.

Erschreckt duckte sich Luise wieder in die Halme. Nach der schier unendlichen Panzerkolonne hörte sie Hufgetrampel, dann folgten von Pferden gezogene Panjewagen, einer nach dem anderen. Nach einer gefühlten Ewigkeit erklang das

Geräusch von Soldatenstiefeln auf Asphalt, das später wieder von dem Geräusch rollender Panjewagen und neuer Jeeps unterbrochen wurde. Die Kolonne zog sich durch ihr Dorf, bis die Mittagssonne durch die Wolken brach und warm auf sie herunterschien. Da hörten sie, wie Jeeps auf ihren Hof fuhren und Türen zuschlugen.

Luise hielt den Atem an. Helene hatte aus Langeweile angefangen, Manfred zu ärgern. Sie kitzelte ihn mit einem Halm im Nacken, bis er lachte und nach ihr schlug. »Haha, kleiner Blödmann«, rief sie, bis ein paar barsche Worte ihrer Mutter sie zum Verstummen brachte. Luise hätte ihre Schwester am liebsten erwürgt.

Der Hofhund hob sein übliches Gebell an und sie hörten seine Kette rasseln. Dann erklang ein Schuss, und der Hund war still. Luise presste sich die Hand vor den Mund, um nicht laut aufzuheulen. Ihre Mutter tat dasselbe mit Manfred, ihr Vater mit Helene. Der Wind wehte leise Worte zu ihnen hinüber, russische Sprachfetzen von Männern, aber sie konnten nichts sehen. Luise dachte an ihre Oma, und ihr wurde elend. Sie fürchtete, dass jeden Augenblick der nächste Schuss ertönen würde.

Aber es blieb still. Wenig später hörten sie, wie der Schuppen geöffnet wurde, dann ein Rumpeln, als wenn ein Wagen über Steine fuhr.

Unterdessen rollten unten auf der Dorfstraße weiter die Panjewagen, marschierten Soldaten, die Gewehre mit aufgepflanzten Bajonetten trugen. Es war, als würde die gesamte Rote Armee durch ihr Dorf ziehen. Manfred schlief ein. Helene musste mehrmals energisch zur Ruhe gemahnt werden. Als die Sonne nachmittags weit in den Westen gewandert war, hörten sie endlich Türen knallen und Wagen wegfahren. Luise war sich sicher, dass es die Jeeps gewesen waren. Auf dem Hof wurde es still. Man konnte nur noch die Geräusche der Kolonne hören. Das Korn raschelte leise, als der Wind hindurchfuhr.

Luise spähte zu Marian hinüber, der neben ihrem Vater bäuchlings im Korn lag. Er hatte seinen Kopf auf einen Arm gelegt und wandte ihr das Gesicht zu. Ihre Blicke begegneten sich. Seine hellbraunen Augen leuchteten. Sein Mund war ein wenig geöffnet, und es sah so aus, als wollte er ihr etwas sagen. Auf einmal wünschte sie sich, er könnte ihr etwas sagen, etwas Tröstliches, irgendetwas – wenn sie nur seine Stimme hören könnte. Aber er war zu weit weg; ihr Vater und Manfred lagen zwischen ihnen, und sie mussten still sein.

Er hob die Mundwinkel zu einem kleinen aufmunternden Lächeln. Sie lächelte zurück. Sie hätte gern noch einmal seine Stimme gehört, bevor sie das tat, was sie vorhatte zu tun.

Sie spähte zwischen den Halmen hindurch zum Hof hinunter. Als sich dort nichts regte, erhob sie sich, rannte zur Mauer und duckte sich dahinter. »Luise!«, fauchte ihre Mutter. »Komm sofort zurück!«

Doch Luise hörte nicht auf sie. Sie rannte den Feldweg hinunter. Kurz bevor sie ihren Hof erreichte, versteckte sie sich hinter einem dicken Baum und lauschte. Alles war still bis auf die Panjewagen auf der Dorfstraße. Die Jeeps schienen abgefahren zu sein. Wo war ihre Oma? Was war mit ihr geschehen?

Luise gab sich einen Ruck und schlich sich zum Hof. Von hier aus würde sie niemand von der Kolonne sehen können. Die Hühner liefen in ihrem offenen Stall herum und pickten Körner. Aus dem Kuhstall erklang das leise Schnauben und Käuen der Kühe. Die Fenster im Wohnteil waren geschlossen und nichts war zu hören. Luise schlich sich zur Hintertür und öffnete sie vorsichtig. Auf Zehenspitzen ging sie weiter durch den hinteren Flur, vorbei an der elektrischen Rübenschnitzelmaschine und der Kartoffelquetsche. Die Katze fraß von ihrem Teller und beachtete sie nicht. Die Tür zur Wirtschaftsküche stand offen, die Tür zur Wohnküche ebenfalls. Luise sah ihre Oma in der Wohnküche vor dem Backofen hantieren. Sie lebte! Luise lachte erleichtert in sich hinein. Sie lief durch die Wirtschaftsküche, vorbei an Marians leerem Tisch, weiter in die Wohnküche. Und erstarrte.

Ihre Oma hatte die Topflappen in der Hand und nahm gerade den Mohnkuchen aus dem Backofen. Neben ihr auf dem Sofa saß ein russischer Soldat. Er trug eine Schirmmütze mit Abzeichen, große rot geränderte Schulterklappen mit Sternen auf seiner khakifarbenen Feldbluse und hohe schwarze Lederstiefel. In einem Holster am Gürtel steckte eine Pistole. Es musste ein Offizier sein. Er starrte vor sich hin, als wäre er mit den Gedanken weit weg. Luise fuhr zusammen. Ehe ihre Großmutter und der Offizier sie bemerkten, machte sie kehrt und stürmte aus der Wohnküche, durchquerte die Wirtschaftsküche, den Flur und floh durch die Hintertür wieder zu den Feldern hinauf. Auf halber Höhe versteckte sie sich hinter dem dicken Baum.

Ihr war eingefallen, dass sie nicht zum Versteck zurückkonnte, um die anderen nicht zu verraten, falls ihr jemand folgen würde. Ihr Herz pochte wie verrückt. Sie wartete, aber nichts geschah. Das Geräusch marschierender Soldaten erklang von der Dorfstraße zu ihr herauf.

Wenn der Offizier sie nun gesehen hätte und von ihrer Oma verlangen würde, das Versteck ihrer Familie preiszugeben? Ihr wurde schwindelig vor Angst. Wie konnte sie nur so dumm sein?

An die Strafe ihrer Mutter durfte sie erst gar nicht denken.

Sie lauschte weiter, doch sie hörte nichts, nur das Geräusch der Soldatenstiefel auf dem Asphalt. Vorsichtig spähte sie am Baum vorbei zum Hof. War hinter dem Fenster der Wohnküche nicht eine Bewegung gewesen? Ihr war, als hätte sie hinter der Scheibe kurz das Kleid ihrer Oma aufblitzen sehen. Was hatte das zu bedeuten? Konnte es sein, dass der Offizier vielleicht nur

Kuchen wollte? Er hatte nicht wütend ausgesehen, nicht grob wie Borislaw oder so, wie sie sich die Bolschewiken vorgestellt hatte. Er war nur weit weg mit den Gedanken gewesen, vielleicht zu Hause bei seiner Frau und seinen Kindern. Vielleicht hatte ihn der Geruch des Kuchens daran erinnert, und er würde ihrer Oma nichts tun. Schließlich hatte er doch auch eine Mutter.

Luise beruhigte sich ein wenig. Sie wartete bis zum Sonnenuntergang, dann lief sie zu den anderen zurück und kauerte sich neben ihren Vater ins Roggenfeld. Er sah sehr erleichtert aus. »Madl, was machst du nur?«, fragte er.

Zu ihrem Erstaunen schimpfte ihre Mutter nicht mit ihr. »Was ist mit der Oma?«, wollte sie nur wissen.

»Gut. Sie macht Mohnkuchen. Ein … ein russischer Offizier ist bei ihr.«

»Ach du meine Güte.« Ihre Mutter schlug sich die Hand vor den Mund. Ihr Vater holte tief Luft und stieß den Atem mit einem zischenden Geräusch wieder aus. »Dann … warten wir, bis er wieder weg ist. Ich hab noch keinen Wagen gehört.«

Luise nickte. Sie spähte vorsichtig zu Marian hinüber. Er hatte sein Kinn auf seine Faust gestützt und sah auf die Halme vor sich. Als er merkte, dass sie ihn ansah, wandte er ihr das Gesicht zu und schüttelte missbilligend den Kopf. Sie seufzte leise.

Langsam senkte sich die Dunkelheit herab. Unheimlich drangen die Geräusche der Kolonne durch die Abendluft und mischten sich mit dem melodischen Gesang der Amseln. Würde sie jemals enden? Die Pferde wurden unruhig, sie mussten endlich getränkt werden. Luise glaubte, sie hätte vor Stunden den letzten Schluck Wasser aus der Flasche genommen. Da endlich hörten sie unten auf ihrem Hof Türen knallen und den Jeep wieder wegfahren. Sie warteten ab, bis es vollends dunkel geworden war, und schlichen sich zum Hof zurück.

Ihre Oma saß am Küchentisch und starrte mit leerem Blick vor sich hin. Sie hielt ein verknülltes Taschentuch in ihrer Hand. Ihre Augen schimmerten rötlich unter den schweren Lidern. Die Lampe brannte und verbreitete kümmerliches Licht. Auf dem Tisch standen noch ein paar Teller mit Resten von Krümeln und ihre guten Gläser.

»Dreie woarn hie«, sagte sie. »Ich hob dana die Flosche Schnops gegahn.«

Einen Augenblick sah es so aus, als ob sie weinen wollte, dann nahm sie sich zusammen. Luises Mutter ging zu ihr und legte ihr den Arm um die Schultern.

»Die hon insa Leiterwoan mitgenumma«, sagte die Oma.

Ihr Vater fluchte. Er nahm seine Zigarettenschachtel und ging nach draußen. Noch am selben Abend begrub er den Hofhund, verrammelte die Türen mit Brettern und verriegelte alle Fenster, bevor sie zu Bett gingen. Luise konnte lange nicht schlafen. Sie hörte, wie ihre Oma im Bett leise weinte.

»Oma, nicht weinen, du warst so mutig«, versuchte sie sie zu trösten. »Uns ist doch nichts passiert.«

Das Weinen hörte auf. »Joa, is wuhr«, sagte ihre Oma nach einer Weile. »Der Herrgott wird ins nee im Stich loan.« Wenig später hörte Luise, wie sie leise das Vaterunser betete.

Am nächsten Morgen zog Luise wieder das Wickelkleid und ihr Kopftuch an. Sorgfältig ließ sie auch noch die letzte Strähne ihres Haares unter dem hässlichen Tuch verschwinden und schlüpfte im Stall in ihre dreckigen Schuhe. Am liebsten hätte sie sich im Schlafzimmer eingeschlossen, aber die Kühe mussten gemolken werden. Sie tat das gemeinsam mit ihrer Mutter, die ebenso hässliche Sachen trug wie sie, während ihre Oma in der Küche das Frühstück zubereitete. Nach dem Durchzug der Kolonne herrschte wieder Stille im Dorf. Es war, als hielte

Lindenau den Atem an und wartete auf das, was als Nächstes passieren würde.

Voller Angst hörte Luise, wie ihr Vater im Hof Zara anspannte. Wie konnte er nur so tun, als wäre nichts? Aber er wollte mit Marian aufs Feld wie jeden Tag. Er hatte Zara kaum vor den Wagen gespannt, als sie schon die Jeeps auf der Dorfstraße hörten. Und Hufgetrampel.

Luise sprang vom Melkschemel auf. Ihre Mutter nahm die beiden Eimer und stellte sie rasch beiseite. Sie packte Luise mit festem Griff. »Komm.«

Sie zog sie aus dem Stall durch den Flur die Treppe hinauf nach oben. Im Flur stießen sie auf Helene. »Du kommst auch mit«, rief ihre Mutter, packte das Mädchen am Arm und zog es mit nach oben. Manfred blieb bei der Oma in der Küche. Kaum waren sie im ersten Stock, hörten sie von unten Schüsse fallen. Der Schreck fuhr Luise durch alle Glieder. Sie wollte in das Schlafzimmer ihrer Eltern gehen, um zu sehen, was auf dem Hof passierte, aber ihre Mutter ließ sie nicht los, sondern zerrte sie energisch durch den Flur bis zum Heuboden, der über dem Stall lag. Dort verriegelten sie die Tür, gruben sich ins Heu ein und warteten. Von unten erklangen Stimmen.

Luise hielt das Warten nicht mehr aus und kroch aus dem Heu zu einer winzigen Fensterluke, durch die sie auf den Hof hinunterblicken konnte. Ihr Vater und Marian warteten mit erhobenen Händen beim Pferdefuhrwerk. Ein russischer Soldat stand vor ihrem Vater und redete auf ihn ein, während ein anderer Zara ausspannte. Weitere Soldaten liefen über den Hof, gingen in die Scheune und in den Schuppen, sahen im Stall nach. Alle trugen grüne Uniformen, Schiffchenmützen und hatten ihre Gewehre geschultert.

Luise verbarg sich hinter der Mauer und sah zu ihrer Mutter hinüber, die es ebenfalls nicht ausgehalten hatte und mit Helene durch die Nachbarluke spähte. Gott sei Dank lebte ihr Vater, lebte Marian! Aber wenn die Soldaten sich jetzt im Haus umsehen würden, wenn sie den Heuboden entdecken würden ... sie wagte nicht weiter zu denken. Obwohl ihr warm war, begann sie zu zittern.

Sie sah wieder aus der Luke. Ein Soldat führte Zara vom Hof hinunter zur Dorfstraße. Ein anderer spannte ihnen dafür ein anderes Pferd vor den Wagen – ein Tier, das lahmte und so abgemagert war, dass seine Rippen durch das graue, fleckige Fell hindurchschimmerten. Der Soldat sagte etwas zu ihrem Vater, grinste schadenfroh und wandte sich ab.

Sein Kumpan wartete rauchend vor dem Schuppen und begutachtete ihn. Luise tauchte von der Luke weg und versteckte sich wieder im Heu. Sie hörte, wie ihre Mutter dasselbe tat. Mit pochendem Herzen lauschten sie auf die Geräusche im Haus. Jemand stieß die Stalltür auf, stapfte durch ihren Flur. Schwere Schritte gingen in die Küche. Sie hörten ein paar russische Wortfetzen, dann wieder Schritte im Flur. Luise erwartete, dass sich die Schritte jeden Augenblick über die Treppe nähern würden. Doch sie kamen nicht. Stattdessen hörte sie eine Fahrradklingel im Hof, dann Männerlachen. Aber sie wagte es nicht mehr, durch die Luke zu schauen.

Reglos blieb sie in ihrem Versteck liegen und wartete, bis die Stimmen auf dem Hof endlich verklungen waren, während die Angst in ihrem Magen bohrte. Nach einer Weile hörte sie die langsamen Schritte der Oma auf der Treppe. »Die Russen sein futt, ihr kinnt rauskumma!«, rief sie an der Tür.

Zitternd krochen sie aus dem Heu und gingen mit wackligen Knien hinunter auf den Hof. Ihr Vater betrachtete mit Marian das neue Pferd, das der Russe ihnen dagelassen hatte. Das Tier hatte abgeschürfte Stellen und Wunden im Fell. Sein höckerartiger Buckel ragte hoch unter der zotteligen Mähne empor, während seine Hüfte nach unten herabfiel, als hätte es lange Zeit zu schwere Lasten getragen. Ihr Vater sprach leise mit ihm, öffnete sein Maul und begutachtete seine Zähne. Er schüttelte missbilligend den Kopf. Marian strich über den Buckel des armen Pferdes, betastete seine verfilzte Mähne, besah sich eine wunde Stelle am Rücken.

»Was für eine arme Schindmähre«, sagte ihr Vater.

Ihre Mutter trat neben ihn und legte ihm die Hand auf die Schulter. Er nahm ihre andere Hand und drückte sie fest, und sie lächelten sich erleichtert an. »Wo haben sie Zara denn hingebracht?«, schluchzte Helene. »Was machen sie mit ihr?«

»Sie wird einen russischen Wagen ziehen«, erklärte Luise mit rauer Stimme. Ihre Knie zitterten immer noch, und sie hatte vom Liegen im Heu eine trockene Kehle bekommen.

»Aber dann wird sie ja auch so eine Schindmähre«, weinte Helene.

»Sei still!«, fuhr Luise sie an.

Marian wandte sich um und sah sie an. Das schwarze Haar fiel ihm wellig in die Stirn. Er sah sehr blass aus. In seinem Blick lag Erleichterung und noch etwas anderes, das sie nicht deuten konnte. Sie schämte sich plötzlich für ihre hässlichen Sachen und ihr Kopftuch. Sie musste furchtbar aussehen.

»Sie haben alle Fahrräder mitgenommen«, sagte ihr Vater.

»Und doas Radio«, ergänzte ihre Oma, die mit Manfred aus der Küche gekommen war.

»Das wird nicht das letzte Mal gewesen sein, dass die hier waren«, sagte ihr Vater düster. »Die werden wiederkommen.«

Kapitel 20

Er sollte recht behalten. In den nächsten Tagen kamen wieder Soldaten, durchsuchten ihr Haus nach Wertsachen und nahmen die meisten Kühe und Schweine mit. Jedes Mal versteckte sich Luise mit ihrer Mutter und Helene auf dem Heuboden und wartete zitternd ab, bis die Männer wieder fort waren. Sie wagten sich kaum noch in den Garten und aufs Feld, und wenn sie draußen waren, lauschten sie gespannt auf jedes verdächtige Geräusch. Manchmal hörten sie Schüsse und Schreie aus dem Dorf. Sie wagten sich nirgendwohin.

Luises Vater baute für seine Frau und seine Töchter einen Verschlag auf dem Taubenboden. Falls die Russen kämen und sie auf dem Feld antreffen würden, sollten sie sich in den Wald flüchten, sagte er. Er ging zu Kühnels und erfuhr, dass die Russen eine Kommandantur im Oberdorf im ehemaligen Gutshof der Grafen von Schaffgotsch eingerichtet hätten. Nach und nach holten sich die Soldaten sämtliches Vieh von den Bauern im Dorf für ihre Kommandantur. Immer wieder kamen sie auch auf den Reich'schen Hof und verlangten zu essen. Klara Gottwald bewirtete sie in der Wohnküche und tischte ihnen auf, was immer sie wollten und was da war. Zu Pfingsten hatten sie kein Mehl mehr.

»Ich geh zu Moors und hol welches«, sagte Luise zu ihrer Mutter. »Die haben das ganze Lager voller Mehl.«

Doch ihre Mutter wollte nicht und gab erst nach langem Bohren nach. »Aber du gehst auf keinen Fall allein«, sagte sie. »Der Marian geht mit.«

Luise wunderte sich, dass ihre Mutter sie allein mit ihm gehen ließ. Aber es war ihr nur recht. Am frühen Samstagmorgen zogen sie mit dem Handwagen durch das Dorf, das still in der Morgensonne lag. Über ihnen glänzte ein fast wolkenloser Sommerhimmel. Die Luft war frisch und roch nach Wiesen, Wald und Korn. Über den Feldern erhoben sich Lerchen und stimmten ihren zwirbelnden Gesang an. Luise schwitzte unter ihrem Kopftuch. Normalerweise hätte sie sich heute mit Rita getroffen, und sie hätten im Garten des Pfarrhauses gelegen oder wären spazieren gegangen. Doch jetzt schwitzte sie vor Angst und fühlte sich furchtbar hässlich in ihren alten Sachen. Sie warf Marian einen Seitenblick zu. Er brütete vor sich hin, während er mit ihr den Handwagen zog, und sagte nichts.

Sie seufzte in sich hinein. Seit dem Tag auf der Koppel waren sie sich aus dem Weg gegangen – sie, weil sie nicht wollte, dass man ihn vom Hof schickte, aber auch er hatte nicht mehr ihre Nähe gesucht und sie nur manchmal verstohlen angesehen. Vielleicht wollte er nichts mehr mit ihr zu tun haben, nachdem Deutschland den Krieg verloren hatte, dachte sie verdrossen. Das Ende des Krieges hatte alles verändert. Vielleicht würde er die nächste Gelegenheit nutzen, um sich aus dem Staub zu machen. Sie könnte es ihm noch nicht mal verdenken. Aber trotzdem verstimmte sie dieser Gedanke noch mehr.

Überall sahen sie die Spuren der Eroberung. Die Panzersperren waren durchbrochen worden, und das zersplitterte Holz lag weit über die Dorfstraße verteilt. Zwischen Pferdeäpfeln, Kuhfladen und Dreck zeichneten sich die erdverkrusteten Spuren der Panzerketten auf der Straße ab. Das Niederdorf hatte es schlimm erwischt. Vorgärten waren zertrampelt, Fenster eingeschlagen worden. Luise fragte sich, was sich wohl hinter den Mauern der Häuser abgespielt haben mochte, und ein kalter Schauer überlief sie. »Alles umsonst«, murmelte sie.

Marian erwiderte nichts.

Wenigstens ihre Schule sah unversehrt aus, wie sie erleichtert feststellte, die Kirche und das danebenliegende Pfarrhaus ebenfalls. Nur den Schaukasten hatte man eingeschlagen, die Plakate herausgerissen und zertrampelt. Luise wäre am liebsten zum Pfarrhaus gelaufen und hätte nachgesehen, wie es Rita ging, aber das war zu gefährlich. Ihre Erfahrung aus den letzten Tagen hatte gezeigt, dass die Russen überall sein konnten. Sie konnte nur hoffen, dass es Rita gut ging.

Sie kamen am Gerichtskretscham vorbei. Die Fahne war abgerissen und verbrannt worden. Auf dem Hof sah man noch Spuren des Feuers und Aschenreste. In der Fachwerkfassade des mächtigen Hauses klafften Einschusslöcher. Luise ließ den Handwagen los und lief zu den Bänken, auf denen sie so oft nach den Veranstaltungen gesessen hatten. Sie strich über das verwitterte Holz. Sie zerrte an einer Bank, die umgefallen war, und versuchte sie aufzurichten. Aber sie war zu schwer. Verzweifelt seufzte Luise auf.

»Komm zurück!«, rief Marian leise. »Das hat doch keinen Sinn.«

Sie wischte sich mit dem Handrücken den Schweiß von der Stirn. In ihren Augen brannten Tränen. Langsam ging sie unter Marians Blicken zum Handwagen zurück. Sie hatte sich noch nie so elend und hässlich gefühlt. Bestimmt mochte er sie so nicht mehr. »Bist du jetzt zufrieden?«, zischte sie. »Die schrecklichen Deutschen sind endlich geschlagen.«

In seiner Miene zuckte es. Er fuhr sich hastig mit der Hand durch die Haare. »Komm weiter«, sagte er nur. »Es ist zu gefährlich. Russen können jeden Augenblick kommen.«

»Ach so, du hast Angst«, sagte sie schnippisch. »Ich kann dich beruhigen: Sie kommen normalerweise nicht so früh, weil sie erst ihren Rausch ausschlafen müssen.«

»Hör auf, Luise. Wenn Russen kommen, niemand weiß, was sie mit dir machen.«

Luise lachte, obwohl ihr zum Heulen zumute war. »So hässlich, wie ich verkleidet bin, rührt mich keiner an, nicht mal ein Russe.«

Seine Brauen zogen sich zusammen. Er warf ihr einen finsteren Blick zu, während sich seine Hand fest um den eisernen Griff des Wagens schloss. »Du bist leichtsinnig«, sagte er. »Du hättest nicht zum Hof laufen sollen, als wir im Feld lagen. Was hätte alles passieren können!«

Luise schluckte ihre Tränen hinunter. Sie hasste es, wenn ihr jemand Vorwürfe machte. Ihre Mutter tat das schon mehr als genug. »Ich musste wissen, was mit meiner Oma war. Fandest du das nicht mutig?«

»Nein, leichtsinnig.«

»Und wenn meine Oma verletzt gewesen wäre und Hilfe gebraucht hätte? Ihr hättet sie unten liegen gelassen und bis zum Abend gewartet, bis sie längst verblutet wäre.«

»Haben wir einen Schuss gehört?«

»Nein, aber es gibt auch Messer. Oder Hände.«

Marian seufzte leise. Sie schwiegen beide, während sie den Handwagen weiter über den stillen Dorfplatz bis zur Bäckerei zogen. Luise fühlte eine nagende Angst und Traurigkeit. Moors Bäckerei war nicht mehr als solche zu erkennen. Das Schild war verschwunden, die Tür notdürftig mit Brettern vernagelt worden, nachdem man sie wohl eingeschlagen hatte. Im Schaufenster klaffte ein Loch. Luise hob die Hände, um ihr

Gesicht zu beschatten, und spähte vorsichtig in den Laden. Was sie sah, ließ sie erschauern. Die Brezeln und die rot karierten Tücher der Dekoration waren verschwunden, die Regale fort und die Wände leer. Nur noch ein paar dunkle Ränder deuteten auf die Stelle hin, wo das Bild des Riesengebirges gehangen hatte.

Luise ließ die Hände sinken. Das bange Gefühl im Magen verstärkte sich. Waren die Moors vielleicht doch in letzter Minute geflüchtet? Wo sollten sie dann das Mehl herbekommen? Sie wandte sich zu Marian um. »Wir versuchen es durch die Hintertür.«

Er nickte und folgte ihr mit dem Handwagen um das Haus herum durch den Garten. Hier war alles still und friedlich. Die Vögel zwitscherten ihre Gesänge in den frühen Morgen. Der Garten sah bestellt aus, wie Luise erleichtert bemerkte. Sicher waren die Moors doch da, und sie schliefen vielleicht noch. Sie würden sich wundern, wenn sie hier so früh mit dem Handwagen aufkreuzte und Mehl von ihnen verlangte. Luise wandte sich zu Marian um. »Versteck dich mit dem Wagen hinter dem Holunderbusch. Die sollen dich nicht sehen, sonst machen sie gar nicht erst auf.«

Marian nickte und zog den Wagen zurück an den Rand des Gartens, wo er sich hinter dem mächtigen Busch versteckte.

Luise wappnete sich und pochte gegen die Tür. Sie würde es sehr dringlich machen. Die Moors waren es ihr verdammt noch mal schuldig, das Mehl zu geben, wo sie doch monatelang ohne Lohn bei ihnen gearbeitet hatte.

Als sie nichts hörte, klopfte sie noch mal. Da hörte sie ein Rascheln tief drinnen im Haus. Sie trat ein wenig von der Tür weg. Und endlich, nach einer gefühlten Ewigkeit, erschien Christel mit verwuscheltem Bubikopf hinter einem Fenster im ersten Stock und sah hinaus. Wenig später öffnete sich die Tür.

»Was willst du?« Sie musterte Luise kurz und spähte dann misstrauisch an ihr vorbei in den Garten. »Bist du allein?«

»Ja«, log Luise und rückte rasch ihr Kopftuch zurecht.

Christel trug ein altes weites Kleid, unter dessen verwaschenem Stoff sich etwas wölbte, das wie ein Schwangerschaftsbauch aussah. Darunter trug sie alte, zerschlissene Pantoffeln, die ihr viel zu groß waren.

Luise musste wider Willen lächeln. »Gute Idee«, meinte sie nur und deutete auf Christels Bauch. »Meinst du, das hält die Russen ab?«

»Ich hoffe es«, sagte Christel seufzend. »Das Beste ist natürlich verstecken. Also, was willst du so früh? Wir haben nichts mehr.«

»Wir brauchen Mehl. Die Russen haben uns alles weggegessen.«

»Ach wirklich? Ein Bauer, der kein Mehl mehr hat? Ihr wisst doch sicher, wie man Teige mit Kartoffeln verlängert?«

»'türlich. Aber ohne Mehl nützt das alles nichts.«

Christel runzelte die Stirn und starrte Luise unwillig an. »Hast du den Laden gesehen? Die haben alles geplündert! Wir sind froh, dass wir selbst noch was haben.«

Luise glaubte ihr kein Wort. Sie konnte sich nicht vorstellen, dass die Moors vor dem Einmarsch der Russen nichts versteckt hätten. »Ach, Christel, ihr habt doch bestimmt noch was. Ihr seid doch nicht so dumm, den Russen *alles* in den Hals zu werfen.«

Christels Miene überlief ein nervöser Schauer. »Wir haben wirklich nichts mehr, Reich«, sagte sie mit hoher Stimme. »Willst du's sehen? Komm rein, überzeug dich selbst.«

Sie öffnete die Tür und ließ Luise eintreten. Sie gingen durch den hinteren Flur, in dem es wie immer nach abgestandenem Zigarrenrauch roch. Die Tür zu Moors Büro stand offen, und Luise warf einen Blick hinein. Die Morgensonne fiel durch das Fenster und beschien Moors aufgeräumten, fleckigen Schreibtisch, auf dem nichts weiter lag als ein paar Kladden und eine Schale für Stifte. Das Bild des Führers war verschwunden. In dem wuchtigen, schwarzen Schrank gleich neben dem Schreibtisch steckte ein Schlüssel. Staubkörnchen tanzten im Sonnenlicht, das die vergilbten Tapeten beschien. Moors Jacke hing wie immer über seinem Stuhl, aber er selbst war nicht da. Luise stellte sich vor, wie er seinen Schrank ausgeräumt hatte, kurz bevor die Russen gekommen waren. Was er wohl mit den Bildern und den Pferdekämmen gemacht hatte? Was mit Hans Baumanns Kennkarte?

Christel führte Luise weiter in die Backstube, wo sie auf Herrn Moor und Herrn Teschner trafen. Die Männer lehnten am großen Arbeitstisch, hatten den Aschenbecher in ihre Mitte gestellt und rauchten Zigarren. Der Anblick des Ortsgruppenleiters jagte Luise immer noch einen kleinen Schrecken ein, obwohl er nicht mehr seine Parteiuniform, sondern nur noch ein kariertes Hemd über seiner Hose trug. Doch sein aufmerksamer Blick schien sie wie eh und je zu durchleuchten, und seine ernsthafte Art gebot Respekt.

»Luischen!«, rief Moor. »Du bist ja kaum noch zu erkennen.«

»Guten Morgen zusammen«, begrüßte Luise die Männer. Sie sah sich um und erschrak. Christel hatte recht – die Backstube war leer. Die gusseiserne Tür des großen Ofens war verschlossen, die große Rührschüssel stand still, Holzbretter und verschiedene Formen stapelten sich hinter Moor und Teschner auf dem Arbeitstisch.

»Was führt dich zu uns?«, fragte der Bürgermeister in seiner gewohnt jovialen Art und stieß ein paar Qualmwolken in seine leere Backstube.

»Ich … wir … haben kein Mehl mehr. Ich wollte fragen, ob Sie uns vielleicht aushelfen können.«

Moor wechselte mit Teschner einen raschen Blick, dann schüttelte er bedauernd den Kopf. »Es tut mir leid, Luise, aber die Russen haben uns alles weggenommen. Wir haben kein Mehl, kein Holz, keine Kohlen mehr. Ich würde dir gern etwas geben für dich und deine Familie, aber das kann ich leider nicht.« Er hob die Schultern und seine dicken Hände zur Bekräftigung. »Wir können auch nicht mehr backen.«

Luise spürte, dass er log. Etwas an seiner Gestik und Mimik schien ihr zu übertrieben, zu aufgesetzt. Sie starrte auf die geschlossene Falltür im Boden, die sie nur zu gern geöffnet und nachgesehen hätte, ob wirklich kein Mehl mehr im Keller wäre. Aber das ging nicht. Sie schluckte, während sie fühlte, wie die Wut in ihr hochstieg.

»Und wovon werden Sie jetzt leben?«, stieß sie mit trockener Stimme hervor.

Moor hob seine Schultern. »Am Ende zählt doch nur das, was der Boden uns gibt, nicht wahr?« Er sah sie mit seinen wasserblauen Augen ernst an. Sie wich ein wenig zurück. Das fehlte gerade noch, dass er sie nun um etwas bat! Sie schluckte und besann sich mit Mühe. »Ich dachte, da ich schon so lange für Sie gearbeitet habe …« Sie zögerte einen Moment, dann fuhr sie mit Nachdruck fort: »… dass Sie mir den ausstehenden Lohn in Naturalien bezahlen können. In Brot oder Mehl.«

Moor grinste und wechselte wieder mit Teschner einen raschen Blick. »Luischen, ich würde dir ja etwas geben, aber wie gesagt …« Er seufzte und machte mit dem Arm eine Rundumbewegung in seine leere Backstube. »Siehst du hier irgendwas, das wie Mehl oder Brot aussieht? Du kannst einem nackten Mann nicht in die Tasche greifen.«

Luise nickte. Sie begriff, dass sie so nicht weiterkam. Sie hätte ihren Lohn eher einfordern müssen. Aber das hatte sie nicht gewagt, und auch ihr Vater hatte ihr davon abgeraten. Nun würde sie von Moor auch nicht den kleinsten Rest Mehl bekommen, da war sie sich sicher. Sie biss sich auf die Lippen, um ihre Wut nicht laut hinauszuschreien und Moor zu fragen, ob er noch an seinen Gehilfen Hans Baumann dachte und was es mit den Bildern und den antiken Pferdekämmen in seinem Büro auf sich hatte.

»Geh nach Hause, Luischen, und pass auf dich auf«, hörte sie ihn sagen.

Sie öffnete den Mund, um ihm endlich zu sagen, dass er sie Luise nennen sollte, als draußen Schüsse ertönten. Moor und Teschner drückten hastig ihre Zigarren aus. Der Bürgermeister langte nach einem Haken und rannte zur Falltür. »Hau ab!«, zischte er Luise im Vorbeigehen zu. Sie fühlte sich wie gelähmt. Weitere Schüsse und Dawai-Rufe drangen in ihr Bewusstsein. Es klang sehr nah. Die Russen mussten auf dem Dorfplatz sein.

Luise stockte der Atem. Sie sah Moor die Falltür öffnen und seine breite Gestalt die Holztreppe hinabsteigen, gefolgt vom schmächtigen Ortsgruppenleiter. Sie fuhr zu Christel herum, doch die war auf einmal verschwunden. Sie musste sich lautlos irgendwo im Haus versteckt haben. Langsam wurde die Falltür hinter Teschner herabgelassen. Luise war allein.

Sie hörte, wie die Ladentür aufgebrochen wurde und schwere Schritte durch den Verkaufsraum stampften. Endlich erwachte sie aus ihrer Starre. Sie rannte aus der Backstube, durchquerte den hinteren Flur und verließ das Haus. Kaum hatte sie die Tür hinter sich geschlossen, hörte sie, wie die Tür vom Verkaufsraum aufsprang und schwere Schritte durch den hinteren Flur in die Backstube stapften.

»*Wichodite, svinji!*«, rief eine Männerstimme.

Luise zögerte, als sie sah, dass der Holunderbusch viel zu weit entfernt war, um sicher dorthin zu gelangen. Sie bemerkte, wie sich etwas in dem Gebüsch gleich am Haus regte. Marian kauerte dort und winkte sie heran. Schnell lief sie zu ihm und ließ sich neben ihm nieder. Er nahm ihre Hand und legte einen

Finger auf seinen Mund. Vom Dorfplatz her erklangen ein Gebrüll und Schreie. Schüsse fielen.

Luise begann zu zittern, und sie fühlte, wie ihre Knie weich wurden und nachzugeben drohten. Doch Marians warme Hand umschloss ihre fest, und so beruhigte sie sich ein wenig. Sie hörten die schweren Schritte der Soldaten im ganzen Haus der Moors. Nach einer Weile verklangen sie, und eine Tür wurde zugeschlagen.

Vorsichtig spähte Marian an der Hausecke vorbei zum Dorfplatz hinüber. »Komm!« Er ließ sie los, duckte sich und verschwand hinter der Hausecke. Luise wollte protestieren, doch sie musste still sein. Leise folgte sie Marian durch das Gebüsch an der Hauswand entlang bis zum Gartenzaun, von wo aus sie den Dorfplatz überblicken konnten. Sie erschrak. Nicht weit von ihnen wachte ein russischer Soldat. Er hatte ihnen den Rücken zugekehrt und hielt sein Gewehr im Anschlag. Die Morgensonne fiel auf sein grünes Feldhemd und seine Schiffchenmütze. Luise riss sich das bunte Kopftuch herunter, damit es nicht aus dem Gebüsch herausleuchtete. Sie kroch nah an Marian heran und spähte ihm über die Schulter. Die Russen hatten Männer auf dem Dorfplatz zusammengetrieben und einen Kreis aus Bewaffneten um sie herum gebildet. Luise sah sofort den großen Kronenwirt, der alle anderen überragte. Nicht weit von ihm stand der alte Schuster, der vom Volkssturm wieder zurückgekehrt war. Paul Weidlichs rötliche Glatze leuchtete unmittelbar neben Pfarrer Vogt. Daneben stand ihr Vater. Sie presste ihren Mund fest gegen Marians Schulter, um nicht aufzuschreien. Marian drückte ihre Hand und warf ihr einen warnenden Blick zu.

Moor und Teschner kamen mit erhobenen Händen aus der Bäckerei und wurden zu den anderen Männern getrieben.

»Alle Hände hoch!«, schnarrte einer der Soldaten. »Hände hinter Nacken! Auf Knie!«

Die Männer taten, wie ihnen geheißen. Einigen, die nicht schnell genug hinunterkamen, stießen die Russen die Gewehrkolben in die Rücken. Schließlich knieten alle. Ein russischer Offizier baute sich vor ihnen auf. Er trug eine Schirmmütze, eine grüne Uniformjacke und eine Art Reithose über seinen Stiefeln. In einem Holster an seiner Seite steckte eine Pistole. Nachdem er eine Weile schweigend abgewartet hatte, nickte er seinem Dolmetscher zu. Der trat einen Schritt vor. »Wer von euch ist Nazi-Chef?«, brüllte er über die Köpfe der Knienden hinweg.

Die Männer verharrten reglos. Keiner sagte ein Wort. Die Vögel in der alten Linde vor dem Gerichtskretscham zwitscherten.

Der Offizier nickte einem der Soldaten zu. Daraufhin trat dieser vor und hielt dem Schuster das Gewehr an den Kopf. Der alte Mann senkte den Kopf.

»Wer ist hier der Nazi-Chef?«, brüllte der Dolmetscher in den Kreis.

Luise presste ihr Gesicht in Marians Arbeitsjacke. Sie konnte nicht mehr zusehen. Jeden Augenblick erwartete sie den Schuss, der das Leben des armen Schusters beenden würde. Er hatte so einen schönen Tenor. Sie mochte seine lustige Art.

Marian rüttelte sie sanft am Arm. Sie sah auf und folgte seinem Blick. Moor deutete mit seiner dicken Hand auf Teschner. »Der ist unser Ortsgruppenleiter! Nazi-Chef!«

Auf dem sonnenbeschienenen Platz wurde es sehr still. Luise konnte sehen, wie Teschner zu zittern begann. Das karierte Hemd schlotterte um seine dünne Gestalt. Der russische Offizier trat vor ihn hin. »Stimmt das?«, fragte er und sah in den Kreis der Männer. Einige nickten.

Luise wunderte sich noch, warum der Offizier einen Dolmetscher hatte, wenn er doch selbst offenbar Deutsch sprach, als ein Soldat von hinten an Teschner herantrat und ihm den Gewehrlauf an den Kopf hielt. Teschners Gesicht verzerrte sich, als wollte er weinen, dann verzog es sich in einen bitteren, trotzigen Ausdruck, mit dem er Moor anstarrte. Er deutete auf ihn. »Erschießt ihn, er ist der Bürgermeister!«

Die beiden Männer funkelten sich an. Der russische Offizier nickte dem Soldaten zu, der hinter Teschner stand. Ein Schuss fiel. Teschner sank nach vorn und fiel auf den Boden. Eine tiefrote Lache sammelte sich an seinem Kopf und lief in Rinnsalen über die Steine. Die Vögel stieben aus der Linde hervor und flogen davon. Ein weiterer Soldat trat hinter Moor und legte an. Der Offizier baute sich vor dem Bürgermeister auf. Sein Dolmetscher folgte ihm. »Stimmt das?«, rief der Offizier. »Ist dieser hier Bürgermeister?« Einige der Männer nickten.

Moors dicke Lippen zitterten. Er sah flehentlich zum Offizier auf. »Ich bin Bürgermeister, stimmt. Aber erst seit drei Jahren. Bitte, ich bin nur der Bürgermeister, kein Nazi-Chef.«

Der Offizier sah fragend zu seinem Dolmetscher, der ihm die Worte übersetzte. Der Soldat presste den Gewehrlauf stärker an Moors Hinterkopf, sodass dieser sich weit nach vorn neigen musste. Moor begann zu wimmern. »Bitte tötet mich nicht, ich war nur zivil, nur zivil! Ich bin Bäckermeister. Wenn ihr mich tötet, kann ich nicht mehr für das Dorf backen.«

Der Dolmetscher übersetzte seine Worte für den Offizier. Der schwieg eine Weile und sah nachdenklich auf Moor hinunter. Dann gab er dem Soldaten, der hinter Moor stand, ein Zeichen. Der Soldat nahm daraufhin das Gewehr von Moors Kopf. Moor richtete sich langsam wieder auf. In seinen wasserblauen Augen schwammen Tränen. Ein paar hasserfüllte Blicke trafen ihn, aber die Männer im Kreis schwiegen.

Luise fragte sich, warum ihn keiner verriet. Wusste niemand von seinen Machenschaften? Er hatte Teschner verraten, seinen besten Freund. Aber alle dachten wohl nur an das Brot, das sie brauchten. Sie sah auf ihren Vater, der die Mütze abgenommen hatte und seinen Kopf tief gesenkt hielt. Wenn ihm nur nichts geschähe!

Der Offizier starrte auf Moor hinunter. Er sagte etwas zu seinem Dolmetscher, und der nickte. »Wir dein Leben verschonen, dafür nennst du uns mehr Nazi-Chefs.«

Im Sonnenlicht konnte Luise sehen, wie Moor erbleichte. »Wir sind ein kleines Dorf, hier war nur ein Nazi-Chef. Nur er.« Er deutete auf Teschner.

Auf ein Nicken des Offiziers legte der Soldat wieder sein Gewehr an den Kopf des Schusters. »Du wirst uns mehr verraten, sonst er stirbt«, schnarrte der Dolmetscher. »Oder alle sterben!« Er machte eine Bewegung, als wischte er etwas beiseite. Luise hielt die Luft an und presste Marians Hand. »Bitte, bitte nicht!«, flehte sie in Gedanken. »Lass Gerechtigkeit walten, lieber Gott!«

Moor deutete auf Paul Weidlich. »Er ist der Ortsbauernführer.«

Weidlichs Kopf wurde noch röter. Er schien zu einer Kugel anzuschwellen. »Du Verräter!«, spie er. »Elendes Os, du!«

Ein Schuss ertönte, und er verstummte und fiel vornüber. Ein Loch klaffte in seinem Hinterkopf, Blut floss unter seinem unförmigen Leib hervor. Luise musste an Erika denken, und sie fragte sich, ob sie sich hier auch irgendwo in der Nähe versteckt hielt und zusah. Aber nein, wahrscheinlich verbargen sich alle Frauen in ihren Häusern, und von Weidlichs Hof aus konnte man nicht sehen, was auf dem Dorfplatz geschah.

Moor beugte sich nach vorn und faltete demütig die Hände. »Das waren alle, wir sind nur ein kleines Dorf. Bitte glauben Sie mir«, flehte er mit leiser Stimme.

Der Dolmetscher übersetzte. Der Offizier verschränkte die Arme hinter dem Rücken. Er hob den Kopf etwas an, sodass die Sonne ihm ins Gesicht schien, und schwieg ein paar Atemzüge lang. Dann gab er einen kurzen Befehl. Er nickte dem Dolmetscher zu und ging mit energischen Schritten an den Männern vorbei zu einem wartenden Jeep, wo ein Soldat ihn militärisch grüßte und die Tür öffnete. Der Offizier stieg ein, und die Tür schlug hinter ihm zu. Er würdigte die Männer auf dem Dorfplatz keines weiteren Blickes mehr, als der Jeep mit ihm über die Dorfstraße davonfuhr.

»Aufstehen! Hände hoch!«, brüllte der Dolmetscher.

Langsam kamen die Männer auf die Beine. »In einer Reihe hintereinander aufstellen!«

Die Männer gehorchten. Unter den scharfen Blicken der Soldaten bildeten sie eine Reihe und marschierten auf Befehl des Dolmetschers ein paar Mal um den Dorfplatz herum. Wer nicht schnell genug lief, wurde mit einem harschen »Dawai!« angetrieben. Luises Vater hatte seine Mütze in den Händen, die er hinter dem Kopf verschränkt hielt.

»Immer schön marschieren!«, rief der Dolmetscher. »Hitler kapuut. Jetzt ihr macht Hitlermarsch ohne ihn. Dawai!«

Die Soldaten hoben ihre Gewehre und trieben die Männerreihe über den Dorfplatz zur Straße. Luise ließ ihren Vater nicht aus den Augen, bis die Männer hinter einer Hausecke verschwunden waren. Auf dem Dorfplatz lagen die Leichen von Teschner und Weidlich in der Sonne. Die beiden russischen Soldaten, die zurückgeblieben waren, durchwühlten ihre Taschen nach Wertsachen, und als sie nichts fanden, fluchten sie und stießen den Toten die Stiefel in die Seiten. Dann gingen sie zusammen die Straße zurück zum Oberdorf.

Luise rang nach Luft. Sie ließ sich auf die Knie fallen und schlug sich die Hände vors Gesicht. Da legte sich Marians Hand auf ihre Schulter. »Schschscht, Luise. Nicht weinen. Ganz ruhig, ruhig.«

Er legte den Arm um sie.

»Ich muss zu Papa!«, weinte sie und sprang auf, doch er erhob sich blitzschnell und schlang beide Arme um sie. »Nein,

Luise«, zischte er leise an ihrem Ohr, während er sie wie in einem eisernen Schraubstock fest umklammert hielt. »Du kannst ihnen nicht hinterhergehen. Weißt du, was Soldaten mit den Frauen machen?«

Sie hielt inne und schüttelte den Kopf, während sie seine Stimme nah an ihrem Ohr hörte. »Wenn du ihnen folgst, werden sie das merken, und sie werden dich schänden und erschießen, und dein Vater muss dabei zusehen. Willst du das?«

Luise schluchzte erneut auf, als seine Worte langsam in ihr Bewusstsein sickerten, und ihr Körper sank schlaff in sich zusammen. Sie weinte leise vor sich hin, während Marian ruhig hinter ihr wartete. Als er merkte, dass sie sich nicht mehr wehrte, lockerte er seinen Griff. »Was machen sie mit ihm? Wo führen sie ihn hin?«

»Sie machen Hitlermarsch mit deutschen Männern.«

»Nein, sie führen sie weg und erschießen alle! Sie führen sie in den Wald und dort erschießen sie sie.«

»Schschscht.« Marian strich ihr über das Haar. »Beruhige dich, Luise! Das machen sie nicht. Sie haben gesagt, wenn Deutsche kapitulieren, wird ihnen nichts geschehen.«

»Nein, sie lügen. Du hast doch gerade gesehen, was passiert ist. Sie haben gelogen, damit die Männer mit ihnen gehen, und nun erschießen sie sie«, jammerte Luise.

Sein Griff wurde wieder fester. »Nein, das darfst du nicht denken. Russen wollen deutsche Männer nur ärgern. Dein Vater kommt wieder.« Er murmelte den letzten Satz mehrmals beschwörend in ihr Ohr, bis sie sich langsam beruhigte. Etwas von seiner Wärme drang durch ihre Haut in ihr Inneres und wärmte es. Als sie nichts mehr sagte, ließ er sie los. »Komm, wir müssen zurück.«

Er nahm ihre Hand und zog sie mit sich zum Holunderbusch, wo sie den Handwagen hervorholten. Luise sah die beiden Säcke, die auf dem Handwagen lagen.

»Lagen im Schuppen«, erklärte Marian grinsend.

Luise musste wider Willen durch ihren Tränenschleier hindurch lächeln. »War der nicht abgeschlossen?«

»Ja.« Marian sah sie triumphierend an. »Sie waren so dumm, es im Schuppen zu verstecken. Es ist noch genug da. Wir können Mehl haben, wann immer wir wollen.«

Luise nickte, während sie sich fragte, wie Marian in den Schuppen gelangen konnte, obwohl er abgeschlossen war, doch sie hatte keine Kraft mehr, danach zu fragen. Die Bilder dessen, was sie soeben auf dem sonnigen Dorfplatz gesehen hatte, schoben sich wieder in ihr Bewusstsein, während sie den Handwagen hinter den Gärten zum alten Viehweg zogen, der die Anhöhe hinaufführte. Sie nahmen den Fußweg, der nach Fichtenfeld führte, zurück zum Oberdorf und schwiegen die meiste Zeit, während die Bilder in Luise einen wirren Tanz aufführten. Sie sah Teschner und Weidlich in ihren Blutlachen auf dem Boden liegen. Sie sah die Männer mit erhobenen Händen aus dem Dorf laufen, eskortiert von den Russen. Sie durfte erst gar nicht an ihren Vater denken. Immer, wenn ihre Gedanken zu ihm gingen, dachte sie an Marians Worte, dass er wiederkommen würde. Sie klammerte sich daran fest.

Kapitel 21

Als Luise und Marian zurückkamen, lag ihr Hof still in der Vormittagssonne. Das graue Schieferdach ragte aus dem Roggenfeld empor. Die Scheunentüren waren verschlossen, die Pferdekoppel leer. Nur ein paar Hühner liefen hinter dem Haus herum, scharrten und pickten. Luise wollte zum Haus laufen, doch Marian nahm ihren Arm. »Warte. Wir müssen sehen, ob Russen da sind. Ich gehe vor.«

Luise nickte. Sie hockte sich ins hohe Gras der Wiese und beobachtete, wie Marian durch die Hintertür ins Haus ging. Wenig später flog die Tür auf und ihre Mutter stürzte heraus. »Luise!«

Luise sprang auf und lief zum Hof hinunter. Ihre Mutter kam ihr entgegen. Ihre dünnen Arme schimmerten hell im Sonnenlicht. Das Mitternachtskleid fiel lang an ihr herunter und schien nur durch die Schürze gehalten zu werden. Ihre grauen Augen, rötlich unterlaufen und verschwollen, blickten Luise mit einer seltsamen Mischung aus Überraschung und Verwunderung an. Sie streckte die Hand aus, fuhr Luise über das Kopftuch, strich ihr über die Wange. Nahm sie schließlich in die Arme und presste sie an sich.

Luise legte ihren Kopf an das Mitternachtskleid und atmete tief. Ihre Mutter roch nach Wirsingeintopf. Eine Weile standen sie so da, dann ließ ihre Mutter sie los. »Was ist passiert?«

»Ich …« Luise schluckte schwer gegen ihre trockene Kehle an. Sie hatte mit dem Gedanken gespielt, nichts von den Geschehnissen auf dem Dorfplatz zu erzählen, doch nun begriff sie, dass das unmöglich war. Ihre Mutter hatte ihr längst angesehen, dass etwas Schlimmes passiert war. »Die Russen haben unsere Männer auf dem Dorfplatz zusammengetrieben und weggeführt. Sie machen mit ihnen einen Hitlermarsch.«

Die Finger ihrer Mutter bohrten sich in ihren Arm. »Und der Papa?«

»Sie haben ihn mit abgeführt, aber sie haben ihm nichts getan. Er kommt bestimmt bald zurück.«

Das Gesicht ihrer Mutter verzerrte sich, als wollte sie in Tränen ausbrechen. Doch sie beherrschte sich.

»Sie haben Teschner und Weidlich erschossen«, fuhr Luise fort. Dann erzählte sie alles, was sie bei Moors und am Dorfplatz erlebt hatte. Ihre Mutter hörte mit zusammengepressten Lippen zu. Als Luise fertig war, nahm sie sie wieder in die Arme und drückte sie fest an sich.

»Der Moor ist ein Hund«, sagte sie, nachdem sie sie losgelassen hatte. »Der drehte sein Fähnlein immer schon nach dem Wind. Jetzt hat er seinen Kopf gerettet.« Sie schüttelte missbilligend den Kopf.

»Ja, aber jetzt wissen wir wenigstens, wo er sein Mehl versteckt. Zumindest einen Teil davon«, sagte Luise mit einem schwachen Lächeln.

Marian kehrte mit dem Handwagen im Schlepptau vom Feld zurück. »Bring das Mehl bitte in den Keller, Marian. Der Handwagen kann zurück in den Schuppen«, bat ihn Luises Mutter. Sie nahm einen Schlüsselbund aus ihrer Schürzentasche und gab es ihm mit einem kleinen Lächeln. Luise wunderte sich.

So freundlich war ihre Mutter noch nie zu Marian gewesen. Während er die Mehlsäcke in den Keller schleppte, gingen sie in die Wohnküche.

Ihre Oma saß auf dem Sofa und tröstete Luises verstörte Geschwister. Als die Kinder Luise sahen, sprangen sie vom Sofa auf und stürzten sich auf sie.

»Wenigstens du bist wieder da!«, rief Helene.

Manfred klammerte sich an seine ältere Schwester und wollte sie nicht mehr loslassen. Ihre Oma lächelte erleichtert. Luise strich Helene über den Scheitel und fuhr Manfred über die Locken. »Hast du die Russen gesehen?«, fragte Helene. »Sie haben Papa aus der Scheune geholt und weggebracht!« Sie schluchzte auf.

»Ja, ich hab sie gesehen, unten auf dem Dorfplatz«, berichtete Luise. »Da haben sie alle Männer aus Lindenau gesammelt. Sie müssen einen Hitlermarsch machen.«

»Wo gehen sie denn hin?«, fragte Helene.

»Das weiß ich nicht.«

»Hast du sie gesehen?«, bohrte Manfred weiter. »Sie hatten Gewehre, die waren sooo lang.« Er hielt seine Arme weit auseinander. Luise fuhr ihm wieder durch die Locken, die er jetzt kürzer trug wie ein Schuljunge, der er normalerweise gewesen wäre, wenn es Unterricht gegeben hätte. Sie fasste seine weichen Haare so gern an. »Wir mussten uns am Dorfplatz im Gebüsch verstecken, damit sie uns nicht sehen.«

Manfred sah sie eine Weile ernst an. »Wann kommt der Papa denn wieder?«

Luise hob ihre Schultern. »Bestimmt bald.« Ihr Bruder nickte.

»Hattest du nicht Angst vor den Russen?«, erkundigte sich Helene.

»Klar hatte ich Angst. Aber wir haben uns gut versteckt, und Marian hat auf mich aufgepasst.«

Sie wandte sich um, als sie ein Geräusch hinter sich hörte, und sah zu ihrer Verblüffung, wie ihre Mutter die Tür zur Wirtschaftsküche öffnete und Marian hereinkam. Etwas verlegen stand er da und blickte in die Runde. Die Kinder betrachteten ihn erstaunt. Luise spürte, wie ihr Herz einen aufgeregten Satz machte. Sie zog sich hastig das Kopftuch herunter und warf es auf ihren Stuhl. Ihre Mutter ging zum Schrank, nahm einen weiteren Teller heraus und stellte ihn wortlos auf den Küchentisch. Sie deutete auf den leeren Platz neben Helene.
»Setz dich, Marian.«
Zögernd folgte er ihrer Aufforderung und ließ sich auf seinem neuen Platz nieder.
»Nun kommt alle an den Tisch!«, rief sie.
Langsam und verwundert befolgten alle ihren Befehl. Helene maß ihren neuen Tischnachbarn mit einem befremdlichen Blick. »Isst er jetzt immer mit uns, Mama?«
»Das siehst du doch.«
»Ist das, weil der Papa nicht da ist?«
»Nein.« Ihre Mutter stellte die Schüssel mit dem Wirsingeintopf auf den Tisch und einen Korb Brot dazu.
»Aber Gefangene dürfen doch nicht mit uns an einem Tisch sitzen«, protestierte Helene.
»Der Krieg ist vorbei«, sagte ihre Mutter. »Die Gefangenen sind frei. Marian ist jetzt unser … Gast.« Sie nickte ihm zu und erhob sich, um ihre Teller zu füllen. Ganz offensichtlich wollte sie sich den Anschein von Normalität geben, doch das konnte die gedrückte Stimmung am Tisch nicht ändern. Helene saß mit gerunzelter Stirn zusammengekauert da. Manfred schlug nervös mit den Füßen an die Stuhlkanten, bis seine Mutter ihn zurechtwies. Luise brachte von dem Eintopf, den sie sonst gern mochte, kaum etwas hinunter. Die Sorge um ihren Vater schnürte ihr die Kehle zu. Immer wieder musste sie an die Geschehnisse auf dem Dorfplatz zurückdenken – Bilder, die

ihnen deutlich vor Augen geführt hatten, zu welchen Taten die Russen in der Lage waren. Und die Deutschen, hatte Marian gesagt, wären noch schlimmer.

Luise spähte unauffällig an Helene vorbei zu ihm hinüber. Seine plötzliche Anwesenheit bei Tisch war verstörend für sie, gleichzeitig war sie froh, in seiner Nähe zu sein. Seine Gegenwart hatte sie immer beruhigt, aber nun spürte sie eine seltsame Unruhe und Befangenheit. Sie wollte, dass er sie ansah, und wenn er das tat, schlug ihr Herz schneller. So etwas hatte sie bisher nur einmal in ihrem Leben gefühlt – bei Wolfgang.

Sie beobachtete, wie er aufrecht am Tisch saß, den Löffel eintauchte und zum Mund führte. Er hatte vollkommene Tischmanieren. Aber er kam ja auch aus einem guten Elternhaus, noch dazu aus einer Großstadt. Doch auch er schien sich nicht recht wohlzufühlen bei ihnen am Tisch. Er schwieg die meiste Zeit und sagte nur »Ja« oder »Nein«, wenn er etwas gefragt wurde. Die neue Situation schien eine ähnlich verstörende Wirkung auf ihn zu haben wie auf Luise. Vor allem zeigte sie eins: Er war nicht mehr ihr Kriegsgefangener. Er war frei und konnte gehen, wohin er wollte.

Wenn er nun wegginge! Er wollte doch sicher nach Hause zu seiner Familie! Warum war er überhaupt noch bei ihnen? Wenn er ginge und ihr Vater nicht mehr wiederkäme, wären sie allein den Russen ausgeliefert. Luise legte den Löffel weg.

»Was ist, willst du nichts mehr essen?«, fragte ihre Mutter.

Sie schüttelte wortlos den Kopf und vermied es, zum leeren Platz ihres Vaters am Kopfende des Tisches hinzusehen. »Papa kommt wieder«, hämmerte es in ihrem Kopf. »Er kommt bald wieder.«

In diesem Augenblick pochte es an der Tür. Alle fuhren zusammen. Ihre Mutter sprang auf, lief in die gute Stube und spähte aus dem Fenster. »Keine Russen«, rief sie, und alle atmeten erleichtert auf. Sie lief zur Haustür, und Luise folgte ihr. Es war bestimmt Frau Kühnel, dachte sie. Aber sie irrte sich.

Rita wartete auf den alten Feldsteinen vor ihrer Haustür. Sie trug ihren alten Schultornister unter dem Arm. »Guten Tag, Frau Reich«, grüßte sie höflich.

»Rita!« Luise lief hinaus und fiel ihrer Freundin in die Arme. Sie drückte ihr Gesicht in den kratzigen grauen Wollstoff von Ritas Kleid. Rita legte zögernd die Hand auf ihre Schulter. Sie hatten sich noch nie umarmt.

Nachdem sie sich losgelassen hatten, begegneten sie dem überraschten Blick von Luises Mutter. »Darf ich bei Ihnen bleiben, Frau Reich?«, fragte Rita unvermittelt. »Die Russen haben meinen Vater mitgenommen, und ich bin nun allein. Ich ... ich habe Angst, dass die Russen ... nur so lange, bis Vater wieder da ist.«

Jetzt erst fiel Luise auf, wie verweint Rita aussah. Sie umfasste die Hand ihrer Freundin fest und warf ihrer Mutter einen flehenden Blick zu.

»Komm rein, Rita. Wir essen gerade. Magst du Wirsingeintopf?«

Rita atmete auf. Sie legte ihren Tornister ab und folgte ihnen in die Wohnküche, wo sie alle höflich begrüßte. Luises Mutter wies ihr den letzten freien Platz am Tisch zu und gab ihr vom Eintopf. »Ich habe sowieso für mehr gekocht, aber jetzt ist ja mein Mann weg. Und wir hatten kaum Hunger. Also iss!«

»Ich werde Sie vermutlich auch enttäuschen, Frau Reich«, sagte Rita in ihrer gewohnt höflichen Art und tauchte den Löffel in den Eintopf. Helene und Manfred starrten sie an. »Bleibt sie jetzt auch bei uns?«, wollte Helene wissen.

»Sie kann bei uns bleiben, bis ihr Vater wiederkommt«, antwortete ihre Mutter. »Er muss wie alle Männer mit den Russen marschieren, und sie wäre sonst allein.«

»Wo schläft sie denn?«

»Es ist genug Platz im Haus. Ich denke, im alten Schlafzimmer meiner Schwiegereltern.«
Rita lächelte dankbar.

Den Rest des Tages taten sie alles, um ihre Angst nicht übermächtig werden zu lassen. Luises Mutter setzte mit dem Mehl einen Brotteig in dem großen Holzbottich an. Marian bearbeitete ihn mit dem Knetscheit und trug ihn in die Wohnküche, damit er dort in der Wärme aufgehen konnte. Rita durfte sich im alten Ehezimmer von Luises verstorbenen Großeltern einrichten, und Luise erbat sich die Erlaubnis, bei ihr schlafen zu dürfen. Sie und ihre Mutter zeigten Rita ihr Versteck auf dem Taubenboden, in das sie tatsächlich auch zu viert hineinpassten. Danach probierte Rita alte Wickelkleider, Schürzen und Kopftücher an, und sie sah darin so komisch aus, dass alle trotz ihrer gedrückten Stimmung lachen mussten. So schlimm der Anlass auch für Rita war – Luise freute sich, dass sie da war, denn das lenkte sie von ihrer Angst und ihren trüben Gedanken ab. Sie gingen in den Stall, streichelten Fritz und Dorle und beobachteten, wie Marian die Mähne des russischen Pferdes kämmte und seine wunden Stellen mit einer Salbe bestrich. Abends im Bett tauschten sie sich leise aus; Rita erzählte, wie die Russen ihren Vater aus dem Pfarrhaus geholt und mitgenommen hätten, Luise berichtete ihr von den Ereignissen auf dem Dorfplatz.

Später, als sie aufgehört hatten zu reden und die Nacht hereinbrach, hörte Luise Rita leise beten.

Aber sie selbst betete nicht. Sie haderte mit Gott. Vielleicht gab es ihn nicht und alles, was in der Kirche gepredigt wurde, war nichts anderes als gute Worte, um die Menschen zu trösten. So wäre es gleichgültig, ob sie betete oder nicht, denn es wäre niemand da, der ihre Bitten hörte. Ihre Gebete um einen Waffenstillstand und dass Deutschland den Krieg nicht verlieren würde, waren nicht erhört worden. Also würde es auch jetzt nichts nützen, wenn sie für das Leben ihres Vaters betete, wie Rita es tat. Der Gott, zu dem sie betete, war entweder nicht vorhanden oder hatte tatenlos zugesehen, als Margarete Jentschs kleines Mädchen erfroren war und seine Mutter sich in ihrer Scheune erhängt hatte. Er hatte es geduldet, dass so viele Männer aus ihrem Dorf im Krieg gefallen und deren Frauen und Kinder allein zurückgeblieben waren. Er hatte Herrn Steidlers Tod zugelassen und hingenommen, dass die Russen ihr Dorf einnahmen, die Männer töteten und wegtrieben.

Luise starrte mit offenen Augen ins Dunkle und dachte an ihren Vater. Es würde nichts nützen, wenn sie für ihn betete. Ihre Mutter hatte recht: Sie musste stark sein, um sich selbst helfen zu können und denen, die sie liebte. Sie musste stark sein für ihre Mutter, für ihre Oma und ihre Geschwister. Ihr Vater war selbst stark, außerdem ein kluger Mann, wie Marian sagte, und er hatte recht damit. Ihr Vater würde es schaffen.

Doch dann musste sie auf einmal an Wolfgang denken. Sie erinnerte sich an ihren Ausflug zu den Falkensteinen. Sie sah wieder, wie der Wind durch seine kurzen Haare blies, als er auf die Schneekoppe zeigte. Sie sah ihn vor sich stehen, wie er sie mit seinen leuchtenden Augen angesehen hatte, und erschrak beinahe über ihre klare Erinnerung. Wo immer Wolfgang war, vielleicht dachte er gerade auch an sie und ihre Gedanken waren sich irgendwo im Raum begegnet.

Sie seufzte. Für ihn konnte sie nichts tun, aber für seine Mutter. Sie musste sich auch um Frau Steidler kümmern. Sie musste stark sein für alle, die sie liebte.

* * *

Am nächsten Morgen buken sie von dem Teig, der über Nacht aufgegangen war, im großen Ofen der Wirtschaftsküche so viele Brote, wie sie es schon lange nicht mehr getan hatten. Wahrscheinlich hatte Luises Mutter Angst, Moors würden kommen und ihnen das Mehl wieder abnehmen, oder sie wollte den leeren Sonntag, an dem kein Gottesdienst stattfand, mit Arbeit ausfüllen.

Als sie fertig waren, bat Luise, Frau Steidler ein Brot bringen zu dürfen, was ihre Mutter erlaubte.

Luise beobachtete das Lehrerhaus eine Weile von ihrem Aussichtsposten aus, und als sich nichts regte, kletterten Rita und sie kurzerhand über den Zaun. Still lag das Gehöft in der Sonne. Aus einem der kleinen Fenster drang Bratengeruch, wie sie erleichtert feststellten.

»Woher hat sie das Fleisch für einen Braten?«, fragte Luise, als sie zur Tür gingen. »Die Steidlers haben doch keine Kaninchen.«

Rita zuckte mit den Schultern. Sie sah merkwürdig aus in dem bunten alten Wickelkleid ihrer Oma mit dem dunkelroten Kopftuch. »Vielleicht hat ihre Schwester ihr etwas dagelassen?«

»Aber die ist doch schon längst wieder weg.« Luise pochte gegen die Tür. Nach Herrn Steidlers Tod hatte sie die beiden Schwestern oft zusammen im Garten gesehen, aber sie hatte sie nicht stören wollen und deshalb nicht mit Frau Steidler gesprochen. Nun musste sie sich eingestehen, dass sie die Lehrersfrau seit dem Einmarsch der Russen nicht mehr gesehen hatte. Sie war viel zu sehr mit sich selbst beschäftigt gewesen, um an ihre Nachbarin zu denken. Endlich hörten sie von drinnen leichte Schritte. Ein Dielenbrett knarrte. Die Tür wurde einen kleinen Spalt aufgeschoben, und Frau Steidler lugte hervor. Sie kniff ihre rot geränderten Augen gegen das helle Sonnenlicht zusammen. Eine Weile brauchte sie, bis sie sie erkannt hatte. »Oh, ihr seid es«, stieß sie leise hervor und starrte sie ängstlich an.

Luise erschrak. Frau Steidlers altmodisches Kleid hatte Flecken. Aus dem sonst so ordentlich hochgesteckten Haarknoten fielen Strähnen, und sie sah bleich und übernächtigt aus. Luise schluckte und besann sich mit Mühe. »Guten Tag, Frau Steidler. Wir haben gebacken und möchten Ihnen ein Brot bringen.«

Die Lehrersfrau lächelte ein fahriges Lächeln und strich sich hastig eine Strähne hinters Ohr. »Oh, ja, ja, danke, das kann ich gut gebrauchen. Sehr freundlich von euch, Mädchen.« Sie nahm das Tuch, in das das Brot gewickelt war, entgegen und presste es vor ihre Brust. Luise wechselte mit Rita einen raschen Blick. Normalerweise hätte Frau Steidler sie mit ihren Namen angesprochen. War sie etwa so getroffen vom Tod ihres Mannes, dass sie sich gehen ließ und ihr ihre Namen nicht mehr einfielen?

»Geht es Ihnen gut?«, fragte Rita.

»Jaja, es geht mir gut. Ich bin nur gerade ein wenig … unpässlich. Ich würde euch gern hereinbitten, aber das *kann* ich nicht.« Bei ihren letzten Worten hatte sie ihre Stimme zu einem Flüstern gesenkt.

Luise und Rita wechselten wieder Blicke. Rita sah verwundert aus. Luise fragte sich, ob Frau Steidler vielleicht tagelang nicht mehr aufgeräumt hatte und sie deshalb nicht hereinbat. Vielleicht hatte sie momentan keine Kraft für solche Dinge.

Sie hörten, wie im Flur eine Diele knarrte. Frau Steidlers Miene gefror. Sie schob die Tür etwas weiter auf, sodass die Mädchen in ihren Flur sehen konnten. Bratendunst zog heraus. In dem schmalen Hausflur, gleich an der Tür zur Küche, wartete ein russischer Soldat. Er hatte die Arme vor der Brust verschränkt und starrte misstrauisch zu ihnen hinüber. Der Schrecken fuhr Luise durch alle Glieder. Sie wich seinem Blick aus und sah stattdessen auf seine Reithose hinunter, die er über seinen Stiefeln trug. Der russische Offizier auf dem Dorfplatz hatte auch so eine Hose getragen.

»Ich … äh … verstehe, dass Sie uns nicht hereinbitten können«, hörte sie Rita sagen. »Können wir etwas für Sie tun?«

Frau Steidlers Lippen zitterten. »Danke, aber ihr solltet jetzt besser gehen.«

»Auf Wiedersehen«, sagte Rita leise.

Frau Steidler nickte nur, dann schloss sie die Tür.

Luise und Rita verharrten noch einen Augenblick stumm vor Schreck, dann machten sie auf dem Absatz kehrt und rannten den Weg zur Dorfstraße hinunter. Unten an der Laterne rangen sie nach Luft, dann umklammerten sie sich, als könnten sie sich auf diese Art gegenseitig vor dem Ertrinken retten.

»Das war knapp«, schnaufte Luise, nachdem sie Rita losgelassen hatte. »Der hätte uns beinahe erschossen.« Sie spürte, wie ihre Hände und Knie zitterten. Der Gedanke, dass ein russischer Offizier unbemerkt von ihnen ins Nachbarhaus gezogen war, machte sie schaudern. Sie mochte sich nicht vorstellen, ja, sie wusste noch nicht einmal genau, was dieser Mann mit ihrer Nachbarin tat. Aber dass es furchtbar sein musste, hatte sie an deren Gesichtsausdruck nur allzu gut ablesen können.

»Die arme Frau Steidler«, sagte Rita atemlos. »Das hat sie nicht verdient.«

»Sie hat geweint«, meinte Luise. »Ob er sie auch schlägt?«

Rita hob ihre Schultern. Sie sah sehr blass aus. »Hoffentlich nicht«, sagte sie mit leiser, bebender Stimme.

»Ob wir ihr nicht doch helfen können?«, fragte Luise.

Aber selbst Rita wusste darauf keine Antwort. Sie stellten diese Frage Luises Mutter, als sie nach dem Essen draußen auf der Bank saßen und die Kinder auf dem Hof spielten. Johanna Reichs Mundwinkel fielen nach unten, nachdem die Mädchen ihr alles erzählt hatten. »Da geht ihr nicht mehr hin«, bestimmte sie und fiel in ein dumpfes, brütendes Schweigen, in dem nichts mehr zu hören war als ihre Stricknadeln, die schnell gegeneinanderschlugen.

»Aber Mama«, protestierte Luise, obwohl sie wusste, dass es keinen Sinn hatte. Wie konnte ihre Mutter nur so hartherzig sein? Wie konnte sie tun, als wäre nichts, während Frau Steidler nebenan in Lebensgefahr schwebte? »Sie ist allein, Mama! Stell dir vor, du wärst in ihrer Lage!«

Ihre Mutter strickte weiter und erwiderte nichts.

»Und wenn der sie erschießt?«

Ihre Mutter ließ das Strickzeug sinken. »Wir haben den Krieg verloren. Wir können nichts mehr tun.«

»Doch, wir können auch jetzt noch was tun!«, rief Luise. »Wir dürfen uns nur nicht erwischen lassen.«

»Du wirst nichts tun«, zischte ihre Mutter.

Luise schüttelte den Kopf und sprang auf. Sie ballte die Hände zu Fäusten, dann wandte sie sich um und stapfte zur Haustür.

»Luise!«, rief ihre Mutter. »Luise!«

Aber sie hörte nicht auf sie. Sie rannte die Treppe hinauf in ihr Zimmer und schlug die Tür hinter sich zu. Sie warf sich auf das Bett, das ihren Großeltern einst als Ehebett gedient hatte, und stieß ihre Fäuste in die Bettdecke. Dann sprang sie wieder auf, riss sich das Kopftuch herunter und warf es aufs Bett. Luise dachte an die Pistole in der Mauer. Man müsste jetzt hinübergehen und dem Russen seinen verfluchten Schädel wegschießen. Was wäre das für ein Triumph!

Frau Steidler würde zu ihnen kommen, und sie wäre in Sicherheit. War sie das Wolfgang nicht schuldig? Wolfgang, der bis zum letzten Atemzug für Deutschland gekämpft hatte? Luise stapfte durch die Kammer und gab sich ihren Rachegedanken hin, bis sie müde wurde und sich erschöpft aufs Bett sinken ließ. Sie starrte an die Decke. Was würden die Russen tun, wenn sie einen ihrer Offiziere erschießen würde? Sämtliche Männer ihres Dorfes töten? Ihre gesamte Familie umbringen, einschließlich

Marian? Bei diesem Gedanken bekam sie Angst. Marian durfte auf keinen Fall etwas geschehen. Niemandem aus ihrer Familie durfte etwas geschehen.

Sie erhob sich, ging ans Fenster und starrte hinaus. Von hier aus konnte sie auf Schuppen, Scheune und den Hof blicken. Ihre Mutter und ihre Oma saßen immer noch strickend auf der Bank neben der Haustür, und Rita saß schweigend neben ihnen. Helene und Manfred spielten ein Hüpfspiel.

Luise seufzte verdrossen. Frau Steidler tat ihr leid. Es musste einen Weg geben, ihr zu helfen, ohne ihre Familie in Gefahr zu bringen. Es musste heimlich geschehen und nicht mit ihnen in Verbindung gebracht werden können.

Sie dachte nach. Da fiel ihr die *Alte Stelle* wieder ein, jener Platz, wo einst das Haus ihrer Großeltern gestanden hatte. Das alte Wohnhaus war abgerissen worden, nachdem ihr Großvater ihren Hof gekauft hatte und mit seiner Familie dorthin umgezogen war, nur die alte Scheune stand noch. Sie war zu weit von ihrem Hof entfernt, um sie mit ihnen in Verbindung zu bringen, und groß genug, um jemanden dort zu verstecken, aber wiederum nah genug, um Frau Steidler jeden Tag etwas zu essen bringen zu können.

Luise begeisterte sich für ihren Plan. Unruhig wanderte sie in der Kammer auf und ab und malte ihn sich weiter aus. Sie würde heimlich Kissen und Decken in die Scheune bringen und für Frau Steidler ein gutes Versteck herrichten, und dann würde sie ihr ein Brot mit einer versteckten Nachricht bringen, wohin sie sich flüchten könnte, wenn der Russe schlief. Luise lächelte grimmig, als sie sich vorstellte, wie er aufwachte und Frau Steidler nicht mehr vorfände. Man würde natürlich nach ihr suchen, sie aber nicht finden.

In diesem Augenblick kam Rita herein. »Oh, du hast dich wieder beruhigt«, stellte sie fest, als sie Luise lächeln sah.

Luise starrte ihre höfliche und kluge Freundin an und fragte sich, ob sie sie in ihren Plan einweihen sollte. Nein, Rita war zu vorsichtig für solche Dinge. Sie würde versuchen, sie davon abzubringen. Womöglich würde sie sie sogar aus Vorsicht bei ihrer Mutter verraten, und das durfte Luise auf keinen Fall riskieren. Ihr fiel nur ein Mensch ein, dem sie sich anvertrauen konnte.

Kapitel 22

»Dieser Plan ist Wahnsinn«, sagte Marian, nachdem sie ihm am nächsten Morgen auf dem Weg zum Feld davon erzählt hatte. »Russischer Offizier wird sie überall suchen lassen, auch in Scheune.«

»Das Versteck wird so gut, dass sie sie nicht finden werden«, entgegnete Luise.

»Doch, das werden sie. Russen werden das als Widerstand gegen ihre Besetzung ansehen. Sie werden deine Nachbarin finden und erschießen. Wenn sie herausfinden, dass die alte Scheune euch gehört, sie werden eure ganze Familie erschießen. Deine Eltern, deine Geschwister und dich.«

Luise blieb stehen. Sie waren jetzt oben am Roggenfeld angelangt. Marian hielt ebenfalls inne. Er trug seine Arbeitsjacke und hatte seine Sense geschultert, weil sie Luises Mutter gesagt hatten, sie würden das Gras an der alten Scheune mähen. Ihre Mutter hatte sie gehen lassen. Sie schien Marian nun vollkommen zu vertrauen.

Eine Weile starrten sie sich ärgerlich an, dann sagte Luise: »Du hast nicht gesehen, wie furchtbar sie aussieht. Der Kerl bringt sie um. Ich muss ihr helfen!«

Marian warf seine Sense ins Gras vor die Mauer. Fest ergriff er ihre Arme und sah sie beschwörend an. »Du hast doch gesehen, was Russen auf dem Dorfplatz gemacht haben. Eure Leben sind nichts wert. Sie töten euch sofort.«

Luise erbebte unter seiner Berührung, doch ihre Wut war größer. »Man kann sich nicht alles gefallen lassen«, schnappte sie.

Seine dunklen Brauen zogen sich zusammen, und er ließ sie los. Sie warf ihre Harke weg und stapfte an der Mauer entlang. Der rötlich schimmernde Stein lag immer noch da, wo ihre Mutter ihn hingelegt hatte. Kurz entschlossen zog Luise den Stein aus der Mauer und tastete nach der alten Pistole. Sie lag immer noch dort. Sie nahm sie heraus und hielt sie triumphierend vor Marian in die Höhe.

»Siehst du? Das hier ist das Zeichen dafür, dass wir uns nicht ergeben. Damit werde ich jeden Russen erschießen, der hier auf dem Feld über mich herfallen will.«

Marian erbleichte. Seine Brauen bildeten fast einen durchgehenden Strich. Er sah sich schnell um, ob Russen in der Nähe wären. »Leg das zurück«, befahl er. »Sofort!«

Enttäuscht ließ Luise die Pistole sinken. Etwas in ihr hatte geglaubt, Marian würde sie für ihre Klugheit, eine Pistole zurückzuhalten, ihren wagemutigen Plan und ihre Hilfsbereitschaft bewundern. Aber offenbar war das nicht so.

Er kam näher, warf einen misstrauischen Blick auf die Pistole. »Ist die geladen?«

»Ja, natürlich.«

»Dann leg sie bitte zurück, Luise«, sagte er in einem ruhigeren Tonfall. Sie biss sich auf die Lippen, um nicht loszuheulen. Sie legte die Waffe zurück und schob den Stein wieder davor. »Zufrieden?«

Er seufzte laut auf. Dann trat er einen Schritt nach vorn und packte sie wieder an den Armen. »Wenn du Pistole gegen

Russen richtest, werden sie dich sofort erschießen. Versprich mir, Pistole nie zu brauchen.«

Sie hob das Kinn, starrte ihn trotzig an und erwiderte nichts. »Versprich es mir!«

»Willst du, dass wir uns *alles* von denen gefallen lassen?«, fragte sie mit erstickter Stimme. »Soll ich mich von denen anfassen lassen und … und …«

Marian schüttelte den Kopf und sah sie düster an. Dann ließ er sie los.

»Na siehst du.« Sie wandte sich ab, ging zu ihrer Harke zurück und hob sie auf. Ihre Wut war auf einmal verraucht. »Komm, lass uns zur *Alten Stelle* gehen. Sieh es dir wenigstens an.«

Er zögerte. »Ich kenne *Alte Stelle*.«

»Bitte! Wir müssen doch wenigstens mähen, damit meine Mutter uns glaubt.«

Endlich nickte er, nahm seine Sense und folgte ihr. Schweigend gingen sie den Feldweg entlang. Nach einer Weile begann Luise, ihren Streit zu bereuen. Sie hätte ihm nicht die Pistole zeigen dürfen. Aber die Wut war wieder einmal mit ihr durchgegangen, und sie hatte sich verhalten wie ein kleines Kind. Sie warf ihm einen unauffälligen Seitenblick zu. Schweigend ging er in der Spurrille neben ihr und starrte auf die Feldsteine. Er hatte weder für sie noch für den herrlichen blauen Sommerhimmel noch für die Wiesen, in denen der Sauerampfer rötlich schimmerte, einen Blick übrig.

Luise seufzte leise in sich hinein. Nun redete er wohl nicht mehr mit ihr. Alles nur wegen der Russen! Sie schwitzte in ihren Sachen und unter ihrem hässlichen Tuch, das sie sich am liebsten vom Kopf gerissen hätte. Könnte sie doch nur ein leichtes Sommerkleid tragen! Könnte ihr Haar doch nur offen im Wind fliegen, hätte sie wenigstens einen Pony! Marian würde sie sofort wieder ansehen. Und er würde Augen machen.

»Was ist?«, fragte sie. »Bist du jetzt böse auf mich?«

Er schwieg und sah zu den Mauerresten hinüber, die neben ihnen in der Wiese auftauchten. Es waren Reste vom Keller des alten Wohnhauses, das abgerissen worden war.

»Ich werde die Pistole nicht benutzen«, sagte sie. »Jedenfalls nicht, wenn es … nicht wirklich sein muss. Ich verspreche es.« Sie blieb stehen und hob feierlich die Hand.

Er hielt inne. Endlich sah er sie an, und ihre Blicke begegneten sich. Er sah so ernst aus, dass sie befürchtete, er würde ihr nun gleich etwas Furchtbares sagen, etwas, vor dem sie große Angst hatte.

»Du solltest deine Nachbarin hier nicht verstecken. Es ist viel zu gefährlich für dich und deine Familie.«

Als sie nicht antwortete, fuhr er fort: »Hilf ihr anders, bring ihr Brot, aber verleite sie nicht zur Flucht hierhin. Riskier nicht das Leben deiner Familie. Sei nicht leichtsinnig. Sei froh, dass ihr zusammen seid.«

Seine Worte stimmten sie nachdenklich. Ja, es stimmte, ihre Familie war zusammen, bisher war keinem von ihnen ein Leid geschehen, und auch ihr Vater würde sicher bald wiederkommen. Das war ein großes Glück. »Aber Frau Steidler ist allein«, entgegnete sie. »Sie hat niemanden mehr, der ihr hilft.«

»Ich bin auch allein«, versetzte Marian. »Familie ist wertvoll. Darfst du nicht wegwerfen.«

Er wandte sich ab und ging weiter. Sie blieb ein paar Atemzüge lang betroffen stehen. Wie lange hatte er jetzt seine Familie nicht mehr gesehen? Die Angst, dass er fortgehen könnte, stieg wieder in ihr auf. Sie folgte ihm in schnellen Schritten.

»Du willst deine Familie wiedersehen, nicht wahr? Du möchtest nach Hause zurück. Du möchtest dein altes Leben zurück«, sagte sie mit heiserer Stimme.

Sie hatten nun die alte Scheune erreicht. Marian lehnte seine Sense an das verwitterte Holz der Scheunenwand. »Es gibt kein altes Leben mehr, Luise. Ich habe gehört, Lemberg ist wieder in Hand der Russen. Sie haben alle Polen vertrieben.«

Luise stellte ihre Harke neben die Sense. Sie brauchte einen Augenblick, um das Ausmaß seiner Worte zu begreifen. »Dann ... dann weißt du also nicht, wo deine Familie jetzt ist?«

Er schüttelte traurig den Kopf.

»Ach du meine Güte«, entfuhr es ihr.

Er stemmte die Hände gegen das Scheunentor, ballte die Faust und schlug mehrfach gegen das Holz.

»Nicht!«, rief Luise erschrocken. »Denk an deine Hand. Du brauchst sie noch fürs Klavierspielen.«

Marian wandte ihr das Gesicht zu. Er lächelte ein bitteres, spöttisches Lächeln, das sie noch nie zuvor an ihm gesehen hatte. Mehrmals schlug er so heftig gegen das Scheunentor, dass es zitterte, und er stieß ein paar grobe polnische Worte hervor.

Sie wich ein wenig zurück. Heftig atmend hielt er inne, hielt den Kopf zwischen den Armen gesenkt und strich mit der Hand immer wieder über das Holz.

»Es tut mir leid«, sagte Luise. »Wenn du gehen und sie suchen willst, würde ich das verstehen. Aber lieber wäre mir ... ich meine, du weißt, dass du hierbleiben kannst, hier bei uns. Meine Mutter und mein Vater ... ich bin mir sicher, sie hätten nichts dagegen, sie mögen dich, und ich ...«

Er ließ die Hände sinken und wandte sich ruckartig um. In seinen Augen glitzerte es feucht. »Ich will nicht weg!«, stieß er heftig hervor.

Er streckte den Arm aus und legte eine Hand an Luises Wange, strich mit den Fingern sanft darüber, wie er es schon nach Margarete Jentschs Tod getan hatte. Dann glitt seine Hand tiefer und umschloss ihr Kinn. Auf einmal kam er näher und legte den Arm um sie. So sah er sie eine Weile an, und Luise erschrak über das Verlangen in seinem Blick. Er zog ihr das Kopftuch ab, und es löste sich und fiel herunter, und er grub seine Hand in ihre Haare.

Ein wohliger Schauer durchrieselte sie von Kopf bis Fuß. Sie starrte ihn an, voller Überraschung über seine plötzliche Nähe.

Er strich ihr zärtlich mit dem Finger über die Stirn, seine Hand drückte ihren Kopf leicht nach vorn, und er legte seinen Mund auf ihren. Vorsichtig küsste er sie, als wollte er sich erst langsam vortasten, und dann, als sie seinen Kuss erwiderte, heftiger und voller Verlangen.

Luise fühlte eine unbändige Freude. Ihr Streit, ihr Plan – sie vergaß alles. Eine neue, unbekannte Wärme stieg aus ihrem Inneren auf und breitete sich in ihrem ganzen Körper aus, ließ ihr Herz schneller schlagen. Sie konnte kaum fassen, dass Marian plötzlich so nah war. Dabei war er ja schon lange da gewesen – all die vielen Monate, die sie unter einem Dach geschlafen hatten, nur durch ein paar Wände getrennt, die sie zusammen auf den Feldern gearbeitet hatten, ihre heimlichen Gespräche abends, ihr Klavierspiel, Fritz' Geburt – und jetzt …

»Warte«, sagte sie und löste sich aus dem Kuss. Sie spürte, dass dieser Augenblick etwas Besonderes war. Wenn sie die Darsteller eines Films wären, eines dieser Ufa-Filme, dann würden sie jetzt in Großformat gezeigt werden. Dafür wollte sie sich vorbereiten. Dafür wollte sie schön sein. Für Marian wollte sie schön sein.

Sie machte sich von ihm los und flocht sich unter seinen überraschten Blicken langsam die Zöpfe auf. Sie ließ die Haarspangen in ihre Kleidtasche gleiten und fuhr sich mit den Fingern durch ihr dunkles Haar, bis es offen und lang an ihr herunterfloss. Marian starrte sie an. Sein Mund war leicht geöffnet, seine braunen Augen funkelten. Er verfolgte jede ihrer Bewegungen.

Langsam knotete sie ihr Kleid auf – ein altes verwaschenes Kleid ihrer Oma aus dunklem Stoff. Im Film wäre es ein luftiges Sommerkleid aus leichtem Baumwollstoff, und sie trüge feine Schuhe dazu.

Marian sah sie an, als würde sie das alles tragen. Er schoss nach vorn, legte den Arm um ihre Schultern und drückte sie an sich. Sein Gesicht war ganz nah bei ihrem. »Wie lange wollte ich das schon«, raunte er und küsste sie wieder.

Luise versank in einem langen und leidenschaftlichen Kuss. Voller Erstaunen gewahrte sie die Erregung, die in ihr aufstieg. Sie fuhr mit der Hand durch sein Haar – endlich konnte sie es fühlen! – und roch seinen Geruch. Er löste sich aus dem Kuss, umschloss ihren Kopf mit beiden Händen und presste sein Gesicht in ihr Haar, nur um sie dann erneut und umso leidenschaftlicher zu küssen.

»Warte.« Luise brach ab, bückte sich nach ihrem Kleid, holte einen großen Schlüssel hervor. Sie schloss die Scheunentür auf, die in dem großen Tor eingelassen war, und schob die knarrende Tür auf. Der Geruch nach Stroh und altem Holz wogte ihr entgegen, als sie die halbdunkle Scheune betrat. Stroh und Heu lag in den alten Bansen rings um den festgestampften Lehmfußboden. Durch ein paar Ritzen und Löcher drang grelles Tageslicht herein. Die Tür knarrte wieder, als Marian sie schloss. Luise hörte, wie er den Schlüssel im Schloss umdrehte. Ein Schauer überlief sie, als ihr bewusst wurde, dass sie allein waren. Sie fühlte seine Blicke in ihrem Rücken, als sie die Scheune durchquerte. Sie breitete Stroh auf dem Boden aus, kniete nieder und ließ ihr Kleid darauf fallen, dann drehte sie sich langsam um.

Mit ein paar raschen Schritten war Marian bei ihr, ließ sich hinter ihr auf die Knie fallen und presste sie fest an sich. Er schob ihr Haar beiseite und küsste ihren Hals. Dann schlang er seinen Arm um ihren Oberkörper und berührte ihre Brust. Ein kleines Zittern durchlief ihren Körper. Sie gewahrte verzückt, wie er wieder ihren Nacken küsste. Nach einer Weile drehte er sie zu sich herum und hielt inne, um sie zu betrachten.

Im Sonnenlicht, das durch die Ritzen hereinkam, sah sie sein Gesicht und erkannte das kaum verhüllte Begehren darin. Es durchlief sie wie ein heißer Strahl. Sie lächelte, legte ihre Hände auf seine Schultern und küsste ihn sanft. Sie spürte seine Hände auf ihrem Rücken, in ihren Haaren, auf ihrer Haut, überall. Seine Lippen bedeckten ihr Gesicht, ihren Nacken, ihre Brüste. Er zog sich die Arbeitsjacke aus und warf sie fort, und sie betrachtete seinen Körper – seine muskulösen Arme mit dem weichen Flaum auf den Unterarmen, seinen glatten Oberkörper – und tastete ihn vorsichtig und schüchtern ab. Er stöhnte leise auf.

Er führte ihre Finger an seine Lippen und küsste sie einen nach dem anderen, dabei murmelte er etwas auf Polnisch.

»Was hast du gesagt?«

Er antwortete nicht gleich, sondern wiederholte sein Tun ein ums andere Mal.

»Was hast du gesagt, Marian?«, wollte sie wissen.

Er hielt ihre Hand fest und sah sie nachdenklich an.

»Dass du schön bist.«

»Oh, ja?«

»Schöner als jede Chopin-Etüde.«

Luise lachte leise. »Wie gut, dass ich dir Deutsch beigebracht hab! Dann kannst du mir solche Sachen sagen.«

Er packte sie und drückte sie sanft hinunter auf das Strohlager. Dann beugte er sich über sie. Luise sah die Sonne durch die Ritzen an der Scheunentür hereinfallen.

* * *

Als sie das Licht wieder wahrnahm, hatte die Lerche ihren Gesang beendet. Die Mittagshitze drang durch das dunkle Holz der Scheune und hüllte sie in schwere Luft. Luise schwitzte auf ihrem warmen Strohlager, obwohl sie nackt war. Sie spürte, wie die Wogen sich langsam glätteten. Nun war sie also zur Frau geworden.

Die Überraschung darüber hielt sie gefangen. Es war doch so viel anders bei den Menschen als bei den Tieren. Sie tastete nach Marians Hand und spürte, wie er ihre umschloss. Seine Hände.

Sie dachte, dass sie sterben könnte. Es wäre jetzt nicht mehr so schlimm wie vorher, nein, es würde der wundervolle Abschluss ihres kurzen Lebens sein. Aber dann könnte sie *ihn* nicht mehr sehen, seine Stimme nicht mehr hören, ihn nicht mehr riechen und fühlen. Sie wagte es nicht, sich ihm zuzuwenden. Sie musste den Augenblick für sich allein haben, und sie schämte sich vor Marian. Würde er sie jemals wieder schätzen können, nach dem, was sie getan hatten? Was würde er von ihr denken, wo sie so leicht entflammbar gewesen war?

Sie hörte, wie sich seine Atemzüge langsam beruhigten. Er führte ihre Hand an die Lippen und küsste ihre Finger. Da vernahmen sie Männerstimmen von draußen. Stimmen, die langsam näher kamen. Marian sprang auf, lief zum Scheunentor und horchte.

Luise fuhr hoch. Voller Bewunderung starrte sie auf seinen nackten Körper und konnte es nicht glauben, dass sie sich gerade so nahe gewesen waren. »Es sind Russen!«, zischte er. »Zieh dich an und versteck dich! Schnell!«

Ihr Herz begann zu rasen. Sie stand auf, zog sich hastig ihre Unterwäsche an. Unterdessen wurden die Stimmen immer lauter und machten schließlich vor dem Scheunentor Halt. Jemand versuchte, die Tür zu öffnen, und als das nicht ging, rüttelte er heftig daran.

Marian lief zu Luise zurück, packte sie am Arm und schob sie zu den Bansen. »Versteck dich!«

Er drückte ihr hastig einen Kuss auf die Lippen, rannte zurück zu ihrem Lager, nahm ihr Kleid und warf es ihr zu. Sie fing es auf, verbarg sich hinter der Holzwand einer Banse, in der Heu lag, und grub sich dort ein. Sie hörte, wie Marian sich anzog. Dann dröhnte ein Schuss. Schritte huschten in eine Ecke der Scheune. Luise hob den Kopf und beobachtete durch einen Spalt zwischen den Holzbrettern, wie Marian sich zwischen zwei Bansen verbarg. Erleichtert atmete sie auf. Er war nicht getroffen! Doch nun folgte noch ein Schuss und noch einer. Die Scheunentür erzitterte, als sich jemand dagegenwarf, und sprang schließlich mit einem lauten Krach auf. Grelles Sonnenlicht fiel herein. Strohhalme wirbelten auf. Zwei Soldaten in einfachen grünen Uniformen und Stiefeln kamen herein. Sie entdeckten Marian sofort. Einer richtete seine Pistole auf ihn. Marian hob die Arme und stand langsam auf. »Bitte nicht schießen!«, sagte er. »Ich bin Pole. Polnischer Kriegsgefangener.«

Die Russen musterten ihn schweigend. Dann sagte einer von ihnen etwas. Marian antwortete etwas, das Luise nicht verstand.

Die Russen lachten. Der eine ließ seine Pistole sinken. Er klopfte Marian auf die Schulter. »*Chwatit. Tji svoboden.*«

Marian nahm seine Arme herunter und fiel in sein Lachen mit ein. Der andere Russe wandte sich um und begann, sich in der Scheune umzusehen.

Luise tauchte ins Heu und rührte sich nicht. Sie hörte den Soldaten durch die Scheune stapfen. Mit klopfendem Herzen verfolgte sie, wie seine Schritte immer näher kamen. »*Sdes escho kto-to jest?*«, fragte er. »*Nemezkji Soldat?*«

»Nein«, sagte Marian laut. Nur wer ihn sehr gut kannte, konnte hören, dass seine Stimme etwas höher klang als normal. »*Net. Ja sdes nemnogo prikornul. Net nastroenija rabotatj.*«

Die Russen lachten wieder, aber der Soldat bewegte sich keinen Zentimeter. Er war so nah, dass Luise seinen Schweißgeruch riechen konnte. Ein kalter Schauer jagte ihr über den Rücken. Sie wagte nicht zu atmen.

Da erklang von der Tür her das vertraute Geräusch, mit dem eine Zigarettendose geöffnet wurde. »*Chotite sakuritj?*«, fragte Marian.

Sie hörte, wie der Russe ihm auf die Schulter klopfte. Endlich bewegte sich der andere von Luise weg. Sie hörte ihn zur Tür zurückgehen. Kurz darauf hörte sie, wie die Männer die Scheune verließen und draußen miteinander redeten. Zigarettenrauch wölkte in die Scheune.

Luise lag reglos in ihrem Versteck und lauschte. Sie verstand kein Wort, aber Marian verstand sich offenbar gut mit ihnen. Er hatte ihr nie erzählt, dass er auch Russisch konnte. Endlich, nach einer gefühlten Ewigkeit, hörte sie, wie das Scheunentor geschlossen wurde und wie sich die Stimmen der Männer langsam entfernten.

Luise rührte sich immer noch nicht. Sie misstraute der Stille. Sie hoffte, die Tür würde sich jeden Augenblick wieder öffnen und Marian würde wiederkommen. Aber nichts geschah. Sie wartete noch lange, und als niemand kam, kroch sie aus ihrem Versteck. Die Scheunentür war nicht abgeschlossen, denn die Russen hatten das Schloss zerstört. Vor der Tür lagen drei ausgetretene Zigarettenstummel. Von Marian keine Spur. Luise lief ein Stück hinauf bis zum nächsten Feldweg und spähte über die Wiesen und Felder. Niemand war zu sehen.

Enttäuscht ging sie zur Scheune zurück. Marians Sense lehnte noch an der Tür, daneben ihre Harke. Sie musste daran denken, wie er im letzten Sommer das Mähen von ihrem Vater gelernt hatte, wie stolz er gewesen war, als er es endlich konnte. Was würden die Russen mit ihm machen? Ob er freiwillig mit ihnen gegangen war, um sie von ihr abzulenken und wegzubringen? Sie ließ sich ins hohe Gras sinken und starrte ratlos vor sich hin. Was sollte sie nur ohne ihn tun? Sie dachte an die letzten

Stunden zurück. An sein Gesicht nah bei ihrem. Wie er sie angesehen hatte! Ihr dämmerte, dass sie nicht daran denken durfte. Sie würde vor Sehnsucht zu den winzigen Erdklumpen zerfallen, auf denen das Korn wuchs. Mit Mühe zwang sie sich zu anderen Gedanken. Marian würde wiederkommen, ganz bestimmt, tröstete sie sich. Die Russen würden ihm nichts tun, er sprach doch Russisch wie sie, und außerdem war er ein Pole. Und wenn er wiederkäme, dann sicher zu ihrem Hof, wo er sie vermuten würde. Hier allein wäre sie in Gefahr. Sie musste zurück.

Sie wollte, nein, sie musste stark sein, musste nach Hause, ehe man sie vermisste. Sorgfältig flocht sie sich ihre Zöpfe neu, band sich das Kopftuch um und erhob sich. Sie klopfte sich das Stroh vom Kleid. Dann ging sie zum Hof zurück.

* * *

»Wo ist Marian?« Ihre Mutter sah sie fragend an, als sie sie allein mit der Sense und der Harke vom Feldweg zurückkommen sah.

Luise schluckte. Sie glaubte, der forschende Blick ihrer Mutter könnte ihr hinter die Stirn sehen und erkennen, was sie die letzten Stunden getan hatte. »Marian ist weg«, sagte sie mit tonloser Stimme. »Die Russen haben ihn mitgenommen.«

Die Mundwinkel ihrer Mutter fielen nach unten. Sie stemmte die Hände in die Hüften. »Wie meinst du das – weg?«

»Wir waren an der alten Scheune mähen, als zwei Soldaten kamen«, erzählte Luise. »Ich konnte mich gerade noch in der Scheune verstecken. Marian hat die Russen abgelenkt, sodass sie nicht weiter nach mir suchten. Dann haben sie ihn mitgenommen.«

Ihre Mutter starrte sie an. Wieder nahm sie sie in die Arme und drückte sie für einen kurzen Moment wortlos an sich. »Gott sei Dank, Kind! Hast du Glück gehabt! Der Marian ist ein schlauer Kerl. Kannst froh sein, dass er dabei war.«

Luise fühlte einen dicken Kloß im Hals. Mit Mühe schluckte sie ihn hinunter. »Aber nun haben sie *ihn*, Mama!«, rief sie mit heiserer Stimme. »Ich weiß nicht, wann er wieder zurückkommt. Ob sie ihn überhaupt wieder gehen lassen!«

Ihre Mutter fasste sie am Arm. »Sicher tun sie das, was sollen sie denn mit ihm? Er ist frei. Der kommt wieder zurück, er hat doch noch seine Sachen hier. Die will er bestimmt mitnehmen, bevor er endgültig weggeht.«

Luise sah auf die Hand ihrer Mutter. Diese Hand mit den dunklen Adern und den winzigen Altersflecken darauf. Es waren starke Hände, die gut arbeiten konnten, die sicher schon jeden Gegenstand auf ihrem Hof bewegt hatten. Hände, die Luise vertraut waren, die sie schon immer bei allen möglichen Verrichtungen beobachtet hatte und deren Griffe sie in- und auswendig kannte. Aber auf einmal hasste sie sie.

»Du meinst, er geht weg, Mama?«

»Früher oder später, ja. Er ist doch kein Gefangener mehr. Er ist Pole und geht zu seinen Leuten zurück.«

Luise erwiderte nichts mehr. Sie folgte ihrer Mutter mit hängendem Kopf ins Haus. Sie nahm Rita, ihre Oma und ihre Geschwister kaum wahr, als sie beim Essen am Tisch saßen. Mechanisch aß sie die Kartoffeln, die gekochten Eier und das Gemüse, erzählte allen, was passiert war, und antwortete gehorsam auf jede Frage. Nach dem Essen ging sie mit Rita in den Gemüsegarten, wo sie Unkraut jäteten. Sie redeten kein Wort mehr über das Vorgefallene, und Rita sprach es auch nicht mehr an. Offenbar wollte sie Rücksicht nehmen und sie ablenken, indem sie mit ihr über Belangloses sprach und sogar ein paar Scherze machte, die ihr allerdings nicht gut gelangen.

Luise konnte nicht darüber lachen. Sie musste immerzu an Marian denken und hoffte, dass er bald wiederkäme. Dass ihre Mutter sich irrte und er freiwillig bei ihnen blieb. Bei ihr.

Kapitel 23

Aber er kam auch am nächsten Tag nicht zurück. Luise kümmerte sich um die Pferde, aber sie wagte es nicht, sie auf die Koppel zu führen aus Angst, die Russen könnten sie sehen und sie ihnen wegnehmen. Misstrauisch beäugte sie den Wallach der Russen. Er sah mittlerweile etwas besser aus. Durch das gute Futter war er dicker geworden, und die Wunden und Abschürfungen in seinem Fell heilten allmählich. Marian hatte seine schwarze Mähne gekämmt, geschnitten und den Dreck aus seinem Fell gebürstet. Aber Luise schien der Wallach unheimlich, wenn er seinen Kopf hob und sie aus seinen dunklen Augen anstarrte oder mit dem Schweif schlug, als wollte er sie verscheuchen. Sie nannte ihn heimlich bei sich *den Bolschewiken* und wagte sich nicht nah an ihn heran.

Sie füllte gerade Hafer in seine Futterkrippe, als sie hörte, wie die Stalltür aufging. Erschreckt fuhr sie zusammen und versteckte sich hinter dem Bolschewiken. Vorsichtig spähte sie an seinem langen Hals vorbei zur Tür. Im hellen Licht, das durch die Tür hereinfiel, stand ihr Vater. Mit ein paar raschen Schritten war er beim Wallach, betrachtete ihn und nickte anerkennend.

»Papa!« Luise kam aus ihrem Versteck hervor und fiel ihrem Vater um den Hals.

»Luise!« Er legte die Arme um sie und drückte sie an sich. Er roch nach Schweiß, und seine Arbeitsjacke war schmutzig. In dem Licht, das durch das Fenster hereinfiel, schimmerten seine Bartstoppeln silbern auf.

»Gott sei Dank, du bist wieder da!«

Ihr Vater nickte und lächelte schwach. »Sind alle gesund?«, fragte er.

»Ja.« Sie rief nach ihrer Mutter, die mit Rita und den Kindern im Gemüsegarten hinter dem Stall arbeitete. Doch er wartete nicht und eilte ihnen entgegen. Luise folgte ihm und beobachtete, wie ihre Eltern sich im Garten in die Arme fielen. Ihr Vater gab ihrer Mutter einen Kuss auf den Mund. Das hatte er noch nie in Anwesenheit der Kinder getan. Lange lagen sie sich wortlos in den Armen. Dann bestürmten ihn Helene und Manfred, und ihre Oma kam aus der Küche und begrüßte ihren Schwiegersohn sichtlich erleichtert. Luise bemerkte, wie erschöpft er aussah. Das helle Morgenlicht zeigte deutlich die tiefen Linien, die sich um sein Kinn herum eingegraben hatten. Er stand ein wenig gebückt, als hätte er Mühe, sich aufrecht zu halten. Als sein Blick auf Rita fiel, verdüsterte sich seine Miene. Sie begrüßte ihn höflich, und er drückte ihr kurz die Hand.

»Jetzt muss ich aber nach Hause zurück«, rief sie freudig und rieb sich die Hände an ihrem Kleid ab. »Vater weiß ja nicht, dass ich hier bin.«

Sie lief zur Hintertür und streifte sich den Dreck von ihren Arbeitsschuhen. Dann kam sie noch mal zurück und gab Luises Mutter die Hand. »Vielen Dank, Frau Reich, dass ich bei Ihnen bleiben durfte. Herr Reich ... alles Gute.« Sie nickte Luises Vater zu, winkte den Kindern und drückte Luise, dann wandte sie sich zum Gehen.

Luises Vater streckte müde den Arm aus und hielt sie fest. »Madl, bleib hier.«

Sie hielt inne und sah ihn überrascht an. Um ihre schwarzen Augen zuckte es. Er nahm ihre Hände in seine. »Dein Vater ist nicht mit zurückgekommen. Er hat es nicht geschafft.«

Rita öffnete den Mund, schloss ihn wieder. Ihre Augen rundeten sich im langsamen Begreifen. »Wollen Sie damit sagen ... heißt das etwa, mein Vater ist ... *tot*?«

Er nickte traurig. »Es war am zweiten Tag, am Sonntagabend. Die Russen haben uns fast bis nach Bunzlau getrieben. Wir hatten nichts zu essen und zu trinken. Dein Vater ... er konnte nicht mehr weiter. Sie haben ihn erschossen.«

Luise sah, wie Rita mit hängendem Kopf vor ihrem Vater stand. Ihre schwarzen Zöpfe flossen unter ihrem Kopftuch hervor. Ihre Schultern zuckten, als sie leise schluchzte. »Wo ... wo ist er denn jetzt?«

»Im Wald vor Bunzlau. Wir mussten ihn begraben.«

Rita sank in die Knie. Luise und ihre Mutter liefen zu ihr und fassten sie unter die Arme. Gemeinsam führten sie sie durch die Hintertür in die Wohnküche und setzten sie auf einen Stuhl. Luise zog ihr das Kopftuch ab, ihre Mutter füllte einen Becher mit Wasser und gab Rita zu trinken, doch die wehrte ab. Sie hatte weiße Lippen.

Luises Vater ließ sich neben ihr auf seinen Stuhl sinken und nahm einen Becher Wasser von ihrer Mutter entgegen. Er drückte ihr dankbar die Hand. Ihre Oma hielt die Kinder davon ab, in die Küche zu stürmen, und ging mit ihnen zurück in den Garten. Luise hörte ihre aufgeregten Stimmen von draußen. Sie setzte sich neben Rita und hielt ihre Hand fest.

»Sind noch mehr gestorben?«, wollte ihre Mutter wissen.

Ihr Vater nickte. »Der alte Schuster.«

Rita schluchzte wieder auf, und ihre Mutter gab ein unwilliges Brummen von sich. »Haben sie den auch erschossen?«

»Nein, der muss wohl herzkrank gewesen sein. Er brach am ersten Tag beim Marsch zusammen, als es dunkel wurde.

War sofort tot. Wir mussten ihn gleich am nächsten Morgen begraben.«

»Ach du meine Güte.«

»Da haben die Russen immer drauf geachtet, dass alles seinen geordneten Gang nahm, dass jeder Tote beerdigt wurde«, sagte ihr Vater mit bitterer Stimme. »Dein Vater hat ein ordentliches Begräbnis bekommen, Madl. Wir haben alle an seinem Grab gebetet.«

Rita schluchzte auf. Luise legte den Arm um sie. Sie konnte nichts sagen. Ihre Mutter füllte ihrem Vater einen zweiten Becher Wasser, den er sofort leerte. »Wo ist Marian?«, fragte er plötzlich.

»Er ist mit den Russen weggegangen«, sagte ihre Mutter. Dann erzählte sie ihm kurz, was am Vortag passiert war.

Er schlug auf den Tisch. »Verdammt! Da haste aber Glück gehabt, Madl, dass der Bursche auch Russisch kann.« Er trommelte mit den Fingern auf den Tisch und warf Luise einen misstrauischen Blick zu. Sie sah schnell weg.

Er brütete eine Weile düster vor sich hin, dann fuhr er fort: »Ich hab gehört, dass der Kronenwirt jetzt für die Russen den Kalfaktor machen muss, oben bei den Schaffgottschen. Da hängen die Kuhfelle zum Trocknen überm Zaun. Die fressen uns das ganze Vieh auf. Und Teschner und Weidlich haben sie erschossen, unten auf dem Dorfplatz.«

»Ja, das wissen wir«, sagte Luise.

»Ach, das hat sich schon rumgesprochen?«

»Nein, ich war da, bei den Moors. Marian und ich wollten Mehl holen, aber der Moor hat uns natürlich nichts gegeben. Als die Russen kamen, haben Moor und Teschner sich im Haus versteckt, doch die Soldaten haben sie gefunden und auf den Dorfplatz getrieben. Marian und ich haben uns im Gebüsch versteckt. Wir haben alles gesehen, Papa.«

Ihr Vater wurde noch blasser. Er lehnte sich zurück und verschränkte die Arme vor der Brust. Dann schoss er nach vorn. »Das hätt ich dir gleich sagen können, dass der dir nichts gibt. Hat kaum geschaufelt, aber bei der Beerdigung große Reden geschwungen. A Frassa-Os ist das.« Er lehnte sich wieder zurück und schüttelte missbilligend den Kopf.

Rita sah auf. »Hat der Bürgermeister … hat Herr Moor die Beerdigungsrede für meinen Vater gehalten?«, fragte sie mit leiser Stimme. Luises Vater nickte betrübt.

Ritas Gesicht verzerrte sich, als wollte sie wieder schluchzen, aber sie beherrschte sich. »Was hat er gesagt?«

Er überlegte. »Er sagte, dass dein Vater ein eifriger Diener Gottes gewesen sei. Gott hätte für ihn immer an erster Stelle gestanden, egal, was war.«

Ritas Lippen zitterten. Sie stützte die Ellenbogen auf den Tisch und bedeckte ihr Gesicht mit den Händen. »Er wollte neben Mutter hier auf dem Friedhof begraben werden«, schluchzte sie.

Alle schwiegen. In der Stille waren nur die Kinderstimmen von draußen, das Ticken der Pendeluhr und Ritas Schluchzen zu hören.

Luises Mutter trat hinter sie und legte ihr die Hand auf die Schulter. »Hast du noch Verwandte?«

Rita schüttelte den Kopf. »Nur noch Papas Bruder, der wohnt in Breslau.«

»Ach du meine Güte.« Luises Mutter wechselte Blicke mit ihrem Mann. »Du kannst erst mal hierbleiben, bis das geklärt ist, Rita«, sagte sie.

Rita nahm die Hände vom Gesicht und sah sie mit tränenverschleierten Augen an. »Danke, Frau Reich«, sagte sie.

Luises Mutter nickte.

Luise strich über Ritas Hand. Sie war ihrer Mutter sehr dankbar. Wo hätte Rita sonst auch bleiben können? Sie waren jetzt die einzigen Menschen, die sie noch hatte. Und das schien Rita trotz ihrer Trauer bewusst zu sein. Sie zog sich nur einen Tag lang in ihre und Luises Kammer zum Weinen zurück. Danach blieb sie immer bei den Reichs und machte sich nützlich, wo sie konnte. Sie half beim Kochen und bei der großen Wäsche, erntete im Garten mit ihnen Rhabarber, Kohlrabi, Möhren und Salat, sammelte Eier und fütterte Kaninchen und Hühner. Sie wurde zu einem bleichen, in sich gekehrten Gast, der sie durch seine Anwesenheit daran erinnerte, dass der Tod nahe war und es ebenso gut Luises Vater hätte treffen können. Abends hörte Luise sie im Bett leise weinen. Sie tröstete sie, so gut sie es vermochte, aber oft hatte sie das Gefühl, dass sie mit ihren Worten nicht zu ihr durchdrang. Also ließ sie sie einfach in Ruhe. Ihr war selbst zum Heulen zumute. Jeden Abend lag sie lange wach und dachte an Marian. Sie schlich sich in das Kutscherzimmer, legte den Kopf auf sein Kissen und atmete seinen Geruch ein. Sein Familienfoto lag noch in der Schublade. Das beruhigte sie ein wenig, denn sie war sich sicher, dass er das Foto nicht hier zurücklassen würde. Er würde wiederkommen und es sich holen.

Aber in den folgenden Tagen kamen auf einmal andere Polen nach Lindenau, und es kam zu Plünderungen. Manchen Bauern aus dem Dorf wurden die Pferde von den Wagen ausgespannt und mitgenommen. Durch ihre Kreisstadt, hieß es, würde nun auch polnisches Militär ziehen, erzählte Frau Kühnel Luises Mutter bei einem Besuch.

Sie erfuhren sowieso nur noch das, was sie von den anderen im Dorf hörten, denn es gab keine Post, keine Radios, keine Zeitungen und keine Nachrichten mehr. Luise lauschte einmal heimlich abends an der Tür zur Wohnküche, nachdem sie vorgegeben hatte, ins Bett zu gehen, und bekam mit, wie ihre Eltern und ihre Oma darüber redeten, was nun wohl aus Deutschland werden würde. Und was würde aus Schlesien werden? Wohin würde es künftig gehören? Ihre Mutter glaubte, es käme zu Polen, ihre Oma sagte, zur Tschechei, aber ihr Vater behauptete, Deutschland würde von den Alliierten gemeinsam besetzt und verwaltet werden und Schlesien würde unter russische Besatzung kommen. Luise wurde es frostkalt vor Angst, und sie zog sich zitternd in ihre Kammer zurück und schlüpfte neben Rita ins Bett.

Nach ein paar Tagen bat Rita sie eines Nachmittags vor dem Abendessen, mit ihr zum Hainberg zu gehen. Sie wolle für ihren Vater eine kleine Trauerfeier abhalten, wo sie doch kein Grab hätte, an dem sie trauern konnte. Luise willigte sofort ein. Ihre Mutter aber erlaubte es ihnen nur nach vielem Reden widerwillig und ermahnte sie, bloß bis zur Dämmerung wieder zurück zu sein. Sie sah ihnen lange nach, als sie über den Feldweg hinaufgingen, und Luise spürte, dass sie sie eigentlich nicht gehen lassen wollte. Sie hatte nur wegen Rita nachgegeben.

Aber Luise hatte seltsamerweise keine Angst, als sie mit Rita durch die Felder ging. In der Heuwiese sammelten sie Blumen, am Roggenfeld Steine, die sie in den Wald brachten. Unter einer Fichte schabte Rita einen kleinen Flecken Erde frei und legte die Steine im Kreis darum, dann zog sie ein selbst gebasteltes Kreuz aus Ästen aus ihrer Kleidtasche und bohrte es tief in die Erde. Sie faltete die Hände. »Großer Gott und Vater, gib meinem Papa die ewige Ruhe«, betete sie. »Erleuchte ihn mit deinem Licht und halte ihn in deiner Hand, wie du es mit der Mama getan hast. Führe die beiden zusammen. Behüte ihre Seelen, bis auch ich ...« Sie brach ab und kämpfte gegen ihre Tränen. »... bis auch ich bei ihnen bin. Lass uns alle dereinst dein Angesicht schauen und die himmlische Herrlichkeit erlangen.«

Sie schwieg einen Augenblick, ehe sie begann, das Vaterunser zu beten. Luise faltete ihre Hände und betete mit.

»… denn dein ist das Reich und die Kraft und die Herrlichkeit in Ewigkeit. Amen«, schloss Rita. Sie hob den Blumenstrauß auf und legte ihn im Steinkreis nieder. Dann summte sie leise die Melodie des Morgenrots. Luise sang mit.

> *»Morgenrot, Morgenrot,*
> *leuchtest mir zum frühen Tod?*
> *Bald wird die Trompete blasen,*
> *dann muss ich mein Leben lassen,*
> *ich und mancher Kamerad,*
> *ich und mancher Kamerad!«*

Luise dachte an Wolfgang, an Herrn Steidler, an Pfarrer Vogt, an Horst Henschel, der noch nicht zurückgekommen war, an all die Gefallenen und Vermissten ihres Dorfes, und sogar an Teschner und Weidlich dachte sie. Mühsam blinzelte sie gegen ihre Tränen an und starrte auf die Berge jenseits des Tals. Die untergehende Sonne malte goldene Schimmer unter die wenigen Wolken. Alle waren für Deutschland gestorben. Niemand wusste, was aus Schlesien werden würde. Und sie hatte sich mit einem Polen eingelassen, ja, sie weinte ihm sogar hinterher. Was würden sie nur von ihr denken, wenn sie das wüssten? Dass sie schwach genug wäre, um sich mit dem Feind einzulassen, dass sie eine Vaterlandsverräterin wäre.

> *»Ach wie bald, ach wie bald*
> *schwindet Schönheit und Gestalt!*
> *Strahlst du gleich mit deinen Wangen,*
> *die wie Milch und Purpur prangen,*
> *ach, die Rosen welken all,*
> *ach, die Rosen welken all!«*

Luise schluckte ihre Tränen hinunter. Gemeinsam sangen sie noch die letzte Strophe des Morgenrots, bis ihr Gesang in der Abenddämmerung verklang.

»Wir gedenken auch unserem guten Schuster, den unsere Feinde ermordet haben«, betete Rita. »Gib auch ihm und allen anderen Gefallenen unseres Dorfes die ewige Ruhe, Herr! Halte sie in deiner Hand.« Sie brach ab. Ihre Stimme erstickte in den aufsteigenden Tränen.

»Behüte und beschütze bitte auch alle Lebenden in diesem Land und unsere Soldaten, die in Gefangenschaft sind, lieber Gott«, ergänzte Luise. In diesem Augenblick kamen ihr die Worte leicht von den Lippen, als hätte Rita sie mit ihrem Gebet angesteckt, aber eigentlich zweifelte sie immer noch an Gott, sogar mehr denn je. Sie verzieh ihm nicht, dass die Russen den Krieg gewonnen hatten. Außerdem war ihr Vater zurückgekommen, obwohl sie nicht dafür gebetet hatte, und Pfarrer Vogt war trotz der vielen Gebete seiner Tochter gestorben. War das nicht ein deutlicher Beweis dafür, dass es Gott nicht gab?

Normalerweise hätte sie mit Rita darüber geredet. Rita ging niemals einem guten Gespräch aus dem Weg, und obwohl sie tiefgläubig war, hätte Luise mit ihr über ihre Fragen sprechen können. Aber sie konnte sie jetzt unmöglich mit ihren Glaubenszweifeln behelligen. Sie drückte ihr nur stumm die Hand.

Rita seufzte tief. »Das hat gutgetan. Danke, Luise.«

»Das hab ich doch gern gemacht. Mir hat's auch gutgetan.«

»Wenn das alles hier vorbei ist, dann werde ich auf dem Dorffriedhof einen Stein für meinen Vater aufstellen«, sagte Rita. »Gleich neben dem Grab meiner Mutter. Vielleicht kann dein Vater mir ja eines Tages die Stelle zeigen, wo sie meinen Vater begraben haben.«

»Bestimmt«, sagte Luise schnell, obwohl sie keineswegs davon überzeugt war. Aber sie wollte Ritas Hoffnung nicht durch ihre Bedenken zerstören.

Rita nickte zufrieden und trocknete sich die Tränen. Sie warfen noch einen Blick auf den kleinen Steinkreis und wandten sich zum Gehen. »Rita, was meinst du, was aus unserem Land jetzt wird?«, fragte Luise, als sie den Feldweg hinuntergingen.

Die Freundin schwieg lange. Erst als Luise schon glaubte, sie würde nicht antworten, weil sie sich wegen ihrer Trauer keine Gedanken darüber machen konnte, sagte sie: »Ich glaube, dass die Siegermächte Deutschland wahrscheinlich unter sich aufteilen werden. Wir werden wohl unter russische Besatzung kommen.«

»Du meinst, Deutschland wird zerstückelt? Das wäre ja furchtbar.«

»Ich sagte ja, Hitler hätte einen Waffenstillstand schließen müssen, als er es noch konnte«, sagte Rita mit gepresster Stimme. »Dann hätte er unser Land noch retten können, und viele Menschen wären nicht gestorben. Jetzt ist Deutschland verloren.« Sie sagte das so nüchtern, dass es Luise fröstelte. »Ich werde niemals Russisch lernen«, stieß sie hervor. Eher würde sie doch noch fliehen.

Rita lächelte freudlos. »Da werden wir wohl nicht drum herumkommen. Aber vielleicht haben wir dafür noch etwas Zeit, sie können ja nicht von heute auf morgen unsere ganze Sprache ausrotten. Sie könnten sie höchstens verbieten.«

Luise bereute schon, das Thema angesprochen zu haben. Rita war durch die Trauer um ihren Vater vermutlich so schlecht gestimmt, dass sie nur das Allerschlimmste glauben konnte. Als sie nichts sagte, meinte Rita: »Unser Land hat den Krieg verloren, wir haben kapituliert. Was immer sie mit uns machen – wir müssen es hinnehmen.«

Luise seufzte tief. Sie hatten gerade das Roggenfeld erreicht, als sie einen Soldaten den Feldweg vom Hof heraufkommen sahen. Sie blieben stehen. Luises erster Impuls war, zurück in den Wald zu rennen und sich dort zu verstecken, doch dann sah sie sich den Mann genauer an. Seine Uniform schimmerte gelblich braun, und er trug eine kantige Schildmütze. So sah keine russische Uniform aus. Luise erkannte ihn an seinem Gang – wie immer leichtfüßig und doch mit wohlgesetzten Schritten kam er die Anhöhe herauf.

»Marian!« Sie lief ihm ein Stück entgegen, doch dann hielt sie inne. Fremd sah er aus in der Uniform. Seine schwarzen Haare waren wieder kurz rasiert und verschwanden fast ganz unter der Schildmütze.

Sie machten voreinander Halt und musterten sich. Sein Blick huschte über ihr Kleid, ihre nackten Arme und blieb an ihren Augen hängen. Luise schluckte. Sie starrte auf seinen Mund. Hatte er sie wirklich geküsst? Hatten seine Hände sie wirklich berührt oder waren die Stunden in der Scheune nur Einbildung gewesen, eine Art Wachtraum, der aus einer anderen Welt gekommen war? Eine Welt, die parallel zu ihrer lebte, in einem anderen Raum und doch zur selben Zeit. Eine Welt, in der alles schöner war als in der ihren und in der alles möglich war.

Sie sehnte sich mit einer solchen Heftigkeit danach zurück, dass es ihr die Sprache verschlug. Rita kam heran und begrüßte Marian höflich. Luise bemerkte, wie sie ihn unauffällig betrachtete.

»Deine Mutter sagte, ihr wart oben im Wald. Es tut mir sehr leid, was passiert ist, Fräulein Vogt.«

»Danke, Marian.« Luise beobachtete, wie Marian Rita förmlich die Hand reichte. Es sah so aus, als hätte er mit seiner Uniform auch eine neue Förmlichkeit angelegt, die ihm wahrscheinlich sogar anerzogen worden war, die sie aber nie an ihm bemerkt hatte. »Sie sprechen gut Deutsch«, sagte Rita. »Das hilft Ihnen jetzt beim Militär sicher, nicht?«

Marian warf einen Blick auf Luise und lächelte. »Das ist ihr Verdienst. Sie hat heimlich mit Feind kooperiert und ihm deutsche Bücher gegeben. In manchen war Stempel der Pfarrei.«

Luise fing Ritas Blick auf und wurde rot. Ihre Lüge, dass sie die Bücher selbst gelesen hatte, war aufgeflogen. »Nun weißt du Bescheid«, sagte sie zerknirscht zu Rita. Diese sah enttäuscht aus.

»Ich habe wirklich geglaubt, du hättest sie selbst gelesen. Aber nun verstehe ich endlich, warum du so wenig über die Entdeckung der Polargebiete wusstest.«

»Du hättest mich besser abfragen sollen.«

»Luise, es tut mir leid. Ich wollte dich nicht verraten«, sagte Marian.

»Ja, mir tut's auch leid, Rita«, sagte Luise kleinlaut. »Ich konnte doch niemandem davon erzählen.«

Rita nickte und wich ihrem Blick aus.

»Nun bin ich Dolmetscher für die Russen«, sagte Marian stolz. »Ich kann ihnen viel erklären, damit sie die Deutschen besser verstehen.«

»Ach so, erklären nennt man das?«, entfuhr es Luise. »Du brauchst kein Deutsch mehr, denn wir lernen ja alle sowieso bald Russisch.«

Seine Brauen zogen sich zusammen. Er sah fragend von einer zur anderen. »Luise meint, wir glauben – wir haben gerade noch darüber gesprochen –, dass wir hier alle unter russische Besatzung kommen werden und deshalb Russisch lernen müssen«, erklärte Rita.

Marian schüttelte heftig den Kopf. Er schien etwas sagen zu wollen, ließ es aber dann und presste seinen Mund zu einem Strich zusammen. Er sah Luise unverwandt an und sagte zu Rita: »Nun, ich kann wirklich helfen. Ist gut für Deutsche, wenn Russen sie besser verstehen. Ich habe gehört, dass Sie nun bei den Reichs wohnen, Fräulein Vogt. Holen Sie besser bald Ihre Bücher aus dem Pfarrhaus.«

Rita sah ihn fragend an, aber sie fragte nichts. Selbst in der Dämmerung war noch gut zu erkennen, wie sie erbleichte. Sie nickte nur und senkte den Kopf.

Luise starrte Marian an. War er nun zu ihren Feinden übergelaufen? Würde er ihnen alles verraten, was er über sie wusste?

»Fräulein Vogt, würden Sie uns bitte allein lassen?«, fragte er. »Ich werde dafür sorgen, dass Luise sicher zum Hof zurückkommt.«

Rita nickte. »Natürlich.« Sie wandte sich um und schritt den Feldweg zum Hof hinunter.

Luise sah ihr hinterher, wie sie hinter den Obstbäumen an der Pferdekoppel verschwand. Die Sonne war inzwischen hinter Baumerts Busch untergegangen und hatte über den Berggipfeln einen roten Schimmer hinterlassen. Die Dämmerung zeichnete weiche Schatten auf die Felder. Es roch nach Korn und dem würzigen Duft der Gräser und Wiesen.

»Sie ist klug«, bemerkte Marian. »Eine gute Freundin.«

»Ja.« Luise sah auf seine Schildmütze, mit der er so fremd aussah. Aber sie stand ihm gut.

»Ich werde euch nicht verraten«, sagte er, als hätte er ihre Gedanken gelesen. »Ich will nur … helfen. Hier wird sich vieles verändern.«

»Sicher«, versetzte Luise. Ihre Kehle war trocken. »Dann hast du eben deine Sachen geholt? Du bist doch jetzt bei ihnen, oder?«

Er nickte.

Sie schluckte gegen ihre trockene Kehle an. »Bist du freiwillig mitgegangen?«

Er nahm seine Mütze ab und drehte sie in den Händen. »Erst nicht. Nur, um Russen von Scheune – von dir – wegzulocken.

Aber dann … es ist besser so. Sie können mir helfen, meine Familie zu finden. Bei der Miliz habe ich gute Möglichkeiten …«

»Bei der Miliz?«

Marian drehte die Mütze in seinen Händen und schwieg einen Augenblick. Dann hob er den Kopf und sah ihr direkt in die Augen. »Es wird eine polnische Kommandantur hier geben. Mit einer Milizeinheit.«

Luise sog tief die trockene Luft ein. Ihr war, als hätte er ihr mit jedem Wort einen Schlag in den Magen verpasst. Sie wusste, wie sich das anfühlte, denn sie hatte sich einmal mit einem Mädchen auf dem Schulhof geprügelt. Das Mädchen hatte ihr so heftig in den Magen geboxt, dass ihr übel geworden war. Daraufhin hatte sie es niedergerungen und auf es eingehauen, bis Herr Opitz sie getrennt hatte. Nun stieg das ungute Gefühl wieder auf.

»Es werden mehr Polen kommen«, sagte Marian ernst. »Bereitet euch vor.«

Sie nickte. Der Boden schien unter ihren Füßen zu wanken. Die Linien der Berge, die sich dunkel gegen den dämmrigen Himmel abzeichneten, verschwammen. »Und du bist bei ihnen«, hörte sie sich sagen. »Du bist wieder Soldat geworden.«

»Nein, kein Soldat, Miliz«, sagte er und trat näher, doch sie wich zurück. Ob Militär oder Miliz – für sie war es dasselbe. Sie fühlte sich benommen. Alles Blut musste aus ihrem Kopf gewichen sein und sich in ihrem Magen gesammelt haben, wo es unruhig und ängstlich brodelte. Warum war er nicht mehr der stille junge Mann, der neben ihr auf dem Feld arbeitete und manchmal unvermittelt den Kopf hob und sie anlächelte? Diesen Mann gab es nicht mehr, er war zu den Feinden gegangen. Die Welt, die sie kannte, zerfiel Stück für Stück. Immer weiter.

»Ich kann nicht«, sagte sie.

»Luise, du musst verstehn! Ich ging zur Miliz, um meine Familie zu finden. Sie ist nicht mehr in Lemberg. Die Russen sind da, und ich kann nicht nach Hause zurück. In unserem Land ist alles durcheinander.«

»Ich verstehe«, murmelte Luise. »Wo … wo bist du jetzt?«
»Noch bei den Russen auf dem … großen Hof.«
»Auf dem Gutshof der von Schaffgotsch? Du bist in der russischen Kommandantur?«

Marian nickte. Er setzte sich seine Mütze wieder auf. »Der Hauptmann dort ist guter Mann.«

»Ist das der, der unsere Leute auf dem Dorfplatz erschossen hat?«

»Nein.« Marian schwieg und sah eine Weile vor sich hin. Mit der Mütze sah er wieder so fremd aus wie eben. Er streckte die Hand nach ihr aus, doch sie wich ihm aus. Ein schrecklicher Gedanke durchfuhr sie. »Es ist ein Tauschgeschäft, nicht wahr? Du meinst, die Russen helfen dir, deine Familie wiederzufinden, wenn du ihnen so viel wie möglich über uns verrätst«, stieß sie hervor.

Er ließ seine Hand sinken. Sie konnte sehen, wie er schluckte. »So ist es nicht. Sicher sind Russen froh, wenn sie viel über Dorf erfahren. Aber was kann ich ihnen schon sagen?«

»Oh, bestimmt genug. Du hast in den letzten Monaten alle unsere Gespräche mit angehört und weißt genau Bescheid.«

Marian zog seine Brauen zusammen. »Ich verrate Staatsgeheimnisse, sicher. Welcher Bauer wie viele Kühe im Stall hat. Da sind ein paar von deinen Landsleuten viel redseliger und erzählen Russen alles, was die wissen wollen.«

Luise starrte ihn an. Er musste wirklich sehr verärgert sein, wenn er so spöttisch redete. Reue stieg in ihr auf. Etwas in ihr wünschte sich, wieder von ihm in den Arm genommen zu werden und seine Nähe zu spüren. Sie musste weg, sofort. Wenn er sie jetzt berührte, würde sie nachgeben, das spürte sie. Aber sie wollte nicht nachgeben.

»Ich wünsche dir, dass du deine Familie wiederfindest, Marian.« Sie wandte sich um und schritt hastig den Feldweg zum Haus hinunter.

»Warte!« Seine Stimme klang ungewohnt tief durch die Dämmerung, beinahe angsteinflößend. Luise hielt inne und ging wieder zu ihm zurück, blieb aber in einigem Abstand vor ihm stehen.

Er stemmte die Hände in die Hüften und funkelte sie an. »Ich habe dir das Leben gerettet, hast du das vergessen, Luise?«

Sie presste ihre Lippen fest zusammen. Wenn er jetzt dafür eine Gegenleistung aus Dankbarkeit erwartete, dann wäre er bei ihr falsch. Langsam schüttelte sie den Kopf. »Danke«, stieß sie hervor.

»Hast du immer noch vor, Frau Steidler in der alten Scheune zu verstecken?«

»Nein.«

Er musterte sie weiter. Die Falten zwischen seinen Brauen verschwanden. »Es tut mir leid, Luise, aber das kann ich dir nicht glauben.« Er wandte sich um, ging durch das hohe Gras die Feldmauer entlang zu jener Stelle, wo der rötliche Stein lag, und zog den losen Stein aus der Mauer. Er nahm die Pistole heraus und steckte sie sich in den Gürtel. »Ich möchte nicht, dass du eine Dummheit begehst.«

Luises Unterlippe zitterte. »Du ... du ... entwaffnest mich? Ich soll mich nicht mehr wehren können?«

Er schob den Stein wieder in die Öffnung, wischte sich die Hände und wandte sich zu ihr um. »Ich schütze dich nur vor dir selbst.«

»Warum glaubst du mir nicht, dass ich Frau Steidler nicht mehr helfen will?«

Er schüttelte den Kopf. »Nein, es ist anders. Ich kenne dich. Waffe in deiner Hand wäre gefährlich. Du bist leichtsinnig und ... impulsiv.«

Luise presste ihre Hände zusammen, während sie spürte, wie die Wut in ihr aufstieg. »In der Scheune neulich schien dir das aber nur recht zu sein«, entgegnete sie scharf.

In seinem Gesicht zuckte es. Er kam näher, doch sie wich zurück und hob abwehrend die Hände. »Ich hätte dir die Stelle nicht zeigen dürfen«, sagte sie bitter. »Ich habe dir vertraut.«

Sie standen sich eine Weile wortlos gegenüber. Im Feld raschelte das Korn im leichten Wind. Über ihnen wölbte sich der dunkelblaue Himmel, an dem ein paar Sterne funkelten. Trotz ihrer Wut fühlte Luise das Verlangen, von ihm in den Arm genommen zu werden.

Sie kämpfte dagegen an. »Ich muss nach Hause, sie machen sich Sorgen«, sagte sie schließlich.

Marian nickte. Sie gingen zum Hof zurück. Den ganzen Weg schwiegen sie beide trotzig. Auf der Bank vorm Haus stand der alte Lederkoffer ihres verstorbenen Großvaters. »Ich habe darum gebeten.« Marian nahm ihn. »Lohn für ein Jahr und sieben Monate Arbeit.«

»Ich verstehe«, sagte Luise. Dennoch fand sie es seltsam, ihn mit dem Koffer ihres Großvaters den Hof verlassen zu sehen. Sie beobachtete, wie er an den Linden vorbei hinunter zur Dorfstraße ging und hinter dem Zaun verschwand. Nur wenig später rauschte ein russischer Jeep über die Straße ins Niederdorf.

Lindenau, den 20. Juli 1945

Liebes Tagebuch,
über uns ist die Katastrophe hereingebrochen!
Marian hatte recht. Immer mehr Polen kommen

in unser Dorf und plündern. Nichts ist vor ihnen sicher, was sie gerade wollen, das nehmen sie sich. Und wir können nichts dagegen tun. Viele Häuser im Ober- und Niederdorf hat's schon erwischt. Wir schlafen jede Nacht mit verrammelten Türen und stellen Wassereimer unter die Fenster. Aber ich glaube, das hält im Ernstfall niemanden ab. Nachts sind manchmal Schüsse zu hören. Wir leben in ständiger Angst, dass wir die Nächsten sind. Rita betet jeden Abend, Gott möge uns verschonen, und bisher sind wir auch verschont geblieben. Rita glaubt, das wäre Gott, aber ich denke, es ist einfach nur Glück. Ich bin froh, dass sie da ist, denn so können wir uns gegenseitig trösten. Das ist viel wert.

Wir haben jetzt einen polnischen Bürgermeister, der im Pfarrhaus wohnt. Wir konnten noch rechtzeitig Ritas Sachen und ein paar von ihren Büchern retten, bevor das Haus beschlagnahmt wurde. Marian ist jetzt in der polnischen Kommandantur in Lindenau, die in Weidlichs Hof untergebracht ist. Er hat dafür gesorgt, dass Papa einen in mehreren Sprachen abgefassten Schein bekommt, dass ihm die Pferde nicht genommen werden dürfen, da sie für Aufgaben des polnischen Staats zur Verfügung stehen müssen. Dafür muss Papa manchmal polnische Familien vom Bahnhof in Hermannsdorf holen und in die Dörfer fahren. Der Bolschewik hat sich gut erholt, er ist viel dicker geworden und zieht auch leidlich. Im Moment sind wir mitten in der Heuernte. Ein paar Leute aus dem Dorf helfen uns, dafür bekommen sie zu essen. Frau

Steidler wird von mir auch mit Essen versorgt, so gut es geht. Sie hat ja noch den Garten, das hilft ihr ein bisschen. Zum Glück ist der Russe weg, aber sie ist immer noch ganz niedergedrückt.

Die Arbeit hilft uns, nicht immerzu über all das Furchtbare nachzudenken, und lenkt uns ab. Und ich habe noch etwas Heimliches, das mich bangen lässt in diesen Tagen: Ich habe mich verliebt! Ich würde Dir gern mehr über ihn erzählen, liebes Tagebuch, aber Du könntest gefunden werden, und ich weiß nicht, was dann passiert. Ich darf seinen Namen nicht nennen. Außerdem weiß ich nicht, ob er mich auch liebt oder ob ich nicht schon zu viel zerstört habe.

Kapitel 24

Kurz nach der Heuernte im Juli verbreitete sich im Dorf das Gerücht, in Fichtenfeld wären alle Leute davongetrieben worden. Das Vieh hätte man nach Hermannsdorf geholt. Und morgen, hieß es, wäre Lindenau dran. Alle Deutschen im Dorf sollten sich bereithalten, weggetrieben zu werden. Frau Kühnel kam zu ihnen und weinte sich am Esstisch in der Wohnküche aus. »Die wollen unser ganzes Dorf ausplündern«, schluchzte sie.

Luises Mutter tröstete sie, so gut sie konnte, aber auch sie war erschüttert. »Wir müssen packen«, sagte sie, nachdem ihre Freundin wieder gegangen war.

Doch Luises Vater war anderer Meinung. »Wir lassen uns doch nicht wegtreiben wie eine Horde Schafe! Wir gehen in den Wald«, entschied er. »Hinten an der Königsdorfer Feldgrenze, da werden sie uns nicht finden.«

Ihre Mutter nickte. Ihr Gesicht war kaum farbiger als die helle Wand hinter ihr.

»Heute Abend beladen wir den Wagen. Packt alle das Nötigste zusammen.«

»Und was wird aus den Kühen?«, rief Helene. »Wir können doch Zierdel und Minka nicht hierlassen!«

»Ich treibe sie zur *Alten Stelle*.«

»Aber da werden sie doch gefunden«, protestierte Helene. »Dann treiben sie sie uns weg und wir haben keine Kühe mehr!«

»Wir wissen nicht, wie lange wir wegbleiben müssen«, erwiderte ihr Vater. »An der *Alten Stelle* finden die Kühe genug zu Fressen. Da wird sie schon niemand finden, Madl, das liegt weit ab von der Straße.«

»Und die Schweine?«

»Wir haben doch nur noch zwei«, erwiderte ihre Mutter. »Du weißt, dass wir die nicht rauslassen können. Sie laufen sonst in den Löschteich und ertrinken.«

Helene schob ihre Unterlippe vor. Sie sah aus, als würde sie jeden Augenblick in Tränen ausbrechen.

»Geh und pack deine Sachen«, befahl ihre Mutter. »Luise, du hilfst Manfred.«

Luise gehorchte. Manfred wollte unbedingt sein großes, sperriges Holzauto mitnehmen, was sie ihm aber nicht erlaubte. Er weinte bitterlich. »Wenn sie das mitnehmen, dann hab ich nichts mehr zum Spielen«, schluchzte er. »Ich lass auch meinen Teddy hier.«

Luise sah ihren Bruder nachdenklich an. Das Auto war sicher im Augenblick sein wichtigster Besitz. »Also gut, nimm es mit«, entschied sie. »Aber verlier es nicht.«

Er strahlte. Sorgfältig bettete er seinen Teddy auf sein Kopfkissen, wo er Wache halten sollte. »Können wir nicht Fallen aufstellen, wo sie reintreten und ihre Füße abgehackt werden?«, fragte er. »Hat der Opa nicht noch welche?«

»Nein, das dürfen wir nicht.«

»Aber warum denn nicht?«

»Weil Deutschland den Krieg verloren hat. Nun beeil dich, ich muss noch für mich selbst packen.«

Mürrisch fügte er sich ihrem Befehl. Bald war seine kleine Tasche mit dem Notwendigsten gepackt, und sie schafften es noch, das Auto mit hineinzustopfen. Luise nahm ihr Tagebuch, ihre Wäsche und Kleidung, vor allem ihr geblümtes Sommerkleid vom vorletzten Jahr, das ihre Mutter ihr kürzlich noch ein bisschen weiter gemacht hatte, und packte alles in einen großen Getreidesack, denn einen Koffer besaß sie nicht. Sie ging noch mal durchs ganze Haus und nahm Abschied. Wie würde es aussehen, wenn sie wiederkämen? Was würde sie erwarten? Sie klappte den Deckel des Klaviers hoch und spielte ein paar Töne. Ihr Vater kam herein. Er stutzte einen Augenblick, als er sie sah, und ein wehmütiger Ausdruck trat in seine Miene. »Mach zu, Madl, dafür ist's jetzt zu spät.«

Sie schloss den Deckel und schluckte ihre Tränen hinunter. Später sah sie ihren Vater im Schuppen lange beim Landauer stehen und rauchen.

Am Abend beluden sie den Kastenwagen mit ihren Sachen, Proviant, Oberbetten, Futtersäcken und den guten Pferdegeschirren und fuhren im Morgengrauen des nächsten Tages den Feldweg hinauf bis in den Wald an der Königsdorfer Feldgrenze. Ihr Vater hatte dort vor einigen Wochen einen alten Schuppen gefunden, der ihnen ein gutes Versteck bot. Falls es regnen würde, hätten sie einen Unterschlupf, und es gab einen Bach in der Nähe zum Tränken der Pferde.

Aber es wurde ein heißer, sonniger Tag. Langsam krochen die Stunden dahin. Die Frauen strickten, die Kinder spielten und begannen nach einiger Zeit, sich zu zanken, weil es ihnen langweilig wurde. Luise kauerte neben Rita unter einer mächtigen Buche und hörte, wie die Schwalben über den Himmel streiften. Ihr Vater lief immer wieder unruhig zum Waldrand hinüber und spähte über die Felder. Eigentlich hätten sie heute mit der Roggenernte beginnen wollen. Er fluchte immer wieder über den vergeudeten Tag, über die elenden Polen und rauchte viel. Am späten Nachmittag hielt er es nicht mehr aus. Er stieß sich vom Baumstamm ab, an dem er gelehnt hatte, zertrat seine

Zigarette und vergrub sie in der kühlen Walderde. »Ich geh nachsehen«, meinte er nur, setzte seine Schlägermütze auf und wandte sich zum Gehen.

»Alfred, wir wollten doch bis morgen warten!«, rief Luises Mutter. Doch er hörte nicht auf sie und lief weiter, bis er hinter den Sträuchern am Weg verschwunden war. Sie starrte noch lange auf die Zweige, die sich hinter ihm geschlossen hatten, dann schlang sie die Arme um ihre Knie und legte den Kopf darauf. Klara Gottwald ließ ihr Strickzeug sinken und legte die Hand auf die Schulter ihrer Tochter. Luise durchfuhr eine kalte Angst. Noch nie hatte sie ihre Mutter so verzweifelt gesehen. Helene ging zu ihr, legte ihr die Hand auf die andere Schulter und wurde sogleich von ihr in die Arme genommen. Auch jetzt noch, obwohl sie gegen den eigenen Drachen der Angst kämpfte, fühlte Luise Neid aufsteigen. Warum fand ihre kleine Schwester stets so mühelos den Zugang zu ihrer Mutter? Sie fand immer eine Tür, wo sie selbst oft nur gegen eine fensterlose Mauer stieß. Sie presste die Lippen fest zusammen und sah nicht hin. Manfred kam und schob seine kleine Hand in ihre, und sie umschloss sie fest.

Noch bevor es dämmerte, kehrte ihr Vater zurück. Er sah erleichtert aus. »Die Luft ist rein, wir können zurück!«, rief er schon von Weitem. »Hol die Pferde, Luise, wir spannen ein.«

Ihre Mutter erhob sich. »Wie sieht's aus? Warst du im Haus?«

»Es steht noch.« Er lachte. »Es ist alles still, sie sind weg. Ich hab lange genug gewartet.«

»Warst du *im* Haus?«, fragte Luise, die sich an den russischen Offizier in ihrer Küche erinnerte.

Ihr Vater schüttelte ungeduldig den Kopf. »Ich hab mich auf die Lauer gelegt. Wenn da noch jemand wäre, wüsste ich's.«

»Sollen wir nicht doch lieber bis morgen warten, Alfred?«, fragte ihre Mutter.

»Eine ganze Nacht im Schuppen? Lieber nicht! Wenn die Russen uns hier erwischen, sind wir dran.«

Ihre Mutter erwiderte nichts mehr.

Sie spannten die Pferde an und gingen durch den Wald zurück zum Hainberg. Als sie den Feldweg weiter herunterkamen, sahen sie ihren Hof still in der späten Nachmittagssonne liegen. Ein paar Vögel zwitscherten, sonst war nichts zu hören. Das Dorf war wie ausgestorben.

Als sie in den Hof kamen, bemerkte Luise, dass die Scheunentür halb offen stand. Ihr Gemüsegarten war zertrampelt und die reifen Kohlrabi und Salatköpfe herausgerissen worden. Ehe sie etwas sagen konnte, tauchte hinter der Hausmauer ein Mann in der braun-gelben Uniform der polnischen Miliz auf. Er hob sein Gewehr und richtete es auf Luises Vater. Ihr Vater hob die Hände.

»Bronek!«, rief der Mann zur Scheune hinüber, ohne sie aus den Augen zu lassen. »Warum nicht ihr raus aus Dorf?«, knurrte er. »Scheiß Deutsche!« Er legte an und zielte.

Luise hielt die Luft an. Sie hörte, wie Manfred zu weinen begann, zog ihn zu sich heran und drückte ihm die Hand auf den Mund. Ihre Mutter, ihre Oma und Rita standen wie versteinert.

In diesem Augenblick tauchte der zweite Milizionär aus der Scheune auf. Er musste gegen das Tageslicht blinzeln. Luise kannte ihn, er war Kriegsgefangener auf Weidlichs Hof gewesen. Auch er trug ein Gewehr. »*Piotrze, zostaw go!*«, rief er.

Es klang ruhig, aber der Mann am Gewehr regte sich nicht. Er kniff sein Auge zusammen und zielte weiter auf Luises Vater. Luise dachte, dass sich jeden Augenblick der Schuss lösen würde, der ihren Vater tötete. Sie wunderte sich über die Nüchternheit, mit der sie das feststellte. Es war ein Moment, in dem nur die Klarheit der Gedanken herrschte, bevor die Gefühle spürbar wurden.

Bronek ging zu seinem Kumpel und legte ihm die Hand auf die Schulter. »*Piotrze, zostaw go! Weźmiemy z nami do Hermannsdorf.*«

Piotr brummte etwas auf Polnisch. Endlich ließ er sein Gewehr sinken. Beide gingen zu Luises Vater, und Bronek packte ihn fest am Arm und führte ihn über den Hof, während Piotr den beiden mit dem Gewehr im Anschlag folgte. Doch auf einmal blieb Piotr stehen. Er sagte etwas zu Bronek, wandte sich um und kam zu ihnen zurück. Er hob sein Gewehr und scheuchte sie alle vom Wagen. Die Pferde wurden unruhig und spitzten die Ohren, doch er näherte sich ihnen vorsichtig. Er warf einen Blick auf den Bolschewiken, schüttelte missbilligend den Kopf und begutachtete Dorle. Ruhig sprach er auf sie ein, klopfte ihr den Hals, dann spannte er sie mit ein paar geschickten Handgriffen aus und führte sie zu Bronek und ihrem Vater. In der einen Hand hielt er das Pferd fest, in der anderen das Gewehr. Dorle, die Luises Vater erkannte und witterte, folgte ihm vertrauensvoll.

Luise hörte Fritz, den ihre Mutter am Strick führte, wiehern. Sie fühlte sich immer noch wie betäubt, aber nun fiel die Starre von ihr ab. Sie glaubte, sie würde auf eine Mauer zurasen. Sie dachte nur noch daran, dass sie die Katastrophe verhindern musste, egal wie. Sie rannte den Männern hinterher.

»Bitte nehmen Sie meinen Vater nicht mit!«, flehte sie. »Er hat doch nichts getan! Er hat nichts getan!«

Piotr fauchte sie auf Polnisch an und zuckte mit dem Gewehr, wobei er sie so verächtlich anfunkelte, dass sie augenblicklich still wurde. Sie krallte sich an den Zaunlatten fest und verfolgte, wie die beiden Milizionäre ihren Vater und Dorle über die Straße zum Niederdorf führten, bis sie hinter der Biegung verschwanden.

Sie schluchzte. Bald fühlte sie, wie sich eine Hand auf ihren Arm legte und ihn sanft drückte. Die Hand war schmal und strömte eine Kühle aus, die sie beruhigte. Sie hob den Kopf und sah Rita an. Das Mitgefühl in der Miene ihrer Freundin nahm ihr zwar nicht den Schmerz, aber es gab ihr etwas Trost. Ihre Oma legte ihr die Hand auf die Schulter. Luise bemerkte, wie die alte Frau sich verstohlen über die Augen wischte. Ihre Geschwister klebten neben ihr am Zaun und weinten.

Lange verharrten alle dort, hoffend, die Milizionäre würden es sich anders überlegen und ihren Vater doch wieder freilassen oder ein anderes Wunder könnte ihn zurückbringen. Nach einiger Zeit begriffen sie, dass es zwecklos war, und gingen zurück zum Wagen. Luises Mutter hatte sich nicht vom Fleck gerührt. Sie wartete am Wagen, leichenblass, und hielt den Strick von Fritz fest umklammert.

Nachdem sie sich etwas beruhigt hatten, gingen sie über den Hof und sahen, was die Plünderer angerichtet hatten. Ihre letzten Schweine waren verschwunden. Eine Blutspur, die von ihrem Stall in der Scheune hinausführte, zeigte, dass die Tiere erschossen und weggeschleift worden waren. Aber die Kühe hatten sie nicht gefunden, und alle Wagen standen noch im Schuppen. Dafür sah es im Wohnhaus verheerend aus. Die Haustür war aufgebrochen worden. In der Küche und in der Stube hatten die Plünderer das Geschirr und die Gläser aus den Schränken gerissen und zertrümmert. Das gute Besteck mit den Horngriffen fehlte, ebenso die Pendeluhr. Die Bilder ihrer verstorbenen Großeltern und des Onkels waren auf den Boden geworfen und zertreten worden. In ihren Schlafzimmern klafften leere Kleiderschränke, und manche Türen hingen nur noch lose in den Angeln. Der Sekretär von Luises Mutter war durchwühlt und die Sachen auf den Boden geworfen worden. Der Spiegel war zersprungen und hatte sich in tausend Scherben über den Fußboden verteilt. Jemand hatte in eine Ecke des Zimmers uriniert, und man hatte Manfreds Teddy aufgeschlitzt und sein Stroh herausgerissen. Offenbar hatten die Plünderer hauptsächlich nach Wertsachen gesucht. Manfred drückte weinend seinen zerstörten Teddy an die Brust. Alle weinten, nur Luises Mutter vergoss seltsamerweise keine Träne. Sie ging mit bleichen Lippen umher, tröstete die Kinder und bat die Großmutter, ihnen etwas zu kochen. Sie holten ihre Sachen vom Wagen und brachten sie ins Haus, und Luises Mutter kümmerte sich um die Pferde und führte sie in den Stall. Lange blieb sie dort, und als sie wiederkam, hatte sie rot geränderte Augen.

»Gott sei Dank haben sie die Sparbücher nicht gefunden«, sagte sie, als sie sich an den Tisch setzte. »Morgen gehen wir zur Kommandantur und fragen nach dem Papa.«

»Ich komme mit«, sagte Luise sofort.

Ihre Mutter nickte.

»Frau Reich, darf ich … heute das Tischgebet sprechen?«, bat Rita.

»Manfred wäre eigentlich an der Reihe. Wenn er damit einverstanden ist?«

Sie sah ihren Sohn fragend an. Er starrte traurig auf seinen Teller und nickte.

Alle falteten die Hände. Luise spürte Widerwillen aufsteigen, denn sie ahnte, dass Rita nicht das übliche »Komm, Herr Jesus, sei unser Gast und segne, was du uns bescheret hast« beten würde, wie sie es immer taten, sondern fürchtete ein langes, peinliches Gebet, das niemand hören wollte. Sie mochte es nicht besonders, wenn Rita ihre frommen Anwandlungen bekam.

»Lieber Gott, die Zeiten sind schlimm, und wir mussten Schlimmes erdulden, aber du hilfst uns auch. Wir wissen, dass du uns beschützt. Wir haben noch zu essen, wir haben noch unser Leben. Bitte halte deine Hand über uns und besonders über Herrn Reich und beschütze ihn und uns alle, wie du es bisher getan hast, Amen.«

Alle begannen zu essen. Luise atmete erleichtert auf. Das waren schlichte Worte, die auch die Kinder verstanden. Sie zwang sich, wenigstens etwas zu essen, aber sie brachte wie alle anderen nur wenig herunter. Sie konnte nicht aufhören, an ihren Vater zu denken.

Der Rest des Abends verging in bedrückter, angsterfüllter Stille.

Sie kauerten sich in die Betten und lauschten auf jedes Geräusch. Aber sie hörte nur das Rauschen des Windes in den Bäumen.

* * *

Als sie sich früh am nächsten Morgen zur polnischen Kommandantur aufmachten, sahen sie auch, warum es in ihrem Dorf so ruhig war: Offenbar waren alle Bewohner und das Vieh verschwunden. Nirgendwo bellte ein Hund. Nur hin und wieder war ein Gesicht hinter einem Fenster zu sehen, für einen Augenblick, ehe es wieder verschwand. Haustüren standen offen, Hühner liefen herrenlos herum. Gemüsegärten waren zertrampelt und geplündert worden. Obwohl es ein warmer Tag war und sie wie üblich ihr Kleid und ein Kopftuch trug, fror Luise. Die Angst vor neuen Plünderungen und die Sorge um ihren Vater hatte sie die ganze Nacht nur schlecht schlafen lassen. Ihrer Mutter musste es genauso ergangen sein. Ihr Gesicht verschwand fast unter dem Kopftuch. Luise sah von der Seite nur ihre Nase, die klassisch schön und gerade darunter hervorstach.

Aus dem Fenster des Pfarrhauses, in dem der neue Bürgermeister residierte, hing die rot-weiße polnische Fahne an einer Stange über der Tür.

Am Dorfplatz sahen sie schon von Weitem die beiden langen rot-weißen Fahnen, die den Eingang von Weidlichs Hof flankierten. Der Hof war fast der größte Bauernhof in Lindenau und besaß als einziger ein Torhaus, hinter dem sich die weiteren Gebäude befanden. Der Wachhabende erhob sich widerwillig von seinem Posten und vertrat ihnen den Weg. Er fragte sie etwas auf Polnisch.

»Wir möchten zu Marian«, sagte Luises Mutter.

Er sah sie verständnislos an. Er war ein junger Mann mit einem breiten, gutmütigen Gesicht, das Luise etwas von ihrer Angst nahm. Aber auch er hatte ein Gewehr geschultert.

»Marian Nowak«, sagte sie hastig.

Der Pole nickte kurz. Er deutete auf ihre Mutter. »Name?«

»Johanna Reich, und das ist meine Tochter Luise.«

Er nickte wieder, schien zu überlegen. Endlich rang er sich zu einer Entscheidung durch und winkte sie heran. Sie folgten ihm über den Hof, der ausgestorben in der Sonne lag. Nur ein paar Spatzen balgten sich um Getreidekörner. Luise war zwei- oder dreimal hier gewesen, als ihre Mädelschaftsgruppe sich bei Erika Weidlich getroffen hatte. Wie lang war es her, dass sie hier unbekümmerte Stunden verbracht hatten! Dabei hätten sie damals allen Grund gehabt, bekümmert zu sein.

Luise sah durch das offene Tor des Gerätehauses ein paar Jeeps neben den Erntewagen stehen. Sie hatten Reifenspuren auf dem lehmigen Hof hinterlassen. Auf der Seite gegenüber lag die große Scheune, gleich daneben das mächtige Wohnhaus mit den Stallungen. Aus der geöffneten Stalltür drang leises Pferdeschnauben. *1803* prangte in großen Lettern über der Eingangstür, wo der junge Wachhabende sie an einen anderen Milizionär übergab. Der hatte ein pockennarbiges Gesicht und starrte sie düster an. Widerwillig führte er sie über die knarrende Treppe ins obere Stockwerk, das die Polen für die Kommandantur beschlagnahmt hatten. Sie nutzten die ehemaligen Schlafräume der Familie und des Gesindes nun offenbar für ihre Büros. Der Pockennarbige brummte etwas auf Polnisch und verschwand hinter einer der Türen. Luise fragte sich, wo Erika wohl übernachten würde. Waren sie, ihre Geschwister und ihre Mutter überhaupt noch hier oder fortgetrieben worden wie alle anderen? Würde man sie auch vertreiben? Sie fühlte, wie ihre Knie weich wurden, und sie musste sich gegen eine Wand lehnen.

Ihre Mutter rieb ihr den Arm. »Was ist los? Komm, Luise, reiß dich zusammen, mach jetzt nicht schlapp! Denk an den Papa!«

Luise nickte und rang nach Luft. In dem dämmrigen Flur roch es nach abgestandenem Zigarettenrauch. Auf einmal öffnete sich eine Tür, und zwei hübsch zurechtgemachte Polinnen in luftigen Sommerkleidern kamen heraus. Sie kicherten und flüsterten, während sie über die knarrenden Dielenbretter schritten. Kurz vor ihnen machten sie Halt, bedachten sie mit verächtlichen Blicken und gingen dann weiter.

Luises Mutter sah ihnen nach und seufzte. »Ob wir uns daran gewöhnen müssen? Woher kennst du Marians Nachnamen?«

»Er hat ihn mir gesagt.«

»Hätte ich mir auch denken können.« Ihre Mutter musterte sie eine Weile schweigend. »Aber es ist gut, dass du ihn kennst«, setzte sie leise hinzu.

Für ihre Mutter bedeutete das ein großes Lob. Man hätte es sogar fast für eine Entschuldigung halten können. Bereute sie jetzt etwa, dass sie noch vor Monaten damit gedroht hatte, Marian zurück ins Arbeitslager schicken zu lassen, wenn Luise sich mit ihm abgäbe? Ihre Mutter wäre nie darauf gekommen, Marian nach seinem Familiennamen zu fragen, überhaupt zu fragen, wie es seiner Familie ginge. Für sie war er immer nur der Pole gewesen, ein Helfer, dessen Arbeitskraft man nahm und gebrauchte wie die der Zugpferde.

»Ja, nicht? Wie gut, dass ich mit ihm gesprochen habe, Mama«, sagte Luise mit scharfer Stimme.

Ihre Mutter verschränkte die Arme vor ihrem geblümten Wickelkleid und sah weg. In diesem Augenblick sprang eine andere Tür auf, und der pockennarbige Pole kam wieder heraus. Er fixierte sie noch einmal von oben bis unten, ehe er sie hastig heranwinkte.

Sie beeilten sich. Luise schien es, als wollte er ihnen wie eine Krähe in die Schultern hacken, als sie an ihm vorbeigingen. Sie betraten ein helles Zimmer mit Parkettfußboden. Ein glatzköpfiger älterer Mann in der Uniform der Milizionäre saß an einem wuchtigen Schreibtisch. Neben ihm stand Marian. Das große Fenster war weit geöffnet, und frische, nach Wiesen und Feldern riechende Luft drang herein.

»Guten Tag, Frau Reich«, begrüßte sie Marian freundlich. »Luise.«

Er nickte ihr kurz zu. Er sah blass und übernächtigt aus, seine dunklen Haare lagen kurz an seinem Kopf. Wie der Mann am Schreibtisch trug er keine Uniformjacke, sondern nur ein Hemd in derselben Farbe der Uniform.

»Guten Morgen«, sagte Luise aufgeregt. Sie presste ihre zitternden Hände zusammen.

Der ältere Mann musterte sie von oben bis unten. Er hatte kalte blaue Augen. »*Czego chcą te dwie niemieckie baby tym wczesnym rankiem?*«, fragte er. »*Dlaczego w ogóle tu są?*«

»Der Herr Kommandant fragt, was Sie wollen«, sagte Marian zu Luises Mutter.

»Marian, sie haben meinen Mann verhaftet! Sie haben das ganze Haus geplündert und unsere Dorle mitgenommen!«

Marian sah einen Augenblick bestürzt aus. Dann fing er sich wieder und setzte eine ausdruckslose Miene auf. »Wann?«, fragte er nur.

»Gestern. Es waren zwei Milizionäre, ein Piotr und ein Bronek. Sie haben wohl auf uns gewartet, gestern Abend, als wir vom Feld zurückkamen. Dann haben sie meinen Mann mitgenommen.«

»Warum sind Sie nicht im Dorf geblieben?«, fragte Marian. »Sie sollten doch alle … abgeholt werden.«

Luises Mutter schwieg lange. Dann sagte sie: »Mein Mann wollte es nicht.«

»Sie haben sich versteckt?«

Sie nickte und sah auf den Dielenboden hinunter.

Der Kommandant fragte etwas auf Polnisch, und Marian antwortete ihm. Es gab einen längeren Wortwechsel, den Luise mit klopfendem Herzen mit anhörte.

Der Kommandant nickte und sagte mehrfach »Tak, Tak«, wobei er ihre Mutter immer wieder ansah. Schließlich schüttelte er den Kopf, woraufhin Marian ihm noch etwas sagte. Der Kommandant lehnte sich zurück und klopfte mit den Fingern auf die Stuhllehne. »*Więc dobrze, uwolnij go*«, sagte er, wandte sich wieder seinen Papieren zu und winkte den Frauen zu gehen. Luise suchte in Marians Miene abzulesen, was er wohl gesagt hatte, doch diese war ausdruckslos.

Enttäuscht verließen sie das Büro. Der Pockennarbige brachte sie über den Hof bis zum Torhaus. Als er weg war, hielt Luises Mutter inne, lehnte sich an eine Wand und atmete tief. Ihr Gesicht war weiß. »Mama!«, rief Luise.

Ihre Mutter rang nach Luft. Ihre Miene verzerrte sich, und Tränen liefen ihr die Wangen hinunter. Sie schlug sich die Hände vors Gesicht.

Luise ging zu ihr und nahm sie in den Arm. »Mama, nicht weinen, es wird schon wieder gut.« Sie gab dem Wachhabenden, der herangekommen war, ein abwehrendes Zeichen, woraufhin er wieder wegging und sich auf seinen Hocker im Schatten des Torhauses setzte.

»Was ist denn jetzt nur?«, schluchzte ihre Mutter. »Lassen sie ihn frei? Was machen wir denn nur ohne ihn und Dorle? Wir brauchen doch zwei Pferde für den Wagen! Und der Fritz muss seine Mutter wiederhaben!«

Luise schluckte gegen die Trockenheit in ihrer Kehle an. Auch ihr war zum Heulen zumute.

»Wenn wir doch nur etwas verstanden hätten«, weinte ihre Mutter. »Dass es so weit kommen musste!« Sie richtete sich wieder auf und wühlte in ihrer Kitteltasche, zog ein Taschentuch heraus und putzte sich die Nase. »Wir hätten uns wegtreiben lassen sollen wie alle anderen, dann wäre der Papa noch da!«

Luise versuchte, einen klaren Gedanken zu fassen. Warum hatte Marian ihnen nicht wenigstens ein kleines Zeichen gegeben, ob sie Erfolg gehabt hatten oder nicht? Vielleicht war er ihr noch böse wegen ihres Streits neulich. Mit ihrer Wut hatte sie wieder einmal alles verdorben. Nun wollte er sicher nichts mehr von ihr wissen.

Sie fühlte Tränen aufsteigen, aber sie schluckte sie hinunter. Sie musste stark sein für ihre Mutter. Sie nahm sie am Arm. »Komm, wir gehen nach Haus.«

Ihre Mutter nickte. Luise hakte sie unter und führte sie über den ausgestorbenen Dorfplatz. Moors Bäckerei, vor der die Russen vor nicht einmal zwei Monaten die Männer erschossen hatten, lag ein Stück weit hinter ihnen. In der uralten Linde vor dem Gerichtskretscham zwitscherten die Vögel. Sie waren kaum dort, als sie Schritte hörten. »Frau Reich, warten Sie!«

Sie wandten sich um. Marian eilte ihnen entgegen. An der Linde blieb er rasch atmend vor ihnen stehen und musterte sie besorgt. Seine Miene wurde ernst, als er ihre Mutter ansah. Er nahm sie am anderen Arm und führte sie in den Schatten des

Baumes. »Es tut mir leid, ich konnte Ihnen nichts sagen, der Kommandant ist sehr … aufmerksam und streng. Aber ich konnte ihn … überzeugen, dass Sie gute Leute sind und Pferd und Papa brauchen.«

Luises Mutter starrte ihn an. »Heißt das, mein Mann kommt wieder frei?«

Er nickte.

Sie schluchzte erleichtert auf und wischte sich mit dem Taschentuch die Augen trocken. Luise strahlte, sie drückte ihrer Mutter den Arm. Sie hatte sich geirrt, was Marian betraf. Er war immer noch derselbe, obwohl er jetzt diese Uniform trug. Er war ein Freund der Familie, und ihr Streit neulich hatte daran nichts geändert.

»Danke«, sagte ihre Mutter leise.

»Wenn Papa wieder da, kann er sich Dorle in Kommandantur holen«, erklärte Marian. »Ihr habt Glück, sie ist noch da. Tut mir leid, was passiert ist.«

»Nein, wir hätten nicht in den Wald gehen sollen«, gestand ihre Mutter. »Es wäre besser gewesen, wir hätten uns auch wegtreiben lassen.«

Marian schüttelte heftig den Kopf. »Nein, nein, es gab Ausnahmen«, entgegnete er. »Wer Schein hatte, durfte bleiben. Ich hätte Ihnen einen besorgen können, aber ich war bei Russen in Hermannsdorf und bin erst seit gestern wieder hier. Ich wusste nicht, was sie vorhatten, sonst hätte ich Sie gewarnt.«

»Mach dir keine Vorwürfe, du hast uns sehr geholfen«, sagte sie. »Das vergesse ich dir nicht, Marian.«

Sein fein geschwungener Mund zog sich etwas nach oben. Luise, die inzwischen jede seiner Regungen gut kannte, begriff, dass sein Lächeln nicht von Herzen kam. Er mochte ihre Mutter nicht. Er hatte alles wegen Luise getan und wegen ihres Vaters. Obwohl sie ihn verstand und seine Gründe nachvollziehen konnte, verschattete das etwas ihre Freude, und ihre Mutter tat ihr leid.

»Haben die Plünderer viel genommen?«, wollte er wissen.

Ihre Mutter schüttelte den Kopf. »Sachen kann man ersetzen, Menschen nicht.«

»Stimmt.« Marian sah wieder auf Luise. Sie spürte, wie ihr Gesicht heiß wurde.

Er zog ein zusammengerolltes Schriftstück aus seiner Uniformhose und gab es ihrer Mutter. »Hier, das ist Schutzschein wie bei Pferd. Heißt, Ihr Haus ist landwirtschaftlicher Betrieb, für polnischen Staat wichtig. Hoffe, es hält Plünderer ab.«

Sie entrollte es und betrachtete lange die russischen und polnischen Schriftzeichen, als könnte sie sie lesen. »Danke«, sagte sie rasch und rollte das Papier wieder zusammen.

»Was ist mit den Leuten aus Lindenau?«, fragte Luise bang. »Sie kommen doch wieder, oder?«

Er nickte, aber er sah ernst aus. »Macht am besten alles, was man euch sagt«, mahnte er leise. »Ich muss jetzt wieder zurück.«

Er verabschiedete sich von ihnen, indem er jeder die Hand gab. Luises Hand hielt er etwas länger fest als nötig. In seinem Blick lag nun offene Sorge und eine Frage. Mit Mühe widerstand sie dem Drang, sich in seine Arme zu werfen. Stattdessen lächelte sie nur.

Er lächelte zurück und ließ etwas in ihre Hand gleiten. Überrascht fühlte sie ein zu einem winzigen Paket zusammengefaltetes Papier. Sie sah ihn fragend an, doch er nickte nur.

Dann wandte er sich um und eilte mit großen Schritten zurück zur Kommandantur. »Komm uns mal wieder besuchen«, rief ihre Mutter ihm noch hinterher, doch er sah sich nicht mehr um.

Luise fühlte sich von schweren Lasten befreit, als sie mit ihrer Mutter zum Oberdorf zurückging. Sie fühlte sich sogar leicht und beschwingt, obwohl alles noch genauso wie vorher aussah und sie ein leeres Dorf durchschritten, dessen Bewohner fortgetrieben worden waren, damit die Plünderer freie Hand hatten. Sie dachte nicht mehr daran, dass in ihrem Haus alles in Scherben lag und die Kleiderschranktüren lose in den Angeln hingen. Sie fühlte das Papier in ihrer Hand und dachte an Marian.

Zu Hause lief sie in den Stall und entfaltete es. »*Ich schreibe dir und lege Zettel hinter losen Stein in Feldmauer*«, hatte er in einer etwas ungelenken Männerhandschrift geschrieben.

Luise lachte leise. »*Ich schreibe dir …*« Sie las den Satz immer wieder. Die Buchstaben tanzten vor ihren Augen und verschwammen. Sie presste den Zettel an die Brust und glättete ihn sorgfältig. Schließlich faltete sie ihn wieder und versteckte ihn an einer geheimen Stelle an ihrem Körper. So konnte sie ihn immer fühlen und wissen, dass er bei ihr war.

Kapitel 25

Noch am selben Tag wurde ihr Vater freigelassen. Er kam nach Hause, als sie gerade aufräumten, und ließ sich erschöpft und hungrig auf die Bank vor der Tür sinken. Luises Mutter brachte ihm Essigwasser. Er hatte ein blaues, blutunterlaufenes Auge. Er sei in Hermannsdorf im Gefängnis gewesen, erzählte er, mit mehreren in einer Zelle, und da habe ein Betrunkener ihn geschlagen. Still hörte er sich an, was die Plünderer angerichtet hatten, schüttelte den Kopf und rauchte noch einen seiner angefangenen Zigarrenstummel aus dem Versteck, das die Plünderer nicht gefunden hatten. Nachdem er gegessen hatte, holte er Dorle aus der Kommandantur zurück. Alle freuten sich, dass sie wieder da war, vor allem Fritz. Den Rest des Tages verbrachte er damit, die Türschlösser zu reparieren und sich um die Pferde zu kümmern.

Luise dachte, dass ihre Mutter recht gehabt hatte: Dinge konnten repariert werden, aber wenn ihr Vater weggeblieben wäre, hätten sie nicht mehr gewusst, was sie machen sollten. Erst jetzt begriff sie wirklich, was Fanny, Erika, die Schindlerstöchter und alle anderen Kinder aus dem Dorf, die ihre Väter im Krieg verloren hatten, durchmachen mussten, und es tat ihr leid, sich mit den Mädchen gestritten zu haben. Ihre Zankereien erschienen ihr jetzt, im Angesicht wirklicher Bedrohung, geradezu lächerlich und kleinlich, ja, sie wünschte sich von Herzen diese Zeiten zurück. Sie hatte damals nicht gewusst, wie gut sie es hatte – jeden Abend ohne Angst einschlafen zu können in der Gewissheit, dass sie eine friedliche Nacht und einen friedlichen Tag vor sich haben würde. Nun lag sie abends lange wach vor Angst und schreckte nachts bei jedem Geräusch hoch. Tagelang lag eine beängstigende Stille über dem Dorf, die nur manchmal von dem unheimlichen Lärm der Plünderer unterbrochen wurde.

Die Reichs wagten sich nicht weit vom Haus weg. Luise brachte mit ihrer Mutter, Rita und Helene den Gemüsegarten in Ordnung, dann ernteten sie Kartoffeln. Frau Kühnel half ihnen, aber sie kamen nicht gut voran, denn sie hätten noch mehr Erntehelfer gebraucht. Jedes Mal, wenn sie hörten, wie ein Wagen unten auf der Dorfstraße hielt, versteckten sie sich im Haus.

Luise lief jeden Abend zur Feldmauer. Nach einigen Tagen endlich, nachdem die Dorfbewohner wieder zurückgekehrt waren und das Fehlen ihres Viehs und ihre verwüsteten Häuser beklagten, sah sie etwas in der kleinen dunklen Höhle der Mauer: die Blechdose ihres Vaters für seine Zigaretten, die er Marian geschenkt hatte. Sie riss sie auf. Ein zusammengefalteter Zettel lag dort, daneben eine gepresste Kornblume.

»*Am Samstagabend ist Feier in Kommandantur. Bitte komm!*«

Luise nahm die Kornblume und atmete tief ihren Geruch ein. Sie würde ihr geblümtes Sommerkleid tragen. Sie würde baden. Sie würde sich endlich einen Pony schneiden lassen.

Sie legte Zettel und Blume in die Dose zurück und ließ sie in ihre Kitteltasche gleiten. Dann ging sie zum Hof zurück.

* * *

»Ich komme mit«, bestimmte Rita, als sie sich am Samstagabend nach dem Essen in ihr Zimmer zurückgezogen hatten. »Du kannst unmöglich allein gehen. Ich bringe dich zur Kommandantur.« Sie ließ die Schere sinken, mit der sie gerade Luises Haare schneiden wollte, und sah Luise eindringlich an.

Luise fing den besorgten Blick ihrer Freundin durch den Vorhang ihrer langen Haare auf und seufzte in sich hinein. Sie hätte sie nicht einweihen sollen. Jeden Abend, nachdem sie Rita verraten hatte, dass sie zu einem Fest in der polnischen Kommandantur gehen wollte und Marian auch dort wäre, hatte sie sich Ermahnungen und Bedenken anhören müssen. »Wenn du mich bringst, wirst du den Rückweg allein gehen müssen«, entgegnete sie. »Das ist doch völlig sinnlos. Ich pass schon auf mich auf, ich kenn mich doch hier aus. Außerdem musst du hierbleiben, falls meine Eltern fragen sollten, wo ich bin.«

Rita seufzte. »Sie werden mich rauswerfen, wenn sie das erfahren. Und wenn etwas passieren sollte … denk an die Russen, Luise.«

»Die werden doch immer weniger hier, die meisten sind schon in Hermannsdorf. Meine Eltern werden nichts erfahren, und wenn, dann sorge ich dafür, dass sie dich nicht rauswerfen.«

Rita seufzte wieder. Ihr von der Feldarbeit sonnengebräuntes Gesicht sah ängstlich aus. Ihre Hand zitterte leicht, als sie die Schere hob und begann, Luise den Pony zu schneiden. Sie hatte Luise davon überzeugt, dass sie mindestens ebenso gut Haare schneiden könnte wie eine Frisörin. Sie habe Emma immer die Haare geschnitten, hatte sie gesagt, und Luise hatte sich daran erinnert, dass die eigentlich immer gut ausgesehen hatte. Trotzdem erschrak sie ein wenig, als sie ihre Haare auf den Boden fallen sah.

»Marian wird dich doch zurückbringen?«, fragte Rita ungefähr das zehnte Mal.

»Natürlich wird er das. Ich werfe einen Stein ans Fenster.«

Rita nickte und kämmte den Pony, dann prüfte sie, ob er auch richtig geschnitten war. »Hast du dir überlegt, ob du auch wirklich dorthin willst? Ich meine, er ist ein Pole, und …«

»Ich hab's mir gut überlegt«, sagte Luise schnell. »Ich kenne ihn doch, und ich kann ihm vertrauen. Er ist ein guter Mensch.«

»Ja, ich weiß«, sagte Rita. »Ich verdanke ihm, dass ich meine Sachen noch rechtzeitig aus meinem Elternhaus holen konnte. Ihr … mögt euch sehr, nicht wahr?«

»Wie meinst du das?«

»Na ja, du weißt schon.«

»Nein, weiß ich nicht.«

»Ach komm schon! Du hast ihm deutsche Bücher geliehen. Ich habe euch neulich zusammen auf dem Feld gesehen, und ich habe Augen im Kopf«, sagte Rita.

Luise stutzte. War es so offensichtlich, dass Marian und sie sich mochten? Dann hätten es auch ihre Eltern längst gemerkt. Den Gedanken fand sie bestürzend, doch sie war viel zu aufgeregt, um ihn noch weiter zu verfolgen. »Wir sind kein Paar«, meinte sie nur und schloss die Augen, als Rita ihren Schnitt noch einmal korrigierte. Die Schere fühlte sich kühl an ihrer Stirn an.

»Wie auch immer, ich denke, du weißt, was du tust«, hörte sie Rita sagen. »Ich bete, dass du nichts Unbedachtes anstellst.«

Luise presste die Lippen zusammen. Rita und ihre Beterei! Sie hätte ihr gern gesagt, dass es niemanden im Dorf gäbe, bei dem sie sich sicherer fühlte als bei Marian und dass er sie in der *Alten Stelle* vor den russischen Soldaten gerettet hätte, aber das wollte sie nicht. Sie wollte ihre Freundin, die so viel für sie riskierte, nicht durch eine scharfe Bemerkung verärgern. Also nahm sie sich zusammen.

»Ich werde nichts Unbedachtes tun«, versicherte sie. »Ich geh die Feldwege entlang. Außerdem sind doch hier kaum noch Russen.«

»Aber die Polen sind hier, und für die sind wir doch Freiwild«, entgegnete Rita.

Luise seufzte in sich hinein. »Ich nehm nichts Wertvolles mit«, versprach sie.

Rita nickte und flocht ihr schweigend die Haare im Nacken zu einem langen Zopf. Sie hatte wohl begriffen, dass alle Warnungen zwecklos waren und Luise sich nicht von ihrem Vorhaben abhalten lassen würde. Schließlich schlug sie den Zopf um und befestigte ihn im Nacken mit einer Spange. »Fertig«, sagte sie und begutachtete stolz ihr Werk. Sie hielt Luise den kleinen Handspiegel ihrer Oma vor, den die Plünderer nicht gefunden hatten.

Luise betrachtete ihr Gesicht, das ihr wegen der neuen Frisur nun fremd erschien. Alles Weiche, Kindliche war daraus verschwunden und es hatte sich in das Gesicht einer jungen Frau verwandelt. Ihre grauen Augen leuchteten aus dem braun gebrannten Gesicht hervor. Ihr Mund schwang sich in klaren Linien freundlich nach oben. Der dunkelbraune Pony kräuselte sich locker am sanften Bogen ihrer Brauen vorbei bis tief hinunter zur Schläfe, wie sie es gewollt hatte. Sie zupfte ein wenig daran, sodass er noch länger wurde. Das war gut, denn so würde sie ihn in Wellen legen oder wieder aus der Stirn tragen können, ganz wie es ihr beliebte. Sie lächelte.

»Zufrieden?«, fragte Rita.

Luise nickte. »Ich sollte mein Kopftuch wieder aufziehen, bis ich da bin.«

»Ja, das solltest du«, sagte Rita seufzend und begann, die Sachen wegzuräumen. »Ich werde erst schlafen können, wenn du wieder hier bist.«

»Nein, es ist besser, du schläfst«, sagte Luise und zog sich ihre Strickjacke über. »Mach dir keine Sorgen und warte nicht auf mich.«

»Das sagst du so einfach.«

»Ich pass schon auf mich auf.«

Rita seufzte wieder und schüttelte den Kopf. Aber dann rang sie sich zu einem Lächeln durch und wünschte Luise einen schönen Abend.

Wenig später schlich sich Luise vorsichtig nach unten. Sie verließ das Haus durch die Hintertür, die Rita danach wieder abschließen würde, und schlich sich am Stall und der Pferdekoppel vorbei auf den Feldweg. Sie nahm die Feldwege an den Berghängen entlang, weil sie sich dort sicherer glaubte als auf der Straße. Kurz vor dem Dorfplatz stieß ihr Weg auf die Straße. Schon von Weitem sah sie die Lampe am Torhaus von Weidlichs Hof brennen, daneben schimmerte das Weiß-Rot der polnischen Fahne. Lärm drang vom Hof herüber und verbreitete sich in der stillen Abendluft – ein unentwegtes Stimmengewirr, das von Musik aus einem Koffergrammophon untermalt wurde. In die polnischen Sprachfetzen mischten sich Gläserklirren und Frauenlachen.

Luise hielt inne. Auf einmal stiegen Zweifel und Widerwillen in ihr auf. Was sollte sie nur auf einem polnischen Fest? Die Polen waren hierhergekommen, hatten ihr Dorf besetzt, es ausgeplündert und demütigten die Deutschen, wo sie nur konnten. Sie hatten etwas besetzt, für das sie nicht gekämpft hatten, das ihnen nur mithilfe der Roten Armee in den Schoß gefallen war. *Ihre* Heimat. Und nun spielten sie sich hier als neue Herren auf.

Luise zog sich unter die alte Dorflinde zurück. Sollte sie wirklich auf das Fest gehen und mit ihren Feinden feiern? War es nicht unanständig, sich mit ihnen abzugeben, nachdem so viele Männer ihren letzten Blutstropfen für Deutschland vergossen hatten? Sie wäre es den Gefallenen und Vermissten im Dorf – vor allem Fannys Vater, Herrn Steidler und Wolfgang – schuldig, umzukehren und nach Hause zu gehen.

Wiederum würde keiner der Gefallenen wieder auferstehen, wenn sie jetzt nach Hause ginge. Und selbst Rita hatte nichts dergleichen eingewandt, sie hatte sich nur Sorgen um sie gemacht.

Luise seufzte tief. Wie könnte man mit Feinden feiern? Jeder würde sich nach ihr umsehen, sie mit verächtlichen Blicken anstarren und ihr heimlich den Tod wünschen. Der pockennarbige Wachmann würde ihr unauffällig nachstellen, sie festnehmen und in einen dunklen Keller sperren, wo er … nein!

Ein kühler Windhauch raschelte in den Blättern der Linde und ließ Luise frösteln. Sie zog sich die Strickjacke enger und verschränkte die Arme vor der Brust. Mit welcher Selbstverständlichkeit war sie früher zu ihren Dorffeiern gegangen! Immer gemeinsam mit Inge hinunter ins Niederdorf, wo sie dann die anderen getroffen hatten. Wolfgang war da gewesen, sein Freund Werner. Sie war zu Freunden gegangen. Wie sehr hatte sich alles seitdem verändert! Luise legte die Hand an den Baumstamm und sah hinauf in das dunkle Blätterdach. Nun musste sie zu den Feinden gehen, allein. Aber nein, dachte sie, Marian wäre dort. Er würde auf sie warten. Ihm zuliebe würde sie auf das Fest gehen.

Sie fuhr mit der Hand über den rauen Stamm und atmete tief. Dann straffte sie sich, strich sich das Kleid glatt, hob den Kopf. Sie würde gehen und standhalten, was immer auch dadrinnen passieren würde. Sie trat unter dem Baum hervor und ging zur Kommandantur. Am Torhaus hielt wieder der junge Mann mit dem gutmütigen Gesicht Wache. Zu ihrem Erstaunen musterte er sie nur kurz und ließ sie dann durch. Auf dem Hof vor dem geöffneten Scheunentor ballten sich Menschen um Tische und zusammengesuchte Garten- und Küchenstühle. Ein paar Frauen waren da, wohl ehemalige Kriegsgefangene und Helferinnen bei der Miliz. Sie trugen luftige Sommerkleider. Auf den Tischen brannten Petroleumlampen. Aus dem Scheunentor ragte ein Erntewagen mit heruntergelassener

Klappe, auf seiner Ladefläche saßen mehrere junge Milizionäre und tranken Flaschenbier. Einer legte eine neue Platte auf das Grammophon und rief etwas auf Polnisch, woraufhin einige zu klatschen und zu tanzen begannen.

Als Luise die vielen Polen sah, sank ihr der Mut und sie blieb in der Tordurchfahrt stehen. Wo war Marian? Mit Mühe unterdrückte sie den Wunsch, kehrtzumachen und wieder wegzulaufen, und zwang sich zu beobachten. Nicht nur Milizionäre, sondern auch Zivilisten waren unter den Gästen, sogar einige Deutsche erkannte sie. Der Gastwirt der *Krone* überragte mit seiner hohen Gestalt die meisten. Sie fragte sich, was er hier machte. Da löste sich jemand aus der Menschentraube an einem der Tische und kam auf sie zu. Marian.

In der einen Hand hielt er eine Bierflasche. Leichtfüßig schritt er über den Rasen und lächelte. Sie lächelte erleichtert zurück. Eine Weile blieb er vor ihr stehen und musterte sie mit kaum verhohlener Überraschung.

Sie zupfte an ihrem Pony. »Gefällt es dir?«

»Es gefällt mir … sehr«, sagte er und nahm einen großen Schluck, ohne Luise aus den Augen zu lassen. Es war deutsches Bier.

»Rita ist begabt. Sie kann auch Haare schneiden.«

»Das hat sie gut gemacht.« Er nickte anerkennend. »Endlich bist du da.«

»Ja, es hat ein wenig gedauert. Erst die Haare, und dann musste ich noch etwas warten wegen meiner Eltern. Sie wissen nicht, dass ich hier bin.«

Er schluckte und nickte. Dann nahm er ihre Hand. »Komm, ich führe dich herum. Keine Angst.«

»Ich habe keine Angst«, log sie und ließ sich von ihm zu der Menschentraube vor der Scheune führen. Auf einmal war sie mittendrin, stand am Rand eines großen Tisches, an dem die Milizionäre saßen und Wodka tranken. Luise erkannte den

Pockennarbigen unter ihnen, und ein kalter Schauer überlief sie. Sie umschloss Marians Hand fester. Die Frau neben ihr sagte etwas zu ihr, das sie nicht verstand.

»*Jedna Niemka?*«, fragte die Frau, und Marian nickte.

»Ah, Deutsche. Ich komme aus Ukraine«, sagte sie und reichte Luise die Hand. »Natalia.«

»Luise«, sagte Luise überrascht.

Natalia lächelte. An einem Schneidezahn vorn fehlte ein kleines Stück, was sie aber sympathisch machte. »Ich war hier bei Weidlichs Ukrainermädchen.«

»Ah.« Luise dachte, dass sie sie noch nie gesehen hatte. »Aber nicht lange, oder?«

»Doch, zwei Jahre. Und jetzt bleiben hier und heiraten.« Sie legte ihren Kopf auf die Schulter des jungen Milizionärs, der neben ihr stand. »Mimeck.«

Mimeck legte den Arm um sie und nickte Luise kurz zu. Am Tisch der Milizionäre kreiste die Wodkaflasche. »*Na zdrowie!*«, riefen die Männer und prosteten sich zu. Aus dem Grammophon drang die Stimme einer deutschen Schlagersängerin, aber Luise hörte nicht hin. Offenbar hatten die Polen den Plattenbestand der Weidlichs geplündert. »Möchtest du ein Bier?«, fragte Marian.

»Ja.«

Luise sah ihm nach, wie er in der Menge verschwand. Sie fühlte sich allein und hilflos ohne ihn. Natalia drückte ihr ein volles Wodkaglas in die Hand und prostete ihr zu. »*Na zdrowie!*«

»*Na zdrowie.*« Luise trank. Der Wodka brannte ihr in der Kehle, sie kniff das Gesicht zusammen. Die Milizionäre leerten ihre Gläser in einem Zug und füllten sie erneut. Einer hob sein Glas. »*Dla Polski!*«, rief er. »*Dla naszego zwycięstwa!*«

Sie stürzten den Wodka hinunter und knallten die Gläser auf die Tischplatte zurück. Die Wodkaflasche kam über Mimeck zu Natalia, und sie füllte auch Luise wieder ihr Glas.

»*Na zdrowie!*« Sie zwinkerte Luise zu. Luise lächelte, hob ihr Glas und trank. Aber auf einmal erschien ihr Natalias Lächeln falsch. Etwas Hinterhältiges, Tückisches lag darin, und sie fragte sich, ob sie richtig sah oder ob der Alkohol nicht schon seine Wirkung zeigte. Hatte nicht sogar Herr Steidler mal gesagt, die Slawen seien ein heimtückischer Menschenschlag, dem man nicht trauen könnte? Alles kam ihr auf einmal falsch vor, grotesk und bizarr. Die Gesichter der Milizionäre verzerrten sich im Licht der Petroleumlampen. Es musste am Wodka liegen. Sie stellte ihr Glas auf ein Tablett zurück, das ihr dargereicht wurde. Sie wandte sich um und erblickte Erika Weidlich, die das Tablett hielt.

Erika riss ihre Augen auf. »Reich! Was machst du denn hier?«

Luise sah auf Erikas kariertes Kleid. »Ich … trinke hier.« Sie musste über das Gesicht, das Erika zog, lächeln. »Und du …?«

Erikas dicke Finger umklammerten das Tablett. »Na, was wohl? Ich bin nicht zu meinem Vergnügen hier. Du trinkst mit unseren Feinden? Schäm dich!« Sie drehte sich um und stapfte durch das Gewühl davon.

Luise ging ihr hinterher und holte sie an der Scheune ein. »Warte!« Sie legte die Hand auf den kratzigen Stoff von Erikas Kleid. Erika fuhr herum.

»Was ist, Reich? Willst du dich wieder prügeln?« Sie stellte das Tablett auf die Radkappe eines Jeeps und hob abwehrend die Hände.

»Nein.« Luise deutete auf die Polen, die auf der Ladefläche des Erntewagens saßen. »Was würden sie sagen, wenn wir uns hier vor ihren Augen prügeln würden? Sollten wir nicht zusammenhalten?«

Erika ließ die Hände sinken und verdrehte die Augen.

»Was ich sagen will, ist … es tut mir leid«, sagte Luise hastig.

»Was tut dir leid?«

»Dass wir uns geprügelt haben, damals. Und dass dein Vater tot ist.«

Erika starrte Luise eine Weile wortlos an. »Also wirklich, Reich! Das soll ich dir glauben, wo du hier mit den Polen feierst? Du hast dich ja sehr schnell angepasst.« Sie schüttelte den Kopf, nahm das Tablett und wollte gehen, doch Luise vertrat ihr den Weg. »Ich meine es ernst. Es tut mir leid, was damals in der Bäckerei passiert ist. Ich wollte das nicht. Ich war nur so wütend, weil ihr über mich geredet habt.«

Erika zögerte. Doch dann setzte sie das Tablett wieder ab. »Kommt etwas spät, Reich. Seitdem ist viel passiert.«

»Ich weiß. Übrigens war ich am Dorfplatz, als dein Vater erschossen wurde. Ich hab mich dort versteckt.«

In Erikas Blick flackerte Erstaunen auf. »Du warst da?«

»Ja, ich wollte bei Moors Mehl holen, weil wir keins mehr hatten. Sie haben mir aber nichts gegeben. Ich war in der Bäckerei, als die Russen ins Haus stürmten und Herrn Moor und Herrn Teschner raustrieben auf den Dorfplatz. Ich konnte mich gerade noch im Garten verstecken.«

Erika trat einen Schritt zurück und hielt sich am Jeep fest. »Du ... du hast alles *gesehen*?«

Luise nickte traurig. »Ich wünschte, ich hätte es nicht gesehen.«

»Wie ... ist es passiert?«

»Willst du das wirklich wissen?«

Erika spielte nervös mit den Fingern. Dann trat sie wieder vor. »Ja, ich will es wissen. Erzähl's mir bitte, Reich.«

»Also. Ich versteckte mich hinter dem Busch. Du weißt schon, der vorn am Haus. Die Russen waren ganz in der Nähe. Sie haben unsere Männer eingekreist. Die mussten sich dann hinknien.« Luise schauderte es bei der Erinnerung. »Der russische Offizier wollte von ihnen wissen, wer der Nazi-Chef ist. Sie hielten unserem alten Schuster das Gewehr an den Kopf. Da hat Herr Moor Herrn Teschner verraten.«

Erika schwieg. Das Grammophon spielte jetzt ein schwungvolles Lied, das von einem Mann gesungen wurde. Die Milizionäre lachten.

»Herr Teschner hat daraufhin Herrn Moor beschuldigt, bevor die Russen ihn erschossen. Aber Herr Moor konnte sich rausreden.«

»Wie?«, fragte Erika.

»Er bettelte und flehte. Er sagte, er wäre nur der zivile Bürgermeister und kein Nazi-Chef gewesen. Außerdem wäre er als Bäcker wichtig für das Dorf. Sie haben ihn am Leben gelassen, aber sie wollten noch mehr Männer genannt haben. Da hat Herr Moor deinen Vater verraten.«

In Erikas Augen schimmerten Tränen. Sie ließ sich auf die Radkappe des Jeeps sinken und starrte vor sich hin. Tränen rannen ihr über das teigfarbene Gesicht. Luise zog ein Tuch aus der winzigen Tasche ihres Kleides und gab es ihr. Sie stellte sich neben sie und wartete. Erika tat ihr leid. Ihr Vater war sicher ein übler Kerl gewesen – Ortsbauernführer und ein mächtiger Parteimann, der ihren Vater und andere bedroht und gezwungen hatte, in die Partei einzutreten. Aber Erika konnte nichts dafür.

Luise starrte in die Menschentraube und hielt nach Marian Ausschau. In der herabsinkenden Dunkelheit wurde es immer schwieriger, jemanden zu erkennen. Eine kleine Frau in einem weißen Kleid stand bei der Menschentraube und blickte sich suchend um. Geschickt balancierte sie ein Tablett voller Gläser auf ihrer Hand. Luise erkannte sie sofort. Auch Christel sah sie im selben Augenblick. Sie stellte das Tablett auf einen der Tische und kam zu ihnen. Die Schrecken der letzten Monate hatten ihr offenbar nichts anhaben können. Sie hatte immer noch denselben energischen und aufrechten Gang wie eh und je. Kurz vor dem Jeep machte sie Halt. »Erika, wir haben keinen Wodka mehr«, sagte sie, ehe sie Luise ansah. »Luise! Lange nicht mehr gesehen.«

»Kann man wohl sagen. Du warst so schnell verschwunden das letzte Mal.«

Christel überhörte ihren Einwand und sagte: »Wir haben jetzt ein dickes Vorhängeschloss am Schuppen. Unsere Landsleute plündern ja mittlerweile mehr als die Polen.«

»Ach wirklich? Ich dachte, es wäre nichts mehr da. Wo habt ihr denn überhaupt noch Mehl herbekommen?«, fragte Luise scheinheilig.

Christel stemmte die Hände in die Hüften. »Mein Vater ist zu Fuß nach Hirschberg gelaufen und hat mit einem Amtmann gesprochen, einen Tag, bevor die Kreisverwaltung polnisch wurde. Der hat mit der Mühle in Hermannsdorf telefoniert, und die haben dann gemahlen. Das Getreide dafür haben uns großzügige Bauern aus unserem Dorf gegeben.«

Luise schluckte. Sie hatte nichts von dieser Aktion gehört. Es war sicher eine Lüge, wenn auch eine sehr fantasiereiche. »Warum backt ihr dann immer weniger Brot?«, fragte sie.

»Mein Vater muss haushalten«, entgegnete Christel. »Wer weiß, wann wir das nächste Mal Mehl bekommen. Ich hoffe, ihr habt euch noch irgendwo welches besorgen können, denn wir haben euch schon lange nicht mehr im Laden gesehen.«

Luise begriff die Anspielung und fühlte Wut aufsteigen. Der Alkohol schwirrte ihr im Kopf, aber er ließ sie auch mutiger werden. »Ja, dein Vater kann wirklich haushalten, das muss man ihm lassen. Ich hoffe, er hat noch rechtzeitig seine Bilder verkaufen können.«

Christel runzelte die Stirn. »Wovon sprichst du?«

»Das wirst du wohl wissen. Ich habe Gemälde im Büro deines Vaters gesehen, und zuletzt waren sie nicht mehr da.«

Christel schüttelte ihren Bubikopf und wechselte von einem Bein aufs andere. »Ehrlich, Reich, ich weiß nicht, wovon du sprichst. Was hattest du überhaupt im Büro meines Vaters zu suchen?«

»Ich hab mich immer gewundert, wie ihr mit der einen Sorte Brot und den paar Brötchen und Kuchen über die Runden kamt. Und dann so schöne Wintermäntel! Aber mit einem Verdienst als Kunstsammler sieht das natürlich anders aus.«

»Also Reich, das ist doch wirklich die Höhe! Was behauptest du da? Ich weiß nichts von irgendwelchen Gemälden bei meinem Vater. Kann sein, dass die von Teschner waren, wenn sie überhaupt da waren.«

Luise trat einen Schritt näher. Sie fühlte sich leicht, als würde sie über dem Boden schweben. »Teschner, immer wieder Teschner! Scheint eure Art zu sein, alles auf ihn abzuwälzen.«

Christel rang mit den Händen. Ihr herzförmiges Gesicht war zu einer Maske erstarrt. Eine Weile standen sie sich wortlos gegenüber, dann warf Christel den Kopf herum. »Erika! Du sitzt nur rum und sagst nichts! Sag doch mal was!«

Erika starrte ihre Freundin aus weit aufgerissenen Augen an. Sie schüttelte den Kopf, sprang auf und rannte an ihnen vorbei zum Wohnhaus, wobei sie Christel mit der Schulter rammte.

Christel wich zurück und sah ihr überrascht hinterher. »Was ist denn mit der los?«

»Frag sie selbst.« Luise trat aus dem Schuppen. Sie hatte auf einmal keine Lust mehr, mit Christel zu streiten. Sie fühlte sich von ihr nur noch angewidert. In diesem Augenblick kam Marian heran. Er trug zwei Bierflaschen in einer Hand und hielt sie triumphierend in die Höhe. »Ich habe dich überall gesucht. Ich dachte schon, du hättest dich in ein Mauseloch verkrochen«, sagte er und nahm sie an der Hand. Sie wollten gerade weggehen, als Christel hinter ihnen herrief: »Willst du mir deinen neuen Freund nicht vorstellen?«

Luise schüttelte nur den Kopf und ging weiter.

Doch Christel gab nicht auf. »Jetzt weiß ich, warum du so frech bist, Reich. Es muss an deinen neuen Freunden liegen«, höhnte sie. »War er nicht euer Gefangener? Soweit ich weiß, sind von uns Deutschen nur wenige hier. Nur die, die sich mit den neuen Besatzern angefreundet haben.«

Luise und Marian blieben stehen und wandten sich zu ihr um. »Gibt es ein Problem?«, fragte Marian.

Luise ballte die Faust, aber sie kämpfte ihre Wut nieder. »Nein«, sagte sie schroff. »Das ist nur ein unfreundliches Mädchen, das du nicht kennenlernen musst.«

Christel funkelte sie an. Wie eine Windböe schoss sie nach vorn und klemmte sich an Luises Seite. »Vaterlandsverräterin!«, zischte sie nah an ihrem Ohr, ehe sie hastig weitereilte.

Luise ließ Marians Hand los und setzte ihr hinterher. Nach ein paar Schritten hatte sie sie eingeholt, packte sie an der Schulter, riss sie zu sich herum und gab ihr eine Ohrfeige. Ohne sie noch einmal anzusehen, stapfte sie zurück zu Marian.

Ein paar junge Milizionäre, die auf dem Erntewagen saßen, johlten und pfiffen. Sie hoben ihre Flaschen und riefen ihr etwas auf Polnisch zu. Luise fasste Marians Hand und blieb zitternd neben ihm stehen. Sie beobachtete, wie Christel mit energischen kleinen Schritten zum Wohnhaus lief, ohne sich noch einmal umzudrehen. Ihre Schultern zuckten.

Luises Augen brannten. Sie nahm die Flasche von Marian und trank mit großen Schlucken. Ihre Wut war verraucht, aber anstatt eines Triumphgefühls füllte sie nun Leere aus. Sie fühlte sich schlecht.

»War das falsche Freundin, von der du mir erzählt hast?«, wollte Marian wissen.

»Nein, sie ist nicht meine Freundin.« Luise legte den Kopf an seine Schulter. Er legte den Arm um sie.

»Du darfst nicht ernst nehmen, was sie sagt«, meinte er. »Sie hat nicht recht.«

»Ich weiß.« Trotzdem bohrte Christels hartes Wort weiter in Luise. Sie spülte es mit Bier hinunter. Kühl und angenehm rann das Getränk durch ihre trockene Kehle. Es schmeckte und erinnerte sie an früher, als sie es heimlich bei den Dorffesten getrunken hatten.

»Wollen wir auch?«, fragte Marian und deutete auf ein paar Pärchen, die zu einem langsamen Lied tanzten.

»Ich kann nicht tanzen«, sagte sie. »Jedenfalls nicht *so*.«

Marian lächelte und umschloss ihre Hand fester. »Komm, ich zeig es dir. Wird schon klappen.«

Luise nickte und ließ sich von ihm zu den anderen führen. Er legte den Arm um sie und fasste ihre Hand. Sie legte ihre Hand in seine und folgte seinen Bewegungen. Es war tatsächlich nicht schwer. »Sing, Nachtigall, sing«, sang die Frauenstimme aus dem Grammophon. Sie schwangen und drehten sich gemeinsam im langsamen Takt der Melodie, fest aneinandergeschmiegt. Luise sah das Licht der Petroleumlampen in der Dunkelheit leuchten. Ihr Schein fiel auf die Gesichter der Milizionäre, zwischen denen ihr Kommandant saß und schweigend eine Zigarre rauchte. Natalia und Mimeck tanzten eng umschlungen in der Nähe. Natalia zwinkerte ihr über die Schulter ihres Freundes hinweg zu. Sie lächelte zurück.

Vaterlandsverräterin. Ob Wolfgang sie auch so bezeichnen würde?

»Ja«, schien sein Bild ihr aus der Erinnerung heraus zuzurufen.

Aber er hatte kein Anrecht auf sie, hatte es noch nie gehabt. Er hatte sie abgewiesen und war weggegangen. Marian hingegen war immer bei ihr gewesen und hatte sie beschützt und getröstet, als sie es gebraucht hatte. Er hatte sie vor den russischen Soldaten gerettet. Sie schenkte ihm ein Lächeln.

Er legte beide Arme um sie und zog sie näher an sich heran. Seine Hand lag auf ihrem Kleid, sein Mund drückte einen Kuss auf ihren Scheitel. Ihre Hände glitten über den schweißfeuchten Stoff seines Hemdes.

»Siehst du, klappt doch«, murmelte er an ihrem Ohr. Sein Atem roch nach Bier. »Sing, Nachtigall, sing«, erklang es aus dem Grammophon.

»Wirst du wieder Klavier spielen, wenn du deine Familie wiedergefunden hast?«, fragte sie.

Er schob sie etwas von sich weg. Im schwachen Licht der Petroleumlampen konnte sie sehen, wie er die dunklen Brauen zusammenzog. »Ich wünsche es mir sehr, aber … ich habe noch nichts von ihnen gehört.« Seine weiche Stimme klang rau.

»Das tut mir leid. Du wirst bestimmt bald von ihnen hören«, sagte sie, obwohl der Gedanke sie gleichzeitig ängstigte.

Marian nahm ihre Hand und drückte ihr einen Kuss auf die Finger. »Klavier ist mein Leben«, beteuerte er. »Ich werde immer Klavier spielen, Luise. Und du wirst dazu singen.«

Sie nickte, und dann küssten sie sich. Als die Ballade verklungen war, legte jemand eine Platte mit einem schnellen Tanzlied auf. Marian zog sie in die Scheune hinter den Jeep, wo sie sich weiterküssten.

»Ich habe dich vermisst«, sagte er zwischen zwei Küssen.

»Ich dich auch«, gab sie freimütig zu.

»Ich habe gedacht, du willst mich nicht mehr, weil ich bei Miliz bin.«

»Das dachte ich erst auch. Aber ich hab mich geirrt.«

Er zog sie nah an sich heran und küsste sie wieder. Sie spürte, wie die Begierde sie beide erfasste. Schließlich hielt er inne. »Komm, wir gehen.« Er nahm ihre Hand und zog sie mit sich fort. Sie folgte ihm durch die Scheune zum hinteren Tor, in dem er eine kleine Tür öffnete. Sie schlüpften hindurch und liefen durch das hohe Gras zum Torhaus, das sie durch eine weitere Tür neben der Tordurchfahrt betraten. Hier führte er Luise eine knarrende Stiege hinauf ins Obergeschoss und dann durch einen dunklen Flur in eine winzige Kammer. Er schloss die Tür hinter ihnen. Luise musterte seine Gestalt, die sich dunkel vor dem kleinen Fenster abzeichnete, durch das das Licht der Torhauslampe hereinfiel. Gleich unter dem Fenster stand ein Bett, daneben ein Schrank. Mehr passte nicht in den kleinen Raum.

»Ich habe eigenes Zimmer«, sagte er stolz.

Luise lächelte. Sie löste ihre Haarspange und flocht sich langsam den Zopf auf. Da kam er zu ihr und begann, ihr ungeduldig das Kleid aufzuknöpfen. Sie legte den Kopf in die kleine Kuhle zwischen seinem Hals und seiner Schulter und gewahrte freudig, wie er sich Knopf für Knopf vorarbeitete, bis ihr Kleid zu Boden fiel.

Durch das Fenster sah sie den Nachthimmel, sonst nichts. Nur Himmel.

* * *

»Was hast du gedacht, als du mich das erste Mal sahst?«, fragte Luise später, als sie nebeneinander im Bett lagen. Sie hatte den Kopf auf Marians Schulter gelegt und strich mit einem Finger über seine Brust.

Sanft umschloss er ihren Finger mit seiner warmen Hand und hielt sie vom Weitermachen ab. »Nicht«, lächelte er.

»Ah, du bist kitzelig.«

»Was ...?«

»Na kitzelig.« Sie richtete sich auf und begann ihn zu kitzeln.

»Nicht! Hör auf!« Er lachte und wand sich unter ihren Händen. Als sie nicht aufhörte, fuhr er hoch, schwang sich blitzschnell über sie und drückte ihre Arme in das Kissen. Liebevoll lächelte er auf sie herunter. »Kleine Wildkatze. Rau und gemein. Schlägst armes Mädchen.« Er küsste ihre Stirn, ihre Nase, ihre Wangen.

»Sie hat's verdient«, sagte Luise seufzend. »Ich warte immer noch auf meine Antwort. Was hast du gedacht, als du mich das erste Mal sahst?«

Er ließ sie los und lehnte sich zurück, rieb sich nachdenklich das Kinn. »Oh … das erste Mal, als ich dich sah? Wann war das denn noch mal? Hmmm …« Er kratzte sich am Kopf.

Sie schlug sanft nach ihm. »Nun sag schon! Oder hast du das etwa vergessen? Es war der Tag, als Herr Weidlich dich zu uns brachte.«

»Hmmm … ich dachte: Zwar deutsche Familie, aber besser als Fabrik.«

Sie tat entrüstet. »Also wirklich! Du hattest es doch gut bei uns. Wir haben dich immer anständig behandelt.«

Er wurde wieder ernst. »Als ich zum ersten Mal auf dem Feld war, kamst du nach der Schule dazu. Du hast mit mir gesprochen. Ich habe gedacht: *hübsch*.«

Sie lächelte geschmeichelt. »Ich war erstaunt, dass du schon etwas Deutsch konntest.«

»Ja, nicht? Das war Schlüssel zu dir. Mein Licht in Tunnel.« Er beugte sich zu ihr herunter und küsste sie. Ein Schauer der Begierde überlief sie und sammelte sich tief in ihrem Körper. Sie wollte ihn, und nichts sollte zwischen ihnen sein.

Aber da war noch etwas, eine Erinnerung, die sich plötzlich aufdrängte. »Ich war damals noch verliebt«, gestand sie. »In Wolfgang, unseren Nachbarn. Den Sohn des Lehrers. Aber es ist vorbei«, setzte sie schnell hinzu, als sie Marians Miene sah. »Er ist weggegangen. Er wollte Offizier werden.«

Marian ließ sie los und lehnte sich zurück. Nachdenklich sah er aus halb geschlossenen Augen auf sie herunter. »Deshalb warst du so oft traurig. Wegen ihm.«

»Er wollte mich nicht.«

»Ist er …?«

»Er ist nicht zurückgekommen.«

Marian verschränkte die Arme vor der Brust. Er sah ernst aus.

»Deshalb warst du immer am Nussbaum. Um rüberzuschauen.«

Luise nickte. »Aber es ist vorbei.«

»Liebst du ihn noch?«

»Nein.«

Marian ließ die Hände sinken. Sein Mund streifte ihre Wange, als er sich zu ihrem Ohr herunterbeugte. »Er ist dumm, dich nicht zu wollen«, raunte er.

Luise schluckte. Sie spürte seine warmen Lippen, die mit ihren verschmolzen. Nun war nichts mehr zwischen ihnen.

* * *

Tief in der Nacht brachte Marian sie nach Hause zurück. Das Dorf lag still unter einem sternenklaren Himmel, vor dem sich die dunklen Berge abzeichneten. Die laue Luft roch nach frisch gemähten Wiesen. »Vater pflügt morgen das Kartoffelfeld um«, sagte Luise, als sie ihren Hof erreicht hatten. »Wir könnten dich gut beim Aufsammeln der letzten Kartoffeln gebrauchen. Schade, dass du nicht mehr da bist.«

Marian lachte leise. »Zeit der Zwangsarbeit ist vorbei. Jetzt kommt andere Zeit.«

»Ja«, sagte sie und zog ihre Strickjacke enger. »Und wir wissen immer noch nicht, was aus uns wird.«

»Nein.« Er sah an ihr vorbei zur Tür. »Geh jetzt rein, Luise, und schlaf noch ein paar Stunden. Wir sehen uns wieder. Ich schreibe dir Zettel und lege sie in Mauer.« Er küsste sie sanft, und sie konnte es jetzt schon kaum erwarten, ihn wiederzusehen. Aber sie war auch müde. Sie nahm eins von den Steinchen, die sie unterwegs gesammelt hatte, und warf es gegen das Fenster ihrer Kammer. Bald darauf erschien Ritas Gesicht hinter der Scheibe. Sie gingen ums Haus herum zur Hintertür, die Rita bald öffnete. Sie nickte Marian schweigend zu. Er hob seine Finger an die Stirn, um einen Gruß anzudeuten, und verschwand in der Dunkelheit. Luise folgte Rita leise die Treppe hinauf in ihre Kammer.

»Haben sie was gemerkt?«, wollte sie wissen.

»Nein«, flüsterte Rita.

»Gott sei Dank.« Luise zog sich rasch um und legte sich ins Bett. Ihr schwirrte der Kopf vor Glück.

»Wie war es denn?«, flüsterte Rita aus dem Dunkel heraus.

»Schön. Er hat mich geküsst.« Mehr wollte sie Rita im Moment nicht anvertrauen.

Eine Weile war Rita sprachlos. »Ach wirklich? Oh Luise!«, rief sie schließlich. Es klang freudig, aber auch sorgenvoll. Doch sie äußerte keine Befürchtungen mehr wegen Marian.

»Ich hatte erst Angst, aber die Polen haben uns nichts getan«, fuhr Luise fort. »Erika Weidlich musste servieren, und das Bier stammte wohl vom Kronenwirt. Aber stell dir vor, wer noch da war!« Sie erzählte ihrer Freundin von Christel und dem Streit mit ihr. »Erika wusste nicht, dass Herr Moor ihren Vater verraten hat. Offenbar hat's ihr niemand gesagt, auch Christel nicht«, schloss sie. »Aber jetzt weiß sie es. Ich glaube, nun ist's aus mit ihrer Freundschaft.«

Lange erwiderte Rita nichts. Dann sagte sie: »Vielleicht wusste Christel es nicht. Sie war doch nicht dabei, sondern hat sich im Haus versteckt, richtig?«

»Ja.« Luise verstand nicht, warum Rita sich immer vergewissern musste. Schließlich hatte sie ihr schon einige Male erzählt, was auf dem Dorfplatz geschehen war. »Aber ich kann mir gut vorstellen, dass sie am Fenster gelauscht hat. Sie ist neugierig.«

»Das weißt du nicht.«

»Ach, wie auch immer.« Luise winkte ab und drehte sich in ihre Bettdecke. Ihr fielen schon die Augen zu, und sie hatte keine Lust mehr, über Christel zu reden. »Sie hat's auf jeden Fall verdient.«

Dass Rita dies nicht bestätigte, sondern ihr nur noch eine gute Nacht wünschte, wunderte sie ein wenig.

Aber dann schlief sie ein.

Lindenau, den 20. Oktober 1945

Liebes Tagebuch,
der Herbst ist mit buntem Laub und trübem Regenwetter eingezogen. Wir konnten die Ernte sicher einbringen, aber der polnischen Kommandantur mussten wir Heu und Getreide liefern. Das ist wohl der Preis dafür, dass wir Dorle behalten durften. Vater hat auch viele Fahrten für sie machen müssen. Es kommen mehr und mehr Polen in unser Dorf. Die Plünderer tauchen immer noch im Dorf auf, aber sie haben uns bisher in Ruhe gelassen. Wir hörten, dass vieles nach Warschau gebracht und auf dem schwarzen Markt verkauft wird. Für die Lebensmittel gibt es jetzt Wucherpreise. Der Tauschhandel blüht. Papa hat seine Taschenuhr gegen Salz, Zigaretten und Streichhölzer eingetauscht. Mama hat geweint, weil die ein Geschenk von ihr war. Seit einigen Wochen müssen wir weiße Armbinden tragen, damit man uns als Deutsche erkennt. Seitdem haben wir

Angst, auf die Straße zu gehen. Es kann sein, dass sie einem alles wegnehmen oder dass man zum Arbeitseinsatz geholt wird. Der Inge ist das passiert. Ein russischer Lastwagen hat sie einfach mitgenommen nach Hermannsdorf, wo sie beim Ausräumen der Munitionsfabrik helfen musste. Sie war tagelang weg. Frau Kühnel hat sich bei Mama ausgeheult und wusste sich nicht mehr zu helfen. Die Russen montieren unsere Fabriken ab und schaffen alles nach Russland. Was soll nur aus uns werden?

Immer wieder gibt es neue Gerüchte, was aus Schlesien wird. Vor einigen Wochen hieß es, das Gebiet östlich der Oder und der Görlitzer Neiße solle polnisch werden, und alle Deutschen müssten ihre Heimat verlassen. Das würde bedeuten, dass Schlesien zu Polen käme. Meine Eltern und meine Oma, wir alle waren am Boden zerstört. Dann wurde das Gerücht widerrufen. Aber der Einfluss der Polen wird immer größer, die Russen ziehen sich immer mehr zurück. Bahn und Post sind nun polnisch, und alle Dörfer haben polnische Bürgermeister. Wir wissen nichts Genaues, denn wir sind von allen Nachrichten abgeschnitten. Diese Ungewissheit ist schlimm.

Auch H. weiß leider nicht mehr. Sein Name ist in Wirklichkeit anders, aber ich nenne ihn hier H., falls du gefunden oder gelesen wirst, liebes Tagebuch. H wie Herz. Mein Herz. Ja, du siehst richtig, ich bin immer noch verliebt! Das ist eigentlich anstößig in dieser Zeit. Wie kann man da nur verliebt sein, wenn die Welt, wie wir sie kannten, in tausend Stücke zerbricht? Aber er bedeutet viel Trost für mich und gibt sich große Mühe. Siehst du die vielen kleinen Zettel, liebes Tagebuch? Sie sind alle von ihm. Er schreibt sie mir und legt sie hinter den losen Stein in der Feldmauer. Ich bewahre sie hier auf, zwischen Deinen Seiten. Immer legt er mir etwas dazu, meistens gepresste Blumen oder eine Kornähre, manchmal ein Bild. Er kann ganz gut malen. Einmal hat er einen Spruch aufgeschrieben und darunter ein Herz gemalt, ein anderes Mal hat er einen Zettel mit Noten beschrieben. Es sei ein Lied für mich, das er sich ausgedacht habe, sagt er. Ist das nicht schön?

Leider können wir uns nicht oft sehen, und wenn, dann nur heimlich. Er kommt nicht oft weg, und dort, wo er ist, wird ein Umgang mit uns nicht gern gesehen. Mama und Papa dürfen auch nichts von uns erfahren, nur Rita weiß es. Manchmal, sehr selten, kommt er auf den Hof, meine Eltern besuchen. Wäre er doch nur … Ich kann es nicht einmal hier ausschreiben, was ich mir wünsche, liebes Tagebuch. Das alles macht es nicht leichter, und ich habe Angst, was aus uns werden soll.

Kapitel 26

Wäre er doch nur Deutscher. Lange starrte Luise auf diesen angefangenen Satz, den sie eben nur in Gedanken vollendet hatte. Alles wäre einfacher. Aber wenn er Deutscher wäre, wäre er nie auf ihren Hof gekommen, und sie hätte ihn nie kennengelernt. Vorsichtig strich sie über das kleine Notenblatt, das sie in ihre Kladde geklebt hatte, die ihr als Tagebuch diente. Eines Tages würde er ihr die Melodie vorspielen, hatte er gesagt. Wann würde dieser Tag sein?

Bis er käme, müsste sie sich an andere Tage erinnern. An das Sommerfest in der Kommandantur zum Beispiel. Immer wieder dachte sie daran zurück. Aber was hatte sich nicht alles schon wieder verändert seit jenem Tag!

Luise und Rita wagten sich nicht mehr ins Dorf. Baumerts von gegenüber waren eines Nachts heimlich geflohen. Ihr kleines Haus stand nun leer, und die beiden Ziegen, die sie zurückgelassen hatten, waren im Haus ein- und ausgegangen, bis jemand sie mitgenommen hatte. Doch das kleine, heruntergekommene Haus wollte niemand haben.

Luise schloss ihr Tagebuch. Die Kladde war dick und ihr Rücken gedehnt von Marians vielen kleinen Geschenken, die sie dort aufbewahrte. Vorsichtig hob sie es hoch und roch an seinen Seiten. Ein würziger Geruch nach Blumen und Korn stieg ihr in die Nase. Sie lächelte. In diesem Augenblick klopfte es an der Haustür unten.

Sie sprang vom Bett auf, wo sie gerade geschrieben hatte, versteckte die Kladde in ihrem Schrank und ging zum Fenster. Auf dem Hof standen zwei polnische Soldaten in Uniformen. Sie hatten die Köpfe in die Nacken gelegt und sahen zu ihr herauf. Schnell ging sie vom Fenster weg und verbarg sich hinter der Mauer. Um Himmels willen, was wollten die hier? Zum Glück hatte sie die Haustür abgeschlossen, wie sie es jetzt auch tagsüber immer taten. Sie würde nicht öffnen. Mit pochendem Herzen wartete sie auf das erneute Klopfen, aber es kam nicht. Nach einiger Zeit wagte sie es, wieder aus dem Fenster zu sehen. Der Hof war leer. Offenbar waren die beiden Soldaten in die Scheune gegangen, wo alle jetzt das Getreide droschen. Luise hatte sich erboten zu kochen und war deshalb früher gegangen. Sie hatte sich beeilt, um noch Zeit für den Tagebucheintrag zu haben.

Als Luise gerade überlegte, sich oben auf dem Taubenboden zu verstecken, erstarb der Lärm der Dreschmaschine. Sie ging nach unten und schlich sich durch die Hintertür hinaus. Sie wollte sich von hinten zur Scheune stehlen, als die Soldaten aus der geöffneten Scheunentür auf den Hof traten. Ihre ganze Familie kam hinterher. Ihr Vater folgte den Männern mit gesenktem Kopf und hielt Manfred an der Hand. Helene umklammerte die Hand ihrer Mutter. Ihre Oma folgte zuletzt mit Rita. Da ging auch Luise zu ihnen.

Kurz vor ihrer Haustür hielt der ältere der beiden Soldaten inne und wandte sich zu ihnen um. Er war ein kleiner, vierschrötiger Mann mit Halbglatze und glänzendem schwarzem Haarkranz.

»Ich Janusz«, sagte er und klopfte sich mit dem Finger auf seine Brust. »Janusz …« Er setzte einen Nachnamen hinzu, den

Luise nicht verstand. »Das Augustyn. Bruder.« Er zeigte auf den jüngeren Mann neben sich, der größer und schlanker war als er und kaum Ähnlichkeit mit ihm hatte. »Nun zeigen Haus!«

Luises Vater nickte. Widerstrebend zog er den Schlüssel aus der Tasche seiner Arbeitsjacke und schloss die Tür auf. Janusz und Augustyn folgten ihm in den Hausflur.

Luise war sich sicher, dass sie diese Männer noch nie gesehen hatte. Sie waren keine Milizionäre aus dem Dorf. Es mussten Soldaten aus einer Kaserne in der Nähe sein. Sie ließen sich durch ihre gute Stube führen, durch ihre Wohn- und Wirtschaftsküche und das ganze Obergeschoss bis hinauf zum Taubenboden. In der Stube ihrer Mutter betrachtete Janusz lange den Sekretär, strich mit seinen Fingern über das dunkle Holz und sagte etwas zu seinem Bruder. Der erwiderte etwas auf Polnisch. Ihre Mutter verfolgte alles fahlgesichtig, mit tief eingegrabenen herabgezogenen Mundwinkeln. Als sie die Stube verließen, warf sie einen verächtlichen Blick auf die fettigen Abdrücke, die seine Finger auf ihrem Sekretär hinterlassen hatten.

»Was ist das?«, fragte Janusz unten im hinteren Flur an der Tür zum Stall und deutete auf ein Gerät.

»Die elektrische Rübenschnitzelmaschine«, erklärte Luises Vater.

Die beiden Polen sahen ihn verständnislos an.

»Für Rüben, zum Kleinmachen«, sagte er und machte eine entsprechende Geste. »Futter für die Kühe.« Er wurde lauter, als könnten sie ihn so besser verstehen.

»Tak, tak«, sagte Janusz und winkte ab. Er ließ sich noch den ganzen Hof zeigen, die Scheune, wo vor allem die Dreschmaschine sein Interesse weckte, den Stall, den Schuppen und den Garten. Im Stall strich Augustyn Dorle und Fritz über die Hälse und sprach ein wenig mit ihnen.

»Haben Schein für Pferde?«, wollte Janusz wissen.

»Tak«, sagte Luises Vater und zog die beiden Papiere, die Marian ihnen gegeben hatte, aus der Tasche. Janusz studierte sie mit zusammengezogenen Brauen, dann sah er überrascht auf. »Guter Mann, was?« Er grinste.

Ihr Vater blieb ernst und erwiderte nichts.

Janusz gab ihm die Papiere zurück. »Gut drauf aufpassen! Wir werden Verwalter hier auf Hof. Holen Frauen, kommen wieder. Alles so lassen, ja?« Er hob warnend den Zeigefinger.

Der Vater nickte niedergeschlagen. Luise beobachtete, wie die Soldaten den Stall verließen und über den Hof zur Dorfstraße zurückgingen. Sie sahen sich nicht mehr um. Ihr Vater ließ sich auf einen Sockel sinken und legte den Kopf auf seinen Arm. Ihre Mutter ging zu ihm und hielt Helene und Manfred davon ab, ihn zu bestürmen. Sie schickte alle hinaus. Lange blieben ihre Eltern im Stall, dann erschienen sie mit bleichen Gesichtern in der Küche. Aber da hatten die Kinder ihre Fragen der Oma und Luise schon längst gestellt – »Was waren das für Männer?«, »Kommen die wieder?«, »Ziehen die hier ein?«, »Dürfen die das denn?«, »Mit ihren Familien?«, »Wie viele Kinder haben die?« –, Fragen, die weder Luise noch ihre Oma ausreichend beantworten konnten.

Später vor dem Essen sprach Rita mit zittriger Stimme das Tischgebet. Sie hatte sich für das Vaterunser entschieden. »… und führe uns nicht in Versuchung, sondern erlöse uns von dem Übel …«, betete sie inbrünstig.

Luises Vater tauchte den Löffel in die Gemüsesuppe und warf ihr einen finsteren Blick zu. Er war nicht besonders gläubig. »Wir müssen die Sparbücher woanders verstecken«, sagte er nach dem Gebet.

Ihre Mutter nickte und starrte auf ihre Suppe hinunter. Ihre Hand, die den Löffel hielt, zitterte. »Du hättest doch den Landauer verkaufen sollen, als es noch ging«, murmelte sie vorwurfsvoll. »Aber du konntest dich ja nicht trennen. Jetzt ist's zu spät.«

»Nie im Leben«, stieß er hervor. »Ich werde ihn im Schuppen hinten verstecken. Den kriegen die nie!«

»... aber die Uhr zu opfern war umsonst«, sagte sie. »Das Salz ist jetzt für *sie*.« Ihr Gesicht verzerrte sich vor Wut.

»Zankt euch nee«, sagte ihre Oma. »Asu wird's au nee besser.«

Eine Weile herrschte Schweigen, das sich erschreckend still anhörte, seitdem die Pendeluhr fort war. Luise dachte, dass all die vertrauten Geräusche, die sie durch die Jahre hindurch begleitet hatten, verschwunden waren – das Gebell ihres Hofhundes, das Grunzen und Quieken der Schweine, die Geräusche ihrer vielen Kühe, das Ticken der Pendeluhr und deren Schlagen zu jeder vollen Stunde, Joseph Goebbels' Stimme aus dem Radio, der Hupton der Hermannsdorfer Fabrik zu Mittag, die Glocke, mit der der Dorfbote Neuigkeiten ankündigte. Nur noch der Wind rauschte nachts wie eh und je und trieb die Herbstblätter über den Hof, und in den Bäumen lärmten die Vögel. Heute Morgen, bevor sie Minka und Zierdel gemolken hatte, war sie vor die Stalltür gegangen und hatte den Mond und die Sterne am blaugrünen Himmel leuchten sehen; die Berge lagen schwarz vor dem Heraufdämmern des Lichts im Osten. Alles war so schön, dass sie gedacht hatte, wenn sie an Gott glauben würde, würde sie denken, er hätte diese Bilder in den Himmel gemalt. Aber sie hatte nun endgültig mit Gott abgeschlossen. Sie war wie ihr Vater und glaubte nicht an ihn.

»Ziehen die denn jetzt hier ein?«, fragte Helene in die Stille hinein.

»Ja«, sagte ihr Vater ernst. »Sie holen ihre Familien nach und dann kommen sie zu uns.«

Helenes Lippen zitterten. »Aber ... aber dürfen die das denn? Es ist doch *unser* Hof!«

»Sicher ist er das. Aber Deutschland hat den Krieg verloren, und die Russen und Polen sind die Sieger. Sie können jetzt über uns bestimmen. Im Dorf sind schon mehrere polnische Familien in deutsche Häuser und Höfe eingezogen ...« Er hielt inne und atmete tief. Der Löffel glitt ihm aus der Hand. Luises Mutter ermahnte Manfred, der nervös mit den Füßen gegen ein Tischbein schlug. »Wir müssen jetzt alle stark sein«, fuhr ihr Vater fort. »Auch ihr, Kinder! Wir wissen nicht, wie lange es dauern wird, bis sie wieder weggehen ... ein paar Wochen oder auch ... Monate ... vielleicht. Wir müssen tun, was sie sagen, damit wir uns keinen Ärger einhandeln.« Er sah alle Kinder warnend an.

Helene und Manfred nickten. »Natürlich, Herr Reich«, murmelte Rita.

»Haben die denn auch Kinder?«, wollte Helene wissen. »Vielleicht ein Mädchen, mit dem ich spielen kann?«

»Das wissen wir nicht. Vielleicht«, sagte ihre Mutter und lächelte gequält.

»Am besten ist ... da wir nicht wissen, wann sie kommen und ... wie viel Platz sie brauchen ... am besten ist, dass jeder etwas packt, an dem er hängt und das er gern behalten möchte. Wir verstecken das dann«, erklärte ihr Vater.

»Aber wir haben doch schon die Münzen im Wald vergraben und die Flaschen im Garten«, meinte Helene. »Ist das nicht genug?«

»Ja, und das darfst du ihnen auf keinen Fall verraten, hörst du? Keiner sagt ein Wort! Schwört es!«

Alle hoben die Hände und versprachen es.

Am selben Abend fand Luise Marians Zigarettendose in der Feldmauer vor. »*Samstagnachmittag an der alten Scheune?*«, stand auf dem kleinen Zettel.

Luise küsste das Papier und schrieb ein großes »Ja!« mit dem Bleistiftstummel darauf, den sie nun immer in der Tasche bei sich trug. Dann legte sie den Zettel in die Dose zurück. Sie fragte sich, wann Marian ihn lesen würde. Sie hatte ihn noch nie danach gefragt. Sie stellte sich vor, wie er mit einem beschlagnahmten deutschen Rad Patrouillenfahrten über die Feldwege unternahm und dabei an der Mauer hielt und ihren Zettel las. Was hatte er wohl mit der alten Pistole ihres Großvaters getan? Ob er sie für sich behalten hatte? Das Recht dazu hätte er. Dieser Gedanke überschattete Luises Vorfreude auf ihr Wiedersehen, aber nur kurz.

Am Samstag herrschte sehr mildes Herbstwetter. Der Himmel spannte sich klar über den Bergen, und die Sonne schien warm. Auf der Schneekoppe hätte sie jetzt sicher eine schöne Fernsicht über das Riesengebirge, dachte Luise, als sie mit Rita den Feldweg hinaufging. Wo der Weg zur *Alten Stelle* abzweigte, trennten sie sich. Rita würde den Nachmittag auf dem Hainberg beim kleinen Grabmal ihres Vaters verbringen, und sie würden sich bei Sonnenuntergang wieder hier treffen, um gemeinsam zum Hof zurückzugehen. Hoffentlich würde niemand etwas merken.

Luise beeilte sich. Marian erwartete sie schon an der alten Scheune. Er lag im hohen Gras in der Sonne und spielte mit der Zigarettendose. Als er sie kommen hörte, richtete er sich auf und sah ihr erwartungsvoll entgegen. Weil es so warm war, hatte sie wieder ihr Sommerkleid an, das sie auch schon auf dem Fest in der Kommandantur getragen hatte. Sie ließ sich neben Marian ins Gras fallen und küsste ihn. Er zog sie an sich und küsste sie voller Ungeduld und Leidenschaft zurück, und sie liebten sich gleich im Gras und nicht wie sonst in der Scheune.

»Wir bekommen einen polnischen Verwalter«, erzählte Luise danach. Marian hörte auf, mit ihren Haaren zu spielen, und stützte sich auf seine Ellenbogen.

»Wann?«

Luise zuckte mit den Schultern. »Vielleicht in ein paar Tagen oder ... Wochen? Es sind Soldaten, zwei Brüder. Sie haben sich unseren Hof angesehen und gesagt, sie kommen mit ihren Familien wieder.«

Marian sah bestürzt aus. Er strich sanft mit den Fingern über ihre Wange. »Es tut mir leid, Luise.«

»Kann man das nicht irgendwie verhindern?«

Er schüttelte den Kopf und ließ sich seufzend wieder auf den Rücken fallen. Nun richtete sich Luise auf und sah auf ihn hinunter.

»Kann man nicht irgendwas machen? Wenn die bei uns einziehen, verzweifeln meine Eltern.«

Er schüttelte den Kopf. In seinem Blick lag eine Mischung aus Bedauern und Mitgefühl. »Nein, Miliz hat keine Macht darüber. Sie muss schauen, dass alles in Ordnung ist. Polen dürfen sich Hof aussuchen, welchen sie wollen. Es tut mir leid für euch. Ich wünschte, es wäre anders.« Er seufzte wieder und sah an ihr vorbei in den Himmel.

»Wo kommen die wohl her?«, fragte Luise.

»Aus Galizien und Polens Ostgebieten. Sie sind alles Verjagte, haben keine Heimat mehr. Russen haben sie alle vertrieben.«

Enttäuscht ließ Luise ihren Kopf auf seine Brust sinken. Sie schluckte gegen das bleischwere Gewicht in ihrer Brust an. Marian nahm eine Strähne ihres Haares und wickelte sie sich um seinen Finger.

»Sind es gute Männer?«, wollte er wissen.

»Ich weiß nicht. Der Jüngere geht, aber den Älteren mag ich nicht.« Luise musste an das gierige Glitzern in Janusz' Augen denken, als er ihre Möbel betrachtet hatte. »Ich würde gern wissen, wie lange die bleiben«, sagte sie seufzend. »Was hat das zu bedeuten, dass sie sich einfach einen Hof aussuchen dürfen? Weißt du etwas darüber?«

»Nein«, antwortete er mit leiser Stimme.

»Ich hoffe, sie bleiben nicht ewig. Glaubst du, wir bekommen wieder eine deutsche Verwaltung?«, fragte Luise hoffnungsvoll.

Marian antwortete nicht. Sein Schweigen ließ sie frösteln, und sie richtete sich auf und langte nach ihrem Hemd. Die Sonne stand bereits tiefer über den westlichen Bergen.

»Du glaubst es nicht, oder?« Sie warf einen Blick auf ihn herunter. »Du denkst, wir kommen ganz unter polnische Verwaltung. Vielleicht wird Schlesien sogar polnisch.«

Marian richtete sich ebenfalls auf. »Was ich glaube oder nicht, ist nicht von Belang. Auch mein Land ist durcheinander. Russland dehnt sich weiter nach Westen aus, und Polen müssen weichen. Ich kann nicht mehr zurück in meine Heimat, weil Russen dort sind.«

Luise starrte ihn an. Zum ersten Mal wurde ihr das ganze Ausmaß seiner Worte klar. Er konnte nicht mehr in seine Heimatstadt zurück. Sie war so sehr mit den Gedanken an ihre eigene Heimat beschäftigt gewesen, dass sie nicht gesehen hatte, dass er seine bereits verloren hatte.

Sie lehnte sich an ihn und ließ den Kopf auf seine Schulter sinken.

Marian legte den Arm um sie, und eine Weile sahen sie gemeinsam in die Sonne.

»Was ist mit deiner Familie? Hast du etwas gehört?«, fragte sie nach einer Weile.

»Nein«, sagte er bedrückt.

Luise sah in die untergehende Sonne und dachte, wie furchtbar diese lange Ungewissheit für ihn sein musste. Und doch hatten sie in den letzten Wochen kaum darüber gesprochen. Sie kuschelte sich enger an ihn.

»Luise, ich …«

»Ja?«

»Ich … kann nicht mehr bleiben. Ich muss gehen und sie suchen.«

Luise hob den Kopf. Hatte sie richtig gehört? Hatte er wirklich gerade »gehen« gesagt? Sie räusperte sich. »Du … du willst *gehen*? Du gehst weg von hier?«

»Ich *muss* sie suchen«, bekräftigte er, ohne sie anzusehen. »In der Miliz können sie mir nicht weiterhelfen. Ich muss es selbst in die Hand nehmen.«

Sie schluckte schwer. »Aber … dann lässt du mich allein? Du gehst weg und … lässt uns hier allein?«

Er rupfte ein paar Grashalme aus. Endlich wandte er den Kopf und sah sie an. »Ich muss wissen, ob sie noch leben. Wenn ich sie gefunden habe, komme ich wieder.«

»Wo willst du sie denn suchen, wenn sie aus deiner Heimatstadt vertrieben wurden?«

Er zuckte mit den Schultern. »Ich weiß es nicht. Notfalls im ganzen Land.« Seine Stimme klang leise, aber entschlossen.

Sie fühlte, wie sie innerlich verkrampfte. Ihre Kehle war trocken, ihre Augen wurden feucht. Sie blinzelte durch ihren Tränenschleier hindurch. »Aber … das kann lange dauern.«

»Ich verspreche, dass ich wiederkomme, Luise.« Er nahm ihre Hand und sah sie beschwörend an. Dann senkte er seinen Mund auf ihre Hand und küsste sie.

Luise sah auf seine kurz geschnittenen schwarzen Haare hinunter und begann zu zittern. »Wann gehst du?«

»Bald. Im November.«

»In zehn Tagen schon?« Sie nahm ihre Hand fort. »Seit wann weißt du das?«

»Noch nicht lange. Ich hatte immer gehofft, ich finde sie. Ich war bei polnischer Verwaltung in … Jelenia Góra, aber sie konnten mir auch nicht helfen.«

»Du warst wo?«

»In Jelenia Góra … polnisch für Hirschberg.«

»Ah, ihr sagt schon die polnischen Namen für unsere Städte? Dann wird Schlesien also doch polnisch?«, fragte sie mit scharfer Stimme. Er zuckte mit den Schultern und antwortete nicht. Sie erhob sich, zog sich ihren Unterrock und einen dünnen Pullover über und schlüpfte in ihr Wickelkleid. Auch er kleidete sich wieder an. Die ganze Zeit sprachen sie nicht.

Luise fühlte sich hilflos und klein vor Angst. In den letzten Monaten hatte sie sich daran gewöhnt, dass er wie immer da war, und den Gedanken daran verdrängt, dass er eines Tages gehen und seine Familie suchen würde. Ja, sie hatte sogar gehofft, er würde es nicht tun und bei ihr bleiben. Aber jetzt begriff sie, dass sie sich einer trügerischen Hoffnung hingegeben hatte.

»Warum hast du es mir nicht eher gesagt?«, fragte sie schließlich.

»Ich wollte dich nicht beunruhigen. Ihr habt Sorgen genug.« Er knöpfte sich das Hemd seiner Uniform zu, dann nahm er ihre Hand. Widerstrebend ließ sie sich von ihm in die Arme nehmen. Seine vertraute Wärme kroch zu ihr herüber und breitete sich wieder in ihr aus, doch sie fror trotzdem. In ihr war etwas, das gefroren war – ein winziger Kern, der sich in Eis verwandelt hatte.

»Ich liebe dich«, sagte Marian und küsste sie auf ihr Haar.

Wie lange hatte sie darauf gewartet, dass er diesen Satz sagte! Aber nun lag ein Schatten über ihrer Freude. »Ich liebe dich auch«, murmelte sie.

Sie küssten sich, und in diesen Augenblicken stellte Luise sich wieder vor, sie wären Schauspieler in einem Film mit glücklichem Ende. Alles wäre wie vor dem Krieg. Er wäre ein deutscher Pianist, und sie würden in die Kreisstadt ziehen oder in eine der größeren Städte – Breslau oder vielleicht sogar Berlin. Sie würden heiraten und Kinder bekommen. Sie würden das Leben führen, das sie sich immer gewünscht hatte.

Sie schloss die Augen und schluckte ihre Tränen hinunter.

Kapitel 27

Anfang November 1945 zogen Janusz und Augustyn mit ihren Familien auf den Reich'schen Hof, dessen Verwalter sie fortan waren. Luises Vater musste seine Schlüssel an die Brüder abgeben.

Janusz hatte eine blond gelockte Frau mit einem milden Lächeln und zwei Kinder – den siebenjährigen Felix und ein kleines Mädchen. Augustyn brachte seine junge Frau mit. Sie zogen ins Obergeschoss. Janusz nahm für sich und seine Familie das Elternschlafzimmer der Reichs, die Stube von Luises Mutter und das alte Ehezimmer der Reich'schen Großeltern, in dem zuletzt Luise und Rita geschlafen hatten. Augustyn bezog mit seiner Frau die Kammer von Klara Gottwald und das Kutscherzimmer. Die Reichs mussten nach unten in ihre gute Stube ziehen. Sie durften ihre Wohnküche, die Wirtschaftsküche und den Keller weiter mitbenutzen. Die Brüder erlaubten ihnen großzügig, sich von ihren Vorräten zu nehmen, was sie brauchten, aber Janusz achtete scharf darauf, dass sie nur das Notwendigste nahmen.

Luise lag Nacht für Nacht auf den Strohlagern, die sie sich notdürftig hergerichtet hatten, zwischen Rita und Helene in ihrer guten Stube und lauschte auf die regelmäßigen Atemzüge ihrer Familie. Helene redete und Manfred wimmerte manchmal im Schlaf. Ihre Eltern gingen für ungestörte Gespräche in den Stall oder in die Scheune. Ihre Oma weinte manchmal, Rita betete.

Sie aber lag still und lauschte der Musik aus dem alten Grammophon ihres Großvaters, die Janusz jeden Abend hörte. Er betrank sich oft, und dann stritt er mit Elzbieta oder mit seinem Bruder. Manchmal hörte sie die Schnapsflaschen umkippen und ein dumpfes Gepolter, als wäre er zu Boden gefallen.

Sie ahnte, dass sie es Elzbieta zu verdanken hatten, dass sie noch in ihren Keller durften und nicht die Lebensmittel zugeteilt bekamen wie manch andere Familie im Dorf. Elzbieta war der milde Geist auf Janusz' Gemüt. Sie hatte immer ein Lied auf ihren Lippen, wenn sie mit ihrer kleinen Tochter spielte, Sauerampfersuppe kochte oder Milchbrötchen buk, die sie alle Kinder essen ließ. So wie sie, sagte Luise zu Rita, hatte sie sich immer eine Heilige vorgestellt.

»Vielleicht hat unsere heilige Hedwig so ausgesehen«, meinte Rita und verfolgte Elzbieta mit bewundernden Blicken.

Luise aber mochte weder die Sauerampfersuppe noch die Milchbrötchen. Und auch Elzbieta verhinderte nicht, dass Janusz nach und nach ihre Sachen an Schwarzmarkthändler verkaufte – den Sekretär von Luises Mutter, eine wertvolle Anrichte mit Marmorplatte der Reich'schen Großeltern, die alte Standuhr aus der guten Stube – alles, was die Plünderer nicht mitgenommen hatten, weil es ihnen wohl zu schwer gewesen war, versetzte er. Eines Morgens – die Reichs hatten gerade mit dem Dreschen begonnen – hörten sie wieder einen Lastwagen vorfahren. Luises Mutter schaltete die Dreschmaschine aus. Ihr Vater, der unten stand und einen halb gefüllten Getreidesack unter die Öffnung der Maschine hielt, fluchte. »Was ist?«, rief er.

»Ich will sehen, was los ist«, sagte ihre Mutter und eilte mit energischen Schritten die Stiege hinunter.

Als sie unten war, vertrat er ihr den Weg. »Tu dir das nicht mehr an«, beschwor er sie. »Du wirst heute Abend sehen, was weg ist.«

»Nein, ich will's wissen!« Sie lief an ihm vorbei zur kleinen Scheunentür, die zum Hof führte, und verschwand im hereinfallenden Licht. Luise ließ das Garbenbündel sinken, rannte die Stiege hinab und folgte ihr. Im Hof wartete ein alter Lkw mit laufendem Motor. Er hatte tiefe Spurrillen in der Auffahrt, die nicht für schwere Fahrzeuge gemacht war, hinterlassen. Das Tor und den Zaun unten an der Straße hatten Janusz und Augustyn bereits vor einiger Zeit herausgerissen und in den Graben geworfen, um die Zufahrt zu ihrem Hof zu verbreitern. Auf der Ladefläche des Lastwagens türmten sich Möbel und allerhand Gerümpel – Tische, Kommoden, Stehlampen und Standuhren, ein paar Korbstühle und eine kleine Maschine. Janusz stand in der Herbstsonne neben dem Fahrer des Lkw und beobachtete, wie zwei Arbeiter das Klavier aus dem Haus schleppten. Helene, die auf das kleine Mädchen aufpassen musste, ließ das Kind auf der Decke zurück und rannte zu den Arbeitern. Sie folgte dem Klavier wie ein hilfloser Wachhund. Dann rannte sie in die Scheune. »Papa, sie holen dein Klavier!«, hörte Luise sie rufen und in lautes Geheul und Gezeter ausbrechen.

Dieses Mal kümmerte sich ihre Mutter nicht um Helene. Sie ging zu dem kleinen Mädchen, das gerade von der Decke krabbelte, und hob es auf. Schweigend beobachtete sie, wie die Arbeiter das Musikinstrument auf den Lastwagen verluden. Es gab einen lauten schrägen Ton, als das Klavier auf die Ladefläche krachte, so, als hätten sich alle Tasten zu einem einzigen verwirrten Laut vereinigt, mit dem es seinen Protest ausdrücken wollte.

Helenes Geheul in der Scheune erstarb. In Luise krampfte sich etwas zusammen. Ein dicker Tränenkloß stieg auf und verschloss ihre Kehle. Mit Mühe schluckte sie ihn herunter. Auf keinen Fall wollte sie vor Janusz und den Polen in Tränen ausbrechen. Aber sie strengte sich so sehr an, dass sie ihr Gesicht nicht mehr spürte, es schien erstarrt zu sein in der Miene, die es zur Schau trug. Sie fühlte die Hand ihrer Mutter auf ihrem Arm und wandte den Kopf. Das Gesicht ihrer Mutter war schmal geworden, und die Falten am Mund beherrschten ihre ebenmäßigen Züge. Ihre hellen Augen glitzerten groß und traurig. »Willst du nicht lieber reingehen?« Diese warme Stimme hatte Luise zum letzten Mal gehört, als sie ein Kind gewesen war.

Sie schüttelte den Kopf und beobachtete, wie Janusz ein Bündel Geldscheine vom Fahrer des Lastwagens entgegennahm und es zählte. Er nickte und sagte etwas zu dem Mann. Der erwiderte einen kurzen Gruß und stieg ins Führerhaus des Wagens, wo er neben seinen Arbeitern Platz nahm. Krachend schlug die Tür zu, und das Lastauto wendete umständlich auf ihrem Hof und schwankte die Auffahrt hinunter.

Der Mann, der in diesem Augenblick ihre Auffahrt heraufkam, musste auf die Wiese am Löschteich springen, so breit ragte der Lastwagen über den schmalen Weg hinweg. Luise beschattete ihre Augen gegen die Herbstsonne. Es war Marian. In zivil. Er wandte sich um und sah dem Lkw hinterher, dann eilte er mit raschen Schritten zu ihnen hinauf. Janusz musterte ihn misstrauisch. Marian begrüßte ihn freundlich und verwickelte ihn in ein Gespräch, währenddessen Janusz immer zugänglicher wurde. Schließlich winkte Janusz ihm, er solle mit ins Haus kommen, doch Marian zögerte. Er antwortete etwas. Janusz nickte, stemmte die Hände in die Hüften und beobachtete, wie Marian zu Luise und ihrer Mutter ging und sie begrüßte.

Er strich dem kleinen Mädchen über das Händchen, und es lachte und streckte die Arme nach ihm aus. »Schön, dass du uns besuchst, Marian«, sagte ihre Mutter. »Leider können wir dich nicht mehr einladen.«

»Das macht nichts«, sagte er und nickte in Janusz' Richtung. »*Er* hat mich schon eingeladen.« Er schluckte und streifte Luise mit mehreren raschen Blicken. Seit jenem milden Tag im Oktober hatten sie sich nicht mehr getroffen. Er trug ein Hemd und eine Hose, die Luise noch nie an ihm gesehen hatte, und eine neue Jacke. Sie kämpfte gegen das Verlangen, ihn zu umarmen und sich an seiner Schulter auszuheulen. »Er hat unser Klavier verkauft«, hörte sie sich mit gepresster Stimme sagen.

»Ja, ich habe es gesehen. Es tut mir leid.« Marian sah traurig aus.

»Vielleicht haben wir irgendwann ein neues«, sagte Luises Mutter. Ihre Stimme klang trotzig.

»Ich hoffe es. Ich wünsche es Ihnen sehr«, sagte Marian. »Nun muss ich gehen und mit ihm einen Wodka trinken. Ich komme nachher noch mal zu Ihnen.« Er wandte sich um und ging mit Janusz in ihr Haus.

Luise kämpfte wieder gegen ihre Tränen. Sie fühlte, wie ihr Gesicht erstarrte, als würde es zufrieren wie der Löschteich im Winter. Sie gingen zurück zum Dreschen, als wäre nichts gewesen. Ihr Vater war zum Rauchen hinter die Scheune gegangen. Helene kauerte weinend in einer Ecke. Ihre Mutter musste ihr ganzes Geschick aufwenden, um sie dazu zu bringen, weiter auf das kleine Mädchen aufzupassen. Luise stieg zu ihrer Oma und Rita auf die Empore und war beinahe erleichtert, als die Dreschmaschine wieder ansprang und sie weiterarbeiten konnte.

Später ging sie mit Marian zu den Feldern hinauf. Marian hatte mit Janusz ein paar Wodka getrunken, und auf seinen Wangen glühten rötliche Flecken. Als sie außer Sichtweite des Hofes waren, blieb er stehen und küsste Luise. Sein Atem schmeckte nach Alkohol.

»Du bekommst bestimmt neues Klavier, eines Tages«, sagte er.

Luise antwortete nicht. Sie konnte es nicht glauben, aber sie wollte auch inzwischen nicht mehr darüber nachdenken.

»Sind Eltern sehr traurig?«

Sie hob müde die Hand. »Du hast ja gesehen, wie wir schlafen müssen. Er verkauft unsere Möbel und betrinkt sich jede Woche.«

Marian seufzte. Er nahm sie an die Hand und sie gingen weiter den Feldweg hinauf. »Schlägt er euch?«, fragte er.

»Nein.«

Er atmete hörbar auf. »Er sagte, ihr würdet euch fügen, aber er müsste euch im Auge behalten. Ich habe ihm nur Gutes über euch erzählt.«

»Danke«, sagte Luise. »Hoffentlich nützt es was. Aber ich traue ihm nicht. Er ist unberechenbar.«

Marian drückte ihre Hand fester. »Du weißt nicht, wie leid mir das alles tut. Manchmal wünschte ich …« Er hielt einen Augenblick inne und holte tief Luft. »Ich wünschte, wir hätten uns in anderen Zeiten kennengelernt.«

Sie warf ihm einen Seitenblick zu und fragte sich, was er damit sagen wollte. Ob er meinte, es wäre besser, sie wäre eine Polin, so, wie sie sich manchmal gewünscht hatte, er wäre ein Deutscher? Sie öffnete den Mund, um es zu sagen, aber dann entschied sie sich anders. Mittlerweile hatte sie gelernt, nicht immer dem ersten Impuls zu folgen und mit ihren Gedanken herauszuplatzen. Manchmal war es besser zu schweigen und mit der Wahrheit hinterm Berg zu halten oder sogar zu lügen. Das hatte sie in den Tagen mit Janusz gelernt.

»Ja, vielleicht hätten wir uns vor dem Krieg kennenlernen sollen«, sagte sie. »Du hättest ein Sommerfrischler sein können.«

»Ein … was?«

»Na, ein Sommerfrischler, ein Feriengast.«

»Ein polnischer Feriengast auf einem deutschen Hof? Niemals!« Er lachte leise, dann seufzte er wieder. »Du weißt, dass Krieg Grund war für unser Treffen. Wir wären uns nie begegnet, wenn er nicht gewesen wäre.«

»Wenn du nicht Soldat geworden und in Gefangenschaft gekommen wärst.«

»Ich habe mich manchmal gefragt, wie ein solches Unglück so etwas … Wunderbares hervorbringen konnte.«

Sie waren nun oben an der Feldmauer angelangt. Marian lehnte sich gegen die Steine und streckte wortlos die Arme nach ihr aus. In seinem Blick lag Wehmut und etwas anderes, das sie nicht deuten konnte. Luise ließ sich in seine Arme sinken und legte den Kopf an seine Schulter. »Ich weiß, warum du gekommen bist«, sagte sie leise.

Er hielt sie lange fest. Dann streifte er ihr das Kopftuch ab und küsste ihren Scheitel. Fuhr mit den Händen durch ihre Haare. Presste seine Wange gegen ihre. »Ich nehme den Nachmittagszug von Hermannsdorf«, sagte er mit bebender Stimme an ihrem Ohr.

Luise nahm sein Gesicht in ihre Hände. Tränen rannen ihm über die geröteten Wangen. Er hatte noch nie geweint, jedenfalls nicht in ihrem Beisein. Sie erschrak, aber dann nahm sie sich zusammen und strich mit ihren Fingern seine Tränen weg. Am liebsten hätte sie auch geweint, aber sie beherrschte sich. Sie wollte stark sein für sie beide. Bisher hatte er sie immer getröstet, nun war es umgekehrt.

»Wo fährst du hin?«, fragte sie.

»Erst Richtung Lemberg. Vielleicht finde ich da etwas heraus.«

»So weit? Aber da sind doch die Russen!«

»Ich muss es versuchen.« Er hob seine Schultern. »Irgendwo muss ich anfangen.«

Die Angst nagte in ihr. Sie erinnerte sich an eins der Gerüchte, das vor kurzer Zeit die Runde gemacht hatte. »Und wenn es doch Krieg gibt zwischen den Russen und den Amerikanern?«

Marian schüttelte den Kopf. »Glaub nicht jedem Gerücht. Es gibt keinen neuen Krieg. Sie haben alle genug davon.«

Luise nickte und setzte sich neben ihn auf die Mauer. Sie starrte eine Weile auf den steinigen Feldweg, während ihre Tränen sie nun doch zu überwältigen drohten. Mit Mühe kämpfte sie sie zurück. »Wann ... wann kommst du denn wohl wieder?«, fragte sie, obwohl sie wusste, dass er ihr darauf keine Antwort geben könnte. Ihre Stimme hörte sich leise und zittrig an.

Marian legte seine Hand auf ihre. Sie war diesmal nicht warm, sondern ungewöhnlich kalt. »Ich komme wieder«, versprach er. »Ich schwöre es.« Er sah sie eindringlich an.

Luises Angst wurde beinahe übermächtig. Sie verfolgte zitternd, wie er ihre Hände zum Mund führte und Küsse daraufdrückte.

»Du wirst erst wiederkommen, wenn du deine Familie gefunden hast, nicht wahr?«, sagte sie.

Er hob den Kopf. Erstaunen lag in seinem Blick. Dann nickte er ernst.

Sie unterdrückte mit Mühe ein Schluchzen. »Ich verstehe ja, dass du deine Familie finden musst«, sagte sie. »Aber ich habe Angst, dass es zu lange dauert. Dass wir uns nicht mehr wiedersehen! Wer weiß, was hier noch alles passiert. Es ist doch jetzt schon kaum noch zum Aushalten.«

Nun hatte sie es also doch gesagt. Ihre Befürchtungen wegen der unmöglichen Lage, in der sie sich befanden. Dabei hatte sie sich geschworen, nicht zu klagen, um ihm den Abschied nicht so schwer zu machen.

Er ließ ihre Hände auf seinen Schoß sinken. »Ich weiß, sie leben jetzt in euren Zimmern. Es muss schlimm für euch sein. Wir haben in eurer Küche Wodka getrunken.«

Nun lief ihr doch eine Träne die Wange hinab. Er nahm sie in die Arme und drückte sie fest an sich. »Schschscht«, machte er wieder wie im Frühjahr auf der Koppel, als er sie nach Herrn Steidlers Tod getröstet hatte. Dann murmelte er etwas auf Polnisch.

»Ich werde dich vermissen«, sagte sie mit erstickter Stimme. Sie würde es vermissen, wie er sie tröstete. Sie würde den Klang seiner Stimme vermissen, seinen Akzent. Wenn er Polnisch sprach, hörte es sich an wie ein sanfter Regenschauer, nicht so hart wie bei Janusz oder den anderen Polen. Sie legte den Kopf an seine Schulter und sah über die umgepflügten Felder zu Baumerts Busch hinüber. Eine unbestimmte, grauenvolle Ahnung stieg in ihr hoch und schnürte ihr die Kehle zu. Sie hatte Angst, ihn nie wiederzusehen.

»Ich werde an dich denken, Luise«, murmelte er. Er presste sie fest an sich und strich über ihre Haare. Nach einer Weile hob sie ihren Kopf und sah ihn an. Er sah bedrückt aus. In seinen dunklen Augen glitzerten Tränen. Er senkte seine Lippen auf ihre und küsste sie. Seine Lippen schmeckten salzig, und er schmeckte immer noch nach Wodka. In einem nüchternen Gedanken, der ihre Traurigkeit durchfuhr, dachte sie, dass sie sich immer an diese Mischung erinnern würde. Wodka und Tränen. Er ließ sie los. Hielt ihre Hand und drückte einen kleinen Kuss darauf. Dann erhob er sich. »Ich muss jetzt …« Er deutete vage in Richtung Niederdorf. »Meine Sachen sind noch in der Kommandantur.«

Luise schluckte und erhob sich ebenfalls. Ihre kalten Finger krampften sich zusammen. Sie dachte, dass sie nun sterben müsste. Ohne ihn.

»Leb wohl, Marian.«

»Leb wohl.«

Er wandte sich um und eilte mit raschen Schritten fort. Sie beobachtete, wie er über den Feldweg in Richtung Niederdorf ging und wie seine Gestalt immer kleiner wurde und schließlich hinter dem Bergrücken verschwand. Noch lange sah sie auf die Stelle, wo er verschwunden war, und sie verschwamm vor ihren Augen. Sie ließ sich auf die Feldmauer sinken. Endlich fiel jede Beherrschung von ihr ab, und sie weinte.

Kapitel 28

In den nächsten Tagen wurde es kalt, und starkes Schneetreiben setzte ein. Danach war alles winterlich verhangen, weiß in weiß. In der Frühe dampfte Nebel an den Hängen, dazwischen riss blauer Himmel auf. Der frühe Wintereinbruch spiegelte auf seltsame Art Luises Gemütszustand wider. Inneres und Äußeres waren im Gleichklang. Von ihr aus hätte es immer Winter bleiben können. Das Gezwitscher der Blaumeisen am Stallfenster ging ihr auf die Nerven, die Wintersonne, wenn der Himmel aufriss, brannte ihr in den Augen.

Sie weinte sich bei Rita aus und erzählte ihr endlich mehr von ihrer Freundschaft zu Marian, und Rita tröstete sie. Ihre Mutter legte ihr manchmal die Hand auf die Schulter oder den Arm und warf ihr mitfühlende Blicke zu. Ihre Oma kochte ihr einen Kräutertee, der sie aufmuntern sollte. Es schien, dass doch jeder in der Familie wusste, was los war, zumindest die Frauen wussten es, auch wenn Luise nie mit ihnen darüber sprach. Aber im Innern von Luises Kummer lag der eisige Kern verborgen, dem weder das Feuer noch die Anteilnahme ihrer Familie noch ihre Hoffnung auf Marians Rückkehr etwas anhaben konnte.

Sie hatte Angst.

Im Dorf wurde immer noch geplündert, und die Plünderer fuhren mit beuteschweren Wagen in das Innere Polens zurück. Manche Deutsche hofften, wenn sie erst genug geplündert hätten, würden die Polen wieder gehen, aber sie irrten sich. Immer mehr Menschen aus Galizien und der Ukraine kamen nach Lindenau und übernahmen als *Verwalter* die Häuser und Höfe. Im Dezember hatte jedes Haus im Dorf einen polnischen Verwalter.

In das Altenteilhaus von Frau Steidler zog ein polnisches Ehepaar. Als Frau Steidler daraufhin immer schmächtiger wurde, beschlossen Rita und Luise, ihr zu helfen. Abwechselnd gaben sie Frau Steidler heimlich Lebensmittel über den Zaun, wenn die Polen es nicht bemerkten. Später beteiligte sich sogar Helene daran, die ihr Geheimnis mitbekommen hatte. Zum ersten Mal gelang es Luises jüngerer Schwester, ein Geheimnis für sich zu behalten, sogar vor ihrer Mutter. Sie war sehr stolz darauf, mit den Großen etwas zu teilen.

Kurz vor dem ersten Advent setzte Tauwetter ein, und der Schnee schmolz. Regen peitschte durch das Tal und spülte im Reich'schen Garten die Erde um die vergrabenen Schnaps- und Medizinflaschen herum weg. Janusz war tagelang betrunken. Seine Freunde kamen zu Besuch, und sie feierten die Nächte hindurch und grölten Lieder. Elzbieta hatte tiefe Ringe unter den Augen, als sie morgens spät in die Wohnküche kam, um das Frühstück zu machen, und Helene musste noch häufiger auf das kleine Mädchen aufpassen. Die Reichs droschen das Getreide in der Hoffnung, dass alles nur ein vorübergehender Zustand wäre und ihre Verwalter eines Tages wieder verschwinden würden.

Am ersten Advent nahm Luise eine Räucherwurst aus dem Keller und versteckte sie mit dem Brot, das sie Frau Steidler geben wollte, unter ihrer Schürze. Solange Janusz oben seinen Rausch ausschlief, konnte ihr nichts geschehen. Trotzdem ließ sie alle Vorsicht walten, als sie in der Frühe über den Zaun zum

Steidler'schen Grundstück kletterte. Aber das Brot rutschte ihr aus dem Kleid und fiel in den nassen Matsch. Sie fluchte leise, hob es rasch auf und wischte den Schmutz von ihm. Dann lief sie zum Stubenfenster des Altenteilhauses und klopfte leise gegen die Scheibe. Es dauerte nicht lange, bis Frau Steidler öffnete. Wieder gab es Luise einen Stich, als sie die Lehrersfrau sah. Sie konnte sich einfach nicht daran gewöhnen, dass aus Frau Steidler eine alte Frau mit grau überzogenen Haaren und einem kleinen faltigen Gesicht geworden war. Schnell gab sie ihr das Brot und die Wurst, und Frau Steidler beeilte sich, alles zu verstecken.

»Wenn ich euch nicht hätte!« Sie drückte Luise durch das Fenster die Hände.

»Ein Adventsbrot«, sagte Luise, die sich über das kurze Aufflackern in Frau Steidlers Augen freute.

»Ja, wie traurig wir die Adventszeit verbringen müssen! Aber stell dir vor, es gibt eine gute Nachricht.« Frau Steidler beugte sich tief herunter, und Luise trat näher ans Fenster heran, um sie verstehen zu können.

»Ein Landser war hier. Hat sich in der Scheune unten versteckt, und der Nachbar hat ihn versorgt, bis er wieder weitergezogen ist. Wir wollten es euch nicht sagen, um euch keine Scherereien zu machen. Er wusste etwas von Wolfgang.«

»Ach wirklich?«

Frau Steidler nickte glücklich. »Mein Junge hat zuletzt eine ganze Kompanie geführt. Er war so tapfer! Sie haben noch Siege errungen, gegen polnische Divisionen, hier in der Nähe. Erst ganz zum Schluss haben sie sich den Russen ergeben.«

»Und wo ist er jetzt?«, fragte Luise fröstelnd.

»In russischer Gefangenschaft. Der Landser stammte aus der Schwesterkompanie und konnte fliehen.« Frau Steidler seufzte tief. Ihr war deutlich anzumerken, wie sehr sie sich über das Lebenszeichen von Wolfgang freute.

»Aber die Gefangenschaft …«

»Die wird der Wolfgang schon überstehen. Die Russen haben gesagt, die Gefangenschaft für deutsche Soldaten soll nur ein paar Monate dauern. Also wird mein Junge bald wieder zurückkommen.«

»Das hoffe ich sehr, Frau Steidler.« Luise drückte ihr die Hand. Um Wolfgangs und Frau Steidlers willen hoffte sie es, obwohl sie selbst Zweifel hatte. Es hieß, dass die Russen die schlimmsten Gegner von allen gewesen waren. Niemand wollte in ihre Gefangenschaft geraten. Ihr Versprechen, es würde nur wenige Monate dauern, war sicher nur eine Lüge gewesen. Aber das sagte sie nicht. Die Hoffnung, ihren Sohn lebend wiederzusehen, war vielleicht das Einzige, das Frau Steidler noch am Leben hielt.

Wieder setzte leichter Nieselregen ein. »Ich muss jetzt gehen«, sagte Luise. »Einen schönen ersten Advent und bis bald.«

»Bis bald, Kind, und danke.«

Luise wandte sich um und lief durch den matschigen Garten zum Zaun zurück. Die Worte von Frau Steidler klangen ihr im Ohr. Sie hatte sie noch nie *Kind* genannt. Rasch kletterte sie im stärker werdenden Regen über den Zaun und rannte zum Hof zurück. Als sie an der Scheune war, tauchte Janusz auf einmal vor ihr auf. Er vertrat ihr den Weg und schlug ihr ins Gesicht. Der Schlag kam so überraschend und war so heftig, dass sie sich nur noch die schmerzende Wange halten konnte.

Janusz deutete auf das Gehöft der Steidlers. »So! Da meine Brote und Würste verschwinden!« Er fluchte etwas auf Polnisch und hob drohend den Zeigefinger. »Nicht mehr machen! Nicht mehr!«

Luise wich vor ihm zurück. Ihre Wange brannte. Janusz trug einen alten, löchrigen Pullover, der sich über seinen Bauch spannte. Sein schwarzes Haar war feucht, als wäre er schon länger draußen gewesen. Bestimmt hatte er alles gesehen.

Sie wollte an ihm vorbei zum Hof laufen, aber er vertrat ihr wieder den Weg. Drohend baute er sich vor ihr auf. »Wie lange schon bringen Frau Essen? Hä? Wie lange schon?«

»Es war nur ein Brot«, verteidigte sich Luise. »Weil heute der erste Advent ist.«

»Mir egal! *Mein* Brot nicht verschenken.«

»Aber die Frau hat sonst nichts! Sie verhungert.« Luise spürte, wie sie allmählich durchnässte. Der Regen rauschte auf sie herunter, aber Janusz schien das nichts auszumachen. Er stemmte die Hände in die Hüften und kam einen Schritt näher.

»Ah, Frau satt, aber *wir* nichts mehr haben! Du wissen, wie teuer Brot ist?«

Luise schüttelte den Kopf. Sie wich vor ihm zurück und bereitete sich auf seinen nächsten Schlag vor.

»Wir sehen andere Mädchen, bringen Brot rüber. Du denken, ich nicht merken?«

»Nein, nein, das war ich! Nur ich habe heute das Brot rübergebracht, und es tut mir auch sehr leid«, rief Luise hastig, als sie Janusz' Gesicht sah. Seine dunklen Augen funkelten sie an, seine Brust hob und senkte sich rasch.

»Ihr glauben, dummer Pole merken nicht, was? Ihr Deutschen denken, Polen dumm, Polen nur gut für Arbeiten für Sklaven. Und Treblinka! Majdanek! Scheiß deutsche Schweine!« Er spuckte vor Luise ins nasse Gras.

Luise roch seinen Alkoholatem und wich vor ihm zurück. Als er nichts mehr sagte, rannte sie an ihm vorbei zum Hof in den Stall und versteckte sich in Dorles Box. Zitternd kauerte sie sich ins Stroh hinter der Stute und erwartete, dass Janusz ihr folgen und jeden Augenblick hier auftauchen würde.

Aber er kam nicht. Stattdessen hörte sie die Haustür mit einem Krach zufallen und Janusz nach oben stapfen. Sein

Schlag brannte an ihrer Wange, aber noch schlimmer als der körperliche Schmerz war die Demütigung gewesen. Was hatte er mit Treblinka und Majdanek gemeint? Luise überlief ein kalter Schauer, als sie an den Hass in seinen Augen zurückdachte. Sie wusste ja nahezu nichts von ihm, nur dass er Soldat gewesen war und jetzt offenbar davon lebte, was der Verkauf ihrer Möbel ihm einbrachte und was sie erwirtschafteten. Er lebte wie eine Made im Speck von ihrer Arbeit.

Verdrossen ging sie zu Fritz und umklammerte seinen Hals. Er war schon sehr gewachsen und stand neben seiner Mutter in der Box, die niemand mehr verkleinert hatte, seitdem er zur Welt gekommen war. Ihr Vater hatte ihn am Morgen gebürstet und gefüttert und würde ihn später auf die Koppel bringen. Janusz hatte die Pferde zum Glück behalten, weil Augustyn sie liebte und sein Sohn gern mal auf ihnen ritt, wenn er nicht gerade mit Manfred spielte.

Während sie Fritz über das Fell strich, musste Luise daran denken, wie er zur Welt gekommen war. Obwohl das gerade einmal elf Monate her war, hatte sich inzwischen alles für sie verändert. In nicht einmal einem Jahr war ihre vertraute Welt Stück für Stück zerbrochen und eine neue Welt war entstanden, die sie hasste. Jeden Tag hoffte sie, dass Janusz und seine Bagage endlich wieder gehen würden, und ahnte zugleich, dass ihre Hoffnungen vergeblich waren. Jeden Tag hoffte sie, dass Marian endlich wiederkäme, doch mit jedem Tag mehr stieg ihre Angst, er würde nicht zurückkehren. Was wäre, wenn sie nichts mehr von ihm hören würde? Wenn ihm etwas zustoßen würde oder er es sich mittlerweile einfach anders überlegt hätte? Sie wusste nicht, was schlimmer wäre. Nichts war mehr wie früher.

Erst später wagte sie sich ins Haus zurück. Ihre Eltern sollten nicht erfahren, was geschehen war. Aber ihre Mutter bemerkte natürlich ihre geschwollene Wange. »Was hast du da gemacht?«, wollte sie beim Essen wissen. »Wo warst du überhaupt so lange?«

»Im Stall bei Fritz«, erwiderte sie hastig. »Ich musste ihm ausweichen, und da bin ich mit dem Gesicht an die Boxenwand geknallt. Papa, er muss unbedingt heute raus.«

Ihr Vater verzog das Gesicht und spähte missmutig durch das Fenster, wo der Regen gegen die Scheiben schlug. »Jaja, später«, sagte er.

Alle schwiegen eine Weile. Rita und Helene warfen Luise fragende Blicke zu, doch sie machte eine heimliche abwehrende Handbewegung.

»Janusz war hier«, sagte ihr Vater, nachdem er eine Weile aus dem Fenster gestarrt hatte. »Er hat uns erzählt, dass ihr Frau Steidler heimlich Brot gebracht habt. Macht das nicht mehr! Wir können das hier nur heil überstehen, wenn wir tun, was er will.«

Er sah tadelnd in die Runde am Esstisch. Rita und Helene nickten und starrten schuldbewusst auf ihre Teller hinunter.

Luise ließ die Gabel sinken und lehnte sich zurück. »Und Frau Steidler soll verhungern?«

»Sie ist erwachsen, sie wird schon durchkommen«, entgegnete ihre Mutter. »Andere haben ihr bestimmt auch was gegeben.«

»Danach sieht sie aber nicht aus.«

Ihr Vater schlug auf den Tisch. »Herrgott, Luise! Ihr lasst es bleiben, aus! Wir halten Frieden mit Janusz, so kommen wir durch.«

Luise starrte eine Weile vor sich hin. *Sich regen bringt Segen* stand in weißer Schrift auf der dunkelblauen Tischdecke. Der Spruch verschwamm vor ihren Augen. Auf einmal schien ihr, als wollten die Worte sie verhöhnen. Sie hatten ihren über Jahrzehnte mühsam ersparten Wohlstand an die Plünderer verloren, und Janusz und seine Familie lebten gut, ohne einen Finger zu rühren.

Sie spürte, wie ihr die Tränen über die Wangen liefen. »Er hat mich beschimpft und vor mir ausgespuckt und Scheißdeutsche gesagt«, erzählte sie. »Er sagte etwas von Treblinka und Majdanek. Wisst ihr, was er meinte?«

Ihr Vater sah sie mit ernster Miene an. Im schwachen Licht der Küchenlampe glitzerten seine Schläfen silbern. Er schüttelte langsam den Kopf.

»Ach, Madl«, seufzte ihre Oma.

Ihre Mutter erhob sich, kam zu ihr und legte ihr die Hände auf die Schultern. »Dein Vater hat recht, wir dürfen uns nicht mit Janusz anlegen«, sagte sie. »Er schließt sonst den Keller ab und teilt uns die Vorräte zu, wie andere Verwalter das im Dorf machen. Wir haben Glück, dass er noch so großzügig ist.«

»Großzügig«, äffte Luise sie mit bitterer Stimme nach. »Ich hoffe nur, sie sind bald alle weg!«

»Sei leise«, zischte ihre Mutter mit einem ängstlichen Blick nach oben.

Eine Weile herrschte Stille, in der nur Luises leises Schluchzen zu hören war. Rita zog ein Taschentuch hervor und gab es ihr in schweigendem Beistand.

»Wir wissen nicht, wann sie wieder verschwinden werden und wie alles weitergehen soll«, sagte ihr Vater schließlich. »Wir wissen genauso wenig wie du. So lange müssen wir durchhalten.«

Luise wischte sich die Tränen ab. Wie konnten ihre Eltern sich nur so klaglos in alles fügen? War es nicht ihr Hof, ihr Besitz, ihr Land? Sie hatte das Gefühl, die Ungewissheit nicht mehr länger ertragen zu können. Sie erhob sich und rannte an ihrer Mutter vorbei durch die Wirtschaftsküche und den Flur nach draußen. Sie stapfte über die Wiese zum Nussbaum und lehnte sich gegen ihn. Der Regen hatte endlich aufgehört, aber immer noch hingen schwere graue Wolken am Himmel. Tief atmete Luise die feuchte Luft ein. Wo war Marian? Warum kam er nicht zurück?

Sollte sie beten und Gott bitten, es ihr zu sagen? Nein, dachte sie, es gab keinen Gott. Gebete nutzten nichts. Die gläubige Rita, die immer betete, hatte ihre Mutter und ihren Vater verloren.

Sie hob den Kopf und starrte hinauf in die Wolken, und auf einmal war ihr, als würde Marian wieder da sein und sie würden miteinander reden, wie sie es früher getan hatten. Sie hörte seine Stimme mit ihrem unverkennbaren polnischen Akzent, mit der er ihr irgendetwas Tröstliches sagen würde. Sie lehnte ihre Wange an den Stamm des Nussbaums und gab sich ihren Erinnerungen hin.

Ein Rascheln im Laub ließ sie zusammenfahren. Im ersten Augenblick gaukelte ihre Hoffnung ihr das Bild vor, Marian würde doch wieder vom Hof herüberkommen. Aber es war Rita.

»Also hier bist du«, sagte Rita erleichtert, nachdem sie Luise entdeckt hatte. Sie trug ihren alten Wintermantel und war offenbar hastig in ihre Schuhe geschlüpft, die sie nur nachlässig geschnürt hatte. Ihre dunklen Augen forschten in Luises Miene. »Was für ein trüber Tag«, meinte sie seufzend und legte ihre Hand an den Baumstamm. »Wenn der erste Advent schon so traurig ist, wie soll dann erst Weihnachten werden?«

Luise schluckte und sah zum Steidler'schen Haus hinüber, aus dessen Fenster Musik und Gelächter erklang. »Die Polen da drüben feiern«, sagte sie mit rauer Stimme. »Und Frau Steidler muss hungern.«

Rita folgte ihrem Blick. Sie sah traurig aus. »Ja, es ist eine schlimme Zeit. Wir müssen jetzt dafür bezahlen, dass wir den Krieg verloren haben. Vor allem die Frauen und Kinder.«

Luise nickte. »Weißt du, dass ich hier schon oft gestanden und Herrn Steidler beim Klavierspielen zugehört habe? Er hat manchmal verbotenen Jazz gespielt, er liebte das.«

»Ach ja?« Rita lächelte. »Eine versteckte Seite an unserem alten Lehrer ... die kannte ich gar nicht.«

»Ich hab's ja auch keinem erzählt. Er wäre in Teufels Küche gekommen.«

»Wenigstens sind diese Zeiten jetzt vorbei«, sagte Rita.

Sie schwiegen eine Weile und lauschten dem Lärm der Feiernden. Luise merkte, wie Rita sie von der Seite ansah. »Hat Janusz dich geschlagen?«, fragte sie.

»Ja.«

»Tut mir leid«, sagte Rita. »Ich wollte nicht, dass es so weit kommt.«

Luise winkte ab. Sie wollte nicht weiter darüber reden.

»Deine Eltern haben recht«, fuhr Rita fort. »Wir müssen damit aufhören. Zumindest ... eine Weile. Lass uns mit eurem Nachbarn reden und mit noch ein paar Leuten aus dem Dorf, ob die vielleicht noch was für Frau Steidler haben.«

»Gute Idee«, sagte Luise. Ihre Stimme klang rau und dunkel. Sie spürte Ritas Blick und wich ihm aus.

»Aber das bedrückt dich ja nicht so sehr, oder?«, hörte sie Rita fragen.

Sie schüttelte den Kopf.

»Was dann?«

Luise zwang sich, vom Lehrerhaus wegzusehen und Ritas forschendem Blick zu begegnen. Sie hatte ihr mittlerweile mehr von ihrer Freundschaft zu Marian erzählt. Aber wie sollte sie ihr nur sagen, dass sie sich nichts sehnlicher wünschte, als dass Marian jetzt neben ihr stünde? Ein Windstoß fuhr durch den Nussbaum und ließ dicke Tropfen von den Ästen auf sie niederfallen. Luise überlief ein kalter Schauer.

Rita steckte die Hände in ihre Manteltaschen. »Ich wollte gerade hoch zum Hainberg gehen und für meinen Vater beten«, sagte sie. »Kommst du mit?«

Luise willigte ein. Vielleicht war es gut, von hier wegzukommen, von dieser Stelle, an der so viele Erinnerungen hafteten.

»Es ist noch hell. Wir werden nicht lange weg sein«, sagte Rita mit einem kurzen Blick zum Hof hinüber. Luise wusste, was sie damit sagen wollte: Sie sollten sich beeilen, ehe man sie vermissen würde.

Luise nickte, und gemeinsam machten sie sich auf den Weg durch die Felder. Mit jedem Schritt fühlte sich der Kummer schwerer für Luise an. »Es ist wegen Marian«, brach es endlich aus ihr heraus, als sie am Querweg angelangt waren. »Er fehlt mir so, Rita!«

Sie blieben stehen. Die kalte Luft stach in Luises Lunge, weil sie nun hastiger atmete. »Er ist schon einen Monat weg. Wenn er nicht mehr zurückkommt? Vielleicht ist ihm etwas zugestoßen!«

Rita sah sie ein paar Atemzüge lang wortlos an. »Das glaube ich nicht. Er ist doch vorsichtig und klug genug, um auf sich aufzupassen, nicht?«

»Ja, ist er«, sagte Luise.

»Also wird ihm auch nichts passieren«, beruhigte sie Rita. »Sicher kommt er wieder zurück. Er hat's doch versprochen.«

»Ja, aber wann? Wie lange wird das noch dauern? Und was wird bis dahin aus uns werden?«

»Das wissen wir nicht«, sagte Rita leise.

Luise seufzte tief. Langsam gingen sie weiter den Berg hinauf. »Ich glaube es ja auch«, sagte sie nach einer Weile, nachdem sie sich beruhigt hatte. »Ich verstehe, dass er seine Familie wiederfinden muss, das ginge mir an seiner Stelle genauso. Aber was, wenn …« Sie brach ab, weil sie davor zurückscheute, die ungeheuerlichen Worte auszusprechen.

»Wenn er es sich inzwischen anders überlegt hat? Wenn er seine Familie findet, irgendwo in Polen, und nicht mehr zu mir zurück*will*? Vielleicht reden sie es ihm aus, weil ich Deutsche bin. Eine Liebe zwischen einer Deutschen und einem Polen – das geht doch nicht! Vielleicht wird ihm das jetzt erst so richtig bewusst, mit jedem Tag mehr, den er weg ist, und er kommt nicht mehr hierhin zurück.«

Sie waren jetzt oben am Hainberg unter der Fichte angelangt, wo der kleine Steinkreis lag, den Rita zum Gedenken an ihren Vater angelegt hatte. Das Holzkreuz stand etwas schief, und Rita bückte sich und rückte es wieder gerade.

»Es tut mir leid, dass ich dich so mit meinen Gefühlen überschwemme«, sagte Luise. »Du solltest hier allein sein und in Ruhe an deinen Vater denken.«

Rita richtete sich auf und wischte sich die feuchten Hände am Mantel ab. »Was wäre ich für eine Freundin, wenn ich dir nicht zuhören würde?«, fragte sie. »Sind Freunde nicht dafür da, dass man sich bei ihnen das Herz ausschütten kann? Dass man sich tröstet und sich gegenseitig Kraft gibt? Du warst für mich da, als mein Vater gestorben ist, ich durfte bei euch bleiben, ihr habt mir ein Zuhause gegeben, obwohl ihr selbst nicht viel habt. Das vergesse ich euch nie.«

Luise starrte ihre Freundin an, überrascht und berührt von deren offenen Worten. Hätte ihr jemand vor drei Jahren gesagt, dass die Pfarrerstochter und Klassenbeste einmal so mit ihr reden würde, sie hätte ihn für verrückt gehalten. »Du hast recht«, sagte sie nur.

Rita kam zu ihr und legte ihr die Hand auf den Arm. »Du kannst mir alles sagen«, meinte sie. »Ich erzähle nichts weiter. Außerdem bin ich froh, dass du jetzt bei mir bist.«

Sie drückte ihr kurz den Arm und ging dann wieder zu dem kleinen Denkmal zurück, um die Erde wegzuwischen, die sich auf dem Steinkreis angesammelt hatte. Auf einmal hielt sie inne und sah zu Luise auf. »Deine Ängste sind durchaus berechtigt, wenn man bedenkt, wie uns die Polen hassen. Ich glaube, dass nicht nur Marian diese Gedanken haben könnte, sondern du auch.«

»Was, ich? Was meinst du damit?«, fragte Luise.

Rita widmete sich wieder den Steinen. »Ich meine, es sind in Wahrheit deine Bedenken. Es ist klar, dass du dich fragst, wie es weitergehen könnte mit euch. Was ist, wenn er zurückkommt und dich bittet, mit ihm irgendwohin nach Polen zu ziehen? Was würden deine Eltern sagen? Würde seine Familie dich akzeptieren? Würdest du irgendwo in Polen leben wollen?«

Luise schüttelte schweigend den Kopf. »Vielleicht kommt er ja wieder hierhin … Vielleicht findet er seine Familie auch nicht und dann …«

»Was dann?« Rita erhob sich und streifte sich den Dreck von den Händen. »Wünschst du ihm das?«

»Natürlich nicht.« Luise runzelte die Stirn. Warum stellte ihr Rita so viele Fragen? Aber vielleicht hatte sie recht, sie sollte sich über die Zukunft ihrer Beziehung zu Marian klar werden.

»Du meinst also, ich sollte ihn aufgeben?«, fragte sie mit zitternden Lippen.

»Das habe ich nicht gesagt«, erwiderte Rita.

»Hast du nicht, aber du meinst es.«

»Nein. Ich meine nur, dass es richtig ist – bei allen Gefühlen –, sich auch Gedanken zu machen, was das alles für euch beide bedeuten könnte. Was du tust, musst du selbst wissen.«

Luise schwieg einen Moment. »Ich liebe ihn«, sagte sie schlicht. Sie wunderte sich, wie leicht ihr diese Worte über die Lippen kamen, wo sie doch bisher noch niemandem außer Marian ihre Gefühle gestanden hatte. »Ich habe mir oft gewünscht, er wäre ein Deutscher.«

»Das glaube ich dir«, sagte Rita. »Betest du mit mir?«

Luise nickte. Sie falteten die Hände, und ihrer Freundin zuliebe murmelte Luise das Vaterunser mit, das Rita laut aufsagte. Dann gingen sie wieder zurück zum Hof. Es dämmerte schon, und schwere Regenwolken verhüllten die Berge. Luise fühlte sich nun etwas besser, nachdem sie mit Rita gesprochen hatte.

Auf dem Hof hatte niemand ihre Abwesenheit bemerkt. Nach dem Essen, nachdem die Erwachsenen in der Küche noch etwas zusammengesessen hatten, ging Luise früh in ihre alte gute Stube zum Schlafen. Leise schlüpfte sie unter die Decke ihres Strohlagers. Kaum lag sie, kam Helene zu ihr gekrochen und drückte ihr einen feuchten Kuss auf die Wange. Luise wärmte ihre kalten Füße an den warmen Beinen ihrer Schwester, und diese ließ es sich ohne Protest gefallen.

Kapitel 29

Lindenau, im Mai 1946

Luise lehnte am Zaun der Pferdekoppel und beobachtete, wie ihr Vater Felix, Janusz' Sohn, auf Dorle reiten ließ. Felix' helles Lachen hallte über die Koppel, während ihr Vater die Stute im Kreis herumführte. Manfred wartete ungeduldig neben Luise am Zaun. Schließlich hielt er es nicht mehr aus und rannte zu ihnen. »Jetzt bin ich dran!«, rief er. »Papa, *ich* bin dran!«

»Du noch nicht, gleich«, bestimmte Felix. Er konnte mittlerweile ein paar Brocken Deutsch und Manfred ein paar Worte Polnisch. Die Jungen waren über den Winter Freunde geworden, wenn auch mit klarer Hackordnung. Felix hatte Manfred von Anfang an klargemacht, dass sein Vater der Chef auf dem Hof wäre und er deshalb das Sagen hätte.

»Noch eine Runde, Manfred«, sagte Alfred Reich in ruhigem, aber bestimmtem Ton zu seinem Sohn. »Dann kommst du dran.«

Manfred verschränkte die Arme vor der Brust und beobachtete mit gerunzelter Stirn, wie Dorle ihre Runde drehte. Es gab Luise einen Stich ins Herz, ihren Vater so zu sehen. Aus dem stolzen Bauern war ein Zirkushelfer geworden, der die Kinder der Besatzer belustigte.

Im Herbst hatte er noch das Wintergetreide gesät und im März den Hafer, aber dann war das Gerücht aufgekommen, dass von nun an täglich achttausend Deutsche aus den Ostprovinzen in den Westen ausgesiedelt werden sollten. Irgendjemand hatte das im englischen Rundfunk gehört. Danach hatte ihr Vater sich zunehmend schwerer mit den Arbeiten getan. Wozu noch pflanzen und säen, wenn man zur Erntezeit vielleicht nicht mehr hier wäre? Da Janusz keine Pflanzkartoffeln besorgt hatte, war auch das Kartoffelpflanzen ausgeblieben. Nachdem sich herausgestellt hatte, dass das Gerücht mit der Aussiedlung tatsächlich der Wahrheit entsprach, war ihr Vater immer häufiger auf der Pferdekoppel anzutreffen.

Er ließ auch Manfred ausgiebig reiten und ging dann zu Luise. »Kurze Pause!«, rief er und reagierte nicht auf das ständige »Weiter! Weiter!« von Felix.

»Komm, wir gehen zu Fritz«, sagte Manfred und zog seinen Freund fort.

Ihr Vater lehnte sich neben Luise an den Zaun, zündete sich eine Zigarette an und sah, wie ihr Rauch sich mit der milden Frühlingsluft mischte. Die Wiese leuchtete sattgrün, besprenkelt mit den vielen bunten Punkten der Blumen. Der Holunder blühte. Eigentlich hätte Luise die Blüten mit ihrer Oma geerntet und getrocknet oder Saft und Pfannkuchen mit ihnen zubereitet, doch das hätte Janusz ihnen nie erlaubt.

»Was wohl aus ihnen wird?«, fragte Luise und deutete mit dem Kopf zu den Pferden hinüber, die auf der Wiese grasten. Es waren nur noch Dorle und Fritz. Den Bolschewiken-Hengst hatte Janusz im zeitigen Frühjahr an einen Fuhrunternehmer verkauft. Dennoch war das Futter knapp geworden, und sie hatten den Pferden gekochte Kartoffelschalen füttern müssen.

»Weiß nicht.« Ihr Vater zuckte mit den Schultern. In seinen Augen blitzten auf einmal Tränen auf.

Luise erschrak und sah rasch weg, um nicht auch weinen zu müssen. Die Traurigkeit war in diesen Tagen besonders ansteckend. Es schien, als trügen alle ihre Tränen gleich unter der Haut und ein Ritz genügte, um sie hervortreten zu lassen. Ihre Hoffnung, Janusz und seine Familie würden wieder ausziehen, war zerstört. *Sie* würden nun diejenigen sein, die gehen mussten. Sie würden ihre Heimat verlassen müssen.

»Wenn die Reihe an unser Dorf kommt, will ich versuchen, dass wir mit den ersten Zügen wegkommen«, sagte ihr Vater nach einer Weile.

Luise nickte und beobachtete, wie der Zigarettenrauch in die Luft stieg, um sich im blassblauen Himmel aufzulösen. Die Vögel zwitscherten, und die Luft roch frühlingshaft. Manfred und Felix tollten auf der Wiese herum. Ihr Lachen klang glockenhell in die milde Luft. Umgeben von der Schönheit dieses Frühlingstages fiel es Luise besonders schwer zu begreifen, dass sie alles würden zurücklassen müssen – ihren Hof, die Tiere, das Land, alles. In der letzten Zeit waren immer mehr Polen nach Lindenau gekommen, und es wurde immer mehr Polnisch auf der Dorfstraße gesprochen. Sie hatten im Winter ein trübseliges Weihnachtsfest verlebt und bis Neujahr einige ruhige Tage gehabt, und kurzzeitig war das Gerücht aufgekommen, dass Schlesien doch wieder deutsch werden würde. Aber es war nur ein Gerücht geblieben, eins von vielen, das wohl eher von der Hoffnung getragen war, alles könnte wieder so werden wie früher. Nun hatten sie Gewissheit.

»Ich hab Angst vor dem Westen«, sagte Luise. »Wo werden wir nur hinkommen?«

Ihr Vater zuckte mit den Schultern und rauchte weiter. »Irgendwo kommen wir schon hin. Alles ist besser als dieses hier.«

Luise nickte. So wie jetzt konnten und wollten sie nicht mehr weiterleben. »Aber wir kommen doch wieder zurück, nicht?«, fragte sie. Ihr Vater nickte.

Das beruhigte Luise. Sie würden vorübergehend im Westen bleiben müssen, bis endgültig geklärt war, was aus Schlesien werden würde. Sie dachte an ihr Tagebuch, das sie nach Ostern in dem Verschlag auf dem Taubenboden versteckt hatte, den ihr Vater für sie und ihre Mutter als Versteck vor den Russen gebaut hatte. Sie hatte es zwischen all die Familienwertsachen gelegt, die sie dort hineingelegt hatten, bevor ihre Verwalter kamen: Helenes Pucky-Bücher, Manfreds kaputten Teddy, das Silberhochzeitskrönchen ihrer Oma, alte Fotos, die Kettenuhr ihrer Mutter und das Fernglas ihres Vaters, das dieser irgendwie vor den Polen hatte verstecken können.

Luise hatte ihr Tagebuch woanders unterbringen müssen, nachdem sie das Gefühl beschlichen hatte, dass es im Stall, wo sie es versteckt hielt, entdeckt worden war. Es hatte zuletzt nicht mehr so gelegen, wie sie es hinterlassen hatte, und Marians viele kleine Zettel und Geschenke waren verrutscht. Im Verschlag auf dem Taubenboden wäre ihr Tagebuch nun hoffentlich sicher aufbewahrt, bis sie eines Tages wieder zurückkäme.

»Wir werden frei sein, und es wird uns besser gehen«, sagte Luise mehr zu sich selbst als zu ihrem Vater. Sie hatte Angst vor der Fremde und vor der Ungewissheit, in die sie würden gehen müssen.

»Überleg dir, was du mitnehmen willst«, sagte ihr Vater. »Viel kann's nicht sein. Vielleicht plündern sie uns auf dem Weg zum Bahnhof noch aus.«

Luise schauderte es trotz der Wärme. Ob ihr Vater damit gerechnet hatte, als er ihr im letzten Frühjahr das Flugblatt der Russen gezeigt und erzählt hatte, wie es um sie stand? »Hättest du gedacht, dass es so wird, Papa?«, fragte sie. »Haben wir es richtig gemacht oder hätten wir doch fliehen sollen?«

Ihr Vater tat den letzten Zug und trat dann seine Zigarette aus. »Man versucht immer das Beste, Madl, für die Familie und sich. Wir leben alle noch und sind gesund, das ist die Hauptsache. Wir werden es schon schaffen.« Er wandte sich zum Gehen und stieß einen kurzen Pfiff aus. »Manfred, komm essen! Ihr könnt nachher weiterspielen.«

Manfred tat, als hätte er seinen Vater nicht gehört, und spielte weiter mit Felix Verstecken. Luise folgte ihrem Vater über die Koppel zum großen Tor. Als sie aus dem Schatten der Obstbäume traten, schien die Sonne warm auf sie herunter. Luise blickte auf ihren Schatten hinunter, der vor ihr auf die Steine des Weges fiel. Wie oft war ihr Vater diesen Weg mit dem Pferdefuhrwerk zu den Feldern hinaufgefahren! Wie oft würden sie ihn noch gehen können, bevor sie wegmussten?

Sie hob den Kopf, als ihr Vater auf einmal stehen blieb. Er hob seine Hand und beschattete seine Augen gegen das helle Licht. Luise folgte seinem Blick und sah einen jungen Mann vom Hof heraufkommen. Er hatte schwarzes Haar, trug eine dunkle Hose und eine große Ledertasche, deren Gurt schräg über seine Brust verlief. Luise schluckte und kniff die Augen zusammen. Sie streckte die Hand aus, weil sie glaubte, sie müsste sich an ihrem Vater festhalten, nachdem sie Marian erkannt hatte.

Er war wieder zurückgekehrt, nach vielen Monaten. Sie sah, dass er etwas schmaler geworden war. Sein schwarzes Haar war länger gewachsen und wellte sich wieder vorn an der Stirn. Er ging leichtfüßig wie immer, doch etwas Neues lag in seinem Gang, etwas Federndes, das vorher nicht da gewesen war.

»Herr Reich!« Er begrüßte Luises Vater lächelnd.

Die beiden Männer gaben einander die Hand. Ihr Vater berührte kurz Marians Arm. Er war blass geworden, und er sah ernst aus. Seine Bewegungen waren müde, so als wäre alles Leben auf einmal aus ihm gewichen.

»Luise!« Marian drückte ihre Hand.

Wie merkwürdig, seine Hand zu fühlen nach all der Zeit! Er freute sich offensichtlich, sie wiederzusehen. Sie schluckte heftig. Ihr war, als würde alles Blut aus ihrem Kopf und ihren Lippen weichen, um sich in ihrem Inneren zu sammeln. Sie wich seinem Blick aus und sah stattdessen auf einen Hemdknopf an seiner Brust. Sein Hemd war neu und schlicht grau, seine Schuhe aus feinem dunklem Leder. »Ich freue mich, dass es Ihnen gut geht«, sagte er und sah erleichtert von Luise zu ihrem Vater.

»Wir hatten Glück«, erwiderte ihr Vater. »Wir haben noch zu essen. Und ein bisschen zu rauchen.« Er zog seine Zigarettenpackung hervor und bot Marian eine Zigarette an, doch der lehnte ab.

»Rauchst du immer noch nicht?«

»Werde ich wohl auch nicht.«

Luises Vater zuckte mit den Schultern und ließ die Schachtel zurück in seine Westentasche gleiten. »Wo kommst du denn jetzt her, Junge?«

»Aus Jelenia Góra.«

»Ah, bist du mit dem Zug gekommen?«

»Nein, ich ... ja, bis Hermannsdorf.«

»Natürlich.« Ihr Vater musterte Marian aus zusammengekniffenen Augen. »Wir haben nicht mehr geglaubt, dich noch wiederzusehen«, sagte er mit einem kurzen Blick auf Luise.

Marian sah betroffen aus. Seine Hand umklammerte den Gurt seiner Tasche. »Es tut mir leid, dass ich nicht eher gekommen bin«, sagte er.

»Hast du deine Familie gefunden?«, fragte Luise.

Er nickte. »Gott sei Dank!«

»Und ... wo ...?«

»Sie wohnen jetzt in Jelenia Góra«, sagte Marian und warf ihnen hastige Blicke zu, um zu sehen, wie sie es aufnahmen.

»In Hirschberg?« Ein kleines bitteres Grinsen umspielte den Mund von Luises Vater. »Was für ein Zufall.«

»Ja, sie finden, es ist schöne Stadt zu leben.«

»Seit wann wohnen sie da?«, fragte Luise. Ihre Stimme hörte sich fremd an, leise und dünn.

»Seit Januar. Ich habe sie monatelang im ganzen Land gesucht und erst vor Kurzem gefunden.«

»Das freut mich für dich«, sagte Luise leise. »Sind alle wohlauf?«

Er nickte freudig.

Luise war erleichtert und freute sich einen Augenblick mit ihm. Seine Familie lebte ausgerechnet hier in ihrer Kreisstadt. Was für eine Fügung des Schicksals!

»Du hast Glück, uns noch anzutreffen«, meinte ihr Vater. »Sicher hast du gehört, dass sie uns in den Westen schaffen wollen.«

»Ja, das weiß ich.« Marian suchte Luises Blick. Sie begegnete ihm kurz und sah schnell wieder fort.

»Wir werden bald weggehen«, bekräftigte ihr Vater.

Marian nickte. »Entschuldigen Sie bitte, Herr Reich, ich würde gern Luise allein sprechen.«

»Ja, wenn sie will?«

Ihr Vater sah sie fragend an. Luise wich seinem Blick aus und nickte nur.

»Auf Wiedersehen, Herr Reich«, sagte Marian.

»Auf Wiedersehen. Pass auf dich auf.«

Luise sah sich nach ihrem Vater um, als sie mit Marian den Weg zu den Feldern hinaufging. Er starrte ihnen finster hinterher. Sie wandte sich rasch um und ging weiter.

Schweigend stiegen sie die Anhöhe hinauf bis zum Hainberg. Luise konnte immer noch nicht fassen, dass Marian wieder hier war, dass er wirklich neben ihr ging. Als wären die Monate, die sie um ihn geweint hatte, nicht gewesen.

Sie machten am Querweg Halt und sahen über die Felder. Der Roggen stand halbhoch und sattgrün auf dem Feld. Die Ähren raschelten leise, als der Wind hindurchstrich.

»Wie schön es hier ist.« Marian deutete auf die Berge, wo der Schnee noch auf den Höhen und in den Mulden des Kammes lag. »Viele sagen, der Boden hier wäre schlecht, aber das glaube ich nicht.«

»Vielleicht gibt's bessere Böden, aber man muss zufrieden sein mit dem, was man kriegt«, sagte Luise. »Wir waren hier jedenfalls immer zufrieden.«

»Die Galizier und Ukrainer, die jetzt hierhinkommen, hängen noch an ihrer Heimat. Sie müssen sich erst eingewöhnen«, sagte Marian. »Meine Mutter sagt, die Äpfel in Lemberg sind besser.«

Seine Worte gaben ihr einen Stich. Warum sagte er so etwas? Konnte er sich nicht denken, wie schmerzlich es für sie war, dass immer mehr Polen in ihre Heimat kamen, während sie und ihre Familie gehen mussten? Ausgerechnet seine Familie gehörte zu den Neuankömmlingen, die sich hier einrichten würden.

»Tut mir leid, dass sie jetzt schlechtere Äpfel hat«, sagte Luise mit scharfer Stimme. »Ich hoffe, sie findet sich damit ab und lernt ihre neue Umgebung mehr zu schätzen.«

Marian hielt inne und runzelte die Stirn. »Luise, was soll das? Freust du dich nicht, mich wiederzusehen?«

Sie bewegte ihre kalten Lippen, aber es kam kein Ton heraus. Es hatte Zeiten gegeben, da hatte sie sich nichts mehr gewünscht, als wieder seine Stimme zu hören. Dass er wieder da wäre. Doch ihre Hoffnung war gestorben, Stück für Stück, jeden Tag ein bisschen mehr, an dem sie nichts von ihm gehört hatte. »Nach einem halben Jahr ohne Nachricht von dir?«, brachte sie endlich hervor. »Was glaubst du, wie es mir ging? Ich habe gedacht, du wärst tot!«

Er wich ihrem Blick aus.

»Warum hast du nicht geschrieben? Du hättest meinen Eltern einen Brief schreiben können, dann hätte ich wenigstens gewusst, dass du noch lebst!«

Er schüttelte den Kopf. »Luise, ich ... du weißt nicht, wie es war, wo ich überall war ...«

Sie holte tief Luft, um die Worte auszusprechen, die sich in den letzten Monaten in ihr aufgestaut hatten. »Hast du daran gedacht, wie es mir ging? Wie es mir gehen musste ohne Lebenszeichen von dir?« Sie musterte ihn eindringlich und achtete auf jedes kleine Zeichen bei ihm, um zu ergründen, was er dachte. Dass er nichts erwiderte, erschreckte sie und schien ihr eine Bestätigung dessen, was sie in den letzten Monaten befürchtet hatte: Der Abstand hatte auch ihn zum Nachdenken gebracht, ob ihre Liebe wirklich Sinn hatte. Ob sie bestehen könnte zwischen einer Deutschen und einem Polen.

»Also wolltest du nicht«, sagte sie mit zitternden Lippen. »Du dachtest, du müsstest dich von mir trennen.«

Er starrte sie an. Sein Gesicht leuchtete weiß unter den schwarzen Haaren. Ohne dass er etwas sagte, verriet ihr seine schuldbewusste Miene, dass sie recht hatte.

»Es war so«, stellte sie fest. »Du hast deiner Familie von mir erzählt, und sie finden es nicht gut, dass ich eine Deutsche bin.«

Sein langes Schweigen erschütterte sie wieder.

Er ließ seine Hände sinken und trat einen Schritt nach vorn. »Es tut mir leid. Ich hätte mich melden sollen. Aber jetzt ich bin hier, Luise. Ich bin hier, weil ich mit dir zusammen sein will. Bleib bei mir. Wir können hier zusammenleben, in deiner Heimat.«

Sie war so überrascht, dass sie nichts sagen konnte. Sie spürte nur ein unbestimmtes Zittern, das ihren ganzen Körper erfasste. »Ich habe monatelang auf dich gewartet, du hast mich monatelang im Ungewissen gelassen. Du hättest tot sein können! Aber der Gedanke, dass du dich einfach nicht mehr meldest, war fast noch schlimmer für mich. Und jetzt … Es hat sich so viel verändert, seitdem du weggegangen bist.«

Sie sprach mechanisch. Er hatte nicht mehr zurückgewollt, hämmerte es in ihrem Kopf. Das, was sie die ganze Zeit befürchtet hatte, stimmte. Sie fror. Aber nicht ihr Blut hatte sich in ihr Inneres zurückgezogen, sondern sie selbst mit ihrer enttäuschten Liebe. In ihrem Inneren kauerte die verlassene Luise und hatte sie als äußerliche Hülle zurückgelassen.

Seine leise Stimme drang an ihr Ohr. »… verzeih mir, Luise, es war nicht richtig. Ich habe Fehler gemacht. Du musst deine Heimat nicht verlassen, wir können hier miteinander leben.«

»Glaubst du, dass ich das einfach so könnte? Ohne meine Familie? Allein hier, zwischen Feinden?«, hörte sie sich mit heiserer Stimme sagen.

»Du wärst doch nicht allein. Ich wäre bei dir, wir wären zusammen. Du hättest auch eine Familie, meine Familie. Wir könnten deine besuchen.«

Luise verschränkte die Arme vor der Brust, um ihr Frieren zu beenden. Er hatte nicht einmal gefragt, wie es ihr inzwischen ergangen war. Was glaubte er nur? Dass sie trotzdem alles vergessen würde, um zwischen fremden Menschen zu leben?

»Ich würde immer nur die Deutsche sein«, sagte sie.

»Für mich nicht«, entgegnete er. »Für mich bist du nur Luise.«

»Aber nicht für deine Familie. Und nicht für die Polen. Für mich ist hier alles … fremd geworden.« Sie deutete mit der Hand hinunter ins Tal, wo Lindenau lag.

»Luise …« Er legte die Hand auf ihre Schulter. »Lass es uns noch mal versuchen.«

Unwillkürlich zuckte sie zusammen. Noch vor einem oder zwei Monaten hätte sie vielleicht nachgegeben. Aber das war nun vorbei. Die Krämerin hatte unrecht gehabt mit ihrer Wahrsagerei, dass ihr Herz sie mehr leitete als der Kopf. Das

Herz konnte einem so große Schmerzen bereiten, dass man es irgendwann nicht mehr aushalten konnte. Sie hatte ihre Entscheidung getroffen.

Sie schüttelte seine Hand ab. »Es ist zu spät«, sagte sie mit gepresster Stimme. »Ich kann niemals polnisch werden. Ich gehe mit meiner Familie und komme erst wieder, wenn Schlesien wieder deutsch ist.«

Er hob seine Hände in einer hilflosen Geste an, ließ sie schließlich sinken und stemmte sie in die Hüften. Seine dunklen Brauen waren ein Strich. »Wenn du das meinst …«

Sie nickte und sah an ihm vorbei ins Tal.

Marian schwieg lange, während er offenbar um Fassung rang. Die Enttäuschung warf Schatten auf sein blasses Gesicht. »Du … kannst deinen Entschluss noch überdenken, so lange, wie ihr hier seid.«

Sie antwortete nicht und wich seinem Blick aus. Sie brachte es nicht über sich, ihn anzusehen.

»Ich schreibe dir, lege Zettel in Feldmauer. Wie immer. Bitte überleg es dir noch mal!« Er griff nach ihren Händen, doch sie zog ihre zurück. Sie hatte das Gefühl, nicht noch einmal von ihm berührt werden zu dürfen, ohne zu schwanken und womöglich etwas zu tun, das sie später bereuen würde.

»Es tut mir leid.« Sie wandte sich um und lief den Hainberg hinunter. Über ihr streiften Schwalben am blassblauen Himmel. Aber sie hörte und sah sie nicht.

Kapitel 30

Nicht lange danach eilte die Nachricht durch das Dorf, dass alle Deutschen, die noch in Lindenau lebten, bald ausgewiesen werden würden. Sie sollten sich bereit machen für den Transport. Sie dürften nur unter einer Voraussetzung bleiben: wenn sie die polnische Staatsangehörigkeit annehmen würden. Und wer den gelben Schein bekäme, müsste noch bleiben – das waren viele Handwerker des Dorfes, die man noch brauchte. So auch die Kühnels.

Luises Mutter war traurig, dass ihre Freundin und Nachbarin nicht mitkommen würde. Die beiden Frauen saßen am Esstisch in der Reich'schen Wohnküche, weinten und trösteten sich gegenseitig.

Inge war tatsächlich mitgekommen. Sie sah sehr blass und schmal aus, auch ihre Sommersprossen hatten an Farbe verloren. Sie reichte Luise ihre kalte, schlaffe Hand zum Abschied. »Leb wohl, Luise. Wir können uns ja mal schreiben.« Sie warf befremdliche Blicke auf Rita, von der sie sich ebenso kühl verabschiedete.

Luise begriff, dass Inge wohl nur mitgekommen war, weil ihre Mutter es von ihr verlangt hatte. »Ja, das machen wir«, erwiderte sie mit dünner Stimme. »Wir schreiben uns.«

Sie sah Inge durch das Fenster nach, wie sie mit ihrer Mutter wieder wegging, hinunter zur Dorfstraße, und hörte ihre Mutter vom Küchentisch her schluchzen. Rita setzte sich zu ihr und begann, mit ihr zu beten, und ihre Mutter fiel verzweifelt mit ein. Sie griff nach dem Gebet wie nach einem rettenden Seil, das ihr in den dunklen Abgrund gehalten wurde. Später begann sie, für die Kinder Rucksäcke aus Handtüchern, Tischdecken und Betttüchern zu nähen.

Luise aber ging hinaus. Sie arbeitete im Garten, sie ging zu den Pferden und fütterte sie, beobachtete, wie sie auf der Koppel grasten und ausgelassen herumliefen. Bei allem hatte sie das Gefühl, es zum letzten Mal zu tun. Alles um sie herum sprießte und blühte; die Luft wehte sanft und mild, am königsblauen Himmel schwebten weiße Wolken.

Luise fühlte sich wie in einem merkwürdigen Ausnahmezustand. Sie war Schauspielerin in einem fremden Film geworden, in dem sie eine Rolle spielen musste – eine, die sie sich nicht ausgesucht hatte und die sie nicht wollte. Aber sie funktionierte. Sie wollte nun auch von hier weg. Alles, selbst ein Wegzug in die Fremde, wäre besser, als noch länger unter diesen Umständen zu leben. Vor einigen Tagen hatte sich ein älteres Ehepaar im Dorf erhängt. Immer noch wurde man auf den Straßen ausgeplündert.

Luise wusste, dass sie nur durchhalten musste. Durchhalten und stark sein. So wie sie auch die Monate ohne Marian ausgehalten hatte. In dieser Zeit hatte sie sich innerlich von ihm verabschiedet, und ihr letztes Treffen hatte daran nichts ändern können. Dennoch ging sie jeden Tag zur Feldmauer, um nachzusehen, ob er ihr den versprochenen Zettel geschrieben hatte, und sie sah jeden Tag in eine leere Öffnung. Wahrscheinlich hatte ihre Absage ihn den Mut verlieren lassen. Die Enttäuschung darüber bohrte in ihr und gab ihr die letzte Gewissheit: Es war zu spät.

Sie musste ihn vergessen. Eines Tages würde sie ohne Schmerz an ihn denken und sich an ihre wundervollen gemeinsamen Tage erinnern können.

Ende Mai 1946 bekamen die Reichs ihren Ausweisungsbescheid. Die Familie sollte sich für den nächsten Tag bereithalten. Sie dürften nur mitnehmen, was sie tragen konnten, und Proviant für drei Tage. Luise half ihrer Mutter und Oma beim Packen des Proviants, verabschiedete sich von den Pferden und ging dann hinauf zu den Feldern.

Ihr Vater kam ihr entgegen, er trug wie immer an warmen Tagen sein Arbeitshemd, darüber Hosenträger. Dass er dem polnischen Sachbearbeiter, der für den Transport der Deutschen aus Lindenau zuständig war, sein Fernglas gegeben hatte, hatte offenbar gewirkt – sie waren unter den Ersten, die den Bescheid erhalten hatten. In den letzten Tagen war er jeden Tag auf die Felder gegangen, und oft hatte sein Blick lange an den Gipfeln der Berge gehangen.

»Na, Madl, gehste auch noch mal rauf?«, meinte er nur und deutete vage mit dem Kopf zum Hainberg.

Sie nickte.

»Bleib nicht zu lang, ja? Und nicht in den Wald gehen!«

»Nein, mach ich nicht«, versprach sie. »Bin bald zurück!«

Sie wusste, er würde unten an der Koppel auf sie warten, bis sie zurückkam. Also beeilte sie sich. Mit raschen Schritten lief sie zum Roggenfeld und hielt an der Feldmauer inne. Der rötliche Stein lag wie immer an seiner gewohnten Stelle.

Sie streifte sich die Hände an ihrem Kleid ab. Ihr Herz klopfte ein wenig schneller, als sie an die Mauer trat und vorsichtig den Stein abtastete, dann ließ sie sie wieder sinken. Sie sollte aufhören damit. Die kleine Höhle würde leer sein, wie in den letzten Tagen auch schon.

Marian würde nicht mehr schreiben, er hatte es sich anders überlegt. Dass sie ihm gesagt hatte, sie wollte nicht hierbleiben, hatte ihm die letzte Hoffnung genommen. Er würde versuchen, ohne sie zu leben, und diesmal würde es ihm gelingen.

So, wie es auch ihr gelingen musste. Vorsichtig tastete sie über die rauen Steine in der Mauer. Sie sollte nicht mehr nachsehen. Selbst wenn er geschrieben hätte, würde es etwas ändern?

»Ja!«, schrie ihr Herz.

»Nein«, antwortete ihr Verstand. Wenn sie ihm zuliebe hierbliebe und polnisch werden würde, würde sie ihn eines Tages dafür hassen. Sie konnte es auch ihren Eltern nicht antun. Nach allem, was geschehen war. Und sie wollte es auch selbst nicht, nicht einmal für Marian. Es wäre sicher besser, sie würde gar nicht erst nachschauen, ob er geschrieben hatte. Aber das brachte sie nicht über sich.

Vorsichtig zog sie den Stein heraus und spähte in die dunkle kleine Höhle. Sie war leer.

Luise tastete weiter und tiefer, ob sie vielleicht etwas übersehen hätte. Ob er vielleicht doch eine Blume oder einen winzigen Zettel, der im Staub lag, hinterlassen hätte. Nein, hatte er nicht. Obwohl er es gesagt hatte. Obwohl er eigentlich immer eingehalten hatte, was er gesagt hatte. Er war immer ehrlich gewesen. Offenbar hatte er sich geändert.

Luise ließ sich auf die Mauer sinken, die noch warm war von der Sonne. Sie atmete tief die milde Frühlingsluft ein. Alles verschwamm zu dem Bild eines regennassen Herbsttags, in dem das Gebirge mit dem Himmel verschmolz. Sie zog ihren Bleistiftstummel und eine kleine Blechdose für Hustenpastillen, die sie ihrer Mutter heimlich weggenommen hatte, hervor und öffnete sie. Eine leere Seite ihres alten Schulheftes lag darin. Sie entfaltete sie, dachte ein wenig nach und begann zu schreiben.

Nachdem sie fertig war, faltete sie das Papier zusammen und legte es in die kleine Dose, dann verschloss sie diese und legte sie in die Feldmauer. Es war ein tröstlicher Gedanke für sie, dass Marian vielleicht eines Tages wiederkommen und ihren Brief lesen würde. Schließlich wohnte er ja nun ganz in der Nähe.

Luise erhob sich und warf noch einen langen Blick auf den Feldweg, den Marian immer hergekommen war. Die *Alte Stelle*, ihre Scheune, lag eingebettet in der tiefgrünen Wiese. Was für ein Bild! Sie prägte es sich gut ein, denn sie wusste, sie würde es mitnehmen in die Fremde. Sie würde es immer bei sich tragen.

* * *

Früh am nächsten Morgen warteten Familie Reich und Rita vor ihrem Hof unten an der Dorfstraße auf den Wagen, der sie abholen sollte. Es dämmerte noch, und es wurde nur langsam hell hinter dem wolkigen Himmel. Ein kühler Lufthauch umwehte Luises Beine und kroch ihr unter die Kleider, die sie mehrfach übereinander trug. Der Gipfel von Baumerts Busch gegenüber lag verhüllt im Nebel.

Luise war erleichtert, dass der Abschied an einem kühlen Tag wäre, so würde er ihnen sicher etwas leichter fallen als bei schönem Wetter. Obwohl sie mehrere Schichten von Unterwäsche, mehrere Kleider übereinander und ihre Strickjacke trug, fröstelte sie. Rita wartete bleich und übernächtigt neben ihr. Auch sie trug mehrere Schichten Kleidung, ihren alten Schultornister und einen von Luises Mutter genähten Rucksack, in den sie alles gepackt hatte, was sie besaß – sogar ihr Lieblingsbuch, eine Abhandlung über die deutsche Musikgeschichte.

Luise hatte kein Buch mitgenommen. In ihrem Rucksack, der aus dem Stoff der Küchentischdecke genäht worden war, ballte sich ihre restliche Kleidung, vor allem ihr Wintermantel und ihre Winterschuhe, ihr Proviant und darüber ihr zusammengerolltes Oberbett, bezogen mit zwei Bettbezügen. Ihre

Mutter und ihre Oma trugen vollgepackte, aus Decken genähte Rucksäcke. Ihr Vater schleppte einen großen kantigen Huckekorb und trug ihre Sparbücher, Fotos, Papiere und Geld in eingenähten Taschen am Leib. Er hatte sich noch im Morgengrauen von den Pferden verabschiedet und war lange im Schuppen beim Landauer gewesen. Rita war am Vorabend noch einmal am Pfarrhaus und auf dem Friedhof gewesen, auch Luises Oma hatte sich am Grab von ihrem Mann verabschiedet.

Luise vermied es, in die traurigen Gesichter ihrer Familie zu sehen, und blickte stattdessen zu Frau Steidler hinüber, die neben ihnen wartete. Als Truppführer von Herrn Steidler beim Volkssturm hatte ihr Vater es als seine Pflicht angesehen, sich darum zu kümmern, dass die Lehrersfrau mit ihnen käme, und Frau Steidler hatte erleichtert eingewilligt. Später würde sie am Bahnhof von Hermannsdorf mit ihrer Schwester zusammentreffen.

Endlich tauchte der Pferdewagen in der Dämmerung auf. Ein paar Leute aus dem Dorf kauerten schon mit ihrem Gepäck auf der Ladefläche. Alle sahen traurig und verfroren aus. Luise half Manfred, mit seinem Rucksack auf die Ladefläche zu klettern, dann half sie ihren Eltern mit dem Gepäck. Manfred setzte sich sofort an den Rand des Wagens, von wo aus er den Hof gut sehen konnte, und warf sehnsüchtige Blicke auf Felix, der neben Elzbieta an der Hofzufahrt wartete. Nur Janusz ließ sich nirgendwo blicken.

»Auf Wiedersehen, Felix«, rief er und winkte.

Felix starrte traurig zurück. »Auf Wiedersehen«, rief er und hob die Hand. Dann wandte er sich um und rannte die Auffahrt hinauf zum Haus. Manfred brach in Tränen aus. Luise nahm ihn in den Arm. Sie strich ihm immer wieder über sein weiches, lockiges Haar. »Ist ja gut, schon gut«, flüsterte sie. So, wie sie es von Marian gelernt hatte. »Du wirst bald neue Freunde finden.« Doch er ließ sich nicht trösten und weinte weiter an ihrer Schulter.

Auch Helene schluchzte. Nur die Erwachsenen nahmen sich zusammen und weinten nicht. Still saßen sie auf der Ladefläche – graugesichtig und mit einem angespannten Zug um die bleichen Lippen. Luise fing einen seltsamen Blick ihres Vaters auf, von dem sie nicht wusste, wie sie ihn deuten sollte – Sorge und Bedauern, ja, aber noch etwas anderes. Reue? Sie verstand es nicht, aber sie dachte auch nicht weiter darüber nach.

Nur mit Mühe hielt sie ihre Tränen zurück. Sie wollte stark sein, und sie war inzwischen auch erwachsen geworden. Die Vögel in den hohen Linden vor ihrem Hof zwitscherten, dazwischen hing die leere Schaukel. Der Wagen ruckelte, als er sich in Bewegung setzte und langsam hinauf ins Oberdorf fuhr. Noch einmal sah sie die Bergschänke und den ehemaligen Gutshof der Grafen von Schaffgotsch, in dem die Russen ihre Kommandantur gehabt hatten, noch einmal die Falkensteine, die oben am Berg aus den Fichten ragten. Die Tränen stiegen ihr nun doch in die Augen und blieben als Schleier dort hängen. Sie wagte es nicht zu blinzeln. Sie spürte Ritas kalte Hand in ihrer Hand und den Kopf ihres Bruders an ihrer Schulter. Dauernd musste sie an den Satz ihres Vaters denken: »Wir leben alle noch und sind gesund, das ist die Hauptsache.« Sie klammerte sich daran fest.

Es hätte schlimmer kommen können. Sie hätte ihren Vater verlieren können wie Rita. Wenn sie ein Mann gewesen wäre, hätte sie in Gefangenschaft geraten können wie Wolfgang oder tot sein können wie so viele Soldaten. Oder vermisst wie Wolfgangs Freund Werner und Horst Henschel. Oder sie hätte einen russischen Offizier erdulden müssen wie Frau Steidler.

Aber natürlich tröstete sie das nicht. Luises Welt verschwamm zu einem einzigen großen Tränenfleck, der sie einhüllte und in dem sie funktionierte wie eine Statistin. Der

Plünderer, der ihnen die Sachen rauben wollte, kurz nachdem ihr Wagen am kleinen Bahnhof von Hermannsdorf angekommen war, ihre Oma, die ihm ihre goldene Taschenuhr gab, damit er sie in Ruhe ließ – alles glitt an ihr ab.

Nur als sie später Hirschberg erreichten und sie vom Bahnhof in ein weiter entferntes Lager laufen mussten, hob sich ihr Schleier.

Sie folgte mit ihrer Familie und vielen anderen Deutschen den vollgeladenen Fuhrwerken, auf denen sich ihr Gepäck stapelte. Langsam wälzte sich ihr Zug durch die Kreisstadt. Es war nun doch noch warm geworden, und die Sonne schien heiß auf sie herunter. Luise schwitzte in ihren vielen Sachen. Sie sah in die Gesichter der polnischen Passanten, die sie abschätzig musterten. Manche blieben stehen und starrten sie unverhohlen schadenfroh an. Ein Mann streckte seinen Arm aus und rief höhnisch: »Heil Hitler!«

Luise versuchte, ihn nicht zu beachten. Sie wollte sich wieder hinter ihrem Schleier verkriechen, aber es gelang ihr nicht. Sie ertappte sich dabei, wie sie in den fremden Gesichtern nach Marian suchte. Ob er hier war? Ob er es sich vielleicht doch noch anders überlegt hatte und hergekommen war, um sie in letzter Minute zum Hierbleiben zu bewegen?

Nein, es waren nur fremde Gesichter. Die Stadt hatte ein anderes, ein fremdes Gesicht bekommen. Sie hörte überall Polnisch. Auf den Bürgersteigen drängten sich viele ärmlich gekleidete Menschen. Auf der Herfahrt hatte sie Schilder mit neuen fremden Ortsnamen gesehen. Hier würde sie nicht mehr bleiben wollen.

Und Marian würde nicht kommen. Was er wohl gerade machte? Ob er in seinem neuen Zuhause am Klavier saß und übte, um alles wieder nachzuholen, was er in den Jahren seiner Zwangsarbeit verpasst hatte? Sie wünschte es ihm. Es war gut, dass er seine Familie wiedergefunden hatte, und sie gönnte ihm von Herzen ein neues Leben, einen neuen Anfang.

Auch sie würde neu beginnen.

Auf eine merkwürdige Art tröstete sie der Gedanke an ihn, und sie hob den Kopf und blinzelte in die Sonne. Auf den Anfang, dachte sie. Auf den Anfang in der Fremde.

Für die Nacht brachte man sie in einem behelfsmäßigen Barackenlager unter, das von Stacheldraht umgeben war und von der polnischen Miliz bewacht wurde. In ihrer Baracke waren ungefähr zweihundert Menschen zusammengepfercht, die die Nacht zusammen auf dem kalten Fußboden verbringen mussten. Sie bekamen eine dünne Suppe und hielten sich für den Rest ihres Hungers an ihre Vorräte.

Bei der äußerst strengen Kontrolle am nächsten Morgen halfen ihnen die letzten Reichsmarkscheine ihres Vaters, das Gepäck sicher durchzubringen. Nur sein Huckekorb wurde gründlich durchsucht, aber die Kontrolleure fanden nichts Verdächtiges.

Danach mussten sie stundenlang zwischen vielen anderen Menschen am Gleis auf ihren Sonderzug warten. Luise starrte auf die grünen Hügel ringsum, die felderreichen Höhenzüge des Gebirges, über dem sich ein fast wolkenloser Himmel dehnte, und der Tränenschleier fiel wieder herab und hüllte sie ein.

Endlich fuhr der lange Güterzug rückwärts ein, Waggon für Waggon. Die richtige Einteilung der Wagen klappte nicht, und Luises Vater kümmerte sich schließlich mit ein paar anderen Männern darum. Was zur Folge hatte, dass er von den polnischen Kontrolleuren zum Waggonführer bestimmt wurde.

»Wenn einer fehlt, du tot«, drohten sie und klopften auf die Pistolen in ihren Halftern. Ihr Vater nickte, aber er hatte dann doch große Mühe, dem Gedrängel beim Einsteigen Herr zu werden.

Sie bekamen Waggon Nr. 38 – wohl ein Viehwaggon. Es dauerte eine geraume Zeit, bis alle im heißen Zug ihr Gepäck verstaut und ihren Platz gefunden hatten. Sie saßen auf dem nackten Boden, eng aneinandergedrückt, und redeten aufgeregt durcheinander. Luises Vater stand mit einigen anderen Männern vorn an der geöffneten Waggontür. Luise beobachtete, wie er an der Eisenstange lehnte, die sie zum Schutz vor die Öffnung geschoben hatten, und mit den anderen Männern sprach. Sie versicherte sich noch einmal, dass alle da waren – ihre Mutter und ihre Oma saßen hinter ihr, Frau Steidler mit ihrer Schwester daneben. Manfred hatte sich auf dem großen Huckekorb ihres Vaters zusammengerollt wie eine Katze. Helene und Rita kauerten neben ihr.

Als sich der lange Zug in Bewegung setzte, wurden alle stiller. Durch die offene Tür und einige schmale Luken oben im Waggon drangen Licht und milde Frühlingsluft herein. Sie fuhren über Jauer Richtung Liegnitz. Überall erstreckten sich von Unkraut überwucherte Felder, dazwischen standen viele verlassene Häuser mit verwilderten Gärten. Ab und zu tauchten russische Soldaten auf und immer wieder weidende Pferde, frei wie in der Steppe. Abmontierte Eisenbahnschienen lagen an Böschungen, und manchmal ragten auch abgestürzte Flugzeuge neben zertrümmerten Häusern auf.

Luise zog einen kleinen Zettel aus der Tasche eines ihrer Kleider und entfaltete ihn. Vorsichtig nahm sie die gepresste Kornblume heraus und roch daran. Sie verströmte noch einen leichten würzigen Duft. Luise legte den Zettel auf ihr Knie und strich ihn sorgfältig glatt. »Für Luise« stand in Marians ungelenker Handschrift über den Linien, auf denen er die Noten geschrieben hatte. Darunter sein Name.

Die Buchstaben verschwammen vor ihren Augen. Immer wieder strich sie über das kleine Papier, als könnte sie dadurch in die Lage versetzt werden, die Melodie zu hören, die er geschrieben hatte. Sie merkte, wie Rita sie von der Seite ansah.

»Hat *er* dir das geschrieben?«

Luise nickte.

»Wie schön! Du kannst es dir drüben bestimmt mal vorspielen lassen.«

»Ja, bestimmt«, sagte Luise. »Aber eigentlich will *er* es mir eines Tages vorspielen.«

»Das wird er sicher auch. Wenn wir wieder zurückkommen.«

»Vielleicht, eines Tages. Aber erst mal müssen wir neu anfangen«, sagte Luise. Sie sah auf den Zettel hinunter und stellte sich Marian in seiner neuen Wohnung bei seiner Familie vor, wie er in einem Zimmer Klavier spielte. Dieser Gedanke tröstete sie wieder, und sie musste doch lächeln.

Epilog

Es war schon Nachmittag, als er den Feldweg von Fichtenfeld herunterkam. Ein Sonntag, sein freier Tag. Er war allein. Nur das Geräusch, das seine Schuhe auf dem steinigen Weg verursachten, war zu hören. Von unten aus dem Dorf klang fernes Kinderlachen zu ihm herauf. Wie gut, dass er die Schleichwege hier kannte, denn über die Dorfstraße hatte er nicht gehen wollen. Er wollte niemandem begegnen, schon gar nicht Janusz und seiner Familie.

Die Hitze eines schwülen Hochsommertages lastete auf dem Land. Obwohl er nur ein leichtes Sommerhemd und eine dünne Hose trug, schwitzte er, denn er war den ganzen Weg von Hermannsdorf zu Fuß hierhin gelaufen. Das Korn stand gelb und erntereif auf dem Feld. Alfred Reich hatte es im letzten Jahr noch gesät, aber wer würde es nun ernten? Die Reichs waren fort. Der letzte Transport mit den Deutschen war Ende Juni in den Westen gefahren.

Marian ließ sich auf der Feldmauer nieder und wischte sich mit einem Taschentuch den Schweiß aus dem Nacken.

Er hatte Fehler gemacht. Er hätte Luise nicht so lange im Unklaren lassen dürfen, das wusste er jetzt. Vielleicht wäre sie dann hiergeblieben. Vielleicht aber auch nicht. Es war müßig, darüber nachzudenken. Man wurde verrückt darüber. Er hatte ihr nach ihrem letzten Gespräch noch einmal geschrieben, trotz allem, und den Zettel wie immer in die Feldmauer gelegt. In seinem Brief hatte er ihr seine Adresse in Hirschberg hinterlassen. Dann hatte er gewartet und gehofft, sie würde ihre Meinung ändern, aber sie war nicht gekommen.

Natürlich war sie nicht gekommen, sie wollte nicht hierbleiben. Er konnte es ja eigentlich verstehen. Nach dem, was er getan hatte. Er hatte dennoch überlegt, Luise in der Stadt in den langen Vertriebenenschlangen zu suchen, doch etwas hatte ihn davon abgehalten.

Sein Stolz. Und der Glaube, dass sie sicher starrsinnig bleiben würde. Er hätte eigentlich nicht herkommen dürfen. Warum war er überhaupt hier? Was trieb ihn hierhin an diesem trockenen, unglaublich heißen Sommertag, den er auch gut am Fluss oder in einem der vielen Cafés in der Stadt hätte verbringen können, zwischen den vielen hübschen jungen Frauen?

Gewissheit. Er wollte letzte Gewissheit haben, dass sie wirklich nicht geantwortet hatte, um sie endlich vergessen zu können.

Marian erhob sich. Der rötliche Stein lag immer noch an seiner Stelle und kennzeichnete das geheime Versteck. Er zog den losen Stein aus seiner Öffnung und stutzte. Er holte tief Luft, als er die kleine Dose erblickte, und starrte sie eine Weile lang an, als sähe er einen Geist. Dann fuhr er sich hastig mit den Händen durch die Haare, leckte sich über die trockenen Lippen. Um Himmels willen!

Er streckte seine Hand aus, nahm die Dose, riss sie auf und nahm den kleinen Zettel heraus. Ein leichter Geruch nach

Pfefferminz stieg ihm in die Nase. Er ließ sich auf die warme Feldmauer sinken und las.

Lindenau, Ende Mai 1946

Lieber Marian!
Ich hoffe, dass Du doch noch mal zurückkommst und diesen Brief lesen wirst. Ich habe keine Nachricht mehr von Dir erhalten, aber das nehme ich Dir nicht übel. Ich verstehe, dass Du es Dir nach unserem Gespräch anders überlegt hast und mir nicht mehr schreiben willst. Mein Entschluss steht fest. Es wäre zu schwer für mich, hierzubleiben, jetzt, wo hier alles so fremd geworden ist.

Aber erst in den letzten Tagen habe ich verstanden, dass Du ja auch Deine Heimat verloren hast. Meine Wut darüber, dass Deine Familie jetzt in Hirschberg wohnt, in meiner alten Kreisstadt, war wohl zu groß. Aber sicher vermisst Du Lemberg genauso, wie ich Lindenau vermissen werde. Ich freue mich für Dich, dass Du Deine Familie wiedergefunden hast, und wünsche Dir, dass du wieder Klavier spielen kannst wie früher.

Ich werde Dich und die Zeit mit Dir niemals vergessen.
Luise

Marian las den Brief einmal, er las ihn mehrmals. Er hielt ihn sich an die Nase, als könnte er noch einen letzten Rest von Luises Geruch daran riechen. Die Buchstaben verschwammen vor seinen Augen. Sie hatte seine letzte Nachricht nicht bekommen!

Er ließ das Papier sinken und starrte stirnrunzelnd die Anhöhe hinunter, wo das graue Schieferdach des Reich'schen Hofes aus den Feldern ragte. Warum hatte sie seinen Brief nicht bekommen? Wer könnte ihn weggenommen haben? Wer kannte dieses Versteck außer ihnen beiden? Ihr kleiner Bruder oder ihre Schwester? Hatten die Kinder hier gespielt und das Versteck entdeckt? Nein, das war äußerst unwahrscheinlich.

Was hatte Luise gesagt, als sie ihm die Pistole gezeigt hatte? Er konnte sich nicht mehr daran erinnern. Vielleicht war es ein altes Familienversteck, und Luise hatte es verraten, leichtsinnig, wie sie war.

Johanna Reich. Er rief sich ihr Bild in Erinnerung. Hatte sie seinen Brief vor Luise aus der Mauer genommen? Sie hätte sicher ebenso wenig gewollt wie ihr Mann, dass Luise hiergeblieben wäre. Aber hatte Frau Reich gewusst, dass er sich mit Luise Briefe schrieb und sie im Mauerversteck hinterließ?

Marian rief sich das Bild Alfred Reichs in Erinnerung. Wie Herr Reich ihn angesehen hatte, als er nach Monaten wieder zurückgekehrt war. Wie er ihnen hinterhergesehen hatte, als sie hinauf aufs Feld gegangen waren – ernst und finster. Aber es hatte noch etwas anderes in seinem ernsten Blick gelegen. Angst. Herr Reich hatte Angst, dass seine Tochter hierbleiben würde. Er war jeden Tag auf den Feldern gewesen.

Marian seufzte tief. Er war sich auf einmal sicher, dass Luises Vater seinen Brief fortgenommen hatte. Vielleicht hatte Herr Reich ihn schon früher dabei beobachtet, wie er hier Nachrichten für sie versteckt hatte. Er musste von ihrer Liebe gewusst haben.

Wäre Luise geblieben, wenn sie seinen Brief bekommen hätte?

Er hob ihren Brief und sah auf die Zeilen. »... *Mein Entschluss steht fest.*«

Er durfte nicht darüber nachgrübeln, sonst würde er nur verrückt werden. Sie hatte ihm verziehen, und sie wünschte ihm, dass er weiter Klavier spielte. Und genau das würde er tun.

Er rief sich ihr Bild in Erinnerung, wie sie vor ihm gestanden hatte, und hob die Hand, als könnte er ihr wieder über das Haar streichen. Er musste wider Willen lächeln.

Nachwort

Meine Familie ist nach dem Zweiten Weltkrieg aus Niederschlesien vertrieben worden, und ich bin mit den Erzählungen über die Vertreibung aufgewachsen. Die Auswirkungen dieses Einschnitts, der den Verlust von Eigentum, die Auflösung von Ortsgemeinschaften, von gemeinsamen Traditionen und oft auch den Verlust des Berufes bedeutete, haben noch lange nachgewirkt. Und tun es noch.

Daher war es Zeit für mich, mich dieses Themas anzunehmen und diesen Roman zu schreiben. Ich konnte mich dabei auf eine Fülle von Erfahrungsberichten von Zeitzeugen und die Ergebnisse meiner eigenen, mehrmonatigen Recherche stützen. Die Personen und die Handlungen dieses Romans sind fiktiv, die geschichtlichen Hintergründe sind jedoch wahr.

Man schätzt, dass etwa 12 bis 14 Millionen Deutsche kurz vor Ende des Zweiten Weltkriegs und nach der deutschen Kapitulation in den Jahren 1945 und 1946 ihre Heimat in den Ostgebieten des Dritten Reiches verlassen mussten.

Als sich die Alliierten zu ihrer ersten großen Kriegskonferenz 1943 in Teheran trafen, wurde klar, dass

Stalin nicht auf seine bis dahin erzielten Gebietsgewinne im Osten Polens verzichten wollte. Legendär ist in diesem Zusammenhang Churchills Geste, mit deren Hilfe er Stalin anhand von drei Streichhölzern die Westverschiebung Polens auf einfache Weise demonstrierte. Im Klartext bedeutete das: Ostpolen fiel an die Sowjetunion, und Polen wurde dafür mit den ostdeutschen Gebieten entschädigt.

Nach der Kapitulation Deutschlands beschlossen die Siegermächte im Sommer 1945 auf ihrer Konferenz in Potsdam unter anderem auch die neuen Grenzen. Die Oder-Neiße-Linie wurde als künftige Grenze zwischen Polen und Deutschland bestimmt. Darüber hinaus wurde die »ordnungsgemäße Überführung deutscher Bevölkerungsteile« aus den früheren Ostgebieten des Deutschen Reichs beschlossen. Was als Planspiel begann, wurde zu einer riesigen Zwangsverschiebung von Menschen.

Denn auch Polen wurden vertrieben, »evakuiert«, wie die offizielle Bezeichnung lautete. In Polen richtete man schon im Herbst 1944 ein staatliches Repatriierungsamt ein, das für die Verteilung der Menschen im Nachkriegsgebiet zuständig war.

Viele Polen, die als neue Einwohner ab 1945 nach Schlesien kamen, stammten aus den ehemaligen polnischen Ostgebieten und waren ihrerseits vertrieben worden. Diese doppelte Vertreibungsproblematik habe ich für meinen Roman aufgegriffen, vor allem durch die Beschreibung des Schicksals von Marians Familie. Insgesamt erreichte die Zahl der polnischen Neusiedler in den ehemaligen deutschen Ostgebieten – ob Vertriebene oder Freiwillige – nicht einen Bruchteil der Zahl der vertriebenen und geflohenen Deutschen. Wahrscheinlich war es vielen polnischen Neusiedlern zu unsicher, sich in diesen neuen Grenzregionen dauerhaft niederzulassen. So, wie sicher auch viele deutsche Vertriebene die Hoffnung hatten, eines Tages in ihre Heimat zurückkehren zu können.

Ob diese Hoffnung erfüllt wurde und wie es mit Luise und ihrer Familie weitergeht, beschreibe ich im Folgeroman.

Marion Johanning, im November 2020

Sprachliche Erläuterungen
Formulierungen im Dialekt

Sie meent es nee asu. – Sie meint es nicht so.
Woart och, munne ist's besser. – Wart's ab, morgen ist's besser.
Is a schiener Tag heute. – Ein schöner Tag heute.
Wullt ihr 'ne Limonade? – Möchtet ihr eine Limonade?
Madl, flenn och nee asu! – Mädchen, wein doch nicht so!
Woas is lus? – Was ist los?
Brauchst keene Angst hoan, hust doch genug gelernt. – Brauchst keine Angst zu haben, hast doch genug gelernt.
A wird dir a Kop schun nee obreißa. – Man wird dir den Kopf schon nicht abreißen.
Madl, doas weeß doch niemand. Der letzte dauerte vier Juhre. – Mädchen, das weiß doch niemand. Der letzte dauerte vier Jahre.
Ich glebe, doas dauert länger. – Ich glaube, das dauert länger.
Siste, do wirschte dei Geld glei wieder lus! – Siehste, da wirst du dein Geld gleich wieder los!
Woas huste denn bluß gemacht? – Was hast du denn bloß gemacht?

Du sullst dich doch nee uff suwoas eilohn! – Du sollst dich doch nicht auf so was einlassen!
Ach woas, doas woar olles tummes Zeug! – Ach was, das war alles dummes Zeug!
Um besta, du vergisst olles. – Am besten, du vergisst alles.
Denk oa die Schule und half dem Papa. – Denk an die Schule und hilf dem Papa.
Doas wird schun wieder. – Das wird schon wieder.
Sei nee asu streng mit ihr. – Sei nicht so streng mit ihr.
Versuch's och lieber im Guda. – Versuch es lieber im Guten.
Du weest doch, doas a verrest is. – Du weißt doch, dass er verreist ist.
Wenn der Schnie taut, kimmt'a wieder. – Wenn der Schnee taut, kommt er wieder.
Doas Kleene is beim Herrgott und die Mutter au. – Das Kleine ist beim Herrgott und die Mutter auch.
Hier uff, Madl. Die Flinte gehiert ei a Teich. – Hör auf, Mädchen. Die Flinte gehört in den Teich.
Die missa beede weg! – Die müssen beide weg!
Wenn die Russen kumma an doas finda, giehts ins schlecht. – Wenn die Russen kommen und das finden, geht's uns schlecht.
Mir sulln se ei a Teich schmeißa. – Wir sollten sie in den Teich schmeißen.
Sulln se ins denn olle imbrenga? – Sollen sie uns denn alle umbringen?
Denk oa die Kinder! – Denk an die Kinder!
Ihr kinnt giehn, ich bleib hie. – Ihr könnt gehen, ich bleib hier.
Mir ala Frau wan se schun nischt tun. – Mir alten Frau werden sie schon nichts tun.
Dreie woarn hie. Ich hob dana die Flosche Schnops gegahn. – Drei waren hier. Ich hab denen die Flasche Schnaps gegeben.

Die hon insa Leiterwoan mitgenumma. – Die haben unseren Leiterwagen mitgenommen.
Joa, is wuhr. Der Herrgott wird ins nee im Stich loan. – Ja, das ist wahr. Der Herrgott wird uns nicht im Stich lassen.
Die Russen sein futt, ihr kinnt raukumma! – Die Russen sind fort, ihr könnt rauskommen!
Und doas Radio. – Und das Radio.
Zankt euch nee. Asu wird's au nee besser! – Zankt euch nicht. Dadurch wird's auch nicht besser!

Übersetzungen Russisch – Deutsch

Svinji – Schweine
Wichodite, svinji! – Kommt raus, ihr Schweine!
Chwatit. Tji svoboden. – Jetzt nicht mehr. Du bist frei.
Sdes escho kto-to jest? Nemezkji Soldat? – Ist hier noch jemand? Deutscher Soldat?
Net. Ja sdes nemnogo prikornul. Net nastroenija rabotatj. – Nein. Ich habe hier ein Nickerchen gemacht. Keine Lust zu arbeiten.
Chotite sakuritj? – Wollt ihr eine rauchen?

Übersetzungen Polnisch – Deutsch

Babcia – Großmutter, Oma
Piotrze, zostaw go! – Lass ihn, Piotr!
Weźmiemy z nami do Hermannsdorf. – Wir nehmen ihn mit nach Hermannsdorf.
Czego chcą te dwie niemieckie baby tym wczesnym rankiem? Dlaczego w ogóle tu są? – Was wollen die beiden deutschen

Weiber schon am frühen Morgen? Warum sind die überhaupt hier?
Jedna Niemka? – Eine Deutsche?
Dla Polski! Dla naszego zwycięstwa! – Auf Polen! Auf unseren Sieg!
Więc dobrze, uwolnij go. – Also gut, lass ihn frei.

GLOSSAR

Arbeitsdienst – Umgangssprachlich für Reichsarbeitsdienst (RAD), eine Organisation im nationalsozialistischen deutschen Reich. Junge Männer wurden vor dem Wehrdienst für sechs Monate zum RAD einberufen, wo sie Dienst für die Gemeinschaft zu verrichten hatten (z. B. Forst- und Kultivierungsarbeiten, Deich- und Brückenbau etc.). Ab 1939 wurde die Arbeitsdienstpflicht auch für weibliche Jugendliche eingeführt, die als »Arbeitsdienstmaiden« karitative Aufgaben übernahmen. Im Krieg wurden die männlichen Arbeitsgruppen des RAD zunehmend zur Unterstützung der Wehrmacht eingesetzt.
Bansen – Räume in Scheunen alter Bauernhöfe, die zur Lagerung des geernteten Getreides und anderem dienten.
Baude – früher Schutzhütten für Viehhirten, später ausgebaut zu Herbergen und Gaststätten für Wanderer und Touristen. Typisch für das Riesengebirge.
Biehma – schlesischer Mundartausdruck für das Zehnpfennigstück.
Bober – Fluss in Schlesien, der im tschechischen Rehhorn-Gebirge entspringt und in die Oder mündet.

Bubikopf – Kurzhaarfrisur für Frauen und Mädchen, die um 1920 aufkam (verschiedene Tragevarianten).
Erdmiete – Grube im Garten, in der man Gemüse über den Winter sicher einlagern kann.
Frassa-Os – schlesischer Mundartausdruck, Schimpfwort.
Gerichtskretscham – Dorfgasthaus, früher Gerichtsort des Dorfgerichts.
Hirschberg – polnisch Jelenia Góra, Stadt in Niederschlesien im Hirschberger Tal am Fuße des Riesengebirges. Im April 1945 durch die Rote Armee erobert und wenig später unter polnische Verwaltung gestellt.
Iwan – damals umgangssprachlich für die Rote Armee.
Kameradschaft – Kleingruppe in der Hitlerjugend, die die 15- bis 18-jährigen Jungs umfasste.
Kennkarte – Inlandsausweis, der im Deutschen Reich durch Verordnung vom 22.07.1938 eingeführt wurde und für folgende Gruppen verpflichtend war: männliche deutsche Staatsangehörige innerhalb von drei Monaten vor ihrem 18. Lebensjahr, deutsche Staatsangehörige ab 15 Jahren für den kleinen Grenzverkehr (auf Antrag) sowie für deutsche Juden.
Königszelt – polnisch Jaworzyna Śląska, kleine Stadt in Polen. Gehörte bis 1945 zum Landkreis Schweidnitz, Niederschlesien. Wichtiger Eisenbahnknotenpunkt.
Liegnitz – polnisch Legnica, Mittelstadt in Niederschlesien, bis 1945 Sitz des Regierungsbezirks Liegnitz, heute kreisfreie Stadt in der polnischen Woiwodschaft Niederschlesien.
Mädelschaft – Kleingruppe im Bund Deutscher Mädel (BDM), die die 15- bis 17-jährigen Mädchen umfasste.

Hat Ihnen dieses Buch gefallen? Möchten Sie informiert werden, wenn Marion Johanning ihr nächstes Buch veröffentlicht? **Dann folgen Sie der Autorin auf Amazon.de!**

1) Suchen Sie auf Amazon.de oder in der Amazon-App nach dem eben gelesenen Buch.
2) Klicken Sie auf den Namen der Autorin, um auf die Autorenseite zu gelangen.
3) Klicken Sie auf den »Folgen«-Button.

Noch schneller gelangen Sie zur Autorenseite, indem Sie diesen QR-Code mit Ihrem Smartphone oder Tablet scannen:

Wenn Sie dieses Buch auf einem Kindle eReader oder in der Kindle-App lesen, wird Ihnen automatisch angeboten, der Autorin zu folgen, sobald Sie die letzte Seite des Buches erreicht haben.